David Hewson

VILLA DER SCHATTEN

David Hewson

Villa der Schatten

Roman

Aus dem Englischen
von Hedda Pänke

Ullstein

Titel der englischen Originalausgabe:
THE VILLA OF MYSTERIES

Englische Originalausgabe 2003 by
Macmillan, London

ISBN-13: 978-3-550-08612-0
ISBN-10: 3-550-08612-1

Gesetzt aus der Sabon bei hanseatenSatz-bremen, Bremen
Druck und Bindearbeiten: GGP Media GmbH, Pößneck
Printed in Germany

Pentheus:
Den heil'gen Dienst – begehst du nachts ihn oder tags?
Dionysos:
Bei Nacht zumeist, weil heilig uns das Dunkel ist.

Euripides, *Die Bakchen*

Luperkalien

Bobby und Lianne Dexter waren ehrbare, rechtschaffene Leute. Sie besaßen ein nagelneues, luxuriöses Holzhaus auf einem riesigen Waldgrundstück dreißig Meilen außerhalb von Seattle und arbeiteten ebenso hart wie fleißig bei Microsoft, Bobby im Marketing, Lianne in der Finanzabteilung. An jedem Wochenende wanderten sie, und einmal im Jahr kletterten sie auf den Gipfel des Mount Rainier. Außerdem gingen sie regelmäßig ins Fitness-Center, obwohl das Bobby auch nicht viel gegen sein »familiäres Erbe« half – das Bäuchlein, das sich unübersehbar über seinen Jeans wölbte. Und das mit gerade einmal dreiunddreißig.

Die Dexters führten das friedliche, angenehm sorgenfreie Leben der US-amerikanischen Middle Class. Mit Ausnahme der beiden Wochen in jedem Frühjahr, in denen sie Urlaub im Ausland machten. Sie betrachteten das einfach als eine Frage des Ausgleichs. Fünfzig Wochen im Jahr hart arbeiten und die restlichen zwei feiern. Vorzugsweise dort, wo niemand sie kannte, wo andere Regeln galten. Oder auch gar keine. Und so saßen sie an diesem kühlen Februartag rund zwanzig Kilometer vor Rom benebelt von Rotwein und Grappa in ihrem gemieteten Renault Clio und bretterten in waghalsigem Tempo über die Schlaglöcher einer Schotterpiste, auf die sie hinter dem Flughafen in Fiumicino eingebogen waren und die nun auf das graue Band des Tiber zuführte.

Lianne warf einen vorsichtigen Seitenblick auf ihren

Mann. Bobby schäumte noch immer vor Wut. Den ganzen Vormittag lang hatte er am Rand der Ausgrabungen von Ostia Antica, dem römischen Hafen der Antike, mit einem Metalldetektor emsig den Boden abgesucht. Doch gerade als er dem Ding die ersten Pieptöne entlocken konnte, waren zwei grimmige Archäologentypen aufgetaucht und hatten sie angeschrien. Keiner der beiden verstand Italienisch, aber der Sinn des Gebrülls war eindeutig. Entweder sie packten ihren Detektor ein und verschwanden, oder der Jahresurlaub der Dexters würde in Handgreiflichkeiten mit zwei stämmigen Italos ausarten, die ganz so aussahen, als täten sie nichts lieber, als kräftig auszuteilen.

Gekränkt suchten Bobby und Lianne Zuflucht in einer Osteria am Straßenrand, wo der Kellner, ein unrasierter Flegel in schmuddeligem Sweatshirt, alles noch schlimmer machte, indem er sie darüber belehrte, dass es Pasta hieß und nicht »Pästä«.

Bobbys kalkweiße, schlaffe Wangen röteten sich verdächtig. »Dann bringen Sie mir eben ein verdammtes Steak«, knurrte er und bestellte dazu einen Liter *Rosso della casa*. Lianne schwieg. Sie wusste, wann es klüger war, Bobbys Launen einfach hinzunehmen. Wenn es in Sachen Alkoholkonsum zu bedenklich wurde, konnten sie das Auto am Flughafen zurücklassen und mit einem Taxi nach Rom fahren. Nicht, dass Italiener etwas dagegen hätten, angetrunken Auto zu fahren. Sie taten es ständig. Zumindest kam es Lianne so vor. So war Italien nun mal. Lax. Sie und Bobby benahmen sich lediglich wie Einheimische.

»Ich kann diese Leute echt nicht begreifen«, maulte Bobby, als er den Clio über betonharte Spurrillen holpern ließ. »Tun ja gerade so, als ob ... Ich meine, haben sie denn nicht wirklich mehr als genug von dem Zeug?«

Lianne wusste, was ihn erbitterte. Im vergangenen Herbst hatten die Jorgensens von ihrem Urlaub in Griechenland eine fußballgroße Marmorbüste mitgebracht. Den Kopf eines jungen Mannes – wahrscheinlich Alexander der Große, erklärten die Jorgensens –, voller dichter Locken und mit attraktiven, leicht femininen Gesichtszügen. Um den genau richtigen Moment abzuwarten, ließen die beiden zunächst kein Wort über ihr Mitbringsel verlauten. Doch dann, buchstäblich aus heiterem Himmel, lud Tom Jorgensen Lianne und Bobby in ihr »Häuschen« im skandinavischen Stil – mit immerhin zwei Obergeschossen und einem parkähnlichen Garten –, um endlich einmal ein Glas miteinander zu trinken, wie er sagte. Natürlich ging es dabei nur um die Marmorbüste. Tom berichtete ausführlich davon, wie er den Marmorkopf bei der Besichtigung einer Ausgrabungsstätte außerhalb von Sparta entdeckt und abends nach dem Heimgang der Ausgräber einen Einheimischen bestochen hatte, ihn auf das Gelände zu lassen. Dann rühmte er sich noch seiner Pfiffigkeit, den Marmorkopf als Übergepäck aus dem Land geschmuggelt zu haben. Doch das war nur wieder eine von Toms Lügengeschichten, vermutete Lianne. In Wahrheit hatte er das Ding in irgendeinem Laden gekauft wie jedermann sonst. Um sich interessanter zu machen, log dieser Bursche doch nach Strich und Faden. Auf diese Weise hatte er es auch geschafft, sich über Bobby hinweg in die Musik- und TV-Projekte von Microsoft hineinzudrängen, um mit Rockstars und Filmleuten zusammenzutreffen, während Bobby, der genauso intelligent war, vielleicht sogar intelligenter, sich mit den langweiligen Freaks herumplagen musste, die höchstens bei der Erwähnung von Datenbanken ausflippten.

Aber Toms Märchen blieb nicht ohne Wirkung. Zwei Wochen später verkündete Bobby, dass sie ihren Urlaub im kommenden Frühjahr in Italien verbringen würden. Er fragte nicht einmal, was sie davon hielt. Insgeheim hatte Lianne zwar von Aruba geträumt, aber sie fügte sich. Und wie sich dann herausstellte, war Rom gar keine so schlechte Wahl. Die Stadt begann ihr ernsthaft zu gefallen. Doch heute Morgen wendeten sich die Dinge zum Schlechten. Irgendein britischer Sonderling konnte seine Gelehrsamkeit nicht für sich behalten und dozierte am Frühstücksbüfett des Hotels darüber, dass im antiken Rom der heutige Tag den Toten gewidmet war, an dem sie eine Ziege oder einen Hund opferten und mit dem Blut die Stirn ihrer Kinder bestrichen, nur damit diese sich an ihre Vorfahren erinnerten. Bobby reagierte reflexartig. Eine Viertelstunde später telefonierte er mit einer Mietwagenfirma und lieh sich einen Metalldetektor.

Und jetzt befanden sie sich inmitten einer trostlosen Einöde, waren sturzbetrunken und hatten keine Ahnung, was sie als Nächstes tun sollten. Lianne träumte von Aruba, und der Schmerz war umso schlimmer, da sie nicht wusste, wie es dort aussah. Verstohlen legte sie eine Hand ans Lenkrad und steuerte den Clio an einem Felsbrocken vorbei, der rechts vor ihnen auftauchte. Die Straße wurde zunehmend schmaler. Möglicherweise blieben sie bald stecken und mussten zur nächsten größeren Straße laufen, um Hilfe zu holen. Das war eine Vorstellung, die ihr überhaupt nicht behagte. Sie hatte nicht die richtigen Schuhe an.

»Es ist schlicht und einfach Habgier, Bobby«, sagte sie. »Wie könnte man es sich sonst erklären?«

»Ich meine … was macht es denn schon aus? Wenn ich den Mist nicht finde, bleibt das Zeug, wo es ist. Im Boden! Ein Italiener denkt doch nicht einmal im Traum daran, das Zeug aus der Erde zu buddeln.«

Doch da irrte er sich. Lianne hatte überall Gruben und Ausschachtungen bemerkt. Die meisten sahen stillgelegt aus, aber vielleicht fehlten auch die nötigen Arbeitskräfte. Trotzdem war es besser, ihm nicht zu widersprechen. »Sie brauchen es nicht, Bobby. Sie haben bereits mehr als genug. So viel, dass es ihnen zu den Ohren rauskommt.«

Mit Sicherheit war es so. Wenn Lianne an all die Museen dachte, die sie in den vergangenen Tagen besucht hatten, wurde ihr ganz schwindelig. Diese gigantischen Massen an Altertümern und Relikten. Im Gegensatz zu Bobby hatte sie die Reiseführer gelesen und wusste, dass sie gerade mal eben an der Oberfläche gekratzt hatten. Sie würden eine ganze Woche in Rom verbringen und doch nicht alles sehen können. Die Anhäufung wirkte exzessiv. Ungerecht. Ungehörig. Bobby hatte Recht. Wenn die Italiener auch nur einen Funken Anstand besäßen, würden sie etwas abgeben.

Der Wagen geriet in ein riesiges Schlagloch, schoss an der anderen Seite wieder heraus, hob kurz ab und landete mit einem lauten Knall auf seinen Reifen. Es hörte sich an, als hätte sich am Unterboden etwas gelöst. Lianne blickte durch die Windschutzscheibe. Hinter Grasflächen, die eher nach Sumpf- und Moorvegetation als nach Strandbewuchs aussahen, lag eine graue, schaumbedeckte Wasserfläche. Kurz vor dem flachen Ufer endete die Straße im Nichts. Bobby musste wohl oder übel hier aussteigen, um seinen kleinen Spaß zu haben, aber dann sollten sie den Wagen so schnell wie möglich zu Avis bringen und in der Stadt untertauchen, bevor jemand die Dellen oder noch Schlimmeres bemerkte.

»Keine Sorge«, sagte sie. »Hier wirst du etwas entdecken, Bobby. Da bin ich mir ganz sicher. Du wirst bestimmt etwas finden, was diesen Mistkerl Tom Jorgensen total neidisch macht. Du …«

Abrupt trat er auf die Bremse und brachte den kleinen Wagen zwanzig Meter vor dem Ende der Fahrbahn zum Stehen. Er blickte sie mit diesem kalten Gesichtsausdruck an, den sie nur ein- oder zweimal im Jahr sah, aber so abgrundtief hasste, dass sie sich manchmal nicht sicher war, ob die Heirat mit Bobby Dexter, dem pummeligen Bobby, über den sich alle Frauen hinter seinem Rücken lustig machten, wirklich eine so gute Idee gewesen war.

»*Was?*«, fragte Bobby fast tonlos.

»Ich habe doch nur, wollte doch nur …«, stammelte Lianne und verstummte.

Mit einem Wurstfinger stieß er gegen ihre Brust. Sie konnte seine Fahne riechen.

»Glaubst du etwa, es geht mir nur um diesen verdammten Tom Jorgensen?«

»Nein. Natürlich nicht!«

»Glaubst du wirklich, ich hätte diesen ganzen verdammten Urlaub geplant, gebucht und bezahlt, dich zu diesen wundervollen Stätten mitgenommen – allein wegen Tom Jorgensen und seinem beschissenen Marmorschädel?«

Lianne ließ sich Zeit mit der Antwort. In den drei Jahren ihrer Ehe hatte Bobby sie nur einmal in Tränen ausbrechen lassen. Damals in Cancun, wegen eines sexuellen Ansinnens, das sie als absurd, unnötig und zutiefst unhygienisch empfand. Die Erinnerung schmerzte noch immer. Sie begriff nicht, warum sie es nicht vergessen konnte.

»Natürlich glaube ich das nicht. Ich hatte den Eindruck. Ach, ich weiß auch nicht ...« Offenbar kamen ihr nur die falschen Worte über die Lippen.

»Großer Gott!«, schrie Bobby. »Allmächtiger Himmel!«

Er trat das Gaspedal durch, rammte den ersten Gang ein und ließ die Kupplung los. Mit markerschütterndem Getöse schoss der Clio vorwärts, schwenkte zur Seite und saß zwei Sekunden später auf einem massiven Schlammbuckel fest, in dessen Inneren sich – zumindest für Lianne – die Reste eines Zaunpfahles zu verbergen schienen. Das rechte Vorderrad drehte sich kreischend, als der Berg aus fest gebackenem Schlamm die gesamte rechte Vorderfront des Clio in die Luft stemmte.

Anklagend starrte Bobby seine Frau an. »Na wundervoll«, knurrte er. »Einfach großartig.«

Sie schluchzte trocken und versuchte verzweifelt, die Tränen zurückzudrängen.

»Tu mir das nicht an, Lianne. Nicht hier und nicht heute. Wir sind nicht in Cancun. Du kannst deinen Berserker von einem Vater nicht anrufen, damit er mir droht, mir den Schädel einzuschlagen, nur weil du Kopfschmerzen hast.«

Es war ein Fehler, ihrem Vater davon zu erzählen. Das war ihr von Anfang an klar gewesen. Aber Bobby hatte es darauf angelegt. In Cancun war eine Grenze überschritten worden. Sie wollte, dass er das begriff.

»Bobby …«, schluchzte sie.

Er starrte zum Fenster hinaus auf den trägen, grauen Fluss.

»Was ist?«

»Ich rieche Benzin.« Aufkommende Angst ließ ihre Tränen spontan versiegen. »Du nicht?«

»O Gott«, keuchte er, fummelte an ihrem Gurt und schob die Beifahrertür auf. Mit glasigen Augen lächelte sie ihn selig an. Er hatte an sie gedacht. Bevor er seinen eigenen Sicherheitsgurt öffnete.

»Bobby …«

Er stieß sie zur Tür hinaus. »Um Himmels willen, steig aus. Raus mit dir, dumme Kuh …«

Mit einem letzten Blick vergewisserte sich Bobby Dexter, dass seine Frau in Sicherheit war, drehte sich um und schleuderte hastig ein paar Dinge vom Rücksitz ins Freie, bevor er sich aus dem Wagen fallen ließ. Er war so betrunken, dass er ungeschickt aufkam und sich bei der Landung auf dem harten Boden die Ellbogen prellte. Es tat höllisch weh.

Fluchend rappelte er sich hoch, sammelte seine Sachen ein und blickte sich um. Lianne stand zehn Meter vom Clio entfernt am Straßenrand, mit auf dem Rücken verschränkten Händen wie ein Schulmädchen, das darauf wartete, dass man ihm sagte, was es tun sollte.

Er ging zu seiner Frau hinüber.

»Alles in Ordnung mit dir?«, fragte er und wirkte fast ein bisschen besorgt. Immerhin, dachte sie.

»Sicher.« Sie hatte aufgehört zu weinen. Es schien ihn zu freuen. Nun, das war wirklich erstaunlich.

Das Auto gab ein Geräusch von sich, eine Art zischendes Keuchen. Sie sahen, wie eine dünne Flamme unter der Motorhaube hervorschoss und zur Windschutzscheibe emporzüngelte.

»Genau das gefällt mir an Mietwagen«, sagte Bobby. »Sie gehen vor deinen Augen in Flammen auf und man kann nichts anderes tun, als einen Schritt zurückzutreten und die Show zu genießen. Jetzt wünschte ich wirklich, ich hätte ein größeres Auto gemietet.«

Der leichte Wind erfasste die Flammen, trieb sie über das Dach, wirbelte sie durch die Fenster ins Wageninnere, über die Sitze, auf denen noch vor einer guten Minute Bobby und Lianne Dexter gesessen und miteinander gestritten hatten. Dann, mit einem plötzlichen Getöse aus Dröhnen und Rauschen, brannte der ganze Renault, ging in einer Wolke aus Flammen und Rauch auf.

Lianne klammerte sich an den Arm ihres Mannes und betrachtete das Schauspiel mit angehaltenem Atem. Bobby hatte Recht. Es war das Problem von Avis. Dafür waren sie schließlich da. Deshalb die exorbitanten Preise.

»Und was machen wir jetzt?«, fragte sie. Sie blickte Bobby an und stellte fest, dass er lächelte. Zum ersten Mal seit Stunden.

Er hielt einen der vom Autorücksitz geretteten Gegenstände hoch. Es war der Metalldetektor, den sie sich heute Vormittag in einem Geschäft in der Nähe des Hotels geliehen hatten.

»Genau das, wofür wir hergekommen sind«, erklärte Bobby Dexter. »Daddy geht auf die Jagd.«

Sie versuchte es mit einem Lachen und fragte sich, ob es sich echt anhörte, natürlich. Vielleicht, vielleicht auch nicht. Aber das war egal. Bobby achtete gar nicht auf sie. Er lief auf den Fluss zu, marschierte über den morastigen Boden, der sich anfühlte, als könnte er jeden Moment unter einem nachgeben. Er hatte die Kopfhörer aufgesetzt und lauschte. Schon bald lachte auch Bobby Dexter. Offenbar hörte er etwas. Etwas Verheißungsvolles. Lianne ging ihm nach. Sie standen jetzt etwa zwanzig Meter vom Flussufer entfernt. Meilenweit war keine andere Menschenseele zu sehen. Alles, was sie hier finden würden, gehörte mit Sicherheit ihnen.

»Hörst du das?«

Sie nahm ihm die Kopfhörer ab und hielt eine Muschel an ihr Ohr. Es piepte wie ein Vogel, dessen Nest in Gefahr war.

»Wart's nur ab, Tom Jorgensen«, zischte Bobby, und sie wagte nicht, ihm in die Augen zu sehen. »Du verdammtes Großmaul, ich werd's dir zeigen. Lianne, bring mir Hacke und Spaten.«

Er hockte trübsinnig vor einem Kaffee, als Barbara Martelli die kleine Bar nahe der Questura betrat. Sie steckte in ihrer makellosen, schwarzen Uniform, hatte den Helm in der Hand, und ihre kinnlangen, blonden Haare wippten mit jedem Schritt.

»Nic? Sie sind wieder im Dienst?«, fragte sie überrascht.

»Ja.« Er blickte auf seine Armbanduhr. »Mein erster Tag.«

»Verstehe.«

»Wie geht's, Barbara?«

»Gut. Wie immer. Und Ihnen?«

Er trank den letzten Schluck Macchiato. »Wie man's nimmt.«

»Vielleicht haben Sie es inzwischen vergessen, aber das Café ist nicht *der* Treffpunkt für Bullen.«

»Und warum sind Sie dann hier?«

Sie lachte. Barbara Martelli besaß in etwa seine Größe, eine Figur, nach der sich auf dem Revier alle Köpfe umdrehten, und einen Kopf voller blonder Locken, die kaum unter den kleinen, schwarzen Helm zu passen schienen. Für eine Polizistin hatte sie das falsche Gesicht. Zu attraktiv, zu bereit für ein liebenswürdiges Lächeln. Sie sah aus, als gehörte sie auf den Fernsehschirm, um das Wetter vorherzusagen oder irgendeine Show zu moderieren. Stattdessen flitzte sie auf ihrer schweren Maschine durch Rom und verteilte Strafzettel auf eine so hinreißend charmante Art, dass manche extra aufs Gaspedal traten, sobald sie erkannten, wer ihnen da auf den Fersen war.

Früher, vor der Schießerei, die ihm zum Verhängnis geworden war, hatte sich Nic Costa gelegentlich gefragt, ob er ihr vielleicht nicht ganz gleichgültig war. Einige der Jungs hatten ihn grinsend aufgefordert, sich mit ihr zu verabreden – natürlich unter der Bedingung, dass er ihnen danach alles haarklein berichtete. Doch dazu kam es nie. Sie war schlicht zu perfekt. Sie absolvierte jede Fahrprüfung mit Auszeichnung, ganz gleich ob hinter dem Lenkrad oder in der Motorradtruppe. Darüber hinaus galt sie als brillante Schützin, was sie für heikelste Aufgaben prädestinierte. Barbara Martelli war einfach eine Spur zu vollkommen. Das verlangte Distanz.

»Manchmal muss man für eine Weile abtauchen, Nic. Tun Sie das auch gerade? Wenn ja, dann ist es dafür noch ein bisschen früh. Sie müssen zurück in den Ring, um den Gong hören zu können.«

»Ich habe mir nur einen kleinen Kaffee genehmigt«, murmelte er.

»Wie lange ist es jetzt eigentlich her?«

»Sechs Monate.« Sechs endlose Monate der langsamen Genesung von seinen Schussverletzungen und der daraus resultierenden Verunsicherung. Manchmal fragte er sich, ob er sich jemals ganz erholen würde, ob er das überhaupt wollte.

Barbara Martelli sah ihm direkt in die Augen. Sie war höchstwahrscheinlich die attraktivste Frau in der Questura. Es erstaunte ihn, dass er sie nie zum Essen oder auf ein Glas eingeladen hatte. Nicht, um mit ihr anzubändeln. Er fand sie einfach sympathisch. Sie war eine Frau, mit der man gern zusammen war, die einem das Gefühl gab, etwas Besonderes zu sein. Im Grunde kannte er sie kaum.

»Aber Sie wollten doch wieder arbeiten? Oder hat Falcone Sie unter Druck gesetzt?«

»Nein. Ich meine ... Ich wüsste auch nicht, was ich sonst tun sollte. Sie?«

»Nein.«

»Wir sind alle gleich, oder? Arm an Alternativen.«

Nic Costa lauschte seiner Stimme nach, und ihm gefiel nicht, was er hörte. Was klang da mit? Verbitterung? Selbstmitleid? Er war achtundzwanzig Jahre alt. Früher wäre ihm so etwas nie über die Lippen gekommen. Aber der noch immer nicht befriedigend gelöste Fall Denney, durch den sein Partner Luca Rossi das Leben verloren hatte und er selbst an den Rand des Todes gebracht worden war, hatte ihn verändert. Der neue Nic Costa rannte nicht mehr jedes Mal los, wenn er einen klaren Kopf bekommen wollte, joggte nicht mehr wie ein Wahnsinniger durch die Straßen rund um den Campo dei Fiori. Sein kleines Apartment am Vicolo del Bologna hatte er verkauft und wohnte nun im Haus seines verstorbenen Vaters, einem alten Landsitz nahe der Via Appia Antica, auf dem er seine Kindheit verbracht hatte. Costas physische Wunden waren größtenteils verheilt, die psychischen schmerzten noch immer von Zeit zu Zeit.

Er vermisste Luca Rossis wortkarge Intelligenz, seine scharfsinnigen Einsichten, und bedauerte, diese Fähigkeiten während der kurzen Zeit ihrer Zusammenarbeit nicht genügend geschätzt zu haben. Nic Costa wusste, dass er als ein anderer in den Polizeidienst zurückkehren würde. Es war notwendig, für seine Arbeit das zu übernehmen, was Falcone, der ihn durch eindringliche Gespräche aus dem Rollstuhl herausgeholt hatte, Pragmatismus nennen würde.

Diese Wandlung hielt der kühle, sachorientierte Inspektor Falcone für unvermeidlich. Vielleicht hatte er Recht. Costa war sich da noch immer nicht ganz sicher. Dieser Zynismus, demzufolge der Zweck die Mittel heiligte, weil man mitunter das Beste aus einem miesen Job machen musste, um den Kampf nicht gänzlich zu verlieren, behagte ihm ebenso wenig wie die Vorstellung, seine Prinzipien der grausamen Realität anzupassen. Das hatte er von seinem Vater – einem unbeugsamen kommunistischen Politiker, der sich durch seine gradlinige Offenheit mehr Feinde gemacht hatte als die meisten Menschen durch Tricksereien.

Barbara Martelli leerte ihre Espressotasse. Sie wirkte nachdenklich. Und ein bisschen besorgt, fand Nic, als gäbe es da etwas, was sie nicht aussprechen wollte. »Ich weiß, was Sie meinen.«

»Womit?«

»Den fehlenden Alternativen.«

Ein Schatten überflog ihr Gesicht, fast so etwas wie Traurigkeit, und ihm kam der Gedanke, dass Barbara Martellis Attraktivität nicht immer nur ein Vorteil war. Sie konnte auch eine Last sein. Die Menschen sahen vor allem ihr Äußeres, nicht den Menschen dahinter, der eigenartig unnahbar blieb.

»Aber es ist das Beste, die Dinge so zu akzeptieren, wie sie nun einmal sind, und weiterzumachen, Nic. Und sich nicht in irgendeiner Ecke zu verkriechen. Das passt nicht zu Ihnen. Zumindest bilde ich mir ein, Sie dafür gut genug zu kennen.«

Er war bereits spät dran. Wenn sie nicht gekommen wäre, würde er weiter hier herumsitzen und zaudern. Bis irgendwann der Moment käme, an dem er zum Landsitz zurückkehrte, um eine Flasche Wein zu öffnen und alles zu ruinieren, was er in den letzten paar Monaten erreicht hatte – die Wiederherstellung seiner Gesundheit, die Wiederbelebung seiner letzten Reste an Würde und Selbstachtung. Es brachte eine gewisse Erleichterung, auf diese Weise auszubrechen. Wenn man das doch nur bewahren könnte. Dann würde es möglicherweise für ein Leben reichen. Leider war das nicht möglich. Man wurde immer wieder wach. Die Realität steckte den Kopf durch die Tür und sagte: »Sieh dich um.« Es gab kein Entrinnen, und das aus einem sehr einfachen Grund: Er lief vor etwas davon, das tief in ihm lag.

»Muss ich Sie etwa persönlich zum Dienst schleppen?«, wollte sie wissen.

»Ich könnte mich krank melden.«

»Nein!« Vor Empörung wurden ihre grünen Augen ganz groß.

Sie flirteten miteinander, aber nicht ernsthaft. Das war nur Barbaras Art, ihn aufzurütteln. Wenn sie es für nötig hielt, würde sie das mit jedem machen.

»Es ist unser selbst gewählter Beruf, mit dem wir unseren Lebensunterhalt verdienen. Halbe Sachen gibt es nicht. Entweder ist man voll dabei oder draußen. Also?«

Ein verwegener Gedanke schoss ihm durch den Kopf, sprudelte ihm über die Lippen, ohne ihm Zeit zu lassen, die Konsequenzen zu erwägen. »Könnten Sie sich vorstellen, mit mir auszugehen, Barbara? Halten Sie das für möglich?«

Eine leichte Röte stieg in ihre Wangen. Barbara Martelli wurde mindestens zehnmal am Tag um ein Date gebeten.

»Fragen Sie mich das morgen noch einmal. Unter einer Bedingung.«

Er schwieg, eigenartig verlegen über die plötzliche Vertrautheit.

Sie hob eine Hand, zeigte in die Richtung der Questura. »Dass Sie mir die Frage da drinnen stellen.«

In Italien machten sie alles ganz falsch. Im Cappuccino war nicht genug Milch. Die Pasta schmeckte nicht wie sie sollte. Die Pizzas waren zu dünn. Und dann der Alkohol ... Lianne Dexter konnte sich beim besten Willen nicht erklären, was damit nicht stimmte. Normalerweise ließ die Wirkung zwei Stunden nach dem Lunch nach. Aber sie fühlte sich noch genauso berauscht wie beim Verlassen der Osteria, und das begann sie nervös zu machen. Die Flasche Pellegrino aus dem Rucksack, den Bobby aus dem Auto gerettet hatte, bevor es in Flammen aufging, war leer. Jetzt hatten sie nichts mehr zu trinken, nichts zu essen und auch nur wenig Geld. An den mühsamen Fußmarsch über die holprige Landstraße zur nächsten Autostrada wagte sie nicht einmal zu denken. Wie brachte man einen Italiener dazu, anzuhalten und einen zu Avis zu bringen, um sich den Mietpreis für den beschissenen Wagen erstatten zu lassen? Und was war mit dem Zeug, das Bobby ausgebuddelt hatte? Bisher bestanden seine Fundstücke in einer Münze, die ganz so aussah, als wäre sie sehr alt, einem riesigen Nagel und einem schmutzverkrusteten Gegenstand von der Größe einer Kinderhand, von dem Bobby versicherte, es handele sich garantiert um ein antikes römisches Halsband, das in alter Schönheit erglänzen würde, wenn er erst einmal den Dreck abgekratzt habe. Das wäre natürlich ganz großartig – bis auf die Tatsache, dass sie hier gar nicht graben durften. Was die Italiener mit Sicherheit wussten. Und vielleicht war das Halsband auch nur ein Stück Bremsbelag. Als Tochter eines Automechanikers kannte sich Lianne mit diesen Dingen aus, ein bisschen zumindest. Und für sie sah der Fund ganz nach einem Bremsbelag aus.

Sie leckte sich die Lippen. Ihr Mund fühlte sich staubtrocken an. Der billige Wein machte sich mit stechenden Kopfschmerzen bemerkbar. Es ging auf drei Uhr nachmittags zu, und es wurde schon dunkler. Sie mussten endlich etwas unternehmen. Auf keinen Fall wollte sie die Nacht in dieser grässlichen Wildnis zubringen, mit den sonderbaren Gerüchen und Flugzeugen, die alle zwei Minuten über ihre Köpfe hinwegdonnerten.

»Bobby …«

Doch der war nicht zufrieden mit seiner Beute. Tom Jorgensen besaß immerhin einen Marmorkopf, und der stellte alle seine Fundstücke in den Schatten.

Er riss sich die Kopfhörer ab. »Was ist?«

»Es wird langsam dunkel. Wir müssen hier weg.«

Bobby Dexter warf einen Blick auf den düsteren Himmel und grunzte verächtlich. »Noch fünf Minuten.« Dann setzte er die Kopfhörer wieder auf und schlenderte zum Ufer. Dort war es sumpfig, das erkannte Lianne an dem eigentümlich sauren Geruch, den sie mit den Cranberryfarmen in Maine verband, einer Gegend, die sie in einem ihrer früheren Urlaube besucht hatten.

»Torf …«, sagte sie versonnen. »Was zum Teufel ist jetzt wieder los?«, brüllte Bobby. Eine 747 donnerte so tief über sie hinweg, dass die Erde erbebte. Sie musste sich die Ohren zuhalten.

»Nichts«, flüsterte Lianne und wünschte sehnlichst, sie wäre anderswo. Ihretwegen sogar zu Hause. Die Cranberryfarmen waren angenehm gewesen. Interessant. Mit Menschen, die ihre Sprache sprachen und ihr nie das Gefühl gaben, fehl am Platze zu sein. In Rom war das anders. Hier hatte sie ständig den Eindruck, dass alle Gesichter auf den Straßen sie anstarrten und nur darauf warteten, dass sie etwas Falsches sagte, um die falsche Ecke bog. Es war alles so *fremd*.

Ein neues, unerwartetes Geräusch ließ sie zusammenzucken. Bobbys Pfiff. Aufgeregt zerrte er sich die Kopfhörer vom Schädel und zeigte auf eine dünn mit Gras bewachsene Erdfläche vor sich.

»Nur noch ein Versuch, Süße. Dann können wir verschwinden. Gib mir den Spaten.«

Sie tat es. Bobby Dexter setzte den Spaten senkrecht an und sprang mit beiden Füßen auf die Kante. Das Blatt drang in den Boden wie ein Messer in Butter. Bobby schüttelte die Erde vom Spaten und stieß erneut zu.

»Torf«, sagte Lianne noch einmal und sah zu, wie Bobby sich fluchend abmühte. »Das Zeug ist weich, Bobby. Du brauchst dich nicht so anzustrengen. Warte …«

Sie hob die mitgebrachte Schaufel auf und hockte sich neben ihren Mann. Im Discovery Channel hatte sie einmal eine Sendung über Ausgrabungen gesehen und wusste, wie Archäologen zu Werke gingen. Obwohl sie wohl nie begreifen würde, warum die mitunter sechs oder acht Stunden am Tag in der Erde wühlten.

»Man muss behutsam vorgehen«. Lianne drückte die Spitze der Schaufel in den Boden. Ein säuerlicher Geruch schlug ihr entgegen. Er erinnerte sie an Cranberries, an ihren herben, mit Wodka vermischtem roten Saft. »Sieh her …«

Sie kratzte an der Oberfläche und bemühte sich, den Geruch nicht einzuatmen. Und dann traf die Schaufel auf etwas Hartes. Lianne Dexter schluckte krampfhaft und fragte sich, ob sie sich möglicherweise gleich erbrechen musste. Tastend schob sie die Schaufel durch die Erde. Aber das Werkzeug traf offenbar immer wieder auf dasselbe geheimnisvolle Objekt.

Bobby bückte sich, nahm ihr die Schaufel ab und begann im Boden zu stochern. Ein wenig zu grob, wie sie fand.

»Was ist es?«, fragte Lianne.

Ein Gegenstand wurde sichtbar. Es hatte die Farbe von Torf, ein dunkles Holzbraun, und fühlte sich hart an. Bobby kratzte das Objekt noch ein wenig mehr frei, dann holten beide tief Luft und hockten sich auf die Fersen. Was sie vor sich sahen, schien die Darstellung eines menschlichen Arms zu sein. Eines weiblichen vermutlich, denn die Falten eines Kleiderärmels waren dem unbekannten Künstler verblüffend naturgetreu gelungen.

»Er sieht unglaublich echt aus«, stellte Lianne schließlich fest.

»Hallo«, rief Bobby mit ätzender Ironie. »Erde an Planet Lianne. Es ist eine Statue. Die müssen echt aussehen.«

»Aber sie haben nicht diese Farbe.«

»Lianne …« Stöhnend verdrehte er die Augen. »Die Statue liegt seit Tausenden von Jahren in der Erde. Wie soll sie nach dieser Zeit denn aussehen? Strahlend weiß? Glaubst du denn, das Ding wurde schutzversiegelt, bevor es hier gelandet ist?«

Sie schwieg. Ein Punkt für ihn.

Bobby kratzte weiter. Am Ende des Arms tauchte eine Hand auf. Schmale Finger krallten sich um den Schaft eines massiven Geräts. Verblüfft starrten die beiden das Objekt im Boden an. Jetzt kam Lianne ihr Fund sehr feminin vor und überraschend bekannt. Dann klickte es und sie wusste, woran sie der Anblick erinnerte. Diese leblose – Gestalt da vor ihr sah aus wie eine kleinere Version der Freiheitsstatue, die eine Steinfackel umfasste, als wollte sie die hoch in den Himmel recken.

»Das ist kein Metall, Bobby«, erklärte sie mit einer Bestimmtheit, die sie fast ein wenig beunruhigte. »Warum hat dein Detektor sie trotzdem aufgespürt? Hast du dir das schon mal überlegt?«

Er funkelte sie finster an. »Manchmal verblüffst du mich wirklich. Da bin ich dabei, Tutenchamuns Sarkophag oder noch was Tolleres auszugraben, aber du kannst nichts anderes als nörgeln. Und jetzt lass mich gefälligst in Ruhe. Ich muss nachdenken.«

Er stand auf, ging einen halben Meter entfernt wieder in die Hocke und begann da zu scharren, wo er offenbar den anderen Arm vermutete. Und fand ihn natürlich, nur wenige Zentimeter unter der Oberfläche. Vielleicht hatten die Regenfälle der letzten Tage etwas von der obersten Dreckschicht fortgespült. Vorsichtig entfernte Bobby die Erde zwischen den Armen. Der Oberkörper der Gestalt wurde sichtbar. Sie trug eine Art klassisches Gewand mit einem tiefen V-Ausschnitt, der den Ansatz der ungemein lebensechten Brüste freigab. Sie hatten die Farbe alten Leders und einen sonderbaren Schimmer. Einen Moment lang kam es Lianne vor, als würde die »Haut« unter dem Druck von Bobbys Schaufel nachgeben, aber vermutlich waren das immer noch Nachwirkungen des billigen Weins.

Bobby rutschte auf den Knien weiter und machte sich da zu schaffen, wo er den Rest des Körpers vermutete. Und das zu Recht. Schon bald sahen sie zwei Schienbeine vor sich, mit leicht gespreizten Knöcheln. Aber von keinerlei Gewandfalten bedeckt.

»Sie ist lebensgroß, Bobby«, sagte Lianne.

»Das sehe ich selbst!«

»Und was wirst du nun tun?«

»Himmel! Wenn dieser verdammte Tom Jorgensen mich jetzt sehen könnte. Hast du die Kamera mitgenommen?«

Lianne schüttelte den Kopf. »Vergessen.«

»Typisch. *Vielen* Dank.«

»Bobby!«

Er sah seine Frau an. Lianne wusste, wie streitlustig sie sich für ihn anhörte. Es machte ihr nichts aus. Irgendetwas ging hier vor sich, und vielleicht war es Zeit, sich endlich einmal zu behaupten.

»Was ich jetzt tun werde?«, äffte er sie nach. »Was ich will, Lianne. Genau das, was ich will, verdammt noch mal.«

»Das Ding ist zu groß. Du kannst es nicht als Übergepäck deklarieren. Außerdem hat es die Farbe von Scheiße. Und es stinkt. Riechst du das nicht?«

»Es lag Jahrtausende im Sumpf. Wie soll es da wohl riechen? Nach verdammten Rosen?«

Sie trat einen Schritt von der Statue zurück und verschränkte trotzig die Arme. »Ich finde den Gestank grauenhaft. Und hör auf so zu fluchen. Das gehört sich nicht.«

Unterdrückt fluchend rutschte Bobby zu der Stelle, wo sich der Kopf befinden musste, und begann, die Erde fortzuschaufeln. Lianne hoffte, dass der Kopf nicht mehr da war. Wünschte sich, dass Bobby einen Torso mit zwei Beinen fand. Musste Tom Jorgensen das nicht zum Schreien komisch finden?

Aber da war ein Kopf. Ein möglicherweise sogar schöner Kopf, wenn ihn erst jemand von Erde und Dreck befreit hatte. Während Bobby Dexter emsig schaufelte, begann seine Frau zu begreifen, was sie da gefunden hatten. Eine lebensgroße, römische Statue, vielleicht ein paar tausend Jahre alt. Durch diese ganze Zeit im Sumpf vielleicht ein wenig fleckig und verfärbt, aber sonst absolut perfekt erhalten. Sie wusste auch, was Bobby dachte. Wozu gab es Restaurateure? Vielleicht konnte einer von ihnen die Statue wieder in den strahlenden, weißen Marmor verwandeln, in den ursprünglichen Zustand, als Julius Cäsar oder irgendein anderer längst verblichener Italiener die Statue hatte anfertigen lassen.

Es gab nur ein kleines Problem. Sie war einfach zu groß. Nie im Leben konnten sie beide die Statue aus der Erde heben. Eine lebensgroße Steinfigur wog bestimmt eine Tonne. Selbst wenn sie sich von jemandem helfen ließen, gab es absolut keine Chance, das Ding in die USA zu schaffen.

»Lass uns verschwinden, Bobby«, flehte Lianne. »Wir können irgendwo anrufen und von unserem Fund berichten. Vielleicht erhalten wir eine Belohnung. Vielleicht kommen wir in die Zeitung. Den Artikel kannst du dann Tom Jorgensen unter die Nase halten und dich an seinem Neid weiden.«

»Die Belohnung kannst du vergessen«, fauchte er sie an. »Wir sind in Italien, Lianne. Wahrscheinlich reißen sie sich das Ding selbst unter den Nagel und bringen uns hinter Gitter, weil wir hier unbefugt herumgestöbert haben.«

»Und was willst du sonst tun?«

Sie widersetzte sich ihm, das war beiden klar. Sie standen an einer Art Wendepunkt in ihrer Ehe. Von dem aus jeder von ihnen nur in eine von zwei Richtungen gehen konnte: in die Selbstständigkeit oder die Unterwerfung.

Bobby Dexter stand auf und griff nach dem Spaten. Er fühlte das Gewicht in seinen Händen und starrte begierig auf die halb in der Erde verborgene Gestalt.

Lianne beobachtete ihn, und so etwas wie kalte Furcht stieg ihn ihr hoch.

»Bobby?«, fragte sie fast flehend. *»Bobby ...?«*

Nic Costa steuerte den unauffälligen Polizei-Fiat die Uferstraße am Tiber entlang. Neben ihm auf dem Beifahrersitz hockte Gianni Peroni, der Partner, den man ihm an diesem

Morgen zugeteilt hatte, und stopfte sich ein dick mit Schweinebraten belegtes Panino in den Mund. Er war ein hoch gewachsener, muskulöser Mann Ende vierzig, mit unvergesslichen Zügen. Irgendwann musste er mit dem Gesicht – und Costa wusste, dass er sich entsprechende Fragen nicht mehr lange verkneifen konnte – gegen eine Wand geprallt sein. Seine Nase war übler zugerichtet als die eines Rugbyspielers. Unter seiner niedrigen Stirn saßen helle, schlaue Schweinsäuglein. Eine zerklüftete Narbe verlief diagonal über seine rechte Wange. Zur Vervollständigung des Bildes trug Peroni seine grauen Haare kurz geschoren wie ein US-Marine. In seinem dunklen Anzug über einem schneeweißen Hemd sah er aus wie ein Gangster, der sich für die Teilnahme an einer Hochzeit fein gemacht hatte. Es war in der Questura allgemein bekannt, dass der Mann in seiner gesamten Laufbahn gegenüber einem Kunden noch nie handgreiflich geworden war. Das brauchte er auch nicht, dachte Costa. Die Typen warfen einen Blick auf ihn, schluckten trocken und benahmen sich anständig. Das war einer der Gründe dafür, dass Peroni als einer der beliebtesten und am meisten respektierten Kommissare der Truppe galt. Ein Mann, von dem Costa nie erwartet hätte, dass er ganz selbstverständlich mit ihm Streife fahren würde.

»Keine Ahnung, woher sie die Frechheit nehmen, dieses Zeug *porchetta* zu nennen«, murrte Peroni. »Da, wo ich herkomme ... aus einem kleinen Ort in der Nähe von Siena. Da gibt es nichts anderes als Landwirtschaft – zu gewöhnlich für die Touristen. Da wird an jedem Wochenende *porchetta* zubereitet. Mein Onkel Freddo war Bauer. Er hat mir gezeigt, wie es gemacht wird. Man schlachtet das Ferkel und beint es aus. Dann nimmt man die Leber und legt sie in Grappa ein. Dann bleibt man die ganze Nacht auf, um das Vieh im Ofen zu backen. Freddo sagte immer, das wäre die einzige Nacht in der Woche, die er neben einem Schwein verbringt, das nicht schnarcht.«

Peroni musterte ihn, wartete auf eine Reaktion. »Schon gut. Vielleicht müssten Sie seine bessere Hälfte kennen, um den Scherz zu kapieren. Aber das war wenigstens *porchetta*. Warm, saftig und mit einer knusprigen Kruste. Dieser Mist lag doch tagelang im Kühlschrank. Wollen Sie mal probieren?«

Misstrauisch beäugte Costa das blasse, trockene Fleisch. »Nein, danke. Nicht hinter dem Steuer. Außerdem esse ich kein Fleisch.«

Peroni zuckte mit den Schultern, kurbelte das Fenster herunter und schleuderte die fettige Papierhülle in den römischen Frühlingsmorgen hinaus. »Oh, habe ich ganz vergessen. Ihnen entgeht einiges.«

Costa nahm kurz den Blick von der belebten Straße und sah Peroni an. »Das ist Umweltverschmutzung. So etwas lasse ich aus meinem Auto heraus nicht zu.«

»›Das ist Umweltverschmutzung, *commissario*‹ wollten Sie wohl sagen.«

»Nein«, widersprach Costa. »Sie haben gehört, was Falcone gesagt hat. Solange wir miteinander Dienst tun, sind wir gleichgestellt.«

In Peronis eigentümlich starren Gesichtszügen begann es zu zucken. »Gleichrangig, gleichberechtigt ... Wie kann Leo mir das nur antun? Nicht zu fassen, was er sich erlauben darf, ohne dass ihn jemand zur Rechenschaft zieht. Dabei sollten Leo und ich dicke Kumpel sein. Hat denn Freundschaft in dieser Welt überhaupt keine Bedeutung mehr?«

Sobald Costa erfuhr, dass Peroni sein neuer Partner sein würde, hatte Costa einen Entschluss gefasst. Auf keinen Fall würde er sich irgendwelchen Mist anhören, sich wie ein Untergebener verhalten. Vielleicht hatte Falcone sie sogar deshalb zu Partnern gemacht. Es war eine Lektion, eine Art Bestrafung für sie beide.

Gianni Peronis Vergehen war in der Questura allgemein bekannt und wurde mit einer gewissen Ehrfurcht weiterverbreitet, als Gleichnis dafür, dass selbst die Gescheitesten und Besten in Ungnade fallen konnten, und das wegen einer eher lässlichen Sünde. Jahrelang hatte er sich im Sittendezernat nach oben gearbeitet, ohne sich auch nur das Geringste zu Schulden kommen zu lassen. Als Kommissar war es ihm gelungen, drei der größten Zuhälterringe zu knacken und den Einfluss der albanischen Ganoven auf das Prostitutionsgewerbe einzudämmen, die begonnen hatten, auch in anderen Bereichen des Verbrechens die Macht an sich zu reißen. Allerdings hatte er sich nicht nur Freunde gemacht. Nie machte er einen Hehl aus der Tatsache, dass er im tiefsten Herzen ein Bauernsohn aus der Toskana geblieben war, der sich in den oberen Etagen der Polizeitruppe nicht unbedingt wohl fühlte. Dennoch schien ihm ein Karrieresprung vorbestimmt. Ohne sein bizarres Aussehen wäre der möglicherweise inzwischen sogar erfolgt. Doch an einem Abend vor wenigen Wochen verpatzte er alles. Durch einen kleinen Fehltritt, auf den sich die Medien mit geradezu hämischer Freude stürzten.

Es sollte ein großer Coup der Direzione Investigativa Anti-Mafia werden, der zivilen Eingreiftruppe zur Abwehr des organisierten Verbrechens. Mit in Bologna rekrutierten Zuhältern hatte die DIA in Testaccio ein Bordell etabliert. Nach drei Wochen lief der Betrieb bereits so gut, dass die wirklich großen Bosse der Branche die Stirn runzelten. Lange würden sie es sich nicht gefallen lassen, dass andere ihnen den Profit streitig machten.

An einem Donnerstagabend tauchten prompt drei schwere Jungs auf. Als die DIA zuschlug, stellten sie – rein aus Interesse – die Personalien der Kunden fest, bevor sie die an die Polizei weitergaben. Gianni Peroni hatte das Unglück, im Zimmer einer jungen, blonden Tschechin erwischt zu werden. Er versuchte mit Erklärungen und Ausreden seinen Kopf aus der Schlinge zu ziehen, aber es half nichts. Schon bald wusste die Questura Bescheid. Zunächst wurde Peroni beurlaubt und dann zum einfachen Kriminalpolizisten zurückgestuft.

Dabei konnte er sich noch glücklich schätzen. Jeder andere hätte sich einen neuen Beruf suchen müssen.

Wenn den Gerüchten in der Questura Glauben geschenkt werden konnte, waren Degradierung und Gehaltseinbußen Peronis geringste Sorgen. Er wurde nicht nur als hervorragender Polizist geschätzt, sondern auch als rührender Familienvater. Seine Frau und seine beiden halbwüchsigen Kinder, ein Mädchen und ein Junge, waren allen bekannt. Er lud Angehörige seines Dezernats regelmäßig zum Essen zu sich nach Hause ein. Wenn sie Probleme hatten, verhielt sich Peroni wie ein besorgter Vater, bot seinen Rat und seine Hilfe an.

All das wurde an einem kalten Januarabend zunichte gemacht. Peroni wurde nicht vor Gericht gestellt. Er hatte gegen kein Gesetz verstoßen. Er hatte nur alles verloren. Seine Frau war mit beiden Kindern nach Siena zurückgekehrt, bestand auf unverzüglicher Scheidung und schrie Zeter und Mordio über seinen schändlichen Ehebruch. Innerhalb weniger Wochen war Peroni von einem hoch angesehenen Polizisten und geliebten Familienvater zu einem allein stehenden Mann in mittleren Jahren geworden, dessen berufliche Zukunft mehr als vage aussah. Und jetzt hatte ihn Leo Falcone mit Nic Costa zusammengetan, dessen Aussichten bei der Polizei ähnlich ungewiss waren. Costa wusste nicht recht, wie er damit umgehen sollte. Doch das ging Gianni Peroni nicht anders, nahm er an.

Die kleinen römischen Tempel an der Piazza della Bocca della Verità tauchten vor dem Fenster auf, zwei harmonische Rundbauten aus einer anderen, idyllischen Welt. Es war ein sonniger Tag und warm genug, um das Kommen des Frühlings anzudeuten. Nic Costa wünschte, er könnte sich eine Weile da draußen neben die Säulen setzen und nachdenken.

»Was halten Sie von ein paar grundsätzlichen Bemerkungen?«

Costa blickte in Peronis Gesicht und fragte sich, wann er

sich an den Gedanken gewöhnen würde, seinen Dienstwagen mit jemandem zu teilen, der aussah wie die Karikatur eines Schurken. »Wenn Sie mögen.«

»Lassen Sie mich ganz offen sein. Es ist noch nicht lange her, seit Sie durchgedreht sind. Sie haben auch mehr als einen über den Durst getrunken. Mich hat man mit heruntergelassenen Hosen bei einer tschechischen Nutte erwischt. So wie ich es sehe, muss ich jetzt dafür den Bewährungshelfer geben. Wenn ich es schaffe, Sie etwa einen Monat lang von der Flasche fern zu halten, und es uns gelingt, ein paar Kriminelle dingfest zu machen, kann ich mir Pluspunkte bei Leo verdienen. Möglicherweise kann ich dann bald wieder das tun, was ich am besten verstehe – ein Ermittlungsteam leiten –, und brauche nicht länger in einem stinkenden Dienstwagen zu sitzen, um den Aufpasser für einen Untergebenen zu spielen, damit der nicht zur Flasche greift. Ich werde alles tun, um Leo zufrieden zu stellen. Aber Sie müssen mir helfen. Je eher Sie das tun, desto schneller sind Sie mich los und bekommen einen anderen Partner. Verstanden?«

Costa nickte.

»Und noch etwas. Ich *hasse* Alkohol. Ich musste zu oft erleben, wie Männer zu stinkbesoffenen Scheißkerlen wurden. Wenn Sie mir das antun, kann ich sehr unangenehm werden. Und das wird Ihnen bestimmt nicht gefallen. Es gefällt niemandem.«

»Ich werde mich bemühen, daran zu denken. Wie wäre es mit einer Gegenleistung? Mit einem Versprechen, Nutten aus dem Weg zu gehen?«

Peroni musterte ihn so finster, dass es Costa unwillkürlich mit der Angst zu tun bekam. »Nehmen Sie den Mund nicht so voll. Ich weiß, dass Leo sein Händchen über Sie hält. Der dumme Hund fühlt sich schuldig für das, was Ihnen zugestoßen ist. Keine Ahnung warum. Soweit mir bekannt ist, haben Sie sich selbst in die Scheiße geritten.«

Costa biss nicht auf den Köder an. »Nein, ich meine es

ernst. Es interessiert mich. Jedermann war überzeugt, Sie ganz genau zu kennen. Den ehrenwerten Polizisten mit der harmonischen Familie, dem untadeligen Lebenswandel. Jetzt denken alle, sie hätten sich geirrt. Und fragen sich, bei wem der Fehler lag. Bei ihnen oder bei Gianni Peroni.«

»Bei mir«, entgegnete Peroni ohne zu zögern. »Aber lassen Sie mich Ihnen eins klarstellen. Alle haben irgendwo einen dunklen Punkt. Jeder fragt sich, wie es wäre, dem nachzugeben. Selbst Sie. Wenn Sie zu wissen glauben, was gut für Sie ist.«

»Ich dachte, das wäre etwas, was Sie sich nie erlauben würden.«

»Ich spreche vom Alkohol. Menschen, die trinken, tun es mit einer bestimmten Absicht. Um etwas zu *töten.* Vielleicht wäre es besser, wenn sie stattdessen ihren verborgenen Wünschen nachgeben würden. Nur dann und wann.«

Wie philosophisch, dachte Costa. So etwas hätte er von einem Polizisten kaum erwartet, und schon gar nicht von Gianni Peroni.

»Eine letzte Bemerkung, Junge. Ich habe gesehen, wie Sie heute mit Barbara Martelli in die Questura gekommen sind. Ist sie nicht wirklich das zauberhafteste Wesen von der Welt? Was wäre, wenn sie eines schönen Tages, an dem Sie Ihre Ehe für ebenso glücklich halten wie Ihre Zukunft gesichert, auch wenn Sie nicht mehr der Jüngste sind, zu Ihnen sagen würde: ›Nic, ich wüsste zu gern, wie das ist. Nur ein einziges Mal. Was kann es schon schaden? Wer sollte etwas davon erfahren?‹«

»Ich bin nicht verheiratet.«

»Das weiß ich. *Wenn,* habe ich gesagt.« Peroni schien auf eine Reaktion zu warten, aber es kam keine. »Sie sollten sich mit dem Mädchen verabreden. Da ist so etwas in ihren Augen, wenn sie Sie ansieht. So etwas entgeht mir nicht.«

Costa lachte. »Wirklich?«

»Wirklich. Und noch eins. Ich kenne ihren Vater. Er war

bis vor wenigen Jahren bei der Sitte. Einer der übelsten Burschen, die mir je unter die Augen gekommen sind. Wie der eine solche Frau zeugen konnte, wird mir unbegreiflich bleiben. Na, ist das etwa kein guter Grund, sich nicht mit ihr zu verabreden? Sonst müssten Sie den Mistkerl irgendwann kennen lernen.«

»Danke.«

»Keine Ursache. Sie scheinen ein Typ zu sein, der Begründungen dafür schätzt, etwas nicht tun zu müssen. Bis ich aus diesem Dienstwagen erlöst werde, kann ich damit gut leben. Haben wir uns verstanden?«

Costa brauste nicht auf. Auf gewisse Weise fühlte er sich erleichtert. Zumindest wusste er jetzt, woran er war.

»Ich denke schon«, sagte er. »Können wir uns darauf verständigen, dass wir einfach zwei Bullen sind, die auf den Straßen von Rom für Ordnung ...?«

Aber der Hüne auf dem Beifahrersitz brachte ihn mit einer Handbewegung zum Schweigen. Die Zentrale plärrte ihre Nummer. Peroni griff nach dem Mikro und meldete sich. Wenig später trat Nic Costa aufs Gas, raste durch Piramide und auf die Autostrada Richtung Flughafen und Küste. Er schaltete Blaulicht und Sirene ein, um die anderen Autos aus dem Weg zu scheuchen.

»Was für ein Tag«, stöhnte Peroni. »Erst muss ich den Babysitter spielen, jetzt sind wir die Feuerwehr. Schwer zu sagen, was schlimmer ist.«

Bobby Dexters Gesicht hatte den entschlossenen Ausdruck, den Lianne gut kannte. Normalerweise verhieß der nichts Gutes.

»Ich werde dir sagen, was wir machen«, erklärte er. »Wir werden einen Kopf mitnehmen, der Tom Jorgensen vor Neid erblassen lässt. Einen, der tausendmal besser ist als sein griechischer Mist.«

Entsetzt riss die die Augen auf. »*Was?*«

Bobby hob den Spaten in Schulterhöhe und schwang ihn wie eine Axt. »Sieh her. Sieh zu, du kannst etwas lernen.«

Wuchtig hieb er auf die Stelle ein, wo der Hals der Statue sein musste. Viel geschah nicht. Ein paar Erdbrocken flogen hoch. Aber Lianne schrie wie am Spieß, lauter als jemals zuvor in ihrem Leben.

»Bobby Dexter! Was zum Teufel tust du da? Das ist ein Kunstwerk. Von geschichtlichem Wert. Und du willst es zerschlagen, nur um zu beweisen, dass du einen größeren Schwanz hast als Tom Jorgensen?«

Leicht schwankend hob er erneut den Spaten. »Woher weißt du, wie groß Jorgensens Schwanz ist?«

»Das war eine Metapher, du Schwachkopf.«

Bobby Dexter blinzelte sie an. Er sah geradezu abstoßend aus. Die Dämmerung hüllte die Welt in einen unheimlichen, düsteren Schein. Bobby schlug mit dem Spaten auf den Hals der Statue ein, verfehlte ihn aber und wirbelte nur Erde auf, die ihm ins Gesicht spritzte. Ein paar Krümel gerieten ihm in den Mund. Er spuckte das Zeug aus, als wäre es giftig.

»Wenn du die Statue zerstörst, ist es aus mit uns, Bobby«, sagte sie kalt. »Das ist keine leere Drohung. Diesmal beschwere ich mich nicht bei meinem Vater. Ich nehme mir einen Anwalt. Sobald wir in Seattle gelandet sind.«

Er zögerte, schien zu überlegen, ob sie es tatsächlich ernst meinte. »Sag das noch einmal, wenn wir mit diesem Prachtstück wieder zu Hause sind. So etwas findest du im ganzen Staat Washington nicht in Privatbesitz. Ich wette, du hast keine Ahnung, wie dekorativ sich das auf Dinnerparties macht.«

»Bobby …«, schrie Lianne.

»Halt den Mund.« Er holte aus.

Diesmal traf er. Tief drang die scharfe Kante des Spatens in den Hals. Sie hätten ein scharfes Knacken hören müssen, das auf eine gelungene Spaltung des Steins hinwies, mit gerade so viel Absplitterungen, um überzeugend zu wirken.

Lianne kannte ihren Mann gut genug, um zu wissen, was er dachte. Vermutlich zuckten bereits die verrücktesten Pläne durch seinen Kopf.

Doch davon konnte keine Rede mehr sein, nachdem der Spaten zugestoßen hatte. In diesem Moment begriff Lianne Dexter ihren verhängnisvollen Irrtum. Sie hatten gesehen, was sie sehen wollten. Nicht das, was da war. Vielleicht sogar mit Grund. Denn die Realität erwies sich als etwas, dem sie nirgendwo auf diesem Planeten begegnen wollten, am wenigsten ganz allein an einer kleinen Landstraße, neben einem grauen, stinkenden Fluss in einem Land, in dem ihre Sprachkenntnisse gerade einmal ausreichten, um Pizza, Bier und Wein zu bestellen.

Das Spatenblatt hatte keinen harten Stein durchtrennt, sondern Fleisch, zumindest eine Art von Fleisch. Eine Substanz, die wie braunes, zähes Leder wirkte, aber elastisch war. Das Werkzeug hatte den Hals an der Stelle durchschnitten, wo er in die Schultern überging, und etwas verletzt, das aussah wie eine menschliche Sehne, und sie dabei beide mit einer übel riechenden feuchten Masse bespritzt, die eindeutig etwas Organisches, fast Lebendiges zu enthalten schien.

An Liannes Gesicht klebten Erdbröckchen, die sie bei Bobbys Fehlschlag überrieselt hatten. Hilflos schluchzend und würgend spieh sie Torffasern aus.

Sie hielt kurz inne und beobachtete, wie Bobby sich bückte, um das *Objekt* genauer zu betrachten. Irrte sie sich, oder zeigten seine Züge tatsächlich einen Anflug ehrfürchtiger Scheu?

Auf dem Boden vor ihnen lag der halb vom Körper getrennte Kopf eines jungen Mädchens von sechzehn oder siebzehn Jahren. Es trug ein klassisches Gewand und hielt einen großen Stab in der linken Hand. Die Wucht des Spatenhiebs hatte die Torfschicht über ihrem Gesicht größtenteils entfernt. Was jetzt von ihren Zügen zu sehen war, konnte nicht anders denn als schön bezeichnet werden. Sie hatte eine hohe Stirn und ausgeprägte Wangenknochen. Kein Fältchen verunzierte ihre makellose Lederhaut. Die Augen waren geschlossen, die Lippen wie zu einem letzten Seufzer leicht geöffnet. Sie hatte perfekte Zähne, deren einstmals strahlendes Weiß inzwischen durch das Liegen in der Torferde bräunlich verfärbt waren. Ihre langen Haare waren im Nacken zusammengefasst und zu festen Strähnen verklebt. Ihr Gesichtsausdruck wirkte unendlich friedlich. Sie sieht glücklich aus, dachte Lianne Dexter, was unter den gegebenen Umständen natürlich völlig absurd war.

Falls noch ein Hauch des Zweifels daran bestehen sollte, was da vor ihnen lag, schwand der beim Anblick des Halses. Mit seinem letzten Hieb war Bobby genau das gelungen, was er erhofft hatte: eine saubere Trennung. Jetzt blickten Bobby und Lianne Dexter in das Innere eines menschlichen Rachens, und das war ein Durcheinander von schwärzlichem Gewebe, Knochen, Sehnen und Röhren, die sie vage an eine längst vergangene Schulstunde in Anatomie erinnerten.

»Großer Gott«, murmelte Bobby und begann zu zittern.

Eine 474 dröhnte tief über ihre Köpfe hinweg. Sie spürten die Hitze der Abgase, rochen Kerosingestank. Als das Getöse verklang, drang ein anderes Geräusch an Bobby Dexters Ohren. Es war das heulende Schluchzen seiner Frau.

»Nein«, flehte er. »Nicht jetzt, Lianne. Verdammt noch mal, ich muss nachdenken.«

Lange dachte er nicht mehr nach. Zwei Männer kamen auf sie zu. Irgendwo hinter ihnen rumpelte ein Feuerwehrwagen auf die verkohlten und rauchenden Trümmer des Clio zu.

Die Männer schwenkten Dienstmarken. Sie sahen nicht sympathisch aus.

Der Ältere war ein stiernackiger Gorilla mit einem entstellten Gesicht und durchdringenden, bohrenden Augen, die ganz so aussahen, als würde ihnen absolut nichts entgehen. Der jüngere, kleinere Mann betrachtete das Objekt in der Erde, die lederfarbene Leiche mit ihrem nahezu abgetrennten Kopf.

»Dieser Tag wird immer verrückter«, knurrte Gianni Peroni. »Kneifen Sie mich. Sagen Sie mir, dass ich träume.«

»Sie träumen nicht.« Wie gebannt starrte Nic Costa auf die halb von Schlamm verdeckte Gestalt. Warf keinen Blick auf die schluchzende Frau, die aussah, als hätte sie sich übergeben, und nun zusammengekauert am Flussufer hockte. Auch nicht auf den Mann, der leicht schwankend einen Spaten in seinen Händen hielt.

»Hören Sie. Legen Sie sich bloß nicht mit mir an. Ich bin amerikanischer Staatsbürger.«

Die Iden des März

»Wie lange hat sie da in der Erde gelegen? Können Sie mir das vielleicht sagen?«

Teresa Lupo stand vor den bräunlich verfärbten menschlichen Überresten, die jetzt auf dem glänzenden Stahltisch im Leichenschauhaus lagen. Die Pathologin benahm sich noch gluckenhafter als sonst hinsichtlich der Toten in ihrer Obhut und wirkte ungemein zufrieden mit sich selbst. Vor zwei Wochen waren Nic Costa und Gianni Peroni am Ufer des Tiber auf die Leiche und das verstörte amerikanische Ehepaar gestoßen, wenige Kilometer von der Mündung in Ostia entfernt. Bobby und Lianne Dexter befanden sich längst wieder in Seattle, um mit ihren Anwälten über ihre Scheidung zu sprechen und darüber, wer das Sorgerecht für die Katzen bekam. Sie schätzten sich noch immer glücklich, Europa ohne eine einzige Anklage entronnen zu sein. (Was Lianne wieder einmal bewies, was für seltsame Menschen Italiener waren.) Costa und Peroni hatten sich inzwischen irgendwie zusammengerauft, wenn auch nicht zu einem echten Team, so doch zu Partnern, die ihre gemeinsamen Stunden mit Pflichtgefühl überstanden – und mit der Hoffnung, dass ihre Zwangsbeziehung bald enden würde.

Die Leiche machte ein paar Tage lang international Schlagzeilen. Irgendjemand hatte den Medien ein Foto zugespielt, das die starren Gesichtszüge der Leiche aus dem Tibersumpf zeigte. Man stand vor einem Rätsel. Niemand konnte etwas über das Alter der Toten sagen. Niemand wusste, ob das Mädchen eines natürlichen Todes gestorben oder einem obskuren Verbrechen zum Opfer gefallen war. In den Massenblättern wurden wilde Spekulationen angestellt. Es gab Geschichten über altertümliche Kulte, deren Anhänger getötet wurden, wenn sie das Aufnahmeritual nicht bestanden.

Nic Costa enthielt sich allen Mutmaßungen. Bevor Teresa Lupo ihr Urteil gefällt hatte, blieb alles ein Stochern im Nebel. Jetzt schien sie zu Erkenntnissen gekommen zu sein, denn sie hatte sie für zehn Uhr zu sich zitiert. Um zwölf wollte Teresa den Journalisten ihre Befunde mitteilen. Die Tatsache, dass sie die Pressekonferenz einberufen hatte, ohne Leone Falcones Erlaubnis einzuholen, sprach Bände. Es bedeutete, dass es keine kriminalpolizeilichen Ermittlungen geben würde. Nic Costa und Peroni waren lediglich aus Höflichkeit ins Leichenschauhaus gebeten worden. Als Finder des Untersuchungsobjekts hatten sie es verdient, über seine Geheimnisse aufgeklärt zu werden. Costa wünschte, Teresa hätte sie verschont. Er bekam langsam wieder ein Gefühl für die Polizeiarbeit, freundete sich sogar mit der Idee an, in seinem Job gut sein zu können. Wenn das hier gar kein Fall war, verschwendete er nur Zeit, die er bei echten Ermittlungen verbringen konnte.

Falcone, Peroni und Costa saßen nebeneinander auf einer kalten, harten Bank und sahen zu, wie die Pathologin pedantisch ein paar letzte Untersuchungen anstellte. Costa wusste, was das hier war: ein Probelauf für die Pressekonferenz, die zu ihrer Rückkehr in den Polizeidienst gehörte. Nach dem Fall Denney hatte Teresa Lupo ihren Job aufgegeben und geschworen, ihn nie wieder aufzunehmen. Als Luca Rossis Freundin war sie tief betroffen über seinen Tod. Vielleicht sogar noch mehr als Nic Costa. Mit Sicherheit mehr als Falcone, der sich zwar insgeheim mit Schuldgefühlen herumschlug, aber viel zu besessen von seinem Job war, um sich lange ablenken zu lassen.

Trauer hatte Teresa Lupo aus der Truppe vertrieben, die Abhängigkeit brachte sie wieder zurück. Sie war wie sie alle: süchtig und unfähig, sich zu enthalten. Sie befasste sich intensiv mit ihren Toten, versuchte deren Leben zu erforschen und was sie auf ihren Untersuchungstisch gebracht hatte. Diese Geheimnisse zu ergründen ist Erfüllung für sie, dachte Costa, und das sieht man ihr an. Sie hatte ein bisschen Gewicht verloren. Der Pferdeschwanz war verschwunden. Jetzt trug sie ihre schwarzen Haare kurz geschnitten, mit modischen Fransen, um ihren kräftigen Nacken zu kaschieren. Sie besaß ein schmales, lebhaftes Gesicht und leicht vorquellende blaue Augen, die unablässig herumzuhuschen schienen. Die Frau hatte fast etwas Obsessives an sich, etwas, das die meisten Männer, die ihr näher kommen wollten, sehr schnell wieder vertrieb. Vielleicht war es das, was sie trotz ihres unberechenbaren Temperaments und ihrer scharfen Zunge bei den Polizisten zur beliebtesten Pathologin machte ...

»Zehn Jahre, höchstens zwanzig«, äußerte Peroni. »Aber was weiß ich schon? Ich bin nur ein degradierter Bulle von der Sitte. Falls ich irgendwelchen Mist baue, tragen Sie die Verantwortung, Leo. Ich bin den Umgang mit Leuten gewöhnt, an deren Schuld von Anfang an kein Zweifel besteht. Diese ganze Vermuterei ... ist einfach nicht mein Bier.«

Falcone hielt sich eine Hand ans Ohr. »Wie bitte?«

»Wie gesagt, Ispettore«, murmelte Peroni unterwürfig. »Sie müssen mir mögliche Schnitzer schon nachsehen, Ispettore.«

Nachdenklich strich sich Falcone durch seinen grauen Spitzbart und blickte auf die Leiche. Sein grauer Anzug sah aus, als hätte er ihn erst heute früh gekauft. Gestern war er aus einem Urlaub irgendwo im Süden zurückgekehrt. Tiefe Bräune überzog sein Gesicht und den kahlen Schädel. Seine Haut hatte fast die Farbe der Leiche auf dem Untersuchungstisch. Der Inspektor schien meilenweit weg zu sein. Vielleicht war er in Gedanken noch immer am Strand oder wo er sonst seine Ferien verbracht hatte. Vielleicht dachte er über die Dienstpläne nach. Eine Grippewelle hielt die Stadt fest im Griff. In der Questura standen so viele Schreibtische leer wie sonst nur an Weihnachten.

Teresa schmunzelte. Peroni hatte genau das gesagt, was sie hören wollte. »Das ist eine durchaus vernünftige Annahme, selbst für einen degradierten Bullen von der Sitte. Ihre Begründung …«

Er zeigte auf die Leiche. »Sehen Sie sie an. Ihr Zustand ist nicht der Beste, aber sie stinkt kaum. Keine Spuren von Verwesung. Ich wette, Sie haben schon Schlimmeres gesehen. Und gerochen.«

Sie nickte. »Das kommt von der Behandlung. Seit sie hier ist, liegt sie in einer Lösung. Fünfzehn Prozent Polyäthylen-Glycol in destilliertem Wasser. Ich habe mich gründlich informiert. Bücher gelesen. Mit Leuten gesprochen. Per E-Mail stehe ich in Kontakt mit Wissenschaftlern in England, die wissen, wie eine Leiche in diesem Zustand behandelt werden muss. In etwa zehn Wochen werden wir sie gefriertrocknen müssen, um unsere Arbeit korrekt abschließen zu können.«

»Müssen wir sie denn nicht irgendwann begraben?«, fragte Costa. »Ist das bei Toten nicht üblich?«

Teresa Lupo verzog erstaunt ihr Gesicht. »Machen Sie Witze? Glauben Sie denn, dass die Universität das gestattet?«

»Seit wann gehört sie der Universität?«, wandte er ein. »Sie war ein Mensch – ganz unabhängig davon, wie alt sie ist. Offenbar gibt es keinerlei Grund für kriminalpolizeiliche Ermittlungen. Wo liegt dann das Problem? Seit wann wird aus einer Leiche, die eines natürlichen Todes gestorben ist, ein Untersuchungsobjekt? Wer entscheidet das?«

»Ich.« Falcone erwachte abrupt aus seinem Dämmerzustand. Costa musterte ihn überrascht. Falcone wirkte nicht so kühl und beherrscht wie sonst, sondern bedrückt. Es war höchst ungewöhnlich, dass Leo Falcone überhaupt irgendeine menschliche Regung zeigte. Costa fragte sich unwillkürlich, mit wem Falcone seinen Urlaub verbracht hatte. Der Inspektor war seit Jahren geschieden. Es wurde gelegentlich über Affären getuschelt, aber das war womöglich nur der übliche Klatsch. Wenn Falcone in der Questura war, schien es für ihn nur den Dienst zu geben. Verließ er sie, verschwand er wie vom Erdboden. Traf sich nie mit seinen Kollegen, ließ sich nie zum Essen einladen. Vielleicht hatte der Inspektor, der stets so streng und abweisend war, wenn es um die Belange anderer Menschen ging, gar kein privates Leben. Vielleicht fuhr er mutterseelenallein in Urlaub, setzte sich an den Strand, las ein Buch und wurde von Tag zu Tag brauner, von Stunde zu Stunde niederträchtiger.

»Hören Sie mir doch zu«, bat Teresa. »Es wird Ihnen gleich klarer, das verspreche ich. Ein paar Jahrzehnte? Nicht schlecht geschätzt. Leider muss ich Ihnen sagen, dass Sie sich irren. Fast zweitausend Jahre.«

Peroni schnaubte verächtlich. »Irgendjemand muss hier Hasch oder so was geraucht haben, Leo. Oh, Entschuldigung – Ispettore. Wie käme man sonst auf diesen fantastischen Blödsinn?«

»Nicht so voreilig«, sagte Teresa Lupo und drohte mit dem Finger. »Im Moment muss ich mich mit präzisen Angaben noch zurückhalten, hoffe aber, Ihnen schon bald Genaueres sagen zu können. Die Leiche lag die ganze Zeit in Torferde. Sobald man einen Organismus einem Boden dieser Beschaffung aussetzt, beginnt die Konservierung, eine Art Mumifizierung. Darüber hinaus werden noch immer industrielle Abwässer da draußen in den Tiber geleitet – mit welchen Auswirkungen, mag der Himmel wissen. Manche Bereiche des Körpers sind hart wie Holz, andere weich, fast geschmeidig. Aus Gründen, die Ihnen bald einleuchten dürften, habe ich eine konventionelle Autopsie noch nicht in Erwägung gezogen. Daher sind keine Aussagen darüber möglich, in welchem Zustand sich ihre inneren Organe befinden. Aber ich habe bereits ein vages Todesdatum. Die übliche Radiokarbonmethode zur Altersbestimmung lässt sich auf Torf nicht anwenden. Ich möchte Ihre Geduld nicht mit Details strapazieren. Sagen wir einfach, dass die Säure im sumpfigen Boden alles zerstört, was wir zu den Tests nutzen könnten. Es bleiben jedoch andere Möglichkeiten. Beispielsweise könnten wir ihr Cholesterin untersuchen, da diese Substanz buchstäblich immun gegen Feuchtigkeit ist. Aber inzwischen habe ich organisches Material unter ihren Fingernägeln gefunden und geprüft. Es stammt aus einem Zeitraum zwischen den Jahren fünfzig und zweihundertdreißig nach Christus.«

Die drei starrten sie schweigend an.

»Ist das tatsächlich möglich?«, wollte Falcone schließlich wissen.

Teresa Lupo ging zum Schreibtisch und griff nach dem großen, braunen Umschlag neben dem Computer. »Aber sicher. So etwas wäre absolut nicht neu. Archäologen sprechen von Moorleichen. Sie lagen jahrhundertelang unbemerkt im Boden, bis der Torf kommerziell für den Gartenbau abgebaut wurde. In der Umgebung von Fiumicino lohnte sich das nicht, dafür ist das Gelände zu klein. Denken Sie daran, dass ein sehr nasser Winter hinter uns liegt. Vielleicht hat der Regen etwas von der Erdoberfläche abgetragen und damit den Fund erleichtert.«

Die Pathologin kehrte zu ihnen zurück und streckte ihnen einen Stapel Farbfotos entgegen. Sie zeigten Tote, Leichen mit schwärzlich brauner Haut. Manche waren geschrumpft, stärker mumifiziert als die Leiche auf dem Untersuchungstisch, aber ihr eindeutig vergleichbar.

»Sehen Sie sich das hier an«, sagte Teresa Lupo und deutete auf das erste Foto. Auf ihm war der Kopf eines Mannes zu sehen, dessen Gesichtszüge nahezu vollkommen erhalten waren. Sie wirkten friedlich und gelassen. Seine Augen waren geschlossen, als würde er schlafen. Er trug eine Lederkappe, an deren Säumen noch grobe Nadelstiche erkennbar waren. »Er wurde neunzehnhundertfünfzig in Tollund in Dänemark gefunden. Lassen Sie sich nicht vom Gesichtsausdruck täuschen. Er hatte einen Strick um den Hals. Wurde aus irgendeinem Grund aufgeknüpft. Sein Tod konnte mit Hilfe der Radiokarbonmethode datiert werden. Er starb vor rund zweitausend Jahren. Und das hier …«

Das nächste Bild zeigte einen mumifizierten Mann, der ausgestreckt auf einem Felsen lag. Sein Hals war sonderbar nach hinten gebogen und sein Kopf voller verfilzter, roter Haare.

»Grauballe, auch in Dänemark, nicht weit von Tollund entfernt, obwohl er sogar noch älter ist. Er starb im dritten Jahrhundert vor Christus. Seine Kehle war von einem Ohr zum anderen durchschnitten. In seinen Eingeweiden fand man Spuren von Mutterkorn – einem giftigen Getreidepilz, der auch zu medizinischen Zwecken verwandt wurde. Es ist nicht leicht zu ergründen, was damals geschehen ist, aber es gibt Gemeinsamkeiten. Diese Menschen sind gewaltsam gestorben, vielleicht bei irgendeinem Ritual. Meistens waren Betäubungsmittel oder Drogen im Spiel. Hier …«

Sie warf ihnen Fotos zu wie eine Kartenausteilerin beim Canasta oder Rommé. Manche der mumifizierten Leichen zeigten die gepeinigte, gequälte Körperhaltung, die jeder Polizist von modernen Tatorten her kannte. »Dieses Mädchen entdeckte man in Yde, in Holland. Es wurde im Alter von etwa sechzehn Jahren erstochen und erwürgt. Hier ein Fund aus Lindow, England. Der Mann wurde geschlagen, erstochen und dann im Moor versenkt. Ein Mann aus Dätgen in Deutschland. Man hat ihn erstochen und enthauptet. Dieser Frau, die im dänischen Borremose entdeckt wurde, hat man das Gesicht zertrümmert, wahrscheinlich mit einem Hammer oder einem Pickel. Diese Menschen gehörten einer primitiven Agrargesellschaft an. Vielleicht hatten sie ein Unrecht begangen. Vielleicht fielen sie einem heidnischen Ritual zum Opfer. Torfmoore besaßen für diese Stämme häufig eine Art religiöser Bedeutung. Möglicherweise wurden diese Menschen einem Moorgott geopfert. Ich weiß es nicht.«

Falcone legte die Fotos zur Seite, er wirkte bemerkenswert desinteressiert. »Mir ist egal, was vor zweitausend Jahren oder mehr in Dänemark geschehen ist. Was ist *hier* passiert? Wie ist diese Frau auf dem Tisch da gestorben?«

Teresa Lupo schnaubte hörbar. Sie hat ein bisschen mehr Anerkennung für ihre Nachforschungen erwartet, dachte Costa. Und das mit Recht.

»Hören Sie«, begann sie scharf. »Unsere Möglichkeiten sind begrenzt. Wie Nic bereits sagte: Wann wird aus einer Leiche ein Untersuchungsobjekt? Es handelt sich hier um eine sehr alte Leiche. Ich bin Gerichtsmedizinerin, keine Historikerin. Es gibt sehr viel geeignetere Leute, die an dem Mädchen eine Autopsie durchführen können. Das ist keine Aufgabe für uns.«

»Wie ist sie gestorben?«, wiederholte Falcone.

Die Pathologin betrachtete das starre, lederartige Gesicht. Sie empfand stets Mitgefühl für ihre Kunden. Selbst wenn sie vor Tausenden von Jahren gestorben waren.

»Wie die anderen auch. Sie fand einen gewaltsamen Tod. Das wollten Sie doch hören?«

»Für gewöhnlich ist das das Erste, was wir wissen müssen«, bemerkte Falcone.

»Für gewöhnlich«, stimmte sie zu. Dann zeigte sie zur Toten auf dem glänzenden Untersuchungstisch. »Halten Sie das da für gewöhnlich?«

Es gab Momente, in denen Emilio Neri es regelrecht verrückt fand, das Haus an der Via Giulia nicht längst verkauft zu haben. Vor dreißig Jahren hatte er es von einem spielsüchtigen Bankier übernommen, der einen Kredit nicht zurückzahlen konnte. Damals war Neri ein aufstrebender *capo* in der römischen Verbrecherwelt und mit dieser Schuldentilgung nicht unbedingt einverstanden. Er hätte mit dem Idioten lieber einen kleinen Ausflug aufs Land unternommen, um ihm die Augen auszustechen und irgendwo im Straßengraben liegen zu lassen. Doch alles geschah zu einer Zeit, in der andere ihm die Entscheidungen abnahmen. Es sollte noch rund zehn Jahre dauern, bis aus Neri ein selbstständiger *don* wurde, der Hinrichtungen anordnete und bei allen Unternehmungen seinen Schnitt machte. Doch da war der Bankier längst wieder im Geschäft und machte zu Neris Bedauern keine Schulden mehr.

In den siebziger Jahren wohnten an der Via Giulia noch ganz normale Römer. Sie war noch nicht die schicke Straße für Antiquitätenhändler und reiche Ausländer, die sie später werden sollte. Anfang des sechzehnten Jahrhunderts von Bramante für Papst Julius II. am linken Tiberufer angelegt, sollte sie ursprünglich – über die Engelsbrücke – einen beeindruckenden Zugang zum Vatikan bilden. Der Campo dei Fiori lag nur zwei Minuten Fußweg entfernt. Trastevere noch näher, wenn man die mittelalterliche Fußgängerbrücke Ponte Sisto überquerte. An schönen Sommerabenden unternahm Neri diesen Spaziergang regelmäßig und blieb mitten auf der Brücke stehen, um über den Fluss zur Kuppel des Petersdoms zu blicken. Er war an Ansichten nie sonderlich interessiert, aber diese Szenerie gefiel ihm irgendwie. Vielleicht war das der Grund, aus dem er an dem Haus festhielt, obwohl er sich inzwischen nahezu jede Immobilie in Rom leisten konnte und Wohnsitze in New York, in der Toscana, in Kolumbien und auf der Insel seiner Vorväter, Sizilien, besaß.

Auf seinen Spaziergängen nach Trastevere fühlte sich Neri wie ein anderer Mensch. Darüber hinaus wurde in den Restaurants gut gekocht, und einem schmackhaften Essen konnte er noch nie widerstehen. Bis etwa fünfzig war er relativ fit gewesen, ein großer, muskelbepackter Mann, der seinen Willen notfalls mit Kraft und brutaler körperlicher Gewalt durchsetzte. Dann forderten das gute Essen und der Wein ihren Tribut. Jetzt war er fünfundsechzig und bei weitem zu dick. Manchmal betrachtete er sich im Spiegel und fragte sich, ob er daran etwas ändern konnte. Dann erinnerte er sich daran, wer er war, und es machte ihm nichts mehr aus. Er besaß Geld in einem Überfluss, von dem andere Mensch nur träumen konnten. Er hatte eine junge, schöne Frau, die ihm jeden Wunsch von den Augen ablas und klugerweise beide Augen zudrückte, wenn er sich einen kleinen Seitensprung erlaubte. Vielleicht war er fett. Vielleicht hatte er Mundgeruch, so dass er sich unablässig Minzbonbons in den Mund stopfte, wie einige seiner Untergebenen an ihren Glimmstängeln sogen. Na und? Er war Emilio Neri, ein Don, gefürchtet in ganz Rom und darüber hinaus. Aus Prostitution, Drogenhandel, Geldwäsche, Waffengeschäften und einer Unzahl halb legaler Investitionen strömten beständig große Summen auf seine Auslandskonten. Es scherte ihn nicht, wie er aussah, wie er stank. Das war ein Problem der anderen.

Nur ein winzig kleines Ärgernis überschattete Neris sonst so sonniges Leben, und das residierte zu Neris gelegentlichem Missvergnügen unter ihm, ein Stockwerk über den im Grunde überflüssigen sechs Angestellten. Während er und Adele die oberen beiden Etagen bewohnten – mit alleinigem Zugang zur riesigen Terrasse mit Palmen und Springbrunnen –, war Neris einziger Sohn Mickey nach drei Jahren Abwesenheit wieder aufgetaucht, in denen er Neris Freunde in den Staaten gründlich verprellt hatte. Es war ein Arrangement auf Zeit. Neri wollte den Jungen ein bisschen im Auge behalten, um sicherzustellen, dass er sich von Drogen fern hielt. Sobald er sich wieder ein wenig im Griff hatte, wollte Neri ihn von der Leine lassen. Ihm irgendwo in der Stadt ein Apartment suchen oder nach Sizilien schicken, wo Verwandte auf ihn achten konnten. Neri handelte zum Teil aus Eigensucht: Mickey war innerhalb der Organisation aufgewachsen. Wenn er sich bei den falschen Leuten verplapperte, konnte er ziemlichen Schaden anrichten.

Aber Neri bewog auch väterliche Loyalität. Mickey war ein Arschloch. Vielleicht kam er darin nach seiner Mutter, einer übertrieben braun gebrannten amerikanischen Filmstatistin, die Neri über einen betrügerischen Produzenten kennen gelernt hatte, dem klar war, dass Neri heißes Geld in einen Fellini-Film pumpte. Nach fünf Jahren wusste Neri, dass er sich entweder scheiden lassen oder die Schlampe Weib umbringen musste. Jetzt aalte sie sich unter der Dauersonne von Florida und ähnelte wahrscheinlich einem Leguan, einem Geschöpf, das selbst im Schlaf mehr Verstand besaß als sie.

Mickey wollte nie zu seiner *mamma*. Ihn zog es zu seinem Vater. Er hielt sich für einen kommenden Don und ließ keine Gelegenheit aus, seine Wichtigkeit zu betonen. Darüber hinaus hatte er immer wieder Probleme mit Frauen. Ob verheiratet oder nicht – er konnte einfach nicht die Finger von ihnen lassen. Seine Rettung war die Tatsache, dass er seinen Vater anbetete. Jedermann sonst, Adele eingeschlossen, fügten sich Neris Wünschen und Geboten aus Furcht. Mickey tat es aus einem simpleren Grund. Die meisten Kinder idealisieren ihre Väter, bevor sie mit sieben oder acht Jahren zu einer sachlicheren Bewertung finden. Diesen Schritt hatte Mickey nie vollzogen. Er bewunderte seinen Vater geradezu hemmungslos, was Emilio Neri eigentümlich rührend fand. Das führte dazu, dass er dem Jungen einiges nachsah, ihn beispielsweise nach Lust und Laune durchs Haus stromern ließ, obwohl er und Adele, die mit einunddreißig nur ein Jahr älter war als er, einander auf den Tod nicht ausstehen konnten. Es führte dazu, dass er die Probleme übersah, als Mickey exzessiv zu Drogen und Alkohol griff; Probleme, deren Lösung ihn mitunter teuer zu stehen kamen.

Manchmal fragte sich Emilio, wer wen verwöhnte. Seit Mickey wieder bei ihnen wohnte, fragte er sich das häufiger.

Jetzt war es fast Mittag, und seit dem Frühstück hackten sie beständig auf einander herum. Noch immer in ihrem mauvefarbenen Seidenpyjama lag Adele auf der Couch und blätterte in einem Modekatalog. Emilio fand, dass sie hinreißend aussah, aber natürlich war das Geschmackssache. Sie nippte an einem Glas Blutorangensaft, der fast genau die Farbe ihrer Haare hatte. Sie schickte täglich einen der Angestellten zum Markt, damit er ihr das Zeug kiloweise kaufte, und sah dann in der Küche zu, wie die mürrische Köchin Nadia die Früchte ausdrückte. Adele ernährte sich buchstäblich von dem Saft, was Mickey ganz verrückt machte. Vielleicht ist sie deshalb nur Haut und Knochen, mutmaßte er und stellte seinem Vater täglich dieselbe Frage: Warum heiratet man eine rothaarige Bohnenstange, wenn man nahezu jede Frau in Rom haben kann?

»Ich kann noch immer jede Frau in Rom haben«, erklärte Emilio.

»Ja. Aber warum?«

»Weil ich nicht das gleiche Bild über dem Kamin haben will wie jedermann sonst. Belassen wir es dabei.«

»Ich begreife es nicht.«

Emilio legte einen Arm um die Schulter des Jungen. Mickey hatte das Äußere seiner Mutter geerbt. Er war schlank, muskulös und sah blendend aus. Nur schade, dass er eine Vorliebe für Kleidungsstücke hatte, für die er nicht mehr jung genug war. Und dass er sich die schulterlangen Haare unnatürlich blond färben ließ. »Das brauchst du auch nicht. Aber es wäre schön, wenn ihr euch nicht ständig angiften würdet. Wenigstens nicht in meiner Gegenwart.«

»Entschuldige«, murmelte sein Sohn.

Emilio Neri gab das zwar niemals zu, aber manchmal verstand er es auch nicht. Adele war anders als jede Frau, mit der er geschlafen hatte: kühl, verwegen und bereit zu allem, was er von ihr verlangte. Trotz ihrer Jugend hatte sie ihm ein paar Tricks beigebracht. Vielleicht lag es daran. An ihrem Charakter mit Sicherheit nicht, denn über ihr Grundbedürfnis nach Geld und Sicherheit hinaus blieb der ihm ein Rätsel.

Sie war ein teures Haustier, ein lebendiges Schmuckstück, das Schönheit in sein Leben brachte.

»Und?«, fragte Neri und sah seine Lieben der Reihe nach an. »Welche Pläne hat meine Familie für heute?«

»Wollen wir nicht ausgehen?«, schlug Adele vor. »Wir könnten irgendwo essen.«

»Warum die Mühe?«, grinste Mickey. »Ich könnte jemanden zum Campo schicken, damit er dir ein paar Salatblätter kauft. Die reichen bestimmt eine Woche.«

»Schluss jetzt!«, schrie sein Vater. »Lass die Seitenhiebe! Und hör auf, die Leute für Dinge loszuschicken, die du selbst holen kannst. Ich bezahle sie nicht dafür, dir deine Zigaretten zu besorgen.«

Stumm vergrub Mickey die Nase in seiner Sportzeitschrift. Neri wusste, was sein Sohn dachte. Er fragte sich, wofür er sie sonst bezahlte. Neri hatte die Vorstellung von Fremden im Haus noch nie gefallen. Aber Adele fand, dass ihre Position das verlangte. Er war der Boss. Es wurde von ihm erwartet, dass er sich Leute hielt. Was ihm zutiefst widerstrebte. Emilio Neri stammte aus einer traditonellen römischen Arbeiterfamilie und hatte sich aus den Slums von Testaccio nach oben gekämpft. Mit seinen beiden Leibwächtern hatte er keine Probleme. Aber ein Haus war für die Familie da, nicht für Fremde.

»Ich muss zur Arbeit«, sagte Emilio. »Leute treffen. Wahrscheinlich bin ich erst am späten Nachmittag wieder zurück.«

»Dann gehe ich ein bisschen einkaufen«, sagte seine Frau mit einem Hauch Enttäuschung in der Stimme.

Fassungslos schüttelte Mickey seine blonde Mähne. Adele ging ständig einkaufen.

»Und du, Sohn ...«

»Ja?« Mickey schlug seine Zeitschrift zu.

»Du wirst dieser Laus Cozzi einen Besuch abstatten. Quetsche ihn ein bisschen aus und verlange eine ordentliche Abrechnung. Dieser Hund hintergeht uns. Das habe ich im Gespür. Wir müssten in der Woche mehr kriegen, als er uns im ganzen Monat überlässt.«

»Und was soll ich tun, wenn ich etwas bemerke?«

»Wenn du ›etwas bemerkst?‹« Neri trat auf seinen Sohn Mickey zu und strich ihm über die unnatürlich blonden Haare. »Dann spielst du nicht etwa den Starken, sondern überlässt alles Weitere mir.«

»Aber …«

»Du hast gehört, was ich gesagt habe.«

Neri sah die beiden an. Adele tat, als wäre der Junge Luft. »Ich wünschte, ihr zwei könntet wenigstens hin und wieder zivilisiert miteinander umgehen. Das würde mein Leben sehr viel leichter machen.« Er wartete auf eine Reaktion. Sie würdigten einander keines Blickes.

»Familie …«, stöhnte Neri und griff zum Telefon, um den Mercedes vorfahren zu lassen. Er gab den Code ein, der die große Metalltür öffnete. Manchmal kam er sich vor wie ein Gefangener, der sich hinter Leibwächtern versteckte und in einem gepanzerten Auto durch die Gegend fuhr. Aber sie lebten nun einmal in einer unsicheren Welt.

»Bis später«, knurrte Emilio und verschwand, ohne sich auch nur umzusehen.

Mickey wartete noch eine Weile und gab vor, in seiner Zeitschrift zu lesen. Schließlich ließ er sie sinken und blickte zu Adele hinüber. Sie hatte ihren Saft ausgetrunken. Mit geschlossenen Augen lag sie in ihrem Seidenpyjama auf der Couch. Aber sie schlief nicht. Das wusste er genau.

»Vielleicht hat er Recht«, sagte er.

Sie öffnete die Lider und bewegte träge den Kopf, um ihn ansehen zu können. Sie hatte sehr klare, grüne Augen. Keine intelligenten Augen, dachte er. Nur ausdruckslos genug, um sich gelegentliche Lügen nicht anmerken zu lassen.

»Womit?«

»Dass wir besser miteinander auskommen sollten.«

Sie wurde wachsam, beunruhigt und blickte zur Tür. Etwas Hartes erschien kurz auf ihrem Gesicht: Angst.

Mickey stand auf, streckte die Arme und gähnte. Er trug ein dünnes T-Shirt und knappe Designer-Jeans. Sie musterte ihn besorgt. Sie hörten die schwere Tür zur Straße hin zufallen und gleich darauf den Mercedes anfahren.

Adele Neri erhob sich von der Couch, ging zur Tür und schob den Riegel vor. Sie ging zu ihrem Stiefsohn, streckte die Hand nach seinem Hosenschlitz aus, zog den Reißverschluss auf und griff hinein.

»Du wirst dir einen neuen Schlafanzug kaufen müssen«, sagte Mickey.

»Warum?«

Seine Hände drängten in den Ausschnitt ihres Pyjamaoberteils und zerrten an der Seide. Der dünne Stoff zerriss. Mickey sah ihre kleinen weißen Brüste, senkte den Kopf und umschloss die Nippel mit seinen Lippen. Er schob die Hose von ihren Hüften. Tastend wanderten seine Handflächen über ihren Körper. Er küsste ihren Nabel, dann wanderten seine Lippen tiefer zum Dreieck dichter, brauner Haare.

Mickey stand auf. Seine Hände legten sich um ihre schmalen, festen Pobacken. Er hob Adele hoch und schob sie rückwärts, bis ihre Schultern gegen die Tür stießen. Die grünen Augen blickten ihn an. Vielleicht war eine Emotion in ihnen zu sehen. Verlangen. Vielleicht auch nicht.

»Früher haben mich magere Hühnchen absolut kalt gelassen«, murmelte er. »Jetzt möchte ich nichts anderes mehr bumsen.«

Ihre Hände machten sich trickreich an ihm zu schaffen, streichelten, neckten, griffen gleichzeitig fest zu und liebkosten ihn sanft, während er zwischen ihren Fingern größer und härter wurde. Die Jeans hingen ihm jetzt auf den Knöcheln. Sie stieß sich mit den Füßen ab und schlang die Beine um seine Taille.

»Falls er jemals dahinter kommt, Mickey …«

»Sind wir tot.«

Mickey Neri drang in sie ein. Und fühlte sich von nie gekannten Gefühlen überwältigt. Sie lachte heiser, biss in seinen Hals, wisperte ihm unanständige Worte ins Ohr, zerrte an seinen Haaren. Er stieß heftiger zu. Dass sie die Frau seines Vaters war, seine Stiefmutter, hatte er vergessen.

»Das ist es wert«, keuchte er und wusste, dass es schwierig werden würde, diese Ekstase andauern zu lassen. Vielleicht kannte sie auch da ein paar Tricks. »Jede Sekunde.«

»Okay«, sagte Teresa Lupo energisch. »Ich habe nächtelang über diesem Fall gebrütet, werde aber versuchen, meine Erkenntnisse so knapp wie möglich zu formulieren. Sehen Sie her ...«

Die drei Männer taten ihr den Gefallen, standen auf und traten an den Tisch mit der Leiche. Sie war jung, dachte Costa, auf dem halben Wege zwischen Mädchen und Frau. Siebzehn vielleicht, wenn nicht jünger. Ihr Gesicht wirkte beunruhigend lebendig und ausgesprochen schön. Ihre Züge hatten etwas Britisches oder vielleicht auch Skandinavisches. Sie waren von der ebenmäßigen, symmetrischen Perfektion, die Costa mit blonden Menschen aus dem Norden verband. Jemand hatte ihre verfilzten Haare gewaschen. Jetzt waren sie eine Mischung aus blond und schlammfarben, getönt durch die Röte des Torfs. Aus der Nähe ging ein scharfer Geruch von ihr aus.

»Sie werden sich erinnern, dass unser amerikanischer Freund versucht hat, ihren Kopf abzutrennen, weil er sie für eine Statue hielt«, sagte Teresa und zeigte auf den Hals. »Diese Wunde wurde durch die scharfe Kante seines Spatens verursacht. Übrigens überrascht es mich schon sehr, dass Sie ihn einfach laufen lassen haben, aber das war Ihre Entscheidung, nicht meine.«

»Genau meine Worte«, brummte Peroni.

»Wir haben doch lang und breit darüber gesprochen,

Gianni«, erinnerte ihn Costa. »Was hätten wir denn gegen ihn vorbringen sollen?«

»Trunkenheit am Steuer?«, schlug Peroni vor.

»Damit hätten wir ihn niemals bis zum Verfahren im Land halten können.«

Der ältere Mann verzog finster das Gesicht. »Wie wäre es mit fehlendem Respekt vor Toten? Ja, ja, ich weiß. Das ist kein Verbrechen. Aber vielleicht sollte das geändert werden.«

»Ich stimme Ihnen zu«, lächelte die Pathologin. Dann richtete sie einen Zeigestock auf den Hals der Leiche, knapp oberhalb der durch Bobby Dexter verursachten Verletzung. »Man kann noch sehr genau erkennen, was ursprünglich geschehen ist. Der Spaten war nicht das erste Instrument, mit dem hier jemand zu Werke gegangen ist. Dem Mädchen wurde die Kehle durchgeschnitten. Von hinten. Die Art der Wunde weist darauf hin, dass der Schnitt von einer Seite zur anderen durchgeführt wurde. Von vorn geht das nicht. In diesem Fall ginge der Schnitt von der Mitte aus. Hier …«

Teresa Lupo holte weitere Fotos von ihrem Schreibtisch. Es waren Großaufnahmen der Halswunden. »Das da sind die Folgen des Spatenhiebs. Es finden sich nahezu keine Sandspuren am Gewebe. Aber hier …«

Sie betrachteten das Foto eingehend. In der Vergrößerung war deutlich zu sehen, wie der sumpfige, säurehaltige Boden die zweite, ältere Wunde im Laufe der Jahre verfärbt hatte.

»Das ist nicht vor zwei Wochen passiert. Das geschah kurz bevor sie – beerdigt wurde. Das ist der Grund für ihren Tod.«

Falcone nickte. »Gute Arbeit«, sagte er. »Mehr brauche ich nicht zu wissen.«

»Aber da gibt es noch mehr.« Die Pathologin war sichtlich bemüht, sich ihre Genugtuung nicht anmerken zu lassen.

Falcone lachte. »Sagen Sie nichts, Dottoressa Lupo. Sie haben den Fall gelöst. Sie kennen das Motiv. Sie wissen, wann und wer es getan hat.«

»Der letzte Punkt bleibt selbst mir unergründlich. Aber was den Rest anbelangt – warten Sie ab.«

Immer noch lächelnd, bedeutete ihr Falcone mit einer Handbewegung fortzufahren.

Auf dem Schreibtisch lag ein Buch. Die Pathologin griff danach und hielt es hoch. Die drei Männer lasen den Titel: *Dionysos und die Villa der Mysterien.* Der Einband zeigte ein altertümliches Gemälde. Auf ihm hielt sich eine Frau in halb zerrissenem Gewand die Hand vors Gesicht – voller Entsetzen vor einem unheimlichen Wesen mit dämonischen Augen, das sie vom Rand des Bildes her lüstern anstarrte. Im Laufe der Zeit waren Farben und Umrisse verblasst. Aber sie erkannten, war hier dargestellt war: eine Zeremonie, bei der die Frau angegriffen oder sogar geopfert wurde.

»Dieses Buch stammt von einem Professor der Universität Rom«, erläuterte Teresa Lupo. »Den Hinweis darauf gab mir ein Wissenschaftler von der Universität Yale, der eine Moorleiche erforscht hat, die in der Nähe einer römischen Siedlung in Deutschland gefunden wurde.«

»Ist das wirklich von Bedeutung?«, wollte Falcone wissen.

»Ich glaube schon. Die meisten dieser Menschen starben schließlich nicht zufällig. Sie verloren ihr Leben bei irgendeinem Ritual. Der Verfasser dieses Buches versucht, das näher zu ergründen.«

»Im Zusammenhang mit Dionysos?«, fragte Costa. »Das verstehe ich nicht. Das ist in Pompeji. Wir haben einmal einen Schulausflug dorthin gemacht.«

»Wir auch«, brummte Peroni. »Damals war ich zum ersten Mal in meinem Leben sturzbetrunken.«

»Himmel, ihr seid mir ein tolles Pärchen«, stöhnte die Pathologin. »Ja, Nic. Die Villa der Mysterien befindet sich in Pompeji und dem Burschen aus Yale zufolge, der, wie ich gehört habe, als größter lebender Experte der dionysischen

Mysterien gilt, ist sie sehr wichtig. Aber es gab noch andere. Pompeji war Provinz. Hinterland, wenn Sie so wollen. Was dort geschah, war ein Klacks verglichen mit dem, was sich anderswo abspielt. Vor allem in Rom. Ich frage Sie: Wo stehen die größten Kirchen? Da oder hier?«

Falcone seufzte. »Ein Punkt für Sie. Und was sagt uns das Buch?«

Teresa Lupo wedelte damit vor ihren Augen herum. Nachdenklich betrachtete Costa die verschreckte Frau auf dem Titelbild. Irgendwie schien es eine sehr moderne Metapher zu sein. »Der Dionysos-Kult stammt ursprünglich aus Griechenland. Sie kennen Dionysos vermutlich unter dem Namen Bacchus.«

»Wein, Weib und Gesang?«, fragte Peroni. »Soll das heißen, dass wir es hier mit dem Resultat einer Säufer-Orgie zu tun haben?«

Tersa Lupo verzog das Gesicht. »Sie sehen zu viele schlechte Filme. Bei Dionysos ging es um weit mehr. Wegen der barbarischen Vorgänge wurde der Geheimkult noch vor der Christianisierung verboten. Doch er war nur schwer auszurotten. Auf Sizilien und in Griechenland fanden noch vor wenigen Jahrhunderten dionysische Rituale statt. Möglicherweise gibt es sie irgendwo sogar heute noch, ohne dass wir etwas davon wissen.«

Falcone warf einen Blick auf seine Armbanduhr. »Meine Zuständigkeit endet an den Stadtgrenzen von Rom.«

»Ja, ja. Zu Rom komme ich gleich.«

Sie schlug das Buch an einer Stelle auf, die sie mit einem gelben Klebzettel markiert hatte. »Hier sind ein paar Fotos aus Ostia. Heute ein Vorort, aber zu der Zeit, als das Mädchen im Sumpf versenkt wurde, war es der Hafen von Rom und größer als Pompeji. Reich und bedeutend, mit prachtvollen Villen am Stadtrand ...«

Sie zeigte auf eine Kartenskizze und blätterte um. Auf der nächsten Seite sahen sie mehrere Abbildungen eines alten, kirchenähnlichen Gebäudes sowie Aufnahmen von Wandmalereien in seinem Inneren. Eine der Szenen erkannten sie vom Titelbild des Buches wieder. Bei dem Rest handelte es sich um einen Fries tanzender menschlicher und mythischer Gestalten.

»In Pompeji wurden weit ausführlichere Wandgemälde gefunden. Auf ihnen ist die ›Einweihung der Bräute in die Materien des Dionysos‹ dargestellt, jedenfalls behauptet das der Buchautor. Natürlich bleiben sie den meisten heute rätselhaft. Wichtig ist jedoch, dass sie an vielen Orten stattfanden. In Ostia. Und auch in Rom. Vermutlich verbarg sich die Hauptfigur dabei irgendwo in der Nähe des Zentrums.«

»Dem so genannten Allerheiligsten?«, fragte Costa.

»Genau.« Die Pathologin nickte. »Der Ort, an dem dieses arme Kind vermutlich gestorben ist. Ich habe die Erdpartikel unter ihren Fingernägeln genau untersucht. Sie stammen nicht aus Ostia, denn nichts weist auf die dortige Bodenbeschaffenheit hin. Vielmehr könnten sie von jedem x-beliegen Ort in Rom kommen.«

Peroni wirkte ratlos. »Sie meinen, diese Villen wären Tempel gewesen? Die man geheim hielt?«

»Nicht ganz. Es handelte sich eher um recht zweifelhafte Vergnügungspaläste, die zum gegebenen Zeitpunkt genutzt werden konnten.«

Gianni Peronis Zeigefinger fuhr langsam über die Abbildungen. »Um Menschen zu töten?«

Teresa Lupo zuckte mit den Schultern. »Keine Ahnung. Beim Lesen des Buches hat man mitunter den Eindruck, der Autor wusste genau, worüber er schreibt, dann wiederum glaubt man, er hätte sich alles nur ausgedacht. Anscheinend ist er fest überzeugt, dass Widerstand bei der Einweihungszeremonie verhängnisvolle Folgen haben konnte. Es gab da offenbar eine mysteriöse Handlung, die von einem Vertreter des Gottes vorgenommen wurde. Da alle mehr oder weniger sinnlos berauscht waren, könnte ich mir gut vorstellen, dass die Mädchen bereitwillig mitmachten. Aber wenn eine *Braut* sich weigerte ...« Sie brauchte den Satz nicht zu beenden.

»War sie noch unberührt?«, fragte Peroni.

»Wie schon gesagt. Vor einer Autopsie wollte ich erst Genaueres über das Todesdatum herausfinden. Jetzt werde ich alles Weitere den Archäologen von der Universität überlassen. Sie könnten versuchen, das herauszufinden. Nach meinen Erkenntnissen wird das allerdings kaum möglich sein. Tut mir Leid. Müssen Sie es unbedingt wissen?«

»Wahrscheinlich nicht«, räumte er ein. »Schließlich bin ich nicht mit Ermittlungen beauftragt. Aber mir scheint, dass wir hier nicht viel in der Hand haben. Könnte alles auch nur Zufall sein. Darüber hinaus – und das äußere ich wirklich nur ungern – sagt Ihre Zeitbestimmung nur etwas über die Erde unter den Fingernägeln der Leiche aus. Nicht über sie selbst.«

»Ich weiß, ich weiß. Aber gedulden Sie sich. Ich bin noch nicht ganz fertig. Sehen Sie, was sie da an sich drückt?«

Die Tote hielt einen Stock oder Stab in der Hand. Der obere Teil wurde von ihrem Arm verdeckt. Der untere endete mit einer Art rundlichem Knauf.

»Dieser Gegenstand wird im Buch beschrieben. Und dabei äußert der Autor keine Mutmaßungen, sondern beruft sich auf historische Quellen. Aufgrund von Proben konnte ich feststellen, dass der Stab aus verholzten Fenchelstielen hergestellt wurde. Die Spitze des Objekts besteht aus einem Pinienzapfen. Es handelt sich um einen so genannten Thyrsosstab, ein unerlässliches Requisit für dionysische Rituale. Moment ...«

Sie blätterte, bis sie das Bild einer leicht bekleideten Frau fand, die mit einem ähnlichen Stab vor dem Gesicht eines Satyr herumfuchtelte, der sie lüstern angrinste.

»Thyrsosstäbe dienten zum Schutz. Und zur Läuterung.«

»Konnten Sie das Alter bestimmen?«, erkundigte sich Falcone.

»Radiokarbonnachweise gibt es nicht umsonst«, fauchte Teresa Lupo. »Soll ich meine spärlichen Mittel etwa dafür verschwenden, anstatt sie für aktuelle Fälle zu nutzen?«

»Ich habe ja nur gefragt. Sie haben großartige Arbeit geleistet, Dottoressa Lupo. Glückwunsch.«

Noch immer wirkte er eigentümlich desinteressiert.

»Da ist noch ein letzter Punkt«, sagte sie schnell, als befürchtete sie, die drei Männer könnten jeden Moment den Raum verlassen.

»Und der wäre?«

»Die Amerikaner haben die Leiche mit einem Metalldetektor gefunden, wie Sie wissen. Warum? Sie hat nichts Metallisches am Körper. Keine Halskette, keine Ringe, keinen Armreif.«

Teresa Lupo forderte sie zu einer Erklärung heraus. Sie fanden keine. Sie ging zum Schreibtisch, kehrte mit einem Röntgenfoto des Kopfes zurück und legte es auf den Bauch der Leiche. »Wissen Sie jetzt warum?«

Im unteren Drittel des von vorn aufgenommenen Schädels war ein kleines Objekt zu erkennen.

»Eine Münze«, sagte die Pathologin. »Man legte sie Toten unter die Zunge. Für den Fährmann Charon, der in der griechischen Mythologie die Verstorbenen über den Styx in die Unterwelt bringt. Um das zu wissen, brauchte ich nicht erst ein Buch zu lesen. Als Kind habe ich für Mythen und Sagen geschwärmt.«

Zu Nic Costas Überraschung brachte die Entdeckung Falcone nun doch in Schwung.

»Haben Sie die Münze schon herausgeholt?«

»Nein. Ich wollte erst mit Ihnen darüber sprechen.«

»Ich bitte Sie …«

»Außerdem dürfte Ihnen bekannt sein, dass ich noch mehr zu tun habe.«

Natürlich wussten sie das, aber auch, wie gern die Pathologin mit ihren Thesen Recht behielt.

Teresa Lupo betrachtete das Gesicht, den leicht geöffneten Mund, die nahezu perfekt erhaltenen Zähne. Dann warf sie einen prüfenden Blick auf die Röntgenaufnahme.

Sie holte sich ein Skalpell und machte vorsichtig einen kleinen, sauberen Schnitt in die linke Wange der Toten, etwa in Höhe der Unterlippe. Sie legte das Skalpell beiseite und griff nach einer Pinzette.

»Die Prägezeit damaliger Münzen lässt sich anhand der Herrscherabbildungen genau bestimmen. Wenn die hier in etwa aus der von mir vermuteten Epoche stammt, erwarte ich, von den Herren zum Essen ausgeführt zu werden. Von einem nach dem anderen. In einem Restaurant meiner Wahl.«

»Abgemacht«, erklärte Falcone wie aus der Pistole geschossen.

»Oh!«, jauchzte Teresa Lupo wie ein Teenager und überprüfte die Pinzette auf ihre Funktionsfähigkeit. »Ein Abendessen mit Bullen! Habe ich ein Glück. Worüber werden wir uns unterhalten? Fußball? Sex? Experimentelle Philosophie?«

Die Spitze der Pinzette verschwand in der Wange der Leiche. Vorsichtig tastete die Pathologin mit dem Instrument in der Mundhöhle herum. Dann drückte sie sanft zu.

»Reichen Sie mir die Metallschale«, sagte Teresa Lupo zu Costa. »Jungs, ich fürchte, das wird nicht billig.«

Langsam zog sie die Pinzette heraus und ließ ihren Fund in die Schale fallen. Sie übergoss ihn mit einer Flüssigkeit und reinigte ihn vorsichtig mit einer kleinen Bürste.

Der Fund erwies sich als eine kleine Münze. Sie hatte einen silbernen Rand und ein bronzenes Zentrum, auch wenn beides aussah, als würde es als Folge des sauren Bodens allmählich kupferfarben. Es war eine Münze, die sie alle schon einmal gesehen hatten.

Teresa Lupo zog ein an einem Schwenkarm befestigtes Vergrößerungsglas heran. Die vier scharten sich um die Linse und starrten das Ding verdutzt an. Die Pathologin drehte es um. Zweimal, um ganz sicherzugehen.

Peroni schüttelte den Kopf. »Mein Junge hat früher Münzen gesammelt, bis ihm jemand sagte, das wäre total altmodisch. Ich hab ihm ein bisschen beim Aufbau seiner Kollektion geholfen. So ein Ding habe ich ihm damals auch gekauft, prägefrisch und im Jahr der Erstausgabe – neunzehnhundertzweiundachtzig. Fünfhundert Lire. Es ist übrigens die erste Münze aus zwei Metallen auf der Welt. Davor hat noch kein Land derartige Geldstücke prägen lassen – außen Silber und innen Bronze. Und dann noch etwas. Wenn Sie die Rückseite betrachten, sehen Sie über der Abbildung des Quirinal den Wert in Blindenschrift. Auch das war damals einmalig.«

Niemand achtete auf ihn. »He«, schnaubte Peroni. »Auch ein dummer alter Bulle hat mitunter etwas zu sagen. Nehmen Sie endlich davon Notiz oder plappere ich nur sinnlos vor mich hin?«

»Mist«, flüsterte Teresa Lupo. »Verdammter *Mist*!«

»Heißt das, dass die Leiche nur gut zwanzig Jahre im Torf gelegen hat?«, fragte Costa.

»Eher weniger«, sagte Falcone.

Alle drehten sich zu ihm um. Der Inspektor hatte in seine Aktentasche gegriffen und hielt jetzt einen Ordner in der Hand. Er schlug ihn auf und nahm ein Foto heraus. Es war das Portrait eines weiblichen Teenagers mit schulterlangen blonden Haaren, der in die Kamera lächelte.

Er legte das Bild auf die Brust der Leiche. Die Ähnlichkeit war unübersehbar.

»Sie wussten es?«, ächzte Teresa Lupo. Sie konnte ihre Empörung kaum zügeln. Peroni schüttelte sich vor Lachen. Seine Schultern zuckten, als stünden sie unter Strom.

Falcone beugte sich vor und blickte prüfend auf die linke Schulter des Mädchens. Da war eine Art Mal, vielleicht eine Tätowierung.

»Eher vermutet. Vergessen Sie nicht, Dottoressa Lupo,

dass ich erst gestern aus dem Urlaub zurückgekommen bin. Da blieb mir gerade einmal die Zeit, das hier …« Er wedelte mit dem Ordner. »… das hier in den Tiefen des Archivs auszubuddeln.«

»Sie *wussten* es?«, wiederholte sie ungläubig.

Wieder beugte sich Falcone vor und betrachtete das Mal auf der Haut der Leiche. Costa folgte seinem Beispiel. Es war eine Tätowierung, kreisförmig und etwa so groß wie die Münze. Ein irres Gesicht mit aufgerissenem Mund, wulstigen Lippen und verfilzten Locken.

»Vermutlich handelt es sich um eine Theatermaske aus der römischen Kaiserzeit«, sagte Falcone. »Dionysos war auch der Gott der Bühne. Diese Maske wurde bei dionysischen Kulthandlungen benutzt. Sie haben sich Ihr Essen wirklich verdient, Dottoressa. Ich stehe zu meinem Versprechen. Sie haben das Rätsel fast gelöst. Nur haben Sie sich leider um zweitausend Jahre vertan.«

Teresa Lupo richtete ihren Zeigefinger auf die Brust des Inspektors. »Sie haben es *gewusst?* Stecken Sie sich Ihr verdammtes Essen sonst wohin.«

»Wenn Sie meinen …« Falcone konnte seinen Blick nicht von der Tätowierung losreißen. Er schien tief in Gedanken versunken, aber nicht bereit, ihnen etwas von seinen Überlegungen mitzuteilen.

»Sie werden die Pressekonferenz absagen müssen«, sagte der Inspektor.

»Auf jeden Fall«, murmelte sie niedergeschlagen. »Aber mit welcher Begründung?«

»Lassen Sie sich etwas einfallen. Klagen Sie über unerträgliche Kopfschmerzen. Sagen Sie den Journalisten, wir hätten nicht genug Leute, was bei dieser Grippewelle durchaus der Wahrheit entspricht.« Er nahm das Foto vom Oberkörper der Toten und steckte es wieder in den Ordner. Costa bemerkte, dass er darauf achtete, sie keinen Namen sehen zu lassen.

»Ispettore?«

»Signor Costa?« Falcones funkelnde Augen gaben nichts preis. »Wie schön, Sie wieder bei uns zu haben.«

»Was sollen wir unternehmen?«

»Ein paar Ganoven schnappen, könnte ich mir vorstellen. Auf dem Campo für Ordnung sorgen. Im Moment treiben sich da jede Menge Taschendiebe herum.«

»In dieser Angelegenheit meinte ich.«

Falcone warf einen letzten Blick auf die Leiche. »In dieser Angelegenheit? Nichts. Das arme Mädchen hat sechzehn Jahre lang im Sumpf gelegen. Da macht ein Tag mehr oder weniger nicht viel aus.«

Er lief langsam und im Kreis um sie herum. »Und dass eins ganz klar ist. Ich möchte nicht, dass Sie über diese Sache auch nur ein Wort verlauten lassen. Nicht in diesem Gebäude, nicht außerhalb. Wenn ich Sie brauche, lasse ich Sie rufen.«

Schweigend sahen sie zu, wie er mit zügigen Schritten den Raum verließ. Teresa starrte die Leiche an. Ihr blasses Gesicht verriet abgrundtiefe Enttäuschung.

»Dabei schien alles so überzeugend zu sein«, jammerte sie. »Ich war mir absolut sicher. Ich habe mit Wissenschaftlern und allen möglichen Fachleuten gesprochen. O Gott ...«

»Vergessen Sie nicht, was er gesagt hat«, tröstete Costa. »Sie haben großartige Arbeit geleistet. Und das meinte er ernst.«

Teresa Lupos Finger strichen über die mahagonifarbene Haut des toten Mädchens. Sie brauchte Nic Costas Mitgefühl nicht. Sie hatte ihre Enttäuschung bereits überwunden und durch etwas anderes ersetzt. Etwas, das unter Umständen sehr viel interessanter war.

Bei der Leiche auf ihrem Sektionstisch handelte es sich nicht mehr um ein historisches Rätsel. Sie war ein Mordopfer. Und verdiente ihre ganze Aufmerksamkeit.

Costa sah, wie sie zu ihrem silbernen Skalpell griff, dann wandte er sich Gianni Peroni zu.

»Also auf zum Campo«, sagte er, und der ältere Mann nickte.

»Ich schätze, es besteht wirklich kein Grund zur Eile«, bemerkte Peroni im Dienstwagen. »Ich wünschte nur, Leo würde uns ein wenig mehr einbeziehen. Ich hasse es, wenn man mich im Dunkeln tappen lässt.«

Costa zuckte mit den Schultern. Er kannte Falcone gut genug, um sich darüber nicht aufzuregen. »Wenn er die Zeit für gekommen hält, wird er uns einweihen. So ist es immer.«

»Ich weiß. Bei der Sitte wäre er eine echte Katastrophe. Da muss man seine Leute immer auf dem Laufenden halten.« Peroni musste Falcones Aufstieg bei der Polizei genau verfolgt haben. Ihre Beziehung zueinander ließ sich schwer ausloten. Halb von Liebenswürdigigkeit bestimmt, halb von Argwohn. Das war nicht ungewöhnlich. Falcone war ein ungewöhnlich kluger und tüchtiger Polizist, der mitunter eigene Wege beschritt, wenn er spürte, dass ein Fall danach verlangte. Seine Fähigkeiten hatten ihm großen Respekt eingebracht. Er war sehr direkt und gelegentlich reserviert bis zu regelrechter Kälte. Manchmal kam Costa der Verdacht, dass Falcone die bis an Hassgefühle grenzenden Antipathien, die er auf sich zog, geradezu genoss. Das machte harte Entscheidungen leichter.

Peroni steckte sich eine Zigarette an und blies den Rauch zum Fenster hinaus. »Haben Sie sich schon mit Barbara Martelli verabredet?«

Wie kommt er jetzt *darauf*?, fragte sich Costa. »Dazu hat sich noch keine Gelegenheit ergeben.«

Gianni Peronis Gesicht sah aus, als fühlte er sich veralbert.

»Ich bin noch nicht so weit. Reicht das?«

»Nun, wenigstens sind Sie offen. Wann waren Sie das letzte Mal mit einer Frau zusammen? Nehmen Sie mir die Frage nicht übel. Bei der Sitte führen wir ständig solche Gespräche.«

»Ich nehme an, bei der Sitte gilt es als üblich, jede Stunde eine neue Freundin zu haben«, antwortete Costa, ohne nachzudenken. Sofort wünschte er, er hätte die Klappe gehalten. Peronis Gesicht verdüsterte sich. Er wirkte gekränkt.

»Tut mir Leid, Gianni. Ich hab's nicht so gemeint. Es ist mir einfach rausgerutscht.«

»Immerhin sind wir beim Vornamen angelangt. Ich schätze, das gibt uns das Recht, uns alles zu sagen, was uns in den Sinn kommt.«

»Ich wollte auf keinen Fall ...«

»Schon gut«, unterbrach Peroni. »Sie brauchen sich nicht zu entschuldigen. Es ist Ihr gutes Recht, mir zu sagen, wenn ich mich wie ein Trottel aufführe.«

Gianni Peroni war weit komplizierter, als er sich gern den Anschein gab, das hatte Costa inzwischen begriffen. Etwas in ihm wollte unbedingt über die Gründe für Peronis Degradierung reden, obwohl etwas anderes ihm zur Zurückhaltung riet.

»Warum haben Sie es getan, Gianni? Ich meine, Sie hatten schließlich eine Familie. Und dann gehen Sie zu einer Nutte.«

»Was soll die Frage? So etwas kommt doch jeden Tag vor. Oder glauben Sie etwa, dass nur allein stehende Männer von Verlangen gepackt werden?«

»Natürlich nicht. Aber irgendwie scheint es absolut nicht zu Ihnen zu passen.«

Peroni seufzte tief auf. »Erinnern Sie sich, was ich über den dunklen Punkt gesagt habe, den jeder in sich trägt?«

»Nicht jeder gibt ihm nach.«

Der Mann neben ihm schüttelte bedächtig den Kopf. »Irrtum. Auf diese oder jene Weise tun sie es alle. Ob bewusst oder unbewusst. Sie wollen wissen, warum ich es getan habe? Gibt es darauf nicht eine ganz einfache Antwort? Das Mädchen war verdammt attraktiv. Schlank, blond und wunderschön. Und blutjung. Vielleicht hat sie mir das Gefühl gegeben, wieder zu *leben.* Nach zwanzig Jahren Ehe vergisst man leicht, wie das ist. Oh, und bevor Sie es sagen. Einer Frau geht es natürlich ähnlich. Also bin ich gleich zweifach schuldig.«

Costa schwieg. Aus Angst, eine Grenze zu überschreiten und das zu gefährden, was sich in den vergangenen Wochen zwischen ihnen entwickelt hatte.

Ein Grinsen überzog Peronis Gesicht. »Oh, verstehe. Sie denken: Was bildet sich dieser Typ ein? Hält er sich etwa für Casanova?«

»Sie sehen nicht gerade aus wie ein Latin Lover. Das ist alles. Falls Sie nichts dagegen haben, dass ich das sage.«

»Ehrlich?«

»Ehrlich.« Costa war sich nicht sicher, ob er den nötigen Mut aufbringen würde.

»Soll das heißen, ich bin hässlich? Das höre ich hin und wieder mal, Nic. Ich muss Ihnen sagen, dass ich das nicht unbedingt schätze.«

»Nein ... Ich frage mich nur ...«

»Was?«

»Wie es dazu gekommen ist.«

Gianni Peroni lachte schallend. »Sie machen mich echt fertig, wissen Sie das? In dieser ganzen Zeit sind Sie der Erste, der mir ganz unverblümt diese Frage stellt. Ist das zu fassen?«

»Im Grunde schon«, erwiderte Costa zögernd. »Ich meine, es ist eine sehr private Frage. Und die meisten Menschen befürchten sicher, Sie damit auf dem falschen Fuß zu erwischen.«

Er wedelte mit einer riesigen Pranke vor Costas Gesicht herum. »Was zum Teufel meinen Sie mit ›private Frage‹? Ihr Jungs müsst täglich im Dienst in meine Visage blicken. Ich habe damit zu leben. Das hier ...« Er zeigte auf sein entstelltes Gesicht. »Das ist etwas, das ich nicht ändern kann.«

Costa hatte das Gefühl, irgendwie weitergekommen zu sein. »Also …?

Schmunzelnd schüttelte Peroni den Kopf. »Aber es bleibt unter uns, einverstanden? Sie erzählen's nicht weiter? Niemand sonst kennt die Wahrheit. Die meisten glauben, dass mir bei der Schlägerei mit einem Gangster das Gesicht zertrümmert wurde. Und fragen sich, wie der andere aussieht. Gegen diese Version habe ich absolut nichts einzuwenden.«

Mit einem Nicken signalisierte Costa Verschwiegenheit.

»Ein Bulle hat mir das angetan«, fuhr Peroni fort. »Als ich zwölf war. Er war der Dorfpolizist und ich der Dorftrottel. Das ist wörtlich gemeint. Meine *mamma* arbeitete für das Ehepaar, dem die Singlebar in dem Kaff gehörte, und wurde kurz nach dem Jahrmarkt schwanger. Sie war schon immer ein bisschen naiv. Die ersten zwölf Jahre meines Lebens verbrachte ich als Dorftrottel und genoss die entsprechende Behandlung. Wurde ausgelacht, angespuckt und verprügelt. Eines Tages ging dieser kleine Mistkerl in meiner Klasse, der schon immer mein Hauptpeiniger war, einen Tick zu weit und sagte etwas Hässliches über meine *mamma*. Ich schlug ihn kurzerhand zusammen. Es war das erste Mal, dass ich so was machte. Soll ich ehrlich sein? Es war auch das einzige Mal. Jetzt ist es nicht mehr nötig. Ich sehe die Leute nur an und mache *Buh* …«

»Das kann ich mir vorstellen«, sagte Costa.

»Gut. Dummerweise hatte ich vergessen hatte, dass der kleine Mistkerl der Sohn des Dorfpolizisten war. Prompt taucht Papi auf, und Papi hatte getrunken. Eins führt zum anderen. Nachdem er mich mit dem Schlagstock bearbeitet hat, ist er immer noch nicht zufrieden. Also holt er die Stahldinger hervor, die er immer bei sich trägt – nur so zum Schutz, verstehen Sie –, und streift sie sich über die Finger.«

Gianni Peroni blickte aus dem Fenster, beobachtete die vorbeirasenden Autos. »Zwei Tage später wache ich im Krankenhaus wieder auf. Mit einem Gesicht wie ein zermatschter

Kürbis und blind wie ein Maulwurf. *Mamma* sitzt neben meinem Bett. Als Erstes sagt sie, dass ich auf keinen Fall jemand etwas davon erzählen darf. Der Kerl ist immerhin Dorfpolizist. Als Zweites sagt sie, dass ich besser eine Weile nicht in den Spiegel schauen soll.«

Costa seufzte. »Trotzdem hätten Sie sich jemandem anvertrauen können.«

Peroni sah ihn an. »Sie sind ein Stadtkind, oder?«

»Richtig vermutet.«

»Das merkt man. Wie auch immer. Ein paar Wochen später werde ich aus dem Krankenhaus entlassen und stelle fest, dass die Dinge anders geworden sind. Die Leute erkennen mich und richten ihre Blicke abrupt auf ihre Schuhe. Ein Pärchen wechselt die Straßenseite, wenn die beiden mich kommen sehen. Aber soll ich Ihnen sagen, was das Schlimmste war? An den Wochenenden hatte ich immer meinem Onkel Freddo beim Verkauf seiner Schweine geholfen. Natürlich wollte ich das auch weiterhin tun. Aber dann nahm er mich irgendwann mit Tränen in den Augen beiseite und meinte, ich bräuchte nicht mehr zu kommen. Niemand kauft Ferkel von jemandem, der so aussieht wie ich. Als Junge wünschte ich mir nichts sehnlicher, als später auch Schweine aufzuziehen und sie an den Wochenenden zu verkaufen. Die Leute da im Dorf wirkten einfach unglaublich zufrieden und glücklich. Aber ...«

Er verschränkte die Arme, lehnte sich im Sitz zurück und blickte Costa nachdrücklich an. »Es sollte nicht sein. Stattdessen wurde ich Polizist. Warum? Zum Teil vielleicht, um dem alten Bastard eins auszuwischen, der mich so zugerichtet hatte. Vor allem aber, um die Dinge ein wenig auszugleichen, wenn Sie es genau wissen wollen. Im Dienst bin ich nie handgreiflich geworden. Das wäre für mich niemals in Frage gekommen, es sei denn, es hätte dafür einen sehr guten Grund gegeben, und in mehr als zwanzig Jahren habe ich den nie gefunden. Es ist eine Sache des Augenmaßes.«

Nic Costa wusste nicht recht, was er sagen sollte. »Tut mir Leid, Gianni.«

»Warum? Ich bin seit Jahren darüber hinweg. Während Sie in den letzten sechs Monaten Ihr Heil in der Flasche gesucht haben. *Sie* tun *mir* Leid, Junge.«

Vielleicht hatte er das verdient. »In Ordnung. Jetzt sind wir quitt.«

Peroni musterte ihn mit seinen scharfen, durchdringenden Augen. »Hören Sie gut zu, Nic, denn ich sage es nur ein Mal. Ich fange an, Sie zu mögen. Etwas hier drin sagt mir, dass ich unsere gemeinsame Zeit vermissen werde. Nicht, dass ich die verlängern will, falls Sie verstehen, was ich meine. Aber lassen Sie sich von mir einen guten Rat geben. Hören Sie auf, sich einzureden, Sie wären etwas Besonderes. Das sind Sie nicht. Viele Menschen versuchen, mit einem verkorksten Leben klarzukommen. Wir sind nur zwei unter Millionen. Und nach dieser kleinen Lektion ...« Er streckte sich ausgiebig in seinem Sitz, während Costa den Wagen hinter dem Marcellus-Theater parkte, im ehemaligen Ghetto. »... gestatten Sie mir eine kleine Bitte.«

Hoffnungsvoll sah Peroni ihn an. »Verzichten Sie für kurze Zeit auf mich. Ich muss dringend etwas erledigen. Um zwei treffen wir uns hier wieder.«

Costa schwieg. Es war nicht ungewöhnlich, dass sich ein Polizist für ein paar Stunden aus dem Staub machte. Gianni Peroni hätte er so etwas jedoch nicht zugetraut.

»Irgendwas, das ich wissen sollte?«, erkundigte sich Costa schließlich.

»Rein privat. Meine Tochter hat morgen Geburtstag. Ich möchte ihr etwas schicken, das sie vielleicht auf den Gedanken bringt, ihr Vater könnte möglicherweise doch nicht der Scheißkerl sein, für den sie ihn inzwischen hält. Sie kommen auf dem Campo schon allein zurecht. Aber legen Sie sich nicht mit den wirklich schweren Jungs an, verstanden?«

Leo Falcone saß vor den Akten auf seinem Schreibtisch und versuchte sich in den Fall zu vertiefen. Er wollte sich Zeit lassen. Wenn er die Sache zu früh publik machte, würde er damit all jene alarmieren, denen er noch auf den Zahn fühlen wollte. Allerdings war angesichts etlicher undichter Stellen innerhalb der Questura zu befürchten, dass die längst Bescheid wussten. In jedem Fall würde ihm die Gelassenheit Gelegenheit geben, seine Gedanken nach zwei einsamen Wochen in einem Luxushotel am Strand von Sri Lanka wieder auf die Arbeit zu konzentrieren. Interessante Menschen hatte er nicht kennen gelernt und die Gesellschaft anderer bewusst gemieden. Im Großen und Ganzen war es eine unbefriedigende, langweilige Atempause vom Alltag gewesen. Vertane Zeit. Es freute ihn, wieder am Schreibtisch zu sitzen und einen schwierigen Fall vor sich zu haben.

Nichtsdestotrotz konnte er die leisen Selbstzweifel nicht verdrängen, die sich überraschend bemerkbar machten. Während der langen, öden Urlaubswochen hatte Falcone zu seiner Verblüffung erkannt, wie einsam er war. Seit seiner Scheidung vor fünf Jahren hatte es zwar Frauen gegeben, attraktive, interessante Frauen. Aber keine konnte ihn genügend fesseln, um mehr als das Übliche aus der Beziehung zu machen: gemeinsame Abendessen, Kinobesuche und die Befriedung gewisser körperlicher Bedürfnisse. In der vergangenen Nacht – als er, völlig untypisch für ihn, eine ganze Flasche eines herrlichen, hoch aromatischen und teuren Brunello geleert hatte – wurde ihm plötzlich klar, dass er in seinem Leben nur zwei Menschen wirklich geliebt hatte: seine englische Ex-Frau Mary, die inzwischen in London als Anwältin arbeitete, und Rachele d'Amato, die Frau, wegen der Mary ihn verlassen hatte.

Im Licht des neu angebrochenen Tages, das lediglich durch die Nachwehen eines leichten Katers getrübt wurde, ließ sich das eigentümliche Zusammentreffen nicht übersehen. In Sri Lanka hatte er zum ersten Mal seit Jahren an die beiden Frauen gedacht, und kaum war er nach Italien zurückgekehrt, traten sie erneut in sein Leben. Von Mary hatte er eine Einladung zu ihrer Hochzeit mit einem reichen Anwalt vorgefunden, die in einem Landhaus in Kent stattfinden sollte. Er würde sich unter einem Vorwand entschuldigen. Genau das erwartet sie von mir, dachte er. Sie hatte ihm die Einladung aus purer Höflichkeit geschickt. Sein Treuebruch hatte sie sehr verletzt, und ihre abrupte Abreise ohne den kleinsten Versuch einer Versöhnung hatte ihn tiefer getroffen, als er zum damaligen Zeitpunkt auch nur geahnt hatte. Aber vielleicht war auch Rachele d'Amato der Grund für seine schmerzlichen Gefühle. In dem Moment, als er frei war, hatte sie ihn ähnlich entschlossen, aber nicht so würdevoll verlassen wie Mary.

Falcone hatte sich nie verziehen, dass er es dazu hatte kommen lassen. Auch ihnen hatte er nicht verziehen. Und jetzt heiratete Mary wieder, während Rachele, eine ehemals erfolgreiche Anwältin, inzwischen als Ermittlerin bei der DIA Karriere machte, einer Organisation, an die er im Zusammenhang mit dem Fall, den Teresa Lupo ihm vorgelegt hatte, schon bald herantreten musste.

Seine Vorbehalte gegen die DIA beruhten nicht allein auf der kürzlichen Razzia, die Gianni Peroni zum Verhängnis geworden war, einer Aktion, bei der es mehr um PR ging als um die Bekämpfung der organisierten Kriminalität. Sie reichten Jahre zurück. Es gab kaum einen Polizisten in der Questura, der nicht unwillkürlich Unbehagen verspürte, wenn er die drei Initialen hörte. Doch in dem Moment, als die Identität des toten Mädchens auf der Hand lag, wusste Falcone, dass er sie nicht umgehen konnte. Genau genommen hätte er längst tätig werden müssen.

Falcone betrachtete die dicke Ermittlungsakte und versuchte sich zu erinnern. Vor sechzehn Jahren war er noch ein einfacher Kriminalpolizist gewesen. Die Leitung der Ermittlungen hatte in den Händen von Filippo Mosca gelegen, einem römischer Polizisten alter Schule, der wie viele Männer seiner Generation keinen Hehl aus seiner Freundschaft mit Männern machte, von denen man sich besser fern hielt.

Am 19. März war Eleanor Jamieson als vermisst gemeldet worden, zwei volle Tage nachdem ihr Stiefvater, ein Amerikaner namens Vergil Wallis, sie das letzte Mal gesehen hatte. Sie war gerade sechzehn geworden und lebte seit Weihnachten in der Mietvilla ihres Stiefvaters auf dem Aventin-Hügel. Das Mädchen war britische Staatsbürgerin. Ihre Mutter hatte Wallis nach sechs Monaten Ehe im Jahr zuvor verlassen. Die Gründe dafür konnte Falcone nie in Erfahrung bringen. Zehn Tage nach dem Verschwinden ihrer Tochter beging die Frau in New York Selbstmord.

Falcone erinnerte sich, dass ihn der Fall fast um den Verstand gebracht hatte. Wallis war ein bemerkenswerter Mann: Ein hochgebildeter Schwarzer Mitte vierzig, der aus dem Ghetto stammte. Er äußerte sich nur vage über seine Geschäfte und wusste kaum etwas über Eleanors Umgang, ihre Freunde in Rom oder Motive, die sie bewogen haben könnten, Rom zu verlassen. Dass er ihr Verschwinden erst zwei Tage später gemeldet hatte, erklärte er mit Terminen außerhalb der Stadt. Er schien sogar nur widerwillig bereit zu sein, ihnen die wenigen Fotos zur Verfügung zu stellen, die er von seiner Stieftochter besaß. Sie zeigten ein junges, naiv wirkendes Mädchen mit schulterlangen blonden Haaren und einem strahlenden Lächeln. Auf einem Bild, das am Tag vor ihrem Verschwinden aufgenommenen worden war, war auf ihrer linken Schulter eine eigentümliche Tätowierung zu sehen, für die Wallis keine Erklärung fand. Sie hatte Falcone vom ersten Augenblick an fasziniert. Damals waren Tattoos der letzte Schrei. Jede Rockröhre, jeder Filmstar ließ sich etwas in die Haut ritzen. Aber doch nicht *so* etwas. Das Tattoo wirkte bei dem Mädchen fehl am Platz – eher wie ein Brandzeichen als wie ein modischer Körperschmuck.

Abgesehen davon schien es auch nicht recht zu ihrem Charakter zu passen. Wallis zufolge war sie eine Weile kreuz und quer durch Italien gereist und hatte danach an einem zweiwöchigen Italienisch-Intensivkurs an einer Sprachschule in der Nähe des Campo teilgenommen. Sie war ein intelligentes Mädchen mit guten Schulabschlussnoten, und es hieß, dass sie ein paar Monate später in Florenz mit dem Kunststudium beginnen wollte. Außerhalb des Sprachkurses hatte sie nur wenige Bekannte und nach Wallis' Angaben keinen Freund. Trotz intensiver Nachforschungen konnten sie keinen plausiblen Grund dafür entdeckten, warum sie plötzlich verschwinden sollte. Sie war, wie ihr Stiefvater sagte, am 17. März gegen neun mit ihrem Motorroller zur Schule gefahren, dort aber nie angekommen.

Schon nach wenigen Tagen überfiel Moscas Team ein deprimierendes Gefühl von Hilflosigkeit, wie häufig bei Entführungsfällen. Niemand hatte Eleanor auf ihrem Weg in die Stadt gesehen. Trotz Aufruf im Fernsehen kam kein einziger verlässlicher Hinweis aus der Bevölkerung. Es hatte den Anschein, als wäre das Mädchen von einer Sekunde zur anderen vom Erdboden verschluckt worden.

Von Anfang an fühlte sich Falcone damals von einer sonderbaren Unruhe gepackt. Irgendetwas stank mächtig zum Himmel, und schon bald bekam er eine Ahnung, was. Am Morgen des dritten Tages nahm Mosca ihn beiseite und erzählte ihm unter dem Siegel der Verschwiegenheit, was er am Abend zuvor von einem Freund im Außenministerium erfahren hatte. Demnach handelte es sich bei Vergil Wallis keineswegs um einen aufrechten, redlichen Geschäftsmann aus L.A., der Rom so sehr liebte, dass er daran dachte, sich einen zweiten Wohnsitz in der Stadt zu kaufen. Er war vielmehr eine beachtliche Größe innerhalb der Westküsten-Mafia, ein hochkarätiger Dealer, der inzwischen aus nur ihm bekannten Gründen die Hälfte des Jahres in Italien verbrachte. Interpol verfolgte Wallis zwar seit Jahren, scheiterte aber regelmäßig mit Versuchen, ihn für eine Vielzahl von Delikten

– von Erpressung bis Mord – vor Gericht zu bringen. Bei den Carabinieri blieb man ähnlich erfolglos.

Das war kurz vor der Gründung der DIA. Damals wie heute herrschte eine unerquickliche Rivalität zwischen der zivilen Polizei und den zu den Streitkräften gehörenden Carabinieri. Die Grenzen der Zuständigkeit waren bestenfalls unklar und wurden gelegentlich absichtlich verwischt. Privat befand sich Falcone in Übereinstimmung mit der wachsenden Anzahl von Kritikern, die eine Vereinheitlichung der Polizei forderten. Im Grunde war das ebenso unvermeidlich wie logisch. Doch diese Lösung galt bei den Verantwortlichen beider Institutionen als schnöde Ketzerei, und Falcone hütete sich, etwas über seine Ansichten verlauten zu lassen. So etwas konnte einen den Kopf kosten. Abgesehen davon bestand ohnehin nicht die geringste Aussicht auf irgendwelche Reformen. Bald darauf wurde die DIA eingerichtet, was dem ohnehin mühsamen Kampf gegen die ständig steigende Flut des Verbrechens weitere bürokratische Hürden in den Weg stellte.

Und Vergil Wallis befand sich noch immer auf freiem Fuß. So viel über Fortschritte.

Mosca schloss still und heimlich die Akte Eleanor Jamieson; ohne neue Erkenntnisse bedürfe es keiner weiteren Ermittlungen. Wallis' Verbindung mit italienischen Verbrecherkreisen waren nicht leicht zu durchschauen. Manche Schilderungen, die nicht ohne Risiko für die Erzähler weiterverbreitet wurden, wiesen ihm die Rolle eines kriminellen Diplomaten zu, eines Mittelsmannes, der versuchte, die Interessen seiner eigenen Kumpane mit denen der Sizilianer in Einklang zu bringen. Falcone kam das durchaus einleuchtend vor. Die von Wallis repräsentierte Westküsten-Mafia unterhielt lockere Beziehungen zu den italienischen Organisationen in den USA. Da blieb viel Raum für Missverständnisse. Schon vor langer Zeit hatten die Bosse begriffen, dass Kooperation und Partnerschaft mehr Dollar auf ihre Konten brachten als erbitterte Konkurrenzkämpfe. Und Geld zählte. Für die Ehre ging niemand mehr auf die Barrikaden. Man lebte in realistischen Zeiten, in denen es vorrangig um Bares ging.

Falcone hatte an drei Unterhaltungen mit Wallis teilgenommen und wusste noch immer nicht recht, woran er bei dem Mann war. Der Amerikaner beeindruckte durch seine rücksichtsvolle Höflichkeit ebenso wie durch seine Sprachgewandtheit, ganz im Gegensatz zu allen Ganoven, die Falcone kennen gelernt hatte. Er war belesen und kannte sich in altrömischer Geschichte besser aus als mancher Italiener. Wie es hieß, hatte er sich nach seinem Aufstieg in Watts jahrelang auf seine Diplomatenrolle vorbereitet und unter anderem Jura studiert. Man konnte sich sehr gut vorstellen, wie er mit professioneller Verbindlichkeit Wogen glätten konnte, die ansonsten leicht außer Kontrolle geraten wären.

Allerdings gab es ein grundlegendes Problem. Wenn die Gerüchte zutrafen, pflegte Wallis engsten Kontakt zu Emilio Neri, einem brutalen Gangster, der seinen Aufstieg aus den Slums von Testaccio an die Spitze des römischen Verbrechermobs der Rücksichtlosigkeit verdankte, mit der er jeden in seinem Weg beseitigt hatte. Inzwischen saß Neri im Vorstand diverser italienischer und amerikanischer Opernhäuser. Verschanzt hinter einer Armee von Dienstboten und Bodyguards bewohnte er eine stilvolle Villa an der Via Giulia. Es war ein Haus, das Falcone von etlichen ergebnislosen Besuchen nur zu gut kannte. Für die Öffentlichkeit kultivierte der alte Gauner eine Fassade luxuriöser Eleganz, mit der er jedoch nur jene täuschen konnte, die zu naiv oder zu verängstigt waren, um die Wahrheit zu erkennen. Von Beginn seines Dienstes bei der Polizei an hatte Falcone Neris Karriere verfolgt, und das aus gutem Grund. Der Mann bestach gewohnheitsmäßig jeden Polizisten, der bereit war, sein Geld anzunehmen. Nur um ihn auf seine Seite zu bekommen. Im Verlauf von Ermittlungen über Schutzgelderpressung gegenüber ein paar kleinen Ladenbesitzern in einer Nebenstraße des Corso hatte Falcone selbst von einem von Neris Schlägern ein nur dürftig getarntes Geldangebot erhalten und abgelehnt. Filippo Mosca erklärte die Ermittlungen für beendet, als sie gerade dabei waren, Fortschritte zu machen. In den letzten zehn Jahren wurden drei Polizisten wegen Korruption verurteilt. Keiner von ihnen nannte Neri als Quelle der beträchtlichen Beträge, die in ihrem Besitz gefunden worden waren. Sie zogen das Gefängnis den Konsequenzen seines Zorns vor.

Was Neri von Seinesgleichen unterschied, war das System obsessiver Kontrolle, die er auf seine Mafiafamilie ausübte. Die meisten anderen Bosse seines Kalibers machten sich längst nicht mehr die eigenen Hände schmutzig, aber Neri hatte sich nie von der vordersten Front zurückgezogen. Es lag ihm seit den alten Tagen in Testaccio im Blut, es gefiel ihm zu sehr. Wie zu hören war, ging er noch immer gelegentlich persönlich Exempel statuieren, und das mit der ganzen brutalen Gewalt seiner längst vergangenen Jugend. Möglicherweise hielt dabei einer seiner jungen Rowdies das Opfer fest, während Neri es zusammenschlug. Falcone hatte dem alten Gangster oft genug in die kalten, grauen Augen geblickt, um zu ahnen, welches Vergnügen es ihm bereitete.

Leo Falcone las die letzte Seite der Akte, und da er wusste, wie launenhaft und unzuverlässig Neri war, wunderte ihn der Inhalt nicht. Demnach bestand zwischen Wallis und Neri ursprünglich eine dicke Freundschaft. Ihre Familien trafen sich häufig zum Essen. Sechs Wochen vor Eleanor Jamiesons Verschwinden hatte sie mit ihrem Stiefvater ein paar Tage auf einem der sizilianischen Güter der Familie Neri verbracht. Dabei ging es eindeutig auch um den Abschluss nicht näher bekannter Geschäfte. Die Amerikaner waren zufrieden. Die Italiener ebenfalls.

Doch dann, etwa zum Zeitpunkt von Eleanors Verschwinden, kühlte sich die Beziehung empfindlich ab. Es gab Informationen, denen zufolge Wallis auf Sizilien über Neris Kopf hinweg Kontakt zu dortigen Oberbonzen aufgenommen hatte, was Neri nicht verborgen geblieben war. Es war die Rede von einem verpatzten Drogendeal, der die wutschnaubenden Amerikaner um ihre Profite brachte. Neri konnte noch nie der Versuchung widerstehen, Leute übers Ohr zu hauen. Er sahnte auch noch die letzte Lira ab, die durch seine Hände ging, obwohl er seine »Prozente« längst eingesackt hatte.

Zwischen den beiden Männern kam es zu einem heftigen Streit, wie manche behaupteten, sogar zu einer handfesten Prügelei. Danach fielen sie bei ihren jeweiligen Chefs in Ungnade. Neri wurde unverblümt mitgeteilt, dass er seinen Job als Verbindungsmann zu den Amerikanern los war. Auch Wallis bekam eins aufs Dach, obwohl er weiterhin die Hälfte des Jahres in Rom lebte, mit wenig mehr zu tun, als sein Gesicht zu wahren. Es war ein trügerischer Waffenstillstand. Zwei Monate später wurde einer von Wallis' Kumpanen mit durchschnittener Kehle in einem Auto aufgefunden, das in Testaccio in der Nähe eines Bordells geparkt war. Bald darauf beging ein Polizist auf Neris Lohnliste einen höchst dubiosen »Selbstmord«.

Falcone fragte sich, ob es da einen Zusammenhang gab. Würde die mumifizierte Leiche eines sechzehnjährigen Mädchens diese alten Geister aus ihren Gräbern auferstehen lassen? Und wie erfolgreich könnten in diesem Fall seine Ermittlungen sein, wenn ihm die DIA bei jedem seiner Schritte inquisitorisch über die Schulter spähte?

Leo Falcone sah auf seine Armbanduhr. Es war kurz nach zwölf. Er zog sein Notizbuch hervor und wählte eine Nummer.

»Ja bitte?«

Rachele d'Amatos kühle, distanzierte Stimme hatte nichts von ihrer Wirkung auf ihn verloren. Falcone fragte sich flüchtig, ob er sie aus beruflichen oder vielmehr persönlichen Gründen anrief. Beides, dachte er. Und beides hatte seine Berechtigung.

»Ich war mir nicht sicher, ob ich dich überhaupt erreiche. Jeder, den ich im Moment anrufen will, scheint krank zu Hause im Bett zu liegen.«

Sie schwieg kurz. »Ich gehe nicht mehr so oft ins Bett wie früher, Leo. Krank oder nicht.«

Falcone wusste, was sie damit andeuten wollte. Oder glaubte es zu wissen. Seit dem Ende ihrer Beziehung gab es keinen Mann in ihrem Leben. Das war ihm bekannt. Er hatte von Zeit zu Zeit diskret Nachforschungen angestellt.

»Ich habe mich gefragt, ob du vielleicht Lust hast, mit mir essen zu gehen. Es ist lange her …«

»Eine Einladung zum Essen!« Sie klang erfreut. »Was für eine Überraschung. Wann?«

»Heute. Gleich. Zu einem kleinen Mittagessen. In der Weinbar, in der wir früher immer waren. Sie haben einen neuen Weißwein aus der Toscana, den du unbedingt probieren solltest.«

»Ich trinke mittags keinen Wein. Das ist nur was für Bullen. Abgesehen davon habe ich einen Termin. Ich muss in ein paar Minuten los. Auch bei uns ist die Hälfte der Leute krank.«

»Dann vielleicht heute Abend. Nach der Arbeit.«

»Du hörst neuerdings abends auf zu arbeiten, Leo?«, erkundigte sie sich schnippisch. »Was ist passiert?«

»Nichts. Ich dachte nur …«

Er verstummte verlegen. Sie hatte immer behauptet, seine Arbeit wäre der Grund für ihre Trennung gewesen. Das stimmte nicht. *Er* war der Grund. Seine Besitzgier. Seine Leidenschaft für Rachele, die nie ganz erwidert wurde.

»Du brauchst dich nicht zu entschuldigen«, sagte sie. »Auch meine Arbeit findet in letzter Zeit kein Ende.«

»Tut mir Leid.«

»Dazu besteht kein Anlass.« Ihre Stimme veränderte sich,

wurde ernster, sachlicher. »Wie ich höre, hast du eine Leiche. Ist es Wallis' Stieftochter?«

»Ja«, knurrte er und fragte sich wütend, wer da geplaudert hatte.

»Kein Grund, so sauer zu reagieren, Leo. Ich muss schließlich auch meinen Job tun.«

Die Leiche lag seit zwei Wochen in der Rechtsmedizin, jeder hätte das Tattoo bemerken und zwei und zwei zusammenzählen können. Da wäre es vermutlich unmöglich, den Schuldigen herauszufinden.

»Natürlich. Und den machst du offenbar sehr gut, Rachele.«

»Danke.«

Er fragte sich, warum er sich ausgerechnet in zwei Anwältinnen verlieben musste. Warum nicht in Frauen, die weniger neugierig waren? Ein bisschen versöhnlicher?

»Dann treffen wir uns also«, erklärte sie. »Ich rufe dich vorher an. Aber jetzt muss ich los.«

Rachele diktierte die Bedingungen. Sie würde sich nie ändern.

»Leo?«

Er wusste, was jetzt kam. »Ja?«

»Die Sache ist beruflich. Nichts weiter. Ist dir das klar?«

Leo Falcone war es klar, aber das hielt ihn nicht von Hoffnungen ab.

Als Costa die belebte Straße zum Campo dei Fiori überquerte, dachte er daran, dass er hier früher gelebt hatte und sich viele seiner wichtigen Erinnerungen mit dem Platz verbanden, den er hin und wieder vermisste. Es hatte ein paar flüchtige Beziehungen gegeben, kurze Techtelmechtel, die Gianni Peroni vermutlich kaum als Liebesaffären bezeichnen würde. Die kopfsteingepflasterte Piazza zog Touristen an wie Licht die Motten und die Preise waren höher als anderswo. Dennoch hielten viele den Campo für das Herz von Rom, für das uralte Quartier einer lebensprallen Volkstümlichkeit. Wie immer erfasste Nic Costa eine Art Beschwingtheit, als er über die Via dei Giubbonari lief und den Platz betrat. Die Händler hinter den Ständen machten nach wie vor gute Geschäfte, verkauften Frühlingszwiebeln, Chicorée, Feldsalat und *cavolo nero* neben Bergen sizilianischer Apfelsinen, die den Winter in Lagerhäusern verbracht hatten und nun nur noch zum Auspressen taugten. An den Nachbarständen türmten sich Pilze, frischer Hallimasch und getrocknete Steinpilze. In einer Ecke boten Fischhändler Tintenfische und Riesengarnelen an, Steinbutt und Säcke frischer Muscheln. Nic Costa bahnte sich seinen Weg durch das Gedränge und kaufte je eine Hand voll Rucola und Brunnenkresse für später. Dann trat er vor einen rollenden Alimentari-Stand und verlangte ein Stück Parmesan.

»Der *prosciutto* ist ganz vorzüglich, Signor *Agente*«, rief ihm die Händlerin zu, die ihn offenbar erkannte. »Hier ...«

Sie wedelte ihm mit einer Scheibe Schinken vor dem Gesicht herum. Wenn ich Fleisch essen würde, dachte Costa, könnte ich in ganz Rom kaum etwas Besseres finden. »Danke, das ist nichts für mich.«

»Vegetarier ernähren sich absolut unnatürlich«, erklärte die Frau. »Kommen Sie wieder, wenn Sie ein bisschen mehr Zeit haben, dann unterhalten wir uns ausführlicher darüber. Sie beunruhigen mich.«

»Bitte nicht«, flehte Costa. »Im Moment machen sich bereits mehr als genug Leute Sorgen um mich.«

»Das bedeutet nur, dass etwas nicht stimmt.«

Er kaufte ihr etwas *prosciutto* ab. Später, außer Sichtweite der Marktfrau, steckte er den Schinken dem kleinen Sohn des Kosovaren zu, der wie immer auf einer alten Geige herumkratzte und bettelte. Anschließend gab er dem Vater einen Zehneuroschein – eine Gewohnheit, die ihm in letzter Zeit irgendwie abhanden gekommen war: Zweimal täglich, jeden Tag, hatte sein verstorbener Vater immer gesagt. Seine Rückkehr auf den Campo erinnerte Nic Costa wieder daran, warum das nötig war. Er hatte zu viel Zeit allein verbracht, sich in dem alten Farmhaus vor den Toren der Stadt verschanzt und gegrübelt. Manchmal musste man hinaus und sich dem Leben stellen.

Nic Costa schob sich weiter durch die Menge und biss gerade in eine ofenfrische *pizzetta bianca,* als er etwas bemerkte. Leo Falcone hatte Recht. Der Campo zog Touristen an, und mit den Touristen kamen die Probleme. Taschendiebe, Schwindler, mitunter noch Schlimmeres. Stets war Polizei auf dem Platz präsent, in Uniform und Zivil. Auch die Carabinieri hatten eine besondere Vorliebe für den Platz. Sie parkten ihre glänzenden Alfas an den unmöglichsten Stellen, lümmelten auf den Motorhauben, beäugten durch ihre schicken Sonnenbrillen die Menge und waren bemüht, in ihren dunklen, frisch gebügelten Uniformen einen möglichst coolen Eindruck zu machen.

Costa ging den Carabinieri nach Möglichkeit aus dem Wege. Für seinen Geschmack gab es innerhalb der Questura bereits mehr als genug Rivalitäten. Es bestand keine Veranlassung, sie auch noch auf die als Polizisten verkleideten Soldaten auszudehnen. Die Demarkationslinie zwischen dieser Armeegattung und der Polizei war kaum definiert. Sie konnten an den gleichen Orten Leute festnehmen wie Costa, und aus den gleichen Gründen. Meistens lief es darauf hinaus, wer zuerst da war. Einem alten Witz zufolge gingen die gut aussehenden jungen Männer wegen der Uniformen und der Frauen zu den Carabinieri, die intelligenten und hässlichen aber zur Polizei. Das war vielleicht übertrieben, aber nicht ganz unwahr.

Jetzt standen zwei Carabinieri steif und unbehaglich neben ihrem Streifenwagen, während eine schlanke, blonde Frau sie in gebrochenem Italienisch anschrie. Sie drohte ihnen aufgebracht mit dem Finger und hielt ein großes Portraitfoto in ihrer anderen Hand.

Misch dich nicht ein, sagte sich Costa, schlenderte aber weiter auf die Gruppe zu. Die Frau tobte vor Wut. Sie kannte ein paar sehr gute italienische Schimpfwörter. Costa biss in seine *pizzetta* und sperrte die Ohren auf.

Dann fiel sein Blick auf das Foto in ihrer Hand. Es überlief ihn kalt und er begann so heftig zu zittern, dass ihm seine *pizzetta* aus den Fingern glitt.

Das *konnte* nicht sein. Es war unmöglich. Das Gesicht erinnerte ihn an das Foto, das Leo Falcone heute Vormittag auf die sonderbare Leiche auf Teresa Lupos Seziertisch gelegt hatte. Er dachte an das vor vielen Jahren aufgenommene Portrait, das ein sehr ähnliches Gesicht gezeigt hatte wie das Foto hier: das eines blonden Mädchens, blutjung und fest überzeugt, dass ihm die Zukunft nicht anderes bringen würde als Glück und Liebe.

»It ain't necessarily so«, sang Sammy Davis Jr. irgendwo in seinem Hinterkopf.

Die beiden Carabinieri bestätigten alle Vorurteile. Bornierte Arschlöcher, die sich mehr für die Sauberkeit ihrer Sonnenbrillen interessierten als für die Dinge, die sich vor ihrer Nase abspielten. Einer von ihnen kam Costa bekannt vor, aber wahrscheinlich irrte er sich. Sie sahen alle gleich aus. Und benahmen sich auch ähnlich. Betont gelangweilt feixten die beiden die Frau vor ihnen an.

»Hören Sie mir überhaupt zu?«, schrie sie.

»Bleibt uns denn eine andere Wahl?«, entgegnete der Ältere der beiden. Er war sicher nicht über dreißig.

»Das hier ist meine Tochter …« Wütend zeigte die Frau auf das Foto. »Sie wurde gerade entführt. Unter Ihren Augen, während Sie offenbar nichts Besseres zu tun hatten als in der Nase zu bohren.«

Der Jüngere schoss Costa einen warnenden Blick zu, als wollte er sagen: Halt dich zurück. Das hier geht dich nichts an. Nic Costa rührte sich nicht.

Der Ältere lehnte sich gegen den Alfa, schob sein Hinterteil auf die Motorhaube, zog eine Kaugummipackung aus der Tasche und schob sich einen Streifen zwischen die Zähne.

Mit in die Hüften gestemmten Händen und vor Empörung bebend stand die Frau vor den beiden. Costa betrachtete das Foto in ihrer Hand. Die Mutter wirkte wie eine zehn oder fünfzehn Jahre ältere Schwester ihrer Tochter. Aber sie war fülliger und ihr Haar eine Spur dunkler als die fast unnatürlich blonden Haare des Mädchens.

Er ging zu dem Trio, bemerkte, wie die Frau nach Luft rang, und fragte auf Englisch: »Kann ich Ihnen vielleicht behilflich sein?«

»Nein«, näselte der Ältere barsch. »Kümmern Sie sich um Ihre eigenen Angelegenheiten.«

Erleichtert, endlich jemanden vor sich zu haben, der ihre Sprache sprach, blickte die Frau ihn an. »Sie könnten einen richtigen Polizisten holen. Das wäre eine *große* Hilfe.«

»Ich bin Polizist.« Er zog seinen Dienstausweis hervor. »Nic Costa.«

»Auch das noch«, murmelte der hinter ihm.

Er rutschte von der Motorhaube und baute sich vor Costa auf. Er war ein gutes Stück größer. »Die halbwüchsige Tochter dieser Frau hat sich mit einem Freund auf einem Motorroller aus dem Staub gemacht. Sie hält das für eine Entführung. Für uns sieht es eher so aus, als wollte die Kleine nur ein wenig Spaß.« Die dunklen Augengläser richteten sich auf die Frau. »Was wir sehr gut verstehen können. Falls Sie anderer Meinung sein sollten, bedienen Sie sich. Bitte. Wir schenken sie Ihnen.«

Costa gelang es gerade noch rechtzeitig, den Arm der Frau am Ellbogen zu packen, als der sich auf den Mann zubewegte. Obwohl dem uniformierten Idioten eine kleine Lektion vielleicht gut getan hätte.

»Sie haben es gesehen?«, erkundigte er sich.

Der Jüngere fand seine Sprache wieder. »Ja, haben wir. War schließlich kaum zu übersehen. Machte ganz den Eindruck, als wollte das Mädchen, dass alle Welt zusieht. Haben Sie eigentlich eine Ahnung, was man zu Gesicht bekommt, wenn man Tag und Nacht auf dem Campo herumhängt? Neulich haben wir ein Pärchen beim Bumsen erwischt. Am helllichten Tag. Und diese Frau will, dass wir uns die Beine ausreißen, nur weil ihre Tochter zu einem Jungen auf den Roller gesprungen ist.«

Die Frau schüttelte den Kopf, als würde sie sich über sich selbst ärgern, und blickte dann zum Corso. In die Richtung, in die der Roller verschwunden war, nahm Costa an.

»Das sieht ihr überhaupt nicht ähnlich«, sagte sie. »Ich kann nicht glauben, was hier passiert. Ich fasse es nicht, dass mir nicht einmal zugehört wird.«

Sie kniff die Augen zu, und Costa fragte sich, ob sie gegen Tränen ankämpfte. Er sah auf seine Uhr. In rund vierzig Minuten wollte Peroni wieder beim Auto sein. Er hatte Zeit.

»Darf ich Sie vielleicht zu einem Kaffee einladen?«, fragte er.

Sie zögerte einen Moment und schob dann das Bild in den Umschlag zurück, in dem sich zahlreiche andere befanden, wie Costa bemerkte. Wieder fragte er sich, ob vielleicht seine Fantasie mit ihm durchging. Die Tochter der Frau sah genau aus wie das Mädchen auf Falcones Foto.

»Sie gehören wirklich zu diesen Leuten?«, erkundigte sie sich.

»Nein«, entgegnete er so laut, dass die beiden es hören mussten. »Ich gehöre der staatlichen Polizei an. Es ist ein bisschen verwirrend. Manchmal sogar für uns.«

Sie stopfte den Umschlag in ihre Tasche und hängte sie sich über die Schulter. »Dann nehme ich Ihre Einladung gern an.«

»Gut gemacht.« Costa schlug dem älteren Uniformierten leicht auf den Arm. »Ich bin begeistert zu sehen, wie sich die

Carabinieri um unser Bild in der Öffentlichkeit bemühen. Das ist ungemein hilfreich.«

Die unflätigen Flüche der beiden ignorierend, griff Costa nach dem Arm der Frau und ging mit ihr davon. Sie wirkte erleichtert, den Carabinieri entkommen zu sein. Jetzt, da ihr Gesicht seine ängstliche Anspannung verlor, sah sie ganz anders aus. Sie trug Jeans und eine alte, ausgeblichene Denimjacke. Aber irgendwie schien das nicht zu ihr zu passen, es wirkte fast wie eine Verkleidung. Von ihr ging etwas merkwürdig Fesselndes aus, das Nic Costa sich nicht recht erklären konnte.

Er führte sie um die Ecke und in ein kleines Café. Auf dem Tresen standen kleine Krüge mit aufgeschäumter Milch, die Gäste emsig in ihre Tassen löffelten. Die Frau stellte sich so selbstverständlich an den Tresen, als käme sie täglich hierher.

»Ich heiße Miranda Julius«, stellte sie sich vor. »Das alles ist doch völlig verrückt. Vielleicht bin *ich* verrückt. Es wird Ihnen sicher noch Leid tun, mich eingeladen zu haben.«

Aufmerksam hörte Costa zu, wie sie die Vorgänge mit einer Ruhe und Ausführlichkeit schilderte, die er gern häufiger hören würde.

»Was ist?«, fragte sie schließlich.

»Nichts.«

Sie musterte ihn mit unverhohlener Neugier: »Das sieht für mich aber ganz anders aus.«

Er dachte über ihre Worte nach. Vielleicht hatte das Mädchen lediglich mit einem Freund das Weite gesucht, den die Mutter nicht kannte. Vielleicht war es tatsächlich so einfach zu erklären. Ihre Befürchtungen basierten auf Intuition, nicht auf Fakten. Sie hatte einfach nur das Gefühl, dass da etwas nicht stimmte. Er konnte im Grunde sogar verstehen, warum die Carabinieri sie so schnell wie möglich hatten loswerden wollen.

»Sie haben gesagt, Ihre Tochter wäre gestern mit einer Tätowierung wiedergekommen.«

»Eine Dummheit. Und der nächste Anlass zu einem heftigen Streit. Aber für diesen Unsinn sind wir schließlich nicht nach Italien gekommen.« Sie schüttelte den Kopf, und Costa stellte leicht gereizt fest, dass er seinen Blick nicht von ihr abwenden konnte. Aus der Nähe betrachtet war sie älter, als er zunächst angenommen hatte. Stressfalten zogen sich um ihre klugen blauen Augen. Aber das verlieh ihrem Gesicht, das in ihrer Jugend vermutlich von einer geradezu perfekten Schönheit gewesen war, nur Charakter. Sie sah aus wie ein Model, das irgendwann beschlossen hatte, eine andere, vielleicht körperlich anstrengende Arbeit aufzunehmen, um die allzu ebenmäßigen Züge durch ein paar Brüche interessanter zu machen.

»Wie sieht es aus?«

»Das Tattoo? Absolut lächerlich. Aber was kann man von einer Sechzehnjährigen schon erwarten? Anscheinend hat sie sich die Tätowierung schon vor Tagen machen lassen, fand aber erst gestern den Mut, sie mir zu zeigen. Er hätte sie auf die Idee gebracht, hat sie gesagt. Aber nicht, wer *er* ist. Sie fand es natürlich ganz toll. Wollen Sie mal sehen?«

»Was?«

Sie griff in ihre Tasche und zog den Umschlag mit den Fotos heraus. »Ich habe ein Foto von dem Tattoo gemacht und vorhin den Film abgeholt. Deshalb schleppe ich das ganze Zeug mit mir herum. Das Fotografieren ist übrigens mein Beruf. Mehr als das, eine Leidenschaft.«

Sie blätterte in dem Stapel und warf eine Aufnahme auf den Tresen. Es war eine Nahaufnahme von der Schulter des Mädchens, mit der Costa schon bekannten Fratze auf dem Oberarm.

»Wissen Sie, was das ist?«

»Sie hat es mir gesagt. Eine Art Theatermaske. Ausgerechnet. Für die Grateful Dead hätte ich vielleicht noch Verständnis gehabt. Sie war nicht gerade erfreut, als ich die Tätowierung für mein Archiv ablichten wollte.«

Mit plötzlicher, entschlossener Offenheit sah sie ihm in die Augen. »Ich habe kein Nein akzeptiert. Ein Tattoo! Himmel, wenn ich mir das in ihrem Alter erlaubt hätte …« Sie zögerte kurz. »Mister Costa?«

»Nennen Sie mich bitte Nic.«

»Da stimmt doch etwas nicht. Aber was?«

»Das weiß ich nicht. Ich müsste mit ein paar Leuten telefonieren. Geben Sie mir ein paar Minuten Zeit.«

Sie sah wieder besorgt aus, ängstlich.

»Wahrscheinlich ist alles völlig harmlos«, sagte Costa und hörte selbst, wie wenig überzeugend seine Worte klangen.

Miranda Julius wohnte im obersten Arkadengeschoss des Teatro di Marcello am Hang des Kapitolhügels. Sie hatte das Apartment über das Internet gemietet, weil sie den Preis erschwinglich fand, und wegen der Geschichte. Von Julius Cäsar geplant und unter seinem Adoptivsohn Augustus errichtet, war das ursprüngliche Amphitheater im Mittelalter zur Festung und später zu einem privaten Palazzo geworden, um schließlich zu Eigentumswohnungen ausgebaut zu werden. Von den Apartments aus überblickte man den Fluss und die Tiber-Insel. Aber selbst die doppelverglasten Fenster konnten den unablässigen Verkehrslärm nicht draußen halten. Nic Costa war zwar zahllose Male an dem Bauwerk vorbeigekommen, aber noch nie drin gewesen. Jetzt beneidete er keinen der Wohnungseigentümer mehr um die noble Adresse. Es war zu laut, zu isoliert. Das Teatro di Marcello lag in Rom, ohne wirklich ein Bestandteil römischen Lebens zu sein.

Mittlerweile schlug sich Costa mit der Sorge herum, unter Umständen überreagiert zu haben. Er hatte Falcone eingeschaltet, ohne vorher mit Peroni über die Sache zu sprechen. Das war wahrscheinlich ein Fehler gewesen. Bei seiner Rückkehr konnte sein Kollege nur feststellen, dass über seinen Kopf hinweg entschieden worden war. Darüber hinaus hatte Costa vermutlich Falcones Unwillen erregt, indem er Teresa Lupo hinzugezogen hatte. Doch das hielt er für unverzichtbar. Aufgrund ihrer Nachforschungen im Fall der mumifizierten Leiche verfügte die Gerichtsmedizinerin über Kenntnisse, die sich möglicherweise als wichtig erweisen würden. Jetzt saßen sie in Miranda Julius' Apartment, hörten der Frau zu, und alle Beteiligten fragten sich, ob es sich tatsächlich um Zufälle handeln konnte.

Vor einer Woche waren Mutter und Tochter in Rom eingetroffen. Miranda Julius arbeitete als Fotografin für eine Londoner Nachrichtenagentur, aber ihre Aufträge führten sie durch die ganze Welt. Suzi studierte Kunst an einem Londoner College. Da sie seit vielen Jahren bei ihrer Großmutter lebte, hatte sich Miranda Julius entschlossen, zwei Monate mit ihrer Tochter in Rom zu verbringen, um ihre Beziehung zu vertiefen. Suzi lernte Italienisch in der Sprachschule an der Piazza della Cancelleria, die auch Eleanor Jamieson besucht hatte. Nach ein paar Tagen lernte sie in der Nähe der Schule jemanden kennen. Einen Jungen, der sich aus Gründen, über die Miranda Julius nur Vermutungen anstellen konnte, offenbar scheute, die Bekanntschaft von Suzis Mutter zu machen.

»Wie alt ist Ihre Tochter?«, erkundigte sich Falcone.

»Sie ist im Dezember sechzehn geworden.«

»Und Sie?«, hakte er nach.

Teresa Lupo schoss ihm einen finsteren Blick zu. Falcone war Frauen gegenüber immer sehr direkt.

»Ich bin dreiunddreißig, Inspektor«, antwortete die Frau ohne Zögern. »Ich kann förmlich sehen, wie Sie nachrechnen. Ja, als ich schwanger wurde, ging ich noch zur Schule. Suzis Vater hat sich schon vor ihrer Geburt aus dem Staub gemacht.« Sie sprach ein gepflegtes Englisch, das im seltsamen Gegensatz zu ihrem Äußeren stand. Und sie schien nicht gerade arm zu sein. Das Apartment kostete bestimmt einiges.

»Ist das denn wichtig?«, fragte sie. »Es macht mir nichts

aus, Ihre Fragen zu beantworten, würde aber gern die Gründe dafür erfahren.«

»Im Zusammenhang mit einem verschwundenen Teenager kann buchstäblich alles wichtig sein«, erläuterte Costa.

Sie wandte sich von Falcone ab und blickte aus einem der großen Fenster. »*Wenn* sie verschwunden ist. Vielleicht mache ich mir ja unnötig Sorgen. Vielleicht kommt sie jeden Augenblick zur Tür herein. Können Sie sich vorstellen, wie absurd ich mich dann fühlen muss?« Miranda Julius sah sie an. Sie spielt uns etwas vor, dachte Costa. Ihre Angst ist mit Händen zu greifen. Allerdings fragte er sich unwillkürlich, inwieweit er dafür verantwortlich war. »Würden Sie mir bitte sagen, warum Sie das alles plötzlich so ernst nehmen?«

Falcone ignorierte die Frage. »Erzählen Sie uns ein bisschen mehr über die Tätowierung.«

Wieder schien sie den Sinn nicht einzusehen. »Was soll ich Ihnen da erzählen? Ich habe gemerkt, dass sie nur noch Sachen mit langen Ärmeln trug. Und gestern zeigt sie mir dann dieses Tattoo. *Er* hätte ihr vorgeschlagen, es sich machen zu lassen, sagte sie, und sogar das Motiv ausgesucht. Er hat sie zu einem Tätowierer mitgeschleppt, den er kannte und dann sogar bezahlt.«

»Kennen Sie seinen Namen?«, wollte Costa wissen. »Hat Ihre Tochter vielleicht erwähnt, wo er wohnt?«

Sie schüttelte den Kopf. »Vielleicht wollte sie keinen Kontakt zwischen ihm und ihrer Mutter.«

»Warum nicht? Hat Ihre Tochter Ihnen einen Grund genannt?«

»Sie ist noch ein echtes Kind und in dem Stadium, in dem man Eltern als ausgesprochen peinlich empfindet. Und wieso hätte ich eingreifen sollen? Schließlich hatte sie nicht vor, mit ihm ins Bett zu gehen. Das glaube ich nicht nur, das weiß ich. Hören Sie, mir ist klar, dass ich kaum zur Mutter des Jahres gewählt werde. Während der meisten Zeit, in der Suzi aufwuchs, habe ich in irgendeiner Ecke der Welt tote Menschen fotografiert. Aber ich kenne meine Tochter. Wir können über alles reden. Sie hat mit diesem Jungen nicht geschlafen. Noch nicht. Es war eher, als würden sie auf irgendetwas warten. Ich bin mir sogar sicher …«

Sie verstummte, als befürchtete sie, vielleicht doch zu weit zu gehen, fuhr dann aber überzeugt fort: »Sie hat noch mit niemandem geschlafen. Sie ist unberührt. Aus Überzeugung. Vielleicht sieht sie an meinem Beispiel, wohin es führen kann, so früh mit Jungs zu schlafen.«

»Worauf gewartet?«, hakte Falcone nach.

»Wenn ich das wüsste, hätte ich es Ihnen längst gesagt«, fauchte Miranda Julius gereizt. »Aber in einem Punkt bin ich mir ganz sicher. Wenn etwas passiert – *wenn* –, dann übermorgen. Am 17. März. Ich hab gehört, wie Suzi sich am Telefon mit ihm verabredet hat. Sie klang ganz aufgeregt. Aber natürlich hat sie mir nichts Näheres darüber erzählt.«

Costa dachte über das Datum nach. Das konnte doch kein Zufall sein. »Dürfen wir einen Blick in ihr Zimmer werfen?«

»Gern. Es ist der aufgeräumte Raum am Ende des Korridors.«

Falcone nickte seinem Untergebenen zu, aber auch Teresa Lupo stand auf und folgte Costa. Hinter ihnen setzte Falcone Miranda Julius weiter mit Fragen zu. Als sie an einer offen stehenden Tür vorbeikamen, konnte Costa es sich nicht verkneifen, einen Blick in das Zimmer zu werfen, das vermutlich Miranda Julius' Schlafgemach war. Aufgeräumt war es nicht. Er sah wahllos verstreute Kleidung, zwei Profi-Kameras, einen geöffneten Laptop.

»Herr im Himmel«, stöhnte Teresa, als sie außer Hörweite waren. »Der Mann benimmt sich wie die Axt im Wald. Kaum zu glauben, dass der mal verheiratet war. Wonach suchen wir denn, Nic? Und warum bin ich überhaupt hier? Es geht doch um ein verschwundenes Mädchen, oder?«

»Ich dachte, es würde Ihnen gefallen, zur Abwechslung mal zu arbeiten wie wir.«

Abrupt blieb sie stehen und musterte ihn finster. »Auf meinem Tisch liegt eine halb sezierte Leiche. Eine, die aussieht, als wäre sie zweitausend Jahre alt, aber erst vor sechzehn Jahren unter die Erde kam. Ich befasse mich mit wissenschaftlichen Problemen, von denen Sie vermutlich noch nie im Leben etwas gehört haben. Und da glauben Sie, Ermittlungsarbeit wäre mir fremd?«

Er öffnete die Tür zum Zimmer des Mädchens. »Wollen Sie sich nun ein bisschen umsehen oder nicht?«

»Lassen Sie mich durch.« Die Pathologin marschierte an Costa vorbei und blickte sich um. Dann schloss sie nachdrücklich die Tür. Sie wollte sich von Falcones Stimme nicht ablenken lassen. »Und das soll das Zimmer eines Teenagers sein? Meine Güte, da sieht es ja wie bei mir aus. Übrigens ...« Teresa kam in Fahrt. Costa liebte es, sie dabei zu beobachten. »Woher nimmt diese Frau ihr Aussehen? Sie könnte doch eine Schwester des Mädchens sein. Himmel, sie ist gerade mal ein Jahr jünger als ich, aber bei ihrem Anblick würde glatt jedem Trottel in der Questura fast einer abgehen.«

»Das wäre bei Ihnen nicht anders, müssten die Jungs nicht befürchten, von Ihnen Prügel zu beziehen.«

Teresa Lupo kniff die Augen zusammen. »Mir ist keineswegs entgangen, wie Sie die Frau angestarrt haben.«

Costa ignorierte die Bemerkung und ging zu dem kleinen Tisch neben dem Bett. Auf ihm lag ein Album mit großformatigen Schwarzweißfotos. Er blätterte darin und sah Aufnahmen von buchstäblich jedem Kriegsschauplatz, der im letzten Jahrzehnt Schlagzeilen gemacht hatte: Afghanistan, Palästina, Ruanda und anderen Gegenden in Afrika, die er nicht einmal ansatzweise erkannte. Teresa Lupo trat neben ihn.

»Hat sie das vorhin gemeint? Als sie sagte, sie würde durch die Welt fahren und tote Menschen fotografieren?«

»Offensichtlich ist sie eine Art Kriegsberichterstatterin.«

Verstümmelte, blutende Leichen lagen auf der Erde. Hilflose Kinder mit riesengroßen Augen starrten sie von den Abzügen her an. »Im Vergleich dazu kommt mir meine Arbeit fast normal vor«, murmelte Teresa Lupo. »Was treibt einen zu dieser Art von Beschäftigung? Vor allem, wenn zu Hause ein Kind wartet?«

»Keine Ahnung.« Befanden sich die Fotos in Suzis Zimmer, weil sie ihr gefielen? Oder weil auch sie sich diese Fragen selbst stellte?

»Bei einer Mutter, die solche Fotos macht, würde ich mir möglicherweise auch überlegen, ob ich nicht die Flucht ergreifen soll«, dachte Teresa Lupo laut nach. »Verstehen Sie, was ich meine?«

Nic Costa hatte viele Fälle verschwundener Kinder bearbeitet. Er kannte sich aus. »Natürlich weiß ich, was Sie meinen. Die meisten Jugendlichen laufen vor etwas davon. Aber halten Sie das hier wirklich für denkbar? Die beiden machen Urlaub, Teresa. Ich hatte es mit unzähligen Ausreißern zu tun, kann mich jedoch nicht erinnern, dass einer von ihnen ein ausländischer Tourist gewesen wäre.«

»Eins zu null für Sie«, räumte sie ein. »Trotzdem ...«

Neben dem Album lag ein Stapel privater Schnappschüsse auf dem Nachttisch. Miranda Julius schien ständig zu fotografieren. Auf den meisten Bildern war das Mädchen zu sehen. Ein paar hatte ein anderer aufgenommen, vielleicht ein Passant oder ein Kellner. Sie zeigten Mutter und Tochter vor der Villa Borghese, auf der Spanischen Treppe, lachend beim Pizza-Essen. Nic Costa verspürte ein akutes Unbehagen. Wenn seine Ahnung nicht trog, steckte Suzi Julius in ernsten Schwierigkeiten, die ihrer Mutter Schmerzen oder gar Trauer zufügen würden, je nachdem, wie die Sache ausging. Bilder waren nicht stumm, sie sagten eine Menge aus. Die beiden standen einander sehr nahe. Sie liebten sich.

Auch Teresa betrachtete die Aufnahmen. »Nette Bilder. Gut zu wissen, dass sie nicht nur Tote abgelichtet hat.«

Costa stutzte. Irrte er sich oder hatte da eine gewisse Bitterkeit in Teresa Lupos Stimme gelegen? Ein leises Bedauern darüber, dass sie dieses Glück wohl nie erfahren würde?

»Können Sie sich vorstellen, welche Verantwortung das sein muss?«, fragte sie. »Zu wissen, dass ein anderer Mensch völlig von einem abhängig ist?«

Costa dachte an seinen verstorbenen Vater. Er kannte das Gefühl, allerdings aus der Sicht des Abhängigen.

»Man sieht es ihr an«, fuhr die Pathologin fort. »Was immer auch vorgefallen sein mag, ob sie sich nun gestritten haben oder nicht, ständig scheint sie sich zu fragen, ob sie sich irgendwie falsch verhalten hat.«

»So ist es immer. Als Pathologin kommen Sie nur selten damit in Berührung.«

Versonnen strich Teresa Lupo mit der Fingerspitze über ein Foto: Mutter und Tochter lachten auf dem Ponte Sisto in eine blasse Vorfrühlingssonne. »Dass es immer so ist, macht es nicht leichter.«

»Nein.« Costa dachte an seinen ersten spontanen Eindruck auf dem Campo dei Fiori. Aber es war nicht leicht, das strahlende Mädchen vom Foto mit der braunen Leiche auf dem Seziertisch zu vergleichen. »Sieht sie tatsächlich aus wie die Tote? Oder bilde ich mir das nur ein? Hat die Ähnlichkeit vielleicht irgendetwas ausgelöst? Den Täter von damals möglicherweise zum erneuten Zuschlagen bewogen?«

Die Gerichtsmedizinerin zuckte mit den Schultern. »Treiben Sie es da nicht ein bisschen zu weit? Zugegeben, sie ist blond, hübsch und jung. Aber es gibt jede Menge schlanke, blonde Mädchen in Rom, Nic. Warum sollte er erst nach sechzehn Jahren auf eins stoßen? Finden Sie sich damit ab. Wahrscheinlich ist diese Suzi Julius einfach nur ausgerissen.«

Ihre Argumente überzeugten Costa nicht. Dazu gab es zu viele Unvereinbarkeiten. »Das glaube ich nicht. Irgendwas stimmt da nicht. Was zum Teufel hat das alles zu bedeuten? Was genau hat sich bei diesen Ritualen abgespielt? Was steht darüber in Ihrem schlauen Buch? Wo haben sie sich ihre Opfer gesucht?«

»Es waren keine Opfer, Nic«, widersprach die Pathologin. »Was mit ihnen geschah, war ein Privileg, eine Ehre, auch wenn sie es in dem Moment nicht so empfanden.«

»Es sei denn, es ging etwas schief«, wandte er ein.

»Richtig. Doch das kam nicht häufig vor. Die Mädchen wurden Dionysos *geschenkt.* Manche waren Sklavinnen, die von ihren Besitzern übergeben wurden, andere wurden von ihren eigenen Vätern übergeben. Sie unterzogen sich dem Ritual und gingen verändert daraus hervor. Als Dienerinnen des Gottes. Das muss eine Menge bedeutet haben.«

»Aber was?«, murmelte Costa. »Ich habe noch immer das Gefühl, dass da etwas nicht stimmt.«

»Fragen Sie nicht mich. Ich bin Pathologin, keine Archäologin. Übrigens auch keine Polizistin oder Psychologin. Wie haben Sie sich gerade ausgedrückt? Sie haben das Gefühl, dass da etwas nicht stimmt? Wollen Sie Leo Falcone allen Ernstes *damit* kommen?«

Dennoch war er sich sicher, dass auch sie irgendeine Art von Zusammenhang erkannt hatte. Das sah er ihrem Gesichtsausdruck an, einer Mischung aus wacher Intelligenz und Furcht vor dem, was dies alles zu bedeuten haben mochte.

»Sie sind der einzige Mensch, der sich mit diesen Dingen gut genug auskennt, um mir helfen zu können. Bitte …«

Seufzend sank sie auf einen Sessel. »Tun Sie mir das nicht an, Nic. Betrachten Sie das, was ich sage, nicht als Evangelium. Ich hasse unpräzise Informationen. Meine Ausbildung hat mich das Gegenteil gelehrt.«

»Geben Sie mir nur ein paar Fingerzeige. Ich werde sie überprüfen. Ehrenwort. Erzählen Sie mir einfach mehr über das Ritual.«

»Was ich weiß, habe ich mir nur angelesen. Bei der Zeremonie ging es um die Einführung ausgewählter Mädchen in das Erwachsenenalter. Sie fand an einem ganz bestimmten Tag statt, am 17. März. Na, klingelt es bei Ihnen? Allem Anschein nach war es ein rauschendes Fest. Mit Sicherheit nahmen Männer daran teil. Priester, Anhänger des Kults, die mal so richtig einen draufmachen wollten. Sie tranken, tanzten und schluckten alle altrömischen Drogen, die sie auftreiben konnten. Und sie erlaubten sich Dinge, die eine Truppe Hell's Angels vor Scham erblassen lassen würde. Aber vor allem ging es um die Mädchen und darum, ihnen etwas zu vermitteln, das sie als Erwachsene nutzen konnten. Eine Art Überlegenheit vielleicht. Oder die Zugehörigkeit zu einem Club, der ihnen später Vorteile brachte.«

Schweigend sah Costa sie an und hoffte, dass noch mehr kam. »Hören Sie«, fuhr Teresa Lupo fort, »der Autor schreibt selbst, dass es sich lediglich um Vermutungen handelt. Niemand kann wissen, was damals wirklich geschah. Sicher ist nur, dass die Zeremonien gelegentlich so außer Kontrolle gerieten, dass sie schließlich verboten wurden. Lange bevor die Christen ihre Botschaft von Liebe und Frieden verbreiteten. Die Orgien wurden selbst den alten Römern zu viel. Sie schnappten sich die Veranstalter, brachten sie irgendwo um und funktionierten den 17. März zu einem sehr viel harmloseren Fest namens Liberalia um. Eine ähnliche Nummer hat man übrigens mit Weihnachten abgezogen, wenn Sie sich erinnern. Wer weiß heute schon noch, was früher an diesem Tag gefeiert wurde?«

Costa dachte nach. »Vielleicht treibt jemand zweitausend Jahre später das gleiche Spiel? Mit Hilfe derselben Rituale?«

»Das wissen wir nicht. Alles, was Sie haben, ist eine Tätowierung. Ein Datum ...«

»Und eine Leiche.«

Teresa Lupo bemühte sich, optimistisch dreinzublicken. »Die keinerlei Verbindung zu diesem Mädchen hier hat. Seien Sie ehrlich. Vergessen Sie nicht, was die Mutter gesagt hat. Die Kleine wird mit diesem gewissen Lächeln auf den Lippen zurückkommen und denken: Gott sei Dank habe ich das hinter mir. Mit sechzehn noch Jungfrau. Ich bitte Sie, was für ein Leben führen diese Leute?«

Aber Costa hörte ihr nicht zu, sondern widmete sich polizeilichen Aufgaben. Er öffnete Schubladen und überprüfte den Inhalt – wenn auch mit mehr Respekt als die meisten seiner Kollegen. Nic Costa wühlte nicht herum und warf Gegenstände auf den Boden. Er ging so behutsam vor, als hätte er Angst, eine Intimsphäre zu verletzen.

»Wenn ich jetzt jemanden kennen lerne und wir bekommen ein Kind ...«, begann Teresa Lupo hinter ihm nachdenklich. »Wenn dieses Kind in Suzi Julius' Alter ist, bin ich bereits fünfzig. Mein Gott, wer ist hier eigentlich die Jungfrau?«

Costa zog die unterste Schublade auf, schob seine Hand vorsichtig unter ein ordentlich gefaltetes Nachthemd, hielt plötzlich inne und starrte die Pathologin verblüfft an.

»Was ist?«

Er zog ein paar Gegenstände hervor. Obskure, verborgene Dinge.

Bei einem handelte es sich offensichtlich um den getrockneten Stängel einer Pflanze. Am dünneren Ende war mit Klebestreifen ein Pinienzapfen befestigt. Das Ding sah aus wie eine Bastelei aus dem Werkunterricht.

»Sie hat ausprobiert, wie man ihn macht«, erklärte Teresa düster.

»Wie war noch mal der Name?«

»Thyrsosstab.« Sie nahm ihm den Stock ab und schnupperte daran. »Das ist Fenchel. Genau wie der aus dem Sumpf.«

»Und das hier?« Costa steckte seine Nase in einen Plastikbeutel voller Samen. »Dope scheint es nicht zu sein.«

»Zumindest nicht das übliche Zeug.« Mit geradezu kläglicher Miene beäugte sie den Plastikbeutel.

»Teresa?«

»So etwas habe ich in der Tasche des toten Mädchens gefunden, warte aber noch auf den ausführlichen Laborbericht. Meine beschränkten kulinarischen Kenntnisse sagen mir, dass es sich um eine Mischung von Kräutersamen handeln könnte. Kreuzkümmel, Koriander, Fenchel. Möglicherweise auch halluzinogene Stoffe. Etwas Pilzliches. Mutterkorn vermutlich.«

Costa fragte sich, woher sie das wusste.

»Dem Buch zufolge gehörte das zum Ritual. Als kleines Geschenk des Gottes. Eine Art Dankeschön für das, was er gleich darauf erhalten würde.«

»Das worin bestand?«

Sie schwieg.

»Raten Sie einfach. Was sagt Ihre weibliche Intuition?«

»Wenn die Mädchen gefügig waren? In paradiesischen Wonnen. Sie verloren ihre Unschuld, vermutlich an irgendeinen Schwindler in der Maske, die Sie von der Tätowierung her kennen. Es ging um Ekstase. Physische, mentale, spirituelle Ekstase ...«

Teresa Lupo machte schmale Augen. Sie dachte nach, versuchte sich zu erinnern. »Dem Buch zufolge war der 17. März im alten Rom der Tag, an dem Jünglinge durch das öffentliche Anlegen der *toga virilis* zu Männern erklärt wurden. Unter Ausschluss der Öffentlichkeit erlangten auch Mädchen einen besonderen Status. Zumindestens in Kreisen der Kultanhänger.«

»Und wenn die Mädchen es irgendwie falsch verstanden hatten? Wenn sie sich weigerten ...«

»Dann traf sie der ganze Zorn des Gottes, nehme ich an.« Sie schwieg kurz. »Halten Sie es wirklich für möglich, dass diese Suzi irgendwie mit diesen Dingen in Berührung gekommen ist? Und glaubt, es ginge nur um ein – Spiel?«

Nic Costa betrachtete den selbst gebastelten Stab, den Beutel mit den Kräutersamen. »Immerhin ist es denkbar, oder? Wir können es nicht ausschließen.«

»Aber es ist zu wenig, um Falcone auf Trab zu bringen.«

Sie hatte Recht. Er ließ sich von Gefühlen leiten, Ahnungen, Vermutungen. Vor allem gab es keine Antwort auf die entscheidende Frage: Warum sie? Warum eine junge Engländerin, die sich erst seit einer Woche in Rom aufhielt?

Sie gingen zurück ins Wohnzimmer. Miranda Julius' Wangen waren gerötet, die Augen verschwollen. Falcone musste sie hart in die Mangel genommen haben. Bei ihrem Eintritt blickte sie auf.

»Was ist das?«, fragte sie.

Costa zeigte ihr den Thyrsosstab und den Plastikbeutel. »Haben Sie das schon einmal gesehen? Wissen Sie, um was es sich dabei handelt?«

Miranda Julius schüttelte den Kopf. »Keine Ahnung. Wo haben Sie das gefunden?«

»Im Zimmer Ihrer Tochter.«

»Und? Was hat das zu bedeuten?« Die Frau sah aus, als würde sie jeden Moment wieder in Tränen ausbrechen.

»Vielleicht handelt es sich nur um Zufälle ...«, begann Costa.

»Wahrscheinlich hat es gar nichts zu bedeuten«, unterbrach Falcone. »Wir werden dem Verschwinden Ihrer Tochter nachgehen, Signora Julius. Wir lassen mit Hilfe ihres Fotos und einer Beschreibung nach ihr suchen. Für gewöhnlich tauchen die Kinder bald wieder auf. Oder rufen an. Wahrscheinlich meldet sich Ihre Tochter heute noch bei Ihnen.«

»Machen Sie sich keine Sorgen, vertrauen Sie uns«, mischte sich Teresa Lupo ein. »Es gibt eine Menge von Punkten, die uns weiterbringen können. Falls ...«

Abrupt stand Falcone auf und brachte sie mit einem finsteren Blick zum Schweigen.

»Es gibt gewisse Regeln, Dottoressa Lupo«, knurrte er. »Ich schneide keine Leichen auf und Sie halten sich von potenziellen Zeugen fern.«

Einen Moment lang befürchtete Costa, sie könnte kurzerhand zuschlagen, und er fragte sich, wie Falcone darauf reagieren würde. Aber Teresa Lupo setzte sich nur schweigend neben Miranda Julius aufs Sofa und legte einen Arm um sie.

Falcone nahm Costa und Peroni beiseite.

»Wir sollten die Sache ernst nehmen«, sagte Costa leise. »Ich weiß, es hört sich seltsam an, aber …«

»Versuchen Sie nicht, mir Vorschriften zu machen«, fuhr ihm Falcone in die Parade. »Wir haben es mit einem offensichtlichen Mord und einem verschwundenen Mädchen zu tun – zusätzlich zu unserer normalen Arbeitsbelastung. Es gibt keinerlei Hinweise auf eine Verbindung zwischen beiden Fällen. Nicht den geringsten. Geben Sie es zu, Nic. Wenn es …«

Costa wartete, aber es kam nicht mehr. Er wünschte, der Inspektor würde sich häufiger in die Karten sehen lassen. Womöglich waren die Übereinstimmungen zufällig, aber das hieß nicht, dass man sie ignorieren sollte.

»Wir könnten ihr Foto immerhin den Medien übergeben«, schlug Costa vor.

»Mit welcher Begründung? Dass das Mädchen noch vor Stunden mit seiner Mutter zusammen war? Wollen Sie, dass wir am Ende wie Idioten dastehen?«

»Na und?«

Gianni Peroni schlug Costa leicht auf die Schulter. »Denken Sie nach, Nic. Was haben wir schon in der Hand?«

»Bringen Sie das Foto des Mädchens intern in Umlauf«, ordnete Falcone an und ging zur Tür. Ihm entging nicht, dass ihn Teresa Lupo vom Sofa her giftig anfunkelte. »Sorgen Sie dafür, dass alle es sehen. Und beschaffen Sie Filme von den Überwachungskameras auf dem Campo. Wir werden sie uns später anschauen. Sie könnten Recht haben, Nic. Ich bin nur nicht bereit, sofort groß einzusteigen. Abgesehen davon müssen wir zu einer Verabredung.« Er sah Costa stirnrunzelnd an. »Und damit meine ich *wir beide.* Halten Sie Ihre Freundin aus der Gerichtsmedizin da raus. Sie hat anderes zu tun.«

Wenn Emilio Neri seine Runden drehte, überließ er den größten Teil der Muskelarbeit neuerdings Bruno Bucci, einem dreißigjährigen Schläger aus Turin. Bucci befand sich in Neris Diensten, seit ihm als Halbwüchsigem die Drogendealer rund um die Stazione Termini unterstanden hatten. Neri mochte ihn, schätzte seine Arbeitskraft wie seine menschlichen Qualitäten. Er war wortkarg, loyal und hartnäckig. Er wusste, wann er reden konnte und wann er den Mund zu halten hatte. Nie kam er zurück, bevor der Job ordentlich erledigt war. Wenn Neri Lust verspürte, jemandem höchstpersönlich eine Lektion zu erteilen, hatte Bucci nichts dagegen, den Blödmann festzuhalten und dafür zu sorgen, dass er auf keine dummen Gedanken kam, nur weil da ein Mittsechziger auf ihn einprügelte, der keuchte und ächzte, als stünde er kurz vor einem Schlaganfall.

Manchmal fragte sich Neri, warum Mickey nicht so war wie Bucci. Dann bräuchte er sich keine Gedanken zu machen, was aus seinem Imperium werden sollte, wenn er sich einmal zurückzog. Und so, wie er sich fühlte, konnte das eher früher als später der Fall sein. Dabei ging es weniger um sein Alter. Neri war überzeugt, noch ein gutes Jahrzehnt weitermachen zu können, ohne die Zügel aus der Hand zu geben. Aber etwas anderes setzte ihm zu – Überdruss vielleicht, oder auch das Gefühl, fehl am Platz zu sein. Das große Haus, die Dienerschaft, selbst Adeles *dolce far niente* als verwöhnte Prinzessin … All diese Attribute von Geld und Macht kamen ihm inzwischen unecht, fast irreal vor, wie goldene Gitterstäbe an einem Gefängnis, das ihn mit Luxus zu ersticken drohte.

Er wusste, dass er über eine Übergabe nachdenken sollte. Das Problem war Mickeys Charakter. Der Junge tat zwar meistens, was ihm gesagt wurde, verfolgte aber nebenbei seine eigenen Interessen. Allzu oft hatte sich Neri gezwungen gesehen, ihm aus der Patsche – Drogen, Frauen, Geld – zu helfen. Zur Rede gestellt, stritt Mickey nie etwas ab. Neri musste ihm nur die richtigen Fragen stellen. Das fiel ihm nicht schwer, als Mickey um die zwanzig war. Mittlerweile wurde es zunehmend lästig. Vielleicht könnte eine Art Kompromiss funktionieren, bei dem Bucci die Leitung der Geschäfte übernahm, während Mickey sich zurücklehnte und die Profite einstrich.

Neri versuchte, seine Idee mit Buccis Augen zu betrachten. Er wusste, was jeder einigermaßen ehrgeizige Gangster in einer solchen Situation tun würde. Abwarten, bis der Alte aus dem Weg war, den ganzen Laden übernehmen und dem verwöhnten Söhnchen die Wahl lassen, sich hinter das Steuer eines Taxis zu setzen oder eines Morgens tot aufzuwachen. Vielleicht ist das der Lauf der Welt, sinnierte Neri. Er hatte es genauso gemacht. Mafiafamilien hatten nun einmal ihre Schwächen. Es gab keine Garantie, dass sie auf Dauer zusammenhielten.

Neri und Bucci verbrachten den Vormittag damit, überall in der Stadt Schulden einzutreiben. Und während der ganzen Zeit bebte Neri buchstäblich vor Zorn über die Art, wie sich Mickey und Adele in seiner Gegenwart gekabbelt hatten. Er fragte sich, ob er sie vielleicht beide bestrafen sollte. Er konnte sich nicht erklären, warum er unablässig an sie denken musste. Sein Verstand arbeitete nicht mehr so flink wie früher. Gab es da vielleicht etwas, das er längst hätte erkennen müssen? Irgendein neues Spielchen von Mickey? Er lehnte sich auf dem Rücksitz des gepanzerten Mercedes zurück, schloss die Augen und wünschte, sich nicht dauernd Sorgen um die beiden machen zu müssen. Adele, die Schlampe, ließ Monat für Monat wahre Vermögen in Boutiquen und bei Juwelieren. Und Mickey war nicht viel besser. Der Junge schien von dem unstillbaren Verlangen verzehrt, unbedingt alles zu besitzen, was über einen Verbrennungsmotor verfügte. In vier Monaten hatte er sich ebenso viele Sportwagen angeschafft, ganz zu schweigen von einer ganzen Flotte an Rollern und Motorrädern, und konnte vom Kauf einer viersitzigen Piper Comanche nur abgehalten werden, weil der Besitzer der Flugschule Neri per Handy kontaktiert und über die Absicht seines Sohnes in Kenntnis gesetzt hatte. Und dann Mickeys Affären. Mit Frauen jeder Größe und Gestalt. Von buchstäblich jeder Hautfarbe und unterschiedlichster Herkunft. Ihre einzige Gemeinsamkeit bestand in der Besessenheit, mit der sie Geld verschwendeten, das Mickey gar nicht gehörte.

Auf seine Art liebte Neri beide. Oder genauer gesagt: Es gefiel ihm, dass sie ihm gehörten, dass sie in jeder Weise von ihm abhängig waren. Als Dank erwartete er, dass sie die Regeln einhielten. Und eine Vorschrift besagte, in seiner Gegenwart niemals ihre gegenseitige Antipathie zu zeigen. Doch selbst dazu schienen sie nicht fähig zu sein, und seine Verärgerung machte es Neri zunehmend unmöglich, sich auf seine Arbeit zu konzentrieren. Er versagte sich sogar das Vergnügen, Bucci dabei zuzusehen, wie er einen betrügerischen Zuhälter an der Stazione Termini windelweich schlug, nur um Mickey anzurufen und herauszufinden, womit sich sein Sprössling eigentlich Kost und Logis verdiente. Alles, was er hörte, war Mickeys Mailbox-Stimme. Später forderte er Bucci auf, Toni Lucarelli in die Zange zu nehmen, einen Barbesitzer in Trastevere, der nicht mit dem Geld herausrücken wollte, das er Neri für ein algerisches Flittchen in einem anderen Teil der Stadt schuldig war. Neri verpasste ihm ein paar Fausthiebe ins Gesicht, aber ohne rechte Überzeugung. Lucarelli war im Grunde ein netter Kerl. Er wollte lediglich mehr Spaß, als er sich leisten konnte.

Und dann verscherzte sich der dämliche Barbesitzer Neris Wohlwollen dadurch, dass er plärrend zusammenbrach, anstatt seine Strafe hinzunehmen wie ein Mann. Neri wollte schon den Gorilla aus Turin auf den Trottel loslassen, der im Vorratsraum seiner schäbigen Bar winselte wie ein Baby. Aber er bekam Adele nicht aus dem Kopf, die kühle, herzlose Adele, die mehr Tricks kannte, als es einer Frau ihres Alters zustand. Die seinen Sohn musterte, als wäre er ein Nichts, so überlegen, als würde sie sich insgeheim über etwas amüsieren. Er befahl Bucci, sich Lucarelli zur Brust zu nehmen, aber nicht allzu sehr, und rief Adele an, erreichte aber auch sie nicht. Ein echt großartiger Tag. Alles könnte so einfach sein, wenn er nicht seine Runden drehen müsste, mit einem Bodyguard, der ihm buchstäblich an den Fersen klebte. Als Boss durfte man leider nicht erwarten, keine Feinde zu haben, doch mitunter machte es einem das Leben zur Hölle.

Danach schlug Neri niemanden mehr zusammen. Er ließ die Zahlungsunwilligen einen Blick auf Bucci werfen und sich fragen, ob sie eine Tracht Prügel von ihm überstehen könnten. Gegen Mittag suchte er einen alten Freund im Vatikan auf. Sie sprachen über eine andere Seite von Neris Geschäften: Auslandskonten und Steuerparadiese, verdeckte Banküberweisungen und Tricks gegen eine Doppelbesteuerung. Danach gingen sie um die Ecke in eine kleine Trattoria, die einem Mann gehörte, der früher einmal für Neri gearbeitet hatte und nicht erwartete, dass der seine Rechnungen bezahlte. Nach einem Teller *Spaghetti Carbonara* kehrte der Mann aus dem Vatikan diskret an seinen Schreibtisch zurück. Neri blieb, aß Lamm mit Chicorée sowie eine Portion *zabaglione.* Doch noch immer kreisten seine Gedanken um Adele und Mickey.

Irgendwann informierte ihn ein Telefonanruf über die Vorgänge in der Questura. Neri versuchte seinem Gedächtnis auf die Sprünge zu helfen. Dann kritzelte er Erinnerungsbrocken an die Geschehnisse vor sechzehn Jahren und Namen von Leuten, die er unbedingt anrufen musste, auf den kleinen Block, den er ständig in der Sakkotasche trug. Neuerdings konnte er ohne das Ding kaum noch auskommen. Sein Gedächtnis funktionierte auch nicht mehr wie früher.

»Zur Hölle damit.« Missmutig starrte er die leeren Teller auf dem Tisch an. »Das alles ist längst Geschichte. Ich bin zu alt und zu reich, um mir über diesen Mist Sorgen zu machen.«

Als er auf die Seitenstraße nahe der Piazza del Risorgimento hinaustrat, hockte Bruno Bucci neben dem schwarzen Mercedes auf einem Mauervorsprung. Er wirkte so sonderbar, dass Neri einige Zeit brauchte, um den Grund dafür herauszufinden. So etwas wie die Andeutung einer Gefühlsregung zeigte sich auf seinem sonst absolut leeren Gesicht. Bruno Bucci war stinksauer.

Neri und setzte sich neben ihn. Es war ein angenehmer Tag. Frühling lag in der Luft. Nur wenige Wolken zogen über den Himmel und es war fast warm. Hübsche Mädchen in bunten Kleidern liefen vorbei. Einige hatten lange, braune Beine. Aus dem Bräunungsstudio, vermutete Neri, oder ihre Freunde waren mit ihnen in der Karibik gewesen – für ein paar Tage in der Sonne und noch heißere Nächte. Es hatte eine Zeit gegeben, in der Emilio Neri sich unbelastet genug gefühlt hatte, um das Gleiche tun zu können.

»Der Wagen bockt«, sagte Bucci. »Springt nicht an.«

Kopfschüttelnd betrachtete Emilio Neri den Metallkoloss. »Das viele Geld. Und was bekommt man dafür? Aber warum rege ich mich eigentlich auf?«

»Ich habe die Werkstatt angerufen. In zwei Stunden wollen sie jemanden schicken. Morgen gehe ich da vorbei, um persönlich ein paar Takte mit denen zu reden.«

Neri blickte Bucci in die Augen. Meistens wirkten sie wie tot, aber das täuschte. Bucci war schlau. Ihm entging so leicht nichts.

»Tu das.« Wohlwollend tätschelte er das Knie seines Gorillas. »Soll ich dir was sagen? Das Leben ist zu kurz, um es mit diesem Mist zu vergeuden. Nimm dir den Nachmittag frei. Wir machen Schluss. Es ist Frühling. Geh zurück zu dem Zuhälter und sag ihm, er soll dir ein bisschen was extra geben. Um uns bei Laune zu halten.«

Bucci holte Luft. Sein Brustkorb sprengte fast seinen engen, grauen Anzug. »Nett von Ihnen, Boss. Nicht nötig. Aber natürlich danke ich Ihnen für das Angebot.«

Neri sah ihn an und musste wieder an Mickey denken. »Du bist ein echt toller Bursche, Bruno. Ich arbeite gern mit dir zusammen.«

»Ich auch mit Ihnen. Lassen Sie mich jetzt ein Taxi holen. Dann bringe ich Sie zur Villa zurück.«

»Nein!« Neri lachte. »Ich habe es ernst gemeint. Es ist Frühling. Das solltest du wirklich ausnutzen. Das Leben genießen. Heute treibe ich keine Schulden mehr ein. Langweilt mich ohnehin mitunter zu Tode. Los, amüsier dich ein bisschen. Geh heute Abend mit einer Mieze aus. Auf meine Kosten.«

»Sehr freundlich von Ihnen«. Buccis braunen Augen war absolut nichts zu entnehmen. »Aber ich sollte Sie nicht allein lassen.«

Neris Miene verfinsterte sich. »Was soll das heißen? Wenn man dich hört, könnte man meinen, ich wäre ein alter, hilfloser Krüppel. Glaubst du etwa, ich komme nicht allein klar?«

»Natürlich nicht, Boss. Aber ... Sie sagen doch immer ...«

»Scheiß drauf! Jetzt sage ich etwas anderes. Wer zum Teufel soll denn versuchen, mir ausgerechnet hier etwas anzutun? Oder auf dem Heimweg, den ich im Auge habe ...« Emilio Neri schmunzelte breit. »Ein Mann braucht hin und wieder das Gefühl, frei zu sein, Bruno. Das verstehst du doch, oder?«

»Und wie wollen Sie nach Hause kommen?«

»Mit einem ganz gewöhnlichen Transportmittel. Ich werde um die Ecke in einen Bus steigen. Ich möchte ein paar Unbekannten in die Augen sehen und herausbekommen, was in ihnen vorgeht. Habe ich seit Jahren nicht mehr gemacht. Ein großer Fehler. Man isoliert sich. Man verliert seine Menschenkenntnis.«

»Mit dem *Bus*?«

»Ja. Warum denn nicht?«

Neri zögerte. Er sprach ungern mit anderen über persönliche Probleme. »Etwas dagegen, wenn ich dir eine Frage stelle?«

»Nein.«

»Es geht um meinen Sohn, diesen Schwachkopf Mickey. Und Adele. Die beiden machen mich wahnsnnig. Was soll ich deiner Meinung nach tun?«

Schweigend hob Bruno Bucci erst eine Hinterbacke von der Mauer, dann die andere. Emilio Neri wunderte sich über das Unbehagen, das drei simple Sätze auslösen konnten, und traute seinen Augen nicht. Überzog tatsächlich leichte Röte die Wangen des Mannes aus Turin?

»Hast du deine Zunge verschluckt? Oder war es die falsche Frage?«

»Ich würde Ihnen gern helfen, Boss«, brummte Bucci schließlich. »Das wissen Sie genau. Wenn es irgendwas gibt, was ich tun kann ... jederzeit.«

»Was *du* tun kannst?«, lachte Neri verblüfft. »Wovon redest du, Bruno? Ich habe dich lediglich nach deiner Meinung gefragt. Ich liebe meinen Sohn, ich liebe meine Frau. Aber die beiden können sich auf den Tod nicht ausstehen. Das ist mein Problem. Großer Gott, denkst du denn, ich erwarte, dass *du* es für mich löst?«

»Ich habe keine Meinung.«

Neri patschte Bucci auf die Schulter. »Ja. Richtig. Ihr Jungs aus dem Norden. Ihr glaubt, auf alles eine Antwort zu haben. Ihr wollt sie nur nicht sagen, das ist alles.«

»Sie haben mich ertappt.« Buccis braunen Augen war auch jetzt nichts zu entnehmen.

»Hier.« Neri zog ein Bündel Banknoten aus der Tasche. »Du hast Recht. Es ist allein meine Sache. Ich hätte dich nie in eine solche Situation bringen dürfen. Jetzt schieb ab und amüsier dich. Womit auch immer. ›Wenn es irgendwas gibt, was ich tun kann ...‹ Ist das zu fassen?«

Bruno Bucci stand auf und zählte die Geldscheine.

»Danke«, sagte er.

Neri sah seinem breiten Rücken nach. »Bescheidenheit«, murmelte er vor sich hin. »Das ist es, was der Welt heute fehlt.«

Dann schlenderte er zum Platz und fragte sich, wann er das letzte Mal in einem Bus gesessen hatte, versuchte sich zu erinnern, was für ein Gefühl es war, jung zu sein, und bemühte sich, ein paar widersprüchliche Gedankenstränge in seinem Kopf zu entwirren.

Die sanftmütige Stimmung hielt nicht lange an. Vor der Haltestelle stand eine Schlange. Fremde drängelten, schubsten und stellten dämliche Fragen. Es dauerte zehn Minuten, bis er es durch die Türen geschafft hatte. Kaum war er endlich im 64er Bus, war er gedanklich wieder dort, wo er schon vor einer Stunde gewesen war und grübelte gereizt über seine Familie nach.

Es gab auch keine freien Plätze. Jedenfalls nicht, bis ein gut gekleideter, ähnlich alter Mann lächelnd aufstand und ihm seinen Sitz anbot.

Neri sah dem Unbekannten ins Gesicht und fragte sich, warum er Buccis Taxi-Angebot abgelehnt hatte. Weil du ein alter Idiot bist, sagte er sich. Und vielleicht sieht man es dir langsam an.

Der Mann grinste unentwegt weiter. Es blieb Neri ein Rätsel, dass jemand in einem überfüllten, stinkenden Bus gute Laune behielt. Er selbst konnte es kaum erwarten, dass das Monstrum über die Brücke schaukelte und in die Via Arenula einbog, damit er aussteigen und von dort aus nach Hause laufen konnte.

»Bleiben Sie ruhig sitzen«, fauchte Neri. »Ich brauche den Platz nicht. Was bringt Sie auf den Gedanken, ich könnte nicht stehen?«

»Nichts«, entgegnete der Mann. Er sah aus wie ein dreister Ganove oder ein Komparse in einem Fellini-Film. »Ich dachte nur …«

»Sie dachten falsch«, beschied ihn Neri barsch.

Und so klammerte er sich krampfhaft an die Halteschlaufe und hoffte inständig, dass er nicht das Gleichgewicht verlor und auf den Sitz sank. Dort hockte inzwischen ein schwarzer Teenager, aus dessen Kopfhörern ein dumpfes Wummern drang.

An der Via Arenula stieg er zusammen mit einer dicken Traube anderer Fahrgäste aus. Er musste fast fünf Minuten warten, bis er die Straße überqueren konnte. Als er zu Hause ankam, war er außer Atem und stank nach Schweiß. In seinem Kopf keiften sich Mickey und Adele noch immer an, kämpften zusammen mit dem Anruf aus der Questura um seine Aufmerksamkeit.

Im Haus herrschte eine geradezu hallende Stille. Er wollte, dass sie da waren. Als das Telefon klingelte, wusste er, dass tatsächlich die Grabesruhe einer uralten Leiche gestört wurde und er nun vorausahnen musste, wie, ohne Hoffnung darauf, er es verhindern könne.

Zwanzig Minuten nach dem Verlassen des Teatro di Marcello folgten Nic Costa und Gianni Peroni Falcones Wagen in eine schmale Privatstraße auf dem Gianicolo, dem grün bewachsenen Hügel, der sich hinter Trastevere erhob und eine umfassende Aussicht auf die Innenstadt bot.

Peroni schob sich die Reste seines zweiten *porchetta-panino* in den Mund, wischte sich die Krümel vom Sakko und sagte: »Ihr Fahrstil gefällt mir, Nic. Sie lassen Vorsicht walten, ohne überängstlich zu sein, passen sich der jeweiligen Situation an und haben ein sicheres Gespür dafür, wann es Zeit ist, aufs Gaspedal zu treten. Sobald ich meine alte Position wiederhabe, werde ich Ihnen einen Job anbieten, Junge. Ihnen vertraue ich mich vorbehaltlos an. Die meisten Burschen, die ich kenne, scheren ständig hektisch aus, um ein paar lumpige Zentimeter zu gewinnen, was einen sensiblen Burschen wie mich ganz schön nervt.«

Dann wickelte er einen Schokoriegel aus, biss einmal ab und steckte ihn in seine Tasche.

»Wenn Sie weiter so hemmungslos futtern, wird Ihnen bald kein Anzug mehr passen«, bemerkte Costa. »Das ist doch nicht normal.«

»Ich halte mein Gewicht seit fünfzehn Jahren. Infolge meiner nervösen Anspannung verbrennt mein Organismus sehr schnell alles wieder. Sie nehmen nur Äußerlichkeiten wahr. Meine unerschütterliche Gelassenheit, meine wachsame Aufmerksamkeit, die hässliche Visage – eben das, was ich Sie sehen lasse. Aber in meinem Innern brodelt ein wahrer Hexenkessel emotionaler Zerrissenheit. Ich leide unter Verletzungen, die mit allen Kohlenhydraten und jedem Cholesterin sofort kurzen Prozess machen. Denken Sie nach. Haben Sie etwa bemerkt, dass ich während unserer gemeinsamen Wochen auch nur ein Gramm zugenommen hätte?«

»Nein.«

»Außerdem sollten Sie nicht vergessen, dass Fleisch – selbst das miese Zeug, dass in Rom unter diesem Namen verkauft wird – und Brot die besten Mittel zur Grippeabwehr sind. Den ganzen Schwachsinn über Obst und Gemüse sollten Sie vergessen. Haben Sie schon mal Schimpansen beobachtet? Die verdammten Biester niesen ständig. Oder machen das andere. Manchmal sogar gleichzeitig.«

Costa dachte nach. »Ich habe noch nie einen Schimpansen niesen gesehen.«

»Sie sollten etwas zur Stärkung Ihrer Wahrnehmungsfähigkeit tun. Wie sieht's aus? Soll ich da mit reinkommen und Ihre Hand halten oder kann ich im Wagen ein kleines Nickerchen machen? Mit all den mumifizierten Leichen und dem Nachhilfeunterricht in römischer Geschichte war es für ein nachtaktives Wesen wie mich ein ziemlich anstrengender Tag.«

Peroni zog eine Zigarettenschachtel hervor, besann sich nach einem Blick in Costas Gesicht aber eines Besseren.

»Schon gut, schon gut. Aber bilden Sie sich keine Schwachheiten ein. Mehr als ein Zugeständnis am Tag ist nicht drin. Und was das englische Mädchen anbelangt, Nic ... Unter den gegebenen Umständen tut Falcone, was er kann. Er bringt ihr Foto in Umlauf. Lässt sich Filmmaterial der Überwachungskameras kommen. Ich bin zwar kein Kriminalinspektor, aber was die Mutter gesagt hat, hört sich doch reichlich – vage an.«

»Manchmal ist das eben so. Bei der Sitte nicht?«

Gianni Peroni schüttelte den Kopf. »Das lässt sich schwer vergleichen. Bei uns geht es um die Einhaltung von Gesetzen, nicht um tief schürfende Ermittlungen. Wir versuchen, dafür zu sorgen, dass sich alles in Grenzen hält, dass keine wirklich Unschuldigen Schaden erleiden und Drogen so weit wie möglich aus dem Spiel bleiben. Ich bin eine Art Sozialarbeiter, wenn Sie es genau wissen wollen. Und vergessen Sie eins nicht: Sobald es zu Gewalt oder Schlimmerem kommt, werden uns die Dinge ohnehin aus der Hand genommen. Wir sind Spitzel in behördlichem Auftrag, die Gerüchte an Leute weitergeben, die sie brauchen können. Ein populärer Job. Da stimmen Sie mir sicher zu.«

»Und wenn Sie Informationen benötigen?«

»Dann frage ich danach. Offen und direkt. Das kann ich ganz gut. Anders geht es nicht. Und das bringt mich auf Ihr Problem. Worum geht es Ihnen? Um eine Chance, noch häufiger mit der Mutter zusammen zu sein? Ein Mann sollte sein Sexleben nie außer Acht lassen, aber wie schon gesagt. Gehen Sie mit Barbara aus. Sie ist ein sehr nettes Mädchen.«

»Was soll das?« Peroni konnte mitunter zu direkt sein. Und auch zu neugierig.

»Mir ist nicht entgangen, wie Sie die Engländerin angestarrt haben. Verstehen Sie mich nicht falsch. Auf eine gewisse Art sieht sie wirklich toll aus. Älter als Sie, aber das muss nicht unbedingt schlecht sein. Mein Typ ist sie allerdings nicht. Sie scheint einiges hinter sich zu haben – Alkohol vielleicht oder massenhaft Albträume. Für meinen Geschmack ein bisschen zu viel.«

»Ich glaube einfach, dass mehr dahinter steckt«, entgegnete Costa. Peroni hatte nicht so viel mitbekommen wie er. Oder möglicherweise ließ ihn sein Scharfsinn im Stich.

Der ältere Mann legte eine Hand auf Costas Arm. »Sie haben Falcone gehört. Er hat eingeräumt, dass Sie Recht haben könnten. Aber vergessen Sie nicht, Sie sind erst kurz wieder im Dienst. In der Questura gibt es nun einmal Leute, die Falcone für verrückt halten, Ihnen eine zweite Chance zu geben. Sie sind auf *Bewährung* hier. Genau wie ich.«

»Und Sie meinen, wenn ich zu forsch vorgehe, könnte ich neben meinen Chancen auch Ihre ruinieren?«

»Wenn Sie es so sehen wollen …«, räumte Peroni ein. »Mag sein, dass ich davor Angst habe. Aber mir geht es vor allem um Sie. Wirklich. In den letzten zwei Wochen habe ich Sie ein bisschen kennen gelernt. Mitunter nehmen Sie Dinge zu persönlich. Manchmal machen Sie die Probleme anderer zu Ihren eigenen.«

»Vielen Dank für das Kompliment.«

»Spielen Sie nicht die gekränkte Unschuld, Junge. Schließlich kennen Sie die Gefahr sehr genau. Man geht das Risiko ein, dass einem Sand in die Augen gestreut wird. Oder man sich selbst etwas vormacht.«

»Ich mache mir nichts vor, Gianni. Ganz und gar nicht. Was ist mit dem verschwundenen Mädchen? Was ist, wenn es zwischen den beiden Fällen eine Verbindung gibt? Diese Sache mit den Ritualen …«

Seufzend schüttelte Peroni den Kopf. »Ein vertrockneter Pflanzenstiel und ein paar Samenkörner? Teresa Lupo wird schließlich nicht ohne Grund die *Crazy* Teresa genannt. Ich mag sie sehr, wie alle anderen auch, aber Sie müssen zugeben, dass sie gelegentlich übertreibt. Selbst wenn sie mit der Leiche Recht haben sollte, gibt es absolut nichts, was auf einen Zusammenhang mit dieser Suzi Julius hinweisen könnte. Zwischen beiden Fällen liegen sechzehn Jahre. Das Einzige, was sie verbindet, ist das Aussehen der Mädchen. Wollen Sie etwa behaupten, dass es jemanden gibt, der noch immer diesen Hokuspokus abzieht? Weshalb haben wir dann nie etwas gehört? Glauben Sie etwa, dass es seit mehr als anderthalb Jahrzehnten kein hübsches, blondes Mädchen in Rom gegeben hat?«

Eine gute Frage. Er hatte sie sich selbst schon gestellt. »Vielleicht hat sonst immer alles geklappt. Vielleicht wird ein Mädchen nur getötet, wenn etwas schief geht. Wenn es plötzlich nicht mehr mitspielen will.«

Peroni nickte. »Also braucht Suzi Julius nur zu tun, was von ihr verlangt wird? Dann kommt sie frei?«

Mehr als das, dachte Costa und erinnerte sich an Terea Lupos Worte. Das Mädchen wird *belohnt.* Es bekommt einen Vorgeschmack auf das Paradies. Es wird ein Mitglied des Clubs. Und beim nächsten Mal erlebt sie das Ritual als Eingeweihte und sieht zu, wie eine andere eingeführt wird.

»Vielleicht«, sagte er.

»Was wäre daran so besonders? Das passiert Frauen, seit wir aus dem Meer an Land gekrochen sind.«

Gianni Peroni gehörte einer anderen Generation an. Costa nahm sich vor, das nicht zu vergessen. »Inzwischen sieht man die Dinge doch ein wenig anders.«

Sein Kollege musterte ihn scharf. »Entschuldigung. Offenbar hat da der Dinosaurier in mir gesprochen. Wenn Sie meinen Rat hören wollen, sollten wir brav sein und tun, was uns gesagt wird. Nur so kommt man bei der modernen Polizei weiter.«

Sie hörten das Dröhnen eines Sportwagens. Ein schwarzer Alfa Romeo kam herangeglitten und hielt direkt vor Falcones Wagen. Costa sah, wie eine elegante Frau in schwarzem Sakko und kniekurzem Rock ausstieg, Falcone flüchtig umarmte und auf die Wange küsste.

Peroni schloss die Augen. »Verdammt! Mein Nickerchen

kann ich vergessen. Es gibt wirklich keinen Gott. Und wenn doch, ist er ein Mistkerl. Ein weiterer Grund, auf das zu hören, was der alte Dinosaurier sagt. Wissen Sie, wer das ist?«

Costa schüttelte den Kopf.

»Die Eisjungfrau von der DIA. Rachele d'Amato. Neuerdings eine ziemlich große Nummer. Sie ordnet beispielsweise Aktionen in Bordellen an. Natürlich ohne der Sitte vorher etwas davon zu sagen. Legen Sie sich bloß nie und unter keinen Umständen mit ihr an, verstanden? Jedenfalls nicht, bevor Sie es zum Inspektor gebracht haben, und selbst dann nur mit Handschuhen. Sie hatte was mit Falcone, bis seine Ehefrau dahinter kam. Was zum Teufel will sie hier? Und was wollen *wir* eigentlich hier? Tut mir Leid, aber ich habe das Gefühl, absichtlich im Unklaren gehalten zu werden.«

Falcone und die Frau unterhielten sich angeregt miteinander. Es schien ein rein dienstliches Gespräch zu sein.

»Sollte ich sonst noch was über sie wissen?«

»O ja. Sie hasst Bullen. Zumindest hat sie etwas gegen uns. Vielleicht beruht das auf ihren Erfahrungen mit Falcone. Für sie sind wir alle Arschlöcher. Dazu noch korrupte Arschlöcher. Bevor sie mich erledigt hat, hatte sie schon zwei Männer aus dem Drogendezernat werfen lassen, weil sie Schmiergelder angenommen hatten.«

»Geschah ihnen ganz recht.« Costa verabscheute bestechliche Polizisten. Er konnte nicht verstehen, dass manche in der Questura Mitleid mit ihnen hatten.

»Oh, ich vergaß«, seufzte Peroni. »Sie sind ja die Gewissenhaftigkeit in Person. Aber lassen Sie mich Ihnen eins sagen, Junge. Das waren gute Kerle, die eine Menge übler Typen genau dorthin gebracht haben, wohin sie gehören – hinter Gitter. Nehmen Sie es mir nicht übel, aber bei Dingen, von denen Sie nichts verstehen, sollten Sie sich vorschnelle Urteile verkneifen. In manchen Polizeibereichen ist es nicht immer leicht, auf dem Pfad der Tugend zu bleiben. Denn wenn man das tut, erfährt man überhaupt nichts mehr.«

Costa schwieg. Er wünschte, Peroni besser verstehen zu können. Manchmal sagte der Mann Dinge, die höchst beunruhigend waren.

»Aber lassen wir das«, fuhr Peroni fort. »Immerhin hat das Weib Mumm. Wie es heißt, soll jemand vor einem Jahr einen Mordplan gegen sie ausgeheckt haben. Als sie davon hörte, fuhr sie zum Haus des Auftraggebers, überraschte ihn und seine Frau beim Frühstück und – erreichte ein Einvernehmen.«

Die DIA-Mitarbeiter lebten gefährlich. Costa wusste, dass einer von ihnen bei einem Bombenanschlag auf Sizilien schwer verletzt worden war. Der Anti-Mafia gehörten nicht nur Polizisten an, sondern auch Juristen. Irgendwie schien sie das in den Augen des organisierten Verbrechens angreifbarer zu machen.

»Steht sie weiterhin auf der Liste?«

»Sie lebt, oder?«

Peroni verließ das Auto und schlenderte zum Eingangstor. Costa folgte. Rachele d'Amato war schlank, Anfang bis Mitte dreißig und ein Typ, den Costa gut kannte: professionell, sachbezogen, sich aber nicht zu schade, ihr gutes Aussehen für ihre Zwecke zu nutzen. Und da stand ihr einiges zur Verfügung. Sie war kaum größer als Costa und hatte eine Figur, die Frauen am liebsten mit Verachtung straften. Das Kostüm betonte ihre schmale Taille. Die cremefarbene Seidenbluse unter der Jacke war atemberaubend tief ausgeschnitten. Sie hatte ein sehr schönes, klares Gesicht, tiefrote, lächelnde Lippen und lange, braune Haare, die im Nacken zusammengefasst waren. Costa konnte sie sich gut mit Falcone zusammen vorstellen. Sie waren ein faszinierendes Paar. Allerdings fragte er sich, inwieweit sie einander wirklich vertraut hatten.

»Verstehen Sie das bitte nicht als Beschwerde, aber warum stößt eine Zivilistin zu uns?«, erkundigte sich Peroni.

Lächelnd drehte sich Rachele d'Amato zu ihm um. »Oh. Lassen Sie mich nachdenken. *Poliziotto* Peroni. Richtig?«

»Ja«, grinste Peroni. »Und ich habe gedacht, Sie würden mich angezogen nicht wiedererkennen. Ich kann mich wirklich nicht erinnern, dass Sie mir an jenem denkwürdigen Abend auch nur eine Sekunde lang ins Gesicht gesehen hätten. Ich möchte Ihnen Rachele d'Amato von der DIA vorstellen, Nic. Ist sie nicht bezaubernd? Warum haben wir bei der Polizei nicht auch so etwas Hübsches?«

Costa lächelte, sagte aber kein Wort.

»Sind Sie zufällig vorbeigekommen? Nett von Ihnen, kurz anzuhalten und uns zu begrüßen. Was wir hier machen, nennt man übrigens Polizeiarbeit. Sie sehen die drei einzigen Bullen von Rom vor sich, die nicht von der Grippe infiziert sind, obwohl ich nicht garantieren kann, dass das bei meinem Gemüsefreund hier noch lange so bleibt. Sie sollten sich vielleicht besser in Sicherheit bringen, bevor etwas Unangenehmes passiert.«

Falcone warf ihm einen vernichtenden Blick zu und drückte den Knopf der Videosprechanlage. »Signorina d'Amato ist hier, weil ich sie um Mithilfe gebeten habe.«

Aber so leicht gab Peroni nicht auf. »Soll das etwa heißen, dass das hier auch ein Puff ist? Kaum zu fassen. Diese Etablissements machen sich neuerdings in den erstaunlichsten Gegenden breit. Oh, offenbar liege ich da schief. Der Typ ist also ein Gangster? Unmöglich! Meines Wissens wohnt dieses Gesindel nicht in diesem Teil von Rom. Dieses Domizil sieht eher so aus, als würde es einem Playboy gehören.«

Nicht schlecht beobachtet. Hinter dem Sicherheitszaun führte ein von klassizistischen Statuen gesäumter Fußweg auf einen gut hundert Meter entfernten zweigeschossigen Palazzo mit Seitenflügeln zu. Im weiten Patio der Villa schimmerte Wasser – ein Teich vielleicht oder ein Fontänenbecken.

Rachele d'Amato musterte Costa von Kopf bis Fuß. »Ich kenne Sie zwar nicht, aber wenn Leo Sie zu Peronis Partner gemacht hat, müssen Sie etwas sehr Übles angestellt haben.«

»Nic Costa«, stellte er sich vor und streckte die Hand aus. »Ich mag Herausforderungen.«

»Genau wie ich, Junge«, knurrte Peroni.

»Kann ich mir gut vorstellen«, sagte sie. »Ich bin hier, weil Sie den Mann nicht ohne mich befragen können. Tut mir Leid, aber so ist es nun einmal. Wallis hat eine Vorgeschichte, und er kennt noch immer Leute, die mir Sorgen machen. Reicht das?«

Auf dem Display der Sprechanlage erschien das Gesicht eines gut aussehenden Schwarzen in mittleren Jahren.

»Polizei«, sagte Falcone und streckte seinen Ausweis in die Kamera. »Wir müssen mit Ihnen reden.«

»Worüber?«

»Es geht um Ihre Stieftochter, Mister Wallis. Wir haben eine Leiche gefunden. Sie muss identifiziert werden. Wenn Sie jetzt die Güte hätten …«

Costa beobachtete das Gesicht auf dem Display genau. Es wirkte betroffen.

»Kommen Sie herein«, sagte Vergil Wallis leise. Summend ging das Eingangstor auf.

In seinen drei Jahren als Teresa Lupos Assistent im Leichenschauhaus hatte Silvio di Capua ein Menge gelernt. Sie brachte ihm Tricks aus dem Obduktionsgewerbe bei, die einem während des Studiums niemand vermittelte. Dank ihr kannte er eine Vielzahl spöttischer Kommentare für den Fall, dass Polizisten sich übergeben mussten oder schlicht aus den Latschen kippten. Sie hatte für seine wohlwollende Aufnahme in der Questura gesorgt, so dass ihm nichts von dem dort umlaufenden Klatsch entging, den er natürlich unverzüglich an sie weitergab. Vor allem jedoch zeigte Teresa Lupos Beispiel dem guten Katholiken di Capua, der in der Obhut von Mönchen aufgewachsen und im Alter von nunmehr siebenundzwanzig Jahren noch nie mit Angehörigen des anderen Geschlechts ausgegangen war, wie lustvoll eine von allen Rücksichten auf Tradition, Sitte und Taktgefühl befreite Sprache sein kann.

Bevor er sie kennen gelernt hatte, war Italienisch für ihn die kultivierte, elegante Sprache, die er aus Büchern, Zeitungen und seinen Gesprächen mit Kommilitonen in der Klosterschule kannte. Mit diesem Mythos räumte Teresa Lupo innerhalb von Wochen gründlich auf und machte ihn mit einem verblüffenden und atemberaubenden Reichtum an umgangssprachlichen Wendungen vertraut, dass sich der naive Silvio di Capua vorkam wie in einer ganz neuen, faszinierenden Welt.

Teresa zuzuhören, wenn sie so richtig in Fahrt war, begeisterte ihn nach wie vor. Sie machte die Abgründe einer Sprache deutlich, die ihm in seiner Kindheit und Jugend vorenthalten worden waren. Mittlerweile fluchte er gleichfalls wie ein Landsknecht, wenn auch nicht immer ganz überzeugend und ohne ihr perfektes Timing. Gelegentlich vergriff er sich in der Wortwahl, was bereits zu einigen peinlichen Situationen geführt und ihn einmal sogar fast Prügel eingebracht hätte, als ein uniformierter Gorilla seinen harmlosen Spott als versteckten Hinweis auf gewisse unnatürliche Praktiken missverstand.

Manchmal fragte er sich, ob er seine Chefin liebte. Wenn, dann auf eine reine, keusche und entrückte Weise, die körperliche Kontakte ausschloss, die er auch heute noch genauso schmutzig und widerlich fand wie vor fünfzehn Jahren, als sie ihm im Schlafsaal der Klosterschule geschildert worden waren.

Doch bei derlei Überlegungen verweilte di Capua nicht lange. Er kannte seine Mängel. Er war ein bisschen kleiner als Teresa. Seit seinem achtzehnten Geburtstag gingen ihm die Haare aus. Der Rest bildete eine Tonsur, die er aus Faulheit lang und strähnig herabfallen ließ. Seine krächzende Fistelstimme empfanden manche als ausgesprochen nervtötend. Er neigte zur Fettleibigkeit. Sein Gesicht war so wenig einprägsam, dass er sich ständig wieder von neuem vorstellen musste. Und er sah mindestens zehn Jahre jünger aus, als er war. Silvio di Capuas Existenz hatte für den Verlauf der Menschheitsgeschichte nicht die geringste Bedeutung, und das wusste er. Das hielt ihn jedoch nicht davon ab, Teresa Lupo von Tag zu Tag glühender zu bewundern und zu verehren.

Und dann war da auch noch die Sache mit dem Schimpfnamen, den ihm im vergangenen Jahr ein ganz schlauer Verkehrspolizist angehängt hatte und der seither an ihm klebte wie Pech. Niemand wagte es, seine Chefin in ihrer Gegenwart »Crazy Teresa« zu nennen. So viel Respekt genoss Silvio di Capua leider nicht. Hin und wieder entschlüpfte sogar Teresa der verhasste Spitzname.

Er hatte die Leiche aus dem Torf gerade wieder ins Kühlregal geschoben, als der Brutalo von der Kripo zur Tür hereinkam. Auf dem Seziertisch wartete ein toter Junkie darauf, dass sich di Capua endlich mit ihm beschäftigte. Teresa hatte den verwahrlosten Mann kurz auf Anzeichen einer Überdosis untersucht, ihrem Assistenten Anweisungen für die Obduktion erteilt, nach ihrem Mantel gegriffen und die Pathologie verlassen. Jetzt hockte Silvio di Capua vor dem PC und gab gedankenverloren ein paar Daten ein.

»He, Mönchlein«, höhnte der Zivilbulle. »Warum rufen Sie nicht Google auf und informieren sich über die Realitäten des Lebens? Aber sagen Sie mir vorher noch schnell, wo die Crazy Teresa steckt. Falcone möchte das Autopsieergebnis auf seinem Schreibtisch sehen, und ich habe keine Lust, ihn zu enttäuschen.«

Di Capua hob den Kopf und funkelte den Mann empört an. »*Frau Doktor* Lupo ist außerhalb beschäftigt.«

Der Mann nahm Skalpelle in die Hand und spielte mit Dingen herum, die ihn absolut nichts angingen. Naserümpfend beugte er sich über den Toten und zwickte ihm mit einer Pinzette in den grauen, schlaffen Penis.

»Nicht so schnippisch, Söhnchen. Crazy Teresa macht einem das Leben schon schwer genug. Was hat die Frau nur? Fast könnte man meinen, Sie hätte ständig ihre Tage. Sagen Sie bloß nicht, Ihnen geht es ähnlich.«

Di Capua stand auf und trat zwischen den Beamten und die Leiche. »Man sollte Junkies nie zu nahe kommen, wenn man nicht entsprechend geimpft ist«, dozierte er. »Einer neuen Theorie zufolge kann man allein vom Geruch Aids bekommen. War Ihnen das bekannt?«

Hastig trat der Bulle einen Schritt zurück. »Sie machen Witze.«

»Keineswegs. Die Anfangssymptome sind denen einer Grippe sehr ähnlich. Rauer Hals. Schleimiger Auswurf.« Er schwieg eine Sekunde lang. »Und so heftiges Nasenjucken, dass man sich ständig kratzen muss.«

Der Mann schniefte und wischte sich mit einem Taschentuch über das Gesicht. Di Capua zeigte auf das Schild, das über dem Seziertisch an der Wand hing. »Kennen Sie sich zufällig mit der lateinischen Sprache aus?«

Verblüfft starrte der Mann auf die Worte *Hic locus est ubi mors gaudet succurrere vitae.* »Klar. Da steht, man muss nicht verrückt sein, um hier zu arbeiten, aber es hilft.«

»Nicht ganz. ›Hier ist der Ort, an dem der Tod Lehren für die Lebenden bereithält.‹«

»Was ist das denn für ein Mist?«

Silvio di Capua betrachtete die Leiche. Von dem Schnitt, den Teresa Lupo von den Schultern zur Torsomitte und hinunter zum Unterleib durchgeführt hatte, zeugten schmale, dunkle Linien auf dem fahlweißen Körper des Toten. Ein ähnliches Y zeichnete sich auf der Schädeldecke ab. Normalerweise ging er nicht ohne Unterstützung vor, aber Teresa Lupo hatte das Gebäude verlassen, und wegen der Grippewelle war auch sonst niemand da. Nur der Bulle.

»Pathologenmist«, antwortete di Capua. Mit einer Hand griff er nach der elektrischen Säge, mit der anderen schlug er die lockere Kopfhaut zurück und begann entschlossen den Schädel zu öffnen.

Der Polizist wurde kreidebleich und rülpste.

»Bitte, in der Pathologie bloß nicht kotzen«, mahnte Silvio di Capua. »Das bringt Unglück.«

»Scheiße«, ächzte der Mann und verfolgte entsetzt den Weg der Säge.

»Der vorläufige Bericht liegt da drüben.« Di Capua zeigte über die Schulter auf Teresa Lupos Schreibtisch. »Wie gesagt, er ist *vorläufig*. Unsere Untersuchungen sind längst nicht abgeschlossen. Und dann noch etwas: Ich bin Dottore di Capua. Verstanden?«

»Ja ...« Mehr brachte der Kripo nicht hervor. Er schnappte sich den Aktenordner, drückte sich eine Hand vor den Mund und verließ fluchtartig den Raum.

»Was stellt sich dieser Idiot denn so an?«, fragte sich Silvio di Capua laut. »Großer Gott, es ist doch nur eine Leiche.«

Es gab wirklich besorgniserregendere Dinge. Teresa zum Beispiel. Wohin sie verschwunden war, und das mit einer grimmigen Entschlossenheit, die an ihren Absichten keinen Zweifel aufkommen ließ. Warum sie ihre Nase wieder einmal in Polizeiaufgaben steckte. Und am allerwichtigsten: Warum sie einfach nicht zu bemerken schien, was er für sie empfand.

»Wissen Sie, in welchem Monat wir uns befinden?«, fragte Vergil Wallis. »Im Monat des Mars. Ist Ihnen klar, was das bedeutet?«

Sie saßen im Wohnraum der abgeschotteten und gesicherten Villa auf dem Gianicolo. Die Einrichtung war eine sonderbare Mischung aus römischer Antike und Ostasien. Skulpturen aus der Kaiserzeit standen neben japanischen Porzellanvasen, bemalt mit Chrysanthemen oder Landschaftsszenen. Eine junge, feingliedrige Asiatin in langem weißem Kleid servierte Tee. Wallis nahm sie kaum wahr.

Auf dem Weg zum Haus hatte Rachele d'Amato ihnen erzählt, dass der Mann seit langem nicht mehr zum organisierten Verbrechen zählte und nun den größten Teil seiner Zeit in Italien oder Japan verbrachte und damit quasi an den Quellen seiner beiden kulturhistorischen Obsessionen: der römischen Kaiserzeit und der Edo-Zeit. Wallis war groß, fit, muskulös und sah trotz seiner mehr als sechzig Jahre aus wie Anfang fünfzig. Er hatte dunkle Stoppelhaare und ein fein geschnittenes Gesicht, das von großen, klugen Augen dominiert wurde. Eine Art würdevoller Distanz ging von ihm aus, und auf den ersten Blick hätte ihn Costa vielleicht für einen Intellektuellen oder Künstler gehalten. Bevor er im Auftrag seiner Bosse nach Rom kam, hatte Wallis einige Jahre in Tokio gelebt und Verbindungen zu den Sumiyoshi-gumi unterhalten, einer der drei großen japanischen Yakuza-Familien. Damals war ihm bei einer Art Bruderschaftsritual der kleine Finger seiner linken Hand abhanden gekommen. Im Gegensatz zu anderen Ex-Yakuza-Gangstern versuchte er nicht, den Verlust durch eine Prothese zu kaschieren. Vielleicht war sich Wallis zu schade für derartige Tricks. Oder war darüber hinweg, wie Rachele d'Amato meinte. Costa dachte an Teresa Lupos Worte und daran, dass seiner Stieftochter ein ähnliches Ritual möglicherweise das Leben gekostet hatte.

»Krieg«, sagte Costa. »Mars ist der Gott des Krieges.«

Wallis bat die junge Asiatin um eine weitere Kanne Tee. »Richtig. Er war jedoch sehr viel mehr. Sehen Sie es mir nach, aber ich befasse mich sehr intensiv mit diesen Dingen. Zumindest für die Hälfte des Jahres, wenn ich hier bin.« Sein Italienisch war nahezu perfekt. Wenn Costa die Augen schloss, konnte er sich unschwer vorstellen, einen Einheimischen vor sich zu haben. Mit seiner klugen, verbindlichen Sprechweise hörte sich Wallis an wie ein Universitätsprofessor. »Mars war der Vater von Romulus und Remus und in diesem Sinne Ahnherr von Rom. Dafür verehrte man ihn mehr als für seine kriegerischen Aspekte. Man weihte ihm den Frühlingsmonat, damit mit der Natur auch das Wohl des Staates zu glanzvollem Leben erwacht. Im Monat des Martius ging es um Erneuerung durch die Ausübung von Macht und Gewalt.«

»Und Opfer?«, erkundigte sich Costa.

Nachdenklich blickte Wallis um sich. »Vielleicht. Wer weiß, was an dieser Stelle vor zweitausend Jahren geschehen ist?« Er musterte ihre verdutzten Mienen. »Was? Das ist Ihnen nicht bekannt? Und ich dachte, die DIA wüsste alles. Vor zehn Jahren habe ich diese Villa an der Stelle eines alten Tempels errichten lassen. Das hat mir die Zeit vertrieben. Manche der Stücke, die Sie hier sehen, wurden ausgegraben. Aber davon erzählen Sie hoffentlich nichts der Soprintendenza Archeologica. Nach meinem Tod gehen sie in römischen Besitz über. Es schadet doch sicher niemandem, wenn sie zuvor ein wenig Zeit bei mir verbringen, oder? Die Stadt Rom erhält darüber hinaus noch einiges.«

»Wir sind nicht wegen der Skulpturen gekommen«, sagte Rachele d'Amato.

Wallis blickte sie an, und in seinen dunklen Augen funkelte so etwas wie kalte Verachtung. »Hören Sie sich in Rom um. Sie sind hier aufgewachsen, laufen aber offenbar mit geschlossenen Augen umher. Die Menschen ändern sich. Vor einem Jahrzehnt waren Verhandlungen mit den Planungsleuten leichter. Sie zeigten sich … zugänglicher. Heute könnte ich so etwas wie das hier natürlich nie durchbekommen. Sie sind anders geworden. Wie ich auch.« Er schwieg kurz. »Sie sind doch von der DIA, Signora. Wir sind uns schon begegnet. Zweimal, wenn ich mich recht erinnere. Oder dreimal?«

»Zweimal, glaube ich.«

»Genau. Damals habe ich Ihnen umfassend zur Verfügung gestanden. Dazu bin ich jetzt nicht mehr bereit. Sie wissen sehr gut, dass ich mich kurz nach dem Verschwinden meiner Stieftochter zur Ruhe gesetzt habe. Es gibt keinerlei Grund für Ihre Anwesenheit. Ich sehe ein, dass die Polizei sich unter den gegebenen Umständen bemüßigt fühlt, mir einen Besuch abzustatten. Aber Ihnen habe ich nichts zu sagen.«

Peroni fing Costas Blick ein und zwinkerte verstohlen.

»Das alles ist mir bekannt ...«

»Und warum sind Sie dann hier?«, fiel er ihr ins Wort.

»Wegen Ihrer Vergangenheit.«

»Wegen meiner *Vergangenheit?* Ich bemühe mich wirklich um ein Mindestmaß an Gelassenheit, muss Sie aber um Verständnis bitten. Unsere Unterhaltung erinnert mich an einen doppelten Verlust.«

»An einen doppelten Verlust?«

»Nicht lange nach Eleanors Verschwinden starb meine Frau in New York.«

»Das ... hatte ich ... vergessen«, stotterte Rachele d'Amato. »Tut mir Leid.«

»Sie hatten es vergessen?« Er wirkte eher überrascht als gekränkt. »Ein immerhin nicht unwichtiges Detail?«

Sie schwieg, suchte ganz eindeutig nach einer Möglichkeit, das Gespräch fortzusetzen.

»Was ist damals geschehen?«, sprang Costa ein.

»Fragen Sie die Signora. Wie gesagt, die DIA weiß angeblich alles.«

»Ich erinnere mich nicht«, murmelte Rachele d'Amato.

»Wirklich nicht? Lesen Sie die Akten. Nach unserer Trennung mietete ich für meine Frau eine Wohnung im fünfzigsten Stockwerk eines Apartmenthauses in der Nähe des Rockefeller Centers. Kurz nach Eleanors Verschwinden sprang sie vom Balkon.«

Die drei Männer sahen sich an. Nic Costa wusste, dass sie alle das Gleiche dachten: Es war unmöglich, Wallis wahre Gefühle über dieses Ereignis auszuloten.

»Das tut mir sehr Leid. Aber die Vorschriften besagen nun einmal, dass die DIA bei allen Gesprächen mit Leuten wie Ihnen zugegen sein muss«, beharrte Rachele d'Amato.

Vergil Wallis lächelte dünn. »Was liegt gegen mich vor? Es

wurde nie irgendeine Anklage gegen mich erhoben. Also ist davon auszugehen, dass ich nie ein Verbrechen begangen habe.«

»Dann entschuldige ich mich, bin jedoch an die Vorschriften gebunden.«

Wallis zuckte mit den Schultern. »Die Liebe der Italiener zur Bürokratie ist etwas, was ich wohl nie begreifen werde. Ich möchte Ihnen wirklich nicht zu nahe treten, Signora, aber ich wiederhole mich: Sie haben hier nichts verloren. Einem Gespräch mit der Polizei kann ich mich bedauerlicherweise nicht verweigern. In Ihrem Fall ist es jedoch etwas anderes.« Er zeigte auf die Flügeltüren, die auf den Patio hinausführten. »Nehmen Sie es nicht persönlich, aber Sie müssen gehen. Wenn Sie es nicht tun, werde ich mit niemandem reden. Bitte …«

»Ich …« Sie verstummte und sah Falcone Hilfe suchend an. Der Inspektor hob nur die Schultern. Peroni gluckste unterdrückt.

»Dieser Rauswurf widerspricht allen Regeln«, zischte Rachele d'Amato, erhob sich von ihrem Sessel und warf Falcone einen finsteren Blick zu. »Wir sprechen uns später.«

Lächelnd beobachtete Wallis, wie sie brüsk den Raum verließ. »›Ein Feind von gestern ist heute dein Freund‹, sagt ein japanisches Sprichwort. Leider trifft es nicht immer zu. Sie ist eine sehr charmante Frau.«

»So hat sie in meinem Beisein noch niemand beschrieben«, knurrte Peroni.

»Sie glauben also, meine Stieftochter gefunden zu haben. Sind Sie sich sicher?«

»Das sind wir«, antwortete Falcone.

»Warum haben Sie sich mit Ihrem Besuch so lange Zeit gelassen? Die Leiche wurde bereits vor zwei Wochen entdeckt.«

Falcone runzelte die Stirn. »Sie wussten es?«

»Glauben Sie mir, ich habe Eleanor geliebt«, versicherte

Wallis lächelnd, »auch wenn sie nicht meine leibliche Tochter war. Ein großartiges Mädchen. Klug, bezaubernd, wissbegierig. Ich habe auch ihre Mutter geliebt, aber das war nicht immer leicht. Vielleicht lag das auch an mir. Aber Eleanor ...«

Seine Augen begannen zu leuchten. »Sie hatte das Beste von ihrer Mutter geerbt, machte aber sehr viel mehr daraus. Mit ihren sechzehn Jahren sprühte sie nur so vor Lebenslust und interessierte sich buchstäblich für alles. Geschichte, Sprachen. Ich werde Ihnen jetzt etwas sagen, was ich der Signora von der DIA nie erzählt habe.« Er hob die Hände und zeigte im Raum herum. »Das alles hier habe ich Eleanor und ihrer Mutter zu verdanken.«

»Wie meinen Sie das?«, fragte Costa.

Eine leise Wehmut trat in seine Augen. »Sie haben mir überhaupt erst gezeigt, dass es so etwas gibt. Mit ihren Kenntnissen, mit ihrer Bildung haben sie einem Jungen aus dem Ghetto, der bis dahin von solchen Dingen nicht einmal träumte, die Augen geöffnet. Die Typen zu Hause brachten mich durchs Jurastudium, das weckte damals mein Interesse an Latein. Aber bevor ich Eleanor und ihre Mutter kennen lernte, wusste ich nichts damit anzufangen. Das Ironische ist, dass ich nicht der wäre, der ich bin, wenn sie noch leben würde. Ihr Verschwinden brachte mich dazu, über mich nachzudenken. Ihr Verlust hat mein Leben verändert. Aber zu welchem Preis? Ich wünsche, es wäre nie passiert.«

Er sah Falcone an. »Natürlich wusste ich, dass eine Leiche gefunden wurde. Wenn man ein Kind verloren hat, selbst ein Stiefkind, liest man die Zeitungen anders. Man fragt sich: Ist nun Schluss? *Weiß* ich es jetzt? Denn es ist das Nicht-Wissen, das einen Tag und Nacht nicht zur Ruhe kommen lässt. Nicht der eigentliche Verlust, auch nicht die Vorstellungen, wie sie gestorben sein könnte.«

Hilflos hob Wallis die Hände.

»Sie hätten uns anrufen können«, bemerkte Falcone.

»Bei jeder Mädchenleiche, die in Italien gefunden wurde? Haben Sie eine Ahnung, wie oft ich zum Telefon greifen wollte? Können Sie sich vorstellen, wie schnell man mich für einen Spinner gehalten hätte?«

Er hatte Recht. Nic Costa kannte sich mit Vermisstenfällen gut genug aus, um zu wissen, was geschieht, wenn Ermittlungen ins Leere laufen. Nicht selten werden die verzweifelten Eltern dann als Last empfunden, um die sich besser Psychotherapeuten oder Geistliche kümmern sollten, aber nicht die Polizei.

»Sind Sie sich sicher?«, fragte Wallis noch einmal. »Absolut sicher?«

»Ja«, erwiderte Falcone.

»Stand in der Presse nicht was davon, dass es sich um einen Leichenfund aus der Antike handelt?«

Falcone hob die Brauen. »Ein voreiliger Schluss in der Pathologie. Die Tote wurde in torfreicher Erde begraben. Das kompliziert die Untersuchungen beträchtlich. Darüber hinaus befand ich mich im Urlaub. Und die damaligen Ermittler sind inzwischen im Ruhestand. Es gab niemanden, der zwei und zwei zusammengezählt hätte.«

»Irren ist menschlich«, erklärte Wallis. »Aber wozu brauchen Sie mich unter den gegebenen Umständen?«

»Wir möchten Sie bitten, eine formelle Identifizierung vorzunehmen.«

Wallis schüttelte den Kopf. »Sechzehn Jahre nach dem Tod? Was macht das für einen Sinn? Und sagten Sie nicht, dass Sie von ihrer Identität überzeugt sind?«

»Es ist nicht so, wie Sie vielleicht befürchten«, warf Costa ein.

»Das ist mir bewusst. Als ich das Bild in der Zeitung sah, dachte ich – möglicherweise ist sie es. Aber was Sie gefunden haben, ist nicht meine Stieftochter. Es ist eine Leiche. Ich werde ein Bestattungsunternehmen mit dem Begräbnis beauftragen.«

»Nein«, sagte Falcone bestimmt. »Das ist nicht möglich. Es handelt sich hier um einen Mordfall, Signor Wallis. Die Leiche wird erst freigegeben, wenn ich es gestatte. Wenn wir einen Tatverdächtigen haben …«

Die leichte Unsicherheit in Falcones Stimme entging ihnen nicht.

Überrascht sah Wallis ihn an. »Wenn …«

»Wir müssen Sie bitten, sich noch einmal an den Zeitpunkt des Verschwindens Ihrer Stieftochter zu erinnern. Der Fall wird wieder aufgenommen. Wir haben Ihre Aussagen in den Akten, aber vielleicht ist Ihnen darüber hinaus noch etwas eingefallen.«

»Mir ist nichts eingefallen«, antwortete Wallis wie aus der Pistole geschossen. »Absolut nichts. Ich habe Ihnen damals alles gesagt, was ich weiß. Inzwischen ist mir sogar vieles davon entfallen, und wahrscheinlich ist das gut so.«

»Denken Sie nach«, bat Costa.

»Das bringt auch nichts.«

»Das Mädchen wurde ermordet«, sagte Costa. »Auf grausame Weise umgebracht. Möglicherweise bei einer Art von Ritual.«

Wallis wirkte erstaunt. »Bei einem Ritual?«

»Einem altrömischen Zeremoniell. Vielleicht im Zusammenhang mit dem Dionysoskult«, fuhr Costa fort. »Es gibt da in Pompeji die Villa der Mysterien. Ein Universitätsprofessor hat ein Buch darüber geschrieben. Haben Sie es zufällig gelesen?«

Vergil Wallis neigte seinen kurz geschorenen Kopf zur Seite. »Ich ziehe nachprüfbare geschichtliche Fakten Mutmaßungen vor. Von dionysischen Ritualen weiß ich nichts.«

Costa sah Falcone an. Die Villa war mit Relikten aus der römischen Kaiserzeit angefüllt und stand an der Stelle eines antiken Tempels. Wallis verbrachte die Hälfte des Jahres mit der Verfolgung seiner historischen Interessen. Es war kaum vorstellbar, dass er tatsächlich keine Ahnung haben sollte.

»Signor Wallis«, begann Falcone ruhig. »Einiges weist darauf hin, dass jemand zurzeit von Eleanors Tod derartige Rituale durchgeführt hat. Es ist möglich, dass dieser Jemand auch jetzt wieder tätig wurde, denn heute Vormittag ist erneut ein Mädchen verschwunden. Halten Sie es für vorstellbar, dass Ihre Stieftochter in irgendwelche – Kultkreise geraten sein könnte?«

Überrascht verzog Wallis das Gesicht. »Wie bitte? Machen Sie Witze? Sie war viel zu klug, um sich auf einen solchen Unsinn einzulassen. Abgesehen davon hätte ich doch irgendetwas bemerken müssen, oder?«

»Und das haben Sie nicht?«, fragte Costa. »Der Tag, an dem sie verschwand, war also genau wie jeder andere?«

»Das alles wissen Sie seit sechzehn Jahren sehr genau. An dem Tag, an dem sie verschwand, bestieg sie ihren Motorroller und wollte zur Sprachschule. Ich sah ihr nach und wissen Sie was? Ich hab mir Sorgen gemacht. Ein junges Mädchen, das auf einer Vespa mitten durch Rom kurvt. Ich hatte Angst, dass jemand sie umfahren könnte. Zeigt einiges über die Qualität meiner Instinkte, finden Sie nicht?«

Falcone reichte ihm ein Foto. Es zeigte Suzi Julius mit strahlendem Lächeln irgendwo auf dem Campo und löste eine erstaunliche Reaktion aus. Das Bild schien Vergil Wallis aufrichtig zu schockieren. Seine Züge nahmen den gequälten Ausdruck an, den Costa auf dem Display der Videosprechanlage bemerkt hatte. Er schloss die Augen und schwieg längere Zeit.

Dann sah er sie der Reihe nach durchdringend an. »Was soll das? Glauben Sie etwa, Sie könnten hier irgendwelche Tricks abziehen?«

»Das sind keine Tricks«, entgegnete Costa. »Ein Mädchen wird vermisst. Zuvor hatte es jemanden kennen gelernt. Jemanden, der sie überredet hat, sich ein Tattoo machen zu lassen. Eine Tätowierung, wie sie auch Eleanor trug. Jemand, der ihr von diesen Ritualen erzählte und sagte, dass am 17.

März etwas geschehen würde, dem gleichen Tag, an dem Ihre Stieftochter verschwand. Kennen Sie das Mädchen?«

Vergil Wallis hatte aufmerksam zugehört. Er warf einen letzten Blick auf das Foto und gab es Falcone zurück. »Nein. Auf den ersten Blick hat mich das Mädchen an Eleanor erinnert, aber es sieht ihr nur ähnlich. Entschuldigen Sie. Ich hätte nicht die Beherrschung verlieren dürfen. Aber vermutlich wollten Sie genau das.«

»Ich will nur eins: die Wahrheit herausfinden.« Falcone vermied es, den Mann anzusehen. »Deshalb sind wir hier. Aus keinem anderen Grund.«

»Wirklich nicht?«, bohrte Wallis. »Spuken da nicht irgendwelche Theorien in Ihrem Kopf herum?«

»Keine«, räumte Falcone fast verbittert ein. »Es gibt eine Tote. Ein paar Übereinstimmungen.« Er richtete seinen Blick fest auf Wallis. »Und Sie.«

»Ich kann Ihnen nicht helfen, Inspektor. Ich bin nur ein alter Mann, der versucht, hier zur Ruhe zu kommen. Seit vielen Jahren weiß ich, dass meine Stieftochter tot ist. Man kann sich nicht auf Dauer einreden, dass Kinder einfach so verschwinden, irgendwo heiraten und Kinder aufziehen, sich aber niemals melden. Überlassen Sie mich meiner Trauer. Wenn es etwas gäbe, womit ich Ihnen bei der Suche nach diesem verschwundenen Mädchen helfen könnte, würde ich es tun. Glauben Sie mir.«

»Dennoch muss ich Sie um einen Besuch in der Questura bitten«, beharrte Falcone. »Um die Tote zu identifizieren. Und noch einmal die Aussagen durchzugehen, die Sie ...«

»Die ich vor sechzehn Jahren gemacht habe! Und denen nichts hinzuzufügen ist.«

»Manchmal erinnert man sich mit zeitlichem Abstand genauer«, gab Costa zu bedenken. »Dinge, die man zunächst für belanglos gehalten hat, bekommen mehr Gewicht.«

»In meinem Fall nicht«, erklärte Wallis bestimmt. »Ich habe mich damals umfassend geäußert. Aber Moment mal … Stehe ich etwa unter irgendeinem Verdacht? Sollte ich vielleicht einen Anwalt einschalten?«

»Ganz wie Sie wollen«, bemerkte Falcone. »Was mich anbelangt, stehen Sie nicht unter Verdacht.«

»Dann können Sie mich nicht dazu zwingen, Sie in die Questura zu begleiten. Vergessen Sie nicht, dass ich Jura studiert habe. Amerikanisches Recht zwar, dennoch kenne ich mich gut genug aus. Versuchen Sie nicht, irgendwelche krummen Dinger mit mir abzuziehen. Dagegen werde ich mich wehren. Für mich ist unsere Unterhaltung beendet. Ein von mir beauftragter Bestatter wird sich mit Ihnen in Verbindung setzen. Sobald Sie die Leiche freigeben, lasse ich das arme Kind begraben.«

Wallis klatschte in die Hände. Das Mädchen mit dem langen, weißen Kleid betrat den Raum und wartete mit gesenktem Kopf auf Anweisungen.

»Die Herren möchten gehen, Akiko. Begleiten Sie sie bitte hinaus.«

Die junge Asiatin verneigte sich und warf einen eindeutigen Blick Richtung Tür.

»Was bildet sich Falcone eigentlich ein? ›Ich schneide keine Leichen auf, und Sie halten sich von potenziellen Zeugen fern.‹ Ohne mich wüsste er doch noch nicht einmal die Hälfte von dem, was er jetzt weiß. Ich verlange keine Dankbarkeit. Aber ein bisschen Anerkennung hin und wieder könnte wirklich nicht schaden.«

Teresa Lupo saß hinter dem Steuer ihres kirschroten Seat Leon und bretterte mit hundertsechzig über die Autostrada, die am Flughafen Leonardo da Vinci vorbei zur Küste führte. Ihre empörten Worte richteten sich an den orange gestreiften Garfield, der am Spiegel baumelte, das Plüschfell mit Ascheflöckchen übersät wie ein Überlebender von Pompeji. Der Kater war ihr ständiger Begleiter auf vielen einsamen Autofahrten. Er widersprach nie.

Falcones Bemerkung hatte ihr während der gesamten Rückfahrt in die Pathologie keine Ruhe gelassen und saß noch immer in ihrem Hinterkopf fest, als sie ihren vorläufigen Bericht über die Leiche aus dem Torf formulierte. Teresa Lupo hoffte, dass sie sich davon nicht entscheidend beeinflussen ließ. Vermutlich konnte über die Leiche kaum mehr herausgefunden werden, als sie bereits wussten. Dem Mädchen war die Kehle durchtrennt worden. Mittlerweile räumte sie ein, dass die Wunde sauberer und glatter aussah, als man es von einem Schnitt aus römischer Zeit erwarten durfte. Die Samen und Körner hatte sie einem Pflanzenexperten in Florenz zur Analyse geschickt. Obwohl sie erst morgen eine ausführliche Autopsie vornehmen würde, wusste Teresa Lupo aus Erfahrung, dass die nicht allzu viel erbringen konnte. Alle Dinge, die sie in normalen Fällen weiterbrachten – Stofffäden, Farbpartikel, Haare, Blutreste und vor allem DNA-Spuren –, waren entweder nie vorhanden gewesen oder durch die feuchte, saure Erde vernichtet, in der das arme Mädchen gelegen hatte.

Was Teresa Lupo am meisten störte, war Falcones absolute Geringschätzung für ihre ursprüngliche Theorie. Möglicherweise war das Mädchen tatsächlich erst vor sechzehn und nicht vor zweitausend Jahren gestorben, wie sie zunächst angenommen hatte. Aber das widersprach noch lange nicht ihrer These, dass es bei irgendwelchen obskuren, dionysischen Ritualen den Tod gefunden haben könnte. Als sie im Teatro die Marcello die erregte, zitternde Miranda Julius in den Armen gehalten hatte, musste sie Nic Costa zustimmen. Dieser Aspekt des Geheimnisses – wer hat sich mit Suzi davongemacht und warum? – bedurfte immer noch der Aufklärung. Und war möglicherweise wichtiger als alles andere. Schließlich konnten sie davon ausgehen, dass Suzi noch lebte.

Falcone betrachtete die Dinge ausschließlich aus der Sichtweite des Polizisten. Er könnte Recht haben. Wie meistens. Dennoch wurde die Pathologin den Gedanken nicht los, dass es hier eine intellektuelle Komponente gab, die gelöst werden musste. Wenn Suzi Julius morgen noch immer vermisst wurde, könnte Falcone seine Leute überall in der Stadt nach ihr suchen lassen. Er könnte ihr Foto den Medien übergeben und hoffen, dass sich jemand an sie erinnerte. All das war gut und richtig. Aber dabei übersah Falcone offenbar sehr viel wichtigere Fragen. An Eleanor Jamieson hatte jemand ein uraltes Ritual vollzogen. Warum? Was für Menschen taten so etwas? Aus welchen Motiven? Und woher – das schien Teresa Lupo von entscheidender Bedeutung zu sein – bezogen sie ihre Informationen? Gab es da vielleicht Instruktionen, die von Generation zu Generation weitergegeben wurden? Und wenn ja, von wem?

Teresa Lupo bekam das Bild von Miranda Julius nicht aus dem Kopf. Sie wusste nicht, wie man sich als Mutter fühlte. Ihr Instinkt sagte ihr, dass sie es nie erfahren würde. Aber selbst sie hatte etwas von der qualvollen Verzweiflung gespürt, die die Frau auf dem Sofa zu beherrschen schien, in einem Apartment, das bereits den Eindruck erweckte, als würde es nur noch von der Mutter bewohnt. Vielleicht war Miranda Julius eine schlechte Mutter. Vielleicht hatte sich die Tochter einen Streich erlaubt. Es wäre nicht das erste Mal, dass der gesamte Polizeiapparat zur Vollform auflief, um ein vermisstes Kind zu suchen, das sich aus welchen Gründen auch immer nur einen Scherz erlaubt hatte. Doch darauf kam es nicht an. Es war ihre Pflicht, zunächst von einem Verbrechen auszugehen und alles Menschenmögliche zu unternehmen, bis Suzi Julius wohlbehalten zu ihrer Mutter zurückkehrte.

Oder nicht.

Das war es, was sie jetzt wie eine Wahnsinnige über die Autostrada nach Ostia rasen ließ. Deswegen setzte sie sich über Bestimmungen hinweg und ging das Risiko ein, ihre Karriere ernsthaft zu gefährden. Sie musste mehr über das in Erfahrung bringen, was Falcone am wenigstens zu interessieren schien: Was in grauer Vorzeit bei diesen Ritualen geschah und weshalb jemand zu glauben schien, sie wieder aufleben lassen zu müssen.

Soweit Teresa Lupo wusste, gab es nur einen Menschen, der ihren Wissensdurst befriedigen konnte. Und das war Professor Randolph Kirk von der Universität Rom. Sein Buch hielt sie noch immer fest in seinem Bann. Es war nicht nur das einzige ernsthafte Buch über das Thema, das sie finden konnte – allerdings halb wissenschaftlich, halb spekulativ. Irgendwie vermittelte Kirk außerdem den Eindruck, als wüsste er auf buchstäblich jede Frage eine Antwort, ohne sie preisgeben zu wollen. Vielleicht arbeitete er an einem Folgeband. Vielleicht könnte sie ihm anbieten, für ihn Korrektur zu lesen, wenn sie die Ausgrabungsstätte erreichte, auf der Randolph Kirk heute arbeitete, wie er ihr am Telefon gesagt hatte.

Sie bog von der Autobahn auf eine Nebenstraße ein, um einen Blick auf die Karte zu werfen. Nicht weit von hier, höchstens zwei oder drei Kilometer entfernt, hatten die Amnerikaner die Leiche des Mädchens gefunden. Ein Gedanke schoss ihr durch den Kopf, aber sie verdrängte ihn schnell wieder. Fünf Minuten später hatte sie ihr Ziel erreicht. Ein abgezäuntes Grundstück am Rand der staatlich geförderten Ausgrabungen von Ostia Antica, nicht weit vom Bahnhof mit Zugverbindung nach Rom. Teresa Lupo drückte auf die Klingel und fragte sich, ob das Signal überhaupt irgendwo gehört wurde. Als sie durch den Zaun spähte, entdeckte sie im hinteren Bereich des Grundstücks zwei Bürocontainer.

Nach einer Weile kam dort eine Gestalt heraus. Ein Mann Mitte fünfzig, mit nahezu kahlem Kopf, struppigem grauem Bart und abwesendem Blick. Randolph Kirk war ungefähr so groß wie Teresa Lupo und neigte zur Korpulenz. Sein Gesicht über dem Vollbart hatte eine blühende Farbe, seine Nase leuchtete geradezu. Ein Freund des Alkohols, vielleicht. Er lief sonderbar schwankend, wie jemand mit Hüftproblemen. Statt des Safarianzugs in ihrer voreiligen Fantasie trug er ausgebeulte, billige Jeans und eine grüne, ausgeblichene Windjacke. Sie hatte sich Randolph Kirk als eine Art Indiana Jones vorgestellt, ein bisschen ungepflegt, aber faszinierend romantisch. Vielleicht war das Ausgraben alter Häuser für diesen Typ nicht attraktiv genug.

Dann riss er den Mund auf und nieste. Trompetete laut genug, um Tote aufzuwecken, und verbreitete rund um sich einen feinen Sprühnebel. Automatisch schloss Teresa Lupo die Augen. Als sie die wieder öffnete, bearbeitete er seine Knollennase intensiv mit dem schmuddeligsten Taschentuch, das sie je gesehen hatte.

»Professor Kirk?« Teresa Lupo zwang sich zu einem strahlenden Lächeln und wünschte, nicht unablässig an Vogelscheuchen denken zu müssen.

»Ja, bitte?« Fast ängstlich blickte er sich um. Sie nahm an, dass er allein auf dem Grundstück war. Jagte ihm eine einzelne Frau etwa Angst ein?

»Teresa Lupo. Ich hatte Sie angerufen. Wegen Ihres Buches.«

Am Telefon hatte sie ihn mit Lob für sein Werk förmlich überschüttet. Autoren schätzten so etwas.

»Oh, entschuldigen Sie«, keuchte er und begann an dem Vorhängeschloss herumzufummeln. »Ich bin sehr unhöflich. Kommen Sie doch bitte herein. Ich freue mich über Ihren Besuch.«

Sein Italienisch hatte die steife Förmlichkeit gebildeter Briten. Er sprach wie alle Wissenschaftler aus Cambridge oder Oxford, die jeden Hauch von umgangssprachlichem Slang für weit unter ihrer Würde hielten.

Ein neuerliches Niesen ließ ihn innehalten. »Diese verflixte Erkältung. Abscheulich, einfach abscheulich.«

Vorsichtig ging Teresa Lupo auf Distanz. Sie liefen an den ausgegrabenen Überresten einer Villa vorbei zum größeren der beiden Bürocontainer, der sich als sein chaotisches Büro entpuppte. Überall lagen Papiere herum, Gesteinsbrocken, Fotos von Gemälden. Er sank in einen alten Ledersessel, der vermutlich bereits an Bord der Arche Noah gestanden hatte. Sie nahm ihm gegenüber auf einem wackligen und offenbar für Studenten vorgesehenen Rohrstuhl Platz. Kirk bot ihr eine Dose lauwarme Cola an. Dankend lehnte sie ab.

»Mein Buch hat Ihnen also gefallen?«

»Es hat mich *begeistert*, Professor. Sie haben mir die Augen geöffnet. Ich habe diese Epoche der Geschichte schon immer für ungemein interessant gehalten, aber durch Sie hat sich mir eine ganz neue Welt erschlossen.«

»Oh.« Seufzend stopfte er sich Pillen in den Mund und spülte sie mit Cola hinunter. »Sehr freundlich von Ihnen. Und wissen Sie was? Ich habe nichts damit verdient. Der verdammte Verleger hat mich mit einem Hungerlohn für das Manuskript abgespeist, ein paar Exemplare drucken lassen und bunkerte sie irgendwo unter Ausschluss der Öffentlichkeit. Ein Wunder, dass Sie überhaupt ein Buch aufgespürt haben.«

»Wunder gibt es immer wieder.«

»Das ist wohl wahr«. Lächelnd prostete er ihr mit der Coladose zu.

Die Pathologin sah aus dem Fenster. Das Gelände war leer.

»Finden heute denn keine Ausgrabungen statt?«

»Der Rest des Teams ist auf einer einwöchigen Exkursion in Deutschland. Ich bin nur hier, um ein paar Unterlagen aufzuarbeiten.« Er deutete auf den hohen Papierstapel auf seinem Schreibtisch.

»Aber sollten Sie bei Ihrer Grippe nicht lieber zu Hause bleiben und sich schonen?«

»Vielleicht, aber es duldet keinen Aufschub«, sagte er und fügte wichtigtuerisch hinzu: »Wie Sie vielleicht wissen, bin ich Leiter des Fachbereichs Archäologie.«

»O ja, natürlich.« Fasziniert beobachtete sie, wie das Taschentuch wieder in Aktion trat.

»Möchten Sie sie besichtigen?«

»Was?«

»Unsere Villa der Mysterien. Was sonst? Normalerweise gibt es keine Führungen ohne Voranmeldung. Und selbst dann wählen wir unsere Besucher sehr genau aus. Sie würden nicht glauben, wie oft es hier zu Diebstählen kommt. Erst vor wenigen Wochen haben zwei Amerikaner mit einem Metalldetektor hier in der Gegend herumgestöbert. Ich musste ein paar der Jungs losschicken, um sie zu vertreiben.«

»Was sagt man dazu? Später sehe ich sie mir gern an.«

Ihre Reaktion schien ihn zu enttäuschen. Sie hätte mehr Begeisterung zeigen sollen. »Sie ist natürlich nicht so berühmt wie die in Pompeji. Aber das macht sie nicht weniger interessant.«

»Ist sie genauso groß?«

»Aber ja. Wahrscheinlich sogar noch größer. Die Ausgrabungen sind noch nicht beendet.«

»Also möglicherweise sogar so riesig wie ein Tempel?«

Einen Moment lang wirkte er irritiert, als hätte er diese Frage nicht erwartet. »Das ist eine irreführende Bezeichnung. Diese Gebäude galten eher als private Einrichtungen. Tempel waren für die Öffentlichkeit bestimmt.«

»Richtig.« Teresa Lupo dachte an die Erdpartikel unter den Fingernägeln der Toten. Die stammten nicht aus Ostia, sondern sehr wahrscheinlich aus Rom. »Aber wenn es in der – Provinz ein so faszinierendes Gebäude gab … wie hätte ein derartiger Bau dann wohl in Rom ausgesehen?«

Er schniefte. Ob verächtlich oder aus körperlichen Bedürfnissen blieb unerfindlich. »Gewaltig. Verblüffend. Ich gehe davon aus, dass dieser Palast der Mysterien, wie ich ihn in meinem Buch genannt habe, existiert und auf seine Entdeckung wartet. Vermutlich war er der Ort, den jeder Anhänger besuchen wollte, bevor er starb. Die Urquelle des Kults. Aber natürlich würde mir niemand das nötige Geld für die Nachforschungen zur Verfügung stellen.« Mürrisch betrachtete er den Stapel Papiere auf seinem Schreibtisch. »Selbst wenn ich die Zeit dafür hätte.«

Von ihm ging eine eigenartige Mischung aus Arroganz und Selbstmitleid aus. Und er provozierte gern. Vielleicht war sein Buch nichts anderes als eine Art historischer Fopperei. »Ich würde mich gern umschauen, Professor«, sagte Teresa Lupo. »Aber zunächst muss ich ihnen ein paar wichtige Fragen stellen.«

Plötzlich wirkte er besorgt, unsicher. »Ja?«

Sie faltete die Hände, stützte die Ellbogen auf den Schreibtisch und blickte ihm fest in die glänzenden Augen. Der Professor sah gar nicht gut aus, und das lag nicht nur an seiner Erkältung. Er schien erschöpft zu sein, als hätte er in letzter Zeit nur wenig geschlafen. Und er war nervös. »Ich sollte offen zu Ihnen sein. Als ich mich Ihnen gegenüber als interessierte Fachkollegin ausgab, war ich nicht ganz aufrichtig.«

»Aus welchem Grund?«

Die Pathologin zog ihren Dienstausweis hervor. »Aber machen Sie sich keine Sorgen, es handelt sich eher um einen informellen Besuch. In der Questura weiß niemand, dass ich hier bin. Es würde zu weit führen, Ihnen die Gründe dafür zu erklären.«

Sie würden mir ohnehin nicht glauben, dachte sie. Sie können sich nicht vorstellen, wie ignorant Polizisten mitunter im Hinblick auf die Nutzung wissenschaftlicher Ressourcen sind.

»Im Moment habe ich eine Leiche auf meinem Seziertisch in der Gerichtsmedizin, die genau so aussieht, als hätte ihr Tod etwas mit den uralten Ritualen zu tun, wie Sie sie so anschaulich in Ihrem Buch beschrieben haben. Sie wurde übrigens von dem amerikanischen Ehepaar entdeckt, das Sie vorhin erwähnten. Die Medien haben ausführlich darüber berichtet.«

»Tatsächlich?«, trompetete Randolph Kirk. Er schien nicht der Typ zu sein, der sich groß für Zeitungen oder das Fernsehen interessierte.

»Sie hat eine Tätowierung auf der Schulter. Eine Art Maske mit weit aufgerissenem Mund. Und sie umklammert einen Thyrsosstab. Aus verholztem Fenchel, mit einem Pinienzapfen an der Spitze. In einer ihrer Taschen fand ich Samen oder Körner, wie ich sie aus Ihrem Buch kenne. Die Leiche wurde nicht weit von hier entdeckt. Der moorartige Boden hat gleich zwei Dinge bewirkt: Er konservierte den Körper, machte aber die üblichen Datierungmethoden unmöglich. Das hat mich – uns – zunächst in die Irre geführt.«

Er rutschte auf seinem Ledersessel herum, brachte die alten Federn zum Ächzen und Quietschen. »Oh.«

Sie merkte, dass sie sich über ihn zu ärgern begann. »Alles ist genau so, wie Sie es beschrieben haben. Sie war sechzehn, also auch im entsprechenden Alter. Es gibt jedoch einen Unterschied. Ihr wurde die Kehle durchschnitten. Von hinten. Mit einem Hieb und einem sehr scharfen Messer.«

Teresa Lupo reckte den Arm, als wollte sie die Bewegung nachvollziehen. Kirks Wangen verloren etwas von ihrer Röte, und das Taschentuch trat wieder in hektische Aktion.

»Meine ursprüngliche Annahme ist ein Trugschluss. Die Tote kann nicht vor rund zweitausend Jahren bei einem Ritual gestorben sein. Inzwischen kennen wir die Identität der Toten. Zumindest glauben wir sie zu kennen. Das Mädchen ist vor sechzehn Jahren gestorben. Man hat ihm sogar eine Münze in den Mund gelegt. Als Obolus für den Fährmann. Können Sie sich das vorstellen?«

»Nein«, flüsterte er heiser. »Das kann ich nicht.«

»Ich muss einfach mehr über die Motive dieser Kultanhänger erfahren. Was genau haben sie sich erhofft? Neue Einsichten?«

Er schüttelte den Kopf. »Keine Einsichten.«

»Was dann? Irgendwelche persönlichen Privilegien? Oder ging es lediglich um die Zugehörigkeit zu einer Art Club?«

»Eine Art Club?«, wiederholte Randolph Kirk nachdenklich. »Eine interessante These.«

Teresa seufzte ungeduldig. »Ich hab gehofft, dass Sie mir weiterhelfen können. Schließlich kennen Sie sich mit diesen Ritualen beeindruckend gut aus. Heute ist ein Mädchen verschwunden, und irgendwie …« Sie rang nach den richtigen Worten. »Irgendwie springen da gewisse Ähnlichkeiten ins Auge. Es sieht so aus, als könnte übermorgen irgendetwas Unangenehmes geschehen. Am 17. März.«

»Am 17. März?« Wenn er sich nicht schnäuzte, hatte er eine andere irritierende Angewohnheit. Er schob mit dem Zeigefinger unentwegt seine Brille den Nasenrücken auf und ab. Vermutlich dachte er nach.

»Sie sind Kriminalpolizistin?«

»Nein«, korrigierte sie. »Ich bin Pathologin in der Gerichtsmedizin.«

»Sie haben Ihren Polizeikollegen nicht gesagt, dass Sie mich aufsuchen. Warum nicht?«

»Weil …« Es war eine sonderbare Frage. Das, was sich in ihrem Hinterkopf meldete, musste ein Fehlalarm sein. »Können Sie mir helfen, Professor?«

Die Brille rutschte weiter auf und ab. Wie ein Mann der Tat wirkte er nicht gerade. Vermutlich überließ er seinen Studenten den Löwenanteil der körperlichen Arbeit.

»Wenn Sie mich bitte entschuldigen …« Abrupt erhob sich Professor Randolph Kirk von seinem Sessel. »Ich habe ein paar Probleme mit der Verdauung.«

An der Tür blieb er stehen und drehte sich zu ihr um. »Ich muss Sie um Geduld bitten. Es könnte eine Weile dauern.«

Eine halbe Stunde später stand sie auf, ging zur Tür und drückte auf die Klinke. Verschlossen. Sie rannte zum Fenster und beäugte misstrauisch den Riegel. Er war total verrostet. Es musste Jahre her sein, dass jemand das Fenster geöffnet hatte.

»Mist«, fluchte sie laut. »Dreifach verdammter Mist.«

Ein hastiger Blick auf ihr Handy zeigte nur schwache Empfangssignale. Sie fragte sich, wen sie anrufen, was sie sagen sollte. Falcone würde unangespitzt an die Decke gehen. Doch das wäre vermutlich das kleinste ihrer Probleme.

»Nur keine Panik, Mädchen. Als Wissenschaftler arbeitet er mit dem Verstand, nicht mit seinen Muskeln. Außerdem hat er mit seiner Grippe zu kämpfen. Wenn er nicht gerade mit einer Spitzhacke zurückkommt, solltest du mit ihm keine Schwierigkeiten haben.«

Dennoch sah sie sich sicherheitshalber nach einer Waffe um, entdeckte aber nur einen kleinen, kurzen Hammer auf dem Aktenschrank.

»Nic«, murmelte sie und gab die Nummer ein. »Retten Sie mich, Nic. O Scheiße …«

Die Verbindung wurde hergestellt, brach aber sofort wieder ab. Teresa Lupo hörte draußen etwas. Das dumpfe Röhren eines schweren Motorrades.

Sie ließ das Handy sinken und lauschte angestrengt.

Nach wenigen Sekunden konnte sie absolut nichts mehr hören. Irgendetwas, das Rauschen des Blutes in ihren Ohren vielleicht, übertönte die Geräusche jenseits der Tür, und sie hatte das Gefühl, dafür dankbar sein zu müssen. Mit dem Tod kannte sie sich aus, doch nicht mit dem Sterben. Im Moment musste sie als Außenstehende miterleben, wie sich nicht weit von ihr etwas Verhängnisvolles abspielte. Wenn früher Patienten in dem Krankenhaus starben, in dem sie als Ärztin arbeitete, war das irgendwie – vorherbestimmt. Ihr Tod kam nicht plötzlich und gewaltsam wie für so viele auf ihrem glänzenden Stahltisch. Jetzt wurde sie Zeugin eines völlig unerwarteten Sterbens.

Es ereignete sich, nur wenige Meter entfernt hinter der dünnen Tür von Professor Randolph Kirks Bürocontainer. Über das Hämmern ihres Herzens hinweg konnte sie das Drama verfolgen wie die Szene eines Radiohörspiels aus dem geöffneten Fenster einer Nachbarwohnung. Zwei Stimmen, beide erregt, aber eine drohend, die andere schrill vor Angst.

Dann ein Schrei und der ohrenbetäubende Knall einer Pistole.

Für einen Moment setzte ihre Atmung aus. Irgendetwas war geschehen. In Teresa Lupos Kopf entstand eine Leere, ein weißes Blatt, das sich schnell mit der finsteren Gewissheit füllte, dass ein Lebewesen, genauer gesagt Professor Randolph Kirk, aufgehört hatte zu existieren. Ein Mensch war gestorben, und am erschreckendsten fand Teresa Lupo, dass in ihrer Fantasie etwas, sein Geist vielleicht, seine Seele, durch ihren Körper zuckte und eine dringende Botschaft hinterließ: nur weg hier.

Sie war zu keinem klaren Gedanken fähig. Sie konnte kaum atmen. Da waren Schritte, und sie starrte wie paralysiert auf die Tür, hörte jemanden ungeschickt mit, ihm unbekannten Schlüsseln hantieren.

»Schalten Sie das verfluchte Ding aus«, schnauzte Falcone. »Ich muss mich konzentrieren.«

Schnell verhinderte Costa ein zweites Klingeln. Sie saßen in Falcones Büro und sahen sich die Aufnahmen der Überwachungskameras vom Campo dei Fiori an. Die Stimmung war nicht die beste. Rachele d'Amato pflegte ihr angeschlagenes Ego und ließ an Suzi Julius' Verschwinden nicht das geringste Interesse erkennen. Falcone hatte Teresa Lupos vorläufigen Bericht mit mürrischer Miene zur Kenntnis genommen. Das Video schien auf den ersten Blick nur das Erwartete zu zeigen, dennoch machte Costa sich Sorgen.

Auf dem Kopf des Motorradfahrers saß ein glänzender Helm mit getöntem Visier, sein Körper steckte in einer schwarzen Lederkluft. Rein äußerlich wirkte er wie ein x-beliebiger Straßenräuber, der auf Handtaschen aus war. Das Mädchen sah aus wie die typische Touristin. In T-Shirt und schwarzen Jeans, eine kleine Leinentasche über der Schulter, rannte Suzi durch das Gedränge auf dem Campo. Direkt vor den Augen der beiden Carabinieri, die gelangweilt an ihrem

Wagen lehnten. Costa fand ihr Verhalten unbegreiflich. Das Mädchen schien vor etwas zu flüchten, das hätte doch ihre Aufmerksamkeit erregen müssen.

Das Handgelenk des Motorradfahrers machte eine schnelle Drehung auf dem Gasgriff. Etwas am Gesicht des Mädchens irritierte Costa. Es war nicht klar zu erkennen, ob es lachte oder weinte. Dann kam eine andere Gestalt ins Blickfeld: Miranda Julius kämpfte sich durch die Menge und rief ihrer Tochter etwas nach.

Unwillkürlich fragte sich Nic Costa, ob er das alles vielleicht missverstand. Mitunter neigten Polizisten dazu, sich in private Dinge einzumischen, von denen sie besser die Finger ließen. Sie zogen falsche Schlüsse aus Vorkommnissen, um dann am Ende ziemlich dumm auszusehen. Suzi erreichte die schwere Maschine, küsste den Fahrer hastig auf den Helm, sprang auf den Soziussitz und schlang ihre Arme um die Taille des Fahrers. Bockend kam der Motor in die Gänge. Geschickt schlängelte sich die Maschine durch die Menschenmenge.

Als das Motorrad um die Ecke des Platzes bog, blickte das Mädchen über die Schulter zurück. Miranda Julius blieb stehen und sah sich zu den Carabinieri um. Sie rang sichtlich nach Atem. Suzi legte einen Finger an die Lippen und warf ihrer Mutter einen Luftkuss zu, bevor sie auf den Corso einbogen.

Eine Halbwüchsige, die mit ihrem Freund ausriss? Vielleicht, dachte Costa. Es sah aus wie ein einfaches, alltägliches Familiendrama, beinahe wie für die Öffentlichkeit inszeniert. Vielleicht sogar für das Mädchen. Aber etwas stimmte nicht. Das Motorrad hatte kein Kennzeichen. Und Straßenräuber hüllten sich selten in schwarzes Leder. Sie schätzten auch keine großen, schweren Maschinen. Kleine Motorroller waren billiger und wendiger.

»Das gefällt mir nicht«, sagte er, als der Videoclip endete. »Warum hat das Motorrad kein Kennzeichen?«

Rachele d'Amato wand sich auf ihrem Stuhl. »Könnten wir jetzt bitte zur Sache kommen? Ich bin nicht hier, um ausgerissene Teenager aufzuspüren.«

»Es könnte da eine Verbindung geben«, äußerte Falcone. »Ich stimme Costa zu. Das alles nimmt sich ziemlich sonderbar aus.«

Er erhob sich und stieß die Tür zum beklagenswert leeren Großraumbüro auf. Nicht mehr als zehn Männer saßen an ihren Schreibtischen, gerade einmal die Hälfte der regulären Truppe. Der Inspektor richtete seinen Blick auf den nächstsitzenden Polizisten.

»Wer kennt sich am besten mit diesen Videoüberwachungen aus, Bianchi?«

Der Mann dachte kurz nach. »Von den Anwesenden? Ich. Eigentlich ist Ricci unser Fachmann, aber er niest sich die Seele aus dem Leib. Ich kann ihn natürlich anrufen und mir ein paar Tipps geben lassen. Worum geht es?«

»Wir brauchen Material von den Kameras auf dem Corso. Finden Sie heraus, wohin dieses Motorrad gefahren ist.«

Bianchi zögerte. »Nun, das kann dauern, Ispettore. Die Kameras decken jeweils höchstens hundert Meter ab. Am Tag schafft man da höchstens einen Kilometer. Falls er eine größere Entfernung zurückgelegt hat, müssen wir mit einer Woche rechnen.«

Falcone runzelte die Stirn. »Ich gebe Ihnen einen Tag. Vielleicht ist er nicht weit gefahren.«

»Wollen wir's hoffen«, sagte Bianchi.

»Und sorgen Sie dafür, dass Fotos von dem Mädchen an die Medien rausgehen. Aber verbreiten Sie keine Panik. Das Mädchen wird vermisst, aber noch besteht kein Grund zur Besorgnis. Wir würden nur gern etwas über ihren Verbleib erfahren und bitten um Informationen, falls sie jemand gesehen hat.«

»Wird sofort erledigt, Boss.« Bianchi griff zum Telefon.

Falcone schloss die Tür, kehrte an seinen Schreibtisch zurück und sah Rachele d'Amato an. »Und jetzt möchte ich mehr über diesen Wallis erfahren.«

»Im Ernst?« Sie machte große Augen. »Soweit ich weiß, hat er jedes Gespräch mit mir strikt abgelehnt. Und wirklich Wichtiges wird auch die Polizei nicht von ihm erfahren.«

»Ich glaube, dass er in seinen Entscheidungen nicht ganz frei ist«, mischte sich Costa ein. »Es kam mir vor, als würde er irgendwie ständig hinter sich blicken. Warum?«

Rachele d'Amato musterte ihn nur kühl. Sie wusste die Antwort, wollte sie aber zappeln lassen.

»Nun?«, bohrte Falcone nach.

Sie verzog ihr Gesicht. »Es gab einen Streit zwischen Wallis und Emilio Neri, dem Gangsterboss, mit dem er zusammenarbeiten sollte.«

»Das ist uns bekannt«, knurrte Falcone gereizt.

»Mag sein«, zischte sie zurück. »Aber auch die Folgen? Sowohl die Amerikaner als auch die Sizilianer mussten einschreiten, um die beiden auseinander zu zerren. So etwas gefällt den großen Herren gar nicht. Wallis wurde zur Strafe aus dem Verkehr gezogen. Ich vermute, dass er sich hüten wird, irgendetwas zu tun, was er lieber lassen sollte, denn er könnte große Probleme bekommen.«

»Diesen Neri kenne ich von meinen Runden. Worin bestand seine Bestrafung?«, fragte Peroni.

»Er bekam einen Klaps auf die Finger. Als Boss des Reviers musste Neri geschont werden. Abgesehen davon haben wir es bei Neri mit einem ganz anderen Kaliber zu tun. Wallis ist gebildet. Für ihn gibt es Grenzen. Ihm ging es um Geschäfte, nicht um eine persönliche Vendetta. Neri dagegen würde glatt das Grab seiner Großmutter schänden und sich dann damit auch noch brüsten.«

Nichts davon bringt uns bei der Aufklärung des Mordes an Wallis' Stieftochter weiter, dachte Costa. Oder bei der Suche nach Suzi Julius.

»Könnte Neri möglicherweise in den Tod des Mädchens verwickelt sein?«, überlegte Costa laut. »Vielleicht wollte er Wallis auf diese Weise bestrafen?«

»Neri ist ein Gewaltverbrecher«, erwiderte Falcone. »Wenn er auf Vergeltung aus gewesen wäre, hätte er Wallis umgebracht.«

Er wandte sich an Rachele d'Amato. »Übrigens ist es eine irrige Annahme, dass Neri keine Regeln kennen würde. Die brauchen selbst Männer wie er, um ihre Stellung innerhalb ihrer Organisation zu verteidigen. Ein junges Mädchen als Strafe für einen anderen Gangster umzubringen ... Das hätte seinem Ansehen doch ziemlich geschadet.«

»Dennoch gibt es eine Reihe von Gründen, mit ihm zu reden«, flötete Rachele d'Amato. »Schaden kann es jedenfalls nicht.«

»Oh, verstehe, verstehe!«, rief Peroni eine Spur zu laut. »Das bedeutet natürlich, die DIA muss sich weiter einmischen, weil die Mafia beteiligt ist. Bei einem schlichten Mordfall wärt ihr draußen.«

Sie warf ihm einen finsteren Blick zu. »Ich versuche nur hilfreich zu sein! Könnten Sie alle bitte endlich aufhören, mich zu behandeln, als wäre ich der Feind?«

Leise pfeifend sah Peroni zum Fenster hinaus.

»Und wo oder wie passt das andere Mädchen hinein?«, wollte Costa wissen. »Diese Suzi Julius?«

Falcone blickte auf den Bildschirm, auf dem Miranda Julius noch immer dem Motorrad nachsah. »Das würde ich auch gern wissen. Wir können nur hoffen, dass sie einfach ausgerissen ist. Im Moment gibt es keinen Anlass, die Sache anders zu behandeln als einen Vermisstenfall. Sobald sich etwas Neues ergibt, möchte ich unverzüglich davon unterrichtet werden. Bis dahin ...« Er suchte Costas Blick und hielt ihn fest. »Bis dahin sollten wir uns über unsere Prioritäten im Klaren sein. Wir haben einen Mord aufzuklären. Das ist das Einzige, was im Augenblick gewiss ist.«

»Suzi Julius lebt …« Nic Costa bekam das Gesicht der Mutter nicht aus dem Kopf, ihre Verzweiflung, die Furcht.

»Davon bin ich überzeugt, Nic«, versicherte Falcone. »Wir tun alles, was in unserer Macht steht.«

»Und wir sind dabei?«, fragte Rachele d'Amato. »Du kennst die Bestimmungen, Leo. Hier geht es um Leute, die jahrelang bis zum Hals im organisierten Verbrechen gesteckt haben. Neri übrigens heute noch.«

»Ja, ja. Ihr seid dabei.« Falcone warf einen Blick auf seine Armbanduhr und sah dann wieder sie an. »Unter einer Bedingung. Gleichberechtigt und mit gegenseitigem Vertrauen. Ist das klar?«

Sie lächelte. »Selbstverständlich.«

Falcone stand auf und die anderen folgten seinem Beispiel. »Lassen Sie uns ein Wörtchen mit der Hyäne in der Pathologie sprechen. Dieser Bericht ist ein schlechter Scherz.«

Beim Hinausgehen schaltete Costa sein Handy ein. Er verpasste nur ungern einen Anruf und hasste es, selbst für einen Moment nicht erreichbar zu sein.

Ein paar Meter weiter klingelte das Handy. Teresa Lupos Stimme war so laut, dass sie in seinen Ohren schmerzte.

Er hörte ein paar schrille, abgehackte Worte, dann brach die Verbindung ab.

In manchen Situationen kommt man auf die dümmsten Einfälle.

Man denkt daran, einen alten PC-Monitor durch das Bürofenster eines toten Wissenschaftlers zu schleudern, obwohl man genau weiß, dass die möglicherweise entstehende Öffnung ins Freie zu klein sein wird, um sich hindurchzuzwängen.

Man sitzt in einer nachgebauten römischen Villa auf dem Gianicolo und versucht sich an die Zeit zu erinnern, in der man einflussreich genug war, um am Leben bleiben zu können.

Oder, im Fall von Emilio Neri, stürmt man durch seinen Palast an der Via Giulia, verflucht seinen nichtsnutzigen Sohn ebenso wie seine verschwenderische Frau und fragt sich, wo sie eigentlich stecken, wenn man sie zur Rede stellen will.

Furcht und Wut sind mitunter nur schwer voneinander zu trennen. Mit einer Mischung aus beidem starrte Teresa Lupo auf die Türklinke vor ihr und versuchte verzweifelt, einen klaren, vernünftigen Gedanken zu fassen. Dann schalteten sich ihre Instinkte ein. Sie trat neben die Tür und packte den armseligen Hammer mit beiden Händen.

Sie brauchte nicht lange zu warten. Der Schlüssel drehte sich im Schloss, ganz langsam ging die Tür auf. Sie hielt den Atem an und überlegte, womit der Eindringling rechnen würde. Vermutlich mit jemandem, der irgendwo in einer Ecke kauerte.

»Aber da irrst du dich«, wisperte sie lautlos und wartete, bis die Tür in einem Winkel von fünfundvierzig Grad offen stand.

Ihre Arbeit als Pathologin hatte ihre Muskeln trainiert und sie war nicht gerade zierlich. Sie holte tief Luft, trat einen Schritt zurück und rammte ihre Schulter mit voller Wucht gegen das Sperrholz. Die Tür prallte gegen einen Körper. Teresa Lupo wiederholte ihren Angriff. Jemand stieß einen gellenden Schmerzensschrei aus. Die Pathologin machte einen Satz um die Türkante und sah eine in schwarzes Leder gekleidete Gestalt, ein Sturzhelmvisier verdeckte das Gesicht. Zusammengekrümmt hockte der verhinderte Eindringling auf dem Boden und drückte sich beide Hände gegen die Brust. Vielleicht hatte sie ihm ein paar Rippen gebrochen. Sie hoffte es inständig. Neben ihm lag eine Pistole. Hastig stieß Teresa Lupo sie mit dem Fuß fort, aber zu ihrem Bedauern rutschte das Ding nur einen knappen Meter weiter. Dann ließ sie den Hammer fallen, packte den Typen hinten am Helm und zerrte mit aller Kraft.

Der Mann stürzte in den Raum. Er war weder besonders

groß noch kräftig. Hätte sie einen Selbstverteidigungskurs besucht, wie es immer ihre Absicht gewesen war, hätte sie jetzt vermutlich kurzen Prozess gemacht. Ihm ein paar gekonnte Schläge verpasst. An einen Stuhl gefesselt. Wäre gewesen wie Linda Hamilton in *Terminator 2*, nur Muskeln und Rache. Die Pistole sicherheitshalber mit einem Zauberstab verhext. Ihre Fantasie ging mit ihr durch. Sehr bedenklich. Sie stieß den Kerl mit einem Fußtritt aus dem Weg und zwängte sich durch die Tür. Hier im Vorraum waren die Fenster größer und sie blickte erleichtert in die Dämmerung eines frühen Abends.

Teresa Lupo zog die Tür zu, drehte den Schlüssel um und schleuderte den Bund von sich. Nach Atem ringend überlegte sie, was jetzt zu tun war.

Sieh dich um …

Professor Randolph Kirk lag mit dem Gesicht nach oben auf dem Boden. Seine leeren Augen starrten zur Decke. Aus einem ausgefransten Loch in seiner Stirn sickerte schwärzliches Blut. Ganz automatisch dachte sie an die Autopsie. An die Einschnitte und Organuntersuchungen, die sie vornehmen musste, um zu dem offensichtlichen Schluss zu kommen: *Der Tod dieses Mannes war durch das Eindringen eines Metallgegenstandes in sein Gehirn verursacht worden. Es gibt keinerlei Hinweise auf eine Besserung seines Zustandes. Es ist davon auszugehen, dass seine Beschwerden von Dauer sein werden.*

Teresa Lupo zog das Handy aus ihrer Jackentasche, gab mit zitternden Fingern Nic Costas Nummer ein und flehte zu Gott, dass sie keinen Fehler machte.

Seine Stimme meldete sich – irgendwie verblüfft.

»Nic? Nic!«, kreischte sie. »Ich sitze tief in der Scheiße. Helfen Sie mir.«

Er schwieg. Teresa Lupo fragte sich, ob sie tatsächlich sein Atmen hörte oder nur Fetzen atmosphärischer Störungen, die mit Industrieabgasen vom nahen Mittelmeer herangeweht wurden.

»Am Rand von Ostia Antica«, schrie sie. »Bei den Ausgrabungen, von der ich Ihnen erzählt habe. Bitte …«

Dann hörte sie ein Geräusch hinter sich. So laut, dass es durch das Telefon drang und Nic Costa davon überzeugte, dass es wirklich ernst sein musste. So laut, dass Teresa Lupo erkannte, wie naiv sie in diesen Dingen war.

Die Pistole …

»Du Idiotin«, verfluchte sie sich und hetzte ins Freie. Hinter ihr traf eine zweite Kugel das Türschloss.

Mit eingeschaltetem Blaulicht und heulenden Sirenen rasten drei Polizei-Alfas durch Piramide. Den ersten steuerte Peroni. Neben ihm klammerte sich Costa an das Armaturenbrett und versuchte, sich das alles zu erklären.

»Dummes Weib«, brummte Falcone auf dem Rücksitz. »Was bildet sie sich eigentlich ein?« Erst nach ernsthaften Drohungen war das Mönchlein bereit gewesen, Teresa Lupos Ausflugsziel preiszugeben.

»Wir hätten selbst mit dem Mann reden müssen«, merkte Costa an.

Falcone beugte sich vor und patschte ihm derb auf die Schulter. »Das hatte ich für morgen vor, Sie Schlaumeier. Immer eins nach dem anderen.« Der Inspektor lehnte sich wieder zurück und starrte hinaus auf die endlosen Reihen grauer Vorstadthäuser. In der Ferne versank eine giftig rote Sonne im Smog. Die Stadt wirkte düster und leblos. »Und ich verbitte mir alle Eigenmächtigkeiten. Wir haben es hier mit echt schweren Jungs zu tun, falls Sie beide das noch nicht bemerkt haben sollten. Es wird kein Risiko eingegangen. Ich hasse Beerdigungen.«

Rachele d'Amato folgte ihnen im zweiten Wagen. Dafür hatte Falcone gesorgt.

»Auf die Gefahr hin, mich zu wiederholen …«, wagte Peroni sich vor. »Aber brauchen wir die DIA-Frau wirklich?«

»Wer weiß?«, beschied ihn Falcone. »Warten wir ab, bis wir da sind.«

»Wenn ich es richtig verstanden habe, wollte Signora Lupo zu einem Universitätsprofessor«, fuhr Peroni fort. »Was hat ein solcher Mann mit der Mafia zu schaffen?«

Falcone würdigte ihn keiner Antwort. Peroni musste hart auf die Bremse treten, um einem Fahrzeug der Straßenreinigung auszuweichen. Er kurbelte das Fenster herunter und brüllte rüde Beschimpfungen in den Abenddunst.

Gegen halb sechs kam sie beladen mit Einkaufstüten nach Hause. Sie sah blendend aus. Adele sah immer blendend aus. Ihr Haar war frisch geschnitten und wirkte irgendwie weniger rot, hatte einen leicht blonden Schimmer. Kein Härchen saß fehl am Platz. Sie trug einen Hosenanzug aus weißer Seide und eine Nerzjacke. Neri konnte nicht erkennen, ob die Sachen neu waren oder nicht. Sie kaufte so ungehemmt ein, dass sie jede Woche die Hälfte ihrer Kleidung fortwerfen musste, um Platz für neue zu schaffen.

Er beobachtete, wie sie sich in der Küche eine *spremuta* machte und den Saft mit einem guten Schuss Stolichnaya krönte. »Wo zum Teufel hast du gesteckt? Seit Stunden versuche ich schon dich zu erreichen.«

»Die Handybatterie war leer.«

»Dann lade das verdammte Ding auf, bevor du das nächste Mal das Haus verlässt. Falls es ein nächstes Mal gibt. Vielleicht sollte ich hier neue Saiten aufziehen.«

Sie kam und küsste ihn auf die Wange. Wie unabsichtlich streifte ihre Hand seine Hose. »Hattest du einen unangenehmen Tag, mein Schatz?«

»Das kann man wohl sagen. Und wo ist meine Familie, wenn ich sie brauche?«

Sie klimperte mit ihren langen, dichten Wimpern. Neri fragte sich, wie viel sie gekostet hatten und wie viel davon echt war.

»Du brauchst mich?« Ihre Hand schlängelte sich wieder zu seiner Hose. Er stieß sie fort.

»Für diesen Unsinn habe ich keine Zeit.«

»Wozu brauchst du mich dann?«, fragte sie unverblümt. »Wozu *sonst*?«

»Wie wäre es, wenn du dich zur Abwechslung mal wie eine Ehefrau verhältst? Nicht ständig unterwegs bist. Mich ein bisschen unterstützt. Stattdessen treffe ich beim Nachhausekommen nur die verdammten Dienstboten, die mit Nichtstun mein Geld verschwenden.«

»Du erwartest Unterstützung? Welche Art von Unterstützung?«

Er wünschte, sie würde den Mund halten. Normalerweise tat sie es. Aber neuerdings war sie anders. Das hatte kurz nach Mickeys Einzug begonnen. Der Junge war lästig wie ein Sandkorn, das in eine Auster eindrang, um dort zu schürfen und zu scheuern, ohne jemals zu einer Perle zu werden. Wieder einmal fragte sich Neri, mit welchen Dingen sich Mickey möglicherweise nebenbei so beschäftigte, über die er nie ein Wort verlauten ließ. Und wie er herumlief! Das blond gefärbte Haar und die affige Kleidung seines Sohnes gingen ihm mächtig auf die Nerven. Und dass Adele und er sich ständig in den Haaren lagen. Ein Gedanke zuckte ihm durch den Kopf. Manchmal sah man nur, was man sehen wollte, was man sehen sollte. Die Wahrheit sah man nie.

»Vergiss es. Warst du eigentlich mit Mickey zusammen? Er hätte schon vor Stunden zurück sein sollen.«

»Mit Mickey?« Sie sah ihn an, als hätte er den Verstand verloren. »Meinst du nicht, dass es mir mehr als reicht, wenn er hier herumlungert? Er ist dein Sohn, nicht meiner. Also finde gefälligst selbst heraus, wo er steckt.«

Neri wollte seinen Ohren nicht trauen. Was erlaubte sich diese Frau? Er hob die Hand. »Pass auf, was du sagst.«

Adele fuchtelte ihm mit einem Finger vor dem Gesicht herum. »Wage es nicht, mich zu schlagen, Emilio.«

Er ballte die Hand schon zur Faust, besann sich aber eines Besseren. Die Sache war zu ernst, um sich ablenken zu lassen. Mit Adele konnte er sich später befassen. Und wenn nötig auch mit Mickey.

»Wo ist er?«, knurrte Neri.

»Ich habe ihn seit heute Morgen nicht mehr gesehen. Er hat das Haus lange vor mir verlassen. Vielleicht vögelt er gerade irgendwo eine Nutte in seinem Auto. Das macht er doch gern, oder?«

Vor zwei Monaten hatte die Polizei Mickey dabei ertappt, wie er in einer dunklen Nebenstraße der Via Veneto mit einer billigen afrikanischen Hure bumste – in Emilio Neris Alfa-Spider-Oldtimer. Der Junge kannte nicht einmal seine Rechte, was den Bullen Gelegenheit bot, den Wagen zu beschlagnahmen. Neri musste alle seine Überredungskünste und eine beträchtliche Summe aufwenden, um das Ding zurückzubekommen. Eine weitere, höchst überflüssige Ausgabe. Die Kosten der Vaterschaft. Hatte Mickey etwas daraus gelernt? Wahrscheinlich nicht. Dem Jungen war einfach alles egal.

»Hör zu«, sagte Neri, legte beide Hände auf ihre knochigen Schultern und schüttelte sie leicht. »Hör genau zu.«

Sie entzog sich seinem Griff, wirkte aber dennoch ein wenig besorgt. Vielleicht ahnt sie, dass ein neuer Wind weht, dachte Neri, und überlegt, wie die Konsequenzen für sie aussehen könnten.

»Im Moment habe ich ziemliche Probleme, falls du es noch nicht bemerkt haben solltest«, sagte Neri. »Und meine Probleme sind auch deine Probleme. Hoffentlich geht das in deinen beschränkten Kopf. Es passieren schlimme Dinge, die ich in meinem Alter wirklich nicht brauchen kann. Manche habe ich mir vielleicht selbst eingebrockt. Andere verdanke ich Leuten, die es eigentlich besser wissen sollten.«

»Schlimm?« Seine plötzliche Offenheit schien sie zu verunsichern. »Wie schlimm, Emilio?«

Ein Geräusch unterbrach sie: Draußen fuhren Autos vor.

Sie traten ans Fenster. Es hatte zu nieseln begonnen, ein feiner Regen ließ den unablässigen Strom der Autos auf dem Lungotevere glänzen.

Neri entging nicht, wie Adele die Männer musterte, die aus den Autos stiegen. Sie war nicht dumm. Sie wusste, was das für Leute waren. Normalerweise kamen ihr Leute dieses Schlages nicht ins Haus.

»Was wollen die hier?«

»Warst du jemals in einem Krieg?« Er hasste das Wort, sobald er es ausgesprochen hatte. Kriege waren unter allen Umständen zu vermeiden. Sie kosteten Geld. Sie konnten einen in große Schwierigkeiten mit Leuten bringen, die annahmen, diese Tage wären vorüber.

»Natürlich nicht.«

»Dann kannst du jetzt was lernen«, murmelte er. »Die da draußen nennen wir Truppen.«

»Vier Räder sind besser als zwei«, sagte Teresa Lupo beschwörend vor sich hin, während der Seat-Leon ächzend über die unebene, von Schlaglöchern übersäte Landstraße holperte. Sie hatte es gerade ins Auto geschafft, als sie ihn aus dem Bürocontainer kommen sah. Der Schutzhelm mit dem geschlossenen Visier ließ ihn aussehen wie ein unheimliches, beutegieriges Rieseninsekt.

Spiderman fuhr Motorrad, sie Auto. Das musste doch ein Vorteil sein, oder? Inzwischen war es dunkel geworden und es hatte zu nieseln begonnen. Vier Räder sind besser …

Was im Moment zumindest leider keinerlei Bedeutung hatte. Der Motorradfahrer schien seine ganz persönliche Art von Schwerkraft zu besitzen. Der Leon überwand den hügeligen Übergang von der Sandpiste zur Hauptverkehrsstraße, hob kurz ab und bog mit quietschenden Reifen in Richtung Flughafen ein.

Als Teresa Lupo den Wagen wieder unter Kontrolle hatte und ein paar Kilometer vor sich die Lichter des Hauptgebäudes erblickte, wagte sie einen hastigen Blick in den Rückspiegel. Er hatte aufgeholt. Seine Honda – oder er – fuhr wie der Teufel. Sie verfügte über eine weit bessere Fahrbahnhaftung als der Seat. Beim Verlassen der Landstraße hatten gut dreihundert Meter zwischen ihnen gelegen. Inzwischen war er auf hundertfünfzig Meter heran. Die Maschine flitzte dahin wie geschmiert.

»Allmächtiger«, flüsterte sie heiser und dachte an das Handy auf dem Nebensitz. Aber sie wagte nicht, noch einmal zu telefonieren. Sie brauchte beide Hände am Steuer. Sie musste sich konzentrieren.

Der Seat fiel in den vierten Gang. Teresa Lupo trat aufs Gas und raste an zwei Lastwagen vorbei, von denen einer gerade zum Überholen ausscherte. Einen Moment lang war im Rückspiegel nichts zu sehen als der Kampf der zwei Giganten um die Vorherrschaft. Dann drängte sich das Motorrad in die höchstens einen Meter breite Lücke zwischen beiden und kam schnell näher.

»Großer Gott«, ächzte sie und starrte in den Rückspiegel. »Was soll ich bloß tun? Wo bleiben die Bullen?«

Die Entfernung zum Terminal schien sich nicht verringern zu wollen. Ihre Hoffnung auf Rettung begann zu schwinden. Selbst wenn sie es schaffte, die Sicherheit des hell erleuchteten Gebäudes zu erreichen, und sich am Erste-Klasse-Schalter der Alitalia eincheckte, würde er ihr noch immer folgen, um ihr ein paar Kugeln in den Kopf zu jagen, bevor er auf seiner Chrom glänzenden Maschine durch die automatischen Türen wieder hinausbrauste. Genau so machten es Männer auf Motorrädern.

Vier Räder sind besser …

Der Abstand verringerte sich zusehends. Nach ein paar weiteren Drehungen am Gasgriff würde er direkt neben ihr auftauchen, könnte sogar an die Scheibe klopfen.

»Zur Hölle mit dir.« Sie trat hart auf die Bremse und zerrte das Lenkrad heftig nach links.

Der Motorradfahrer begriff schnell. Er tat ihr nicht den Gefallen, direkt gegen die Seite des Seat zu prallen, um aus dem Sitz gehoben und über ihr Dach geschleudert zu werden. Stattdessen scherte er rechtzeitig geschickt aus.

»Schade.« Teresa Lupo trat erneut das Gaspedal durch. Mit quietschenden Reifen schlingerte der Seat auf Kurs, und sie stellte fest, dass sie direkt auf das Absperrschild einer Baustelle zusteuerte, hinter dem Männer in weißen Jacken und gelben Schutzhelmen arbeiteten.

Sie drückte anhaltend auf die Hupe und sah, dass die Bauarbeiter in alle Richtungen auseinander rannten. Der Leon geriet in ein langsames, schaukelndes Schleudern. Das Lenkrad unter ihren Händen zuckte wie ein Lebewesen mit einem eigenen Willen.

Instinktiv ließ sie dem Seat seinen Willen und merkte, dass sie ihn langsam wieder in die Gewalt bekam. Etwas durchschlug das Fenster hinter ihr, flog zur Windschutzscheibe hinaus und nahm ihr die Sicht auf die Fahrbahn. Geborstenes Glas stand zwischen ihr und der schwarzen Leere, die auf sie zuraste. Teresa Lupo warf einen Blick auf das Armaturenbrett. Der Tacho zeigte neunzig. Sie konnte nichts hören als das Heulen des Motors.

»Kein guter Tag«, flüsterte Teresa Lupo und fühlte sich veranlasst, die Hände vom Steuer zu nehmen, weil etwas anderes ihre volle Aufmerksamkeit verlangte.

Neben dem Fahrerfenster war eine Gestalt aufgetaucht, die einen Arm ausstreckte. Das Rieseninsekt schien bereit zuzuschlagen.

Teresa Lupo wusste, dass es töricht war, aber sie ließ das Lenkrad los, kauerte sich zusammen, bedeckte ihren Kopf mit den Händen und machte sich auf das Schlimmste gefasst.

Der Leon machte einen Satz und die Welt stellte sich auf den Kopf. Für einen kurzen Moment wurde ihr klar, dass die Dinge nicht so waren, wie sie sein sollten, und sie fragte sich, ob das der Beginn dessen war, was man das Geheimnis des Todes nennt. Und dann, während der Leon durch die Luft flog und sich überschlug, kam ihr ein anderer beunruhigender Gedanke.

»Nicht das Mönchlein«, flehte sie. »Ich lasse mich von jedem obduzieren, aber nicht vom Mönchlein.«

Metall knirschte. Sie spürte einen scharfen Schmerz am Kopf und rollte im Auto herum wie eine Bohne in der Dose.

Irgendwann hörte die Welt auf sich zu drehen.

Total verdreht hing Teresa Lupo im Auto. Etwas Warmes, Klebriges lief ihr über das Gesicht. Sie streckte die Hand aus und tastete. Nur eine Schnittwunde über der rechten Schläfe.

»Da habe ich ja verdammtes Glück gehabt«, keuchte sie und unterdrückte ein hysterisches Kichern.

An der Fahrertür, die steil in den Nachthimmel zeigte, wurde gerüttelt. Sie hörte Stimmen, kauerte sich auf dem Fahrersitz zusammen und überlegte, ob sich das Insekt vermehrt hatte. Im Moment schien die ganze Welt von Feindseligkeit beherrscht. Logik und Menschlichkeit gab es nicht mehr.

Dann wehte ihr kalte Luft entgegen. Gesichter starrten sie an. Männer äußerten die üblichen Freundlichkeiten über Frauen am Steuer.

»Können Sie sich bewegen?«, fragte ein Mann mit gelbem Schutzhelm und streckte ihr eine Hand entgegen.

Sie versuchte sich aufzurappeln. Es ging. Sie war mit ein paar Prellungen davongekommen. Und einer kleinen Schnittwunde am Haaransatz.

Er muss fort sein, dachte Teresa Lupo. Er würde nicht mehr wagen, etwas gegen sie zu unternehmen. Nicht bei all den Männern, die ihr die Arme entgegenstreckten.

Teresa Lupo krabbelte aus dem Wagen. Der Seat-Leon lag auf der Seite und offenbar mitten auf einer Baustelle. Ein paar Meter entfernt gähnte ein tunnelähnlicher, mit Beton ausgekleideter Abgrund.

»Wo ist das Motorrad?«, erkundigte sie sich.

Der Mann, der ihr beim Aussteigen geholfen hatte, machte ein paar Schritte und zeigte in die Tiefe. »Da unten.« Er schüttelte den Kopf. »Junge, Junge, hatte der es eilig.«

»Wie tief ist das denn?«

»*Sehr* tief. Wir schachten einen U-Bahn-Tunnel aus.«

»Toll.« Trotz ihrer Prellungen begann sie zu strahlen.

In der Ferne waren Sirenen zu hören, Blaulicht flackerte durch die Dunkelheit. Sie dachte an Falcone und sein aufbrausendes Temperament. Dann dachte sie an Randolph Kirk und ein verschwundenes Mädchen namens Suzi Julius, das irgendwie der Grund für die Ereignisse war.

»Wir setzen einen Kran ein.« Der Mann zögerte. »Hatten Sie beide Streit? Der Arzt muss gleich hier sein.«

Teresa Lupo strich sich die Jacke glatt und überlegte, wie sie Falcone das alles erklären sollte.

»Ein Arzt? Danke, das ist nicht nötig. Mir geht es gut.«

Der Mann musterte sie eigentümlich. »Seinetwegen …«

»Oh.« Sie ging zum Rand des Tunnelschachts und spähte ins Nichts. Dann hob Teresa Lupo einen Betonbrocken auf. Sie warf ihn in die Luft, sah zu, wie er im Abgrund verschwand, und schrie: »Verdammter unverschämter Wichser …«

Sie ging zu dem Mann zurück und legte eine Hand auf seinen Arm. Verschreckt zuckte er zusammen.

»Überlassen Sie ihn mir«, schlug sie lächelnd vor. »Ich bin Ärztin. Gerichtsmedizinerin bei der Polizei. Also sagen Sie den Schaulustigen, sie sollen sich entfernen. Hier gibt es nichts zu sehen.«

Randolph Kirks Ausgrabungsstätte war abgesperrt. Scheinwerfer beleuchteten die Blutflecken auf dem Boden des Bürocontainers. Da Teresa Lupo nicht ganz ohne Berechtigung auf einen Interessenkonflikt verwiesen hatte, kümmerte sich das Mönchlein um die sterblichen Überreste des toten Professors. Aber in Wirklichkeit wollte die Pathologin dabei sein, wenn ein Kran einen Bergungstrupp in den tiefen Schacht in der Nähe von Fiumicino hinunterbrachte. Sie musste sich unbedingt davon überzeugen, dass das bedrohliche Rieseninsekt ihrer Einbildung ein ganz normaler, aber toter Mensch war.

Vor einem Wutausbruch von Falcone war sie bislang verschont geblieben. Er wirkte nicht einmal sonderlich erbost. Vielleicht wartete er auf eine bessere Gelegenheit, auf einen Zeitpunkt, an dem sie seinen Zorn wirklich spüren würde.

Nic Costa sah zu, wie das Mönchlein und seine Männer die Leiche abtransportieren. Ein paar Schritte entfernt unterhielten sich Falcone und Rachele d'Amato angeregt miteinander.

»Sie ist nun einmal mit von der Partie«, sagte Costa, als er Peronis grimmige Blicke auf die DIA-Frau nicht mehr ertragen konnte. »Wir sollten uns besser damit abfinden.«

»Aber warum? Großer Gott, der Bursche war ein Universitätsprofessor. Er hat bestimmt nicht für die Mafia gearbeitet.«

»Mit Sicherheit lässt sich das nicht sagen«, entgegnete Costa. »Wenn Sie mich fragen, wissen wir jetzt weniger als noch vor ein paar Stunden.«

Er dachte an Suzi Julius. Irgendwo musste sie sein, auch wenn ihr Name und ihr mysteriöses Verschwinden durch die neuen Entwicklungen in den Hintergrund der polizeilichen Überlegungen geraten waren. Unter Umständen war sie sogar in der Nähe. Und vielleicht nicht mehr am Leben, weil sich die Pläne für den 17. März womöglich plötzlich als undurchführbar erwiesen hatten. Er blickte sich um, musterte den anderen Bürocontainer und die Überreste der Villa aus römischer Zeit.

»Ich schaue mich ein bisschen um«, erklärte Costa. »Falcone wird mich schon nicht vermissen.«

Im zweiten Container entdeckte er nichts von Belang. Bei

dem ausgegrabenen Gebäude sah es schon anders aus. Möglicherweise handelte es sich um eine Art antikes Gotteshaus. Wegen der Dunkelheit konnte Costa keine Einzelheiten erkennen, nahm aber an, dass das Mauerwerk die gleiche honiggelbe Farbe aufwies, die er von alten Bauwerken an der Via Appia Antica kannte, wo er seine Kindheit verbracht hatte. Das Gebäude umfasste rund vierzig Meter im Quadrat, die Vorderfront bestand in einem offenen Säulengang mit Steintrümmern und einem kleinen, abgezäunten Mosaik. Costa durchschritt den Säulengang und fand sich in einem kalten, feuchten Raum wieder, an beiden Längsseiten von Nebengemächern flankiert. Auch sie waren nach oben offen und leer. Eine fensterlose Halle als Hauptraum eines Wohnhauses? Das ergab keinen Sinn.

Eine durch eine Kette gesicherte alte Holztür verwehrte den Zugang ins Innere. Costa holte sich eine Taschenlampe und ein Brecheisen aus dem Auto. Nach rund einer Minute hatte er die Kette überwunden und leuchtete mit seiner Taschenlampe um sich. Der Raum wirkte kahl und leer. Warum aber dann das Schloss an der Tür? Was sollte es schützen?

Neugierig durchquerte Costa den kleinen, fensterlosen Raum, konnte jedoch nichts Bemerkenswertes entdecken. Als er schon aufgeben wollte, stieß er mit dem Fuß gegen etwas: ein in den uralten Steinboden eingelassenes Holzpaneel. Es schien neueren Datums zu sein, wie auch das glänzende Vorhängeschloss, das zwei massive Metallösen in Fußboden und Holz verband.

Costa setzte sein Brecheisen ein. Als er das Holzpaneel anhob, erblickte er darunter eine Reihe schmaler, flacher Stufen, die in die Finsternis hinabführten, in ein unterirdisches Gewölbe.

Das offenbar sogar beleuchtet werden konnte. Neben der Treppe zogen sich Elektrokabel entlang und endeten unten mit einem an der Wand befestigten Schalter. Eine nackte

Glühbirne, vermutlich die erste von mehreren, hing anderthalb Meter vor Costa in der Dunkelheit. Er hatte zwar keine Ahnung von Ausgrabungen, aber das kam ihm doch sehr sonderbar vor. Würden Archäologen nicht Taschenlampen einsetzen? Die Anlage hier wirkte fast wie eine dauerhafte Installation, wie eine Art Kellerbeleuchtung.

Costa dachte an Falcones Forderung, nichts auf eigene Faust zu unternehmen. Er konnte nicht ausschließen, dass sich da unten jemand verbarg. Immerhin wäre es ein perfektes Versteck, um abzuwarten, bis sich alles wieder beruhigt hatte.

Um dann Suzi Julius an einen anderen Ort zu bringen. Oder auch nur eine Leiche auf dem modrigen Boden zurückzulassen.

Keine Zeit, sagte er sich. Abgesehen davon hatte er die gequälten Blicke der Kollegen satt, sobald er das Mädchen auch nur erwähnte.

Er zog seine Waffe aus dem Holster und schlich, eng an die Wand gedrückt, die Treppe hinunter. Von Stufe zu Stufe schien es kälter zu werden. Die Luft roch dumpfig feucht, irgendwie nach Fäulnis und Verwesung.

Kein Laut war zu hören. Unten am Fuß der Treppe knipste er den Schalter an und musste sich bücken, um durch einen niedrigen Wanddurchbruch den dahinter liegenden Raum betreten zu können.

Er wurde hell beleuchtet, und Costa erkannte, dass hier Restaurateure am Werk gewesen sein mussten. Unvorstellbar, dass die Wandgemälde während der vergangenen zweitausend Jahre ihre ursprüngliche Farbkraft behalten hatten. Aber vielleicht handelte es sich gar nicht um alte Bilder. Vielleicht hatte sie jemand aus unbekannten Gründen erst kürzlich gemalt.

Sie haben etwas ausgesprochen Albtraumhaftes, zuckte es Costa beim Betrachten durch den Kopf. Und vielleicht waren sie das wirklich. Verzweifelte Versuche, die Dämonen aus den Köpfen der Menschen zu vertreiben, sie in Darstellungen an einer antiken, heidnischen Wand zu verwandeln.

Jedes der Wandbilder auf leuchtend rotem Hintergrund wurde von einem Mosaikfries aus Delfinen und Seeungeheuern gekrönt. Gemalte Säulen trennten eine Szene von der nächsten. Offenbar sollten sie als Folge gesehen werden, die zusammengenommen eine Geschichte erzählte. Teresa Lupos knappen Informationen zufolge konnte es sich um nichts anderes als eine Einfügung in die dionysischen Geheimnisse handeln.

Rechts neben der Tür schien die Bildergeschichte zu beginnen. Eine männliche Gestalt, möglicherweise der Gott selbst, räkelte sich auf einem goldenen Thron, zu beiden Seiten von gehörnten Satyrn umgeben, die in silberne Wasserschalen starrten. Zu seinen Füßen lag eine junge Frau mit verschleiertem Gesicht. Sie hielt einen phallischen Gegenstand mit einem Pinienzapfen an der Spitze in der Hand: Teresas Thyrsosstab. Die Längswand zeigte drei weitere Darstellungen. Ein nacktes Kind las offenbar aus einer Schriftrolle vor. Drei Tänzerinnen hatten einander an den Händen gefasst und drehten sich mit verzückten Gesichtern um ein steinernes Gefäß. Auf einem Baumstumpf hockte ein altes Weib und beäugte missgünstig eine schöne, junge Frau, die vor einem Spiegel saß und mit ihren Haarsträhnen spielte.

Die Wand gegenüber der Tür wurde von einem einzigen Gemälde eingenommen, auf dem eine junge Frau des Gottes ansichtig wurde. Schwarze Sklaven misshandelten sie mit Peitschen. Im Hintergrund spielten Satyrn auf Lauten. Das Entsetzen auf dem Gesicht der Frau war unübersehbar. Der Gott auf seinem Thron betrachtete sie mit lüsterner Gier.

Costa wandte sich der linken Längswand zu. Auf ihr waren wahre Orgien abgebildet. Die Szenen auf den vier Wandbildern wirkten wie der Fantasie eines römischen Hieronymus Bosch entsprungen. Eine schwangere Mutter säugte ein kleines Kind an einer Brust, eine Ziege an der anderen. Frauen lagen auf dem Rücken und kopulierten mit Pferden oder Löwen. Zwei Mädchen wälzten sich auf dem Boden und kratzen einander die Augen aus.

Das letzte Bild zeigte eine Hinrichtungsszene. Eine Frau wurde mit verbundenen Augen auf den Gott zugeführt. Einer zweiten wurde von hinten die Kehle von einem grinsenden Satyr durchschnitten, der seine Lenden gegen ihre Hüften drückte.

Costa drehte sich um, um die Darstellung neben der Tür zu betrachten. Der Gott saß noch immer auf seinem Thron, aber jetzt war sein Gesicht verdeckt. Durch die Maske mit dem obszön aufgerissenen Mund, die er als Tattoo sowohl bei der toten Eleanor Jamieson als auch bei Suzi Julius gesehen hatte. Aber das waren unzulängliche Imitationen. Die Maske des Gottes zeigte eine blindwütige Gier, die sich durch eine Tätowiernadel nicht einmal annähern wiedergeben ließ.

In gebückter Haltung stand das Mädchen vor ihm, während er von hinten über sie herfiel. Die Finger seiner Hand krallten sich in ihre Brust. Ihr Gesicht war zur Hälfte von einem Schleier verhüllt. Sie hatte den Mund zu qualvollen Schreien geöffnet. Zwischen ihren leicht gespreizten Beinen war sein steifer Penis zu sehen. Mit lüsternen Augen und geifernden Mündern verfolgten Satyrn und Kultanhänger das Geschehen.

Hatte sich Wallis' Stieftochter gegen die Brutalität dieses »Rituals« gewehrt, fragte sich Costa. Vielleicht in einem ähnlichen Raum wie dem hier? Und wenn nicht, wo dann? Teresas Worten zufolge war diese Villa von nebenrangiger Bedeutung. Irgendwo in Rom gab es den Palast der Mysterien, das Zentrum des Kults, einen geheimen, unterirdischen Tempel.

Aber wohin führten diese Überlegungen? Mit Sicherheit war Randolph Kirk nicht der Mann, der mit Suzi Julius auf dem Sozius seines Motorrades vom Campo gerast war. Das war ein junger Mann gewesen, einer, den sie kannte.

Costa versuchte sich auf die Fakten zu konzentrieren. Nichts wies darauf hin, dass auf dem Gelände kürzlich Ausgrabungen vorgenommen worden wären. Und doch hielten sich regelmäßig Leute hier auf. Er bemerkte Zigarettenkippen und weggeworfene Hüllen von Schokoriegeln. Das Gelände unterstand der Universität. Vermutlich wurde es zu archäologischen Studien genutzt.

Nachdenklich lief er durch den Raum und leuchtete mit der Taschenlampe auch in dunkle Ecken.

In der Nähe des Wandgemäldes gegenüber der Tür traf der Lichtkegel auf etwas Buntes. Costa zog einen Plastikbeutel aus der Tasche, bückte sich und hob den Gegenstand auf. Es war ein elastisches Haarband in den Farben Rot, Grün und Gelb, wie es junge Mädchen gern trugen. Aufmerksam sah er sich weiter um, konnte aber nichts entdecken.

Schließlich lief er die Steintreppe wieder hinauf und kehrte in den Bürocontainer zurück. Inzwischen war es spät geworden. Falcone wirkte erschöpft und grübelte düster vor sich hin. Schweigend stand Rachele d'Amato neben ihm.

»Die Spurensicherung kann einen Blick in diesen Kellerraum werfen, sobald sie hier fertig ist«, sagte er, als Costa ihm von seiner Entdeckung erzählt hatte. »Sie sollten sich jedoch keine allzu großen Hoffnungen machen, Nic. Nach sechzehn Jahren dürfte nichts mehr zu finden sein. Abgesehen davon hat unsere geschätzte Pathologin erklärt, dass das Mädchen irgendwo in Rom getötet wurde.«

»Ich weiß.« Er hielt den Plastikbeutel mit dem Haarband hoch. »Aber das hier ist auf keinen Fall sechzehn Jahre alt.«

Neugierig trat Rachele d'Amato näher. »So etwas wird von kleinen Mädchen geschätzt. Möglicherweise finden da unten Führungen statt.«

Nic erinnerte sich an die Wandgemälde. »Ich kann mir nicht vorstellen, dass Kindern der Zutritt gestattet ist.«

Falcone hob eine Braue. »So? Wir leben in einer freizügigen Zeit. Aber hören Sie, es ist schon spät. Falls Sie glauben, das kann uns weiterbringen, suchen Sie die Mutter auf. Allein. Wir leiden unter akutem Personalmangel. Und wenn ihr das Ding bekannt vorkommt, bringen Sie es ins Labor. Vermutlich gibt es davon Millionen. Wir müssen ganz sicher sein, dass es dem verschwundenen Mädchen gehört. Danach gehen Sie nach Hause. Morgen steht uns allen ein anstrengender Tag bevor.«

»Das kann man laut sagen«, seufzte Rachele d'Amato.

Sie tauschten einen Blick aus. Nic Costa fragte sich, ob da etwas zwischen ihnen lief, was unter Umständen das ansonsten exzellente Urteilsvermögen des Inspektors beeinträchtigen könnte.

Dann nahm Falcone ihn beiseite und blickte ihm forschend ins Gesicht. »Wie geht es Ihnen? Sie sehen hundemüde aus. Haben Sie in den letzten Tagen getrunken?«

»Nein«, fauchte Costa. »Sind Sie mein Chef oder mein Aufseher?«

»Beides. Im Moment zumindest.«

Falcones Handy klingelte. Er meldete sich und hörte konzentriert zu. »Warten Sie auf mich.«

Neugierig sah Costa ihn an.

»Wir werden eine Strecke des Weges gemeinsam zurücklegen«, sagte Falcone. »Das war das Team in Fiumicino. Sie sind dabei, die Leiche zu bergen. Sieht so aus, als könnte Crazy Teresa kaum erwarten, ihn in ihre Hände zu bekommen.«

»Kann man ihr das übel nehmen?«, erkundigte sich Rachele d'Amato.

»Ich *kann*«, murmelte Falcone und setzte sich so schnell in Bewegung, dass sie Mühe hatten, ihm zu folgen.

Der Regen hatte aufgehört. Rom kam langsam zur Ruhe. Ein riesiger Mond hing über dem Tiber und spiegelte sich in dem dunklen, glänzenden Wasser des Flusses. Eine frische Kühle hatte die Wärme des Tages vertrieben und erinnerte daran, dass der Winter nur zögernd bereit war, seine Macht abzutreten.

Adele Neri lag allein in ihrem Bett. Ihr Mann sprach noch immer mit seinen finsteren, fast unheimlichen Besuchern. Ihre Stimmen drangen unter der geschlossenen Tür hindurch, störten ihre höchst privaten Überlegungen. Mickey war weder aufgetaucht noch hatte er angerufen. Das war zwar ungewöhnlich, erstaunte sie aber nicht. In letzter Zeit benahm er sich unberechenbarer als sonst. Zum Teil lag das an den Drogen, die er ohne das Wissen seines Vaters nahm. Zum Teil an seiner Furcht, sein Vater könnte von seinen kleinen Nebengeschäften erfahren. Vor allem aber lag es an seiner plötzlichen und glühenden Leidenschaft für seine Stiefmutter, gegen die Adele absolut nichts einzuwenden hatte. Es gefiel ihr, wie sie ihn in der Hand hatte und mit ein paar kleinen Tricks fast um den Verstand bringen konnte. Natürlich besaß Adele auch Macht über Emilio, aber die hatte sich stets in gewissen Grenzen gehalten. Und jetzt stand selbst das auf dem Spiel. Emilio spürte sein Alter und erkannte, dass es bald zu Veränderungen kommen würde.

Mickey war anders. Er würde alles für sie tun. Wirklich alles. Und er war jung. Er rammelte nicht hastig wie ein Karnickelbock, um sich dann abrupt auf die Seite zu drehen und schnarchend einzuschlafen. Von Mickey bekam sie etwas zurück. Wenn sie jedoch genauer darüber nachdachte, musste Adele Neri sich eingestehen, dass sie das nicht mehr ganz so begehrenswert fand wie früher. Die Erfüllung physischer Lust war nicht alles. Mit den Jahren kam die Erkenntnis, dass es im Leben andere, erstrebenswertere Ziele gab: Macht, Kontrolle, Sicherheit. Die Fähigkeit, das eigene Schicksal zu bestimmen und zu gestalten.

Mickey war nicht der Einzige, den sie in ihren Bann gezogen hatte. Manchmal wunderte sie sich, wie lange sie mit ihren heimlichen Liebhabern ungestraft davonkommen konnte. Natürlich hatte sie sich stets bemüht, bei ihren Affären äußerst vorsichtig und diskret vorzugehen. Aber Emilio Neri war ein neugieriger und rachsüchtiger Mann. Und neuerdings hatte er einen Blick in den Augen, der ihr gar nicht gefiel. Eines Tages würde er dahinter kommen, und dann gnade ihr Gott. Ein Leben, wie sie es führte, hatte seine Zwangsläufigkeiten: nach einer Phase rauschhafter Verliebtheit die Zeit befriedigender Erfüllung und schließlich das Ende – Langeweile, Überdruss, die Katastrophe. Es sei denn, man traf rechtzeitig Vorkehrungen. Es sei denn, man wurde aktiv, bevor der Moment kam. Emilio wurde träge. Er verlor seinen Biss. Es ist an der Zeit, die Nachfolge ins Auge zu fassen, dachte Adele, bevor die Uhr abläuft und das Imperium zu Staub zerfällt.

Nic Costa parkte das Auto vor dem Koloss des antiken römischen Theaters, lief zum Apartment hinauf und klingelte.

»Ja?« Ihre Stimme klang ebenso erwartungsvoll wie ängstlich.

»Ich werde Sie nicht lange stören. Aber ich muss etwas überprüfen. Tut mir Leid.«

»Sie brauchen sich nicht zu entschuldigen«, sagte sie leise und trat zur Seite.

Miranda Julius führte ihn ins Wohnzimmer, in dem das gedämpfte Geräusch des Verkehrs auf dem Lungotevere zu hören war. Sie trug einen roten Morgenrock über einem weißen Baumwollschlafanzug. Ihre Haare waren feucht, offenbar hatte sie gerade geduscht. Sie wirkte irgendwie jünger. Vielleicht lag das an ihren Augen. Sie schienen größer zu sein als in seiner Erinnerung und strahlten in einem klaren, intensiven Blau. Die Angst verlieh ihrem Gesicht eine nervöse, zerbrechliche Schönheit.

»Es gibt nichts Neues, oder?«

»Nein. Leider.«

Sie seufzte. »Möchten Sie vielleicht etwas trinken? Oder ist das gegen die Regeln?«

Ihre Finger umklammerten ein Glas Rotwein. Nic Costa dachte daran, wie oft er nach dem Tod seines Vaters Zuflucht in einer Flasche gesucht hatte, und den Kampf, der mit dem Versuch verbunden war, sich davon zu befreien. Das Verlangen blieb.

»Ein kleines Glas vielleicht«, sagte er. Sie lief in die Küche und kehrte mit einer Flasche Barolo zurück.

»Das brauche ich heute. Ich kann nicht schlafen. Immer wieder frage ich mich … Hat sie denn *niemand* gesehen?«

Costa kannte Mütter in ähnlichen Situationen. Manche brachen zusammen. Manche zogen sich in sich selbst zurück. Miranda Julius war anders. Sie schien fest entschlossen, sich vom Verschwinden ihrer Tochter nicht überwältigen zu lassen. Nic Costa hoffte, dass es ihr gelang.

»Nein«, antwortete er. »Aber es ist noch nicht viel Zeit vergangen. Noch können wir davon ausgehen, dass sie nur ausgerissen ist. Sie würden nicht glauben, wie oft das passiert.«

Miranda Julius hob ihr Glas. »Danke. Vielen Dank für den Versuch.«

Dann goss sie ihm Wein ein, aber so unsicher, dass ein paar Tropfen auf seinem Sakko landeten.

»Entschuldigung.« Hastig betupfte sie die Flecken mit einem Papiertaschentuch. »Ich hatte schon ein paar Gläser. Es hilft.«

»Nichts passiert.«

Costa probierte den Wein. Er schmeckte großartig: reich und voller Geschmacksnuancen.

»Es ist nur eine vage Vermutung, aber ich muss Sie das fragen.« Er zog den Plastikbeutel aus der Tasche. »Kommt Ihnen das bekannt vor? Benutzt Suzi derartige Bänder?«

Sie musterte das bunte Haarband. »Ja … Ja, ich glaube schon. Aber so etwas ist nicht gerade selten.«

»Ich weiß. Ist Suzis Band noch da?«

Er folgte Miranda Julius ins Zimmer ihrer Tochter, wo

sie in Schränken und Kommoden kramten. Wieder fiel Costa auf, wie sauber und ordentlich der Raum war. In einer Schublade des Nachttischs lag eine Hand voll Haarbänder, doch die sahen ganz anders aus.

»Wo haben Sie es gefunden?«, wollte Miranda Julius wissen.

»Das Band könnte buchstäblich jeder gehören. Ich werde es im Labor untersuchen lassen. Aber dazu brauchen wir Haare von Ihrer Tochter. Vielleicht aus einer Bürste, einem Kamm?«

Auf der Frisierkommode lagen zwei Haarbürsten. Costa griff nach der größeren und zupfte ein paar Haarsträhnen heraus. Sie waren goldblond, einen Ton heller als die Haare der Mutter.

Ungeduldig sahen die blauen Augen ihn an. »*Wo?*«

»Am Nachmittag wurde in der Nähe des Flughafens in Fiumicino ein Mann erschossen. Ein Universitätsprofessor, der dort mit Ausgrabungen beschäftigt war. Möglicherweise stand er mit einem Kult in Verbindung. Es gibt da eine antike Villa, die für zeremonielle Rituale genutzt wurde. Vielleicht sogar in jüngerer Zeit.«

»Ermordet?«

»Die Motive sind uns noch unbekannt. Ich bezweifle, dass überhaupt eine Verbindung besteht. Es deutet nichts darauf hin, dass sich Ihre Tochter dort aufgehalten haben könnte. Aber natürlich werden wir das Haarband untersuchen.«

»Diese Rituale …« Ihre Finger packten das Weinglas fester, ihre Schultern sackten herab. »Was beinhalten sie? Kamen dabei vielleicht Menschen zu Schaden?«

»Wir haben nicht die geringsten Hinweise darauf, dass Suzi etwas zugestoßen sein könnte«, erklärte er bestimmt.

»Aber Sie wissen etwas, was Sie mir vorenthalten. Diese Rituale fanden häufiger statt, oder? Und dabei ist jemand gestorben?«

»Vor sechzehn Jahren. Das ist sehr lange her.«

Die blauen Augen starrten ihn unentwegt an. »Wer war das Opfer?«

»Das kann ich Ihnen leider nicht sagen. Aber es braucht Sie nicht zu beunruhigen. Allem Anschein nach gibt es keinerlei Zusammenhang mit dem Verschwinden Ihrer Tochter.«

Er sah, dass sie ihm nicht glaubte. Miranda Julius ging ins Wohnzimmer und goss sich mit zitternden Händen Wein nach. Nic Costa stellte sein Glas ab und ging zu ihr, legte ihr sanft die Hände auf die Schultern. »Ich kann in der Questura anrufen, damit eine Polizistin Ihnen Gesellschaft leistet, Signora Julius. Sie brauchen nicht allein zu bleiben.«

Sie schien nachzudenken. So konzentriert, als versuchte sie, sich an etwas Wichtiges zu erinnern. Plötzlich erkannte Costa, dass er sich von dieser ungewöhnlichen Frau angezogen fühlte.

»Wissen Sie, was das Problem mit Kindern ist?«, fragte sie. »Sie machen einen verrückt, sie bringen einen aber auch zur Vernunft. Ich habe Jahre gebraucht, um herauszufinden, weshalb ich mich von Suzi fern hielt. Hätte ich mit ihr zusammengelebt, hätte sie mich gezwungen, Verantwortung zu übernehmen, ein anderer Mensch zu sein, als ich bin. Also habe ich sie woanders in sicherer Obhut aufwachsen lassen und bin durch die Welt gezogen.«

»Was ist anders geworden?«, fragte er.

»Wie kommen Sie darauf, dass sich etwas verändert hat?«

»Sie sind mit Ihrer Tochter nach Rom gekommen. Ihren Worten zufolge wäre das vor einiger Zeit doch undenkbar gewesen.«

Sein Einfühlungsvermögen schien ihr zu gefallen. Costa ließ seine Hände sinken. Ihm kamen Gedanken, die ihm gar nicht gefielen.

»Ich wollte endlich das Richtige tun«, sagte sie. »Irgendwie bekam ich plötzlich Angst, sie ganz aus den Augen zu verlieren. Einen Teil von mir zu – vergessen.«

Sie trank ihr Glas mit einem Schluck leer und füllte ihre Gläser neu.

»Das hatte sie nicht verdient. Also habe ich die Flugtickets gekauft und das Apartment hier gemietet. Es war eine ganz spontane Entscheidung. Ich hielt es für eine gute Idee, endlich mal etwas gemeinsam zu unternehmen.«

»Warum gerade jetzt?«

Die Frage schien ihr unbehaglich zu sein, schmerzlich. Costa war sich nicht sicher, warum er es wissen wollte.

»Vermutlich, weil ich mich einsam fühlte. In meinem Leben gab es eine Leere, und auf meine egoistische Art glaubte ich, es wäre an der Zeit, die mit Familie zu füllen.«

Nachdenklich neigte sie den Kopf zur Seite. »Vor einem Jahr war ich wieder einmal im Nahen Osten und sah zu, wie sich die Leute gegenseitig umbrachten. Damals hatte ich einen Freund, einen französischen Reporter. Er brachte mich zum Lachen. Mehr nicht. Aber das war alles, was ich brauchte. Eines Tages stieg er in einen Jeep und ...«

Sie stellte das Weinglas ab, trat nahe an ihn heran und blickte ihm kopfschüttelnd in die Augen. »Ein Autounfall. Ist das zu fassen? Jahrelang sind wir beide jedem Kugelhagel und allen Landminen entkommen. Aber dann fährt er eine Straße entlang und irgendein Idiot biegt statt links rechts ab. Er war sofort tot.«

»Das tut mir Leid.«

»Warum?«, fragte sie knapp. »Sie haben ihn ebenso wenig gekannt, wie Sie mich kennen.«

Ihr Atem roch nach Wein, ihre Haut nach einem teuren Parfüm.

»Und ich habe ihn gar nicht geliebt. Er war mir sympathisch, ich respektierte ihn. Vor dem Unfall hatte ich mir sogar vorgenommen, mich von ihm zu trennen. Man sollte meinen, das würde es leichter machen. Aber das stimmt nicht. Es macht es noch schlimmer.«

Miranda Julius streckte einen Arm aus und drückte ihre gespreizten Finger gegen seine Brust. Costa wich einen Schritt zurück und hob beide Hände. »Sie sind aufgeregt, Signora Julius. Lassen Sie mich eine Polizistin anrufen. Damit sie sich um Sie kümmert.«

»Ich will keine Polizistin.« Ihre Stimme klang schleppend, undeutlich, aber das lag vermutlich mehr an ihrer Erschöpfung als am Wein.

»Entschuldigung, aber das ist so eine Gewohnheit von mir«, flüsterte sie. »Wenn es ganz schlimm kommt, wenn ich verzweifelt bin, schlafe ich mit fremden Männern. Und wissen Sie was?«

Er brachte kein Wort über die Lippen. In seinem Kopf überschlugen sich Gedanken, Vorstellungen, Fantasien.

»Manchmal hilft es. Manchmal ist es das Beste, was man tun kann.«

Sanft umschlang sie ihn mit den Armen und lehnte ihren Kopf an seine Brust. Nic Costa spürte ihre weichen, warmen Lippen an seinem Hals.

»Ich möchte heute Nacht nicht allein sein. Bitte. Sie brauchen mich einfach nur in den Armen zu halten. Aber lassen Sie mich nicht allein. Bitte …«

Seufzend entzog sich Nic Costa ihrer Umarmung. »Ich muss gehen. Morgen Vormittag rufe ich Sie an. Es wird alles gut. Das verspreche ich Ihnen.«

Die Hoffnungslosigkeit in ihrem Blick war nicht zu übersehen.

»Natürlich«, sagte sie, und er konnte nicht einmal ahnen, was sie dachte.

Draußen war es kalt. Hinter dem feinen Nieselregen leuchtete der Mond wie hinter einem Schleier. Costa lief zu seinem Auto und dachte darüber nach, wie schwer es ihm gefallen war, Miranda Julius zu verlassen.

Die grellen Lampen des Krans rissen Teresa Lupo aus dem Schlaf. Die Last an der Auslegerkette schwankte hin und her, als wollte sie sie verspotten. Gähnend blickte die Pathologin auf ihre Armbanduhr. Es war kurz vor Mitternacht. Der Tag schien kein Ende nehmen zu wollen. Jeder Muskel ihres Körpers schmerzte. Sie war hundemüde. Aber zum ersten Mal hatte jemand versucht sie zu töten. Sie musste dem Mann unbedingt in die toten Augen blicken, um sich wieder sicher fühlen zu können.

Sie dachte an das Telefongespräch mit Falcone, eine knappe Stunde bevor sie eingedöst war. Nach ihrer kurzen Schilderung der Vorgänge in Randolph Kirks Büro hatte er sie kaum eines Wortes gewürdigt. Wenn das ihre einzige Strafe blieb, konnte sie von Glück reden. Teresa Lupo hatte sich bereits oft genug über Bestimmungen hinweggesetzt. Aber wenn es sie weiterbrachte, wenn Suzi Julius gefunden wurde, wenn das Rätsel von Eleanor Jamiesons Tod gelöst werden konnte, wäre ihre neuerliche Eigenmächtigkeit vermutlich vergeben und vergessen.

Rachele d'Amato hockte allein in ihrem Auto. Das durch die zusätzlichen Aufgaben in Kirks Büro reduzierte Pathologieteam verrichtete zügig, aber wortlos seine Arbeit. Drei staatliche Behörden waren vor Ort: die Polizei, die Rechtsmedizin und die DIA. Aber keiner sprach viel mit dem anderen. Private Animositäten, gekränkte Gefühle und zerbrochene Beziehungen blieben nicht ohne Auswirkungen auf die Professionalität. Daran hatte sie genauso viel Schuld wie alle anderen.

»Was soll's«, flüsterte sie halblaut. »Wenn wir auch nur eine Kleinigkeit über das Mädchen in Erfahrung bringen, sind wir besser dran als vorher.«

Falcone kam mit Peroni herangeschlendert. Rachele d'Amato verließ ihren Wagen und ging ihnen entgegen. Alle drei sahen todmüde aus. »Die Leiche ist geborgen«, knurrte der Inspektor. »Ich schätze, Sie wollen sie sehen.«

»Aber sicher.« Sie hatte Stunden darauf warten müssen, dass der Tote aus dem Tunnelschacht heraufgeholt wurde.

Andere Maschinen mussten eingesetzt werden, längere Kabel waren vonnöten. Immer neue Männer mit weißen Schutzhelmen verschwanden in der Tiefe. Es war kein Tatort, es war eine Baustelle.

Aber jetzt lag die Leiche neben dem Schacht auf dem ebenen Boden. Und Teresa Lupo war nicht mehr ganz so erpicht darauf, ihr ins Gesicht zu sehen. Das Bild des schwarzen Rieseninsekts würde ihr noch lange im Gedächtnis bleiben.

»Was soll ich tun?«, fragte die Pathologin, als sie auf die kleine Gruppe neben der Leiche zugingen.

»Beginnen wir mit einer Identifizierung«, antwortete Falcone.

»Ich werde ihm den Helm abnehmen und seine Taschen durchsuchen. Was ist mit dem Motorrad?«

»Das habe ich mir bereits angesehen«, erklärte Peroni. »Das Nummernschild fehlt, aber anhand des Codes am Rahmen konnten wir es identifizieren. Es wurde vor drei Wochen in Turin gestohlen. Dort verschwinden neuerdings jede Menge schwerer Maschinen. Die Kollegen befürchten eine organisierte Bande.«

»Stimmt«, mischte sich Rachele d'Amato ein. »Uns ist bekannt, dass die Turiner Mafia die Motorräder nach Rom schafft. Offenbar hat Neri da seine Hände im Spiel. Er ist nicht der Einzige. Aber …«

»Später«, schnitt Falcone ihr das Wort ab.

Inzwischen standen sie vor der Leiche, die wie eine zerbrochene Puppe auf der Trage lag. Der linke Arm war fast aus dem Gelenk gerissen. Teresa Lupo bat darum, dass die Lampen des Krans ausgeschaltet wurden, da das grelle Licht sie blendete. Die mitgebrachten Taschenlampen reichten ihr vollauf.

»Er ist kleiner als in meiner Erinnerung«, stellte sie fest. Aber vielleicht ist das immer so, schoss es ihr durch den Kopf. Bei ihrer Arbeit bekam sie Menschen erst als Tote zu

Gesicht und wusste nicht, wie sie zu Lebzeiten ausgesehen hatten.

Seufzend warf Falcone einen Blick auf seine Armbanduhr.

»Geduld«, murmelte Teresa Lupo, ging neben dem Toten in die Hocke und fragte sich, ob sie auch ihm den sonst üblichen Respekt entgegenbringen konnte.

Vermutlich war der Motorradfahrer beim Zusammenprall mit der Schachtwand gestorben, bevor sein zerschmetterter Körper mit dem Motorrad in die Tiefe stürzte. Sein Genick war gebrochen. Trotz vieler Sprünge hatte der Helm den Aufschlag überstanden. Das getönte Visier war zerkratzt und voller Sand.

»Armer Kerl«, wisperte sie automatisch und nestelte an den Verschlussspangen. Normalerweise würde sie Falcone jetzt fortschicken. Ihm sagen, dass sie es unzumutbar fand, den Helm hier an Ort und Stelle zu entfernen, bei Eiseskälte und kurz vor Mitternacht. Er müsse sich eben gedulden, bis sie in der Pathologie waren, wo ihr die geeigneten Instrumente zur Verfügung standen. Aber er wollte nicht warten und sie auch nicht. Und der Mann war tot. Ihm konnte gleich sein, wann was geschah.

Teresa Lupo bat einen der Assistenten, ihr eine Instrumententasche zu bringen, entnahm ihr ein Skalpell und durchtrennte die Riemen. Sie packte den Schutzhelm mit beiden Händen und versuchte zu ziehen. Irgendetwas schien zu klemmen. Die Pathologin veränderte den Druck ihrer Finger auf den gesprungenen Plastikhelm. Langsam ließ sich der Helm vom Kopf des Toten zerren.

Blutverschmierte blonde Haare quollen unter ihm hervor.

Fluchend wandte Peroni ihnen den Rücken zu. Lange Zeit sagte niemand ein Wort.

Vor ihnen und im Schein der tragbaren Scheinwerfer lag Barbara Martelli, die Verkehrspolizistin, von der die meisten Männer in der Questura irgendwann einmal geträumt hatten. Goldblonde, blutverkrustete Locken fielen in ihr verzerrtes Gesicht. Ihre Augen standen halb offen und die Zähne hinter den vollen, jetzt totenblassen Lippen waren fleckig von geronnenem Blut.

»Großer Gott«, schrie Peroni. »Um Himmels willen!«

Teresa Lupo streckte die Hände aus und zog den Reißverschluss auf. Unter der Lederjacke trug Barbara Martelli ihr Uniformhemd. Auf der Brust hatte sich ein dunkler, feuchter Fleck ausgebreitet. Teresa Lupo erinnerte sich gut an die Frau. Sie war anders als der Rest der Verkehrspolizistinnen. Manchmal hatte sie beobachtet, wie ihr in der Questura die Blicke aller männlichen Kollegen folgten – sowie die Blicke nicht weniger Frauen – und sich gefragt, wie viel Aufwand nötig war, um jede Sekunde des Tages so unglaublich perfekt auszusehen wie Barbara Martelli. Jetzt schämte sie sich ihrer kleinlichen Neidgefühle. Und stellte sich Fragen, auf die sie keine Antwort fand. Warum hatte ausgerechnet Barbara Martinelli Randolph Kirk ins Jenseits befördert? Und sich dann spontan entschlossen, die Pathologin gleich mit zu erledigen? Oder war das ein Auftrag? Von wem? Es kam Teresa Lupo vor, als würde die Zeit rückwärts laufen: Von Minute zu Minute wussten sie weniger, wurde alles undurchsichtiger und rätselhafter.

»Wenn ich die Wahl gehabt hätte, hätte ich doch lieber weggeguckt«, murmelte sie leise vor sich hin.

Dann entdeckte sie plötzlich etwas und überlegte fieberhaft, ob sich der Nebel lichtete oder nun völlig undurchdringlich wurde.

Eine Hand auf ihrer Schulter riss sie aus ihren Gedanken. Sie drehte sich um und starrte in Falcones finsteres Gesicht.

»Vielen Dank, Dottoressa«, sagte er.

»Nicht der Rede wert.«

»Sie haben mich falsch verstanden. Ich meinte: Danke, dass wir es nun auch noch mit einer toten Polizistin zu tun haben.«

»Wie bitte?«

Abrupt machte Falcone kehrt und marschierte davon. Sie konnte nicht glauben, was sie gerade gehört hatte. Selbst Peroni wirkte peinlich berührt.

»Einen Moment!«, schrie Teresa Lupo.

Er drehte sich um, und Teresa Lupo erinnerte sich an einen Trick, den sie beim Frauen-Rugby gelernt hatte, bevor man sie wegen zu vieler Fouls aus der Mannschaft warf.

Sie raste dem Inspektor nach, stellte ihm ein Bein, packte ihn am Jackenärmel und schleuderte ihn kurzerhand zu Boden. Fluchend schüttelte Peroni den Kopf. Rachele d'Amato schien der Schock die Sprache verschlagen zu haben. An die Reaktion ihres Teams wagte Teresa nicht einmal zu denken. Vermutlich schlugen sie entsetzt die Hände über den Köpfen zusammen.

»Tut mir Leid, aber es muss sein.« Grob zerrte sie Falcone zu Barbara Martelli zurück. Dort ließ sie ihn los und zeigte mit ausgestrecktem Finger auf die Schulter der Leiche.

»Sehen Sie das?«, zischte sie ihn an und drückte seinen Kopf näher an die zerfetzte Schulter heran. »Sehen Sie *das da*?«

Schwer atmend versuchte der Inspektor, ein wenig von seiner Würde zurückzugewinnen.

»Ja«, sagte er, und sie glaubte, seiner knappen Antwort einen Hauch von Zugeständnis entnehmen zu können. Vielleicht sogar so etwas wie eine Entschuldigung.

Das Tattoo war nur klein, aber eindeutig. Ein grinsendes, von schlangenähnlichen Haaren umgebenes Gesicht mit wulstigen, weit aufgerissenen Lippen.

»Na bitte, geht doch«, sagte Teresa Lupo leise zu sich selbst und wies ihre Männer an, die Leiche in die Gerichtsmedizin zu bringen.

Venerdi

Der Frühling kam mit Macht. Emilio Neri hatte Heizstrahler auf der Terrasse anbringen lassen. Es war gerade einmal acht Uhr, aber die Strahler sorgten für genügend Wärme, dass erstmals im Jahr ein Frühstück im Freien möglich war. Im Haus hatte sich einiges geändert. Die Dienstboten waren fort. Neri fühlte sich ohne sie wohler, außerdem brauchte er Platz für seine Männer. Einer von ihnen war zum Campo gefahren, um frisches Gebäck und Obst zu holen. Neri verspürte nicht die geringste Lust, sich vom Fleck zu rühren. Jedenfalls nicht, bevor er die Situation gründlich überdacht hatte. Es gab es noch einen weiteren Grund, sich auf der Terrasse hoch über der Via Giulia zu unterhalten: Der Abschaum von der DIA schreckte vor nichts zurück, um ihn zur Strecke zu bringen. Manchmal hatte er den Verdacht, dass sie das Haus verwanzt haben könnten, um jedes seiner Worte zu belauschen. Möglicherweise litt er auf seine alten Tage auch an Verfolgungswahn. So oder so: Ihm war behaglicher hier draußen unter der Frühlingssonne, mit dem leisen Verkehrsrauschen auf dem Lungotevere im Hintergrund und von niemandem beobachtet.

Doch unter Umständen täuschte er sich da. Man könnte aus Hubschraubern Kameras auf ihn gerichtet halten. Das war nun einmal der Lauf der modernen Welt. Sie spähten ungeniert die Intimsphäre aus, schnüffelten überall herum und stellten dumme Fragen. Und ganz nebenbei ging auch noch sein Familienleben zum Teufel, was offenbar niemanden kümmerte.

Adele und Mickey saßen ihm gegenüber und wirkten heute noch feindseliger als sonst. Ihre Show – das kam ihm passend vor – schien kein Ende nehmen zu wollen. Kurz vor Mitternacht war sein Sohn höchst übel gelaunt und wortkarg nach Hause gekommen. Vielleicht hatte ihn eine seiner Schlampen versetzt. Neri hatte keine Ahnung. Es war ihm auch egal. Nichts könnte ihm Moment ferner sein als die Frage, ob der Junge ein befriedigendes Sexualleben hatte oder nicht.

Im Untergeschoss des Hauses warteten sechs gut ausgerüstete Männer auf den möglicherweise entscheidenden Moment. Darüber hinaus hatte Neri mit ein paar alten *compari* gesprochen, Leuten, die ihm durchaus verpflichtet waren. Er hatte sie einzeln in sein Büro zitiert, in ihren Augen nach Anzeichen von Illoyalität gesucht, aber keine entdeckt, und sie dann aufgefordert, sich in den nächsten Tagen zu seiner Verfügung zu halten. Es waren Männer, die ausnahmslos Gründe hatten, ihm dankbar zu sein. Sie wussten sehr genau, dass einige Schulden längst nicht bezahlt waren. Wenn es zu einem Krieg kam, würde Neri jeden Mann brauchen, den er bekommen konnte. Als römischer Boss verfügte er nicht über die straffen, militaristischen Strukturen, wie die Sizilianer sie so liebten. Er hatte weder *consigliere,* die er um Rat fragen oder mit anderen Mafiabanden Kompromisse aushandeln lassen konnte, noch *capi,* die ihm die Führung der Fußtruppen abnahmen. Es gab nur Bruno Bucci, der zwar eine Art Unterboss war, aber kaum jemals eigene Verantwortung übernahm.

Immer schon hatte Neri die Dinge am liebsten selbst erledigt. In der Vergangenheit war das auch gut und schön gewesen. Doch jetzt, je mehr er darüber nachdachte, machte ihn sein Bedürfnis nach absoluter Kontrolle gewissermaßen schutzlos. Nichts ließ sich einfach delegieren. Dafür fehlten die geeigneten Leute. Seit mehr als zwei Jahrzehnten hatte

Rom keinen großen Bandenkrieg mehr gesehen. Weil man davon ausging, dass sich die Zeiten änderten, dass die Leute sich *zivilisierter* benahmen. Sie waren einem Irrtum aufgesessen, Neri eingeschlossen. Menschen änderten sich nicht. Sie tauchten nur eine Zeit lang unter. Jetzt musste er sich umstellen – und zwar schnell.

Mit einem Tablett voller Gebäck, Saft und Kaffee kam Bucci die Metalltreppe zur Terrasse herauf. Adele beobachtete schweigend, wie er alles auf den Tisch stellte und Neri respektvoll zunickte. »Kann mir vielleicht jemand sagen, was hier eigentlich vorgeht?«, fragte sie, als er verschwunden war. »Ein Gorilla serviert uns das Frühstück. Unten hocken ein halbes Dutzend Schwerbewaffnete herum. Warum muss ich mein Haus mit Zombies in schwarzen Anzügen teilen, bevor ich mir überhaupt etwas Richtiges angezogen habe?«

Darüber würde Neri ein paar ernste Worte mit ihr reden müssen. Adele lief herum, als hätte sich nichts geändert. Sie saß neben Mickey unter einem Strahler und trug ein neues Seidenoutfit, das aussah wie pures Gold. Mit nichts darunter. Sie hatte das Ding nicht einmal ordentlich zugeknöpft. Emilio Neri wollte nicht, dass sich seine Frau so offenherzig zeigte. Er war sich sicher, dass die Männer in ihrer Gegenwart auf Ideen kamen, und wunderte sich wieder einmal, dass Mickey sie kaum eines Blickes würdigte.

»Du könntest dich vielleicht ein bisschen früher anziehen«, sagte er, trank einen Schluck Kaffee und versuchte nachzudenken.

Statt ihm zu antworten, schoss sie nur einen eiskalten Blick auf Mickey ab. »Mit deinem späten Nachhausekommen hast du mich geweckt. Findest du denn keine Nutten, die zu normalen Zeiten arbeiten?«

Grinsend wandte ihr Mickey das Gesicht unter den blond gefärbten Haaren zu. »Was meinst du mit Nutten? Ich hatte zu tun. Es hat Stunden gedauert, die ganzen Schulden einzutreiben. Ich habe gearbeitet. Im Gegensatz zu dir.«

Neri wusste, dass sein Sohn log. Mickey dachte nur mit seinem Schwanz. Schon immer. Irgendetwas führte er im Schilde, vermutlich ein kleines Nebengeschäft. Das sah Neri ihm an. »Und was war mit deinem Handy? Wir haben neuerdings in dieser Familie eine Menge Probleme mit Telefonen.«

Sein Sohn zuckte mit den Schultern. Er wirkte ein bisschen sonderbar. Ein feiner Schweißfilm lag auf seiner Stirn, sein Blick hatte etwas Nervöses. »Hat schlappgemacht. Ich lasse es reparieren.«

»Tu das«, schnarrte sein Vater. »Ich habe wirklich zu viel um die Ohren, um mich auch noch um euch beide zu sorgen.«

Der alte Mann überlegte, wie er beginnen sollte. Wie viel er ihnen sagen konnte. Adele musste unbedingt eingeweiht werden. Mickey hielt es wahrscheinlich für selbstverständlich.

»Wir müssen uns vorsehen«, sagte er. »Unter Umständen, nur unter gewissen Umständen, könnte es Ärger geben.«

»Von wem? Von den Sizilianern?«, erkundigte sich Adele, und Neri wunderte sich, dass die Frage von ihr kam und nicht von Mickey.

Ungeduldig wedelte Neri mit der Hand. »Nein. Es besteht kein Anlass, uns in dieser Richtung Sorgen zu machen. Wir kennen uns gut und wissen, was wir voneinander zu halten haben. Glaubst du denn, ich wäre ohne Grund vor diesen Bauerntrampeln herumgekrochen? Nein, nein, solange wir sie hin und wieder ein wenig Blut lecken lassen, haben wir von denen nichts zu befürchten.«

»Von wem dann?«, wollte sie wissen, und Neri konnte seinen Blick nicht von ihr abwenden. Sie hielt ein Croissant in ihrer schmalen, dünnen Hand und versuchte nicht einmal ansatzweise, ihr Gähnen zu verbergen. Er wurde den Eindruck nicht los, dass das Thema sie gründlich langweilte.

»Als der Junge noch ein Teenager war, gab es ein kleines Problem«, begann Neri. »Mit ein paar Amerikanern.«

Mickey holte tief Luft. »Das ist doch längst vorbei und vergessen.«

Schmallippig lächelte Neri seinen Sohn an. »Vielleicht gibt es jemanden, der das anders sieht. Vielleicht ist jemand der Ansicht, wir wären dafür verantwortlich.«

»Und sind wir es?« Mit großen, unschuldigen Augen sah Adele ihn an. Unter den gegebenen Umständen ist das wahrscheinlich die verhängnisvollste Frage, fand Neri.

»Das menschliche Gedächtnis reicht nicht weit«, entgegnete er. »Erinnerst du dich noch, was du vor sechzehn Jahren getan hast?«

»Aber sicher. Ich hab gelernt zu bumsen. Das kam mir höchst nützlich vor.«

»Nun ja, aber nicht alles spielt sich unterhalb der Taille ab«, fauchte Neri. Jedenfalls nicht immer, fügte er unhörbar hinzu. »Wichtig ist, dass wir Vorsicht walten lassen. Hier im Haus sind wir sicher. Ich will, dass ihr beide hier bleibt, wo ich euch im Auge behalten kann.«

Adele warf Mickey einen zutiefst verächtlichen Blick zu. »Willst du mich etwa mit ihm einschließen? Wie eine Gefangene?«

Nachdenklich musterte Neri die beiden. »Betrachte es meinetwegen als Therapie. Als eine Art Entwöhnung vom Shoppen.«

»Manchmal könnte ich mich vor Lachen echt ausschütten«, murmelte Adele.

Mickey gluckste unterdrückt. Der Junge sah wirklich ein bisschen merkwürdig aus. Mit seinem roten Gesicht. Vielleicht nimmt er wieder Drogen, dachte Neri. Das hätte mir gerade noch gefehlt.

»Glaub mir, ich auch«, knurrte Emilio Neri, stand auf und verließ die Terrasse, um mit seinen Männern zu reden. Seine Familie stürzte ihn immer häufiger in tiefe Depressionen.

Adele sah ihm nach. Verzückt schloss ihr Stiefsohn die Augen. Es war ein wundervoller Morgen. Am klarblauen

Himmel kreischten ein paar Möwen. Irgendwo über ihnen knatterte ein Hubschrauber, beobachtete vielleicht die Vorgänge unten. Adeles Finger hatten ihn fest im Griff. Sie strichen und streichelten unentwegt weiter, wie schon während der kleinen Rede seines Vaters. Stramm und bettelnd ragte sein Penis in ihrer Hand auf.

Ein Finger löste sich tastend von den anderen, fuhr federleicht über die samtweiche Kuppel. Adele senkte den Kopf und tauchte unter das Tischtuch. Er spürte, wie ihre roten Haare seine Hand berührten. Ihre Lippen schlossen sich um sein steifes Glied, ihre Zunge vollführte wundervolle, atemberaubende Bewegungen.

Mickey stöhnte unterdrückt, keuchte, schrie. Er schloss die Augen. Als er sie öffnete, saß Adele wieder aufrecht und betupfte sich mit einer Serviette die Mundwinkel.

»Hat sie das gestern auch mit dir gemacht, Mickey?«, fragte Adele. »Deine Hure meine ich.«

»Hast du vorhin nicht zugehört?«, fragte Mickey zurück. »Ich habe gearbeitet.«

»Hoffentlich stimmt das auch.« Sie sah ihn fast kalt an. In den letzten Tagen ist sie irgendwie verändert, dachte er. Sie hat etwas vor, will mehr als bumsen.

»Du hast mitbekommen, was er vorhin zu uns gesagt hat?«, fragte sie.

»Es ist nicht leicht, seinem Vater die nötige Aufmerksamkeit entgegenzubringen, wenn einem die Stiefmutter unter dem Tisch einen runterholt.«

»Vielleicht sollte ich damit aufhören. Rechtzeitig, bevor er dahinter kommt.«

Er kniff die Augen zu. Die Vorstellung schien ihm gar nicht zu gefallen.

»Oder vielleicht sollte ich ihm sagen, dass du mich dazu gebracht – geradezu gezwungen hast. Ich könnte mich ihm zu Füßen werfen und um Gnade flehen. Er würde mir mit Sicherheit verzeihen.«

Mickey Neri zuckte zusammen. »Mit so was m… macht m… an keine Witze, Adele.« Er stotterte wie häufig unter Stress.

Ihre Hand legte sich um seinen Arm, ihre Finger bohrten sich in sein Fleisch. »Wir dürfen uns nichts vormachen, Mickey. Dein Vater wird alt. Sein Verstand lässt nach. Er weiß nicht mehr, was er tut. Und die Sizilianer … Kennst du diese Leute?«

»Sie sind unsere Freunde«, erklärte er im Brustton der Überzeugung.

»Sie sind Geschäftspartner. Sobald sie ihn für zu alt oder unzuverlässig halten, werden sie eingreifen und die Dinge hier einem anderen übergeben. Und du endest als Leiche in einem Straßengraben, während ich irgendeinen reichen Mistkerl befummle, weil der ihn sonst nicht mehr hochkriegt.«

»Was willst du damit sagen?« Langsam bekam er es mit der Angst zu tun. Mickey mochte Adele. Vielleicht liebte er sie sogar. Im Frühling geschahen seltsame Dinge.

»Dass wir …« Sie verstummte, dachte nach. »Wir sollten wirklich gut vorbereitet sein.«

Unterhalb der Terrasse waren Sirenen und quietschende Autoreifen zu hören. Schnell sprangen sie auf und blickten über die Brüstung. Sofort schnappte Mickey nach Luft und hustete. Große Höhen hatten ihm schon immer Unbehagen bereitet, aber noch weniger gefiel ihm, was er da unten sah. Ein Konvoi blauer Fahrzeuge blockierte die schmale Straße. An seiner Spitze, nahe der Kirche San Giovanni dei Fiorentini, öffneten sich die Türen eines Alfas und ihm entstieg ein hoch gewachsener, distinguiert aussehender Mann, begleitet von einer eleganten, jungen Frau.

»Mist«, murmelte er. Unten begann die Türglocke durchdringend zu klingeln.

Gleich frühmorgens brachte Nic Costa Haarband und Bürste ins forensische Labor. Der Assistent im weißen Kittel beäugte mürrisch die Plastikbeutel.

»Welchem Fall soll ich die Dinge zuordnen?«

»Wie bitte?«

»Wir haben neue Bestimmungen zur Verrechnung erhalten. Sie müssen mir den Fall nennen, damit ich die Kosten richtig verbuchen kann.«

Costa seufzte. »Es geht um das verschwundene Mädchen Suzi Julius. Ich muss wissen, ob die Haare an Band und Bürste identisch sind. Bis heute Nachmittag, bitte.«

Der Mann hob die Brauen. Er war um die vierzig, eher klein, schlank und hatte ein langes, blasses Gesicht. Prüfend hielt er beide Plastiktüten vor das Licht seiner Schreibtischlampe.

»Das kann ich Ihnen jetzt schon sagen, Commissario. Sie sind es nicht.«

»Was?«

»Sehen Sie selbst. Die Farben unterscheiden sich.«

Costa schnappte sich die Beutel und starrte den Inhalt an. Der Mann könnte Recht haben, dachte er verblüfft. Das Haar am Band wirkte eine Spur dunkler. Möglicherweise stammte es gar nicht von Suzi Julius. Oder es hatte irgendwie Schmutz vom Fußboden der Villa aufgenommen.

»Haben eigentlich sämtliche Kopfhaare eines Menschen exakt den gleichen Farbton?«, wollte er wissen.

»Nein. Es sei denn, man hat einen ganz ausgezeichneten Friseur. Zum Färben, meine ich.«

»Dann tun Sie mir einen Gefallen«, bat Costa. »Befriedigen Sie meine Neugier. Prüfen Sie es nach.«

Hörbar stöhnend machte sich der Assistent eine Notiz. »Auch das noch. Wegen der verfluchten Grippe fehlt zurzeit die Hälfte unserer Leute. Ich denke, ich werde es besser selbst machen. Aber erwarten Sie keine Wunder.«

»Also wie lange?«

»Mindestens drei Tage. Schneller ist im Moment nicht drin. Tut mir Leid.«

»Himmel …«, murmelte Costa und marschierte ins Großraumbüro. Mit aschfahlem Gesicht und geschlossenen Augen hing Peroni in seinem Sessel.

»Morgen«, sagte Costa.

»Wie passend, dass Sie auf ›guten‹ verzichtet haben. Auf Sie wartet Besuch. Die Engländerin.«

Costa warf ihm einen scharfen Blick zu.

»He«, protestierte Peroni. »Keine voreiligen Vorwürfe. Ich habe mich angeboten. Sieht aber ganz so aus, als hätte Sie nur zu Ihnen Vertrauen. Ohne Nic Costa kein einziges Wort.«

Zusammengesunken hockte Miranda Julius auf einer Bank im Eingangsbereich. Tiefe Schatten lagen unter ihren Augen.

Als er sie über den Flur in ein Empfangszimmer führte, huschte Teresa Lupo mit gesenktem Kopf an ihnen vorbei.

Zu Costas Überraschung kam Peroni ihnen nach, zog sich einen Stuhl an den Tisch und blickte die Frau an. »Was können wir für Sie tun, Signora Julius?« Wahrscheinlich will er damit deutlich machen, dass wir Partner sind, dachte Costa, dass sie mit uns beiden verhandeln muss.

»Haben Sie schon etwas in Erfahrung bringen können? *Irgendetwas?*«

Peroni runzelte die Stirn. »Wir setzen uns unverzüglich mit Ihnen in Verbindung, sobald wir was Neues wissen, da können Sie ganz sicher sein.«

»Und was unternehmen Sie?«, fragte sie gereizt. »Was ist mit dem Haarband? Wissen Sie inzwischen, ob es Suzi gehört oder nicht?«

Die beiden Männer wechselten einen Blick. »Moment.« Peroni stand auf. »Ich werde gleich mal nachfragen.«

Costa sah ihm nach. »Das braucht Zeit«, sagte er. »Alles braucht seine Zeit. Sie waren sich selbst nicht sicher, ob es Suzis Band ist. Wahrscheinlich hat es irgendein anderes Mädchen dort verloren. Vielleicht eine Schülerin, während eines Ausflugs.«

Ein Ausflug, um sich altrömische Pornos anzuschauen, dachte er. Oder eine Exkursion von der Universität.

Miranda Julius beugte sich über den Tisch, legte eine Hand auf seinen Arm und blickte ihn mit einer Intensität an, der man sich, wie er inzwischen wusste, nur schwer entziehen konnte. »Meine Tochter wird vermisst, Mister Costa. Im Fernsehen habe ich Spekulationen über Rituale gehört. Sie haben in ihrem Zimmer diese sonderbaren Gegenstände gefunden. Halten Sie es für denkbar, dass es da irgendwelche Verbindungen zu Suzi gibt?«

»Bis jetzt weist absolut nichts daraufhin, dass Ihre Tochter in irgendeiner Beziehung zu den Ereignissen in Ostia stehen könnte. Wie kommen Sie darauf? Kennen Sie möglicherweise einen der Toten? Den Professor? Oder die Polizistin?«

»Nein.«

Miranda Julius' Gesicht hatte den Ausdruck, den er von ähnlichen Fällen her kannte: Eine Mischung aus Angst und Verzweiflung.

»Suzi ist ausgerissen«, sagte Costa. »Vermutlich mit irgendeinem Jungen, den sie ohne Ihr Wissen kennen gelernt hat. Wir zeigen ihr Foto überall herum. Jemand wird sie wiedererkennen und sich an sie erinnern. Das heißt, wenn sie sich nicht vorher selbst meldet.«

Sie blickte auf ihre Armbanduhr. »Verzeihen Sie, wenn ich Ihnen zur Last falle. Aber ich fühle mich einfach ... schrecklich hilflos.«

»Das ist doch verständlich. Wie gesagt, ich kann jederzeit eine Polizistin bitten, sich ein bisschen um Sie zu kümmern.«

»Danke, aber das ist nicht nötig.« Sie verstummte kurz. »Ich möchte mich für gestern Abend entschuldigen, fürchte aber, mein Verhalten war unverzeihlich. Sie derart in Verlegenheit zu bringen.«

»Vergessen Sie es.«

»Nein. Ich werde es nicht vergessen. Die meisten Männer … Nun, ich weiß, was die meisten anderen Männer getan hätten. Also … vielen Dank.«

Er *musste* unbedingt das Thema wechseln. »Und was werden Sie jetzt tun?«

»Durch die Gegend laufen. Nachdenken. Hoffen. Das Herumsitzen im Apartment bringt mich noch um den Verstand. Suzi kann mich jederzeit über mein Handy erreichen.«

»Rufen Sie mich an.« Er gab ihr seine Karte. »Jederzeit. Aus welchem Grund auch immer. Selbst wenn es nichts Neues gibt. Wenn Sie nur reden wollen.«

Sie steckte die Karte in ihre Handtasche. »Ich möchte nicht, dass Sie etwas Falsches denken«, begann sie zögernd. »Es entsprach nicht ganz der Wahrheit, als ich gestern sagte, es wäre eine Angewohnheit von mir, mit Fremden zu schlafen. Das stimmt nicht. Es wäre mir unangenehm, wenn Sie glauben würden …« Kurz, aber sehr direkt sah sie ihm in die Augen.

Peroni rettete ihn. Er kam zurück in den Raum, schüttelte bedauernd den Kopf und verkündete, dass es keine neuen Erkenntnisse gab, dass weiterhin nach Suzi gesucht würde, dass aber mittlerweile erste Anrufe aus der Öffentlichkeit eintrafen, die natürlich überprüft werden müssten.

Dann setzte sich Peroni neben Miranda Julius, zog seinen Sakko aus und hängte ihn über die Stuhllehne. »Wir tun, was wir können, Signora Julius«, sagte er. »Falls Ihnen seit gestern irgendetwas eingefallen sein sollte …«

Sie verschränkte die Arme vor der Brust und nickte nervös. »Nichts.« Sie zuckte zusammen. »Oh, Entschuldigung. Offenbar kann ich nicht mehr klar denken. Gestern Abend, nachdem Sie gegangen waren, habe ich in Suzis Zimmer eine von diesen Wegwerfkameras gefunden. Den Film habe ich vorhin entwickeln lassen. Viel ist nicht darauf. Nur Sehenswürdigkeiten. Ein junger Mann. Eben die üblichen Urlaubsfotos. Aber Sie können den Film gern haben.«

»Er könnte sich als ungemein hilfreich erweisen«, erklärte Peroni überzeugt. »Das ist genau die Unterstützung, die wir brauchen, Signora Julius.«

Costa sah seinen Partner an und erkannte, dass er anfing, ihn zu mögen. Sehr sogar. Sie wussten beide, dass nichts auf den Fotos sie weiterbringen würde. Peroni wollte Miranda Julius lediglich das Gefühl geben, nicht ausgeschlossen zu sein, etwas *tun* zu können.

Sie griff in ihre Schultertasche, zog die Bildertüte heraus und reichte sie Costa. Er blätterte in den Aufnahmen. Die Spanische Treppe. Der Trevi-Brunnen. Das Colosseum. Suzi hatte nichts ausgelassen.

»Wir werden sie uns sehr genau ansehen«, versprach er.

Miranda Julius stand auf und verabschiedete sich. Die beiden Polizisten brachten sie zur Tür.

»Ich hasse Lügen«, sagte Peroni, als sie außer Hörweite war. »Gerade einmal drei Leute haben angerufen. Die üblichen Irren. Kaum zu glauben, dass niemand sie gesehen hat.«

»Genauso war es bei Eleanor Jamieson.«

Peroni musterte ihn skeptisch. »Sachte, Nic. Ich kenne mich gut genug aus, um zu wissen, dass es in der Hälfte der Fälle so ist. Wir sollten uns hüten, voreilige Schlüsse zu ziehen. Die arme Frau weiß, dass wir es trotzdem tun, und das bringt sie vor Angst fast um.«

Seufzend stimmte Costa ihm zu.

»Das Dumme ist nur, dass es mir genauso geht wie allen anderen«, fuhr Peroni fort. »Ständig muss ich an Barbara denken. Es bringt mich noch um den Verstand. Was zum Teufel ist da schief gelaufen? Ihr Vater ist ein Arschloch. Ein Gauner, ein Betrüger und Tyrann. Barbara schien ganz anders zu sein. Wenn ich sie angesehen hab, dachte ich: Na bitte, man kann auch mit dem familiären Hintergrund etwas aus sich machen. Ehrlich und anständig bleiben. Man muss es nur wollen. Aber da habe ich mich wohl geirrt, oder? Sie war genauso anfällig wie wir alle. Nur noch schlimmer. Warum?«

Vor seinem Gang ins Labor hatte Costa kurz mit Falcone gesprochen. Er wusste, wen sie als Nächstes aufsuchen sollten. »Sie haben doch mit Ihrem Vater zusammengearbeitet?«

»Erinnern Sie mich bloß nicht daran.« Sein Blick wurde misstrauisch. »O nein. Lassen Sie mich raten. Falcone will, dass wir beide uns mit diesem Mistkerl unterhalten. Sagen Sie, dass ich mich irre. Ich flehe Sie an.«

Beschwörend hob Costa die Hände. »Sie kennen ihn, Gianni. Da bietet es sich doch an, oder? Die Leute, die gestern Abend mit ihm geredet haben, haben nicht das Geringste aus ihm heraus gekriegt.«

Peroni verzog das Gesicht, stand auf und griff nach seinem Jackett. »Warum bleibt mir denn gar nichts erspart? Ich möchte Ihnen eine Frage stellen, Nic. Auch ich habe eine Tochter. Sie ist jetzt in dem Alter, in dem sie sich langsam vom Kind zur Erwachsenen mausert. Woran erkennt man, dass sie auf Abwege geraten? Woher will man wissen, ob sie nicht irgendetwas Finsteres geerbt haben, von dem man selbst nichts ahnt?«

Verwirrt und bekümmert starrte er Costa an. »Woran erkennt man das, wenn es Barbara Martelli so leicht fiel, uns alle zu täuschen?«

Costa hörte kaum zu. Er hatte keine Zeit, sich mit Peronis Problemen auseinander zu setzen. Er hatte kaum die Zeit, noch einmal die Fotos zu betrachten, um nichts anderes zu sehen als zuvor schon. Bekannte Gebäude und Menschengruppen, Touristen vor allem. Ein Meer von ausdruckslosen Gesichtern, die ihre Geheimnisse für sich behielten.

»Ich habe nicht die leiseste Ahnung«, sagte er.

Obwohl Teresa Lupo Schmerzen am ganzen Körper verspürte und ein Pflaster die Stelle ihres Kopfes bedeckte, mit der sie gegen das Armaturenbrett geknallt war, hätte sie sich eigentlich mit ihrer ganzen Energie auf ihre Aufgaben stürzen müssen. Vor ihr lagen zwei neue Obduktionen, und sie konnte an Eleanor Jamiesons mumifizierter Leiche alle Tests vornehmen, nach denen ihr der Sinn stand. In den ganzen acht Jahren, die sie in der römischen Gerichtsmedizin tätig war, hatte sich ihre Arbeit noch nie so gut angelassen. Und doch lehnte sie nur in Gedanken versunken an der Wand des Flures, der die Pathologie mit der Questura verband, und rauchte bereits die dritte Zigarette. Die Ereignisse fanden anderswo statt. Falcone war längst mit einem Team aufgebrochen. Nic Costa und Peroni hatten ihr nur kurz zugenickt, bevor auch sie verschwanden. Und alle liefen ihrer Meinung nach in die falsche Richtung.

Auf ihrer Fahrt nach Ostia hatte Teresa Lupo nur ein Gedanke beherrscht: Ein Mädchen, ein sehr junges Mädchen steckte in großen Schwierigkeiten, ohne davon auch nur etwas zu ahnen. Auf irgendeine Weise war Suzi Julius in die Hände eines Irren geraten. Eines intelligenten, umsichtigen Irren, aber eben doch eines Wahnsinnigen. Im günstigsten Fall käme sie mit einer Vergewaltigung davon, und das vermutlich nicht in der Missionarsstellung. Im schlimmsten ...

Teresa Lupo dachte an Eleanor Jamiesons bräunlich verfärbte Leiche und fragte sich zum ersten Mal, ob ihre Arbeit sich schließlich doch auf ihre Psyche auszuwirken begann. War es denkbar, dass sich in ihrer Angst um Suzi Julius etwas ganz anderes ausdrückte, eine tiefe und zunehmende Verunsicherung über die letztendliche Sinnlosigkeit ihrer Tätigkeit? Sie mochte ihre Arbeit und konnte gelegentlich zur Lösung von Fällen beitragen. Sie war gut, besser als der Durchschnitt, weshalb ihr oft eigenmächtiges Verhalten weitgehend toleriert wurde. Doch ihre Fähigkeiten, ihre klugen Überlegungen und treffsicheren Rückschlüsse kamen erst zum Einsatz, *nachdem* etwas geschehen war. Nun könnte man sich mit der Überlegung beruhigen, dass die Ergreifung eines Mörders diesen von weiteren Taten abhielt. Aber das machte die Toten nicht wieder lebendig. Im Grunde war sie nicht mehr als eine Teilnehmerin an Beerdigungen, die ihren Trost und Unterstützung anbot. Sie versuchte zu helfen, aber das war nicht genug. Jedenfalls nicht in Teresa Lupos Augen.

Und jetzt hatten selbst ihre Versuche keine Erfolge gebracht. Sie war in der Hoffnung nach Ostia gefahren, dort vielleicht etwas zu finden, irgendeinen Beweis für die These, dass Eleanor Jamiesons Tod mit Suzi Julius' Verschwinden in Verbindung stand. Denn so musste es sein, daran hatte Teresa Lupo nicht den geringsten Zweifel. Falcone war ein guter Polizist, der die kompliziertesten Fälle löste – sobald es klare Spuren und Hinweise gab. Ihr war sein Blick nicht entgangen, als sie gestern in Miranda Julius' Apartment beisammensaßen. Er konzentrierte sich voll auf einen eindeutigen Mord, auch wenn die Tat sechzehn Jahre zurücklag. Im Vergleich dazu – und zu den vermuteten Verbindungen zum organisierten Verbrechen – schien das Verschwinden eines Teenagers für ihn von eher nebenrangiger Bedeutung zu sein.

Der Thyrosstab, die Sache mit dem Datum, die sonderbare Mischung aus Samen und Körnern – alle Indizien, die Nic Costa und sie im Zimmer des Mädchens gefunden hatten, hatten nicht ausreichend Gewicht. Vielleicht war Suzi Julius im Internet auf einen Dionysos-Kult gestoßen. Dort geisterten jede Menge herum, davon hatte sich Teresa Lupo heute früh überzeugt. Vielleicht war die Tätowierung auf der Schulter des Mädchens nichts weiter als ein modischer Tick unter Jugendlichen, auch wenn Teresa Lupo keine Sekunde lang daran glaubte. Vielleicht ging es Falcone ähnlich. Aber ohne etwas Handfesteres, ohne handfeste Beweise würde er nichts unternehmen.

Deshalb war sie unter Missachtung aller Bestimmungen zu Professor Randolph Kirk gefahren, den sie sich als eine

Art Harrison Ford vorgestellt hatte, der alle ihre Fragen beantwortete. Stattdessen war sie auf eine Vogelscheuche gestoßen, die nichts anderes präsentierte als zusätzliche Komplikationen und unergründliche Geheimnisse. Ihre Fahrt nach Ostia erwies sich nun im Nachhinein als verhängnisvolle Entscheidung, und das nicht nur, weil sie zu ihrer Kündigung führen konnte. Mit Kirks Tod hatte Falcone ein weiteres eindeutiges Verbrechen, in das er sich verbeißen konnte, einen weiteren Grund, Suzi Julius aus seinem Bewusstsein zu verdrängen. Dass sich Teresa Lupos als Rieseninsekt getarnter Verfolger auf dem Motorrad als Polizistin außer Dienst entpuppte und noch dazu eine, die die meisten Kollegen in der Questura zu gern vernascht hätten, gab den Ereignissen zusätzliche Bedeutung. Um einen verschwundenen Teenager kümmerte sich niemand mehr.

Bevor sie mit Barbara Martellis Autopsie begann – eine Aufgabe, die sie nicht sonderlich schätzte –, hatte Teresa Lupo Silvio di Capua in die Questura geschickt, damit er sich dort ein bisschen umhörte. Das Mönchlein war ein vorzüglicher Gerüchtesammler. Die Polizisten begegneten ihm mit einer Mischung aus Mitleid und Spott, und dabei erfuhr er so einiges. Noch war er nicht zurückgekehrt. Aber sie wusste bereits, was er erzählen würde. Keiner hatte etwas über Suzi Julius in Erfahrung gebracht. Niemand sah den geringsten Anlass zu der Annahme, dass es sich um mehr handeln könnte als das Übliche: Ein halbwüchsiges Mädchen, das übermütig das Erwachsensein probte, ohne jede Rücksicht auf seine Mutter, die vor Angst und Sorge fast den Verstand verlor.

Bei einem schnellen Gang durch die Questura waren ihr die Mienen der Polizisten nicht entgangen, und sie konnte sich gut vorstellen, was sie zu ihr sagen würden. *»Hier geht es um diese traumhafte Verkehrspolizistin mit den goldblonden Haaren und Titten, die fast ihre Lederjacke gesprengt haben. Eines Tages fällt es diesem Engel, dieser Sexgöttin mit Sonnenbrille und Ducati ein, offenbar grundlos einen Univer-*

sitätsprofessor umzubringen. Wonach sie versucht, Roms exzentrische Gerichtsmedizinerin gleichfalls zu erledigen, aber damit keinen Erfolg hat, sondern in irgendeinem stinkenden U-Bahnbauschacht außerhalb von Fiumicino zu Tode stürzt. Und da erkundigen Sie sich allen Ernstes nach einer ausgerissenen Halbwüchsigen, die ihrer überfürsorglichen mamma *vergnügt zuwinkt, bevor sie mit ihrem Liebsten losbraust, um sich Kondome zu besorgen? Schon mal was von Prioritäten gehört? Fragen Sie sich denn nie, warum Sie hinter vorgehaltener Hand Crazy Teresa genannt werden?«*

So sahen sie es. Es waren Polizisten. Aber Teresa Lupo hatte auch noch etwas anderes auf ihren Gesichtern gesehen. Eine Art Vorwurf nach dem Motto: Wären Sie nicht nach Ostia gefahren, würden Barbara Martelli und Randolph Kirk noch leben. Und wir fragen uns, ob man das Recht dazu hat, den Tod anderer Menschen zu riskieren, wenn man nicht weiß, was sie verbrochen haben.

»Ja, aber …«, sagte sie laut und stach mit dem Zeigefinger auf einen imaginären Gegner ein. »Das nicht zu wissen beweist keineswegs, dass sie nicht in Verbrechen verwickelt waren. Wir wissen nur nicht, in welche und warum.«

Und wir wissen es auch jetzt nicht, dachte sie. Wir wissen absolut gar nichts.

»Hätte auch so passieren können«, flüsterte sie. »Nicht meine Schuld. Ignoranz ist kein Schutzschild.«

Die Hintertür zur Questura öffnete sich. Mit gesenktem Kopf und ohne sie anzusehen, stolperte das Mönchlein über die Schwelle.

»Silvio, mein Schatz. Mein getreuer Vasall«, flötete Teresa Lupo. »Los, berichten Sie. Was sagt man da drüben über Ihre Chefin? Kann ich mit einer Beförderung rechnen? Oder sollte ich mich gleich um das Präsidentenamt bewerben?«

Silvio di Capua lehnte sich neben ihr an die Wand. Er griff nach der angebotenen Zigarette, steckte sie umständlich an, nahm einen tiefen Zug und musste prompt husten.

»Meinetwegen brauchen Sie nicht zu qualmen. Offen gestanden wäre es mir sogar lieber, wenn Sie darauf verzichten würden. Sie sind nun mal kein Raucher. Die Dinger stehen Ihnen einfach nicht.«

Gehorsam warf er die Zigarette auf den Boden und trat sie aus. »Polizisten sind Arschlöcher. Alle. Ausnahmslos.«

Sie wandte sich ihm zu und griff ihm verspielt in die langen, strähnigen Haare. Dazu musste sie sich ein wenig bücken. Silvio di Capua war nicht unbedingt groß. »Erzählen Sie mir etwas, das ich noch nicht weiß. Was gibt es Neues über die kleine Julius?«

»Sie haben noch nichts Neues.«

»Was? Und womit vertreiben sie sich dann ihre Zeit?«

»Falcone will sich irgendeinen Gangster zur Brust nehmen. Costa und der Typ mit dem gruseligen Gesicht sollen ein wenig in Barbara Martellis Vergangenheit buddeln und herausfinden, warum sie diesen Professor töten wollte.«

»Und mich. Das wollen wir doch nicht vergessen, Silvio. Sie wollte auch mich umbringen.«

»Ja.« Nervös huschten seine Blicke durch den Raum.

»Und?«, bohrte sie nach.

»Sie sind sauer auf Sie, Teresa. Richtig sauer.«

»Als wäre das eine Neuigkeit.«

»Nein.« Seine hervorquellenden, feuchten Augen richteten sich auf sie, und einen Moment lang tat er ihr aufrichtig Leid. »Sie verstehen mich offenbar nicht. So haben sie sich noch nie geäußert. Als wäre ...« Er verstummte.

»Als wäre alles meine Schuld?«

»Ja.« Wie in Trance starrte er auf seine Schuhe.

Sie überlegte, ob sie ihn mit einer leichten Ohrfeige zu sich zu bringen sollte, hielt diese Maßnahme dann aber nicht für die glücklichste aller Lösungen.

»Aber es ist nicht meine Schuld. Oder? Um Himmels willen, sehen Sie mich doch an, Silvio.«

Er hob den Kopf. Sein zutiefst trauriges Gesicht war kein schöner Anblick.

»Und nun sprechen Sie mir langsam nach: ›Es ist nicht Ihre Schuld, Teresa.‹«

Er tat es.

»Gut. Und welche Theorie haben die großen Polizeistrategen?«

»Keine überzeugende. Sie nehmen an, dass es eine Art Mafiaverbindung mit dem mumifizierten Mädchen gibt. Und scheinen – allerdings nur höchst widerwillig – zu glauben, dass Barbara Martelli von einer Seite dafür bezahlt wurde, Informationen zu übermitteln. Botengänge zu erledigen.«

Teresa Lupo dachte an den schwarzen Motorradhelm neben ihrem Autofenster. »Botengänge?«

»Sie haben einfach keine Ahnung, Teresa. Ich glaube, Sie stehen noch unter Schock.«

»Und Randolph Kirk? Wie passt der da hinein?«

»Ihr Gespräch mit ihm hat jemanden befürchten lassen, dass der Professor sich vielleicht verplappern könnte, und der hat dann Barbara Martelli losgeschickt, damit sie ihn erledigt und damit die Sache im Keim erstickt. Und da Zeugen unerwünscht waren, sind auch Sie in die Schusslinie geraten.«

»Demnach gehört der Professor auch zur Mafia? Ich meine, ist das vielleicht eine neue Taktik der Mafiosi, sich vor dem Zugriff der Polizei zu schützen? Indem sie Lehrstühle an der Universität Rom besetzen?«

»So weit bin ich nicht gekommen«, nuschelte Silvio di Capua. »Habe mich nicht zu fragen getraut.«

»Und das Verschwinden von Suzi Julius ist für sie nicht mehr als ein Teenagerstreich?«

»Sie wissen's nicht. Aber Sie kennen doch unsere Kollegen von der Polizei. Alles primitive Organismen. Sie können nicht mehrere Dinge zur gleichen Zeit tun. Darüber hinaus leiden sie wegen der Grippewelle unter akutem Personalmangel. Himmel, wir doch auch.«

Die Pathologin fuhr sich mit der Hand über den Kopf. Heute früh hatte sie sich nicht so sorgfältig frisiert wie sonst. Vermutlich waren ihre Haare eine ziemlich wilde, unordentliche Mähne. »Aber Suzi Julius ist noch am Leben, Silvio. Zumindest bis morgen, wenn ich Recht behalte. Geht das denn nicht in ihre Köpfe?«

Silvio di Capua murmelte etwas über Prioritäten und davon, wie unfair es war, alles an ihm auszulassen. Dann verstummte er und sah wieder aus wie ein Häuflein Elend. Teresa Lupo verabscheute sich dafür, ihre Empörung an ihrem unglückseligen Assistenten abzureagieren. Das war gefühllos und ungerecht. So verhielten sich Polizisten.

»Entschuldigung«, flüsterte sie. »Es ist nicht auf Sie gemünzt. Wenn Sie so wollen, habe ich lediglich ein Selbstgespräch geführt.«

Er legte seine Hand auf ihren Arm, was ihr trotz seiner guten Absichten doch ein bisschen unheimlich war. »Lassen Sie uns hineingehen, Teresa. Die Arbeit wartet, und wir beide sind die Einzigen, die noch nicht schniefen oder husten. Wir sollten die Köpfe einziehen und uns auf unsere Aufgaben konzentrieren, bis alles vorüber ist. Schließlich bezahlt man die Bullen dafür, mit diesem Mist fertig zu werden, nicht uns. Wenn wir uns ganz ruhig verhalten, wird vielleicht alles gut. Unsere Freunde werden den Fall auf ihre Weise lösen und bald alles andere vergessen.«

Was eine nette Vorstellung war, dachte Teresa Lupo, aber leider eine, die auch nicht die leiseste Chance hatte, Wahrheit zu werden.

»Hier gibt es nichts, womit Sie und der Rest des Teams nicht allein klarkommen könnten«, erklärte sie. »Schließlich muss man nicht gerade ein Genie sein, um festzustellen, wie die schöne Barbara und der Professor gestorben sind. Und die Tote aus dem Torf ist eher ein Fall für Naturwissenschaftler als für Kriminologen. Das können wir ruhig zugeben. Wir sollten vielmehr dafür sorgen, dass nicht auch noch Suzi Julius auf unserem Seziertisch landet.«

Silvio di Capua zog seine Hand von ihrem Arm. Er wirkte bedrückt, verschreckt. »Das ist die Aufgabe der Polizei. Wir haben hier mehr als genug zu tun. Das schaffe ich nicht allein.«

»Das schaffen Sie schon, Silvio. Sie können mehr, als Sie sich zutrauen.«

»Und wenn noch etwas passiert? Wenn ...«

Lächelnd drückte sie seinen Arm. »Denken Sie an die Statistik. Wie oft kommt es in Rom zu gewaltsamen Todesfällen? Im Moment liegt das Kontingent einer ganzen Woche auf unseren Tischen. Heute wird ganz bestimmt nichts passieren. Glauben Sie mir. Ich brauche eine kleine Verschnaufpause. Ich muss nachdenken.«

Seine bleichen, schlaffen Wangen wurden hochrot. »Sie wollen irgendwohin. Ich kenne Sie. Es ist genau wie gestern. Sie wollen irgendwohin, und das gefällt mir überhaupt nicht.«

»Ich dachte, ich könnte vielleicht ...«

»O nein. Nein! Erzählen Sie mir nichts, denn ich will es nicht hören. Glauben Sie denn, mit einem zweiten Fehler den ersten ...«

»Ich habe keinen Fehler begangen! Vielleicht war's dumm. Aber dafür werde ich doch ohnehin gehalten. Also was soll's?«

»Bitte.« Er rang buchstäblich seine Hände. »Ich flehe Sie an, Teresa. Mir zuliebe. Tun Sie es nicht. Ganz gleich, was Sie vorhaben.«

Sie küsste ihn leicht auf die Wange und sah, wie sich sein Gesicht bis unter die Haare blutrot verfärbte. »Mir wird schon nichts zustoßen, Silvio. Glauben Sie Ihrer Freundin Teresa. Sie brauchen hier nur eine Stunde lang die Festung zu halten, dann bin ich wieder da. Und niemand wird etwas erfahren.«

Anklagend blickte er sie an. »Eine Stunde? Meinen Sie eine irdische Stunde oder eine in Ihrer eigenen Zeitrechnung?«

»Silvio, Silvio«, seufzte sie. »Beantworten Sie mir eine Frage. Was soll denn schon schief gehen?«

Beniamino Vercillo war ein systematischer, ordnungsliebender Mann. Er begann gern früh mit der Arbeit und saß jeden Morgen Punkt sieben an seinem Schreibtisch im Untergeschoss eines Hauses in einer Nebenstraße der Via dei Serpenti in Monti. Der fensterlose Kellerraum von fünfundzwanzig Quadratmetern, zu dessen Tür Eisenstufen hinabführten, lag neben einem gut besuchten Optikergeschäft. Er bot Platz genug für Vercillo und die Sekretärin, die ihm seit zehn Jahren in mehr als einer Hinsicht zu Diensten war. Sein Frühstück – einen Cappuccino und ein Cornetto – nahm er im Café gegenüber ein. Sein Mittagessen bestand aus einem Stück *Rustica* von einer der umliegenden Pizzerias. Um sechs war er nach getaner Arbeit wieder zu Hause in Paroli, einem ruhigen Wohnquartier in der Nähe der Via Veneto, und genoss den Feierabend eines Junggesellen in den besten Jahren. Vercillo war zweiundfünfzig. Er trug schlichte, gedeckte Anzüge, weiße Hemden, eine dunkle Krawatte und alte, ausgetretene Schuhe. In der gesamten kleinen Straße zwischen der Via Cavour und der Via Nazionale schien es keinen unauffälligeren Menschen zu geben.

Zumindest lag Vercillo viel daran, diesen Eindruck zu erwecken, und das aus guten Gründen. Er war Emilio Neris Buchhalter, der sich bis ins letzte Detail mit den Geschäften des großen Mafiabosses auskannte. Was aufgeschrieben werden konnte, war in Vercillos Büro-PC gespeichert, um bei den jährlichen Steuererklärungen auf den Cent genau angegeben zu werden. Vercillo war ein guter Buchhalter. Er wusste, womit er durchkommen konnte und was die Toleranz der Finanzprüfer überfordern würde. Daten heiklerer Natur archivierte Vercillo auf andere Weise. Zunächst in seinem phänomenalen Gedächtnis, mit dem er schon als Schüler seine Lehrer beeindruckt hatte, um sie dann in einer Geheimschrift aufzuzeichnen, die Vercillo niemandem preisgab – schon gar nicht Neri – und in einem in der Wand seines Kellerbüros versteckten Safe zu verwahren.

Im Grunde hatte Vercillo keinen Grund zur Klage. Seine Dienste für Neri brachten ihm im Jahr mehr als eine Viertelmillion Euro ein. Und für den Fall, dass doch etwas schief gehen sollte, schützte ihn sein Geheimcode vor dem Zorn des großen Gangsters. Vercillo wusste nur zu gut, was mit Buchhaltern geschah, die ihre Chefs verärgerten. Bei einem kleinen Patzer kam man unter Umständen mit einer derben Abreibung davon, lange Finger jedoch waren der sichere Tod. Aber wenn man seinen Job gut machte, sich unauffällig verhielt und daneben über einen kleinen Code verfügte, zu dem niemand sonst Zugang hatte ... nun, das war eine Lösung, mit der alle leben konnten. Die Behörden wurden auf Abstand gehalten. Und falls Vercillo auf seiner Bürotreppe stolperte und unter die Räder des 117er Busses fiel, wusste Neri, dass die Geheimnisse seines Imperiums gewahrt blieben. Weder das Finanzamt noch die DIA konnten sie ergründen, selbst wenn sie den Safe aufbrachen. Das gab Vercillo Sicherheit, eine gewisse Macht, über die zwischen Neri und ihm stillschweigendes Einverständnis herrschte. Das war höchst angenehm. Mit Neri nahm er nur Kontakt auf, wenn er Informationen brauchte, und der alte Gangster behelligte ihn nur äußerst selten. So sollte es auch sein. Er war ein Buchhalter. Ein Geldmann. Und kein Lakai, den man nach Belieben herumschubsen konnte.

Vercillo hatte seiner Sekretärin Sonia einen Tag freigegeben, damit sie ihre kranke *mamma* in Orvieto besuchen konnte. Inzwischen hatte sie ihren dreißigsten Geburtstag gefeiert und viel von ihrem früheren Reiz verloren. Er müsste sich bald einen Grund einfallen lassen, sie loszuwerden und durch eine Jüngere, Attraktivere zu ersetzen. Die Vorstellung behagte ihm gar nicht. Vercillo hatte sich stets bemüht, Konfrontationen zu vermeiden, aber das wurde zunehmend schwerer. Neris geschäftliche Unternehmungen breiteten sich immer weiter aus, mitunter in Bereiche, die Vercillo beunruhigten. Als junger Büchernarr in den sechziger Jahren, in der kurzen Phase wirtschaftlichen Aufschwungs, genannt *Il Boom*, hatte Vercillo fest angenommen, dass die Welt von Jahr zu Jahr besser, glücklicher, friedlicher würde. Aber das genaue Gegenteil war eingetreten. Die Rote Brigade lebte auf, verschwand, kehrte wieder. Überall nur Wahnsinn und Bombenexplosionen. Er selbst hatte bei einem Selbstmordattentat in Israel einen Cousin verloren. Vercillo hielt sich für keinen besonders gläubigen Juden, aber die Vorstellung, dass jemand sterben musste, weil er zum falschen Zeitpunkt die Straße entlanglief oder ein Café betrat, entsetzte ihn. Es herrschte ein beklagenswerter Mangel an Ordnung in der Welt. Wie auch an Höflichkeit. Stattdessen schubsten und drängelten die Menschen hemmungslos, um selbst an die erste Stelle zu gelangen. Irgendwann in den letzten vierzig Jahren war etwas gründlich schief gegangen, aber er wusste beim besten Willen nicht, was oder wann.

Vor allem die Touristen regten ihn auf. Die Engländer, die nach jedem Fußballspiel sturzbetrunken waren. Die Japaner, die pausenlos fotografierten, einen auf der Straße anrempelten und kein Wort Italienisch sprachen. Und die Amerikaner, die glaubten, sich buchstäblich alles erlauben zu können, nur weil sie ein paar Dollar in der Tasche hatten. Ohne diese Bande wäre Rom weit besser dran. Sie veränderten das Bild der italienischen Metropole. Sie verschandelten die Stadt. Heute besonders. Rund um das Colosseum fand offenbar eine Art von Straßentheater-Festival statt. Auf seinem Weg ins Büro hatte er gesehen, wie Commedia dell'Arte-Darsteller in Kostüme schlüpften. Afrikaner. Asiaten. Ganz zu schweigen von den üblichen Schwindlern, die als »Gladiatoren« mit Touristen für Fotos posierten und sich dafür teuer bezahlen ließen.

Griesgrämig blickte Beniamino Vercillo vom Schreibtisch auf und fragte sich plötzlich, was von seinen düsteren Überlegungen jahrelanger Beobachtung entstammte und was auf den Anblick zurückzuführen war, der sich ihm bot.

Vor ihm in der Tür stand eine sonderbare Gestalt. Sie trug eine lange, rote Jacke und braune, ausgebeulte Hosen. Und eine Maske, die einem Albtraum entsprungen zu sein schien: mit schlangenähnlich wirren Haaren, einem grinsend aufgerissenen Mund.

Theatralisch trat die Gestalt einen Schritt vor, wie ein Schauspieler, der seinen Text aufsagen wollte. Wahrscheinlich gehörte der Typ zu einem der Straßentheater, die Vercillo am Colosseum gesehen hatte.

»Ich gebe nichts. Aus Prinzip«, erklärte der Buchhalter bestimmt.

Die Gestalt vollführte zwei weitere seiner albernen Schritte vorwärts. Vercillos Gedächtnis begann zu arbeiten, erinnerte ihn an etwas, was vor langer Zeit geschehen war.

»Was soll das Theater?«, knurrte er. »Was wollen Sie?«

»Neri«, erwiderte die Gestalt mit durch die Maske gedämpfter Stimme.

Erschauernd überlegte Vercillo, ob er möglicherweise unter Halluzinationen litt. »Wer?«

Die Gestalt öffnete die Jacke und griff sich an den Hosengürtel. Entgeistert sah Vercillo zu, wie die Hand ein kurzes, breites Schwert aus einer Lederscheide zog.

Die blitzende Waffe zuckte durch die Luft, durchtrennte das Telefonkabel und bohrte sich tief in die Schreibtischplatte.

»Die Bücher«, kam es hinter der Maske hervor.

»Bücher? Hier sind keine Bücher …«

Er verstummte. Die Spitze des Messers drückte unangenehm gegen seinen Hals.

Der Besucher schüttelte den Kopf. Vercillo verspürte einen scharfen Schmerz, dann lief ihm etwas Warmes den Hals hinunter. Blut.

»Er wird mich umbringen«, wisperte er.

»*Er* wird dich umbringen?« Es war nicht zu erkennen, wer sich hinter der Maske verbarg. Auf jeden Fall jemand, der zu allem entschlossen schien. Daran hatte Vercillo keinen Zweifel.

Er warf die Hände hoch und zeigte auf den Schreibtisch. Der Druck der Klinge ließ nach. Vercillo verhakte einen Finger um den Schubladengriff und zog. Während die Messerspitze weiterhin einen knappen Zentimeter vor seiner Kehle schwebte, holte er hastig ein Schlüsselbund heraus.

»Ich muss aber aufstehen«, krächzte er.

Die Maske nickte.

Beniamino Vercillo ging zur Wand neben der Tür. Mit bebenden Fingern schloss er die Tresorverkleidung auf und fummelte an der Zahlenkombination herum. Nach zwei vergeblichen Versuchen öffnete sich der Safe. Er griff hinein und zog etwas heraus. Die beiden kehrten zum Schreibtisch zurück. Vercillo nahm den Deckel des Kartons ab und trat zurück.

Die Lederfinger des maskierten Besuchers hoben den Stapel Dokumente heraus. Wortlos warf er sie auf den Schreibtisch, aber seine Verärgerung war mit Händen zu greifen. Die Seiten waren unlesbar, nur Reigen sinnlos aneinander gefügter Buchstaben.

Der Buchhalter erschauerte und wünschte inständig, er hätte ein höher gelegenes Büro gemietet, mit einem Fenster zur Straße. Und nicht dieses Kellerloch, in dem alles Mögliche passieren konnte, ohne dass draußen jemand was merkte.

»Ein Code«, stellte der Maskierte knapp fest.

Der Buchhalter zermarterte sich das Hirn. Fieberhaft suchte er nach Alternativen. Es gab keine.

»Wenn ich Ihnen den Schlüssel sage …«

Emotionslos starrte ihn die Maske an.

»Wenn ich das tue … Lassen Sie mich dann gehen?«

Er könnte sich absetzen. Vercillo hatte privates Geld an Orten, die niemand finden würde. Er könnte irgendwohin flüchten, wo er vor Neris Zorn sicher war. Nach Australien vielleicht. Oder nach Thailand, wo die Mädchen blutjung waren und niemand dumme Fragen stellte. Er sah sich in seinem miesen, kleinen Büro um, dachte an seine alten, abgetragenen Sachen. Vielleicht tat ihm das Schicksal jetzt sogar einen Gefallen. Sein ganzes Leben hatte er dem fetten alten Gangsterboss gedient. Gelogen, betrogen und sich eingeredet, das wäre nicht schlimm, denn ganz gleich, womit Neri auch sein Geld verdiente, er selbst machte sich nicht die Finger schmutzig. Doch das war eine fromme Lüge, ein Selbstbetrug. Neri *beeindruckte* ihn. Schon immer. Aus diesem Grund hatte er angefangen, sich mit Mädchen einzulassen. Mit dieser Welt hatte ihn Neri bekannt gemacht. Es war eine Methode, ihn bei der Stange zu halten.

Die Vorstellung, sich zur Ruhe zu setzen, diese öde, nur aus Zahlen bestehende Existenz hinter sich zu lassen, übte plötzlich einen geradezu überwältigenden Reiz aus.

Abgesehen davon bleibt dir kaum eine andere Wahl, meldete sich eine Stimme in seinem Inneren. Du bist Buchhalter. Kein Schläger.

»Dann können Sie gehen«, erklärte der Maskierte, und wieder versuchte Vercillo die Stimme zu deuten, sich das dazugehörige Gesicht vorzustellen: mit Sicherheit jung, aber nicht brutal, anders als Neris Handlanger.

Vercillo zog das Telefon zu sich heran. Sein Peiniger zückte das Messer, ihm schien ganz entgangen zu sein, dass er das Kabel längst durchtrennt hatte. Diese Vergesslichkeit ermutigte den kleinen Buchhalter. Also steckte schließlich doch etwas Menschliches hinter der Maske.

»Ich werde es Ihnen erklären«, sagte Vercillo. »Sehen Sie her.«

Er legte eine Seite mit scheinbar sinnlosen Buchstabenreihen neben den Apparat. »Entschlüsselt ergibt sich zunächst die Telefonnummer der betreffenden Person. Dann folgen weitere Zahlen. Die Schuldensumme. Die Höhe der Zinsen. Was bereits bezahlt wurde.«

Ihn packte eine sonderbare Erregung. Seit fünfundzwanzig Jahren hatte er mit niemandem darüber gesprochen.

Der maskierte Besucher starrte die Schriftzeichen auf der Seite an und verglich sie mit Hilfe seiner Messerspitze mit den Zahlen auf den Telefontasten.

»Es ist ganz einfach«, fuhr der Buchhalter fort. »Man darf nur nicht vergessen, ein Q durch die Null zu ersetzen und eine Eins durch Z.« Es war ebenso einfach wie raffiniert. Mit Vercillos System konnte man die Zahl 2 mit drei Buchstaben – A, B oder C – codieren, aber jeder mit einem Telefon erhielt innerhalb von Sekunden die richtige Lösung. Die meisten Menschen gingen davon aus, dass Codes Wörter verschlüsselten, keine Zahlen. Solange sie an dieser Vorstellung festhielten, war der Code kaum zu knacken. Das FBI würde sich letztendlich nicht täuschen lassen. Aber eine Menge anderer Leute. Emilio Neri zum Beispiel, und sonderbarerweise war das alles, was zählte.

Der verrückte Gott lachte, aber es hörte sich irgendwie falsch an, falsch, spöttisch.

»Habe ich Sie ausreichend informiert?«, erkundigte sich Vercillo.

Die Maske sagte kein Wort.

»Ich …« Vercillo hatte ein Lob erwartet, möglicherweise sogar Dankbarkeit. Beides blieb aus. »Vielleicht sollte ich mehr erklären.«

»Mehr brauche ich nicht«, murmelte der verrückte Gott und bewegte sich. Hob die kurze, scharfe Klinge höher.

»Sie sagten doch …« Vercillo brach ab. Es hatte wenig Sinn, sich mit einer Messerklinge zu unterhalten. Nichts hatte mehr Sinn. Die Welt hatte den Verstand verloren. Die Welt war eine Maske, die ihn höhnisch angrinste und mit jeder Sekunde größer und verrückter wurde.

Barbara Martelli hatte mit ihrem Vater an der Piazza San Giovanni in Laterano gelebt, in einer Fünfzimmerwohnung im ersten Stock und gegenüber dem von Konstantin erbauten ersten Papstpalast. Die Einrichtung der großen Räume verriet einen exquisiten Geschmack. Unten im Auto hatten Costa und Peroni den Bericht ihrer Kollegen über deren gestrigen Besuch gelesen. Viel hatte Barbara Martellis Vater nicht gesagt, aber seine Vergangenheit war interessant. Interessanter, als sie vermutet hätten. Beim Betreten der Wohnung erinnerte sich Costa an die vagen, unbewiesenen Behauptungen in alten Zeitungsartikeln, warf einen Blick auf den Mann und wusste, woher das Geld kam.

Martelli war Mitte fünfzig und bis auf die Knochen abgemagert. Er saß in einem Rollstuhl und starrte ihnen aus kalten, leblosen Augen entgegen. Dennoch konnte Costa sich gut vorstellen, wie er früher gewesen war. Nicht viel anders als Peroni: kraftvoll, fit, zäh. Aber jetzt schien es ihm gar nicht gut zu gehen, und das lag nicht nur an der Trauer um seine Tochter. Costa kannte die Symptome der Krankheit. Die schütteren Haare nach der Chemotherapie. Den ausgezehrten Ausdruck in den Augen. Und Martelli qualmte noch immer wie ein Schlot. Die ganze Wohnung roch nach abgestandenem Zigarettenqualm.

Er sah Gianni Peroni an und schüttelte den Kopf. »Himmel, was sagt man dazu«, schnarrte er. »Ich wusste zwar, dass man dich bei der Sitte geschasst hat, aber nicht, wie tief du gesunken bist. Und, gefällt's dir?«

»Ja«, brummte Peroni. »Tut einem Mann ganz gut, von Zeit zu Zeit zusammengestaucht zu werden. Und diese Ermittlungsarbeit hat was. Wir haben uns bei der Sitte immer benachteiligt gefühlt, Toni. Aber das trifft nicht zu. Willst du wissen warum?«

Der kranke Mann musterte ihn nur schweigend.

»Bei der Sitte wussten wir immer, dass wir es mit Scheiße zu tun hatten«, fuhr Peroni fort. »Die Frage war nur, wie übel diese Scheiße war und wie viel davon an uns kleben bleibt.« Er zeigte auf Costa. »Das Privileg haben diese Jungs nicht. Sie versuchen davon auszugehen, dass zunächst einmal jeder unschuldig ist. Bis zum Beweis des Gegenteils. So etwas engt einen ziemlich ein, das kannst du mir glauben.«

»Wenn du deinen Schwanz in der Hose behalten hättest, bräuchtest du jetzt nicht umzulernen«, giftete Martelli.

Peroni verzog das Gesicht. »Das sage ich mir auch immer. Aber warum reden wir eigentlich so, Toni? Mein Kollege und ich sind hier, um dir unser Beileid auszusprechen. Wir kannten Barbara. Wir haben das Mädchen gemocht. Ihr Tod hat uns erschüttert. Also warum streiten wir hier herum? Dir muss doch an einer Aufklärung eben so viel liegen wie uns.«

Martelli begann krampfhaft zu husten. Als der Anfall vorüber war, holte er keuchend Luft. »Ich habe gestern Abend alles gesagt. Hat denn ein Vater kein Recht auf ungestörte Trauer?«

Peroni zog einen Stuhl neben Martelli, setzte sich, warf Costa einen bedeutungsvollen Blick zu und zündete sich eine Zigarette an. »Ich weiß, ich weiß. Aber dieses Arschloch Falcone lässt einfach nicht locker.«

»Ich erinnere mich gut an ihn«, schnaubte Martelli. »Das Pulver hat *der* nicht erfunden. Wer ist bloß auf die Idee gekommen, den zum Inspektor zu machen? Gibt es denn keine guten Männer mehr?«

»Schon«, entgegnete Peroni. »Ein paar. Und wie geht es dir so? Die Kollegen fragen noch immer nach dir.«

»Unsinn. Bis gestern Abend habe ich seit Monaten niemanden aus der Questura gesehen. Jetzt steht die Klingel nicht mehr still.«

Peroni zuckte mit den Schultern und starrte die Wand an.

»Seit wann sind Sie im Ruhestand, Signor Martelli?«, fragte Costa.

»Seit sechs Jahren. Der Trottel, mit dem ich zusammenarbeiten musste, beschwerte sich plötzlich über meinen Husten. Bevor ich wusste, wie mir geschah, schickten sie mich zum Röntgen. Konnten mich gar nicht schnell genug loswerden. Erst monatelang ins Krankenhaus, dann zwangsweise aufs Altenteil.«

»Er hat Ihnen einen Gefallen getan«, sagte Costa. »Mein Vater ist an Krebs gestorben. Je früher er erkannt wird ...«

»Einen Gefallen?« Gereizt sah Martelli ihn an. »*So* nennen Sie das?«

»Ja.«

»Nun, sehen Sie mich an. Ich huste mir die Seele aus dem Leib. Mir geht's beschissen. Die Haare fallen mir aus und meine Eingeweide machen, was sie wollen. Schöner Gefallen. Ich hätte noch gut ein paar Jahre weiterarbeiten können. Aber mit wem? Vielleicht mit irgendeinem dämlichen Grünschnabel, der nicht rechts von links unterscheiden kann und mich den sauberen Ausländertypen ausliefert, die neuerdings den Drogenhandel an der Termini dominieren. Mit Messern, Kanonen und anderem Mist, mit dem wir uns vorher nie herumschlagen mussten.«

Der Mann schien von Selbstmitleid zerfressen zu sein. Sie waren gekommen, um über den Tod seiner Tochter zu reden. Stattdessen konnte Martelli offenbar nur an sich denken und wie unrecht ihm getan worden war. Costa versuchte, sich genauer an Barbara Martelli zu erinnern, aber es gelang ihm nicht. Wenn er es sich recht überlegte, hatte sie etwas schwer Fassbares an sich gehabt, eine bei aller sympathischen Offenheit spröde Anonymität. Vielleicht war ihre Freundlichkeit ebenso eine Fassade wie die Vorgabe, nur eine x-beliebige Verkehrspolizistin zu sein. Darauf musste es in dieser nobel-eleganten Wohnung und im Kopf ihres Vaters Antworten geben. Allerdings wären sie nicht leicht zu finden. Toni Martelli hatte ernsthafte Korruptionsvorwürfe schadlos überstanden und befand sich bei vollen Pensionsbezügen im Ruhestand. Er war nicht der Typ, der bereitwillig mit der Wahrheit herausrückte.

»Also waren Ihre Tochter und Sie Kollegen«, stellte Costa fest.

»Kommt darauf an, was Sie damit meinen. Sie war bei der Verkehrspolizei, ich bei der Sitte. Wir sind uns hin und wieder auf dem Flur begegnet. Aber wir haben nicht über unsere Arbeit gesprochen. Ein guter Polizist behält dienstliche Dinge für sich. Möglicherweise sind Sie zu jung, um das zu wissen.«

»Hat es Sie gefreut, dass sie auch zur Polizei ging?«

Er ließ sich Zeit mit der Antwort. »Ja. Warum nicht?«

»Wer hat Barbara damals eingestellt, Toni?«, mischte sich Peroni ein.

»Das ist mir entfallen.«

Nachdenklich kratzte sich Peroni den Kopf. »Sicher einer von den krummen Typen, mit denen du dich immer umgeben hast. Wie hieß der Mistkerl doch gleich, mit dem du dick befreundet warst? Der vor ein paar Jahren verknackt wurde, weil er von Neri Geld genommen hat? Ah, jetzt fällt es mir wieder ein. Filippo Mosca, stimmt's?«

»Diesen Mist muss ich mir nicht anhören.«

Lächelnd beugte sich Peroni vor und legte eine Hand auf Martellis Knie. »Du musst, Toni. Das ist ja das Schlimme.«

»Wo ist ihre Mutter? Weiß sie es schon?«, erkundigte sich Nic Costa.

»Auf Sizilien. Zu Hause. Natürlich weiß sie es.« Grimmig funkelte Martelli ihn an. »Auf Sizilien gibt es schließlich Zeitungen und Fernsehen. Wie sollte sie da nichts davon erfahren haben?«

»Du hättest sie anrufen sollen, Toni.« Bekümmert schüttelte Peroni den Kopf. »Manche Dinge sind wichtiger als die Vergangenheit.«

Ein knochiger Finger fuchtelte vor Peronis Nase herum. »Du wirst mir nicht sagen, was ich zu tun haben, verdammt noch mal. Misch dich gefälligst nicht in Dinge ein, von denen du nichts verstehst. Diese Frau hat mich verlassen. Ohne jeden Grund. Meinetwegen kann sie in der Hölle schmoren.«

Martellis Reaktion ließ Peronis Gesicht aufleuchten. »Hat sie sich nicht ungefähr zu der Zeit von dir getrennt, als Barbara bei der Polizei angefangen hat? Gibt es da möglicherweise einen Zusammenhang?«

»Verschwinde. Lass mich in Ruhe.«

Der Mann wurde nicht von Trauer beherrscht, sondern von Hass. Von Hass und möglicherweise Angst.

»Können wir irgendetwas für Sie tun?«, fragte Costa. »Ihnen vielleicht bei der Vorbereitung der Bestattung helfen?«

Martellis Blick richtete sich auf den Fußboden. »Nein.«

»Gibt es denn gar nichts, was Sie uns sagen könnten?«

Er schwieg.

Peroni lehnte sich zurück. »Du hast eine echt großartige Wohnung. Ich wünschte, ich könnte mir so was leisten. Natürlich kannst du den ganzen Tag hier sitzen bleiben, um zu rauchen und nachzudenken. Aber hast du auch etwas Essbares, Toni? Soll der Junge vielleicht was holen, während wir beide hier darauf warten, dass du deine Stimme wieder findest? Ein paar Flaschen Bier? Pizza?«

Martelli schüttelte den Kopf. »Sie war zweiunddreißig Jahre alt. Eine erwachsene Frau. Glaubst du denn, sie hätte mir immer alles erzählt? Ich kann es mir einfach nicht erklären. Nach Dienstschluss, gegen halb vier ist sie nach Hause gekommen. Kurz darauf hat sie einen Anruf gekriegt und sich in ihre Ledermontur geschmissen. Ich dachte, sie wollte eine kleine Spritztour unternehmen. Schließlich war es ein schöner, sonniger Tag. Vielleicht wollte sie sich mit jemandem treffen. Keine Ahnung.«

»Sie hat Ihnen nichts gesagt?«, hakte Costa nach.

Martelli sah Peroni an. »Was soll das? Sind wir vielleicht in der Schule? Im Berufskundeunterricht?« Er richtete seinen Skelettfinger auf Costas Brust. »Wenn das der Fall gewesen wäre, hätte ich es erwähnt.«

»Natürlich.« Wieder fragte sich Costa, warum man dem Mann so gar keine Erschütterung über den Tod seiner Tochter anmerkte. Konnte Toni Martelli seine Trauer so gut verbergen? Oder gab es da noch etwas anderes? Angst? Die Befürchtung, man könnte ihm irgendwie auf die Schliche kommen?

»Wie wäre es, wenn wir Ihnen jemanden schicken? Jemanden, der Sie psychologisch betreut.«

»Eine Flasche Grappa und ein paar Schachteln Zigaretten wären mir lieber. Psychologische Betreuung! Kein Wunder, dass alle sagen, die Polizei wäre auf den Hund gekommen.«

»Wir könnten jemand zu ihrem Schutz abstellen«, schlug Costa vor.

»Wozu? Meinen Sie, ich hätte es nötig?«

»Keine Ahnung. Das müssen Sie wissen. Wir gehen davon aus, dass Ihre Tochter Geheimnisse hatte. Vielleicht nehmen ein paar Leute an, sie hätte sie Ihnen anvertraut.« Costa beugte sich vor. »Möglicherweise hat sie das auch getan.«

»Versuchen Sie nicht, mich über den Tisch zu ziehen, Junge«, zischte Martelli. »Grünschnäbel wie Sie hätte ich früher zum Frühstück verputzt. Entweder Sie stellen endlich ein paar sachliche Fragen oder Sie verschwinden. Ich wollte eigentlich ein bisschen Fußball gucken.«

Es war, als wäre für Toni Martelli nichts Ungewöhnliches geschehen. Oder als wollte er die Ereignisse einfach verdrängen, womöglich aus Angst vor den Konsequenzen. Der Mann war und blieb Nic Costa ein Rätsel.

Peroni warf einen Blick auf seine Armbanduhr. Dann sah er Costa an. Beide wussten, dass sie keinen Zentimeter weiter kamen.

»Noch eine Frage, Signor Martelli«, sagte Costa. »Hatte Ihre Tochter einen Freund?«

Finster funkelte der Mann ihn an. »Nichts Ernstes.«

»Können Sie uns Namen nennen? Haben Sie sie kennen gelernt?«

»Nein.« Er steckte sich eine Zigarette an, nahm einen tiefen Zug und schloss die Augen. »Ging mich nichts an. Sie übrigens auch nicht.«

»Jetzt schon«, lächelte Peroni. »Wir werden einen Blick in Barbaras Zimmer werfen müssen, Toni. Das ist nicht nur für uns wichtig – auch für sie. Ist Barbara abends immer nach Hause gekommen? Oder hat sie manchmal bei einem Freund übernachtet?«

»Warum dieses Interesse? Geht euch dabei vielleicht einer ab?«, fragte Martelli.

»Hat sie Ihnen vielleicht Telefonnummern genannt?«, fragte Costa ungerührt zurück. »Unter denen sie im Notfall erreichbar war?«

Toni Martelli starrte sie nur stumm an. Aber er schien nachzudenken. Irgendetwas ging in seinem Kopf vor.

»Sie machte sich nicht viel aus Männern«, sagte er schließlich. »Auch aus Frauen nicht, damit Sie mich nicht falsch verstehen. Sie war nicht interessiert. Jedenfalls nicht für lange. Ich …«

Einen kurzen Moment lang überzog so etwas wie Schmerz sein Gesicht. »Ich wünschte, sie hätte sich verknallt, geheiratet, Kinder gekriegt. Statt dieser verdammten Einsamkeit …«

»Warum war sie einsam?«, fragte Peroni. »Ausgerechnet Barbara? Ich meine, sie hätte doch jeden Mann haben können, den sie wollte. Warum hat sie nicht wenigstens versucht, ob sie mit einem von ihnen vielleicht doch klarkommt?«

»Keine Ahnung«, knurrte Martelli. »Aber was sollen diese Fragen? *Mir* hat sie nie etwas erzählt.«

Nic Costa verspürte eine starke Abneigung gegen den

schroffen, verbitterten Mann. Peroni hatte einen nicht uninteressanten Punkt angesprochen. Barbara Martelli war nie auf eine der Einladungen eingegangen, die sie höchstwahrscheinlich pausenlos bekam. Aus Furcht vor Männern? War in der Vergangenheit vielleicht etwas geschehen, was ihr eine ganz normale Beziehung unmöglich machte?

»Es ging mir nicht um Sie«, stellte Costa fest. »Nicht direkt. Versuchen Sie doch wenigstens mal, nicht nur an sich zu denken, Signor Martelli, obwohl ich bezweifle, dass Sie das können. Ich habe nach Ihrer Tochter gefragt. Wie ich es sehe, gibt es lediglich drei Möglichkeiten. Entweder hat sie spontan gehandelt, aus eigenem Antrieb, allein und aus Gründen, die uns wohl immer verschlossen bleiben werden. Oder sie tat jemandem privat einen Gefallen. Oder aber jemand von der Mafia hat sie seit Jahren dafür bezahlt, dass sie in ihrer Freizeit kleine Aufträge erledigte.«

Martelli zog an seiner Zigarette und schickte eine Qualmwolke durch den Raum. Costa hob eine Hand und wedelte den Rauch fort.

»Sie sind Ihr Vater«, fuhr Nic Costa fort. »Sie waren Polizist. Wie und wo haben Sie Ihr Geld angelegt?«

Die Zigarette glühte erneut auf.

»Und da wir gerade bei Gelddingen sind … Wo sind die Bankauszüge Ihrer Tochter? Und Ihre?«

»Die wurden beschlagnahmt«, fauchte Martelli. »Gestern Abend. Sie sind sauber. Es gibt keine Hinweise auf irgendwelche krummen Dinger. Halten Sie mich für einen Idioten?«

Costa stand auf. »Sie haben doch nichts dagegen, dass wir uns noch einmal in der Wohnung umsehen, Signor Martelli? Nur für den Fall, dass den Kollegen etwas entgangen ist?«

Empört wandte sich der Mann an Peroni. »Jetzt reicht es mir wirklich. Oder habt ihr einen Durchsuchungsbefehl?«

Peroni schüttelte den Kopf. »Wir werden nicht mit leeren

Händen gehen, Toni. Irgendetwas muss es da geben. Etwas, an das du dich seit gestern Abend erinnert hast. Wenn du nicht endlich den Mund aufmachst, quartieren wir uns mit Bier und Pizza bei dir ein. Das verspreche ich dir.«

»Darauf kann ich verzichten«, brummte Martelli. »Eins werde ich euch sagen. Sie war eine gute Tochter. Sie hat für mich gesorgt. Für sie kam die Familie immer an erster Stelle. Ich wünschte, ich hätte das mehr zu schätzen gewusst. Ich wünschte …«

Er verstummte. Tränen traten in seine Augen.

Er bemitleidet sich selbst, dachte Costa. Seine Kontakte hatten ihn vor einer Strafverfolgung bewahrt. Vermutlich hielt er sich für unantastbar und war fest davon überzeugt gewesen, dass sich das auch auf seine Tochter erstrecken würde.

»Das muss furchtbar sein«, begann er leise. »Zu wissen, dass man durch etwas, was man in der Vergangenheit getan hat, womöglich den Tod der eigenen Tochter verursacht haben könnte.«

»Raus jetzt«, keuchte Martelli. »Alle beide. Und kommt bloß nicht wieder.«

Costa wollte protestieren, doch das würde nichts bringen. Toni Martelli fühlte sich sicher. Solange er in der großen, leeren Wohnung an der Piazza San Giovanni in Laterano bleiben konnte, würde er sich weiter der Überzeugung hingeben, dass niemand ihm etwas anhaben konnte. Irgendwann würde sich die ganze Aufregung legen, das wusste er genauso gut wie sie.

Wortlos verließen sie Toni Martelli. Die beiden Männer traten vor die Haustür. Eine grelle Sonne strahlte vom wolkenlosen Himmel und schmerzte in den Augen. Die Helligkeit gab der Stadt etwas Hartes, Zweidimensionales.

»Wir sollten uns über unsere Rollen einigen. Wer der gute Bulle ist und wer der böse«, schlug Peroni vor, als sie zum Auto gingen. »Eben war ich mir da nicht ganz sicher.«

»Tatsächlich? Welche Rolle würden Sie denn gern übernehmen?«

»Die des guten Bullen. Vielleicht nicht unbedingt bei Mistkerlen wie Martelli. Aber vom Temperament her liegt es mir mehr. Während Sie ... Nun, ich glaube, Sie könnten ein noch schärferer Hund sein als Falcone, wenn Sie wollen. Beunruhigt Sie das nicht ein bisschen, Nic?«

»Neuerdings weniger.«

Peroni musterte ihn verwirrt. »Ich wünschte wirklich, Sie würden mich nicht dazu anstacheln. Wie ein Ermittler zu denken, meine ich. Dafür bin ich nicht geschaffen.«

»Und was denken Sie?«

Er reckte den Daumen über die Schulter zurück. »Martelli hat sich bestechen lassen. Das steht fest. Also ist Barbara seinem Beispiel gefolgt. Oder ihr Job war eine Belohnung für etwas, was Martelli getan hat. Sie hat die korrupte Ader geerbt.«

Halb gekränkt blickte Peroni seinen Partner an. »Was ist denn? Warum sehen Sie mich so an?«

»Sie setzen Ihre Vorstellungskraft ein«, schmunzelte Costa. »Hervorragend. Vielleicht geben Sie irgendwann doch noch einen guten Ermittler ab.«

Lachend deutete der ältere Mann auf das Auto. »Als Nächstes werde ich noch Inspektor. Jetzt lasse ich mich erst einmal von Ihnen chauffieren. Als eine Art Luxus in der natürlichen Ordnung der Dinge. Manches ändert sich nie.«

Doch, dachte Costa. Die Welt hat sich bereits geändert. Polizisten erschießen in ihrer Freizeit Menschen und kommen danach selbst um. Irgendetwas ging vor sich. Dass es willkürlich, unkontrolliert geschah, machte es nicht weniger gefährlich.

Nic Costa setzte sich hinter das Steuer, wartete, bis Peroni sich angeschnallt hatte, und fuhr los. Während er sich in den Verkehr auf dem großen, belebten Platz einfädelte, dachte er an Miranda Julius, an ihre verschwundene Tochter und versuchte zu ergründen, ob die beiden – möglicherweise unwissentlich – zu den Plänen gehörten, die Barbara Martelli vor weniger als vierundzwanzig Stunden in ihrem tödlichen Auftrag nach Ostia geführt hatten.

»Etwas wissen wir immerhin«, stellte er irgendwann fest.

»Und was wäre das?«

»Barbara hat nicht auf dem Motorrad gesessen, mit dem Suzi Julius vom Campo verschwunden ist. Sie war im Dienst. Ich muss ihre Route zwar noch genau überprüfen, aber ich bin mir fast sicher, dass sie es nicht gewesen sein kann. Sie hätte weder ihre Uniform noch das Motorrad wechseln können, ohne dass es jemandem aufgefallen wäre.«

Peroni nickte. »Stimmt. Mein Gott, darauf hätte ich auch selbst kommen können.«

»Bisher machen Sie alles sehr gut, Gianni. Sie müssen nur weiterhin nach möglichen Verbindungen forschen. Ihre Fantasie gebrauchen.«

»Ich will aber meine Fantasie nicht einsetzen«, murrte Peroni. »Ich will, dass man mir sagt, was ich zu tun habe. Einverstanden? Und sagen Sie jetzt bloß nicht, ich würde mich drücken.« Während der Fiat die leichte Steigung am Colosseum nahm, griff er in Costas Sakkotasche.

»Hören Sie mal ...«, protestierte Costa.

Peroni zog den Umschlag mit Urlaubsfotos heraus, den Miranda Julis ihnen gegeben hatte, und wedelte damit vor Costas Gesicht herum. »Ich habe schließlich Augen im Kopf, oder? Zwischen Ihnen beiden spielt sich also nichts Privates ab? Zumindest im Moment noch nicht?«

»Haha.«

Peroni verzog das Gesicht. »Dann ist es ja gut. Und Ihre Keckheiten sollten Sie sich besser abschminken, Nic. Wenn ich erst einmal Ihr Boss bin, werde ich Ihnen das nicht durchgehen lassen. Streng, aber gerecht, lautet mein Motto. Ich dulde keine Impertinenz und ...«

Abrupt brach er ab. Costa musste an einer roten Ampel

halten. Halb hinter einer Straßenbahn eingeklemmt, beobachtete er besorgt, wie Touristen alle Verkehrszeichen ignorierten und ihr Leben leichtfertig aufs Spiel setzten.

»Was ist?«, fragte er seinen Kollegen.

Peroni streckte ihm vier Aufnahmen vom Trevi-Brunnen entgegen.

»Haben Sie sich unseren toten Professor in Ostia angesehen?«

»Nein. Ich war mit Erkundungen in der Umgebung des Tatorts beschäftigt.«

»In diesem Fall hätten Sie heute früh den Fernseher einschalten sollen. Sie haben ein Foto von ihm gezeigt. Hier, das ist er.« Peroni tippte auf einen Mann in der Menge, der interessiert in die Kamera blickte.

»Und hier ebenfalls.« Er zeigte auf das nächste Foto. Es war offenbar ein wenig später entstanden, denn auf dem Foto waren inzwischen andere Leute zu sehen, aber Randolph Kirk stand noch immer da.

»Und hier. Und hier auch.«

»Auf vier Bildern?« Costa wusste nicht recht, was er empfand. Befriedigung über die Feststellung oder blankes Entsetzen.

»Warum hat er sich so lange in ihrer Nähe aufgehalten?«, wunderte sich Peroni. »Vielleicht war er ja nur eine Art heimlicher Bewunderer, der gar nicht mehr von ihr wollte? Oder es handelt sich um reinen Zufall?«

Nic Costa blickte in den Rückspiegel, trat aufs Gaspedal und fuhr so rücksichtslos an, dass rund um ihn wütend gehupt wurde.

»Keine Ahnung, wie es Ihnen geht«, sagte er, »aber ich halte nicht viel von Zufällen.«

»So wie Sie es aussprechen, hört es sich fast an wie ›Vagina‹. Entschuldigen Sie, aber da bin ich sehr heikel.«

Hilflos suchte Teresa Lupo nach Worten. Sie hatte einen

irgendwie faden, steifen Universitätsadministrator erwartet, aber nicht diese schlanke Frau in mittleren Jahren, in einem eleganten, schwarzen Samtkleid und mit einer Perlenkette um den Hals, die ihr kerzengerade gegenübersaß. »Regina Morrison, Direktorin der Hochschulverwaltung« stand auf einem pompösen Messingschild auf dem Schreibtisch zwischen ihnen, gefolgt von einer ganzen Reihe akademischer Titel. Teresa wusste beim besten Willen nicht, wie sie reagieren sollte. Außerdem ging es ihr gar nicht gut. Ihr Kopf schmerzte, ihr Hals fühlte sich trocken an, ihre Augen brannten.

»Wie bitte?«

Die Frau verschob das Foto eines kleinen Terriers auf dem Schreibtisch so, dass der Hund Teresa Lupo direkt anstarrte. »*Re-jie-na* Morrison. Ich kann nichts für meinen Namen. Manchmal überlege ich, ob ich mir nicht etwas leichter Aussprechbares suche. Aber dann frage ich mich wieder, warum eigentlich? Warum sollte ich einer ignoranten Welt gegenüber Zugeständnisse machen?«

»Rejiena …«

»Na bitte«, strahlte die Frau. Sie hatte einen sehr ordentlichen, fast maskulinen Kurzhaarschnitt. »Geht doch, oder? Aber kommen wir zur Sache. Sie sind Polizeibeamtin?«

»Teresa Lupo. Ich arbeite für das Polizeipräsidium.«

Regina Morrison beugte sich vor und legte ihre ausgestreckten Hände gegeneinander. Vermutlich eine Geste, die sie besonders aufsässigen Studenten gegenüber anwandte. »Also sind Sie *keine* Polizeibeamtin?«

Es hat keinen Sinn, dieser Frau etwas vorzumachen, dachte sie. »Genau genommen nicht. Ich bin Gerichtsmedizinerin. Wir sind hier in Italien, Frau Professor Morrison. Da ist manches komplizierter als anderswo.«

»Ich bin zwar erst sechs Monate hier, aber das habe ich auch schon bemerkt. Dennoch sollte ich vielleicht zufrieden sein, dass überhaupt jemand von der Polizei auftaucht. In

Edinburgh würden alle möglichen Leute durch mein Büro trampeln und dumme Fragen stellen. Ganz zu schweigen von einem halben Dutzend Medienvertretern. Inzwischen ist Randolph fast vierundzwanzig Stunden tot, aber Sie sind bisher die Einzige, die mich sprechen will. Soll ich dafür dankbar sein? Oder gekränkt?«

»Fragen Sie mich das noch einmal, wenn Sie die richtigen Bullen erleben«, antwortete Teresa Lupo trocken. »Ich schätze, dann wären Sie eher dankbar.«

Die Frau schien ein Lächeln zu unterdrücken. »Und warum sind Sie dann hier und nicht die anderen?«

»Weil ...« Sie hob die Schultern. »Professor Kirk wurde von einer Polizistin getötet, das sorgt irgendwie für eine Verschiebung der Prioritäten. Vom Opfer auf die Täterin. Im Moment wenigstens. Ich habe mir heute früh den vorläufigen Bericht angesehen. Darin steht, dass Kirk eine Art Einzelgänger war. Er lebte allein, hatte keine Verwandten in Italien. Und nur wenig Freunde. Polizisten sind wie ...« Sie suchte nach einem Vergleich. »Wie Universitätsverwalter. Sie setzen ihre Ressourcen da ein, wo sie sich die besten Ergebnisse erhoffen. Die Frau, die Professor Kirk erschossen hat, ist allgemein bekannt. Meiner Einschätzung nach glauben sie, schneller zu einer Aufklärung des Falles zu kommen, wenn sie sich zunächst auf die Täterin konzentrieren, anstatt ihre Zeit mit der Suche nach irgendwelchen Bargängern zu vergeuden, mit denen Kirk außer Dienst einen trank.«

»Selbst das tat Randolph Kirk allein. Der arme Kerl«, sagte Regina Morrison überzeugt.

Professor Morrison öffnete den Schreibtisch und holte eine halb gefüllte Flasche Glenmorgie Malt sowie zwei kleine Gläser heraus. Sie goss großzügig Whisky ein, griff nach einem Glas und sah ihrer Besucherin über den Schreibtisch hinweg direkt in die Augen. »*Cheers.* Oder ist Ihnen *cin cin* lieber?«

»Tut mir Leid, aber ich bin im Dienst. Übrigens sollte

das eben keineswegs eine Anspielung sein. Es war einfach nur eine Redewendung. Wenn Sie mit ihm befreundet waren …«

»Nein«, entgegnete die Frau bestimmt und leerte ihr Glas in einem Zug. »War ich nicht. Durchaus nicht. Ich bin nur ein bisschen verdutzt, dass er und damit auch der Rest unserer akademischen Gemeinschaft für Sie von geringerem Interesse sind als Ihre mordende Kollegin.«

Teresa Lupo zog Kirks Buch aus ihrer Handtasche und hob es hoch. »Für mich sind sie durchaus nicht uninteressant. Ich hatte gehofft, dass Professor Kirk mir ein paar wichtige Fragen beantworten könnte. Leider ist es dazu während unseres kurzen Zusammenseins gestern nicht gekommen, aber ich habe sein Buch gelesen. Und das finde ich wirklich ungemein interessant. Deshalb bin ich hier, Frau Professor Morrison.«

»Sie waren das?«, erkundigte sie sich gespannt. »Die Frau, die zum Zeitpunkt der Tat bei ihm war?«

»Nicht *bei ihm*. Ich war in seinem Büro eingeschlossen. Ich glaube, er hat mir das Leben gerettet. Auch wenn er das sehr wahrscheinlich nicht beabsichtigt hat.«

»Verkaufen Sie sich doch nicht unter Wert«, sagte Regina Morrison mit spürbarer Bewunderung.

Unbewusst befühlte Teresa Lupo das Pflaster an ihrem Kopf. »Ich werde versuchen, Ihren Rat künftig zu beherzigen.«

»Aber ich begreife nicht, warum ausgerechnet Sie hier sind. Man sollte doch meinen, Sie hätten genügend andere Aufgaben.«

Regina Morrison kam mit bemerkenswerter Direktheit auf den Punkt. Und hatte zweifellos Recht. Teresa Lupo dachte daran, mit welchem Berg von Arbeit sie das Mönchlein allein gelassen hatte, und fühlte sich sofort unbehaglich.

»Es gibt da für mich noch etliche offene Fragen. Haben Sie Kirks Buch gelesen?«

»Aber ja. Obwohl ich jetzt in der Verwaltung tätig bin, gehört meine Liebe weiterhin dem klassischen Zeitalter. Eines Tages gehe ich in die Lehrtätigkeit zurück. Eher früher als später, wenn ich noch ein Mitglied der Professorenschaft auf diese plötzliche Art verliere. Da ich erst im vergangenen Herbst aus Edinburgh nach Rom kam, sollten Sie vielleicht keine profunden Aussagen über Randolph Kirks Persönlichkeit erwarten. Aber ich habe sein Buch gelesen und bewundere es sehr. Ich hatte sogar darauf gehofft, er hätte ein weiteres in der Schublade, in das ich vielleicht vorab einen Blick werfen könnte. Das war ein Grund für mich, die Position hier anzunehmen.« Sie dachte einen Moment nach. »Ich hatte ja keine Ahnung.«

»Wovon?«

»Offen gesagt hatte ich mir vorgenommen, darüber mit einem Kriminalbeamten zu sprechen.«

Doch so lange wollte sie offenbar nicht warten. Regina Morrison brannte darauf, ihre Geschichte loszuwerden.

»Ich werde es weitergeben. Das verspreche ich Ihnen.«

»Davon bin ich überzeugt«, schmunzelte die Frau. »Wenn Sie es genau wissen wollen, stand ich kurz davor, ihm die Kündigung auszusprechen. Nur eine von etlichen unangenehmen Aufgaben, denen ich mich im Moment gegenübersehe. Man hat sich unter anderem auch für mich entschieden, weil ich Ausländerin bin. Kein Italiener wäre bereit oder in der Lage, sich den … Problemen zu stellen, die dringend bereinigt werden müssen. Damit begehe ich keine Illoyalität, denn eines Tages wird es ohnehin herauskommen. Misswirtschaft. Betrug. Einige höchst zweifelhafte akademische Projekte. Und Randolph Kirk. Ein ausgezeichneter Wissenschaftler. Nach allem, was man hört, einer der Besten seiner Generation in Cambridge. Aber ein einsamer, kleiner Mann mit den entsprechenden Gewohnheiten. Er konnte seine Hände nicht bei sich behalten. Die meisten Akademiker wechseln nach einer gewissen Zeit an andere Universitäten.

Das erhöht ihren Ruf ebenso wie ihre Gehälter. Aber nicht Randolph Kirk. Er blieb, und das aus gutem Grund. Anderswo wären seine üblen Spielchen sehr schnell aufgeflogen. Er hätte seine Lehrberechtigung auf Lebenszeit verloren, wäre verklagt worden und vermutlich hinter Gittern gelandet.«

Einen Moment lang kam sich Teresa Lupo vor wie eine Ermittlerin vor einer entscheidenden Information. Es war ein großartiges Gefühl. »Üble Spielchen?«

»Er machte sich an junge Frauen heran. Je jünger, desto besser. Das ganze Ausmaß der Vorfälle kann ich nur ahnen. Zu Hause bei mir herrschen quasi amerikanische Verhältnisse. Mädchen schreien schon ›Vergewaltigung‹, sobald jemand sagt, sie hätten ein hübsches Kleid an. Ich werde wohl nie begreifen, warum Sigmund Freud in Wien geblieben ist. In Edinburgh hätte er weit ergiebiger forschen können. Ganz im Gegensatz zu hier. Jeder schweigt wie ein Grab. Vielleicht glauben die Mädchen, es gehöre zum Seminar. Dennoch lagen mir genügend Beweise vor, um ihm seinen Lehrstuhl entziehen zu können. Und ohne Ihre Waffen schwingende Kollegin hätte ich das schon bald getan. Glauben Sie mir.«

Teresa tippte mit dem Zeigefinger auf das Buch. »Gibt es Zusammenhänge zwischen seinem Verhalten und dem, was er hier geschrieben hat?«

Regina Morrison lächelte. »Unsere Gedanken gehen offenbar in die gleiche Richtung. Bemerkenswert. Ich habe sein Buch vor ein paar Jahren gelesen. Als ich dann hier die ersten Geschichten über den wahren Randolph Kirk hörte, habe ich es noch einmal gelesen. Man musste den Mann kennen, um zu verstehen, dass er nicht einfach über geschichtliche Ereignisse geschrieben hat, sondern sie als Grundlage einer persönlichen Philosophie betrachtete, die er aus diesen Ritualen ableitete. Soll ich Ihnen sagen, was ich denke? Ich glaube, dass er seine kruden Ideen *realisierte*. Er hat ein paar der naiveren Mädchen überredet. Irgendwie gelang es ihm, sie davon zu überzeugen, dass es sich lohnen könnte. Ich vermag zwar nicht nachzuvollziehen, wie sie auf diesen faulen Zauber hereinfallen konnten, aber Sie wissen ja, wie junge Mädchen sind. Vielleicht versprachen sie sich auch irgendetwas davon. Wer weiß. Ich nehme an, dass er eine Maske aufsetzte und so tat, als wäre er die Personifizierung des Gottes. Anderen konnte er damit natürlich nichts vormachen. Die Mädchen wussten genau, was sie taten. Und glaubten unter Umständen, dadurch bessere Noten zu bekommen. Wenn Kirk ein paar Zuschauer einlud – wovon ich fast überzeugt bin, denn er war zweifellos ein Mann, der allen unbedingt und jederzeit erzählen musste, wie klug er doch war –, haben die seinen Hokuspokus wahrscheinlich nicht geglaubt. Sie hatten nur ein bisschen Spaß. Natürlich äußere ich damit lediglich Vermutungen, was Akademiker eigentlich nie tun sollten, dennoch fühle ich mich dazu berechtigt. Ich habe mit ein paar ehemaligen Studentinnen gesprochen. Sie wollten kaum mit der Sprache heraus. Und ich frage mich warum.«

Teresa Lupo schluckte trocken. Das musste sich doch nachweisen lassen.

»Können Sie mir vielleicht Namen nennen? Orte?«

Die Frau auf der anderen Seite des Schreibtischs musterte sie misstrauisch. »Damit könnte ich mir große Probleme einhandeln. Glauben Sie denn, ich hätte mir nicht bereits genügend Feinde geschaffen? Man hat mich geholt, damit ich hier den eisernen Besen schwinge. Das macht einen nicht gerade beliebt. Sobald ich meine Pflicht getan habe, werde ich vor die Tür gesetzt. So ist das nun mal. Aber ich möchte ihnen keinen Vorwand liefern, das vor der Zeit zu tun.«

»Verzeihen Sie, Frau Professor Morrison, aber hier geht es nicht um akademische Spitzfindigkeiten. Auch nicht um die Gründe, aus denen Randolph Kirk gestorben ist. Jedenfalls nicht direkt. Im Moment wird ein Mädchen vermisst. Vielleicht wurde es entführt. Vielleicht ist es freiwillig mitgegangen, ohne zu wissen, was ihm bevorstehen könnte. Aber ich bin mir sicher, dass es irgendeinen Zusammenhang mit Professor Kirk gibt. Entsprechende Hinweise wurden im Zimmer des Mädchens gefunden. Ein Thyrsosstab. Einige andere Gegenstände. Aus diesem Grund hatte ich mich mit ihm verabredet.«

Teresa Lupo sah auf ihre Uhr. Sie musste dringend in die Pathologie zurück. Es gab unendlich viele Fragen, die sie dieser beeindruckenden, intelligenten Frau gern gestellt hätte, aber nur wenig Zeit.

»Aber Randolph Kirk lebt nicht mehr«, gab Regina Morrison zu bedenken. »Er kann ihr nichts mehr tun. Sie glauben doch nicht etwa, er hätte Mädchen *entführt?* Das hätte er gar nicht gekonnt. Jedenfalls nicht ...« Sie verstummte abrupt.

»Ja?«

»Jedenfalls nicht allein.« Regina Morrison schien etwas von ihrer Haltung zu verlieren, und Teresa Lupo entging nicht, wie besorgt die Frau plötzlich wirkte. »Hören Sie ...«, begann ihr Gegenüber und betastete gedankenverloren das Hundefoto. »Ich sitze den ganzen Morgen hier und warte darauf, dass endlich jemand von der Polizei erscheint. Aber die schien es absolut nicht eilig zu haben. Und nun kann alles nicht schnell genug gehen? Als ich gestern Abend von Kirks Tod erfuhr, bin ich hergekommen und habe mich ein bisschen in seinem Zimmer umgesehen. Sie können es meinetwegen auch Durchsuchung nennen. Ich dachte, ich sollte der Polizei besser zuvorkommen. Da wusste ich noch nicht, wie viel Zeit sie sich lassen würden.«

»Sie sind in sein Büro eingebrochen?«, hauchte Teresa Lupo fast ehrfurchtsvoll.

Regina Morrison zeigte auf ihr Namensschild. »Dafür sind Titel ganz praktisch. Und ich habe auch etwas gefunden. In einer Schublade, zu der Randolph Kirk offenbar den Schlüssel verlegt hatte. Der Mann war ausgesprochen weltfremd. Sie machen den Eindruck, als wären Sie nicht empfindlich. Oder irre ich mich?«

»Ich bin Pathologin.«

»Verzeihung. Ich meinte ›prüde‹.«

»Ich?«

Regina Morrison zog einen Schnellhefter aus einer Schublade und schob ihn Teresa Lupo zu. »Mänaden« stand in flüssiger, eleganter Schrift auf dem Umschlag. Darunter klebte ein Bild, eine Lithographie der Theatermaske, die Teresa hinlänglich bekannt war. Regina Morrison beugte sich über den Schreibtisch und flüsterte: »Sie wissen natürlich, was Mänaden sind?«

»Helfen Sie mir auf die Sprünge.« Fieberhaft blätterte die Pathologin in den mit der Maschine geschriebenen Seiten. In ihrem Kopf überschlugen sich die Gedanken.

»Die ekstatischen Frauen im Gefolge des Gottes, den die Griechen Dionysos und die Römer Bacchus nannten. Sie wurden von ihm – natürlich in Vertretung durch seine Jünger – mit einem Ritual in die Mysterien eingeweiht.«

Teresas Finger rasten durch die Seiten. »Was genau ist bei diesen Ritualen geschehen?«

»Nicht einmal Randolph Kirk behauptete, das zu wissen. Zumindest nicht im Detail. Obwohl mir unsere Diskussionen den Eindruck vermittelten, dass er sehr viel mehr wusste, als er in seinem Buch preisgab. Es war ein Ritual, Signora Lupo. Dessen sollten Sie sich bewusst sein.«

Sie blickte auf. »Warum?«

»Rituale sind sehr formal. Sie haben feste Strukturen. Nichts geschieht zufällig. Die Mädchen wurden nicht einfach auf der Straße eingefangen. Manche traten freiwillig in den Kult ein, andere waren Geschenke ihrer Familie.«

»Was?«, fragte Teresa Lupo entsetzt. »Warum sollten Eltern so etwas tun?«

»Weil sie glaubten, das Richtige zu tun. Was erstaunt Sie daran? Noch vor kurzem wurden Mädchen von ihren Familien zu einem Leben im Kloster bestimmt. Wo ist da der Unterschied?«

Sie dachte an Kirks Buch. »Ordensschwestern werden nicht vergewaltigt.«

»In beiden Fällen werden Frauen Dienerinnen ihres Gottes. Der Unterschied liegt im Detail. Abgesehen von den Zügellosigkeiten des Dionysos-Kults gibt es durchaus Ähnlichkeiten. Freiwillig oder genötigt – die Mädchen unterwarfen sich der Zeremonie. Sie wurden Bräute des Gottes. Physisch wurde die Ehe allerdings durch Anhänger des Gottes vollzogen, durch Männer wie Randolph Kirk, nehme ich an.«

»Und danach?«

»Danach gehörten sie ihm. Beziehungsweise seinen Jüngern. Sie beteten ihn an, dienten ihm – und ihnen. Einmal im Jahr kehrte er zurück, um sich erneut mit seinen Frauen zu vereinigen. Er gab ihnen alles, was sie sich wünschten: Ekstase, rauschhafte Verzückung. Wenn Kirk Recht hatte, kam es zu den größten Ausschweifungen, der Gewalttätigkeit und den sexuellen Zügellosigkeiten erst nach der Hochzeitszeremonie. Sie feierten das, was wir Orgien nennen würden. Rücksichtslos, ungehemmt, befreiend. Dann kehrten sie nach Hause zurück und waren für den Rest des Jahres gute Mütter. Haben Sie *Die Bakchen* gelesen, oder ist Euripides nicht nach Ihrem Geschmack?«

»In letzter Zeit nicht.«

Regina Morrison zog einen schmalen, blauen Lederband aus dem Bücherregal hinter ihr. »Wenn Sie mögen, können Sie sich das Buch ausleihen. Man kann die Geschichte unterschiedlich deuten. Liberale sehen darin eine Analogie für die Zwiespältigkeit der menschlichen Natur, für unser Bedürfnis, der Wildheit in uns hin und wieder ein Ventil zu verschaffen, weil sie sich ohnehin Bahn bricht, und das in einem Moment, in dem wir uns das am wenigsten wünschen. In Euripides' Stück geht es um die Absicht Dionysos', sich die Stadt Theben gewaltsam zu unterwerfen. Menschen werden von rasenden, blutgierigen Frauen zerfetzt, nur weil sich jemand dem Gott widersetzt hat.«

Sie beugte sich über den Schreibtisch. »Wollen Sie wissen, was ich denke?«

Teresa Lupo war sich nicht sicher, ob sie das wollte, hörte sich aber trotzdem mit einem Ja antworten.

»Es geht schlicht um Männer, Macht und Sex. Darum, dass sie sich alles erlauben können, ohne jede Rücksicht auf die Gefühle von Frauen. Und darum, dass wir ihnen auch noch dankbar zu sein haben, weil sie schließlich den Gott in sich tragen und wir die wahren Wonnen nur dann kennen lernen können, wenn wir uns ihnen gefügig zeigen. Sie verstehen, was ich meine?«

»O ja. Ziemlich genau«, murmelte Teresa Lupo.

»Niemand will gern puritanisch erscheinen, Signora Lupo. Als Schottin weiß ich, wovon ich rede. Gegen einen Fick unter Fremden – einen *zipless fuck,* um Erica Jong zu zitieren – ist nichts einzuwenden. Ein bisschen fleischliche Wollust schätzt doch jeder. Ein kurzes Vergnügen, ohne später groß darüber nachzudenken. Sicher teilen Sie meine Meinung?«

Schweigend sah Teresa Lupo die gelassene, elegante Frau ihr gegenüber an. »Ja«, sagte sie schließlich.

»Aber hier geht es nicht um einen schnellen, leichtsinnigen Fick in irgendeiner dunklen Ecke, oder? Randolph Kirk hat alles ganz genau geplant. Es ist so verdammt *männlich.*«

»Ich stimme Ihnen zu. Anscheinend haben wir beide uns mit denselben Männern verabredet, Professor Morrison.«

»Ich gebe mich nicht mehr mit Männern ab«, erklärte Regina Morrison. »Ich finde, sie haben beklagenswert wenig zu bieten. Wo bleibt die Herausforderung? Wo liegt der Sinn, wenn man weiß, dass sie es mit jeder treiben, die sie finden können? Hier. Ich gebe Ihnen meine Karte. Mit meiner Handynummer.«

»Gut.« Sie verfluchte ihre Dummheit, nahm die Karte aber dennoch entgegen.

»Es ist eine Frage der Einstellung«, sagte Regina Morrison. »Wie alles.«

Teresa vertiefte sich wieder in den Ordner. Er enthielt Seiten über Seiten. Und Fotos. Unmengen Fotos.

Sie spürte die Blicke der Frau auf sich. »Was ist?«

»Es war Ihre Idee, nach dem Verbleib des Mädchens zu forschen, oder? Deshalb sind Sie gekommen. Ihre Polizeikollegen glauben nicht, dass es eine Verbindung gibt.«

Überrascht hob Teresa Lupo den Kopf. Die Frau war ihr von Anfang an zwei Schritte voraus gewesen. Ein beunruhigender Gedanke. »Sie sind sich nicht sicher.«

»Sie sollten besser hoffen, dass Ihre Kollegen Recht haben und Sie sich irren. Denken Sie an das Datum.«

»Das Datum?«

»Sie haben Kirks Buch doch gelesen. Morgen ist Liberalia. Der Tag, an dem neue Bräute in die Mysterien eingeweiht werden. Und Mänaden.«

»Ja, ich weiß.« Sie erinnerte sich an Nic Costa. »*Wir* wissen es.«

Regina Morrison lächelte sie an. »Sie wirken ein bisschen – erregt.«

Die Gerichtsmedizinerin nahm ein Bild aus der Akte, legte es auf den Schreibtisch und musste einen plötzlichen Niesreiz unterdrücken.

Es war ein altes Foto, mit einer billigen Kamera und unter unzulänglichen Lichtverhältnissen aufgenommen. Vermutlich von einem Laien in einer privaten Dunkelkammer entwickelt, was die blasse Farbqualität erklären würde. Die Darstellungen an den Wänden im Hintergrund konnte Teresa Lupo nur schwer erkennen. Sie ähnelten den tanzenden Faunen und lüstern grinsenden Satyrn in Kirks Buch, aus dem Gebäude in Ostia, das ihm möglicherweise als Kulisse seiner sonderbaren Spielchen gedient hatte. Aber nicht ganz. Etwas war anders. Die Bilder wirkten älter, irgendwie noch finsterer, darüber hinaus schien der Raum größer zu sein.

Vielleicht hatte Kirk die römische Villa der Mysterien gefunden und seine Entdeckung aus eigennützigen Gründen für sich behalten.

Im Zentrum der Aufnahme war Barbara Martelli zu sehen. Sie trug ein einfaches, weißes T-Shirt zu Jeans und wirkte unglaublich jung. Mit brennenden Augen versuchte Teresa Lupo den langen Weg zu ergründen, auf dem sich dieses zauberhafte, unschuldige Mädchen in ein mörderisches Rieseninsekt verwandelt hatte. War die Bestie damals schon in ihr, reifte sie in einem Kokon aus tödlichem Hass über die Jahre heran, um schließlich aus ihr hervorzubrechen?

Die Person neben Barbara Martelli wagte sie kaum genauer zu betrachten. Es handelte sich um Eleanor Jamieson. Das war eindeutig. Aber der Anblick des Mädchens – lebendig, voller Erwartungen und Lebensfreude – überstieg fast Teresa Lupos Kraft. Bisher war Eleanor für sie eine mumifizierte Leiche auf einem glänzenden Stahltisch gewesen. Das Foto machte sie zu einer realen Persönlichkeit und unterstrich noch die Ungeheuerlichkeit ihres Todes. Es zeigte sie *vorher*. Der Gott hatte sich ihnen noch nicht genähert. Vielleicht wussten sie nicht einmal, dass er auf dem Weg zu ihnen war.

Teresa gingen die Fotos von Suzi Julius nicht aus dem Kopf. Sie und Eleanor glichen einander wie ein Ei dem anderen. Die beiden blonden, lächelnden Teenager hätten Schwestern sein können. Daneben gerieten der Thyrsosstab, das Tattoo und die Samenkörner nahezu in den Hintergrund. Teresa Lupo kam zu der Überzeugung, dass diese frappierende Ähnlichkeit Suzi Julius zum Verhängnis geworden sein musste. Jemand, der wusste, was vor sechzehn Jahren geschehen war, hatte sich daran erinnert gefühlt, als er dem strahlenden jungen Mädchen in den Straßen Roms begegnet war. Das Rad begann sich zu drehen. Die Ereignisse kamen in Gang.

»Signora Lupo?« Regina Morrison wirkte besorgt. »Alles in Ordnung mit Ihnen?«

»Absolut.« Sie musste husten. Reflexartig begann es hinter ihren Schläfen schmerzhaft zu pochen. »Kann ich den Ordner mitnehmen. Ich fürchte, es lässt sich nicht vermeiden.«

Regina Morrison nickte. »Selbstverständlich. Ist auch wirklich alles in Ordnung? Sie sehen aus, als hätten Sie einen Schluck nötig.«

»Nein, danke. Mir geht es gut.«

Eine glatte Lüge. Ihre Augen brannten, ihr Kopf dröhnte.

Teresa Lupo betrachtete Eleanors Gesicht und machte sich bewusst, dass sie so etwas noch nie erlebt hatte. Wenn sie ihr unter das Messer kamen, waren sie stets tot, wirklich und für immer tot. Ein Schalter hatte sich gedreht und das Leben abrupt ausgeknipst.

Sie erinnerte sich daran, wie sie in Randolph Kirks schäbigem, kleinem Büro gekauert hatte, dachte an das, was kurz nach den Schüssen passiert war. An diese Empfindung, etwas würde durch sie hindurchgehen wie der letzte, resignierte Seufzer einer entschwindenden Seele.

Als sie Eleanor Jamieson anstarrte, hatte sie ein ähnliches Gefühl, verspürte die gleiche Unsicherheit sich selbst und dem gegenüber, womit sie ihren Lebensunterhalt verdiente. Nur um Rechnungen zu bezahlen und den unersättlichen Schlund des Staates zu füllen. Und jetzt war Suzi Julius irgendwo da draußen und in ernster Gefahr. Aber niemand in der Questura scherte sich einen Deut darum, weil Teresa Lupo, die Crazy Teresa, eigenmächtig die Dinge in ihre Hand genommen und alles nur noch schlimmer gemacht hatte.

»Hier ist ein Taschentuch, Signora Lupo«, sagte Regina Morrison. »Nehmen Sie es, bitte.«

»Danke«, flüsterte sie, ließ den Ordner sinken, griff mit Tränen in den Augen und zitternder Hand nach dem Glas und trank es in einem Zug leer. Gefolgt von einem zweiten Whisky, den Regina Morrison flugs nachschenkte.

Falcone warf einen neugierigen Blick auf die dunkel gekleideten Männer, die in Neris Erdgeschoss herumlungerten. Hastig führte der fette alte Gangster ihn und Rachele d'Amato die Treppe hinauf.

»Ich wusste gar nicht, dass Sie Gäste haben«, bemerkte Falcone. »Und Sie kommen höchstpersönlich an die Tür. Sind Ihnen Hausangestellte neuerdings zu teuer?«

»Ich brauche keine Angestellten«, fauchte Neri. »Und kommen Sie mir bloß nicht dumm, Falcone. Ich hätte Sie überhaupt nicht hereinzulassen brauchen. Ohne entsprechende Papiere haben Sie kein Recht, hier einfach so einzudringen.«

Neri würdigte Rachele d'Amato keines Blickes. »Sie beide sprechen also wieder miteinander? Ich dachte, damit wäre seit dem Ende Ihrer Beziehung Schluss gewesen.«

»Ich bin dienstlich hier«, erklärte sie und folgte Neri in einen großen Wohnraum, der teuer, aber ziemlich geschmacklos eingerichtet war: moderne Ledersofas und -sessel, Gemäldereproduktionen an den cremefarbenen Wänden und ein wuchtiger Glastisch in der Mitte.

Auf einer Couch saßen eine schlanke, attraktive Frau Anfang dreißig, mit feuerroten Haaren und beeindruckenden, wenn auch verärgerten Gesichtszügen, sowie ein offensichtlich nervöser Mann. Er war etwas jünger als die Frau neben ihm, aber genauso schlank.

»Da mir im Moment kein Anwalt zur Verfügung steht, möchte ich, dass meine Familie bei unserem Gespräch dabei ist. Auf diese Weise habe ich Zeugen für den Fall, dass Sie mir die Worte im Mund herumdrehen.«

Falcone nickte.

»Mein Mann hat versäumt, uns vorzustellen«, stellte die Rothaarige fest. »Ich bin Adele Neri, seine Frau.«

»Jetzige Frau«, fügte Neri hinzu.

Sie musterte ihn schweigend. »Und das hier ist Mickey, mein Stiefsohn. Begrüße den netten Polizisten, Mickey. Und schnippe nicht so mit den Fingern. Das macht mich rasend. Und hör auf, die Dame anzugaffen.«

»Freut mich, Sie kennen zu lernen«, murmelte Mickey Neri und verschränkte brav seine Hände.

Sein Vater sank in einen Ledersessel und forderte seine Besucher mit einer lässigen Handbewegung auf, Platz zu nehmen. »Ich sehe keine Veranlassung, Ihnen Kaffee anzubieten. Warum sind Sie hier? Was soll ich denn jetzt schon wieder verbrochen haben?«

»Nichts«, entgegnete Falcone. »Es handelt sich lediglich um einen Höflichkeitsbesuch.«

Neri lachte trocken.

»In dem von Ihnen offenbar befürchteten Fall würden wir nicht nur zu zweit hier auftauchen«, sagte Rachele d'Amato und schien sich zu amüsieren, wie Mickey Neri sie unverwandt anstarrte. »Sondern mit sehr viel mehr Leuten. Und vergessen Sie die Medien nicht. Ich bin sicher, dass die sich das nicht entgehen lassen würden.«

»Dazu wird es nicht kommen«, knurrte Emilio Neri. »Niemals. Dazu besteht kein Anlass.«

Rachele d'Amato sah seinen Sohn an. »Und was ist mit ihm? Gehört er inzwischen auch zum Familienunternehmen?«

»Sagen Sie's mir! Die verdammte DIA schnüffelt doch ständig hinter mir her. Na, was meinen Sie?«

Sie lächelte Mickey an. Er errötete und senkte den Blick.

»Ich finde, er ähnelt Ihnen nicht besonders. Vielleicht verhält er sich auch nur anders als Sie. Keine Ahnung.«

»Nein«, bekräftigte Neri. »Sie haben keine Ahnung. Aber ich werde Ihnen was sagen. Wenn Sie Ihre Statistiken aufbessern wollen, können Sie ihn gern mitnehmen. Meine Frau auch, wenn Sie mögen, solange ...« Er musterte die beiden nachdrücklich. »Solange Sie eine gemeinsame Zelle erhalten. Allerdings hat sie mehr Verstand als er. Unter Umständen beißen Sie sich an ihr die Zähne aus.«

Falcone lächelte dünn. »Eine glückliche Familie. Schön, dass es so was noch gibt«

»Allmählich verliere ich die Geduld. Weshalb sind Sie hier?«

»Ich bin hier«, erwiderte Falcone sofort, »um Sie zu fragen, was Sie vor sechzehn Jahren gemacht haben. Ich möchte, dass Sie mir von Vergil Wallis erzählen und was mit seiner Stieftochter geschehen ist.«

Neri kniff die Augen zusammen. »Das kann nicht Ihr Ernst sein. Sie wollen, dass ich mich an etwas erinnere, das so lange zurückliegt? Von wem haben Sie gerade gesprochen?«

»Von Vergil Wallis«, wiederholte Rachele d'Amato. »Er war Ihr Kontaktmann zur amerikanischen Westküsten-Mafia. Versuchen Sie gar nicht erst, das zu leugnen. Es gibt Fotos, die Sie zusammen zeigen. Wir wissen sehr wohl von Ihren gemeinsamen Geschäften.«

»Ich bin eben ein geselliger Mensch«, begehrte Neri auf. »Ich lerne Tausende von Menschen kennen. Erwarten Sie etwa, dass ich mich an jeden Einzelnen erinnere?«

»An Wallis erinnern Sie sich bestimmt«, sagte Falcone. »Er hätte Ihnen fast das Wohlwollen der Sizilianer vermasselt. Sie haben ihn bei irgendeinem Geschäft übers Ohr gehauen. Herrscht zwischen Ihnen immer noch Eiszeit? Oder kam es in letzter Zeit vielleicht zu Kontakten?«

»*Was?*« Neris Empörung wirkte wenig überzeugend. »Hören Sie, wenn Sie mir weitere Fragen dieser Art stellen wollen, sollten wir uns ein anderes Mal weiterunterhalten. In Anwesenheit eines Anwalts.«

Rachele d'Amato fuhr sich mit der Hand durch ihre perfekt frisierten, braunen Haare. »Sie brauchen keinen Anwalt, Emilio. Niemand wirft Ihnen etwas vor. Wir bitten Sie nur, sich zu erinnern. Wir wissen, dass Sie diesen Mann kennen. Deswegen sind wir nicht hier. Aber seine Stieftochter wurde ermordet. Vor sechzehn Jahren. Und kürzlich wurde ihre Leiche gefunden.«

»Glauben Sie etwa, ich lese keine Zeitungen?«

»Und?«, bohrte Falcone.

Neri sah seinen Sohn an. »Erinnerst du dich vielleicht an diesen Mann? Irgendwie kommt mir der Name bekannt vor. Aber mehr nicht.«

»Klar.« Mickey Neri wirkte nervöser denn je. »Er hat zusammen mit irgendeinem Mädchen ein paar Urlaubstage bei uns verbracht. Die beiden hatten nichts anderes im Kopf als Geschichte. Haben pausenlos nur über Museen und solchen Mist gequasselt. War echt nervend.«

»Sie erinnern sich also an seine Stieftochter?«, erkundigte sich Rachele d'Amato.

»Vage«, räumte Mickey ein. »Ich nahm an, sie wäre seine Sie-wissen-schon. Ein Schwarzer mit einer weißen Blonden im Schlepptau. Was würden Sie denn da denken?«

»Sie hatten also den Eindruck, dass zwischen Wallis und dem Mädchen irgendeine Beziehung bestand?«, hakte Falcone nach.

»Nein.« Rat suchend sah Mickey Neri seinen Vater an. »So kann man es nicht sagen ...«

»Er war ein hochnäsiges Stück Scheiße«, fügte Emilio Neri hinzu. »Wer zum Teufel soll wissen, was sich da abgespielt hat? Aber eins kann ich Ihnen sagen. Ich habe zu meiner Zeit eine ganze Reihe solcher Typen kennen gelernt. Sie kommen her und glauben Geschäfte machen zu können, ohne sich mit auch nur einer Lira einkaufen zu müssen, nur weil sie sich für etwas Besseres halten. Ja, und dann noch etwas. Haben Sie jemals einen Schwarzen gesehen, der mit einer Blonden rumzieht, ohne sie zu ficken?«

Skeptisch schüttelte Rachele d'Amato den Kopf. »Sie war seine Stieftochter.«

»Ach ja?«, höhnte Neri. »Dann ist es natürlich etwas anderes. Würden Sie das auch sagen, wenn ein reicher Italiener mit einer Halbwüchsigen zusammenlebt und sie ständig zärtlich anlächelt? Denken Sie nicht, dass Sie hier vielleicht mit zweierlei Maß messen? Solche Männer können doch ihre Hände nicht stillhalten. Könnte es unter Umständen nicht ganz reizvoll sein, gleichzeitig mit Mutter *und* Tochter? Fragen Sie das ihn. Nicht mich.«

Möglich, dachte Falcone, durchaus möglich. Vielleicht ist Wallis ein guter Schauspieler. Vielleicht hat er uns mit seiner Trauer nur etwas vorgespielt.

»Und was ist mit Ihnen, Mickey?«, fragte Rachele d'Amato unvermittelt.

»W… was soll m…it mir sein?«, stotterte er.

»Hat sie Ihnen gefallen? War sie Ihr Typ?«

Beunruhigt sah er erst Adele Neri an, dann seinen Vater. »Nein. Nur Haut und Knochen. Und zu verbohrt. Dauernd dieses Geschichtszeug. Was hat so eine denn mit mir zu tun?«

»Sie scheinen sich gut an sie zu erinnern«, lächelte Rachele d'Amato.

»Nicht besonders.«

Neri hob die Hand. »Was soll dieser Mist? Warum unterhalten wir uns eigentlich über ein Mädchen, das vor Ewigkeiten verschwunden ist. Was hat das mit uns zu tun?«

Seine Besucher schwiegen.

»Gut«, fuhr Neri fort. »Da das geklärt ist, möchte ich Sie dringend bitten zu gehen. Es fängt an, unangenehm zu riechen. Ich brauche dringend frische Luft.«

»Und was ist mit Barbara Martelli, Mickey?«, erkundigte sich Rachele d'Amato. »War Sie eher Ihr Typ? Nicht unbedingt nur Haut und Knochen. Und mit einem guten Job.«

Seine Blicke huschten zwischen seiner Stiefmutter und seinem Vater hin und her. »Wer? Wer? Von wem reden Sie da, verdammt noch mal? Wer soll das sein?«

»Die Polizistin, die gestern getötet wurde, du Dummkopf«, schnarrte Neri. »In der Zeitung stand, sie hätte jemanden abgeknallt. Stimmt das? Was ist bloß aus der Polizei geworden? Wie soll sich ein Mensch da noch sicher fühlen?«

»Ich stelle die Fragen«, beschied Falcone. »Wo waren Sie gestern, Mickey? Wo haben Sie gesteckt?«

»Er hat den Tag hier verbracht, bei mir«, erklärte Adele Neri. »Und am Abend auch.«

»Wir waren alle hier«, fügte Neri hinzu. »Über Mittag habe ich mit einem meiner Angestellten kurz das Haus verlassen. Er wird das bestätigen. Wir können füreinander bürgen. Gibt es einen Grund, etwas anderes zu vermuten?«

Rachele d'Amato holte zwei Fotos von Barbara und Toni Martelli aus ihrem Aktenkoffer, beide in Uniform. »Ihr Vater war früher Polizist. Er stand auf Ihrer Lohnliste.«

»Ich soll Polizisten bezahlen?«, heulte Neri auf. »Finden Sie denn nicht, dass ich Sie mit meinen horrenden Steuern bereits mehr als genug unterstütze?«

»Wann haben Sie sich das letzte Mal mit Martelli getroffen?«, wollte Falcone wissen. »Und wann mit seiner Tochter?«

»Ich kann mich nicht erinnern, die Bekanntschaft dieser Leute gemacht zu haben. Und das gilt für uns alle hier. Habe ich mich klar genug ausgedrückt? Falls Sie glauben, das Gegenteil beweisen zu können, sollten Sie damit zum Staatsanwalt gehen. Doch das scheint nicht der Fall zu sein. Sonst würden wir uns nicht in dieser traulichen Runde unterhalten, oder?«

Rachele d'Amato steckte die Fotos wieder ein. »Die Männer unten …«

»Wir wollen nachher ein bisschen Karten spielen. Es sind saubere Jungs.«

»Sorgen Sie dafür, dass es auch so bleibt«, warnte Falcone. »Ich möchte sie nicht auf der Straße antreffen. Verstanden?«

Der stämmige Gangster schüttelte den Kopf. »Dürfen Römer jetzt nicht einmal in ihrer eigenen Stadt spazieren gehen? Allmächtiger. Und ich bin gezwungen, mir dumme Fragen stellen zu lassen und mir Ihre haltlosen Beschuldigungen anzuhören. Während dieser amerikanische Schweinehund tun kann, was ihm gefällt. Ihn fragt niemand, ob er das Mädchen gevögelt hat oder nicht. Von ihm will niemand wissen, ob er dämliche Bullen bestochen hat, damit sie ihm gefällig sind.« Erregt fuchtelte er mit einer Hand durch die Luft. »Warum, frage ich Sie. Seid ihr bei der Polizei denn wirklich so bescheuert oder was?«

Der Inspektor stand auf. Rachele d'Amato folgte seinem Beispiel.

»War nett, Sie zu sehen«, knurrte Neri. »Aber auf eine baldige Wiederholung kann ich gut verzichten.«

»Wissen Sie, welcher Tag morgen ist?«

»Sonnabend. Bekomme ich jetzt einen Preis?«

»Liberalia.«

Missmutig verzog Neri sein Gesicht. »Was? Ist das vielleicht ein neuer europäischer Feiertag, den uns Brüssel aufs Auge gedrückt hat? Sagt mir gar nichts.«

»O doch«, widersprach Falcone. »Es sagt, dass Sie sich nicht vom Fleck rühren sollten, falls Sie wissen, was gut für Sie ist. Und mir nicht in die Quere kommen.«

»Donnerwetter«, stichelte Neri. »Also das sind die neuen Methoden der Bullen. Leere Drohungen.«

»Es ist ein guter Rat. Mein Gedächtnis funktioniert vorzüglich. Ich erinnere mich gut an Sie, aus meiner Zeit als einfacher *commissario*. Ich *kenne* Sie.«

»Ach ja? Wirklich?«

»Mit einem Unterschied. Sie haben sich verändert. Sie sind älter geworden. Und irgendwie kraftloser. Nehmen Sie es mir nicht übel, aber Sie sind nicht mehr der, der Sie mal waren.«

»Unsinn!« Neri sprang auf die Füße. »Verschwinden Sie, bevor ich mich vergesse und Sie die Treppe hinunterwerfe.«

Falcone achtete gar nicht auf ihn. Sein Handy hatte zu klingeln begonnen. Jetzt hörte er konzentriert zu. Etwas an seiner Miene ließ alle gespannt verstummen.

»Ich komme sofort«, sagte er leise.

»Stimmt was nicht, Leo?«, erkundigte sich Rachele d'Amato.

Er sah Emilio Neri an. »Kann sein. Hat der Name Beniamino Vercillo irgendeine Bedeutung für Sie?«

»Fragen, nichts als blödsinnige Fragen …«, murrte der Mafiaboss.

»Nun?«

»Nicht die geringste. Warum wollen Sie das wissen?«

»Unwichtig.« Falcone zuckte mit den Schultern. »Sie kennen ihn ja eh nicht. Sehen Sie sich die Nachrichten im Fernsehen an, wenn Sie neugierig sind. Bestechen Sie einen Polizisten, damit er Sie vorab informiert. Bemühen Sie sich nicht, wir finden allein hinaus.«

Neri sah seinen Sohn auffordernd an.

Gehorsam stand Mickey Neri auf und ging voran, damit er sich auf der Treppe hin und wieder umdrehen konnte, um einen Blick auf ihre langen, schlanken Beine unter dem kurzen Rock werfen zu können.

Unten saßen die »Besucher« um einen Tisch herum, lasen Zeitung, rauchten oder spielten Karten.

»Ich sehe ein paar bekannte Gesichter«, stellte Falcone fest. »Ist das die Gesellschaft, in der Sie sich wohl fühlen, Signor Neri junior?«

»Ich weiß nicht, was Sie meinen.«

Geschickt wich Rachele d'Amato den Überwachungskameras aus. »Sie sollten sich genau überlegen, was Sie tun, Mickey. In einer solchen Situation kann Klugheit nur von Nutzen sein.«

»In welcher Situation?«

»Der Geruch von Veränderung liegt in der Luft. Riechen Sie ihn nicht?« Sie streckte ihm ihre Karte entgegen. »Hier ist meine Privatnummer. Rufen Sie mich an, wenn Sie mir etwas sagen wollen. Ich könnte Sie vor dem Gefängnis bewahren. Und wenn es ganz schlimm kommt, Ihnen möglicherweise sogar das Leben retten.«

Er drehte sich um und blickte die Treppe hinauf. Wollte offenbar sichergehen, dass niemand zuhörte.
»Verschwinden Sie«, murmelte Mickey Neri.

Die Leute von der Spurensicherung schlüpften in ihre weißen Overalls und kletterten die schmale Eisentreppe zum Kellerbüro in der Via dei Serpenti hinunter. Falcone sah ihnen nach und begann die Mannschaftsstärke zu errechnen. Mit den bereits Anwesenden brachte es die Mordkommission gerade mal auf sechs. Das reichte nicht. Die Questura war durch die Grippewelle buchstäblich entvölkert. In seiner Not hatte er bereits versucht, Erkrankte dazu zu überreden, sich von ihren Betten zu erheben. Doch obwohl einige seiner Bitte gefolgt waren, erwies es sich als nahezu unmöglich, in den vorliegenden Mordfällen – Randolph Kirk, Barbara Martelli und Eleanor Jamieson – mit der gebotenen Sorgfalt zu ermitteln. Falcone wünschte, er könnte ein paar Leute zu Neris und Wallis' Überwachung abstellen, damit die nicht auf dumme Ideen kamen. Darüber hinaus wünschte er, mehr Zeit zu haben, um über Suzi Julius nachzudenken. Der Inspektor teilte zwar einige von Costas Einschätzungen, wollte aber nicht tätig werden, bevor etwas Handfestes auf einen Zusammenhang mit dem Fall Jamieson hindeutete. Bislang aber ließ nichts vermuten, dass es sich um etwas Ernsteres handelte als um einen ausgerissenen Teenager. Falcone konnte es sich nicht leisten, die wenigen verfügbaren Männer für Ermittlungen in hypothetischen Verbrechen einzusetzen, wenn tatsächliche aufgeklärt werden mussten.

Rachele d'Amatos schwarzer Alfa hielt am Straßenrand. Falcone sah ihr beim Aussteigen zu und beobachtete, wie sie ihre Beine geschickt zur Seite schwang, um zu verhindern, dass der enge rote Rock allzu hoch rutschte. Einen flüchtigen Moment lang dachte er an anderes als an seinen Personalmangel. Er war bereits seit einer knappen halben Stunde hier. Vermutlich hatte sie unterwegs in der DIA angerufen.

Der Himmel mochte wissen, was sich da hinter verschlossenen Tür abspielte.

Es besteht keine Notwendigkeit für ihre Anwesenheit, sagte er sich, dann bemühte er sich um ein Lächeln. Nicht die geringste.

Sie kam auf ihn zu. »Leo?«

»Ich erinnere mich nicht, um deine Mitarbeit gebeten zu haben, Rachele. Du musst dich wirklich nicht in jede unserer Ermittlungen einmischen.«

Sie nickte zum Büro hinüber. Zwei der Overalls kamen die Treppe herauf, setzten ihre Helme ab und zündeten sich Zigaretten an. »Kann ich nicht wenigstens einen Blick hineinwerfen? Hast du Neri etwa geglaubt, dass ihm der Tote absolut unbekannt ist?«

»Unseren Informationen zufolge war Beniamino Vercillo Buchhalter. Es liegt nichts gegen ihn vor. Er war einfach ein unauffälliger, allein stehender Mann, der irgendwo in Paroli wohnte. Der Safe steht offen. Vermutlich wurde er ausgeraubt.«

Sie beäugte die Männer neben der Eisentreppe und glaubte ihm offensichtlich kein Wort. Falcone missfiel der Gedanke, dass sie ihm ständig einen Schritt voraus zu sein schien. »Tatsächlich? Ich habe den Funk eingeschaltet. Offenbar gibt es eine Zeugin.«

»Es ist gegen unsere Absprache, dass du den Polizeifunk abhörst.«

»Damit spare ich Zeit. Uns allen. Also?«

Er holte stöhnend Luft. »Eine Verkäuferin im Optikergeschäft hat gesehen, dass jemand in einem Kostüm die Treppe zum Büro hinunterging. Mit Maske. Da am Colosseum gerade ein Straßentheater stattfindet, hat sie sich nichts weiter dabei gedacht. Wir haben uns umgehört. Die Leute führen ein Stück von Euripides auf. *Die Bakchen.* Ein Kostüm ist verschwunden. Ich habe jeden Einzelnen befragen lassen. Die Sache ist nur die, dass sie zu dem Zeitpunkt eine Probe hatten. Also entweder sind sie ausnahmslos Lügner oder jemand anderes hat das Kostüm gestohlen. Niemand hat gesehen, dass dieser Typ wieder herauskam. So etwas ...«

Alles lief irgendwie falsch, stürmte in verschiedenste Richtungen. Das raubte ihm die Zeit zum Nachdenken, nahm ihm die Möglichkeit, sich auf wirklich wichtige Dinge zu konzentrieren. »So etwas hat mir gerade noch gefehlt. Als hätte ich nicht genug um die Ohren.«

Rachele d'Amato schien wenig beeindruckt.

»Sagst du es mir nun oder muss ich raten?«, seufzte Falcone. »Irgendwie arbeiten wir hier nicht wirklich zusammen, oder? Liegt es an mir? Hättest du mit einem Kollegen von mir weniger Probleme?«

Ihre Hand legte sich auf seinen Arm. Er erinnerte sich gut an frühere Berührungen ihrer schmalen, feingliedrigen Finger. »Tut mir Leid, Leo. Es liegt nicht an dir, sondern an mir. Du hast Recht. Alles ist irgendwie ... aus den Fugen. Die DIA arbeitet nicht gegen dich. Wirklich nicht. Wir gehen davon aus, dass sich alles so abspielen muss wie immer. Aber nichts von dem allen entspricht den gewohnten Mustern.«

»Das kann man wohl sagen. »Also war Vercillo doch nicht nur ein langweiliger, kleiner Buchhalter?«

Ihr Lachen erinnerte ihn daran, wie jung und unbeschwert sie früher war. Und wie sehr er sie dafür geliebt hatte. »Das hast du doch auch nicht wirklich geglaubt, Leo, oder?«

»Nein.« Er hatte sich am Tatort umgesehen. Und bekam die verdammte Maske nicht aus dem Kopf. »Ich hüte mich nur gern vor voreiligen Schlüssen.«

»Wir konnten ihm nie etwas anhängen«, fuhr sie fort. »Vercillo war sehr schlau. Das musste er sein. Er führte Neri die Bücher. Davon bin ich überzeugt. Auch wenn wir vermutlich kein einziges Stück Papier finden werden, mit dem sich das beweisen ließe.«

Falcone dachte an den Anblick im Büro des Toten und wusste, dass sie sich diesmal irrte, behielt es aber für sich.

»Warum sollte jemand Neris Buchhalter ermorden? Hat er den Boss beklaut?«

Diese Frage schien sie sich längst gestellt zu haben. »Das ist nicht so wahrscheinlich. Er muss gewusst haben, was ihn in diesem Fall erwartete. Und ich kann mir nicht vorstellen, dass Neri einen maskierten Mörder losschicken würde. Er hätte Vercillo ohne Umstände wegpusten lassen.«

»Was dann?«

»Uns liegen Berichte vor, nach denen gestern Nachmittag vier, vielleicht sogar fünf verdächtige Amerikaner in Fiumicino gelandet sind«, bequemte sie sich endlich. »Sie kamen mit verschiedenen Gesellschaften, flogen in unterschiedlichen Klassen. Als würden sie sich nicht kennen. Es könnte durchaus sein, dass Wallis seine Armee verstärkt.«

Falcone strich sich über den Spitzbart. Es missfiel ihm gründlich, dass sie sich so gut mit der Mafia auszukennen schien, dass sie jede ihrer Aktionen offenbar instinktiv richtig einordnen konnte. Natürlich war das die Aufgabe der DIA, dennoch gab es ihm das Gefühl, hintergangen zu werden. »Welche Armee? Sagtest du nicht, er hätte sich zur Ruhe gesetzt?«

»Das hat er auch, aber das heißt nicht, dass er nachlässig wird. Du hast seine Sicherheitsvorkehrungen doch gesehen. Vergil Wallis gibt sich keine Blöße. Ebenso wenig wie Neri. Männer wie sie müssen auch im Ruhestand auf der Hut sein.«

Unwillkürlich fragte sich Falcone, ob Wallis vielleicht einen Rachefeldzug plante. Dann erregte die Ankunft eines Fahrzeugs ihre Aufmerksamkeit. Silvio di Capua und der Rest des Pathologie-Teams waren da, wenn auch ungewöhnlich spät.

»Warum haben Sie so lange gebraucht?« Mit gesenktem Kopf schlüpfte das Mönchlein an ihm vorbei und die Treppe hinunter. Er wirkte ausgesprochen verängstigt.

»Du gehst also davon aus, dass diese Männer mit einem bestimmten Auftrag hier sind?«, fragte Falcone.

»Unter Umständen.«

Er dachte an Wallis' Gelassenheit. »Wenn er glaubt, es könnte zu einer Auseinandersetzung kommen, wäre das immerhin vorstellbar. Aber er machte auf mich nicht den Eindruck eines Mannes, der sich auf einen Krieg vorbereitet.«

Sie sah ihn an, als würde sie ihn für ziemlich naiv halten. »Du solltest diese Leute nie nach dem Augenschein beurteilen, Leo. Nicht einmal Neri. Der hat uns vorhin eine Theatervorstellung gegeben, auch wenn ich den Sinn des Stückes nicht ganz begreife. Vielleicht glaubt Wallis, er hätte keine andere Wahl, als sich mit ein paar zusätzlichen Muskelprotzen abzusichern.«

Falcone verzog das Gesicht und setzte sich in Bewegung. Rachele d'Amato folgte ihm auf den Fersen.

In dem Kellerbüro waren die weißen Overalls emsig am Werk. Sie puderten Möbelstücke ein, um Fingerabdrücke zu nehmen, stöberten in allen Ecken, sicherten Objekte und steckten sie in durchsichtige Plastiktüten. Falcone warf dem zitternden Mönchlein neben der Leiche einen finsteren Blick zu. Beniamino Vercillo wurde durch ein leicht gebogenes Schwert in seinem alten Ledersessel gehalten. Man sah auf den ersten Blick, wie die Klinge den Brustkorb durchdrungen hatte, um rechts vor der Wirbelsäule wieder auszutreten und sich in die Rückenlehne des Sessels zu bohren.

Vercillo war ein schmächtiger Mann. Falcone fragte sich, wie viel Kraft nötig war, um einen solchen Hieb auszuführen. Crazy Teresa würde es wissen. Mit diesen Dingen kannte sie sich aus. Aber sie war nicht da, und das Mönchlein machte einen ausgesprochen ratlosen Eindruck.

»Wo ist sie?«, herrschte Falcone di Capua an.

»Wer?«

»Wen kann ich schon meinen, verdammt? Ihre Chefin.«

»Sie m... musste dringend etwas erledigen«, stammelte Silvio di Capua. »Sie wird bestimmt gleich hier sein.«

Es verblüffte Falcone, dass sie die Nerven hatte, sich dieses Spielchen innerhalb von vierundzwanzig Stunden gleich zweimal zu erlauben. »*Was* hat sie so dringend zu erledigen?«

Di Capua zuckte nur hilflos mit den Schultern.

»Schaffen Sie sie her«, schrie Falcone. »*Sofort!* Und wo zum Teufel sind eigentlich Peroni und Costa? Hat es niemand für nötig gefunden, sie zu benachrichtigen, wie ich es angeordnet hatte?«

»Sie sind auf dem Weg«, antwortete ein Mann im Overall eilig. »Die beiden dachten, Sie wären in der Questura. Anscheinend haben sie etwas herausgefunden.«

»Himmel«, stöhnte Falcone. »Es wurde aber auch Zeit, dass irgendjemand irgendetwas …« Er brach ab.

Rachele d'Amato stand neben der Leiche und blickte lächelnd auf den Schreibtisch. Er war mit Papieren förmlich übersät: Computerausdrucke, mit der Maschine geschriebene, offenbar ältere Seiten und sogar einige, die eine bemüht ordentliche, kindliche Handschrift trugen.

Und auf allen Zeilen um Zeilen sinnlos aneinander gereihter Buchstaben. Bis auf ein Blatt. Es zeigte ein Telefontasten-Feld, und darunter hatte jemand mit einer anderen Handschrift und schwarzem Filzschreiber einige der Buchstabenfolgen übertragen, denn auf der Originalseite waren die relevanten Buchstaben eingekreist. Der Filzschreiber lag noch neben der Seite. Auf Anhieb erkannte Falcone, dass hier ein Code entschlüsselt worden sein musste. Die dechiffrierten Passagen ergaben ein Datum. Eine Telefonnummer. Eine Summe. Und dann weitere noch rätselhaftere Codes, die vermutlich die Umstände der Transaktion betrafen. Doch mit ein wenig Mühe konnten die möglicherweise auch geknackt werden. Es war ein Geschenk des Himmels. Endlich schienen ihre Chancen zu steigen.

Rachele d'Amato streckte die Hand aus.

»Wir haben sie uns noch nicht angesehen«, warnte Falcone. »Danach kannst du sie haben.«

»Du weißt, was das ist?«

»Ich glaube es zu wissen.«

Ihr Enthusiasmus war unübersehbar. Falcone wünschte, er könnte ihn teilen. »Diese Dokumente reichen Jahre zurück. Endlich können wir Emilio Neri hinter Schloss und Riegel bringen. Unter Umständen sogar alle, die mit ihm Geschäfte gemacht haben. Hast du darüber schon nachgedacht, Leo?«

»Im Moment denke ich über einen Mord nach«, entgegnete Falcone. Und fragte sich dann: Sollen unsere Ermittlungen in diese Richtung gesteuert werden? War diese Show nicht einzig und allein dazu da, uns von einem größeren, tiefer liegenden Zusammenhang abzulenken? Falcone konnte keine Begeisterung über die gefundenen Informationen aufbringen. So hilfreich es vielleicht war – etwas an der Offensichtlichkeit machte ihn stutzig. Es war nicht unbedingt typisch für Auseinandersetzungen zwischen Mafiabanden, Handlanger umzubringen und der Polizei belastendes Material über ihre Feinde zurückzulassen. Jedenfalls nicht ohne Hintergedanken.

Einen Moment lang wünschte er sich, er wäre am Strand in Sri Lanka geblieben und hätte nie das Flugzeug nach Rom bestiegen. Das hätte ihm einiges erspart. In letzter Zeit fühlte er sich sonderbar alt. Die neuerliche Nähe zu Rachele d'Amato wirkte sich auch nicht gerade förderlich auf seinen Geisteszustand aus. Mit dem Druck konnte er fertig werden. Es war die Unsicherheit, die ihm zu schaffen machte. Verdammt, er wünschte sich Klarheit in seinem Leben, statt Zweifel und Ungewissheit.

»Wo zum Teufel bleiben sie nur? Costa, Peroni, Teresa Lupo?«, knurrte er und spürte zum ersten Mal seit Monaten, wie er die Beherrschung zu verlieren begann.

Sobald Teresa Lupo die Universitätsverwaltung verlassen hatte, meldete sich das Mönchlein über ihr Handy und schrie ihr ins Ohr, dass Falcone in der übelsten Laune seines Lebens war und sie am Tatort sehen wolle. Und zwar *pronto*. Sie quälte sich durch die verstopften Straßen und dachte darüber nach, was sie bei Regina Morrison erfahren hatte. Ohne auch nur einen Gedanken daran zu verschwenden, wie sie ihre Abwesenheit und die Tatsache erklären sollte, dass sie sich zum zweiten Mal innerhalb von vierundzwanzig Stunden eigenmächtig in rein polizeiliche Ermittlungen eingemischt hatte.

Tote liefen nicht weg. Im Moment konnte sie nicht mehr tun als Silvio di Capua. Die wirkliche Arbeit kam später. Das musste Falcone schließlich wissen. Und – noch wichtiger – sie kam nicht mit leeren Händen zurück. Sie konnte ein Ergebnis vorweisen. Sie erwartete zwar keine Dankbarkeit, rechnete aber auch nicht damit, dass er sie anschnauzte. Während alle anderen noch im Dunkeln herumtappten, hatte sie etwas Konkretes gefunden: ein Foto von Barbara Martelli und Eleanor in den Privatunterlagen von Professor Randolph Kirk. Dem Mann, den die schöne Barbara am Tag zuvor ins Jenseits befördert hatte.

»Scheiße«, murrte sie wenig damenhaft, als ein weißer Lieferwagen die Fahrbahn blockierte. Ein Chinese lud Kartons ab und trug sie mit aufreizend langsamen Schritten in einen kleinen Laden. Teresa Lupo warf einen Blick in das Schaufenster: Pyjamas in schrillem Pink, Rückenkratzer aus Plastik, Kalender mit Drachenmotiven.

Sie kurbelte das Fenster herunter. »He! Geht das auch ein bisschen schneller?«

Der Mann stellte seinen Karton ab, drehte sich um und rief ihr etwas zu, das verdächtig nach »Leck mich ...« klang.

Teresa Lupo sah rot. Sie zog ihren Ausweis mit dem Polizeisiegel hervor und streckte ihn dem Mann entgegen. »Tun Sie das selbst, Sie verfluchter Mistkerl!«

Sein unterdrücktes Gemurmel löste in Teresa Lupo Dankbarkeit dafür aus, dass sie kein Chinesisch verstand. Dann kletterte er umständlich hinter das Steuer und ließ den Motor an.

Drängende, aber im Moment unlösbare Fragen türmten sich vor Teresa Lupo auf. War sie einfach zu einem ungünstigen Zeitpunkt in Ostia aufgetaucht? War Barbara Martelli ohnehin entschlossen gewesen, den Professor zu töten, musste nun aber auch die unerwartete Zeugin loswerden? Hatte Kirk Barbara angerufen und von seiner neugierigen Besucherin erzählt? So erregt, dass sie glaubte, ihn zum Schweigen bringen zu müssen? Beseitigte eine Mänade den Gott, wenn er seinen Glanz verlor? Oder hatte Kirk mit jemandem telefoniert, der Barbara Martelli als Mänade kannte? Der ihr dann den Auftrag erteilte: *Los, Mädchen, es ist höchste Zeit, und vergiss bloß nicht, die pathologische Schnüfflerin gleich mit zu erledigen.*

Sie würden es nie erfahren. Trotz aller Bemühungen war Kirks letzter Gesprächspartner unbekannt geblieben. Sein altmodischer Apparat besaß keine Wahlwiederholungsfunktion, und Ortsgespräche zeichnete die Telefongesellschaft nicht auf.

Sie begann wie ein Ermittler zu denken, und das verunsicherte sie zutiefst. Alle diese Möglichkeiten waren Vermutungen, Produkte der Imagination, während sie in ihrer Ausbildung gelernt hatte, sich auf Fakten zu konzentrieren. Allmählich bekam sie Angst vor ihrer eigenen Vorstellungskraft. Deshalb war sie vor einer völlig Fremden in Tränen ausgebrochen und hatte eine gute Viertelstunde gebraucht, um ihre Fassung wiederzufinden. Deshalb und wegen der verdammten Viren, die in ihrem Blutkreislauf erbittert mit zwei Gläsern Glenmorganie kämpften. Wie viel leichter wäre doch das Leben, wenn die Toten auferstehen und reden könnten. Sie würde ins Leichenschauhaus fahren, sich neben Eleanor Jamieson setzen und sagen: *Komm, Mädchen, erzähle Teresa, was passiert ist. Erleichtere dein Herz.*

Doch mit irgendjemandem hatte die Leiche gesprochen.

Und gesagt: Es stirbt nicht alles. Und Suzi Julius' hatte mit ihrer verhängnisvollen blonden Jugend ebenfalls etwas ausgelöst. Ursache und Wirkung nahmen keine Rücksicht auf Sterblichkeit.

Der weiße Lieferwagen vor ihr rumpelte auf das Colosseum am Ende der Straße zu. Teresa Lupos neuer, gelber Fiat, den die Versicherung bereitgestellt hatte, rührte sich nicht von der Stelle. Hinter ihr begann es wild zu hupen.

Sie lehnte sich aus dem Fenster. »Sehen Sie denn nicht, dass ich nachdenke, Sie dämlicher Ignorant?«, brüllte sie den Alfafahrer hinter ihr an.

Dann brachte sie den Wagen behutsam in Gang, fuhr in gemessenem Tempo die Via dei Serpenti hinunter und versuchte ihre Gedanken zu ordnen.

Als sie Beniamino Vercillos Kellerbüro betrat, verspürte sie den überwältigenden Drang, auf dem Absatz kehrtzumachen, die Flucht zu ergreifen und bei einem wohltuenden, kühlen Drink alles zu vergessen. Wie oft hatte sie das nun schon gesehen? Die Leute aus der Gerichtsmedizin, die sich über die Leiche beugten und darauf warteten, dass man ihnen sagte, was sie tun sollten, die Männer in ihren weißen Overalls, die den Raum nach Spuren durchkämmten. Und Falcone im Hintergrund, der die Vorgänge beobachtete wie ein Habicht und Nic Costa und Peroni mit Fragen bombardierte.

Der Inspektor stürzte sich förmlich auf sie. »Wo haben Sie sich eigentlich herumgetrieben? Wussten Sie nicht, dass hier Arbeit auf Sie wartet?«

Abwehrend hob Teresa Lupo beide Hände. »Verzeihung«, sagte sie kleinlaut. »Ersparen Sie sich die Mühe, sich nach meinem Befinden zu erkundigen. An den meisten Tagen versuchen irgendwelche Leute mich umzubringen.«

Er wirkte leicht besänftigt. »Sie werden hier gebraucht.«

»Ich werte das als Entschuldigung. Ein einfaches ›tut mir Leid‹ hätte aber auch schon genügt. Was ist mit dem verschwundenen Mädchen?«

»Wie bitte?«

»Gibt es etwas Neues?«

Finster kniff Falcone die Augen zusammen. »Überlassen Sie die Lebenden gefälligst uns.«

Sie sah zur Leiche hinüber. Im Laufe der Jahre hatte sie obduziert wie am Fließband. Jetzt schien sich etwas geändert zu haben. Während Teresa Lupo den Toten hinter dem Schreibtisch betrachtete und die professionelle Gerichtsmedizinerin in ihr bereits erste Feststellungen traf, meldete sich eine aufsässige Stimme in ihrem Kopf. Wurde deutlicher, laut und lauter, bis sie alles andere übertönte: die ungelösten Fragen, die Anspannung und die Befürchtungen.

»Ich kann das nicht mehr«, flüsterte sie und fragte sich, ob sie das war oder die rebellische Stimme in ihr.

Unschlüssig verharrte Silvio di Capua neben dem Toten, schien auf Anweisungen zu warten.

Die Stimme wurde noch lauter. *Ihre* Stimme.

»Hört mir überhaupt jemand zu?«, schrie sie und plötzlich war es im Raum mucksmäuschenstill.

»Ich kann das nicht mehr«, wiederholte Teresa Lupo. »Der Mann ist tot. Mehr gibt es dazu nicht zu sagen. Da draußen ist ein Mädchen in Gefahr, aber wir konzentrieren uns hier auf eine Leiche. Als gäbe es nichts Wichtigeres.«

Sie spürte eine Hand auf ihrem Arm. Sie gehörte Nic Costa.

»Sie können mich nicht beschwichtigen, also versuchen Sie es gar nicht erst«, flüsterte sie. Ihre Hände zitterten. Ihr Kopf fühlte sich an, als würde er explodieren. Sie konnte kaum ihre Tasche öffnen, um den Schnellhefter herauszunehmen, den Regina Morrison ihr gegeben hatte. »Während meiner Ausbildung zur Ärztin habe ich gelernt, zwischen Symptomen und Krankheit zu unterscheiden. Der Vorfall hier in diesem Keller ist irrelevant. Nur ein Symptom, nicht mehr. Aber das hier ...«

Sie warf ein paar der Bilder so auf den Schreibtisch, dass

das Foto von Barbara Martelli und Eleanor Jamieson ganz oben lag.

»Das da ist die Krankheit.«

Falcone, Costa, Peroni und Rachele d'Amato drängten sich an den Männern in den weißen Overalls vorbei, um die Bilder in Augenschein zu nehmen. Jemand fluchte unterdrückt. Wie unglaublich hübsch die Mädchen aussehen, dachte Teresa Lupo. Und wie leicht, sich vorzustellen, dass Suzi Julius ihnen auf ihrem verhängnisvollen Weg gefolgt war, ohne zu ahnen, dass sie beide gestorben waren, im Abstand von sechzehn Jahren, aber tot ist tot. Der Tod ist ein Bereich, in dem Jahre nicht zählen.

»Woher haben Sie diese Aufnahmen?«, fragte der Inspektor aufgebracht.

»Aus Randolph Kirks Büro. Heute Morgen.«

»*Was?*«, tobte Falcone.

»Regen Sie sich nicht auf«, erwiderte sie gelassen. »Soweit ich weiß, haben Sie noch niemanden zur Uni-Verwaltung geschickt. Offenbar interessiert es Sie nicht.«

»Verdammt, ich hatte keine Zeit.«

Seine lange Nase begann argwöhnisch zu schnuppern. Teresa Lupo dachte an die zwei Gläser Whisky. Dem Kerl entging aber auch nichts.

»Großer Gott, Signora Lupo«, brüllte er los. »Sie haben getrunken. Das schlägt dem Fass endgültig den Boden aus. Ihretwegen ...« Er beendete den Satz nicht.

»Was meinetwegen?«, schrie sie zurück. »*Was?* Musste Ihre wunderschöne Verkehrspolizistin sterben? Wollten Sie das sagen?« Sie sah die anderen an. »Und denken Sie alle das auch? Darf ich Sie daran erinnern, dass Ihre attraktive Verkehrspolizistin eine kaltblütige Mörderin war? Vielleicht hat sie aus eigenem Antrieb getötet, vielleicht hat ihr jemand den Auftrag dazu erteilt. Um ein Haar hätte sie auch mich umgebracht. Es besteht nicht der geringste Anlass, mich für die Vorfälle verantwortlich zu machen. Das alles hätte auch ohne mich stattgefunden, und wäre jemand anderes Zeuge der Tat geworden, lägen jetzt möglicherweise zwei Leichen in der Pathologie und nicht nur eine. Himmel, wer will ausschließen, dass es dazu noch gekommen wäre? Es hätte weitere Tote geben können, ohne dass wir die geringste Ahnung hätten, wer sie umgebracht hat. Weil Barbara Martelli weiter auf ihrer Maschine durch Rom gebraust wäre, um Sie alle mit ihrem charmanten Lächeln einzuwickeln. Niemand von Ihnen hätte sich vorstellen können, wie sie wirklich war. Mir ist es zu verdanken, dass wir es jetzt wissen. Tut mir Leid ...«, fügte sie leise hinzu. »Aber manchmal tut Wahrheit weh. Das ist das Problem mit ihr.«

»Durch Ihre Eigenmächtigkeit wurden die Ermittlungen ernsthaft gefährdet«, stellte Falcone müde fest. »Sie haben Ihre Befugnisse überschritten.«

»Ein junges Mädchen ist verschwunden!«

»Das ist uns bekannt«, entgegnete Falcone und warf die vier Fotos, die Peroni ihm gegeben hatte, zu den anderen auf den Schreibtisch. »Wir *wissen,* dass das Mädchen entführt wurde. Wir wissen auch, dass es zwischen allen diesen Ereignissen irgendeine Verbindung geben muss. Wir haben es mit einem Mord und mit einem Entführungsfall zu tun, und ich werde mit meinen beschränkten Mitteln alles in meiner Macht Stehende tun, damit nicht noch jemand getötet wird.«

»Oh. Tut mir Leid.« Verwirrt schüttelte sie den Kopf. »Ich weiß auch nicht, was mit mir los ist. Vermutlich habe ich mir schließlich doch die Grippe eingefangen. Aber das ist eine ziemlich jämmerliche Entschuldigung, oder?«

Costa griff wieder nach ihrem Arm. Diesmal wehrte sie sich nicht. »Gehen Sie nach Hause«, sagte er. »Sie sollten ohnehin nicht arbeiten. Nicht nach den gestrigen Ereignissen.«

»Aber genau *deshalb* konnte ich nicht zu Hause bleiben. Begreifen Sie das denn nicht?«

»Dottoressa Lupo«, jammerte das Mönchlein. »Wir brauchen Sie dringend.«

»Sie haben ihn gehört.« Teresa Lupo spürte, dass ihr wieder die Tränen kamen, und wusste, was alle denken würden, wenn sie ihr über die Wangen rollten: *Seht euch die Crazy Teresa an. Jetzt ist sie endgültig übergeschnappt.* »Tut mir Leid, Silvio. Ich bin zu diesem ... Mist nicht mehr in der Lage.«

Der Raum stank nach Blut und Männerschweiß. Hastig lief Teresa Lupo zur Tür und sehnte sich danach, endlich frische Luft zu atmen. Doch selbst draußen würde sie nichts anderes in die Lungen bekommen, als die Abgase des römischen Verkehrs.

Was hatte Dionysos oder Bacchus Barbara Martelli und Eleanor Jamieson eigentlich in Wahrheit angeboten?, fragte sie sich. Eine Art Befreiung von diesem ganzen Wahnsinn vielleicht? Ein kleines Refugium, wo ein Mensch ganz er selbst sein konnte, ohne dass jemand Erwartungen an einen hatte oder einem Vorschriften machte, wo Pflichten, Routine und die Last des Alltags Lichtjahre entfernt waren, weil man sich sagen konnte, man hätte etwas Göttliches in sich? War das vielleicht das Geschenk? Und wenn ja – wer auf der Welt könnte das ablehnen?

Emilio Neri lehnte es ab, wie ein Verbrecher umherzuschleichen, sich von allem zurückzuziehen, ein Flüchtling ohne Grund zur Flucht. Doch zusätzlich zu dem unwillkommenen Besuch von der Polizei und DIA gab es noch weitere Anzeichen, sickerten Besorgnis erregende Informationen aus den Kontaktkanälen, die er im Laufe der Jahre aufgebaut hatte. Er musste den Tatsachen ins Auge sehen, Entscheidungen fällen, und zum ersten Mal in seinem Leben fiel ihm das nicht leicht. Er befand sich in einer ganz neuen, beispiellosen Situation. Bis er sich über sein weiteres Vorgehen im Klaren war, blieb ihm keine andere Wahl, als sich in der Villa zu verschanzen und so zu tun, als gingen ihm Adeles und Mickeys ständige Streitereien nicht auf die Nerven. Es war an der Zeit, sich von dem Gedanken zu verabschieden, er könnte auch weiterhin an vorderster Front mitmischen wie vor zwanzig Jahren, als er vom *capo* zum Boss aufgestiegen war. Künftig musste er die Truppen dirigieren, der General sein. Für die harte Arbeit wurde er langsam zu alt. Das sollten andere für ihn erledigen.

Doch das barg auch Risiken. Er dachte über die möglichen Auswirkungen auf die Organisation nach. Solange er eng mit seinen Männern zusammenarbeitete, hatte er sie auch fest im Griff. Das könnte sich in dem Maß ändern, in dem er sich auf Führungsaufgaben beschränkte. Und dann waren da noch Adele und Mickey. Ein Mann, der die Kontrolle über seine eigene Familie verlor, durfte kaum die Achtung seiner Untergebenen erwarten. Er hatte Bruno Bucci aufgefordert, die Ohren aufzusperren und auf alle Bemerkungen hinter vorgehaltener Hand zu achten, die erste Anzeichen für eine Revolte sein könnten. Ganz gleich wie er sich privat über sie äußerte, er hatte die Sizilianer bei Laune zu halten. Und seine Handlanger musste er davon überzeugen, dass es in ihrem ureigenen Interesse lag, auch künftig bei der Stange zu bleiben. Notfalls mit Geld. Er musste sich ihren Respekt erhalten, wenn er ihr Boss bleiben wollte.

Dann war Bucci mit neuen Details im Fall Beniamino Vercillo aufgetaucht. Die Bullen bemühten sich zwar um Stillschweigen, aber Neris Organisation verfügte über ausgezeichnete Quellen. Und die hatten von sonderbarsten Begleitumstand des Mordes berichtet, dem altertümlichen Theaterkostüm des Täters. Das muss eine Botschaft sein, dachte Neri. Offenbar war die Lage noch ernster als angenommen, und er machte sich bittere Vorwürfe. Sobald er hatte befürchten müssen, dass ein Krieg bevorstand – in dem Moment, als er erfahren hatte, dass die Amerikaner in Fiumicino gelandet waren –, hätte er unverzüglich zur Tat schreiten sollen.

Wenn eine Auseinandersetzung unvermeidbar schien, war immer der im Vorteil, der als Erster zuschlug. Die Amerikaner wussten das rein instinktiv. Aber er hatte gezögert und wurde jetzt von ihnen auf die brutalste und überraschendste Weise dafür bestraft.

Vercillo hatte nicht zu den Truppen gehört. Warum hatte man sich nicht für einen Block-*capo*, Schutzgeldkassierer, Schläger oder Zuhälter entschieden, für eins der üblicheren Angriffsziele? Stattdessen war die Wahl auf einen schmächtigen, kleinen Buchhalter gefallen. Das ergab einfach keinen Sinn. Es war *unpassend*. Emilio Neri hatte keinen engen Kontakt zu Vercillo gepflegt. Streng genommen war er nicht einmal ein echter *Angestellter* gewesen. Nie wäre Neri auf den Gedanken gekommen, dem Mann zu raten, eine Weile zu Hause zu bleiben, den Kopf einzuziehen, bis sich der Rauch verzogen hatte. Selbst in den heftigsten Bandenkriegen blieben Leute wie Vercillo und seinesgleichen verschont. Das galt als ungeschriebenes Gesetz, als eine Grenze, die nicht überschritten wurde.

So wie man auch nie einen Angehörigen der gegnerischen Partei tötet, eine Ehefrau oder eine Tochter, dachte Neri.

Bucci beobachtete ihn mit stoischer Gelassenheit, wartete auf Instruktionen.

»Boss?«, fragte er schließlich.

»Hör auf zu drängeln«, brummte Neri mürrisch. »Entscheidungen erfordern gründliches Nachdenken.«

Der massige Schläger aus Turin schwieg. Neri war froh, dass er ihn hatte. Er brauchte einen Mann seines Formats, dem er vertrauen konnte.

»Was denken die Jungs?«, erkundigte sich Neri.

»Worüber?«

»Wie ist ihre Stimmung? Die *Moral*?«

Bruno Bucci schien sich ein bisschen zu winden. Das war kein gutes Zeichen. »Unter ihnen macht sich langsam Verdrossenheit breit, Boss. Das ist in einer solchen Situation nicht verwunderlich. Offenbar dachten sie, es könnte endlich was passieren. Wenn das ausbleibt, kriegen sie leicht das Gefühl, ihre Zeit zu verschwenden.«

»Immerhin bezahle ich sie dafür ganz gut«, grunzte Neri.

»Ja, schon. Aber Sie kennen die Männer. Es geht um mehr als um Geld. Darüber hinaus war einer von ihnen Vercillos Cousin. Er hat eine Rechnung zu begleichen.«

»Und? Was ist deine Meinung?«

Bucci ließ sich Zeit mit der Antwort. »Ich würde sagen, dass es vielleicht keine so gute Idee ist, hier herumzusitzen und darauf zu warten, was als Nächstes geschieht. Es sind gute Männer, aber man sollte sie nicht überfordern.«

Neri ließ Bucci keine Sekunde lang aus den Augen. »Sind sie loyal?«

»Sicher. So loyal, wie man es in diesen Zeiten erwarten kann. Aber man sollte anerkennen, dass sie berechtigte Eigeninteressen haben. Man muss ihr Selbstgefühl stärken. Es sind bewährte Männer, die sich mit simplen Überwachungsaufgaben nicht zufrieden geben. Ein bisschen Action wäre sehr hilfreich. Um diesen Arschlöchern zu beweisen, wer hier das Sagen hat.«

»Das sehe ich auch so«, log Neri. Aber ihn bedrückte etwas anderes. Auf welche Weise hatten sie eigentlich von Vercillo erfahren? Er war ein diskreter, unauffälliger Mann. Wie konnte Wallis nur auf ihn kommen? Vielleicht war Vercillo weniger verschwiegen als angenommen. Vielleicht hatte er nebenbei Informationen verhökert und nun erleben müssen, wie gefährlich das sein kann. »Irgendwelche Tipps, wer dahinter stecken könnte? Namen? Adressen?«

»Bisher nicht. Im Moment wird auf der Straße nicht viel geredet. Aber falls es vom Amerikaner eingeschleuste Typen waren, werden unsere Leute sie ohnehin nicht kennen. Wenn Sie meine Meinung hören wollen ...« Er hielt inne.

»Nun?«

»Viel mehr werden wir nicht erfahren. Die Leute halten

sich bedeckt. Sie wollen erst mal abwarten, wer den Sieg davonträgt. Vorher wird Ihnen niemand einen Gefallen tun wollen. Das wäre zu riskant.«

Emilio Neri schwieg.

»Ich hoffe, Sie nehmen mir meine Offenheit nicht übel.«

»Aber nein«, stöhnte Neri. »Genau das brauche ich. Himmel, diese Menschen haben mich jahrelang bis aufs Blut ausgesaugt!«

»Vergessen Sie nicht, dass Sie bei den Jungs hier jede Menge Respekt genießen, Boss. Vorausgesetzt, man verlangt nicht zu viel von ihnen. Doch darüber hinaus ...« Mehr sagte er nicht. Es war nicht nötig.

»Respekt!« Emilio Neris Miene verfinsterte sich. »Raus mit der Wahrheit, Bruno. Halten mich die Männer etwa für zu alt?«

Bruno Bucci zögerte.

»Nein«, antwortete der Mann aus Turin schließlich. »Aber sie denken über die Zukunft nach. Das kann Sie nicht überraschen. In dieser Situation würde das jeder tun. Und dann gibt es da ein paar Gerüchte.«

»Gerüchte? Was für Gerüchte?«

»Näheres wissen unsere Kontakte bei den Bullen auch nicht. Falcone weiht nur seine engsten Mitarbeiter ein. Und die DIA.«

Ungläubig schüttelte Neri den Kopf. »Die DIA? Was zum Teufel hat die damit zu tun?«

»Anscheinend wurden bei Vercillo unsere Bücher gefunden.«

Neri lachte. »Na und? Selbst ich könnte nichts mit den Büchern anfangen. Das schlaue Bürschchen hat sie verschlüsselt. Mit Zahlen kannte der sich perfekt aus. Selbst wenn sie sich jahrelang bemühen, werden sie nichts herausbekommen.«

»Sie kennen den Code. Die DIA arbeitet an den letzten Details.«

»*Was?*« Es war unmöglich, sich das ganze Ausmaß der

möglichen Folgen auszumalen. Seit fast zwanzig Jahren führte Vercillo die Bücher. Er war ein peinlich genauer Mann, der buchstäblich alles aufzeichnete. Falls es Polizei und DIA tatsächlich gelang, die Unterlagen des toten Buchhalters zu deuten, konnten sie ihm alles Mögliche nachweisen, nur nichts Gutes: Bestechung, Betrug, Steuerhinterziehung. Und Schlimmeres.

»Sind Sie sich sicher?«, fragte Neri verzweifelt.

»Ganz sicher. Außerdem will man Ihnen den Mord an Wallis' Stieftochter nachweisen. Bei dem toten Professor wurden irgendwelche Fotos gefunden. Und dann geht es auch noch um das verschwundene Mädchen. Die Bullen glauben, dass wir etwas damit zu tun haben.«

Emilio Neri schnaubte vor Empörung. »Sehe ich aus wie jemand, der Teenager von der Straße wegschnappt? Warum sollte ich so was tun?«

»Anscheinend glaubt man, dass ... einiges in unsere Richtung deutet«, antwortete Bucci zurückhaltend.

»Und? Ist das der Fall?«

»Soweit ich weiß, nicht, Boss.«

Abwartend hob Neri eine Braue.

»Aber ich kann nicht alles kontrollieren. Nehmen Sie nur einmal Mickey. Der Himmel mag wissen, was der alles anstellt, wenn keiner von uns in der Nähe ist.«

»Beispielsweise?«

»Wir wissen, dass er seine Finger nicht von den Nutten lässt. Ich könnte mir durchaus vorstellen, dass er wieder was mit Drogen macht. Und anderen Dingen. Meistens weiß ich nicht mal, wo er gerade ist. Sie?«

»Nein«, knurrte Neri.

»Und dann die Sache vor Jahren, der Tod dieses Mädchens. Das war vor meiner Zeit. Aber die Polizei scheint zu glauben, dass er etwas damit zu tun hatte.«

Neri schüttelte den Kopf. »Darüber möchte ich nicht reden.«

»Ich verstehe. Hören Sie, Boss, eigentlich geht es mich nichts an. Das ist eine Sache zwischen Ihnen und ihm. Es lässt sich jedoch nicht bestreiten, dass sich die Männer so ihre Gedanken über Mickey machen.«

»Du auch?«, fragte Neri. »Dieses amerikanische Arschloch liefert mich den Bullen und der DIA ans Messer. Mein dämlicher Sohn kann seinen Schwanz nicht ruhig halten. Was kommt deiner Meinung nach als Nächstes?«

»Das entscheiden Sie. Es ist Ihre Organisation. Sie müssen sagen, wo es lang geht. Allerdings ...«

»Ja?«, bohrte Neri nach.

»Mickey macht mir Sorgen. Er verhält sich nicht, wie er sollte. So wie er und Adele ...«

»Ja, ich weiß.« Resigniert hob Neri eine Hand. »Das macht auch mich stocksauer.«

Er sah Bruno Bucci an. Der Mann schien sich extrem unbehaglich zu fühlen. So nervös war er doch nicht einmal, wenn sie ein wirklich übles Geschäft zu erledigen hatten. Warum? Dann erinnerte sich Neri an die Möglichkeit, die ihm seit gut einem Tag keine Ruhe ließ, obwohl sie total abwegig war. Nur eine von diesen fixen Ideen, in die sich alte Männer völlig grundlos verrannten und mit denen sie sich nur zum Narren machten, wenn sie sie ausposaunten. Was sie trotzdem alle taten, weil man so etwas einfach nicht ewig für sich behalten konnte.

Neri legte einen Arm um Buccis Schultern. »Du würdest mich doch nie belügen, oder? Abgesehen davon habe ich dich schon immer für einen schlechten Lügner gehalten. Einer deiner wenigen Mängel.«

»Nein.« Bucci starrte unverwandt auf den Boden.

Emilio Neris Hand drückte hart auf Buccis Schulter. »Du hast dich in letzter Zeit häufig in der Villa aufgehalten. Wenn ich nicht da war. Sag mir die Wahrheit, Bruno. Mickey fickt sie, stimmt's? Ihre Streitereien sind nur Theater. Sie spielen mir was vor, damit ich keinen Verdacht hege. Richtig?«

Bruno Bucci holte tief Luft und rang offensichtlich um Worte.

»Kein Problem«, sagte Neri und haute Bucci auf die Schulter. »Ist nur ein weiterer Punkt auf der Liste der Dinge, die erledigt werden müssen. Jetzt setz dich. Wir müssen etwas besprechen.«

Falcone sah von den Fotos auf seinem Schreibtisch auf.

»Schließen Sie die Tür«, sagte er ruhig. »Wir haben nicht viel Zeit. Ich möchte, dass diese Suzi Julius so schnell wie möglich gefunden wird. Das hat von jetzt an Vorrang vor allem anderen. Ist das klar?«

Costa nickte. »Selbstverständlich.«

Der Inspektor blickte durch die Trennscheibe ins Großraumbüro hinüber. Es war ihm gelungen, die meisten Schreibtische zu besetzen. Die Männer und Frauen hingen an den Telefonen, überprüften angebliche Beobachtungen. »Ich habe vor, mich noch einmal an die Medien zu wenden. Ich werde ihnen sagen, dass sich das Mädchen in Gefahr befindet, mich jedoch mit Einzelheiten zurückhalten. Alle verfügbaren Kräfte sind auf den Fall konzentriert. Wir sollten noch einmal genau recherchieren, was vor dem Verschwinden des Mädchens geschah. Ich lasse gerade die Mutter holen. Wenn sie hier ist, werden Sie mit ihr sprechen, Nic. Nur Sie. Zu viele Leute machen sie nur nervös. Erzählen Sie Signora Julius, was wir bisher in Erfahrung gebracht haben. Nur die groben Details. Und dann gehen Sie mit ihr noch einmal alles ganz genau durch, was sich seit ihrer Ankunft in Rom ereignet hat. Sie muss sich doch an irgendetwas erinnern, was uns weiterbringen könnte.«

»Details?«, fragte Peroni nach. »Es gibt also Details? Davon weiß ich noch nichts. Dürfte ich vielleicht um diesbezügliche Aufklärung bitten?«

Besonders zuversichtlich wirkte Falcone nicht gerade. »Auf einem Foto des Mädchens ist Kirk zu sehen. Das reicht mir. Kirk muss etwas mit Suzi Julius' Entführung zu tun haben. Wenn das der Fall ist, können wir vermutlich davon ausgehen, dass sie sich noch immer dort befindet, wohin er sie gebracht hat. Wir müssen unbedingt herausfinden, wo das ist. Ostia können wir ausschließen. Ich hab ein Team dorthin geschickt. Dort ist sie nicht.«

Die drei Männer sahen sich an. Keinem gefiel die Vorstellung, dass ein Entführungsopfer irgendwo eingesperrt war, ohne um Hilfe rufen zu können.

»Einige Punkte ergeben für mich absolut keinen Sinn«, erklärte Peroni. »Kirk war offensichtlich ein perverser alter Sack. Der Mutter zufolge ist Suzi freiwillig davongebraust. Wir haben uns das Material der Überwachungskameras angesehen. Der Typ auf dem Motorrad war kein Mann über fünfzig.«

»Ich weiß«, räumte Falcone ein. »Ein paar Leute befassen sich gerade mit Kirks Umfeld. Um herauszufinden, ob er vielleicht enge Freunde hatte. Bisher ergebnislos.«

»Und was ist mit Neri?«, wollte Costa wissen. »Wallis?«

»Über den liegt nichts weiter vor als ein paar Gerüchte aus der Vergangenheit«, gab Peroni zu bedenken. »Warum sollte nach dieser langen Zeit eine uralte Fehde wieder aufgewärmt werden? Was macht das für einen Sinn?«

Costa dachte an die mumifizierte Tote in der Gerichtsmedizin. »Vielleicht weil wir Eleanor Jamieson gefunden haben. Vielleicht brachte das jemanden auf … Ideen.«

»Halten wir uns strikt an die Fakten«, riet Falcone.

»Und die wären?«, forderte Peroni ihn heraus.

»Das da.« Der Inspektor zeigte auf die Fotos.

Niemand widersprach. Die Abzüge sahen selbst entwickelt aus. Randolph Kirks Haus an der Via Merulana verfügte über eine Dunkelkammer im Keller, wie die Durchsuchung ergeben hatte. Einige der Fotos wirkten absolut harmlos: Junge Mädchen lächelten neben älteren Männern in die Kamera. Aber die meisten schienen später aufgenommen worden zu sein. Nach Beginn der Party. Wenn bereits alle Hemmungen gefallen waren.

Falcone richtete seinen Blick auf Peroni. »Da kennen Sie sich besser aus als wir, Gianni. Was halten Sie davon?«

Er zuckte mit den Schultern. »Das ist doch offensichtlich, oder? Bei der Sitte gibt es einen speziellen Ausdruck. Wir nennen so etwas ›Fick-Club‹. Verzeihung. Aber da, wo ich herkomme, bedient man sich einer ziemlich direkten Sprache. In diesen Clubs führt man Männer mit Frauen zusammen. In diesem Fall mit blutjungen Mädchen. Bevor es zur Sache geht und ohne jemandem etwas davon zu sagen, stellt man irgendwo versteckt im Raum eine Kamera auf, die vermutlich von woanders aus bedient wird.«

Der Inspektor drehte ein Foto um. »17. März« war mit Bleistift auf die Rückseite gekritzelt – vor sechzehn Jahren.

Peroni nickte. »Heute wird mit Fernsteuerung gearbeitet. Man kann sogar alles von einem anderen Raum aus auf einem Monitor verfolgen. Aber damals war die Technik noch nicht so weit. Man betätigte den Auslöser und gab sich damit zufrieden. Das erklärt die mangelhafte Qualität der Aufnahmen, auf denen eigentlich nicht recht ersichtlich ist, wer was mit wem anstellt. Heutzutage würde man darüber nur lachen. Inzwischen wird so was auf DVD aufgenommen.«

»Wie kommt es, dass wir es hier ausgerechnet mit dem Jahr zu tun haben, in dem Eleanor Jamieson verschwunden ist?«, fragte Falcone. »Warum hat er die Aufnahmen aufbewahrt?«

»Keine Ahnung.« Peroni blätterte in den Bildern. »Vielleicht war es das einzige Mal, dass er dabei fotografiert hat. Vielleicht hatten sie deshalb für ihn noch immer einen gewissen Wert. Oder es ist überhaupt nur das eine Mal zu diesen Spielchen gekommen. Wer weiß? Aber eins kann ich Ihnen sagen. Hier haben wir es nicht mit gewerbsmäßiger Unzucht zu tun. Diese Mädchen sehen aus wie Amateurinnen. Nicht wie Nutten. Und die Kunden? Das ist der feinste Fick-Club, der mir je unter die Augen gekommen ist. Wo wurde das aufgenommen? An der Via Veneto? Vielleicht gleich neben Harry's Bar? Himmel, die Bilder haben tatsächlich noch immer ihren Wert. Ich könnte zum Telefon greifen und mit den Schnappschüssen meinen Kontostand erheblich aufbessern.«

Nic Costa betrachtete die Männer genauer und erkannte einige der Gesichter, obwohl das Foto sechzehn Jahre alt war.

»Da haben Sie TV-Stars und Presseleute«, fuhr Peroni fort. »Ein paar Banker, mit denen ich früher zu tun hatte, zu guter Letzt Politiker. Wissen Sie, was mich verblüfft? Ich sehe nur einen einzigen Bullen. Was ist das für ein Club, der nur einen einzigen Polizisten in seinen Reihen hat? Und dann noch diesen Bürohengst Mosca? Können wir mit ihm reden?«

»Tot«, sagte Falcone knapp. »Wurde im Gefängnis erstochen.«

»Zu schade. Er ist auf fast allen Fotos vertreten. Scheint gut mit Barbara Martelli zu können. Ich schätze, das sagt alles.«

»Wirklich?« Costa runzelte die Stirn.

»Aber sicher, Nic. Wie schon gesagt. Da haben sich nicht nur ein paar Jungs ein bisschen vergnügt. Mit dieser Party wurden ganz bestimmte Absichten verfolgt. Hätte es sich um eine ganz gewöhnliche Herrenparty gehandelt, würden wir auf den Bildern mit Sicherheit noch andere Gesichter sehen. Beispielsweise aus Polizeikreisen. Stimmen Sie mir da nicht zu, Leo?«

Falcone nickte.

»Es war ein Hinterhalt«, fuhr Peroni fort. »Und als die Party zu Ende war, als diese Trottel zu ihren angetrauten Frauen zurückgekehrt waren, und sich über angeblich verspätete Züge beschwert hatten, bekamen sie einen Anruf. Vielleicht auch ein Foto per Post, das sie in einer höchst peinlichen Lage zeigte. Die Mitteilung, dass noch eine Rechnung zu begleichen war. Vielleicht in Form von Gefälligkeiten, die zu gegebener Zeit eingefordert werden würden. Und um *kleine* Gefälligkeiten kann es da kaum gegangen sein? Haben Sie schon jemals eine so illustre Truppe gesehen, Leo?«

»Nein.«

Peroni grinste. »Ziemlich unangenehm, was? Einige dieser Burschen stehen noch heute im Licht der Öffentlichkeit, wie man so schön sagt. Werden wir sie fragen, ob und wie gut sie die kleine Jamieson vor ihrem Tod kennen gelernt haben?«

»Alles zu seiner Zeit.« Falcone blätterte in den Fotos und wählte eins aus. Es zeigte Filippo Mosca und die nackte Barbara Martelli eng umschlungen auf einer Matratze auf dem Fußboden.

»Nicht schlecht«, bemerkte Peroni.

Der Inspektor warf ein anderes Bild auf den Tisch. »Das hier ist sogar noch besser.«

Peroni unterdrückte einen Fluch. Die Aufnahme sah aus wie gestellt. Barbara und Eleanor hielten Weingläser in den Händen und wirkten leicht nervös. Als wüssten sie nicht recht, was als Nächstes kam, befürchteten aber nichts allzu Gutes. Sie trugen dünne Gewänder aus Sackleinen, die dem ähnelten, in dem Eleanor Jamieson gefunden worden war. Neben ihnen standen Randolph Kirk, Beniamino Vercillo und Toni Martelli. Verlegen lächelnd, aber erwartungsvoll blickten die Männer einander an.

»Großer Gott«, ächzte Peroni. »Also war Mosca nicht der Einzige in diesem Spielchen. Ist das zu fassen? Dieses Schwein Martelli hat also seine eigene Tochter verkuppelt. Seht euch doch nur die Mienen dieser Typen an. Die Mistkerle scheinen sich für echte Glückspilze zu halten.«

»Aber inzwischen sind drei von ihnen tot«, wandte Costa ein. »Und Martelli sieht auch nicht so aus, als würde er noch lange unter uns weilen.«

Peroni griff nach dem Foto. »Lassen Sie mich damit zu dem Schweinehund gehen und es ihm unter die Nase halten. Dann wird er den Mund schon aufmachen.«

»Später«, sagte Falcone. »Martelli ist seit Jahren aus dem Rennen. Konzentrieren wir uns auf das Nächstliegende.«

»Und das wäre?«

»Die Frage, wo diese *Party* stattgefunden hat. In Ostia kann es nicht gewesen sein, das ergibt sich aus unseren Ermittlungen.«

In Peronis Augen begann es zu funkeln. »Verzeihen Sie, wenn ich langsam lästig werde, aber das weiß Toni Martelli doch mit Sicherheit.«

»Wollen Sie den Rest des Tages mit ihm in einem Verhörraum verbringen, ohne auch nur ein Wort aus ihm herauszubringen?«, fragte Falcone. »Vor ein paar Minuten habe ich mit ihm gesprochen und ihm einen Deal angeboten. Er lässt sich auf nichts ein. Und wir stehen unter Zeitdruck, falls Ihnen das entgangen sein sollte.«

»Im Ernst?«, wiederholte Peroni verblüfft. »Sie haben einem Menschen, der seine eigene Tochter verkuppelt, tatsächlich einen Deal angeboten?«

»Ja!«, fauchte Falcone. »Oder was wollen Sie der Mutter des verschwundenen Mädchens sagen, wenn sie fragt, ob wir auch alles getan haben? Dass sich so etwas eigentlich nicht gehört?«

Peroni starrte die Fotos an. »Und da habe ich mir schon bei der Sitte eingebildet, ich würde in Gewissenkonflikten stecken. Aber was *unternehmen* wir?«

Darüber schien der Inspektor bereits klare Vorstellungen zu haben. »Alles, was mit der Mafia zusammenhängt, überlassen wir der DIA. Die Überwachung von Wallis. Die Überprüfung der Unterlagen aus dem Büro dieses Buchhalters. Und auch die Ermittlungen im Mordfall Vercillo. Genau genommen fällt das ohnehin in ihren Aufgabenbereich, und ich bin froh über jede Last, die mir von der Schulter genommen wird. Und wir forschen weiter nach dem Verbleib des Mädchens. Gianni …«

Er sieht ratlos aus, dachte Nic Costa. Ganz anders als sonst.

»Und was sollen wir tun?«, erkundigte sich Peroni.

»Nic sollte unbedingt noch einmal mit der Mutter sprechen. Vielleicht erinnert sie sich doch noch an was. An einen Namen, ein Gesicht, was auch immer. Und Sie, Gianni, bitte ich, mit zwei oder drei verfügbaren Kollegen noch einmal alles durchzugehen, was uns im Fall des verschwundenen Mädchens vorliegt. Unter Umständen haben wir etwas übersehen.«

»Gut«, sagte Costa und machte sich auf den Weg zur Tür. Die beiden anderen Männer sahen ihm nach.

»Keine schlechte Idee, ihn allein mit ihr reden zu lassen«, bemerkte Peroni, nachdem sich die Tür geschlossen hatte. »Eine attraktive Frau. Was ihm durchaus nicht entgangen ist. Himmel, das ist ja sogar mir aufgefallen. Ihnen etwa nicht, Leo? Sie haben nur Augen für die Eine, was?«

»Fangen Sie nicht an …« Falcone betrachtete die Fotos auf dem Schreibtisch. »Und stellen Sie keine Vermutungen an. Ich lebe ebenso wenig in der Vergangenheit wie Sie.«

»Nein.« Besonders überzeugt hörte Peroni sich nicht an. Er beobachtete, wie Falcone die Fotos sichtete. »Fragen Sie, wenn Sie Lust haben. Im Moment gehöre ich zur Klasse der Untergebenen. Sie haben jedes Recht, mich alles zu fragen, was Sie wollen.«

Falcone drehte weitere Fotos um und betrachtete sie nachdenklich. »Was zum Teufel mache ich damit?«

»Die hier …« Peroni schob den Stapel mit Bildern von Barbara und Eleanor auf eine Seite. »Diese Fotos sollten Sie mit Ihrem Leben beschützen, denn womöglich sind sie alles, was wir haben, um die kleine Julius vor dem Grab zu bewahren.«

»Das weiß ich selbst«, entgegnete Falcone gereizt.

»Oh.« Peronis Zeigefinger tippte leicht auf die anderen Bilder. »Sie meinen die hier?«

Er zog seine Hand fort und musterte die Aufnahmen. »Ich möchte Ihnen wirklich nicht zu nahe treten, Leo, aber es wäre doch absolut keine Schande, andere um Mitarbeit zu bitten. Sie haben bereits drei Mordfälle am Hut und eine Entführung. Vielleicht ist sogar Erpressung mit im Spiel. Ziemlich viel für einen Mann. Sie sollten überlegen, ob Sie nicht etwas davon delegieren wollen.«

»Zwischen den Fällen besteht ein enger Zusammenhang«, beharrte Falcone. »Diese Diskussion habe ich bereits in der Führungsetage geführt. Wenn ich wollte, dass die Ermittlungen auf verschiedene Teams aufgeteilt werden, wäre das längst passiert. Aber das halte ich für kontraproduktiv – die oben übrigens auch. Dafür haben wir weder die Zeit noch die nötigen Kräfte, und bei der Aufsplittung könnten vielleicht wichtige Fingerzeige unbeachtet bleiben. Tut mir Leid, aber uns bleibt keine andere Wahl.«

»Keine andere Wahl?«, schmunzelte Peroni. »Wirklich nicht? Irre ich mich oder höre ich da gewisse Ambitionen heraus? Reicht Ihnen der Inspektor etwa nicht mehr? Sind Sie auf Höheres aus?«

»Ich möchte, dass das Mädchen gefunden wird«, fauchte Falcone. »Beurteilen Sie andere nicht ständig nach Ihren eigenen Maßstäben.«

»Warum machen Sie sich dann Sorgen über die Fotos? Legen Sie die doch einfach in eine Schublade und warten Sie ab, ob sie sich überhaupt jemals als nützlich erweisen.«

»Als nützlich …«

»Leo, Leo«, lachte Peroni. »Das hier ist so gar nichts für Sie, oder? Es fällt Ihnen leicht, sich oben in allen Fragen energisch durchzusetzen. Aber das da …« Er warf einen demonstrativen Blick auf die Fotos. »Für so etwas sind Sie einfach nicht geschaffen. Es bringt Sie in – Verlegenheit, hab ich Recht?«

Falcone seufzte. »Wir sollten uns hier weder Stärken noch Schwächen vorwerfen. Sie könnten von unserer Arbeitsweise einiges lernen, Gianni, und die besteht vor allem darin, Verbindungen herzustellen. Deshalb möchte ich die Ermittlungen nicht noch weiter aufteilen, als sie es ohnehin schon sind. Im Gegenzug bitte ich Sie um Ihren Rat. So etwas muss Ihnen doch häufig passiert sein. Sie kommen irgendwohin und finden die falschen Leute vor. Was tun Sie?«

Peroni dachte nach. »Tut mir Leid. Ich hätte Sie nicht so anfahren dürfen. Stimmt, ich kann hier eine Menge lernen. Aber offen gestanden weiß ich nicht recht wofür. Denn lange bleibe ich nicht in diesem Tollhaus, glauben Sir mir.«

Der Inspektor blickte ihm direkt in die Augen. »Sie scheinen sich ja sehr sicher zu sein. Wenn wir diesen Fall in den Sand setzen ...«

»Wenn *Sie* ihn in den Sand setzen, meinen Sie wohl. Hören Sie zu, hier ist mein Rat. Es gibt keine einfachen Antworten, Leo. Alles hängt von den jeweiligen Umständen ab. Aber ich sage Ihnen, was Sie auf keinen Fall tun sollten.«

Er griff nach dem größeren Fotostapel und blätterte kopfschüttelnd darin herum.

»Sie dürfen das Problem nicht vertagen. Entweder gehen Sie mit dem Packen unverzüglich nach oben oder Sie lassen die Hände davon. Jedes Zögern macht Sie zu etwas, was Führungskräfte verabscheuen. Zu einer unbekannten Größe, in deren Schreibtisch eine Zeitbombe tickt. Falls Sie vorhaben sollten, das ganze Ausmaß publik zu machen, dann müssen Sie das jetzt tun. Wenn nicht ...«

Er nahm eins der Fotos und ging zum Aktenvernichter, der neben Falcones Drucker stand. Dann schob er es in den Reißwolf und sah zu, wie das Ding die Aufnahme surrend in tausend Fetzen zerriss.

»Mit Ambitionen ist es so eine Sache«, sagte Peroni. »Ich war auch mal ehrgeizig und dachte, nichts könnte mir etwas anhaben. Und dann? Sagen Sie mir eins, Leo. Stellen Sie sich vor, Sie wären bei der DIA-Razzia dabei gewesen und hätten mich mit heruntergelassenen Hosen erwischt. Nichts war passiert. Nur das Übliche. Was hätten Sie getan? Die Augen zugedrückt?«

»Natürlich nicht«, sagte Falcone, ohne zu zögern. »Weil irgendwas vorgefallen sein musste. Warum hätten Sie sich sonst in diesem Bordell aufgehalten?«

»Sie war sehr schön.« Peroni sah den Inspektor an und empfand fast so etwas wie Bedauern. »Das können Sie nicht begreifen, oder? Für Sie reicht das einfach nicht als Begründung.«

»Nein. Und ich glaube noch immer nicht, dass es für Sie gereicht hat.«

»Sie sind ein schlechter Menschenkenner. Liegt das vielleicht daran, dass Sie weniger Emotionen haben als andere? Oder haben Sie nur Angst vor Gefühlen? Hin und wieder müssen wir alle die Hemmungen fallen lassen. Selbst Sie.«

Falcone zeigte auf den Fotostapel. »Auf *diese* Art?«

»Unter Umständen sogar so. Gestatten Sie mir einen Rat, Leo. Komplizieren Sie die Dinge nicht unnötig. Diese ganze Sache scheint wirklich äußerst übel zu sein. Warum befreien wir das Mädchen nicht einfach aus der Klemme, in der es offenbar steckt, um dann die Tür zuzumachen und die Toten ruhen zu lassen?«

Falcone starrte die Bilder an. »Sie könnten jede Menge Informationen enthalten. Geradezu unschätzbare Hinweise.«

»Bringen Sie sie nach oben, und man wird Ihnen lächelnd danken, Sie aber hassen, weil Sie ihnen damit das Leben zur Hölle machen.«

»Und wenn ich sie der DIA übergebe ...«

»Wird man Sie über den grünen Klee loben und Ihnen treuherzig versichern, was für ein ausgezeichneter Polizist Sie doch sind. Vielleicht kriegen Sie sogar Rachele d'Amato zurück in Ihr Bett. Aber soll ich Ihnen was sagen? Innerhalb von sechs Monaten wäre Ihre Karriere beendet. Sie wären aus dem Rennen und würden Kreditkarten zerschneiden, weil Sie sich die nicht mehr leisten können. Und bei der DIA würde Sie niemand mehr kennen. Auch *sie* nicht. Niemand hat große Sympathien für einen Mann, der den schwarzen Peter weitergibt, vor allem, wenn er so dreckig ist wie der hier. Wenn Sie ehrlich sind, wissen Sie das selbst gut genug.«

Falcone warf einen letzten Blick auf die Fotos und wandte ihnen dann den Rücken zu. »Tun Sie es«, ordnete er an.

Peroni lachte, griff nach dem Bilderstapel und drückte ihn dem Inspektor in die Hand.

»O nein, Signor Inspektor«, sagte er, verließ den Raum und schloss die Tür hinter sich. Draußen blieb er einen Moment stehen und lauschte. Schon bald hörte er das leise Surren des Schredders.

Rachele d'Amato kam über den Gang auf ihn zu. Lächelnd und sehr, sehr selbstbewusst.

»Sind Sie hier schon eingezogen?«, erkundigte sich Peroni.

Sie musterte ihn nur kühl.

Peroni reckte einen Daumen in Richtung auf Falcones Tür. »Gehen Sie behutsam mit ihm um. Einige von uns können ihn wirklich gut leiden, auch wenn er sich selbst nicht zu mögen scheint. Wir möchten nicht, dass er ein zweites Mal enttäuscht wird.«

»In dieser Hinsicht haben Sie absolut nichts zu befürchten.«

»Ja. War nur ein Scherz.« Er grinste. »Klar. Sicher. Nichts könnte Sie beide wieder zusammenbringen, oder?«

»Man hat mich angerufen und gebeten zu kommen. Ihr Leute solltet einfach mehr miteinander reden.« Sie zeigte auf eine geöffnete Tür am Ende des Korridors.

Im Raum dahinter saß Vergil Wallis mit geschlossenen Augen und wartete.

Wenn Bucci erst einmal zu reden begann, war es schwer, ihn zu stoppen. Neri ließ ihn reden, bis er genug gehört hatte. »Das hättest du mir schon längst sagen müssen, Bruno. So viel bist du mir schuldig.«

»Ich ...« Bucci verstummte wieder, suchte nach den richtigen Worten. »Ich habe mit Mickey darüber gesprochen. Er hat gesagt, Sie wüssten Bescheid. Das gehöre zum Abkommen.«

Neris Schultern zuckten vor grimmigem Lachen. »Zum Abkommen?«

»Ja. Ziemlich blöd von mir, das zu glauben, was? Die Sache ist ... Mir passt es ganz und gar nicht, wie Sie hintergangen werden.« Er warf Neri einen kalten Blick zu. »Aber es ist nicht leicht, einem Mann zu stecken, dass seine Frau ihn betrügt. Mit seinem Sohn. Ich wusste nicht, wie man sich in einer solchen Situation verhält. Vermutlich war mir sofort klar, dass Mickey lügt. Ehrlich gesagt hatte ich keine Ahnung, wie Sie reagieren, wenn ich Sie ins Bild setze.«

Jetzt erinnerte sich Neri daran, wie sonderbar sich Bucci in den letzten Wochen benommen hatte. Er war ein guter Bursche, ein loyaler Mann. Aber Neri konnte sich auch in seine Lage versetzen. Mickeys heimtückisches Verhalten überstieg jedes Maß. Er konnte nicht erwarten, dass sich ein angeheuerter Schläger wie Bucci in Dinge einmischte, die nur die Familie etwas angingen.

»Es ist Mickey«, fügte Buccci hinzu. »Nicht sie. Ich sage nicht, dass sie völlig schuldlos ist, aber ich glaube nicht, dass sie es wirklich wollte. Sie sehen Mickey mit anderen Augen als wir anderen. Er lässt einfach nicht locker, bis er schließlich kriegt, was er will.«

Neri dachte nach. »Aber sie hatte auch andere Männer, stimmt's?«

»Das glaube ich nicht. Soll ich Ihnen ganz offen sagen, was ich denke? Es war Langeweile. Nichts weiter.«

Langeweile ... Nun, dafür hatte Neri Verständnis.

»Tut mir Leid, Boss«, sagte Bucci leise. »Wenn Sie mich jetzt zum Teufel jagen, kann ich Ihnen das nicht übel nehmen. Ich weiß, dass ich Sie enttäuscht habe.«

In Neris grauen Augen funkelte amüsierte Bewunderung auf. Buccis Zerknirschung war täuschend echt. »Enttäuscht? Komm schon, Bruno. Ersparen wir uns die Spielchen.«

»Aber ...« Neris Blick ließ ihn verstummen.

»Kein Aber. Ich werde dir jetzt ein kleines Geheimnis verraten. Auch ich fange an, mich zu langweilen, und denke seit einiger Zeit über Veränderungen nach. Ich habe mir ein kleines Haus in Kolumbien gekauft. Weit weg von dem Mist hier. Nichts kann mir da etwas anhaben.« Er machte eine Kopfbewegung zur Treppe, in die Richtung von Mickey und Adele. »Und ich könnte einiges an Problemen hinter mir lassen.«

»Sicher.« Bruno Bucci nickte.

»Würdest du in meiner Abwesenheit die Geschäfte hier leiten? Ganz offen und direkt? Die DIA wird dir nichts anhaben, das verspreche ich dir. In den Unterlagen taucht nur mein Name auf. Ich habe vor, ein paar Leuten ein paar Abschiedsgeschenke zu machen. Damit sie mich in Erinnerung behalten. Das bin ich ihnen schuldig. Aber du hast nichts zu befürchten. Niemand kann dich zur Rechenschaft ziehen.«

Unbehaglich rutschte Bruno Bucci auf seinem Stuhl hin und her. »Sie wollen, dass ich hier den Boss spiele?«

»Nein. Ich will, dass du der Boss *bist*. Ich kann nicht für immer am Ruder bleiben. Jemand muss mein Nachfolger sein. Und da ist mir ein Mann meiner Wahl lieber als jeder andere.«

»Ich trau mir das zu«, sagte Bucci. »Aber ich glaube kaum, dass Mickey sich darüber freut.«

»Mickey, Mickey. Mal abgesehen von der Sache mit Adele ... Was hältst du eigentlich von ihm? Sei ehrlich. Nehmen wir an, ich könnte ihn zur Vernunft bringen. Aber wäre er das wert? Wird er es jemals zu etwas bringen?«

»Das weiß ich nicht«, wich Bucci aus. »Zu einem solchen Urteil bin ich nicht berechtigt. Er macht mitunter Sachen, die ich nicht begreife.«

»Sachen? Was für Sachen?«

Ratlos hob Bucci beide Hände. »Genaues weiß ich nicht. Dinge, die keiner von uns erfahren soll. Und eins sage ich Ihnen, Boss. Das kann er richtig gut. Er behält alles für sich.«

Neri dachte über die Probleme nach, die in den letzten Tagen aufgetaucht waren. Falcone würde keine Ruhe geben. Es war nur eine Frage der Zeit, wann er wieder auf der Schwelle stand. Diesmal vielleicht mit Papieren, die ihm das Recht gaben, die Villa auf den Kopf zu stellen. »Im Moment sitzen wir hier fest. Überall lauern Bullen und überwachen jeden unserer Schritte. Du wirst dich ein bisschen umtun müssen, Bruno. Finde heraus, wie viel Zeit uns bleibt, bevor sie uns wieder einen Besuch abstatten. Stelle fest, wo die Spitzel stecken. Wer bezahlt werden muss, damit er im richtigen Moment ein Auge zudrückt. Wann wir hier entwischen können, um uns ein bisschen zu vergnügen.«

»Zu vergnügen?«

Neri lachte. »Ja. Wenn ich schon aufs Altenteil muss, möchte ich vorher noch meinen Spaß. Danach verschwinde ich. Ruf irgendwo an und sorge dafür, dass ich morgen Abend unbehelligt und diskret die Villa verlassen kann. Die Albaner sollten uns helfen können. Sie sind mir eine Gefälligkeit schuldig.«

Bruno Bucci zwinkerte überrascht. »Morgen Abend?«

»Ist das zu früh für dich?« Hastig sah Neri sich im Raum um. »Offen gestanden kann ich es kaum erwarten, von hier zu verschwinden.«

Bucci wirkte nicht gerade glücklich.

»Was hast du? Immerhin überlasse ich dir ein ganzes Imperium.«

»Verstehen Sie mich nicht falsch. Ich bin Ihnen wirklich

dankbar. Natürlich tue ich alles, was Sie sagen. Aber es gibt ... Dinge, die ich nicht kontrollieren kann.«

Es lag auf der Hand, was er meinte. »Machst du dir immer noch Sorgen um Mickey?«

Der Mann aus Turin zuckte nur mit den Schultern. Er war zu höflich, zu respektvoll, um darauf zu antworten. Neri sah Bruno Bucci an und fragte sich, warum das Schicksal ihm einen Sohn wie ihn verwehrt hatte. Bucci war der Einzige, auf den er sich verlassen konnte. Selbst wenn der sich zum gegebenen Zeitpunkt veranlasst sah, mit Mickey kurzen Prozess zu machen. Na und? Überrascht stellte Neri fest, dass es weniger die Affäre zwischen Adele und Mickey war, die ihn erbitterte. Seine gesamte Familie bot mehr als genug Anlass zu Unzufriedenheit. Sie vergällten ihm das Leben. Sie nahmen ihn aus wie eine Weihnachtsgans, ohne sich im Geringsten dafür erkenntlich zu zeigen. Von einer Familie erwartete er etwas anderes. Und je älter er wurde, desto weniger Verlangen verspürte er nach den körperlichen Freuden, die Adele so gekonnt gewährte. Inzwischen fühlte er sich in der Gesellschaft von Männern sehr viel wohler. Bei ihnen wusste er, woran er war. Solange er seinen Teil der Vereinbarung einhielt – ein guter, gerechter und gewinnbringender Boss war –, würden sie zu ihm halten.

Emilio Neri lächelte. »Höchste Zeit, dass der Junge auf die Probe gestellt wird. Hol ihn. Sag ihm, dass ich ihn auf der Terrasse sprechen möchte.«

»Auf der Terrasse?«, wiederholte Bucci.

Neri ging bereits auf die Treppe zu. »Du hast gehört, was ich gesagt habe.«

Die unzähligen Fotos von Suzi Julius waren unübersehbar. Vergrößerungen von den Schnappschüssen ihrer Mutter bedeckten die Wände des großen Einsatzraums. Kleinere Farbkopien klebten an PCs, lagen auf den Schreibtischen. Costa geleitete Miranda Julius an dem zwanzigköpfigen Team vorbei und stellte ihr einige der Polizisten vor, um ihr zu zeigen, wie wichtig sie alle den Fall inzwischen nahmen. Dann liefen sie über den Flur in einen kleineren Raum, in dem weitere Beamte, meist Frauen, an den Telefonen saßen und auf Hinweise aus der Bevölkerung warteten, nachdem Suzis Bild auch im Fernsehen ausgestrahlt worden war. Es gab eine Hotline, über die jeder Anrufer eventuelle Beobachtungen anonym mitteilen konnte. Die intensive Suche nach Suzi Julius war angelaufen. Aber wie immer bei ähnlichen Fällen ließen brauchbare Hinweise auf sich warten. Niemand hatte das Mädchen gesehen, seit es am Tag zuvor vom Campo dei Fiori verschwunden war. Seit Falcone vor drei Stunden grünes Licht gegeben hatte, im Fall Suzi Julius wegen Entführung zu ermitteln, gab es noch immer nicht die geringste Spur, wo das Mädchen stecken könnte.

Nic Costa führte Miranda Julius in einen kleinen Raum mit Ausblick auf den Hof hinter der Questura. Sie sank auf einen Stuhl und sagte: »Ich weiß, dass Sie nach ihr suchen, Mister Costa. Das brauchten Sie mir nicht zu demonstrieren.«

»Ich wollte, dass Sie sich mit eigenen Augen überzeugen.«

Mittlerweile war ihr die Anspannung deutlich anzumerken. Nic Costa erinnerte sich an seinen ersten Eindruck von ihr, an den eines Models, das eine körperliche Arbeit angenommen hatte, um zu beweisen, dass es mehr konnte als gut auszusehen. In einer schwarzen Bomberjacke saß sie ihm gegenüber am Tisch, zog hastig an einer Zigarette und bemühte sich, den Rauch zum halb geöffneten Fenster hinauszublasen. Keine Sekunde wandte sie ihre scharfen, intelligenten Augen von seinem Gesicht.

»Haben Sie eine Vorstellung, wo sie sein könnte?«

Er wählte seine Worte sehr genau. »So etwas braucht Zeit.«

Sie blickte zum Fenster hinaus, blinzelte in die helle Nachmittagssonne. »Vielleicht sollte ich mich noch einmal entschuldigen. Für mein Verhalten gestern Abend. Das muss sehr peinlich für Sie gewesen sein.«

Ihre Nähe verunsicherte ihn. Er erinnerte sich, wie leicht es gewesen wäre, ihrem Wunsch nachzugeben. »Denken Sie nicht mehr daran. Ich habe es längst vergessen.«

Kurz überflog etwas ihr Gesicht, ein Ausdruck der Verärgerung. Er fragte sich, ob er etwas Falsches gesagt hatte.

»Manchmal trinke ich«, sagte Miranda Julius. »Aber nicht, um Ereignisse auszulöschen, um zu vergessen. Eher kommt es mir vor, als würden sie dann mehr Sinn ergeben. Vielleicht bilde ich mir das aber auch nur ein. Ich fürchte, Sie wissen nicht, wovon ich rede.«

Er würde die Tage nach dem Tod seines Vaters wohl nie vergessen, an denen er in dessen Rollstuhl saß und stundenlang Zwiesprache mit der Flasche hielt, um herauszufinden, wie viel von seinem Schmerz körperlich und auf seine Verletzungen zurückzuführen war und wie viel psychischer Natur. Und wie einfach es wäre, beides in Alkohol zu ertränken.

»Ich verstehe, was Sie meinen. Darf ich Sie bitten, mir etwas zu versprechen?«

»Ich gebe nicht gern Versprechen«, entgegnete sie schnell. »Man enttäuscht die Leute nur, wenn man sie nicht halten kann.«

»Wir brauchen Sie, Signora Julius. Sie müssen im Verlauf unserer Ermittlungen Ihre Gedanken beisammenhaben. Um auf mögliche Ergebnisse richtig zu reagieren. Aber wenn dieser Moment kommt, ist es wichtig für uns alle, am meisten für Suzi, dass Sie nicht …«

»Betrunken sind?«, beendete sie den Satz für ihn. »Keine Angst. Das wird nicht passieren.«

»Es gefällt mir gar nicht, dass Sie das alles allein durchstehen müssen. Gibt es keine Verwandten, Freunde, die zu Ihnen nach Rom kommen können? Wenn ich mich nicht irre, erwähnten Sie Ihre Mutter.«

»Sie macht gerade Urlaub. In Kalifornien. Heute früh habe ich mit ihr telefoniert. Aber wegen des Zeitunterschieds, und weil sie den Flug umbuchen muss, kann sie nicht vor Sonntag hier sein.« Fast flehend sah Miranda Julius ihn an. »Doch bis dahin ... Bis dahin ist meine Tochter doch sicher gefunden, oder?«

»Davon gehe ich aus. Dennoch ... Ich kann jederzeit eine Beamtin bitten, Ihnen Gesellschaft zu leisten.«

»Ich komme allein zurecht«, erklärte sie bestimmt. »Ich möchte nicht wie ein Opfer behandelt werden. Das ist Suzi. Ihr möchte ich helfen. Tun Sie Ihre Arbeit, und ich bemühe mich nach Kräften, Sie dabei zu unterstützen ...«

»Gut.« Nic Costa schaltete den Rekorder ein, sprach zunächst Datum, Uhrzeit, Fall sowie die Namen beider Gesprächspartner auf Band und suchte nach dem richtigen Beginn, den Fragen, die etwas Vergessenes, Verdrängtes in Miranda Julius' Gedächtnis zurückbrachten.

»Haben Sie sich vielleicht an irgendetwas erinnert, das wir noch nicht wissen?«

»Nein.« Sie schüttelte gereizt den Kopf, als ärgerte sie sich selbst über ihr Unvermögen. »Ich zermartere mir unablässig das Gehirn, erinnere mich aber an nichts, was ich Ihnen nicht schon gesagt hätte.«

»Sie haben doch bestimmt Bekanntschaften in Rom gemacht ...«

»Bekanntschaften wäre zu viel gesagt. Natürlich haben wir mit Leuten geredet. In Geschäften, Cafés, Restaurants. Aber über den Austausch von Höflichkeiten ging das nie hinaus.«

Er legte ein Foto aus Suzis Kamera auf den Tisch. Es zeigte Randolph Kirk am Rand der Menge vor der Fontana di Trevi, wie er eigentümlich konzentriert in die Kamera blickte.

»Erinnern Sie sich an diesen Mann?«

Miranda Julius betrachtete das Bild sehr genau. »Nein. Den habe ich noch nie zuvor gesehen. Erst heute früh in der

Zeitung. Mein Italienisch ist nicht besonders, aber es hat gereicht. Ist das nicht der Mann, der auf dieser Ausgrabungsstätte nördlich von Rom ermordet wurde?«

»Ja.«

Sie kam schnell zur Sache. »Und Sie glauben, er hätte etwas mit dem Mord an diesem jungen Mädchen zu tun? Vor sechzehn Jahren?«

»Es deutet einiges darauf hin, dass er Mädchen zur … sexuellen Befriedigung benutzte. Zusammen mit anderen Männern.«

Sie stöhnte leise auf. »Und was geschieht jetzt? Wo ist meine Tochter, Signor Costa? In irgendeinem Verlies, in dem dieses Monster sie eingeschlossen hat? Und sie wartet darauf, dass sie endlich gefunden wird? Das kann Ewigkeiten dauern. Mein Gott …« Sie schloss kurz die Augen. »Diese Vorstellung ertrage ich nicht. Sie ist zu grauenhaft.«

»Wir lassen ihr Foto überall kursieren. Irgendjemand muss sie gesehen haben.«

»Das ergibt alles keinen Sinn. Mit einem solchen Mann würde Suzi nie ausreißen. Das ist doch absurd. Er ist ein *alter* Mann. Sehen Sie ihn sich doch an. Was hätte er ihr schon zu bieten? Sie glauben doch nicht etwa, dass er das Motorrad gesteuert hat, oder?«

»Nein. Vielleicht hat er sie nur entdeckt. Den Rest hat dann ein anderer übernommen.«

»Aber warum Suzi? Warum gerade sie?«

»Zufall.« Costa zuckte mit den Schultern. »Einfach nur Pech. Das ist in diesen Fällen nicht ungewöhnlich. Kirk scheint eine Vorliebe für Blondinen gehabt zu haben. Vielleicht erinnerte sie ihn an ein anderes Mädchen.«

Sie wusste sofort, was er meinte. »An das Mädchen, dessen Leiche gefunden wurde? Ich habe ein Foto gesehen, und wenn ich es mir recht überlege, sind sie sich tatsächlich ein wenig ähnlich.«

»Das ist nicht mehr als eine Theorie. Die Ermittlungen gehen in zwei Richtungen. Zum einen sorgen wir dafür, dass möglichst viele Menschen Suzis Foto sehen, und verfolgen alle eingehenden Hinweise. Zum anderen bemühen wir uns, ein wenig Licht in die tatsächlichen Ereignisse zu bringen. Warum Kirk auf diese Weise seinen sonderbaren Neigungen nachging. Mit wem und wo.«

»Aber das könnte doch überall gewesen ein, oder?«

»Nein.« Das ist ein wichtiger Punkt, dachte er. Hier ging es um Rituale. Die nicht in der Villa der Mysterien in Ostia stattgefunden haben konnten. Das hatten Teresa Lupos sorgfältige Untersuchungen bereits ergeben. Kirk musste über einen anderen Ort verfügt haben, ein größeres, bedeutendes Gebäude. Höchstwahrscheinlich irgendwo in Rom. Vielleicht war Suzi im Moment dort eingesperrt und wartete. Aber auf wen und was?

»Ich möchte, dass Sie sich ein paar weitere Bilder ansehen.« Costa griff in seine Unterlagen.

Miranda Julius betrachtete ein Dienstfoto von Barbara Martelli. »Auch ihr Foto kenne ich aus der Zeitung. Sie ist blond. Gehörte diese Polizistin auch zu seinen Opfern?«

»Wir nehmen es an.«

»Hat sie ihn deshalb getötet?«

»Wir wissen es nicht«, räumte er ein. »Ist Sie Ihnen vielleicht irgendwo begegnet, Signora Julius? Bitte. Denken Sie nach. Vielleicht haben Sie oder Suzi mit ihr gesprochen? Irgendwo, irgendwann?«

Sie seufzte. »Natürlich haben wir gelegentlich Polizisten nach dem Weg gefragt. Möglicherweise auch sie. Ausschließen kann ich es nicht. Aber ich kann mich beim besten Willen nicht erinnern.«

»Und was ist mit ihm?« Er schob ihr ein Foto von Vergil Wallis zu.

»Nein, ich kenne ihn nicht. Ist er Italiener?«

»Amerikaner. Haben Sie seit Ihrer Ankunft mit irgendwelchen Amerikanern gesprochen?«

Sie schien den Sinn seiner Frage nicht zu begreifen. »Ich glaube nicht. Bestimmt würde ich mich an jemanden erinnern, der so charakteristisch aussieht. Aber warum fragen Sie das, Mister Costa? Weshalb sollte ein Amerikaner in eine solche Sache verwickelt sein?«

»Keine Ahnung. Wir müssen allen Möglichkeiten nachgehen. Aber kennen Sie vielleicht diesen Mann?«

Sie beugte sich über ein Foto von Beniamino Vercillo. »Nein.«

»Und ihn?« Emilio Neris breites, abstoßendes Gesicht starrte sie von der Tischplatte her an.

Miranda Julius schüttelte den Kopf. »Er sieht aus wie ein Verbrecher. Einfach ... schrecklich. Nehmen Sie etwa an, dass dieser Mensch Suzi in seine Gewalt gebracht hat? Mit solchen Typen würde sie nie mitgehen. Dafür ist sie zu klug.«

Nic Costa blätterte in dem Bilderstapel. »Das da wurde in der Questura aufgenommen, als wir ihn wegen irgendeiner Sache befragt haben. Er sieht nicht immer so aus. Menschen setzen zu verschiedenen Anlässen unterschiedliche Mienen auf. Manchmal muss man sich bemühen, dahinter zu blicken.«

»Vielen Dank für den Rat«, beschied sie ihn kühl.

»Wie finden Sie ihn hier?«

Er zeigte Miranda Julius eins von mehreren Fotos, die ein Fotograf anlässlich einer Opernpremiere aufgenommen hatte. Es zeigte Emilio Neri in seiner Maskerade als Kunst liebender Geschäftsmann. Neben ihm stand seine Frau. Beide hatten sich dem Anlass entsprechend herausgeputzt. Neri trug einen Smoking, Adele ein langes Abendkleid aus fließender Seide.

»Darauf sieht er anders aus«, gab sie zu. »Ist das seine Frau?«

Costa nickte.

»Im Vergleich mit ihm wirkt sie sehr jung. Ist er so ein Typ?«

Er schwieg.

»Mister Costa? Gehört er zu dem Typ Mann, der eine Vorliebe für blutjunge Mädchen hat?«

»Sie ist nicht so jung, wie sie aussieht. Jedenfalls älter als Suzi. Er hat eine Vorliebe für eine Reihe von Dingen. Vielleicht war er in Kirks Machenschaften verwickelt. Vielleicht ist alles aber auch sehr viel komplizierter.«

Erneut vertiefte sich Miranda Julius in das Foto. »Diese Frau macht keinen besonders glücklichen Eindruck. Sie sieht aus, als hätte sie kein Eigenleben. Als wäre sie sein Eigentum, sein Besitz.«

»Bilder scheinen Ihnen eine Menge zu sagen.«

»Ich bin Fotografin, vergessen Sie das nicht. In meinem Beruf versucht man, mit der Kamera eine Geschichte zu erzählen. Mehr über die abgebildeten Menschen zu vermitteln als einen oberflächlichen Eindruck der äußeren Fassade. Sonst ist jedes Foto nur ein Schnappschuss. Ohne Aussage, ohne Hintergrund. Nur Figuren auf einem Stück Papier. Erst die Geschichte *hinter* dem Bild macht eine gute Fotografie aus.«

Sie zog die anderen Aufnahmen von der Premiere zu sich heran und blätterte in ihnen. »Die Bilder sind wirklich nicht schlecht. Die beiden geben aber auch ein herausforderndes Motiv ab. Zwischen ihnen scheint sich einiges abzuspielen, wenn auch nichts Gutes. Ich glaube, ich würde das Paar auch gern vor die Kamera bekommen. Ich könnte …«

Plötzlich hielt sie bei einem Foto inne und betrachtete es eingehend.

»Was?«, fragte Nic Costa gespannt. »Ist Ihnen doch etwas eingefallen? Im Zusammenhang mit dem Mann?«

»Nein. An ihn erinnere ich mich noch immer nicht. Aber an *den* hier …«

Sie drehte ihm das Bild zu und tippte auf eine Gestalt am Bildrand. Auf einen jüngeren Mann im Smoking, der einen leicht verdrossenen Eindruck machte.

»Den habe ich schon mal irgendwo gesehen.« Sie verstummte und dachte fieberhaft nach. »Es war kurz nach unserer Ankunft. Wir waren in einem der Straßencafés auf dem Campo und haben Kaffee getrunken. Er saß am Nebentisch. Ich musste auf die Toilette, und als ich zurückkam, war er dabei auf Suzi einzureden. Hat nach ihrer Telefonnummer gefragt und versucht sie anzubaggern.«

Costa warf ein Blick auf das Foto. Unwillkürlich musste er schlucken. »Und weiter?«

»Nichts weiter. Er war nicht ... sehr sympathisch. Unangenehm aufdringlich. Und er hat auch kein besonders gutes Englisch gesprochen. Er *gefiel* mir nicht, Mister Costa. Er gefiel mir ganz und gar nicht. Er war ausgesprochen unangenehm. Einer von diesen zudringlichen, jungen Kerlen, mit denen man es in Italien mitunter zu tun hat.«

»Könnte er Suzi vielleicht seine Nummer gegeben haben?«

»Ich versuche mich zu erinnern ...«

Da kam noch etwas. Das konnte Costa förmlich spüren.

Mit großen Augen starrte Miranda Julius ihn an. »O Gott. Jetzt fällt mir ein, dass sich Suzi unmittelbar danach sonderbar verhielt. Irgendwie aufgeregt, überdreht. Um ein Haar hätten wir uns gestritten. So kannte ich sie gar nicht.«

»Also könnte er ihr etwas gegeben haben? Vielleicht eine Telefonnummer? Sie könnte sie eingesteckt haben.«

»Kann sein. Ich weiß es nicht, Mister Costa. Es ist schon eine Weile her.«

»Und sie hätte Ihnen nichts davon erzählt?«

»Wahrscheinlich nicht. In diesem Alter macht man eine Menge Dummheiten, die man lieber für sich behält. Ich weiß, was ich in Suzis Alter angestellt habe. Sie war ganz sicher über irgendetwas aufgeregt. Ich hätte ...«

Tränen traten in ihre Augen.

»Himmel, wie überheblich ich doch war. Wie konnte ich mir nur einbilden, dass ein Mädchen in ihrem Alter die Ferien ausgerechnet und ausschließlich mit seiner Mutter verbringen will? Die meiste Zeit ihres Lebens hat sie doch kaum etwas von mir gesehen. Warum sollte sie mit mir zusammen sein wollen?«

Sie schwieg einen Moment, um dann schnell und überzeugt fortzufahren: »Jetzt erinnere ich mich auch wieder, dass ich mit meiner Meinung über den Mann nicht gerade zurückhaltend war. Ich hab ihr gesagt, dass ich ihn für einen absoluten Widerling hielt. Genau den Typ von Italiener, vor dem man immer gewarnt wird. Und sie hat mich angesehen, als würde ich Schwachsinn reden. Als wäre ich … verkalkt. Eine Weile haben wir kaum miteinander gesprochen. Ich dachte, wir lassen die Angelegenheit auf sich beruhen.«

Hastig sammelte Nic Costa die Fotos wieder ein. Er wollte dieses Gespräch schnell beenden.

»Aber das war eine Selbsttäuschung, oder?«

»Ihre Mitteilung könnte uns wirklich weiterbringen.«

»Auf welche Weise? Kennen Sie diesen Mann?«

Costa fragte sich, wie viel er ihr mitteilen konnte. Über den Tisch hinweg legte er eine Hand auf ihren Arm. »Wir sind gehalten, im Verlauf von Ermittlungen mit Informationen zurückhaltend zu sein, Signora Julius.«

»Zur Hölle mit Ihren Vorschriften. Ich bin ihre Mutter. Und der Anlass für diese Katastrophe.«

»Das sind Sie nicht«, widersprach er lauter als beabsichtigt. »Suzi ist sechzehn Jahre alt. Kein Kind, das Sie rund um die Uhr behüten können.«

Miranda Julius schüttelte den Kopf. »Sie kennen Suzi nicht. Sie kennen mich nicht. Ziehen Sie keine voreiligen Schlüsse.«

Das ist kein Selbstmitleid, dachte er. Eher Selbsthass. »Sie tun alles, was man unter diesen Umständen tun kann. Machen Sie sich keine Vorwürfe, bevor …«

Miranda Julius starrte die staubigen Fensterscheiben an

und kämpfte mit den Tränen. »Bevor was? Bevor es einen Grund dafür gibt?«

Er schüttelte den Kopf. »So habe ich es nicht gemeint.«

Sie schwieg und versuchte sich wieder zu beherrschen.

»Wer ist dieser Mann?«, wollte sie schließlich wissen. »Wenigstens das könnten Sie mir sagen.«

»Der Sohn des Ehepaars. Er heißt Mickey Neri.«

Nic Costa stand auf und dachte darüber nach, wie Falcone auf diese Neuigkeit reagieren würde. Draußen ging die Sonne unter. Bald würde es dunkel sein. Das erschwerte derartige Einsätze. Sie mussten schnell handeln.

Auch Miranda erhob sich und sah ihn forschend an. »Was für eine Art Mann ist er? Dieser Mickey Neri?«

»Die beste, den man sich vorstellen kann.« Er lächelte vieldeutig. »Für uns jedenfalls. Er ist kein Universitätsprofessor. Keine anonyme Gestalt in einem Smoking. Bei Mickey Neri handelt es sich um einen Ganoven aus einer Familie von Kriminellen. Wir kennen seinen Aufenthaltsort. Wir wissen, wie wir an ihn herankommen können.«

Sie brauchten sich nur einen Durchsuchungsbefehl besorgen, und nachdem Miranda Julius Mickey Neri einwandfrei identifiziert hatte, würde man den Falcone kaum verweigern. Dann konnten sie das große Haus an der Via Giulia stürmen, um sich den jungen Neri zu schnappen, und ganz nebenbei damit beginnen, das gesamte Neri-Imperium auseinander zu nehmen.

Nic Costa legte beide Hände auf Miranda Julius' Schultern und wünschte, er könnte ihr etwas von seiner wachsenden Zuversicht vermitteln. »Wir werden sie finden. Das verspreche ich Ihnen.«

Sie trat einen Schritt zurück und musterte ihn zweifelnd.

»Versprechungen ...«, sagte sie leise.

Die Dämmerung sank herab. Emilio Neri stand auf der Terrasse, beugte sich über das Geländer, blickte auf die Straße hinunter und atmete die Abgase vom Lungotevere ein. In seiner Kindheit war Rom sauberer. Irgendwie *gesünder*. Im Laufe der Jahre war etwas schief gegangen, wie überall auf der Welt. Früher konnte man an einem Abend wie diesem Arm in Arm durch das *centro storico* schlendern, um die Auslagen der Geschäfte zu betrachten und vor dem Abendessen irgendwo ein Glas zu trinken. Heute waren die Menschen in ständiger Hast, rasten von einem Ort zum anderen – das heißt, wenn der Verkehr es zuließ. Sie standen herum und flüsterten in Mobiltelefone, anstatt mit ihren Gesprächspartnern direkt zu reden. Dabei war es in Rom noch nicht einmal am schlimmsten. In Mailand oder London schienen die Menschen ihr gesamtes Leben mit ihren Handys zu verbringen. Im Vergleich dazu hatte sich in seiner Heimatstadt zumindest eine Spur von Menschlichkeit erhalten. Ein Gang über den Ponte Sisto konnte ihn noch immer begeistern.

Allerdings hatte er dazu keine Zeit. Diese Phase seines Lebens gehörte der Vergangenheit an. Jetzt musste er für die Zukunft sorgen und dafür, dass er in Erinnerung blieb.

Er drehte sich um und sah Mickey die Treppe heraufkommen. Der Junge blieb neben den blässlichen Topfpalmen stehen, die sich von der Kälte des Winters noch nicht erholt hatten. Wie immer sah er unmöglich aus: Jetzt in Jeans mit ausgestellten Hosenbeinen und einem dünnen, schwarzen Pullover, der ihm eine Nummer zu klein war. Mit seinen zweiunddreißig Jahren sollte er endlich aufhören, sich wie ein Teenager anzuziehen. Darüber hinaus zitterte er auch noch wie Espenlaub.

Neri winkte ihn zu sich an die Brüstung. Er legte seinem Sohn einen Arm um die Schultern und blickte über das Geländer. »Du hattest schon immer Höhenangst, Mickey. Warum eigentlich?«

Mickey Neri warf einen schnellen Blick in die Tiefe und wollte einen Schritt zurücktreten, aber der starke Arm seines Vaters hinderte ihn daran. »Bleib stehen.«

»Weißt du noch, was mit Wallis' Frau geschehen ist? Als sie es nicht mehr ertragen konnte, sprang sie aus dem fünfzigsten Stock eines Hochhauses in New York. In einer Minute steht sie noch schluchzend am Fenster, in der nächsten kratzt man sie unten von der Straße. Fragst du dich, warum jemand so etwas tun kann? Aus Schuldgefühlen vielleicht? Oder einfach nur aus Dummheit?«

Neris Arm drückte Mickey hart gegen das Geländer. Der Junge versuchte sich zu wehren, aber sein Vater hielt ihn fest.

»Manchmal löst ein einziger kleiner Schritt viele Probleme. Die Bullen haben eine Leiche. Sie sehen sich die Schweinerei auf dem Pflaster an und denken sich eine passende Geschichte aus. So ist allen geholfen.«

»Babbo ...«, ächzte Mickey und versuchte sich loszureißen.

»Halt den Mund. Du weißt nicht, warum du dich vor der Höhe fürchtest? Ich werde es dir sagen. Eines Tages, als du noch ganz klein warst, hatte ich plötzlich die Nase voll von deiner *mamma* und dir. Es war Sommer und wir hielten uns hier oben auf der Terrasse auf. Damals duldete ich noch keine Angestellten im Haus. Dieser Blödsinn war Adeles Idee. Adele hat jede Menge Ideen, aber ich schätze, das weißt du selbst. Schön und gut. Damals warst du kaum älter als drei oder vier und bist wie ein Wilder herumgetobt, weil deine *mamma* nicht das richtige Spielzeug mitgenommen hatte. Und ich liege auf dem alten Rattansofa, das damals da drüben stand, bevor das ganze neumodische Zeug gekauft werden musste. Verdammt noch mal, denke ich. Da rackere ich mich den ganzen Tag ab, um euch Parasiten zu ernähren. Aber ihr könnt nichts anderes als schreien und toben.«

Neri drehte seinen Sohn halb zu sich um und sah ihm in die Augen. »Erinnerst du dich?«

»N... n... nein«, stotterte Mickey.

»Aber natürlich. Du musst dich erinnern. Es steckt nur ganz tief da drinnen …« Er ließ seinen Sohn kurz los und tippte ihm mit dem Zeigefinger an die Stirn. »Zusammen mit dem anderen Mist in deinem Kopf.«

»Nein, ich … «, begann Mickey, aber zwei kräftige Hände packten ihn derb am Kragen, hoben ihn an, drückten seinen Oberkörper über das Geländer, hoch über den Pflastersteinen, die aus dieser Höhe aussahen wie das Muster auf den Flügeln eines toten Schmetterlings.

Mit einem brutalen Kniestoß nahm Emilio Neri Mickeys Füßen die Bodenhaftung und ließ seinen Sohn über der Straße baumeln, wie er es vor mehr als fünfundzwanzig Jahren getan hatte. Er fühlte sich so stark wie damals, vielleicht sogar stärker. Und genauso überlegen. Aber diesmal war sein Gesicht Mickeys sehr nahe, und beide begannen heftig zu schwitzen.

»Erinnerst du dich jetzt?«, wollte Emilio Neri wissen.

Tränen traten in Mickeys Augen. Hilflos zuckten seine Füße durch die Luft, suchten verzweifelt irgendeinen Halt. Neri konnte riechen, dass sich sein Sohn in die albernen Teenager-Jeans gepisst hatte. »Bitte …«, krächzte er.

»Mir ist da etwas zu Ohren gekommen, Mickey. Eine kleine Geschichte, die in diesem elenden Haus hinter vorgehaltener Hand weitergegeben wird. Ich habe gehört, dass du Adele vögelst. Man hat euch beobachtet. Und dann die anderen verdammten Sachen, von denen du glaubst, ich wüsste nichts davon. Versuch doch mal, dich in meine Lage zu versetzen. Kannst du nicht verstehen, welche Genugtuung es für mich wäre, dich für deine Untaten jetzt einfach fallen zu lassen?«

Mickey gab nur ein unartikuliertes Geräusch von sich. Halb Stöhnen, halb Kreischen.

»Du sagst ja gar nichts, mein Sohn. Willst du nicht beteuern, dass ich falsch informiert wurde?«

Der Junge kniff die Augen zu und machte sie schnell wieder auf. Er zwinkerte, als hoffte er, das alles wäre nur ein böser Traum. »Man hat dich …«

Neri tat, als würde er seinen Griff lockern. Entsetzt schrie sein Sohn auf, verstummte aber sofort wieder.

»Sag die Wahrheit, Mickey. Wenn ich glaube, dass du lügst, lasse ich sofort los. Was soll ich mit einem Sohn, dem ich nicht trauen kann?«

Mickey brach in hilfloses Schluchzen aus.

»Also raus mit der Sprache«, sagte Neri ganz ruhig. »Aber denke vorher genau nach, was du sagst. Stimmt die Geschichte mit Adele und dir?«

Der Junge bewegte den Kopf von einer Seite zur anderen.

»Mach den Mund auf«, befahl Neri.

»Sie stimmt nicht. Es ist eine verdammte Lüge.«

Nachdenklich musterte Neri das angstverzerrte Gesicht seines Sohnes. Dann zog er ihn auf die Terrasse zurück. In seiner Hast, wieder sicheren Boden unter die Füße zu bekommen, fegte Mickey zwei Blumentöpfe von der Brüstung. Neri sah zu, wie sie unten auf dem Pflaster zerschellten. Ein Mann in dunklem Anzug sprang gerade noch rechtzeitig zur Seite und blickte entsetzt in die Höhe.

»Du solltest wirklich vorsichtiger sein«, sagte Neri und streckte seinem Sohn ein Taschentuch entgegen. »Sonst kommen noch Menschen zu Schaden.«

Tränen liefen über Mickeys Gesicht. Sein Atem kam in kurzen, abgehackten Stößen. Er sah seinen Vater an und fragte: »Warum? Warum hast du das getan?«

Neri zuckte mit den Schultern. »Ein Vater hat ein Recht auf die Wahrheit. Hättest du mich belogen, würdest du jetzt unten auf der Straße liegen. Das ist dir doch klar, oder?«

»Ja«, flüsterte Mickey, und Emilio Neri hätte fast laut gelacht. Der Junge glaubte offenbar, damit hätte sich die Sache erledigt.

»Ich war ein schlechter Vater«, sagte er. »Indem ich versucht habe, dich vor all dem Mist zu bewahren, mit dem Leute wie wir fertig werden müssen. Das war falsch, es hätte dich härter gemacht. Wie ich hörte, würdest du dich gern mehr betätigen.«

»Ja«, murmelte Mickey. Noch immer liefen ihm Tränen die Wangen hinunter. Mit seinen schmollend verzogenen Lippen sah er aus wie ein kleiner Junge. Er kommt ganz nach seiner Mutter, dachte Neri.

»Gut. Es ist an der Zeit.« Emilio Neri öffnete sein Jackett und zog eine Pistole hervor. Es war eine kleine, schwarze Beretta. Mit weit aufgerissenen Augen starrte Mickey die Waffe an. Neri drückte sie ihm in die Hand.

»Nimm. Sie beißt schon nicht. Es ist eine von meinen. Ich weiß, dass sie funktioniert.«

»W... w... as soll ich ...?«, stammelte sein Sohn.

»Du willst doch endlich richtig mitmischen, oder? In deinen Kreisen bringt man selten jemanden um. Das hast du noch nie getan, mein Sohn. Du schlägst nur hin und wieder jemanden zusammen. Das lässt sich nicht vergleichen. Ist es nicht so?«

»Ja«, hauchte Mickey.

Neri patschte ihm auf den Rücken. »Also, mach endlich ein fröhlicheres Gesicht. Es ist an der Zeit, jemanden abzuknallen. Nichts Schwieriges. Eine ganz einfache Sache. Du marschierst auf ihn los, sagst kein Wort, setzt ihm die Pistole an die Schläfe und drückst ab. Wirst du das schaffen?«

»Allein?«

»Hast du damit ein Problem?«

»Nein«, behauptete Mickey. »Um wen geht es?«

Neri blickte auf seine Uhr. Seine Gedanken waren bereits woanders. »Nur um einen Bullen. Tut mir Leid. Im Moment habe ich nichts anderes. Beim nächsten Mal suche ich etwas Besseres für dich aus.«

Vergil Wallis trug einen schwarzen Anzug, ein schneeweißes Hemd und eine dunkle Krawatte. Er sah aus, als wollte er zu einer Beerdigung.

»Ich möchte Eleanor sehen.«

»Sie scheinen zu trauern«, stellte Falcone fest. »Weshalb? Gestern machten Sie noch den Eindruck, als bestünde dazu nicht der geringste Anlass.«

Rachele d'Amato warf ihm einen missbilligenden Blick zu. Wahrscheinlich fand sie seine Bemerkung ungehörig. Falcone war es egal.

»Gestern haben Sie mich überrumpelt. Ich konnte keinen klaren Gedanken fassen. Ich kann nur hoffen, dass Ihnen so etwas erspart bleibt, Inspektor. Da wartet man jahrelang sehnsüchtig darauf, dass endlich Licht in die Ereignisse gebracht wird. Und wenn man die Wahrheit erfährt, wünscht man sich, nicht so inständig darauf gehofft zu haben. Man fragt sich, ob man sie damit nicht vielleicht selbst heraufbeschworen hat.«

»Noch kennen wir die Wahrheit nicht«, entgegnete Falcone. »Nicht mal halbwegs. Es gibt kaum jemanden, der bereit ist, uns zu helfen.«

Wallis nickte schweigend.

»Nachdem Sie bei Ihrer Stieftochter waren, müssen wir mit Ihnen reden«, erklärte Rachele d'Amato. »Wir *beide.*«

Wallis nickte. »Soll ich Ihnen einen Anwalt rufen?«

»Er braucht keinen Anwalt«, bemerkte Falcone. »Noch nicht.«

Der Inspektor verließ als Erster den Raum und marschierte den anderen voran zur Gerichtsmedizin im Nebengebäude. Ein kleiner, dunkelhaariger Mann, den Falcone noch nie gesehen hatte, nahm sie in Empfang. Er trug einen Pferdeschwanz, machte aber sonst keinen sonderlichen Eindruck auf den Inspektor. Silvio di Capua und der Rest des Pathologieteams versuchten, ohne Teresa Lupo mit Vercillos Leiche klarzukommen. Einfach würde das nicht werden. Es fehlten Leute. Es fehlte Erfahrung.

Als er den Namen hörte, nickte der Assistent. »Die liegt in einem Nebenraum. Dottoressa Lupo behauptet, sie bräuchte eine Sonderbehandlung. Spinnt die nun völlig oder was?«

»Bringen Sie uns einfach zu der Toten«, knurrte Falcone.

Während der Mann ihnen voran über einen Flur lief, stand sein Mund keine Sekunde lang still. »Ogottogott, wie soll das bloß weitergehen? Sie werden doch nicht etwa das Mönchlein den Laden übernehmen lassen? Verstehen Sie mich nicht falsch. Er ist ein netter Kerl, der sein Fach versteht. Aber was die Organisation anbelangt ... Sie sollten nur einmal einen Blick in seinen Spind werfen.«

Sie betraten einen Nebenraum. Der Operationstisch mit Eleanor Jamieson war umgeben von einer Vielzahl technischer Utensilien, die aussahen wie Geräte zur Lebenserhaltung. Plastikschläuche mit Düsen und Zerstäubern wanden sich um Stative. Sie sprühten einen feinen Nebel über die Leiche, der die Haut im grellen Neonlicht wie Leder schimmern ließ. Es roch so durchdringend nach Chemikalien, dass sich Falcone unwillkürlich räuspern musste.

»Fragen Sie mich nicht, was werden soll, wenn das Zeug alle ist«, maulte der Assistent. »Das alles hier ist Signora Lupos Einfall. Das Rezept hat sie von irgendeinem Wissenschaftler per E-Mail aus England bekommen. Es soll verhindern, dass die Leiche so schrumpelig wird wie ein alter Apfel.«

»Raus«, zischte Falcone, und der Mann zog sich hastig zurück.

Wallis hatte sich in der Ecke des Raums auf einen Stuhl gesetzt. Seine Blicke waren unverwandt auf die Tote gerichtet, deren Körper noch immer in dem sonderbaren Sackleinengewand steckte. Mit einer umfassenden Autopsie war noch nicht begonnen worden, und Falcone vermutete, dass es dazu in absehbarer Zukunft auch nicht kommen würde. Die seltsame, halb mumifizierte Leiche überstieg Silvio di Capuas Talente. Man würde Unterstützung von außen holen oder Teresa dazu überreden müssen, ihre Arbeit wieder aufzunehmen. Er wusste nicht, welche der beiden Lösungen ihm lieber wäre. Die Frau war einfach unberechenbar. Nur wegen ihrer bemerkenswerten Fähigkeiten hatte man bisher beide Augen zugedrückt. Aber es würde wesentlich schneller gehen, wenn ihnen künftig weitere Eigenmächtigkeiten erspart blieben.

Rachele d'Amato nahm rechts neben Wallis Platz, Falcone links. Der Raum führte zur Straße hinaus, und durch das kleine Fenster drangen die Geräusche des römischen Alltags herein: Autos und Stimmen, Musikfetzen und wütendes Hupen. Auch nach seinen langen Dienstjahren und trotz zahlloser Ermittlungen in Mordfällen fühlte sich Falcone in der Pathologie immer leicht unbehaglich. Nicht wegen der Leichen. Deren Anwesenheit beunruhigte ihn nicht sonderlich. Sondern die allgegenwärtige Präsenz des Todes mitten im Leben – und doch unbemerkt von allen, bis auf die wenigen, die er unmittelbar betraf.

Er nickte Rachele d'Amatao auffordernd zu und wünschte, er würde endlich ein paar befriedigende Antworten auf seine Fragen erhalten. Sie hatte die DIA äußerst geschickt in den Fall hineingebracht. Auch durch die Tatsache, dass sie und ihre Kollegen sehr viel mehr zu wissen schienen als die Polizei. Darüber hinaus gab es irgendwo eine undichte Stelle, und die hatte sie von Anfang an bei der Polizei vermutet. Vielleicht hatte sie Recht. Jeder wusste, dass in der Questura gelegentlich gegen Geld geplaudert wurde. Aber wie sah das eigentlich bei der DIA aus? Hatte sie sich schon einmal gefragt, ob die Informationen auch aus ihren Reihen stammen könnten? Und wenn ja, würde sie sich darüber einem Polizisten gegenüber äußern? Es war eine sehr einseitige Beziehung. Ähnlich wie ihr privates Verhältnis in der Vergangenheit. Wieder fühlte er sich im Nachteil, und das verärgerte ihn zutiefst.

»Wir tappen in den entscheidenden Punkten noch im Dunkeln, Mister Wallis«, begann sie. »Uns fehlt ein Motiv. Der genaue Todeszeitpunkt. Wir wissen nicht einmal, wo Ihre Stieftochter ermordet wurde. Was ist Ihrer Meinung nach vorgefallen?«

Vergil Wallis schüttelte den Kopf. »Warum fragen Sie mich das? Sie sagten doch selbst, dass gegen mich kein Verdacht besteht.«

»Sie müssen sich doch Gedanken gemacht haben. Mit welchem Ergebnis?«

»Mit keinem. Denn ich habe nicht nachgedacht.«

»Könnte Emilio Neri etwas damit zu tun haben?«, fragte Rachele d'Amato. »Wie gut kannte er Ihre Stieftochter?«

»Neri?« Er runzelte die Stirn. »Der Name sagt mir etwas. Vielleicht sollten Sie ihm ein paar Fragen stellen.«

»Sie haben gemeinsame Ferientage verbracht. Versuchen Sie nicht, uns etwas vorzumachen. Sie waren mit Neri und seinem Sohn zusammen auf Sizilien. Mit wem sonst noch?«

»Himmel, das ist eine halbe Ewigkeit her. Ich erinnere mich nicht.«

Falcone seufzte. »Ich hatte wirklich gehofft, Sie könnten uns helfen. Wie ich Ihnen gestern schon sagte, wird eine junge Frau vermisst. Sie ist unter ähnlichen Umständen verschwunden. Wir sind fast sicher, dass sie sich in großer Gefahr befindet.«

Wallis dachte einen Moment lang nach. »Entschuldigen Sie, aber ich kann Ihnen nicht ganz folgen. Sagten Sie nicht, die Umstände von Eleanors Tod wären Ihnen unbekannt? Und nun behaupten Sie, dieses andere Mädchen befände sich in einer vergleichbaren Situation. Wie darf ich mir das erklären?«

»Verschonen Sie uns mit Ihren Spitzfindigkeiten«, fauchte Falcone. »Wir brauchen Ihre Unterstützung.«

Vergil Wallis' Augen starrten wie gebannt auf die Tote. »Über das andere Mädchen weiß ich nichts.«

»Und was ist mit Eleanors Mutter?«, gab Rachele d'Amato zu bedenken und achtete genau auf seine Reaktion. Er zuckte kaum merklich zusammen. »Ihre Frau. Soll ihr Tod folgenlos bleiben?«

»Ihre Mutter hat sich das Leben genommen«, entgegnete er. »Es war *Selbstmord.*«

»Verspüren Sie kein Bedauern?«, fragte Rachele d'Amato. »Keine … Verpflichtung?«

»Es war ihre eigene Entscheidung.« Er stieß die Worte förmlich hervor. Offenbar hatte sie doch einen wunden Punkt getroffen.

»Nach ihr habe ich nicht gefragt. Ich wollte wissen, was *Sie* empfinden.«

Der Mann sah auf seine Uhr. Seine Augen wirkten glasig. »Entschuldigen Sie, aber darüber möchte ich nicht sprechen.«

Falcone sah, dass Rachele d'Amatos Miene härter wurde, entschlossener. Das war gut für die Arbeit. Genau das brauchten sie. Aber sie hatte sich im Laufe der Jahre verändert. Die Frau, an die er sich erinnerte, die er vielleicht sogar einmal geliebt hatte, war – weicher gewesen, nicht so … verbissen. »Haben Sie die beiden geliebt? Eleanor war nicht Ihre Tochter. Und Ihre Frau hatte sich bereits von Ihnen getrennt. Haben Sie noch immer etwas für die beiden empfunden? Nachdem die Ehe gescheitert war?«

»Sie können offenbar nicht locker lassen, was?«, begehrte er auf. »Lassen Sie es mich noch einmal sagen. Aber zum letzten Mal. Die beiden haben mich verändert. Bevor ich sie kennen lernte, war ich – eben ich. Sie sahen in mir etwas, was ich nicht einmal ahnte. Dafür habe ich sie geliebt. Aber ich habe mich auch über sie geärgert. Einem Mann wie mir tun Veränderungen nicht gut. Sie bringen einem Probleme mit den Chefs.«

Falcone zeigte auf die Tote. »Könnten Ihre Chefs dafür verantwortlich sein?«

Plötzlich überflog zornige Röte sein Gesicht. »Himmel, welche Vorstellungen haben Sie denn von meinem Umgang? Sie war ein *Kind.* Welche Gründe sollte jemand …« Kurz versagte ihm die Stimme. »Das sind rein persönliche Dinge, die Sie nichts angehen. Ich habe Ihnen absolut nichts zu sagen.«

»Wo waren Sie heute Vormittag?«, wollte Falcone wissen.

»Zu Hause«, antwortete er, ohne zu zögern. »Zusammen mit meiner Haushälterin.«

»Und Ihre Geschäftsfreunde?«, erkundigte sich Rachele d'Amato.

»Geschäftsfreunde?«

Sie zog einen Notizblick aus der Tasche und las ein paar Namen vor. »Wir wissen Bescheid. Es sind Männer, die Sie kennen. Männer mit ähnlichem Hintergrund. Gestern sind sie in Rom eingetroffen.«

»So ist es!«

Erwartungsvoll sahen sie ihn an.

»Golf!«, schob er nach. »Trauen Sie mir denn immer nur das Schlechteste zu? Wir treffen uns einmal im Jahr im Frühling. Ich habe den Platz in Castelgandolfo für eine Runde am Sonntag gemietet. Mit anschließendem Dinner. Rufen Sie dort an und fragen Sie nach. Man wird es Ihnen bestätigen. Wir machen das schon lange, seit meiner Ankunft in Rom. Es ist ein jährliches Ereignis für alte Männer. Für Veteranen, wenn Sie so wollen. Spielen Sie Golf, Inspektor?«

»Nein.«

»Bedauerlich.« Er machte eine winzige Pause, um den folgenden Worten mehr Gewicht zu verleihen. »Und ich dachte, Polizisten hätten eine Vorliebe fürs Zuschlagen.«

»Nicht alle«, entgegnete Falcone. »Sie haben ja gar nicht gefragt.«

»Was?«

»Warum ich wissen wollte, wo Sie den Morgen verbracht haben.«

Wallis rutschte auf seinem Stuhl herum. Es gefiel ihm ganz und gar nicht, bei einer Unbesonnenheit ertappt zu werden.

»Ich ging davon aus, dass Sie es mir schon noch sagen werden«, äußerte er schließlich.

»Ein Mann namens Vercillo wurde ermordet. Er war Neris Buchhalter.«

Er zuckte mit keiner Wimper. Das dunkle, ausdruckslose Gesicht starrte ihn an, und Falcone erkannte zum ersten Mal, was für eine machtvolle, zwingende Persönlichkeit Wallis früher gewesen sein musste. »Sehe ich vielleicht aus wie jemand, der loszieht und Buchhalter tötet, Inspektor? Glauben Sie allen Ernstes, dass ich mit einem solchen Mann beginnen würde, wenn es mir ums Umbringen ginge?«

»Keinen Bandenkrieg«, warnte Falcone. »Verstanden? So etwas will ich nicht auf unseren Straßen haben. Wenn Sie aus irgendwelchen Gründen Kämpfe ausfechten müssen, dann bitte woanders und so, dass keine Unschuldigen zu Schaden kommen.«

»Bandenkrieg?«, wiederholte Wallis amüsiert. »Wer hat denn etwas von *Krieg* gesagt?«

»Nur so eine Bemerkung.« Der Inspektor merkte selbst, wie wenig überzeugend er sich anhörte.

»Aber warum?« Der Amerikaner legte ihm eine Hand auf den Arm. »Gerade Sie sollten es doch wissen, Inspektor. Der Krieg liegt in der menschlichen Natur. Harmonie und Frieden sind uns fremd, deshalb ist es so verdammt schwer, sie zu erreichen und zu bewahren. Aber ich halte nicht viel von Kriegen, jedenfalls nicht mehr. Weder hier noch anderswo. Es mag Leute geben, die das anders sehen. Dafür kann ich nichts.«

»Und wenn man Ihnen den Krieg erklärt?«, fragte Rachele d'Amato.

Wallis lächelte. »Dann erwarte ich, dass die Polizei ihr Geld wert ist.«

Für die nächste Frage gab es nur einen möglichen Einstieg, erkannte Falcone. Den direkten. »Ich habe mit Emilio Neri geredet. Er meinte, ich solle mich an Sie halten, wenn wir den Mord an Eleanor aufklären wollen. Er scheint zu glauben, dass Ihr Verhältnis ... mehr war, als es zwischen Stiefvater und Stieftochter üblich ist.«

Vergil Wallis schloss die Augen und stöhnte leise.

»Neri hat angedeutet, es könnte eine sexuelle Beziehung zwischen ihnen bestanden haben. Entschuldigen Sie, aber ich muss Sie fragen. Entspricht das der Wahrheit?«

»Wollen Sie diesem Bastard etwa glauben?«, fragte Wallis. »Meinen Sie denn, dieser Mann würde Ihnen die Wahrheit sagen? Selbst wenn er sie wüsste?«

»Ich glaube, dass er mehr weiß, als er sagt. Aber das Gleiche gilt auch für Sie.«

»Glauben Sie, was Sie wollen.«

Falcone holte das Foto von Eleanor Jamieson und Barbara Martelli neben den drei Männern aus seinem Aktenordner.

Überrascht starrte Wallis die Aufnahme an. »Was ist das?«

»Wir nehmen an, dass dieses Bild kurz vor dem Tod Ihrer Stieftochter gemacht wurde.«

»Woher haben Sie es?«

»Das darf ich Ihnen nicht sagen«, erklärte Falcone. »Es ist ein Beweismittel in unseren Ermittlungen. Kennen Sie diese Männer? Wissen Sie, um was für ein ... Ereignis es sich handelt?«

»Nein.«

»Und die andere Frau? Kennen Sie die?«

»Nein.«

Falcone sah Rachele d'Amato an. Irgendetwas stimmte nicht. Wallis reagierte falsch. Warum stellte er keine Fragen?

»Sagt Ihnen das Foto denn überhaupt nichts?«, hakte er weiter nach. »Wenn wir uns nicht irren, ist es nur wenige Stunden vor Eleanors Tod entstanden. Einer dieser Männer könnte sie getötet haben. Kennen Sie wirklich keinen von ihnen?«

Wallis deutete auf einen der Männer. »Der da ist mir bekannt. Wie Ihnen auch. Er war ein Kollege von Ihnen. Hieß er nicht Mosca?«

»Woher kennen Sie ihn?«, erkundigte sich Rachele d'Amato.

Er zuckte mit den Schultern. »Von irgendeinem gesellschaftlichen Ereignis, wenn ich mich recht erinnere.«

Falcone hielt ihm das Foto unter die Nase. »Einem gesellschaftlichen Ereignis wie dem hier? Wissen Sie, wo Ihre Stieftochter ihre letzten Stunden verbrachte? Wissen Sie, was sich dort abgespielt hat?«

Er holte weitere Aufnahmen hervor. Von Barbara und Mosca, die sich nackt auf dem Fußboden tummelten.

»Derartige Vergnügungen sind nicht meine Art«, erklärte Wallis kühl. »Weder heute noch früher. Darüber hinaus bin ich fest davon überzeugt, dass sich Eleanor niemals freiwillig an so etwas beteiligt hätte. Haben Sie ähnlich eindeutige Fotos von ihr Inspektor?«

»Nein«, gestand Falcone ein. »Was einen übrigens auf bestimmte Gedanken bringen könnte. Aber erkennen Sie mein Problem? Die Version, dass Ihre Stieftochter eines Tages wie üblich das Haus verließ und dann auf der Straße von einem absolut Fremden entführt wurde, lässt sich nicht aufrechterhalten. Dieses Bild hier zeigt sie in der Gesellschaft von Männern, die sich in Ihnen bekannten Kreisen bewegten. Dem organisierten Verbrechen. Der Polizei. Als wäre sie ...« Er verstummte kurz, um den folgenden Worten mehr Nachdruck zu verleihen. »Als wäre sie eine Art Geschenk.«

Vergil Wallis nickte nachdenklich. »Eine durchaus interessante Theorie. Aber setzt sie nicht voraus, dass sich die Männer, denen sie *überlassen* wurde, erkenntlich zeigten? Wem gegenüber? Mir nicht. Also um wen könnte es sich da wohl handeln?«

»Die Autopsie könnte DNA-Spuren ergeben«, fuhr Falcone fort. »Im Moment kann ich Sie nur darum bitten, aber es würde uns helfen, wenn Sie uns eine Probe nehmen lassen. Unsere Gerichtsmediziner können sofort das Nötige durchführen. Es wird nur eine Sekunde dauern. Nur ein kleiner Speicheltest. Oder ein paar Haare, wenn Ihnen das lieber ist.«

»DNA?« Er wirkte wie die Ruhe selbst. »Bringt das nach so vielen Jahren denn überhaupt noch was?«

»Auszuschließen ist es nicht. Also, stimmen Sie zu?«

»Sagen Sie mir einfach, was ich tun soll.« Vergil Wallis betrachtete wieder die Tote. Es war wie ein endgültiger Abschied. Er würde nicht noch einmal wiederkommen. »Ich habe genug gesehen. Und auf weitere Fragen werde ich nicht antworten. Sie melden sich, wenn ich meine Stieftochter bestatten lassen kann?«

Falcone rief einen Laborassistenten und bat ihn, eine DNA-Probe zu nehmen. Dann sahen Rachele d'Amato und er zu, wie die beiden Männer den Raum verließen.

»Keine schlechte Idee«, sagte sie, als sie allein waren. »Aber Wallis hat sofort die richtige Frage gestellt. Rechnest du wirklich mit einem Ergebnis? Ich dachte, die Pathologin hätte gesagt, wegen des sauren Bodens wären keine DNA-Nachweise möglich.«

»Keine Ahnung. Ich wollte nur sehen, ob er sich weigert.«

»Und was sagt es uns, dass er das nicht getan hat?«

»Auch nicht viel. Er könnte dabei gewesen sein und denken, dass wir das ohnehin herausfinden. Vielleicht fehlt uns nur das entsprechende Foto.«

»Ohne DNA-Übereinstimmung bringt uns das auch nicht weiter, Leo.«

»Nein. Aber was ist mit den Unterlagen aus Vercillos Büro, die ich dir überlassen habe? Wann rechnest du mit einem Durchsuchungsbeschluss für Neris Villa? Ich will so bald wie möglich da rein.«

Sie setzte wieder ihr diplomatisches Lächeln auf, das nur eins besagte: Nie im Leben. Sie wollte die Ermittlungen dominieren, wollte den Fall für sich. Unbedingt. Im Augenblick scheint es in ihrem Leben nichts anderes zu geben, dachte er. Ihre schicken Outfits und ihr lockeres, leicht kokettes Verhalten dienen allein diesem Zweck.

»Das wird mindestens noch eine Woche dauern«, erklärte sie bestimmt. »Ich kann nicht riskieren, eine solche Sache durch zu große Eile zu verpatzen. Hier geht es um Wirtschaftsverbrechen, Betrug und Steuerhinterziehung. Diese Dinge müssen hieb- und stichfest nachzuweisen sein, bevor ich zu einem Richter gehen kann. Für dich ist das leichter. Für die Aufklärung von Mord und Entführung bekommst du jederzeit einen Durchsuchungsbeschluss. Du brauchst ihn nur zu beantragen.«

Missmutig verzog Falcone das Gesicht. »Da habe ich meine Fühler bereits ausgestreckt. Mit dem, was wir bisher in der Hand haben, ist nichts zu erreichen. Da brauche ich schon mehr.«

Sie überlegte. Vielleicht wollte sie ihm wirklich helfen. »Vermutlich weißt du selbst gut genug, dass vieles sehr viel einfacher wäre, wenn du handfeste Autopsieergebnisse vorweisen könntest. Das Problem ist nur, dass du deine beste Pathologin verloren hast. Warum rufst du sie nicht an? Hier geht es um mehr als um männliche Eitelkeit.«

»Mit männlicher Eitelkeit hat das absolut nichts zu tun. Die Frau ist der Fluch meines Lebens. Außerdem hat sie die Grippe.«

»Sie würde selbst vom Sterbebett aufstehen, wenn sie glaubt, gebraucht zu werden. Wenn es dir gelingt, sie davon zu überzeugen ...«

»Mag sein.«

Über Wallis' leeren Stuhl hinweg sah er sie an. Jetzt ging es ihm weniger um Berufliches, sondern um die Sondierung eines anderen Terrains. »Fragst du dich nicht manchmal, *was wäre wenn?*«, wollte er wissen. »Was geschehen wäre, wenn man sich an einem Punkt anders entschieden hätte?«

»Worauf willst du hinaus?«, fragte sie misstrauisch.

»Nichts Besonderes. Aber ich frage mich schon, ob nicht etwas anders gelaufen wäre, wenn du beispielsweise gestern zugestimmt hättest, als ich dich zum Mittagessen eingeladen habe. Wenn wir bei der Polizei es mit nichts anderem zu tun hätten als mit einer Leiche, die vor Tausenden Jahren gestorben ist. Costa hätte keinen Grund gehabt, hinter dem Verschwinden dieses Mädchens etwas anderes zu vermuten und …«

Das Gespräch gefiel ihr nicht. »Irgendwann wäre das Thema Wallis doch auf dich zugekommen, Leo. Die Sache lag ohnehin auf meinem Schreibtisch.«

»Ich weiß. Aber vielleicht hätte sich eine Chance ergeben, ein paar Dinge zwischen uns zu klären.«

Sie fuhr sich mit der Hand glättend über den Rock. »Zwischen uns ist doch alles klar, oder nicht? Soll ich dir das noch schriftlich geben?«

»Nicht nötig. Nachdem du meine Einladung abgelehnt hattest, habe ich ein kleines Telefonat geführt. Nur um zu erfahren, zu welcher Besprechung du musst. Aber du hattest gar keinen Termin. Es gibt einen anderen Mann.«

Ihre Wangen wurden hochrot. »Du hast mir nachspioniert?«

Er zuckte mit den Schultern. »Ich bin Polizist. Was erwartest du?«

»Nicht zu fassen«, zischte sie und stieß mit einem langen, schlanken Zeigefinger gegen seine Brust. »Eins solltest du endlich begreifen, Leo. Ich habe *mein* Leben. Und das hat nichts mit dir zu tun. Daran wird sich nie etwas ändern. Also halte dich gefälligst aus meinen Angelegenheiten heraus.«

»Ich schätze, er ist kein Bulle. Und auch kein Anwalt. Sonst würden wir es wissen.«

»An deiner Stelle würde ich mich auf deine aktuellen Probleme konzentrieren. Nicht auf mein Privatleben. Ruf Teresa Lupo an. Entschuldige dich und bringe sie dazu, die Arbeit wieder aufzunehmen. Du brauchst sie, Leo.«

Er nickte. »Das werde ich tun. Tut mir Leid. Ich hätte dir nicht nachspionieren dürfen. Aber es ist nur so, dass …«

Sie hörte ihm nicht mehr zu. Nic Costa betrat den Raum, und sein Gesichtsausdruck sagte Falcone, dass er eine Weile nicht über Rachele d'Amato nachgrübeln würde.

Es war Viertel vor sieben. In einen langen, grauen Mantel gehüllt und mit einer dicken Cohiba zwischen den Fingern gab sich Emilio Neri seinen Gedanken hin. Es war kühl auf der Terrasse des Hauses an der Via Giulia, aber er wollte sich nicht entgehen lassen, wie der letzte Abglanz von Sonnenlicht im Smog und Dunst am westlichen Horizont unterging. Das gehörte zum Ritual, als ein Bestandteil des zeremoniellen Übergangs. Rituale … Er erinnerte sich an ein anderes Ritual vor sechzehn Jahren. Damals war er skeptisch gewesen, zynisch sogar. Der Universitätsprofessor war ein Spinner gewesen, ein einsamer Mann, dem es lediglich um ein bisschen Gesellschaft ging. Neri hatte sich für seinen Vorschlag erwärmt, weil er erkannte, dass mit den Fotos Geld zu machen war. Keine Sekunde lang hatte er an den ganzen Unsinn geglaubt. Wie die anderen auch hatte er einfach mitgemacht und genommen, was sich ihm bot. Aber jetzt, älter geworden, fragte er sich, ob er damals einen Fehler begangen hatte. Er erinnerte sich noch genau an Randolph Kirks Worte. Dass es sich um einen Zyklus handelte, der irgendwie das Leben widerspiegelte: Die Jagd, das Werben. Dann die Heirat und der Vollzug der Ehe. Und schließlich die Ekstase, die Raserei, die wahrscheinlich das Wichtigste von allem war, denn dieser kurze Anfall von Tollheit offenbarte ein Geheimnis über das Wesen des Menschen, die einfache Wahrheit, dass in jedem Einzelnen ein Ungeheuer auf der Lauer lag. Wenn es ausbrach, konnte man nichts dagegen unternehmen, sondern musste abwarten, bis es sich satt und zufrieden wieder in seinen Käfig zurückzog. Eine andere Möglichkeit gab es nicht. Randolph Kirk hatte von Ritual gesprochen. Für Emilio Neri war es einfach die menschliche Natur. Wenn er vor all diesen Jahren klüger gewesen wäre, hätte sich vieles vermeiden lassen. Heute würde er wahrscheinlich eine bessere Wahl treffen.

Neri war kein Mann, der Fehlentscheidungen lange nachhing. In der bevorstehenden Raserei lag auch eine Chance, die Möglichkeit, sein Leben neu zu formen, es nach seinen eigenen Vorstellungen zu gestalten. Er konnte die Täuschungsmanöver der letzten zwanzig Jahre über Bord werfen. Nie wieder würde er seine Zeit mit Opernbesuchen vergeuden oder endlose Stunden mit Besprechungen über wohltätige Projekte zubringen, deren Sinn er nicht verstand. Die Macht und der Einfluss, die er dadurch auf Menschen außerhalb seiner üblichen Kreise gewann, hatten ihn blind gemacht für seine wirklichen Bedürfnisse. Bis auf den kurzen Moment vor sechzehn Jahren hatte die Bestie in ihm nie ihren Käfig verlassen können, und selbst dieser Ausflug hatte wegen der Umstände gewissen Beschränkungen unterlegen. Jetzt war es an der Zeit, einiges zurechtzurücken und dafür zu sorgen, dass die Welt ihn in angemessener Erinnerung behielt, um danach in den wohlverdienten Ruhestand jenseits des Atlantik zu entfliehen, an einen Ort, an dem man ihm nichts anhaben konnte.

Bucci und die von ihm ausgesuchten Vasallen standen auf der anderen Seite der Terrasse und warteten auf Anordnungen. Neri kannte keinen der drei Männer sonderlich gut. Aber er verließ sich da völlig auf Bucci. Der Mann hatte zu viel zu verlieren, um ein Risiko einzugehen. Die folgenden Stunden könnte die Stadt unmöglich vergessen. Die Nacht würde in die Annalen der Mafiageschichte eingehen. Als der Moment, an dem ein Mann der alten Garde seinen Standpunkt klarmachte, auf das verwies, was ihm gehörte, und wie er gedachte, es zu vererben.

Er erinnerte sich an das, was Vergil Wallis früher immer gepredigt hatte. Dass jedem echten Römer Pflichtgefühl und die Verantwortung vor der Geschichte in die Wiege gelegt worden waren und dass sich diese Qualitäten immer zeigen würden – unabhängig von den Konsequenzen. Vielleicht war der Amerikaner gar nicht so dumm. Als er ein letztes Mal die Stadt von der Terrasse aus betrachtete, die er niemals wiedersehen würde, fühlte Emilio Neri plötzlich einen Hauch von Schicksal und war entschlossen, sein Zeichen zu setzen.

Er drehte sich zu den vier Männern um. »Alles klar? Ihr wisst, was zu tun ist?«

Bucci nickte.

»Keine Bedenken?«, hakte Neri nach. »Keinerlei Fragen? Wenn wir hier aufbrechen, gibt es kein Zurück mehr. Ihr habt keine Chance, eure Meinung zu ändern. Keiner von uns. Wenn ihr morgen aufwacht, ist es eine andere Welt. Dann ist Bruno euer Boss und er wird seinen Job gut machen. Und vergesst nicht, wie großzügig ich euch belohne. Ihr werdet zufrieden sein. Reich. Alle Möglichkeiten stehen euch offen. Die Stadt gehört euch. Habt ihr das begriffen?«

Es waren vernünftige Männer. Sie würden ihn nicht enttäuschen.

»Noch eins«, fuhr Neri fort. »Keine eigenmächtigen Spielchen. So etwas können wir uns nicht leisten. Sobald einer von euch Mist baut, hat das Auswirkungen auf alle anderen. Und ich könnte mir vorstellen, dass denen das absolut nicht gefällt. Ist das klar?«

»Sie wissen Bescheid, Boss«, versicherte Bucci.

»Das hoffe ich.« Neri zog ein letztes Mal an seiner Zigarre, warf den Stummel über das Geländer und sah ihm nach, wie er beim Sturz in die Tiefe leuchtend rot aufglomm. »Wann kommen die Bullen?«

»Bald. In etwa einer halben Stunde.«

»Und du glaubst, dass wir hier unbehelligt verschwinden können?«

»Ein Kinderspiel«, erklärte Bucci überzeugt. »Ihr Wagen verlässt mit Franco die Ausfahrt und rast los, als ginge es um sein Leben. Natürlich werden sich diese Idioten sofort an die Verfolgung machen. Wir springen in hinter der Villa geparkte Wagen und tauchen im Menschengewirr auf dem Campo unter. Sie werden gar nicht mitkriegen, was passiert.«

Prüfend sah Emilio Neri ihn an. »Da bist du dir ganz sicher? Du hast den Mistkerlen das Nötige zugesteckt?«

»Ja.«

»Seht ihr?« Emilio Neri zeigte auf Bruno Bucci. »Hier habt ihr einen Burschen, der weiß, was zu tun ist. Ihr sorgt für mein Wohlergehen, dann sorgt er auch gut für euch. So funktioniert das. Jetzt geht und wartet unten auf mich. Ich möchte mit meiner Familie sprechen. Schick Mickey zu mir, Bruno. Ich habe ihm etwas zu sagen.«

Wortlos verließen die vier die Terrasse. Neri setzte sich an den Tisch, auf dem noch die Reste des Frühstücks standen. Wenig später hörte er Schritte und sah Mickey auf sich zukommen. Er wirkte bedrückt und ängstlich.

Emilio Neri stand auf, ging seinem Sohn entgegen, umarmte ihn und küsste ihn auf beide Wangen.

»Mickey, mein Sohn. Warum siehst du denn so verdammt unglücklich aus? Hast du dir das nicht schon immer gewünscht? Endlich ein gemachter Mann zu sein?«

»Ja«, murmelte der Junge.

Neri zwickte ihn in die Wange. »Bist du etwa noch immer wütend auf mich? Über unsere kleine Auseinandersetzung vorhin? Aber wenn ich so etwas höre, muss ich schließlich nachfragen. Das verstehst du doch, oder?«

Mickey hielt den Kopf gesenkt, starrte den Terrassenboden an. »Das nennst du *nachfragen*?«

»Ja«, lachte sein Vater. »Du hältst deinen Vater also für ein Schwein. Warum lebst du dann in einer luxuriösen Villa? Warum hat es dir nie an etwas gefehlt? Lass uns den kleinen Streit vergessen. Jetzt bekommst du, was ich dir schon vor

Jahren hätte geben sollen. Ich erkläre dich für mündig, mein Sohn. Ich mache mir große Vorwürfe, das nicht schon längst getan zu haben. Es war ein Fehler, dich zu verwöhnen, Mickey, dich vor den Tatsachen dieser traurigen Welt bewahren zu wollen. Jeder Vater will seinen Sohn behüten. Das kann ihm niemand verdenken. Aber das klappt nicht. Jedenfalls nicht für immer. Irgendwann muss sich jeder Mann beweisen. Jetzt kriegst du deine Chance dazu.«

Wieder zog er Mickey fest an sich.

»Du hast doch keine Angst, oder?«, flüsterte Neri. »Sag es mir. Du kannst ganz offen zu deinem Vater sein.«

»Nein.« Er sah einfach schrecklich aus. Vermutlich nimmt er wieder irgendwelche Drogen, dachte Neri. »Aber …«

»Angst ist nicht schlimm, Mickey. Manchmal verhilft sie einem zu Erkenntnissen. Als ich zum ersten Mal jemanden getötet habe, war ich vor Furcht wie gelähmt. Es ging um einen Zuhälter in Monti, das Arschloch wollte nicht zahlen, was er uns schuldig war. Hat sich für schlauer gehalten, als er war. Geschlagene zehn Minuten stand ich mit einer Flinte unter dem Mantel vor seiner Kaschemme und fragte mich, ob ich genügend Mumm aufbringen würde. Und weißt du was?«

»Was?« Mickeys blonde Haare sahen noch dämlicher aus als sonst. Neri fragte sich, ob er zu mehr Farbe als üblich gegriffen hatte, als könnte er sich damit vor etwas schützen.

»Dann wurde mir etwas klar. Wenn ich ihn nicht ins Jenseits beförderte, würde irgendein Mistkerl kommen und *mich* umlegen. So läuft es nun mal in diesem Geschäft. Mitunter bleibt einem keine Wahl. Man tut, was man tun muss. Und soll ich dir noch etwas sagen?« Neri schob seine Lippen ganz nahe an Mickeys Ohr heran. »Mit der Zeit fällt es einem leichter. Beim ersten Mal hat man noch Skrupel und denkt darüber nach, was für ein Gefühl es sein wird, irgendeinem armen Kerl das Lebenslicht auszublasen. So geht es dir jetzt auch, oder?«

»Vielleicht.«

»Nein. Ganz bestimmt. Sonst wärst du kein Mensch. Aber wie gesagt ... Beim nächsten Mal ist es nicht mehr so schlimm. Und beim dritten Mal wird man neugierig. Man sieht den Kerl an und fragt sich, was in seinem Kopf vorgeht. Man blickt ihm ins Gesicht und denkt: Himmel, vielleicht tue ich dem Idioten sogar einen Gefallen? Schließlich kommt er schneller als ich hinter ein großes Geheimnis.«

Lachend schlug er seinem Sohn auf die Schulter. »Allerdings gibt es kein großes Geheimnis. Das begreift man beim vierten Mal. In einer Sekunde atmen sie noch, in der nächsten sind sie hin. Wie sollte es auch anders sein? Dann denkt man nicht mehr groß darüber nach. Und wenn es sich um einen echten Scheißtypen handelt, kann es sogar Spaß machen. Verlass dich auf deinen Vater, Mickey. Es liegt dir im Blut, Mickey. Sobald du dich daran gewöhnt hast, macht es dir nichts mehr aus.«

Sein Sohn wirkte nicht überzeugt. Ganz und gar nicht. »Warum ausgerechnet ein Polizist?«

»Weil es unvermeidbar ist. Beunruhigt sich das?«

»Es gefällt niemandem, wenn ein Polizist stirbt.«

Emilio Neri rümpfte die Nase. »Das kommt ganz auf den Polizisten an.« Er hob die Hand und zeigte nach unten. »Du musst dir einen Namen machen. Du bist der Boss, mein Sohn. Vergiss das nicht. Du wirst dir nie den Respekt der Männer erwerben, wenn sie glauben, du hättest irgendwelche Skrupel. Siehst du das ein?«

Mickey nickte. Neri beugte sich vor, zog die Pistole aus der Jacke seines Sohnes und prüfte, ob sie geladen war.

»Wenn man es richtig anstellt, ist es die leichteste Sache von der Welt. Du gehst direkt auf den Mann zu und verpasst ihm eine Kugel in den Schädel. Fertig. Gib dir Mühe, Mickey. Es ist eine Fähigkeit, die du noch brauchen wirst. In der Zukunft.«

»Und dann?«

Ein bekümmerter Ausdruck überflog Neris Gesicht. »Habe ich das etwa noch nicht gesagt? Danach wird es für alle von uns vermutlich ein bisschen ungemütlich. Das Beste wird sein, für eine Weile von hier zu verschwinden. In den nächsten Tagen müssen wir flexibel sein. Ich kann dir nur raten, dein Handy eingeschaltet zu lassen.«

»*Was?* Und wo soll ich hin?«

Der Junge war unglaublich begriffsstutzig. Manchmal fragte sich Neri, ob er wirklich sein Sohn sein konnte.

Er gab Mickey die Waffe zurück. »Ich rufe dich an. Vertrau deinem Vater. Er hat nur dein Bestes im Sinn.«

Mickey steckte die Pistole wieder ein. »Gut«, murmelte er lustlos.

»Und wenn du Adele siehst, schick sie zu mir. Ich möchte mit ihr sprechen.«

Neri hatte lange nachgedacht, ob es nicht auch eine andere Lösung gab. Aber diese Nachsicht würde nicht ohne Konsequenzen bleiben. Und er wollte die Dinge nicht mehr komplizieren als nötig. »Wenn ich's mir recht überlege, hätte ich die Geschichte über sie und dich nie schlucken dürfen. Ich muss mich bei dir entschuldigen, Mickey. Zwischen dir und Adele war nie was, oder? Ihr könnt euch einfach nicht ausstehen.«

»Von Anfang an nicht«, erwiderte sein Sohn, konnte Neri dabei aber nicht in die Augen blicken.

Costa war gerade auf dem Weg zu einer Besprechung mit Falcone, als die Pathologin um die Ecke bog.

»Sie sehen aber gar nicht gut aus«, krächzte Teresa Lupo.

Verdutzt blieb er stehen. »Tatsächlich?«

»Nein. Ich wollte Ihnen nur zuvorkommen.«

Dann hustete sie in diverse Taschentücher und blickte ihn mit geröteten Augen an.

»Eigentlich sehen Sie gar nicht so krank aus«, sagte er. »Schon erstaunlich, was gute Medikamente bewirken können.«

»Sie verlogener, scheinheiliger Bulle …«, röchelte Teresa Lupo.

»Na, na! Offenbar haben Sie Fieber. Sie müssen versuchen, Ihre Temperatur niedrig zu halten.«

»Ich sollte im Bett liegen und mich pflegen. Aber dieser Falcone hat etwas Unvorstellbares getan. Einfach unglaublich.« Sie schüttelte den Kopf. »Er hat sich entschuldigt. Ist das zu fassen?«

»Nein. Haben Sie das vielleicht auf Band?«

»Leider nicht. Ich glaube kaum, dass ich so etwas noch einmal zu hören kriege.«

»Wir auch nicht. Und was wollen Sie hier?«

»Oh, ich bin nur gekommen, um meine Spesen abzurechnen. Meine Post zu sichten. In der Nase zu bohren. Sonst scheint es ja für Leute wie mich nicht viel zu tun zu geben. Oder irre ich mich?«

»Teresa …«, begann Costa und machte einen Schritt auf sie zu.

»Kommen Sie mir nicht zu nahe. Akute Ansteckungsgefahr. Wenn ich seine Männer infiziere, wird der große Boss nur wieder sauer auf mich.«

»Sonst ist alles in Ordnung mit Ihnen?«

»Nein.« Sie zuckte mit den Schultern. »Aber auch nicht schlechter als vorher. Tut mir Leid, Nic. Ich weiß auch nicht, was über mich gekommen ist. Die Vorstellung, dass das arme Mädchen irgendwo da draußen ganz allein auf sich gestellt ist – und das nur meinetwegen. Denn ihr Polizisten hattet ja nichts anderes im Kopf als die liebreizende Barbara Martelli. Und dass es Menschen gibt, die einen umbringen wollen, finde ich ziemlich beunruhigend.«

»Da stimme ich Ihnen zu.«

»Wunderbar!« Sie gestattete sich den Anflug eines Lächelns. »Endlich haben wir etwas Gemeinsames. Wir könnten bei einem netten Abendessen ausführlicher darüber sprechen. Über unsere Albträume.«

»Erst muss dieser Fall aufgeklärt sein«, entgegnete Costa. »Und er wird aufgeklärt. Bald, hoffe ich.«

»Sie wirken recht optimistisch, muss ich schon sagen. Aus guten Gründen?«

»Ich denke schon.«

Ihr Blick verriet leichte Skepsis. »Gut. Und was soll ich tun, wenn ihr Schlauköpfe die Lösung schon in der Tasche habt? Warum hat sich der Boss zu einer Entschuldigung durchgerungen?«

»Sie könnten sich vielleicht in die Autopsieschlange einreihen. Ihr Vertreter macht ganz den Eindruck, als könnte er jeden Moment zusammenbrechen.«

»So sieht Silvio immer aus. Man muss seine Leute auch zur Selbstständigkeit ermuntern, Nic. Ich kann sie nicht rund um die Uhr bemuttern.«

»Schon klar. Aber warum sehen Sie sich nicht Eleanor Jamieson noch einmal genauer an und überprüfen, ob Sie irgendwelche DNA-Spuren sichern können?«

Ihre geröteten Augen wurden ganz groß. »DNA? Sie wissen doch genau, dass sie sechzehn Jahre lang im Sumpf gelegen hat. Für was halten Sie mich? Für eine Zauberin?«

»Ja. Jedenfalls möchte das Falcone. Und wenn Sie schon dabei sind, würden wir wirklich gern wissen, mit wem Kirk telefoniert hat, als Sie in seinem Büro eingeschlossen waren.«

Sie legte zwei Finger an die Wange. »Oh, lassen Sie mich nachdenken. Vielleicht wecken die Klingeltöne meine übersinnlichen Kräfte. Aber da höre ich nur das Übliche – weder einen Namen noch eine Nummer.«

»Sie haben es selbst herausgefordert. Aber jetzt entschuldigen Sie mich. Übeltäter müssen gefangen, vermisste Mädchen gefunden werden.«

Angelegentlich betupfte sich Teresa Lupo die Nase mit einem Taschentuch. »Hat inzwischen jemand mit dieser Leiterin der Universitätsverwaltung gesprochen? Mit dieser Regina Morrison?«

Nic Costa schüttelte den Kopf. »Meines Wissens nicht. Warum sollten wir das tun?«

»Sie war Kirks neue Chefin. Irgendwo in ihren Unterlagen muss eine Liste aller Ausgrabungen sein, mit denen er jemals befasst war. Da er tot ist, kann ich ihn selbst nicht mehr danach fragen. Aber wo würde ein Mann wie er jemanden verstecken?«

Costa nickte. »Was hat Sie auf diese Idee gebracht?«

»Ich habe mich in Ihre Lage versetzt und versucht, so zu denken wie ein Polizist.«

Mehr sagte Teresa Lupo nicht, aber er verstand den Wink. Darauf hätten sie selbst kommen müssen. Und mit mehr Zeit und mehr Leuten wäre das bestimmt auch der Fall gewesen.

»Danke«, sagte er, lief auf die offen stehende Tür zu und betrat als Letzter den Konferenzraum.

Trotz der Kühle hatte Adele Neri auf eine Jacke verzichtet. Vielleicht dachte sie, sie würde ohnehin nicht lange auf der Terrasse bleiben.

»Du fröstelst. Hier.« Neri zog seinen Mantel aus, trat hinter seine Frau und legte ihn ihr um die nackten Schultern.

»Du bist so zuvorkommend, heute Abend. Was ist los?«

»Und du bist so sarkastisch, Adele. Früher war das anders.«

Er setzte sich an den Tisch und wischte umständlich ein paar Brotkrumen fort. Sie nahm ihm gegenüber Platz und wirkte irgendwie beunruhigt. Als versuchte sie seine Gedanken zu lesen, aber vergeblich.

»Wir sind seit Jahren verheiratet. Da betet man sich nicht mehr an«, sagte sie. »Das bleibt keiner Ehe erspart.«

Er runzelte die Stirn. »Tatsächlich? Ich kann mich nicht erinnern, dass es mit Mickeys Mutter so war. Zwischen uns hat es immer geknistert. Mal so und mal so. In einer Minute konnten wir unsere Hände nicht voneinander lassen und in der nächsten den Anblick des anderen kaum ertragen. Jetzt ist das anders. Für mich jedenfalls. Natürlich weiß ich nicht, wie du das siehst. Du bist jung. Sag mir eins, Adele. Widert mein Anblick dich an? Wenn du daran denkst, wie alt ich bin?«

Gereizt funkelten ihre grünen Augen ihn an. »Mach dich nicht lächerlich, Liebling. Warum kommst du nur auf so etwas?«

»Warum? Weil ich ein hässlicher, alter Mann bin. Aber sieh dich an. Du kannst doch keinen Schritt auf die Straße setzen, ohne dass dich ein junger Kerl anhimmelt.«

»An Jungen habe ich kein Interesse. Das weißt du genau.«

»Aber ich interessiere dich?«

»Selbstverständlich.«

»Vielleicht.« Er zuckte mit den Schultern. »Aber vielleicht ist es auch nur mein Geld. Ich bin mir da nicht mehr ganz sicher, Adele. Ich wollte dir sagen, dass wir uns für einige Zeit trennen müssen. Aus guten Gründen. Wegen der Probleme, die ich im Moment am Hals habe. Es ist nicht nötig, auch noch dein Leben zu ruinieren. Du hast damit nichts zu tun.«

Sie musterte ihn scharf. Vielleicht glaubte sie, er wolle ihr Mitleid erregen. »Ich bin deine Frau. Deine Probleme sind auch meine. Wenn …«

»Lass das«, unterbrach er sie schnell. »Du brauchst mir nichts vorzumachen. Damit vergeuden wir nur unsere Zeit. Lass es mich anders ausdrücken. Ich will dich in die aktuellen Vorgänge nicht hineinziehen. Auch aus durchaus eigennützigen Gründen. Das ist eine reine Männersache. Wir müssen Dinge tun, von denen eine Frau nichts wissen sollte. Du würdest meine Pläne nur stören.«

Emilio Neri sah seine Frau über den Tisch hinweg an und empfand absolut nichts für sie. »Vielleicht werden Menschen verletzt. Und wenn du in meiner Nähe bist, könnte das falsch verstanden werden. Als wärst du an der Sache beteiligt. Bei manchen Familien im Süden bekommt man mitunter den Eindruck, dass die Frauen das Sagen haben. Aber hier funktioniert das nicht. Ich möchte dich von mir fern halten, weil ich nicht sicher sein kann, was dir so alles über die Lippen kommt. Habe ich mich klar genug ausgedrückt?«

Seine Unterstellung schien sie zu empören. »Ich würde schon nichts Falsches sagen.«

»Wer weiß, was jemand tut, wenn die Mistkerle von der DIA auftauchen? Mit den Bullen werde ich fertig. Aber mit denen ...«

Emilio Neri sah auf seine Armbanduhr. »Jetzt muss ich los und weiß noch nicht, wann ich zurück bin. *Wenn* ich zurückkomme. Wir brauchen ein bisschen Abstand voneinander.«

Sie nickte. Neri hätte nicht sagen können, ob sie wütend war oder nicht. »Wo wirst du dich aufhalten?«

Er schwieg.

»Wo und wie kann ich dich erreichen, Emilio? Schließlich bin ich deine Frau.«

Neri unterdrückte ein Lachen. »Keine Angst. Auf der Bank ist genügend Geld. Du kannst die Rechnungen bezahlen. Dir Sachen kaufen. Was du willst. Gib mir ein paar Monate Zeit. Dann melde ich mich. Vielleicht können wir dann zweite Flitterwochen feiern. Vielleicht finden wir wieder zueinander. Wenn du anderer Meinung bist, schalte ich die Anwälte ein. Dann sollten wir uns so einvernehmlich wie möglich scheiden lassen.«

»Und jetzt?« Sie sah aus, als würde sie ihn am liebsten anschreien. Aber das wagte sie nicht. »Was mache ich *jetzt*?«

Er zeigte um sich. »Bleib hier. Du hast ein sehr schönes Haus. Du kannst das Personal zurückholen, wenn du magst. Ich weiß, wie ungern du selbst aufräumst und putzt. Ich selbst fand es schon immer furchtbar, Hausangestellte zu haben. Trotzdem habe ich nachgegeben und dir den Wunsch erfüllt. Vielleicht war das falsch. Wer hat schon gern Fremde unter seinem Dach? Aber was du tust, wenn ich fort bin, lässt mich kalt. Mir ist völlig egal, mit wem du dich triffst. Mit wem du deine Zeit verbringst.«

Adele Neri stand auf, nahm den Mantel von ihren Schultern und warf ihn ihrem Mann auf den Schoß.

»Du wirst ihn brauchen«, sagte sie.

»Ja. Ich hätte da noch eine kleine Frage, Adele.«

»Welche?«

»Hast du mich jemals betrogen? Nicht, dass es mir jetzt noch etwas ausmachen würde. Ich habe an Wichtigeres zu denken.«

»Weshalb sollte ich denn so etwas tun?«, wich sie aus.

»Was weiß ich. Wegen dem Sex. Aus Lust am Abenteuer. Oder weil es dir einfach gefiel.«

»Keine ausreichenden Gründe, sich dafür töten zu lassen.«

Er lachte. »Ja. Du hast Recht. Du bist ein kluges Mädchen. Das hat mich zu Anfang am meisten an dir imponiert. Dumme Frauen konnte ich noch nie ausstehen.«

»Danke«, murmelte sie.

»Aber vergiss eins nicht. Letztendlich gleicht sich alles aus. Irgendein Amerikaner hat einen meiner Männer umgebracht. Wenn jemand mich fertig machen will, mache ich ihn fertig. Allerdings besser. Gründlicher. Endgültig. Es ist eine ernste Sache, Adele. In die du nur sehr ungern dein hübsches Näschen stecken würdest. Glaub mir.«

Er stand auf, ging zu ihr und küsste sie flüchtig auf die Wange.

»Bleib einfach hier. Setz dich vor den Fernseher. Mach dir einen Drink. Und wenn die Bullen kommen, hältst du dich zurück. Sag ihnen, ich wäre zum Angeln gefahren. Verstanden?«

Unten dröhnte ein schwerer Motor auf. Reifen quietschten auf den Pflastersteinen der Via Giulia. Emilio Neri wusste, was das bedeutete. Der erste Akt des Täuschungsmanövers hatte begonnen.

»*Ciao*«, sagte er und lief auf die Treppe zu.

Es war ein klarer, frischer Abend. Am Himmel leuchteten Sterne und die schmale Sichel des zunehmenden Mondes. Ein Dienstwagen mit Blaulicht und eingeschalteten Sirenen bahnte dem Polizeikonvoi einen Weg durch den abendlichen Berufsverkehr. Im Fahrzeug hinter dem Mannschaftswagen saßen Falcone, Costa und Peroni. Informationen plärrten über den Funk, aber keine guten. Die verdeckten Ermittler in der Umgebung von Neris Haus hatten berichtet, dass sein Wagen vor fünfzehn Minuten davongerast war. Daraufhin hatte ein Team die Verfolgung aufgenommen, ihn aber irgendwo jenseits des Tiber aus den Augen verloren. Das zweite Team musste hilflos zusehen, wie sich zwei weitere Fahrzeuge aus einer Seitengasse heraus aus dem Staub machten.

»Und was machen wir jetzt?«, fragte Nic Costa. »Versuchen wir, ihn zu schnappen?«

Falcone schüttelte den Kopf. »Wie denn? Wir haben nur die Nummer von Neris Wagen. Woher wollen wir wissen, dass er wirklich in dem sitzt? Sehen wir lieber nach, wer sich im Haus befindet. Ich möchte vor allem mit dem Sohn sprechen. Verdammt, woher wusste Neri nur Bescheid?«

Costa und Peroni wechselten einen Blick. Falcone hatte einen Großeinsatz angeordnet: zehn Fahrzeuge, die Hälfte davon als Dienstwagen ausgewiesen. Dazu kam die DIA mit zwei weiteren Autos. So etwas ließ sich nur schwer geheim halten.

Als sie in die Via Giulia einbogen, blitzten Kameras auf. Scheinwerfer tauchten Neris Villa in taghelles Licht.

Der Anblick ließ Falcone vor Wut kalkweiß werden. Er erinnerte sich an Rachele d'Amatos Worte. Sie würden wiederkommen, hatte sie Neri gewarnt, und dass sich die Medien das nicht entgehen lassen würden. Unterdrückt fluchend blickte er durch die Windschutzscheibe und sah sie aus ihrem Auto steigen und durch die Menge der Reporter auf das Haus zugehen.

»Halten Sie an«, befahl er. »Ich will nicht, dass dieser

Mob über uns herfällt. Ich kann nur hoffen, dass sie nicht vor uns die Villa betritt.«

Costa parkte am Straßenrand neben einem mittelalterlichen Brunnen, wo die drei Männer die Vorgänge mit wachsender Beklommenheit beobachteten. Rücksichtslos rangelten Kameraleute mit Zeitungsreportern um die beste Sicht auf die Ereignisse. Inzwischen sprangen ein paar stämmige Uniformierte aus einem Dienstfahrzeug und drängten durch die Menge auf die Villa zu. Innerhalb weniger Sekunden begannen sie die schwere Holztür mit Vorschlaghämmern zu attackieren. Viel Raum blieb ihnen nicht. Der kleine Van eines Kabelsenders parkte quer auf dem Gehsteig und behinderte ihre Bewegungsfreiheit.

Schließlich schoben die vier Polizisten das Fahrzeug einen Meter mit vereinten Kräften ein wenig zur Seite, und einer von ihnen holte aus. Die Tür gab nach. Hände griffen durch den entstandenen Spalt und machten sich an den Sperrvorrichtungen zu schaffen. Wie ein Blitz schoss Rachele d'Amato an den verdutzten Uniformierten vorbei in die Villa, gefolgt von zwei DIA-Mitarbeitern.

»Verdammter Mist«, zischte Falcone, sprang aus dem Wagen und rannte auf die Polizisten zu, die mit offenen Mündern neben der zersplitterten Tür standen.

»Das nächste Mal warten Sie gefälligst auf mich«, herrschte der Inspektor sie an. »Lassen Sie niemand mehr in die Villa. Nicht ohne meine ausdrückliche Erlaubnis.«

Falcone, Costa und Peroni betraten die Villa. Der Raum im Erdgeschoss, in dem bei ihrem letzten Besuch Neris Schläger gesessen hatten, war leer. In einem Aschenbecher qualmte noch eine Zigarettenkippe. Auf dem Tisch stand eine halb geleerte Kaffeetasse.

Peroni streckte die Hand danach aus. »Noch warm. Offenbar sind sie Hals über Kopf getürmt.«

»Sie wussten schon …«, murmelte Falcone, verstummte aber abrupt wieder. Die DIA-Mitarbeiter kamen die Treppe herunter und diskutierten lautstark miteinander, bis eine Frauenstimme sie aufforderte, den Mund zu halten. Wenig später baute sich Rachele d'Amato mit verschränkten Armen vor dem Inspektor auf und musterte ihn aufgebracht.

»Im ganzen Haus ist nicht eine Menschenseele, Leo. Hat jemand in der Questura vielleicht geplaudert?«

»Hüte dich vor leichtfertigen Unterstellungen«, schnauzte er sie an. »Was fällt dir eigentlich ein, vor uns hier einzudringen? Und dann das Theater da draußen. Hast du etwa die Medien informiert? Das hier ist Angelegenheit der Polizei, nicht der DIA. Ihr habt keinerlei Durchsuchungsbeschluss ...«

Sie griff in ihre Tasche und zog ein Bündel Papiere heraus. »Willst du ihn lesen?«

Er warf einen finsteren Blick auf die Dokumente. »Aber du hast doch gesagt ...«

»Ich habe meine Meinung geändert. Die Unterlagen aus dem Büro des Buchhalters sind Gold wert. Wir können diesen Verbrecher für Jahre hinter Gitter bringen. Und mit ihm noch ein paar andere.«

»Wenn du ihn kriegst! Ich kann mir schon lebhaft vorstellen, was die Medien aus dieser Geschichte machen.«

»Aber ich habe ihnen keinen Tipp gegeben, Leo!«, empörte sie sich. »Niemand von der DIA. Wir haben es strikt geheim gehalten. Sieh mich nicht so ungläubig an.«

»Ungläubig? Warum sollte ich ungläubig sein? Ihr haltet euch doch immer und ausnahmslos an die Vorschriften, oder?«

»Leo ...«

Costa drückte sein Handy ans Ohr und redete mit der Zentrale. »Sie haben Neris Auto gestoppt«, sagte er nach Ende des Gesprächs. »Aber darin saßen nur ein paar von seinen Gangstern. Sie sind ziellos in Testaccio herumgefahren. Es war lediglich ein Ablenkungsmanöver.«

»Wo zum Teufel stecken sie nur?«, knirschte Falcone. »Der Sohn? Die Frau? Garantiert unternimmt er mit ihnen keinen Familienausflug. Was hat er vor?«

»Wahrscheinlich bereitet er sich auf einen Bandenkrieg vor«, vermutete Rachele d'Amato. »Aber uns bleibt immer noch das Haus. Wir können uns ungestört in allen Ecken umsehen. Das ist immerhin etwas.«

Vorsichtig legte Peroni eine Hand auf ihre schmale Schulter. »Wir scheinen es hier mit einem Interessenkonflikt zu tun zu haben, verehrte Signora. Wir suchen nach einem verschwundenen Mädchen, falls Sie das vergessen haben sollten. Im Moment interessieren wir uns nicht unbedingt brennend für Signor Neris frisierte Bücher. Die können unserer Ansicht nach ruhig noch einen Tag warten.«

»Wir brauchen unbedingt den jungen Neri.« Falcone trat ans Fenster und blickte auf die Straße hinaus. Die Aufregung hatte sich gelegt. Die Medienvertreter packten ihre Sachen zusammen. Auch ihre Erwartungen hatten sich nicht erfüllt. Natürlich war auch eine grandios gescheiterte Polizeirazzia bei einem stadtbekannten Kriminellen eine Meldung wert, aber nichts für die Titelseite oder den ersten Platz in den Lokalnachrichten. Wer den Medien einen Tipp gegeben hatte, musste vorher gewusst haben, dass die Reporter enttäuscht sein würden, was durchaus auf Emilio Neri hinwies, auch wenn Falcone dessen Gründe nicht einmal ansatzweise nachvollziehen konnte.

Er drehte sich zu Rachele d'Amato um. »Du kannst hier machen, was du willst. Ruf mich an, wenn du im Zusammenhang mit dem Fall Julius etwas finden solltest. Und das ist nicht nur eine Bitte. Sobald du unsere Ermittlungen auch nur eine Sekunde verzögerst, werde ich den Medien den Grund für die Verzögerung verraten. Wir müssen nach Mickey Neri und dem Mädchen suchen. Wir brauchen unbedingt jemanden, der den Mund aufmacht.«

Sie runzelte die Stirn. »O nein, Leo. Versuch nicht, uns die

Verantwortung zuzuschieben. Die DIA wird euch nicht die Arbeit abnehmen. Lass einfach ein paar deiner Leute hier.«

»Verdammt, die habe ich nicht«, schrie Falcone so laut, dass die Polizisten draußen einen Moment lang verstummten. »Begreifst du es denn wirklich nicht? Uns bleibt ein einziger Tag, um dieses Mädchen zu finden. Vielleicht nicht einmal das. Wir haben nicht die leiseste Ahnung, wo sie sein könnte. Wir wissen ja nicht einmal, wo wir mit der Suche beginnen sollen. Jedenfalls nicht hier. Nicht in deinen verdammten Unterlagen. Sondern bei Mickey Neri.«

Möglicherweise, fügte er unhörbar hinzu. Sicherer konnte sich Leo Falcone nicht sein. Er wusste nur, dass es wichtig war, seine Hoffnungen auf die mehr oder weniger beteiligten Menschen zu richten. Zu Erfolgen kam man nur, wenn man die richtigen Leute ausfindig machte und zum Reden brachte.

»Leo? *Leo*!«

Ihre zornige Stimme verfolgte sie bei ihrem Rückzug aus dem Raum. Dann drehte sich Rachele d'Amato zu ihren Mitarbeitern um und fuhr mit ihrem Job fort. *Ihrem* Job. Falcone konnte es nicht fassen. Rachele d'Amato hatte erreicht, was sie wollte. Neri befand sich auf der Flucht. Sie hatte völlig freie Hand, das Imperium des alten Gauners bis in den letzten Winkel zu durchleuchten. Wäre es da nicht angebracht, sich ein wenig erkenntlich zu zeigen? Warum war die Fehde zwischen der DIA und Emilio Neri wichtiger als das Leben eines halbwüchsigen Mädchens?

Die drei verließen das Haus, stürmten auf die Straße hinaus und drängten sich an dem noch immer auf dem Gehweg geparkten TV-Van vorbei. Die meisten Medienvertreter waren verschwunden. Nur einige Polizisten in Uniform standen mit unbehaglichen Mienen vor der Villa. Offensichtlich war es ihnen peinlich, Ohrenzeugen der lautstarken Auseinandersetzung geworden zu sein.

»Sie können abziehen«, erklärte Falcone. »Im Moment ist

es eine Sache der DIA. Kehren wir zur Questura zurück und sehen wir nach, ob irgendwelche sachdienlichen Anrufe eingegangen sind.«

Die Männer nickten bedrückt.

»Mist, Mist, Mist«, murmelte Falcone vor sich hin, als er mit Costa und Peroni auf ihren Wagen zuging.

»Sie nutzen einfach ihren Vorteil aus, Leo«, bemerkte Peroni und handelte sich damit einen eisigen Seitenblick ein. »O Entschuldigung, *Ispettore*. Es wäre falsch, etwas anderes zu erwarten. Aber der Junge und ich könnten zurückgehen und ihnen eine Weile auf die Finger sehen.«

»Das bringt nichts«, entgegnete Falcone. »Sie wird uns informieren, falls sie etwas entdeckt. Wie stünde sie denn sonst da? Abgesehen davon«, fügte er hinzu, als wollte er sich selbst überzeugen, »ist in der Villa bestimmt nichts zu finden, was uns weiterbringen würde. Neri hat das alles bis ins letzte Detail geplant. Er will uns zum Affen machen. Nichts wäre ihm lieber, als wenn wir in der Villa blieben, um in allen Winkeln herumzukriechen und selbst unter den Teppichen nach versteckten Dingen zu suchen.«

»Ja«, stimmte Peroni zu. »Hört sich plausibel an. Auch wenn es mir noch immer schwer fällt, die Überlegungen von euch Burschen nachzuvollziehen. Ihr denkt so verdammt ... gewunden.«

Costas Handy meldete sich. Er trat einen Schritt zur Seite, um die Stimme am anderen Ende besser verstehen zu können.

»Was hat sich Neri nur davon versprochen?«, überlegte Falcone laut. Es war einfach zu ... unerheblich. Gut, es hatte die Polizei in Verlegenheit gebracht, aber das konnte Neri doch auf keinen Fall befriedigen. Selbst die Reporter und Journalisten hatten sich davongemacht, sobald feststand, dass es keine dramatische Festnahme geben und der alte Mafioso nicht in Handschellen in ein Dienstfahrzeug verfrachtet werden würde. Sie waren längst verschwunden.

Bis auf den Van.

»Ich glaube, es könnte da etwas Neues geben, Boss«, sagte Nic Costa aufgeregt. »Vor einer knappen halben Stunde hat sich ein anonymer Anrufer gemeldet. Er will ein Mädchen beobachtet haben, das genauso aussah wie Suzi Julius.«

»Wo?«, fragte Falcone und dachte darüber nach, ob zwischen Neris Verschwinden und dem fast gleichzeitigen Anruf ein Zusammenhang bestehen könnte.

»Irgendwo auf der Via dei Cerchi. Genaueres weiß ich nicht.«

»Ausgerechnet«, murrte Peroni. »Die Straße ist geradezu unheimlich lang. Da können wir tagelang suchen.«

Die Via dei Cerchi verläuft entlang dem Circus Maximus, der antiken Rennbahn in der Senke zwischen Palatin und Aventin.

Costa erinnerte sich an Teresa Lupos Bemerkungen über Regina Morrison. »Unter Umständen haben Kirk und Mickey Neri alte Ausgrabungsstätten genutzt. Wir sollten mit der Verwaltungschefin der Universität sprechen. Sie müsste eine Liste aller Projekte haben, mit denen er sich beschäftigt hat.«

»Rufen Sie die Frau an«, befahl der Inspektor und streckte die Hand nach dem Türgriff aus. »Schnell, Nic. Wir wollen so schnell wie möglich los. Hier haben wir nichts mehr verloren.«

Er drehte sich noch einmal um und überblickte die Straße. Ihr Wagen parkte gut fünfzig Meter von Neris Haustür entfernt. Nirgendwo war ein Reporter in Sicht, aber der Van stand noch immer auf dem Gehweg.

»Sehen Sie den Wagen da?«, fragte Falcone. »Hat einer von Ihnen vielleicht gesehen, dass jemand ein- oder ausgestiegen ist?«

»Ich jedenfalls nicht«, antwortete Peroni verwundert.

Erwartungsvoll sah Falcone Costa an.

»Ich auch nicht«, sagte Nic Costa. »An was denken ...«

Er kam nicht dazu, den Satz zu beenden. Plötzlich begann die Erde unter ihren Füßen zu zittern wie bei einem Erdbeben, und im nächsten Moment krachte ein fast unwirklich lauter Donner, der sich tief in ihre Köpfe bohrte.

Ein gewaltiger Feuerstoß schoss hinten aus dem Van. Wie von einer unsichtbaren Kraft gezogen, wurde das Fahrzeug in die Luft gehoben. Einen kurzen Moment lang schien die Welt stillzustehen, dann traf sie eine Kakofonie ohrenbetäubender Geräusche, gefolgt von einer gewaltigen Druckwelle.

Als sie abebbte, lag Costa keuchend auf dem harten Pflaster und presste beide Hände gegen die Ohren. Peroni lehnte mit weit aufgerissenem Mund am Auto und rang mühsam nach Luft. Und Falcone rannte so schnell er konnte auf das Haus zu, während Flammen mit ungehinderter Kraft aus dem verkohlten Wrack des Van drangen und gierig an den Überresten der Villa emporzüngelten.

Costa rappelte sich hoch, schwankte aber mehr, als er stand. Dann setzte er sich in Bewegung, Peroni folgte ihm. Die Luft stank nach Sprengstoff und Rauch. In vielen Autos schrillten durch die Wucht der Explosion ausgelöste Alarmanlagen. Im Rinnstein krümmte sich ein Mann und hielt sich schreiend den Bauch. Zwei weitere lagen reglos auf der Erde. Die Besatzung eines um die Ecke geparkten Mannschaftswagens kam herbeigerannt, wusste aber offensichtlich nicht, wo sie zuerst Hilfe leisten sollte.

Es schien unmöglich, auch nur einen klaren Gedanken zu fassen. Nic Costa blickte in die schockstarren Gesichter der Männer um ihn und erkannte keinen von ihnen wieder. Durch diesen plötzlichen Ausbruch von Wahnsinn war die Welt ein anonymer Ort geworden, an dem es nur noch Opfer gab.

Die Explosion hatte Wände und Dach der Villa weggerissen. Als sich die Wolken aus Staub und Schutt gelegt hatten, konnte Costa im Schein der Straßenlaternen sehen, dass ganze Räume des Hauses nun schutzlos den Elementen preisgegeben waren: Möbel, Tische und Sessel, ein Fernsehgerät. Von der Küche hatte sich nur eine Hälfte erhalten, die andere war irgendwo in den Trümmern versunken. Überall brannte es. Irgendwo im oberen Stockwerk sprang eine dunkle Gestalt verzweifelt hin und her, als versuchte sie, dem Flammenmeer auszuweichen. Schließlich verlor sie das Gleichgewicht, kam auf den schrägen Überresten der Zwischendecke ins Rutschen und stürzte in die Tiefe.

Leo Falcone kämpfte sich durch den Schuttberg an der Stelle, an der nur Augenblicke zuvor Emilio Neris Haustür gewesen war. Fieberhaft hob er Ziegelsteine auf und räumte sie aus dem Weg.

Plötzlich sah er einen reglosen, seltsam gekrümmten Körper vor sich, einen blutverschmierten, rußgeschwärzten Arm.

In Nic Costas Hinterkopf meldete sich eine kleine Stimme. »Denk endlich nach«, sagte sie leise.

Als er die Sirenen der Krankenwagen hörte, als sich die Feuerwehr mit blinkendem Blaulicht einen Weg durch die von der Explosion wie Spielzeug verstreuten Autos bahnte, suchte Costa in seinem Notizbuch nach der Nummer, fand sie und zog sich in die relative Ruhe des Eingangs zu einem Antiquitätengeschäft zurück.

»Signora Morrison«, sagte er, als sich eine Frauenstimme meldete. »Sie kennen mich nicht, aber ich bin ein Freund von Teresa Lupo, ein Ermittler. Wir müssen dringend miteinander reden ...«

Im Fernsehen wurde ein Fußballspiel übertragen: AS Rom gegen Lazio. Das große Lokalderby. Wieder einmal stürmte der AS Rom den Gegner in Grund und Boden. Toni Martelli hörte das gellende Triumphgeschrei aus den angrenzenden Wohnungen. Er selbst war ein Lazio-Fan. Für ihn war der AS Rom noch immer der Verein der unteren Schichten, des

Pöbels, der Leute, die heutzutage überall das Sagen hatten. Allerdings war Martelli seit Jahren bei keinem Spiel mehr gewesen. Nach seinem Abschied von der Polizei gab es für ihn keine Gratiskarten mehr. Und da Barbara tot war, konnte er auch von ihr keine mehr schnorren.

Vorhin hatte Falcone angerufen und ihm mitgeteilt, dass er seine Tochter in etwa einer Woche beerdigen lassen könnte. Schon früher, wenn Martelli bereit wäre, den Mund aufzumachen. Doch Martelli hatte ihm unverblümt gesagt, wohin der Inspektor sich dieses Angebot stecken konnte. Das Mädchen war tot. Worüber sollten sie noch reden?

Dann brachte ein weiterer Anruf Neuigkeiten, mit denen er schon halb gerechnet hatte. Also ließ er sich ein paar Zigaretten und eine Flasche Grappa aus der Bar an der Ecke schicken, igelte sich in seiner Riesenwohnung ein und vertrieb sich die Wartezeit mit der Übertragung des Spiels, eines als Sport getarnten Gemetzels, bei dem Rohlinge in Menschengestalt vorgaben, etwas Nobles und Elegantes zu tun – ganz wie Barbaren, die versuchten Ballett zu tanzen.

Kurz nach zehn machte sich jemand unbeholfen am Türschloss zu schaffen.

»Pfuscher«, schnarrte Martelli verächtlich. »Sie haben nicht einmal so viel Anstand, einen Fachmann zu schicken.«

Er schaltete den Fernseher und die Lampe neben seinem Rollstuhl aus. Jetzt saß er im Dunkeln. Er hatte die beiden großen Stehlampen so ausgerichtet, dass sie auf die Tür zeigten. Der Besucher würde direkt in ihren Lichtstrahl treten und sich möglicherweise die Hand vor Augen legen müssen. Toni Martelli hatte sich alles ganz genau überlegt. Er gab sich keinen übertriebenen Hoffnungen hin, wollte sein Leben aber so teuer wie möglich verkaufen.

Jemand tappte unsicher über den Korridor, war offenbar zu ängstlich, das Licht anzuknipsen. In Martellis Hand lag die Fernschaltung, die er von der Sozialfürsorge erhalten hatte. Als Krüppel musste man seine wenigen Vorteile ausnutzen. Er wartete, bis sein Besucher sich der Tür genähert hatte, dann drückte er auf den Schaltmechanismus. Drei starke Birnen tauchten den Korridor in blendendes Licht. Und da stand Mickey Neri, ganz in Schwarz gekleidet, und fuchtelte hilflos mit den Händen.

»Ich habe ein Gewehr, du Arschloch«, knurrte Martelli in seiner finsteren Ecke. »Eine echte Kanone. Willst du, dass ich sie benutze?«

Mickey Neri wandte sich zur Seite, als wollte er die Flucht ergreifen. Geräuschvoll lud Martelli die zwölfkalibrige Waffe, schob eine seiner letzten vier Patronen in die Kammer.

»Komm her und setz dich, Söhnchen«, rief er. »Damit ich dich genauer betrachten kann.«

Zögernd trat Mickey Neri über die Schwelle und ließ sich auf einen Stuhl fallen.

»Mickey, Mickey« seufzte Martelli. »Dein Vater hat dich geschickt. Stimmt's?«

»Ja.« Er versuchte seine Furcht zu kaschieren, scheiterte aber kläglich. »Sind wir uns schon mal begegnet?«

»Vor langer Zeit. Als wir alle Dinge getan haben, von denen wir dachten, sie wären längst tot und begraben. Es kränkt mich schon ein bisschen, dass du dich nicht daran erinnerst. Wenn ich mich nicht sehr irre ...« Martelli musste krampfhaft husten. Der Anfall schien kein Ende nehmen zu wollen. »Wenn ich mich nicht irre«, wiederholte er, als er wieder sprechen konnte, »warst du einer von denen, die großen Geschmack daran fanden, dass ich euch meine Tochter ausgeliefert habe, ohne mich näher darum zu kümmern, was sich danach abgespielt hat.«

»Wie Sie schon sagten ...« Mickey Neri verzog das Gesicht, als würde er angestrengt nachdenken. »Das liegt weit in der Vergangenheit. Viele Leute bringen Dinge, die vor so langer Zeit geschehen sind, leicht durcheinander.«

»Ich nicht.«

Mickey Neri nickte. Jetzt blickte er Martelli direkt an, und der wusste genau, was sein Besucher dachte. Wie krank ist dieser gebrechliche, alte Mann wirklich? »Ich kann mich auch nicht daran erinnern, dass Sie sich zurückgehalten hätten, *Signor* Martelli. Sie hatten doch auch Ihren Spaß. Ihr alten Böcke ... Ihr wolltet unbedingt etwas Junges und Frisches. Und Sie waren genauso geil wie alle anderen.«

Toni Martelli hob die Waffe, musste aber erneut husten. »Ihr jungen Leute seid doch alle gleich. Euch fehlt jeder Respekt.«

Dann riss er den Lauf hoch und schoss. Einen knappen Meter neben dem entsetzten Mickey Neri riss die Kugel ein riesiges Loch in den Esstisch. Und Toni Martelli begann zu zählen. Es war ein großes Haus mit vielen Wohnungen. Irgendjemand musste etwas hören. Und die Polizei rufen.

»Sie verdammter Irrer!«, schrie Mickey Neri. »Sie ...«

»Halt die Klappe. Dein Vater und ich haben eine Abmachung. Aber davon hat er dir natürlich nichts gesagt. Wenn du hier lebend rauskommst, kannst du von Glück reden. Wenn du beim Eintreffen der Bullen mausetot bist, gibt es für mich nichts zu befürchten. Ich habe einen Einbrecher getötet, der meine Wohnung ausrauben wollte. Und Emilio Neri ist mir etwas schuldig. Denn ich habe ihm ganz nebenbei die Sorge um seinen ungeratenen Sohn abgenommen. Was ist eigentlich los, Mickey? Ist dein alter Herr sauer auf dich? Machst du irgendwelche Geschäfte, von denen er nichts weiß?«

»Was reden Sie da, Mann?«, kreischte Mickey Neri. »Das sind doch verdammte Lügen, oder? Denn wenn es wahr ist, sind wir beide nicht mehr lange am Leben, Signor.«

»Ich bin bereits tot, du Idiot.« Ein neuer Hustenanfall quälte Martelli. Dann auf einmal kam es ihm vor, als wäre etwas in ihm lebendig geworden, als hätten die Aufregung und Aggressivität den Krebs aufgescheucht. Ein überwältigender Schmerz breitete sich in seinem Innern aus, ließ auch den letzten Rest seiner Energie erstarren, lähmte sein Denkvermögen.

Martelli begann zu schreien, wiegte sich hilflos hin und her, bemüht, die Waffe festzuhalten, die so etwas wie einen eigenen Willen bekommen hatte, die offenbar diesen Irrsinn beenden wollte und nur einen Wunsch zu haben schien: fort von hier.

Irgendwo in der Wohnung befand sich Morphium, das von Barbara verwahrt worden war. Nach ihrem Tod hatte er es nicht gebraucht, da irgendetwas die quälenden Schmerzanfälle zu betäuben schien. Doch jetzt waren sie wieder da und trübten sein Sehvermögen, ließen ihn nicht klar denken.

Martelli hielt es nicht mehr aus. Er ließ das Gewehr auf seinen Schoß sinken, fummelte in seiner Tasche hastig nach der Munition und setzte mit der freien Hand seinen Rollstuhl in kreisende Bewegung. Zwei Patronen fanden ihren Weg in die Kammer, obwohl er sich beim besten Willen nicht erinnern konnte, sie hineingeschoben zu haben. Zwei Explosionen erschütterten den Raum. Die erste zerschmetterte das große Fenster zum Hof. In das Klirren berstender Glasscheiben mischten sich die Geräusche der Fußballübertragung, ein ungezügeltes Gebrüll aus den umliegenden Wohnzimmern, in denen nun auch erschreckte, ängstliche Rufe der Nachbarn laut wurden.

Der zweite Schuss entlud sich in die andere Richtung, zielte auf Mickey Neri, der sich blitzschnell auf den Fußboden geworfen hatte.

In Martellis Kopf wurde es ein bisschen klarer und der Schmerz klang ab. Der Rollstuhl hörte auf, sich zu drehen. Das Schreien verstummte. Und in diesem Moment wusste Toni Martelli, dass das Ende gekommen war. Neris Angebot hatte keine Bedeutung mehr. Eine größere, gnadenlosere Macht streckte die Hand nach ihm aus, und kein Mafiaboss der Welt konnte ihn davor bewahren.

Jammernd wand sich Mickey Neri auf dem Boden. Martelli fragte sich, wie schwer er den Jungen getroffen hatte, und schüttelte den Kopf.

»Nun hör sich einer diesen Angsthasen an«, krächzte er. »Warum winselt er so? Vor Schmerzen? Oder weil er weiß, was seine Qual beenden wird? Hast du keinen Mumm in den Knochen, Junge?«

»Sie verdammter alter Scheißkerl«, keuchte Mickey. »Ich könnte mich erkenntlich zeigen. Wir könnten beide diesen Schwachsinn einfach vergessen.«

»Was hättest du mir schon zu bieten? Es gibt nichts, was ich jetzt noch gebrauchen könnte.« Martelli hob die Waffe. Er wusste, dass nur noch eine Patrone übrig war, und die musste treffen, denn sonst würde Mickey Neri die Wohnung lebend verlassen, und das durfte nicht sein.

Dann musste er wieder husten, bis er nur noch röchelnd nach Luft ringen konnte.

Toni Martelli würgte an seinem eigenen Blut und fragte sich, woher es kam und warum ihm die Ärzte nie gesagt hatten, dass das Ende so aussah. Das Gewehr lag noch immer auf seinem Schoß, aber ihm fehlte die Kraft, es zu heben. Und Mickey Neri zappelte nicht mehr auf dem Fußboden herum. Er hob den Kopf und musterte Martelli misstrauisch. Der kleine Idiot war offenbar unverletzt.

»Wie zum Teufel ...«, wollte Martelli sagen, war aber kaum zu verstehen, denn Blut verklebte seinen Mund.

Und dann die Schmerzen ...

Anders als sonst.

Er starrte auf die Waffe. Sie war voller Blut. Seinem eigenen. Es quoll aus seiner Brust, lief ihm über das Hemd.

Er wollte wütend werden. Jemanden töten.

Eine Frau trat durch die Tür. Eine schlanke Frau mit roten Haaren und einem Gesicht, das ihm Angst machte.

»Wer sind ...«, begann Toni Martelli.

Sie hatte eine Pistole in der Hand und hielt sie genau so, wie man es tun musste.

Mickey Neri rappelte sich auf die Knie und blickte zu der Frau auf, als schimmerte ein göttliches Licht in ihren klaren, funkelnden Augen.

Enttäuscht schüttelte sie den Kopf. Ganz langsam bewegte sich ihr rotes Haar im Lampenschein hin und her.

»So macht man das«, sagte sie, trat auf Toni Martelli zu und schoss ihm kalt lächelnd eine Kugel in den Kopf.

Mit den Händen allein war wenig auszurichten. Ziegelbrocken und Glasscherben rissen Peroni die Haut von den Fingern. Schuttstaub füllte seinen Mund, setzte sich in seinen Augen fest. Jedes Mal, wenn Falcone und er versuchten, einen Gegenstand von Rachele d'Amatos zerfetztem, bewusstlosem Körper zu ziehen, schienen sofort andere Trümmer nachzurutschen. Neris Villa verlor ihre Stabilität, wie die Welt auch. Das Gebäude war dem Zusammenbruch nahe. Verzweifelt zerrte Falcone an einem Balken, der quer über ihrer Brust lag und sich nicht bewegen ließ. Vielleicht ist es sogar besser so, dachte Peroni unwillkürlich. In der Dunkelheit konnten sie nicht erkennen, welche Gebäudeteile dem Rest der Villa noch Halt gaben.

Er legte Falcone eine Hand auf den Arm. »Leo …«, ächzte er und rang krampfhaft nach Atem. »Das ist viel zu riskant. Möglicherweise sorgen wir nur dafür, dass alles über ihr zusammenbricht.«

Aber der Inspektor hörte überhaupt nicht hin. Grob packte Peroni ihn bei der Schulter. *»Leo!«*

Falcone hielt inne. Er wirkte vollkommen verzweifelt und mutlos. So hatte Peroni ihn noch nie erlebt. Es war bestürzend. Sie brauchten Falcone, konnten auf ihn und seine überlegene Gelassenheit nicht verzichten. »Die Rettungsmannschaften sind bereits da. Sie wissen am besten, was getan werden muss. Es ist ihr Job. Lass uns mit unserem weitermachen.«

Weitere Fahrzeuge trafen ein. Schweigend nahmen Feuerwehrmänner die Folgen der Explosion in Augenschein und dachten über ihr weiteres Vorgehen nach. Notärzte und Sanitäter in leuchtend gelben Jacken fragten sich, wo sie zuerst Hilfe leisten sollten.

»Sie atmet«, murmelte der Inspektor. »Das sehe ich …«

Rachele d'Amato lebte, war mit knapper Not dem Tod entronnen. Peroni sah zu den Sanitätern hinüber, die schwarze Plastikfolie über reglose Körper deckten. »Sie hat Glück. Bisher gibt es mindestens drei Tote.«

Peroni wusste, dass die Zahl der Opfer weit größer hätte ausfallen können. Wenn die Besatzung des Mannschaftswagens um die Ecke nicht in ihrem Fahrzeug gewartet hätte. Wenn die Medienmeute nicht so schnell wieder verschwunden wäre. Es war ein vorsätzlicher Anschlag von einer Brutalität, wie ihn die Stadt noch nicht erlebt hatte, ein eiskalt kalkulierter Massenmord.

Zwei Feuerwehrmänner drängten sich vorbei und warfen prüfende Blicke auf Rachele d'Amato. Dann forderten sie Falcone und Peroni auf, sie nicht weiter zu behindern.

»Wir wollten nur helfen«, brüllte Peroni zurück.

»Nett von Ihnen«, knurrte ein Feuerwehrmann und schrie seinen Kollegen zu, sofort ein paar Hebewerkzeuge heranzuschaffen. »Aber jetzt machen Sie gefälligst Platz.«

Falcone schloss die Augen, kämpfte gegen seine aufsteigende Wut an. Er packte den Mann an der Schulter.

»Ich bin hier der verantwortliche Polizeibeamte …«, begann er, aber etwas im Blick des Feuerwehrmannes ließ ihn verstummen.

»Es ist mir völlig egal, wer Sie sind«, herrschte ihn der Feuerwehrmann an. »Wir sind hier, um Menschen zu retten. Wenn Sie mir im Weg rumstehen, dann gnade Ihnen Gott.«

»Schon gut, schon gut«, murmelte Peroni und griff nach Falcones Arm, um ihn ein paar Schritte wegzuführen.

Die beiden Feuerwehrleute achteten nicht weiter auf sie. Sie knieten auf der Erde, versuchten Rachele d'Amato von

Schuttbrocken zu befreien und riefen nach weiteren Geräten und Sanitätern.

Falcone ließ sie keine Sekunde lang aus den Augen. »Hast du Zigaretten bei dir, Gianni? Eigentlich wollte ich das Rauchen aufgeben.«

Peroni wischte sich Staub von den Ärmeln und tat dann das Gleiche bei Falcone. »Wenn es um Zigaretten geht, bin ich immer gut ausgestattet. Komm mit. Übrigens empfinde ich es als große Ehre, meinen Vornamen wieder aus deinem Mund zu hören. Ich dachte schon, das würde nie wieder passieren.«

Falcone folgte ihm auf die andere Straßenseite, gerade so weit, dass sie von dem Gestank nach Schutt und Qualm nicht mehr unmittelbar betroffen waren. Drei neue Krankenwagen rasten heran und hielten mit quietschenden Reifen. Weitere Notärzte und Sanitäter sprangen heraus und begannen mit der Arbeit. Dahinter näherte sich eine kleine Schlange schwarzer Autos. Falcone und Peroni wussten, was das bedeutete. Die großen Jungs hatten ihren Auftritt: Männer aus den Sicherheitsdiensten, der Bürokratie, der DIA-Hierarchie. Es ging nicht mehr um einfache, kriminalpolizeiliche Ermittlungen. Das hier grenzte an Terrorismus, und das änderte alles.

Mit dem Jackettärmel wischte Peroni Schutt und Staub von der Motorhaube eines Renault, bevor er sich setzte. Er zündete eine Zigarette an und gab sie weiter. Falcones Hände zitterten. Hastig machte er ein paar Züge, fluchte unterdrückt und warf die Zigarette auf die Erde.

»Weißt du nicht, wie viel die Dinger kosten?«, erkundigte sich Peroni. »Ich bin der Einzige in der Questura, der den horrenden, aber regulären Preis blecht. Ich kaufe kein unverzolltes Zeug vom Schwarzmarkt.«

»Ja«, brummte Falcone. »Du und deine Vorstellungen von Ehrlichkeit. Ich begreife es noch immer nicht. Für mich warst du der Einzige bei der Sitte, dem man vertrauen konnte. Und dann setzt du das alles für eine Frau aufs Spiel. Warum?«

Peroni warf Falcone einen Seitenblick zu. Er war ein gut aussehender Mann, auf eine strenge, emotionslose Art. Dass er über seine wirklichen Ängste nicht sprechen konnte oder wollte – seine Sorge um Rachele d'Amato –, war eine seiner wenigen Schwächen und eine, die ihn vorübergehend menschlicher machte. »Sie war eine Schönheit, wenn ich dich erinnern darf. Eine Hure, sicher, aber verlieren wir doch nicht die Fakten aus den Augen. Hin und wieder macht sich jeder zum Narren, Leo. Dieses verrückte Gen steckt in allen von uns. Auch wenn du dir etwas anderes einredest. Die Arbeit ist wichtiger, sagst du dir. Oder meine Ehe. Unsere Kinder. Du versicherst dir: Ich kann diese Gedanken ins Unterbewusstsein verdrängen, wohin sie gehören. Aber eines Tages, wenn du es am wenigsten erwartest, erwacht dieses verrückte Gen in dir und du erkennst, dass es sinnlos ist, sich dagegen zu wehren. Weil es alles nur noch schlimmer machen würde. Du machst dich nur selbst fertig. Aber ich glaube, das weißt du bereits.«

Falcone drehte sich zu dem Chaos auf der anderen Straßenseite um. »Eine Bombe. Was zum Teufel hat sich Neri dabei nur gedacht?«

»Du glaubst, dass er das war? Immerhin hat er Feinde. Beispielsweise den Amerikaner.«

Falcone blickte hinüber zu den Feuerwehrmännern, die sich bemühten, Rachele d'Amato zu befreien. »Warum sollte jemand ein leeres Gebäude zerbomben? Das ist doch völlig absurd. Neri wusste, dass wir ihn aufsuchen würden. Dieser Bastard hat uns das als Geschenk zurückgelassen und …«

Hilflos brach Falcone ab und versuchte offenbar, die offenen Fragen erst einmal in seinem Kopf zu ordnen. »Und es ergibt doch absolut keinen Sinn. Es ist so endgültig. Diesmal kann er sich nicht herauswinden. Er kann nicht zum Telefon greifen und einen Politiker oder Polizisten mit Bestechung dazu bewegen, ein Auge zuzudrücken.«

Richtig, dachte Peroni. Das war das Ende von Emilio Neris Karriere. Eine andere Möglichkeit gab es nicht. Oder genauer gesagt: Mit dieser Tat kündigte Neri an, dass seine Zeit in Rom beendet war. Irgendetwas, die Unterlagen im Büro des toten Buchhalters, eine Drohung, von der sie nichts wussten, hatte Neri offenbar davon überzeugt, dass es für ihn keine Rückkehr gab. Er musste sich absetzen, irgendwohin fliehen, wo ihn der italienische Staat nicht zur Rechenschaft ziehen konnte.

Peroni dachte an die bräunlich verfärbte Tote in Teresa Lupos Pathologie. Alle folgenden Ereignisse ließen sich irgendwie auf diese erste Leiche zurückführen. Doch noch immer hatten sie keine Vorstellung davon, keine Erklärung für die tödlichen Dämonen, die aus der Erde gekrochen waren, als die Tote im Torf in der Nähe von Fiumicino entdeckt worden war.

Abrupt drehte sich Falcone wieder um und musterte ihn scharf. »Sag die Wahrheit. Glaubst du, dass ich mit diesem Fall scheitern könnte? Dass er mich überfordert?«

»Was?« Verblüfft starrte Peroni ihn an. »Seit wann hältst du dich für Superman? Das hier überfordert uns alle. Es beweist …« Er hob eine Hand und zeigte zur Villa hinüber. »Es beweist, dass die Welt verrückt geworden ist. Nicht nur der Mistkerl Neri.«

Laute Geräusche ließen sie die Köpfe wenden. Der Hebekran neben Rachele d'Amato nahm seine Arbeit auf. Feuerwehrleute riefen einander Befehle zu. Balken bewegten sich. Mauerwände erbebten. Und es war heller. Durch die grellen Scheinwerfer von Kamerateams, die inzwischen zurückgekehrt waren.

Falcone klopfte sich Staub und Schmutz vom Anzug, machte sich bereit, die Straße zu überqueren. Sofort legte sich Peronis Hand um seinen Arm, um ihn zurückzuhalten.

»Du kannst nichts tun, Leo. Ganz gleich, wie schwer verletzt diese Frau auch ist, du kannst nichts daran ändern. Und darüber hinaus wird es sie vermutlich ziemlich erbosen, wenn sie dich nach dem Erwachen neben ihrem Bett sitzen sieht wie einen leidgeprüften Ehemann.«

»So?« Der Inspektor bedachte ihn mit einem seiner bekannten kühlen Blicke. »Kennst du sie gut genug, um das sagen zu können?«

»Soviel ich weiß, ist sie mit ihrem Job genauso verheiratet wie du mit deinem. Und wenn sie wieder bei Bewusstsein ist, wird sie dich sofort fragen, was du unternommen hast, um die Täter zu schnappen. Du bringst ihr Blumen, aber sie schlägt sie dir um die Ohren. Ist es nicht so?«

Falcone funkelte ihn finster an, und Peroni fragte sich, ob er vielleicht doch im falschen Film war. »Glaubst du, dass es wirklich nur darum geht, Gianni? Um sie und mich?«

»Keine Ahnung.« Peroni erkannte, dass er es wirklich nicht wusste. In Falcones Kopf spielte sich mehr ab, als er vermuten konnte.

»Es gibt einen anderen. Das hat sie mir selbst gesagt.«

»Unsinn«, behauptete Peroni. »Sieht sie aus wie eine Frau, die sich mit einem Mann belastet? Sie will dich provozieren, Leo. So sind die Frauen.«

»Mag sein.«

Der Inspektor konzentrierte sich auf die Vorgänge auf der anderen Straßenseite. Die Männer aus den schwarzen Limousinen standen zusammen, hielten ganz offensichtlich eine improvisierte Beratung ab. Er wusste, dass er hinübergehen sollte, um ihre Fragen zu beantworten.

»Meine Güte, Leo«, seufzte Peroni. »In einer solchen Situation erwarten diese Leute Informationen von dir, Ratschläge. Wie kannst du ihnen welche geben, wenn du dich mit Selbstzweifeln herumschlägst? Hier ...«

Er steckte eine neue Zigarette an und reichte sie Falcone, der sie nur zögernd nahm.

»Hilf deinem Freund Gianni, bitte. Denn er besitzt nur das einfältige Hirn eines Bullen von der Sitte, und das hat nicht den geringsten Schimmer, was hier eigentlich vor sich geht. Spielen denn mittlerweile alle verrückt? Woher kommt das, Leo? Wer hat da einen Schalter umgelegt und warum?«

Schweigend kratzte sich Falcone das Kinn.

»Immerhin«, bemerkte Peroni. »Das lässt auf zerebrale Aktivität schließen. Komm schon. Gib deine Erkenntnisse preis.«

Aber der Inspektor schüttelte nur den Kopf und schleuderte die Zigarette auf die Straße.

»Du machst es einem nicht leicht, Mann«, stöhnte Peroni. »Also gut, ich wechsle das Thema. Gebe dir die Chance, mich abzukanzeln. Irgendwann in der letzten halben Stunde ist Costa losgezogen, um nach dem blonden Mädchen zu fahnden, das angeblich jemand an der Via dei Cerchi gesehen hat. Er wollte es nicht. Oder genauer gesagt, er wollte schon, aber nicht, dass man es ihm anmerkt. Also habe ich ihm gesagt, er soll sich trotzdem mal umsehen. Wer weiß, vielleicht bringt es was. Jedenfalls war ich es, der die Entscheidung getroffen hat. Jetzt kannst du mich zusammenstauchen.«

Ein Hauch von Interesse zeigte sich auf Falcones Gesicht. Peroni war froh, dass sich da überhaupt etwas rührte.

»Jemand will ein blondes Mädchen gesehen haben? Das Suzi Julius ähnlich sieht?«

»Nicht mehr und nicht weniger. Du schienst zu glauben, dass es wichtig sein könnte. Aber natürlich war das vor dem großen Knall.«

»Es war wichtig. Himmel, es *ist* wichtig.« Falcone starrte nicht mehr auf die andere Straßenseite hinüber. Sein Verstand schien wieder einzusetzen. »Oder vielleicht …«

»Vielleicht was?«

Der alte Falcone, der nie aufgab, brach wieder durch. Und die dunkel gekleideten Männer blickten sich um, schienen sich zu wundern, warum niemand ihre Anwesenheit zur Kenntnis nahm.

»Es ist mein Ernst, Leo. Entweder du reißt dich zusammen oder jemand in der Questura schickt dich wieder auf Urlaub und sucht sich irgendeinen jungen Klugscheißer, der deinen Sessel wärmt. Wahrscheinlich für immer.«

»Ja, ja«, wehrte Falcone ab.«Vielleicht ist es ein Bandenkrieg, wie Rachele von Anfang an gesagt hat. Und Suzi Julius wie auch die Toten da drüben sind nur – wie nennt man das doch gleich? *Kollateralschäden.* Menschen, die bedauerlicherweise ins Kreuzfeuer gerieten. Es ist ein *Krieg.* Neri gegen Wallis. Oder Neri gegen uns, die Welt, einfach alles.«

Peroni blieb skeptisch. »Braucht man nicht einen Anlass, um einen Krieg anzuzetteln?«

»Das Mädchen. Wallis' Stieftochter. Neri hat ihr etwas angetan, oder vielleicht sein Sohn. Wallis will Vergeltung. Aber Neri hat zuerst zugeschlagen.«

»Ihr Kripoleute lebt in einem ziemlich vertrackten Universum. Wie seid ihr dorthin gelangt?«

»So weit ist das nicht. Sondern näher, als du zu vermuten scheinst.«

»Und was machen wir jetzt? Was können Polizisten in Kriegen tun?«

Falcone warf ihm einen vernichtenden Blick zu. »Beschatten Männer von uns Wallis' Haus?«

»Nein. Das hat die DIA übernommen, weißt du noch?«

Falcone nickte. »Erinnerst du dich, was Wallis gesagt hat?«

»An jedes einzelne Wort. Aber hilf mir auf die Sprünge.«

»›Der Krieg liegt in der menschlichen Natur‹.«

»Blödsinn«, protestierte Peroni. »Der natürliche Zustand der Menschheit ist Lethargie. Sieh dir das Chaos doch an. Was wäre daran natürlich?«

»Nichts.« Falcone sah auf seine Armbanduhr. »Oder auch

alles, wenn man dieses ›verrückte Gen‹ in sich hat. Wir machen einen großen Fehler, Gianni. Wir versuchen Dinge rational zu erklären, die nicht rational sind.«

Peroni schlug ihm auf die Schulter. »Na bitte. Geht doch. Du hörst dich ganz wie der alte Leo an, wenn du nur willst. Können wir jetzt bitte das tun, was von Bullen nun einmal erwartet wird? Hier haben Leute wie wir nichts mehr zu suchen. Du kannst später im Krankenhaus anrufen. Auf uns wartet Arbeit. Darüber hinaus …« Er zeigte auf die Männer, die inzwischen mehr als grimmig aussahen. »Ich glaube, da drüben wirst du dringend erwartet.«

Falcone nickte und überquerte die Straße. Peroni setzte sich auf die Motorhaube des Renault und steckte sich eine Zigarette an. Durch die Dunkelheit drang die sonore Stimme des Inspektors zu ihm herüber, und was er hörte, war Musik in seinen Ohren. Falcone schrie die Lackaffen in ihren dunklen Anzügen an, verteidigte beherzt seinen Standpunkt, ließ sich durch nichts einschüchtern. Das machte ihn so unschätzbar. Einmalig. Das war der Grund, aus dem seine Leute alles taten, was er ihnen sagte, auch wenn sie ihn die meiste Zeit nicht ausstehen konnten.

Im grellen Lichtkegel der TV-Scheinwerfer bewegte sich eine Trage über die Schuttberge. Rachele d'Amato war auf dem Weg in einen Krankenwagen. Einer ihrer Begleiter hielt einen Tropf. Flüchtig konnte Peroni ihr Gesicht erkennen. Sie war nicht bei Bewusstsein. Wenn er es sich recht überlegte, sah sie aus wie tot. Er dachte über das nach, was Falcone ihm erzählt hatte, und konnte es noch immer nicht glauben. Mit Sicherheit hatte sie ihm nur zu verstehen geben wollen, dass er sich von ihr fern halten sollte. Es war ein Beweis für Falcones Unbeholfenheit im Umgang mit Frauen, dass er das nicht begriff.

Und jetzt hatte auch er die Trage bemerkt.

Peroni lief zu ihm. »Sie ist in guten Händen, Leo.«

»Ich weiß.«

Falcones schien sich anderen Dingen zuzuwenden. Peroni wusste nicht, ob er darüber froh oder enttäuscht sein sollte. »Und was haben sie gesagt?«

Die grauen Augen starrten ihn nur an.

»Schon gut, schon gut. Dumme Frage. Natürlich wollen sie, dass du mit dieser Scheiße aufräumst. Schon verstanden.«

Der Inspektor beobachtete, wie die dunklen Anzüge wieder in den Limousinen verschwanden. »Was die gesagt haben, ist scheißegal. Ich will, dass dieses Mädchen gefunden wird. Hast du schon etwas von Costa gehört?«

»Noch nicht.«

»Ruf ihn an.«

Also wählte Peroni die Nummer von Costas Handy. Wieder und wieder. Mit jedem neuen Versuch wurde er saurer: über das erfolglose Klingeln, Falcones spröde Zurückhaltung, seine eigene Ratlosigkeit. Dann rief er in der Zentrale an und fragte, ob Nic Costa sich gemeldet hatte.

Die Frau glaubte offenbar ihren Ohren nicht trauen zu können. »Wissen Sie eigentlich, was in der Stadt los ist? Es gab ein Bombenattentat. Leute schreien Zeter und Mordio über eine Schießerei in San Giovanni. Und da wollen Sie von mir wissen, in welcher Bar sich Ihr Partner einen hinter die Binde kippt?«

»Er trinkt nicht!«, schrie Peroni.

Aber vielleicht doch. Vielleicht sollten sie sich alle ein Glas genehmigen. Vielleicht sah man mit benebeltem Hirn klarer.

»Ach ja, richtig«, höhnte die Telefonistin. »Rufen Sie doch mal in seiner Gemeinde an. Bestimmt ist er bei einer Probe des Kirchenchors.«

Dann legte sie auf, und Gianni Peroni überlegte fieberhaft, was jetzt zu tun war. Dann erinnerte er sich an etwas, was die Telefonistin gesagt hatte, und spürte, wie sich seine Gedanken zu überschlagen begannen.

»Verdammt«, murmelte Peroni.

»Wo zum Teufel steckt er nur?«, fragte Falcone und sah dem Krankenwagen nach, der mit Blaulicht und eingeschalteten Sirenen davonraste.

»Keine Ahnung. Aber in San Giovanni gibt es Probleme. Sagt dir die Adresse irgendwas?«

Die Via dei Cerchi verläuft am Fuß des Palatin vom Tempel der Vesta bis zur modernen Via di San Giorgio, über die man zum Colosseum gelangt. Nic Costa hatte seinen Wagen am Rand des antiken Circus Maximus geparkt und wünschte, der Anrufer hätte seine Beobachtungen woanders gemacht. Abends war diese heruntergekommene Gegend ein beliebter Aufenthaltsort von Streunern und Drogenhändlern, die sich in dunklen Ecken vor den Behörden versteckten.

Er hatte bereits alle fünf Ausgrabungsstätten aufgesucht, auf denen Randolph Kirk Regina Morrisons Unterlagen zufolge gearbeitet hatte. Es handelte sich durchweg um ausgedehnte Baukomplexe mit einer Vielzahl von Zugängen, von denen die meisten auf den ersten Blick nicht als solche erkenntlich waren. Es hatte einige Zeit gekostet, doch dann war er überzeugt, dass die Ausgrabungsstätten allesamt schon vor langem abgesperrt und verlassen worden waren. Von den Leuten, denen er Suzi Julius' Foto zeigte, waren die meisten zu verschreckt oder zu bekifft, um etwas Vernünftiges zu sagen, und die wenigen, die ihre fünf Sinne beisammenhatten, schienen nicht bereit zu sein, einem Polizisten zu helfen. Peroni hatte Recht. Die Via dei Cerchi machte es einem nicht leicht.

Costa dachte an seine Kollegen und verspürte Gewissensbisse, sie kurz nach der Explosion verlassen zu haben, aber Peroni hatte darauf bestanden. Auf zwei Hände mehr oder weniger käme es nicht an, hatte er erklärt, darüber hinaus gäbe es auch Suzi Julius gegenüber eine Verpflichtung. Der sie nicht unbedingt im gebotenen, wünschenswerten Maß nachkamen. So sah es auch Miranda Julius. Das zeigte sich in ihren klugen, wissenden Augen. Und das war etwas, was sich nur schwer rechtfertigen ließ.

Und was jetzt?, fragte sich Nic Costa.

Geh nach Hause, antwortete eine innere Stimme. Schlaf endlich ein bisschen.

Auf dem Rückweg zu seinem Auto bemerkte Nic Costa, wie müde er war, und stellte sich vor, wie wohltuend es wäre, in das große, leere Doppelbett des alten Hauses an der Via Appia Antica fallen zu können und auf die Geisterstimmen aus der Vergangenheit zu lauschen. In diesem Moment erkannte er, wie wichtig eine Familie für ihn war. Als eine Art Schutzwall gegen die Scheußlichkeiten der Welt.

Er dachte an seinen Vater und war sich sicher, dessen zu frühen Tod wohl nie verwinden zu können.

Nic Costa blickte auf seine Armbanduhr: fast Mitternacht. Wenn ihre Vermutungen zutrafen, war Eleanor Jamieson vor sechzehn Jahren das Opfer eines obskuren Rituals geworden. Das wer veranstaltet hatte? Ein Angehöriger der römischen Mafia? Eine Bande Perverser, die nur ihren Spaß haben wollten und nicht wussten, dass Neris Kameras ihre miesen Spielchen aufnahmen? Im Verlauf der nächsten vierundzwanzig Stunden konnte Suzi Julius jederzeit ein ähnliches Schicksal treffen. Warum? Aus Zufall. Weil sie Pech gehabt hatte. Wegen ihres Aussehens. Weil sie im falschen Moment um die falsche Ecke gebogen war. Und niemand hatte auch nur die leiseste Ahnung, wo sie stecken könnte. Neri und sein Sohn waren wie vom Erdboden verschwunden – und hatten Terror und Verwüstung hinterlassen. Vergil Wallis schien, diesmal zumindest, unverdächtig zu sein. Es gab weder zweckdienliche Informationen noch Hinweise oder Spuren – nur Chaos, Gewalt und Anarchie.

Er blickte ein letztes Mal um sich und kniff unwillkürlich die Augen zusammen. Etwa zwanzig Meter vor ihm hatte sich etwas bewegt. Ein blondhaariger Kopf war im Schatten aufragender Felsen verschwunden, dicht gefolgt von der Gestalt eines Mannes. Vielleicht handelte es sich nur um ein verliebtes Pärchen. Vielleicht war es der erste, lang ersehnte Erfolg.

Mit geübt schnellem Griff vergewisserte sich Costa, dass seine Beretta in ihrem Holster steckte, lief auf die dunklen Felsen zu und lauschte den Geräuschen der Nacht: dem Gurren schläfriger Tauben, dem dumpfen Rauschen des Verkehrs in der Ferne, dem leisen Fiepen von Ratten in dem bröckligen Gestein unter den Ruinen des Kaiserpalastes.

Eine leise Frauenstimme drang aus dem Zugang zur Höhle, den Costa inzwischen deutlicher erkennen konnte, weil gelbliches Licht nach draußen schimmerte.

Nic Costa zog sein Handy heraus und wusste bereits, was er auf dem Display sehen würde. Er befand sich an den Felswänden des Palatin, das beeinträchtigte die Stärke des Empfangssignals. Es wäre vernünftiger, zur Straße zurückzulaufen, Falcone anzurufen und Hilfe anzufordern. Aber er musste dem Mädchen unbedingt folgen. Auch wenn es sich immer noch um ein harmloses Liebespaar handeln konnte. Er spielte nicht gern den Helden, doch jetzt schien es keine Alternative zu geben. Daher schlüpfte er in die Höhle und bewegte sich mit dem Rücken zur Felswand vorsichtig auf den Lichtschein und die Stimmen zu. Jetzt sprach ein Mann, aber so leise, dass Costa die Worte nicht verstehen konnte.

Es fiel ihm nicht leicht, sich an den Geräuschen zu orientieren. Der Baukomplex bestand aus einem Gewirr schwach beleuchteter, durch Gänge miteinander verbundener Kammern. Wahrscheinlich handelte es sich um nur eine von vielen antiken Anlagen, die das Innere des Palatin-Hügels durchzogen wie gigantische Rattenbauten. Aber warum stand ausgerechnet diese Stätte nicht auf Randolph Kirks Liste? Hatte er hier nicht gegraben oder wusste Regina Morrison nur nichts davon? Vielleicht, nur vielleicht, war es Kirks höchst privates

Projekt, sein Allerheiligstes, das er aus guten Gründen für sich behalten hatte.

Nic Costa durchquerte vier kleine Kammern, die jeweils von einer einzigen, von der Decke hängenden Glühbirne beleuchtet wurden, genau wie in Ostia. Vage konnte er weitere Räume und Korridore erkennen, die sich irgendwo in der Düsternis verloren. Es war ein unterirdischer Irrgarten, ein in den felsigen Untergrund gehauenes Labyrinth. Jetzt wünschte er, er hätte lieber doch auf Unterstützung gewartet. Könnte er nur verstehen, was der Mann sagte.

Er versuchte sich auszumalen, was vor ihm lag, aber das war unmöglich. Mehr als einmal glaubte er, sich endlich den Stimmen zu nähern, aber sobald er um die nächste Ecke bog, fand er sich in undurchdringlicher Finsternis wieder. Nach einer Weile hatte er jede Orientierung verloren. Die fernen Stimmen schienen ihn zu narren, ihn in alle Richtungen zu locken. Er hatte bohrende Kopfschmerzen. Nur mühsam schleppten sich seine Füße über den steinigen Boden. Hin und wieder geriet er ins Stolpern und stellte erschreckt fest, welchen Lärm er verursachte.

Dann duckte er sich, um durch eine Öffnung zu schlüpfen. Was er dahinter sah, ließ seinen Atem stocken.

Von der Decke des Raums hingen drei Glühbirnen und leuchteten wie kleine Sonnen. An den Wänden klebten unzählige Farbfotos, und alle zeigten die gleichen zwei Gesichter: eine glücklich lächelnde Suzi Julius und eine ebenso strahlende Eleanor Jamieson. Obwohl die Bilder von Wallis' Stieftochter leicht verblichen wirkten, war die Ähnlichkeit geradezu bestürzend. Sie sehen aus wie Schwestern, dachte Costa wieder. Kein Wunder, dass sich Kirk bei Suzis Anblick erinnert hat …

Er drehte sich um, fragte sich benommen, was er jetzt tun sollte, wollte nach der Pistole greifen, stellte aber fest, dass seine Hand sinnlos über sein Jackett tastete.

»O Gott«, flüsterte eine weibliche Stimme aus der Dunkelheit. Dann erstarben die gehauchten Worte. Irgendetwas schwirrte durch die Luft.

Nic Costa verspürte einen überwältigenden Schmerz am Hinterkopf. Er merkte noch, dass er den Halt verlor und zu Boden stürzte. Dann wurde es dunkel um ihn.

Liberalia

Ein merkwürdiges Summen durchdrang Teresa Lupos Unterbewusstsein. Stöhnend schlug sie die schweren Lider auf und erwachte an ihrem Schreibtisch in der Gerichtsmedizin, gerade rechtzeitig, um zu sehen, wie eine ähnlich verschlafene Biene durch die Luft taumelte und durch das offen stehende Fenster verschwand.

Es war Morgen. Kurz nach sieben an einem warmen Frühlingstag. Von draußen drangen die Geräusche von Autos und Menschen an ihr Ohr, so bekannt und vertraut, dass sie eine Weile brauchte, um sich zu erinnern, dass es kein gewöhnlicher Morgen war.

Sie hatte Hilfskräfte angeheuert, von den Carabinieri und aus dem Gesundheitsministerium, pensionierte Kollegen und Medizinstudenten, die erste Erfahrungen sammeln wollten. Im Moment ging es vor allem darum, den Ansturm von Leichen zu bewältigen, um Gewebeproben und anderes zu sichern, das später eingehender untersucht werden konnte. Irgendwann nach drei Uhr morgens hatte sie den Kopf auf den Schreibtisch sinken lassen und war eingeschlafen. Silvio di Capua schien es ähnlich gegangen zu sein. Noch immer fest schlafend lag er zusammengekrümmt auf dem Fußboden der Pathologie. Zwei Angehörige des Gesundheitsministeriums, von denen sie nur einen kannte, erledigten Papierkram. Am Seziertisch beschäftigten sich Mediziner mit Beniamino Vercillo, dem Buchhalter. Als Nächster wäre Barbara Martellis Vater an der Reihe.

»Irgendwelche neuen Toten?« Teresa Lupo gähnte.

»Nein.«

»Dem Himmel sei Dank.« Teresa Lupo wusste nicht, ob sie auch nur noch eine verdammte Leiche ertragen könnte. Sie war nicht einmal denen gewachsen, die sie bereits hatte. Ihre Nase fühlte sich an, als hätte jemand feuchte Wattepads in jedes Nasenloch gestopft. Ihre Kehle war rau wie Sandpapier. Schweiß verklebte ihre Haare. Teresa Lupo wusste, dass sie einfach schrecklich aussah. Es war ihr egal.

Gianni Peroni betrat den Raum. Geradezu unverschämt wach und agil.

Er kam auf sie zu und beäugte sie neugierig, vielleicht auch ein wenig kritisch.

»Warum sehen Sie so frisch und munter aus? Nehmen Sie Drogen?«, erkundigte sie sich. »Und wenn ja, können Sie mir was abgeben?«

»Nein, aber ich kann Ihnen einen Kaffee spendieren. Haben Sie übrigens Nic gesehen? Oder von ihm gehört?«

»Nein ...« Die Frage überraschte sie. Sie hatte fast vergessen, dass es auch noch eine Welt abseits der chromglänzenden Seziertische gab.

»Kommen Sie.« Er legte eine Hand um ihren Arm und führte sie aus dem Gebäude, hinaus in den erwachenden Morgen.

Es war der Beginn eines klaren, sonnigen Tages. Teresa Lupo konnte sogar Vögel zwitschern hören. Aber vielleicht reagierte ihr Wahrnehmungsvermögen auch nur mit übernatürlicher Schärfe auf die Schocks der letzten Tage. In ihrem Kopf ging seit geraumer Zeit einiges drunter und drüber. Doch nach der letzten Nacht fühlte sie sich körperlich und mental erschöpft, ausgelaugt. Das hatte auch etwas Gutes: eine gewisse Lethargie, die sie von unüberlegten Handlungen abhielt.

Peroni ging mit ihr in das Café an der Ecke, bestellte Kaffee, schüttete Zucker aus dem Glasgefäß auf dem Tresen in ihre Tassen und rührte um.

»Bei der Sitte weiß man, wie es ist, nachts zu arbeiten«, sagte Peroni. »Nach einer Weile gefällt es einem sogar. Die Welt ist irgendwie ehrlicher. Die Menschen brauchen einem nicht in die Augen zu blicken, wenn sie lügen. Und man lernt Kaffee schätzen. Hier ...«

Er hob seine Tasse und ganz instinktiv stieß sie mit ihm an.

»Was wollen Sie?«, fragte Teresa Lupo.

»Informationen. Erleuchtung. Zum Beispiel würde ich gern wissen, wen Professor Kirk angerufen hat, damit er diese ganzen Katastrophen auslöst.«

»Das wollte Nic auch. Wissen Sie was? Ich werde einfach den guten alten Randolph fragen, sobald ich wieder in der Pathologie bin.«

»Tun Sie das. Haben Sie sonst noch was zu bieten?«

»Stellen Sie sich hinten an. Es ist eine lange Schlange. Wie geht es Falcone? Und dieser Frau? Seiner Ex-Freundin?«

Er streckte eine Hand aus, schwenkte sie bedenklich hin und her. »Sie liegt noch immer auf der Intensivstation. Aber sie wird durchkommen. Diese Frau hat eine eiserne Konstitution. Und Leo? Nun, ich weiß nicht recht. Er wirkt nicht mehr ganz so liebeskrank. Vielleicht ist er vernünftig geworden. Wer weiß? Aber wir stehen vor großen Problemen, Teresa. Vielleicht sogar vor größeren, als wir bewältigen können. Wir brauchen schnell Erfolge. Verstehen Sie jetzt, warum ich zu Ihnen gekommen bin? Wir brauchen jede Unterstützung, die wir kriegen können.«

Zum ersten Mal ertappte sich Teresa Lupo dabei, gründlicher über Gianni Peroni nachzudenken. Er war nicht der arrogante, korrupte Machotyp, für den sie ihn zunächst gehalten hatte. Hinter seinem abstoßend hässlichen Äußeren steckte offenbar ein aufrechter, integrer Charakter, was seinen Fehltritt nur noch unverständlicher machte. Falcone und Costa konnten sich glücklich schätzen, ihn um sich zu haben. Allerdings fragte sie sich, ob der Inspektor das auch so sah.

»Wann kehren Sie auf Ihren alten Posten zurück?«

Er zwinkerte. Es sah so komisch aus, dass sie um ein Haar gelacht hätte. »Versprechen Sie mir, dass Sie es für sich behalten? Sobald dieser Mist hier vorbei ist. Vergangene Nacht bin ich zufällig meinem alten Boss auf dem Flur begegnet. Man hat ihn auch angeheuert. Kein schlechter Kerl. Hat ein paar nette Worte für den alten Gianni gefunden. Gott sei Dank. Diese Ermittlerei ist nichts für mich. Da kommt man mit den falschen Leuten zusammen.«

»Und bei der Sitte nicht?«

»Da trifft man auf Typen, die einen körperlich fertig machen wollen. Aber Falcone und Co. haben es mit Leuten zu tun, denen es darum geht, einen psychisch zu ruinieren. Ich schätze, das wissen Sie selbst.«

»Mag sein. Sagen Sie mir, was ich tun soll.«

»Ich?«, entgegnete Peroni. »Himmel, woher soll ich das denn wissen? Jeder von uns stochert im Nebel herum. Seit Urzeiten gab es in Rom keinen Bandenkrieg. Und wenn das einer ist …«

»Was soll es denn sonst sein?«

»Keine Ahnung. Aber für einen Bandenkrieg wäre es doch eine ziemlich einseitige Angelegenheit, finden Sie nicht auch? Aus seinem abgeschotteten Refugium und ohne alle Hilfstruppen bis auf ein paar Golfkumpel erledigt der Amerikaner kurzerhand Neris Buchhalter und breitet gut sichtbar belastende Dokumente aus, die Neri dazu veranlassen sollen, die Flucht zu ergreifen. Dann dreht der alte Mafioso durch und lässt auf seiner Schwelle ein kleines Abschiedsgeschenk für uns zurück.«

»Nach *Krieg* hört sich das in der Tat nicht an.«

»Ein bisschen unausgeglichen, oder? Und Wallis sitzt in seiner Prachtvilla, dreht Däumchen und sieht aus, als könnte er kein Wässerchen trüben. Die DIA zapft sein Telefon an. Lässt ihn mit allen möglichen elektronischen Mätzchen überwachen. Vermutlich tändeln sie einfach zu gern mit ihren Spielzeugen herum. Und was tut er? Nichts. Absolut nichts.«

Teresa Lupo setzte sich aufrechter hin. Sie konnte wieder Detektivin spielen, das gefiel ihr. Sie fuhr sich mit einer Hand über ihre blaue Hemdbluse und überlegte, ob es nicht an der Zeit war, ein paar Pfunde loszuwerden. Sie habe eben kräftige Knochen, hatte ihre Mutter immer gesagt. Aber wenn sie wollte, konnte sie abnehmen, fitter werden. »Und was ist mit dem alten Martelli, Barbaras Vater? Hat den Wallis auch nicht umgebracht?«

»In diesem Punkt sind wir zumindest ein wenig schlauer«, erklärte Peroni. »Mit Martellis Tod hat Wallis nichts zu tun. Es sei denn, er hat mehr Einfluss auf Neris Familie als der selbst. Es gibt eine gute Beschreibung von einem Mann, der vor den Schüssen das Wohnhaus betreten hat. Es handelt sich mit Sicherheit um Neris Sohn. Der Schwachkopf hat sogar Fingerabdrücke hinterlassen. Ich nehme an, dass Neri befürchtet hat, Martelli könnte uns etwas über ihren verdammten Sexclub erzählen. Also hat er seinen Sohn zu ihm geschickt. Aber das macht noch immer keinen Krieg aus. Jedenfalls nicht für mich.«

»Möglicherweise ist der bereits beendet«, gab sie zu bedenken. »Und der Amerikaner hat das Handtuch geworfen.«

Peroni wirkte nicht überzeugt. »Vielleicht. Etwas in mir hofft, dass es so ist. Andererseits würde dann vermutlich eine Menge unaufgeklärt bleiben. Wir würden nie erfahren, warum die arme Barbara den Professor ins Jenseits befördert hat und dann bei Ihrer Verfolgung in einem zukünftigen U-Bahnschacht gelandet ist.«

Gereizt runzelte sie die Stirn. »Warum nennen sie alle immer nur die *arme* Babara?«

Die Frage schien ihn zu überraschen. »Weil sie tot ist, Teresa. Und ganz gleich, was geschehen ist, was sie Ihnen antun wollte … Das war nicht *sie.* Sondern etwas anderes. Etwas, das sie beeinflusst hat, gesteuert. Das wissen Sie doch selbst, oder?«

Vielleicht, aber im Moment war sie nicht bereit, das zuzugeben.

»Und was ist mit der armen Suzi Julius?«

Ratlos hob er die Schultern. »Gestern Abend dachten wir, wir hätten endlich eine Spur. Kurz vor der Explosion. Nic ist losgefahren, um dem Hinweis nachzugehen.« Er schwieg.

»Und?«, hakte sie nach.

»Seither habe ich kein Wort von ihm gehört. Kann ihn über Handy nicht erreichen. Niemand hat ihn gesehen. Vom Dienst abgemeldet hat er sich auch nicht.«

Bei schlechten Nachrichten schoss Teresa Lupo unweigerlich das Bild des oder der Betroffenen durch den Kopf. Im letzten Jahr hatte sie eine große Zuneigung zu Nic Costa gefasst. Er besaß Eigenschaften, die innerhalb der Questura nicht gerade im Überfluss vorhanden waren: Beharrlichkeit, Mitgefühl und einen ausgeprägten Sinn für Gerechtigkeit. Und er hatte sich nie vom Virus des Zynismus infizieren lassen, was ihn vermutlich mehr als alles sonst von den anderen unterschied. »Oh, verdammt. Was könnte da passiert sein?«

»Wir haben keine Ahnung«, gestand Peroni ein. »Aber ich mag diesen jungen Mann, Teresa. Wenn ich in meinen alten Job zurückkehre, wird er mir fehlen. Dass das unmissverständlich klar ist.«

Peroni straffte seine breiten Schultern, und sie begriff, dass er kein Mann war, der schnell aufgab.

»Sie hätten mir das ruhig schon früher sagen können.«

»Ich wollte Sie nicht beunruhigen.«

»Und was wollen Sie von mir?«, fragte sie noch einmal.

»Hören Sie, ich möchte Ihnen auf keinen Fall irgendwelche Vorschriften machen. Es ist auch keine Forderung von

Falcone oder so was. Offen gestanden klammert er sich an Strohhalme. Wir sind im Moment extrem knapp an Personal und müssen Prioritäten setzen. Sie sind eine gute Pathologin, Sie kennen die Bestimmungen und halten sich daran, meistens zumindest …«

Teresa Lupo trank ihren Kaffee aus und sah ihn durchdringend an. »Ersparen Sie mir diesen Mist.«

»Gut, gut. Ich werde nur den Gedanken nicht los, dass es irgendwo hier in Ihrem Arbeitsbereich etwas gibt, das uns weiterhelfen könnte. Und das dürfte kaum im Zusammenhang mit den jüngsten Fällen zu finden sein. Ich weiß, dass Sie alle Leichen sezieren müssen, würde mir aber wünschen, Sie würden sich erst mal nicht auf die einfachen Fälle konzentrieren. Toni Martelli und den Buchhalter. Sowie die Opfer vor Neris Haus. Wie die gestorben sind, wissen wir. Natürlich brauchen wir forensische Erkenntnisse, aber ich glaube nicht, dass sich aus der Obduktion dieser Toten etwas Großartiges ergibt. Während …«

Er verstummte und wartete darauf, dass sie anbiss.

»Was während?«

»O Gott. Muss ich es wirklich aussprechen? Sie hatten von Anfang an Recht. Diese Eskalation des Schreckens begann mit dem Fund der Leiche in der Nähe von Fiumicino. Wenn wir rauskriegen könnten, was mit ihr geschehen ist und wo, sähen wir vielleicht zumindest ein bisschen klarer.«

Sie blickte hinüber zu dem schlaksigen Typ hinter dem Tresen, der selbstvergessen mit seinem Pferdeschwanz spielte. »Wenn Sie sich die Hände gewaschen haben, können Sie mir noch einen Kaffee machen.« Der junge Mann verschwand in der Küche, kam zurück und setzte die Espressomaschine in Betrieb.

Peroni musterte sie fast bewundernd. »Sie sind sehr direkt, Teresa. Das gefällt mir an einer Frau.«

»Also hat dieser Mickey Neri Barbaras Vater erschossen.

Und er wurde von Signora Julius als der Mann identifiziert, der ihre Tochter angebaggert hat.«

»Ja. Und?«

»Und wenn ich mich recht erinnere, kannte Mickey Neri auch Eleanor Jamieson. Ich habe die Akten gelesen. Denen zufolge haben Wallis und seine Stieftochter rund sechs Wochen vor ihrem Tod ein paar Ferientage zusammen mit der Familie Neri auf Sizilien verbracht.«

»Und das bringt einen auf die Vermutung ...«

»Ja.« Sie trank ihre Tasse zur Hälfte aus und spürte, wie Koffein und Zucker in ihre Blutbahn drangen.

»Vorsicht mit dem Zeug«, warnte er. »Davon kann man Albträume kriegen.«

»Dazu brauche ich keinen Kaffee. Sie?«

Peroni blickte auf seine Uhr. »Nun?«

»Gestern haben wir keine unserer Leichen angerührt«, sagte sie. »Nun, jedenfalls kaum. Ich habe den größten Teil der letzten Nacht damit verbracht, Eleanor Jamiesons Autopsie zum Abschluss zu bringen. Ich wollte mit Ihnen darüber reden. Gegen halb drei. Meines Wissens waren Sie zu beschäftigt.«

Gespannt riss er den Mund auf und klappte ihn nicht wieder zu. Betont langsam trank Teresa Lupo ihren Kaffee aus, fischte mit dem Zeigefinger Zuckerreste heraus und leckte ihn genüsslich ab.

»Reden Sie doch endlich«, flehte er. »Bitte!«

»Ich habe mich getäuscht. Gleich zweimal, und das in entscheidenden Punkten. Es handelte sich bei ihr um kein Jungfrauen-Opfer. Oder präziser: Vermutlich war sie ein Opfer, aber keine Jungfrau mehr. Und es trifft auch nicht zu, dass man bei Leichen, die so lange in saurer Erde gelegen haben, keine DNA-Proben entnehmen kann. Es gibt einen Umstand, unter dem das möglich ist.« Sie sah ihn herausfordernd an. »Wollen Sie raten?«

»Nein!«

»Wenn bei der Obduktion ein Fötus gefunden wird. Eleanor Jamieson war schwanger. Im zweiten Monat, würde ich sagen. Vermutlich hat sie es zu diesem Zeitpunkt selbst erst gemerkt und sich gefragt, wie sie das ihrem Stiefvater beibringen soll.«

Hingerissen strahlte Peroni sie an. »Himmel, Sie sind ja echt großartig.«

»Ersparen Sie mir diesen Mist, habe ich gesagt. Halten wir fest: Eleanor Jamieson ist schwanger, etwa sechs Wochen nachdem sie Mickey Neri kennen gelernt hat, der nun sechzehn Jahre später, irgendwo mit einer Doppelgängerin von ihr rumhängt, einer spurlos verschwundenen Sechzehnjährigen.«

Es kam ganz plötzlich. Gianni Peroni umfasste ihr Gesicht mit beiden Händen und küsste sie voll auf den Mund. Wie gelähmt ließ sie es über sich ergehen. Der junge Mann hinter dem Tresen beobachtete sie mit unverhüllter Neugier.

»Tun Sie das nie wieder«, flüsterte Teresa Lupo heiser, fügte dann aber hinzu: »Nicht, ohne mich vorher zu fragen.«

»Erzählen Sie mehr.«

»Mehr gibt es nicht. Jedenfalls nicht, bevor ich die Laborergebnisse habe.« Sie lächelte. »Mickey Neris DNA ist bekannt. Er wurde vor zwei Jahren wegen Vergewaltigung angezeigt, aber irgendwie kam die Sache nie vor Gericht. Vielleicht liegen die Resultate sogar schon auf meinem Schreibtisch.«

»Oh, das wäre ja wundervoll«, jauchzte Gianni Peroni.

»Wagen Sie ja nicht, mich noch einmal zu küssen«, warnte sie. »Dafür ist es zu früh am Morgen. Aber versprechen Sie mir eins. Suchen Sie Nic.«

»Darauf können Sie sich verlassen.«

Sein Blick fiel durchs Fenster auf die Straße hinaus. Eine hoch gewachsene, dunkle Gestalt strebte der Questura zu. Es war Vergil Wallis. Sein Ledermantel flatterte ihm um die Beine. Er sah aus wie jemand, der es sehr eilig hatte.

»Gleich zwei Wunder innerhalb einer Minute«, murmelte Peroni. »Vielleicht gibt es doch einen Gott.«

Nic Costa kam auf einem großen, alten Doppelbett zu sich, in einer engen, feuchtkalten Kammer. Eine einzige Glühbirne tauchte den Raum in ein trübes, wächsernes Licht. Sein Kopf schmerzte. Vorsichtig befühlte er die Beule an seinem Hinterkopf, setzte sich auf und versuchte nachzudenken. Neben ihm auf dem Boden lag sein Jackett. Costa hob es auf. Das Handy steckte noch in der Tasche. Aber es konnte ihm nicht helfen, er befand sich irgendwo im Innern des Palatin-Hügels. Keine Chance, das Ding in Betrieb zu setzen. Seine Waffe war verschwunden, und nichts wies darauf hin, dass sich irgendwo in der Nähe irgendjemand aufhielt.

Er stand auf und blieb einen Moment lang reglos stehen, bis der bohrende Schmerz in seinem Hinterkopf nachließ. Dann blickte er sich genauer um. Der Raum sah den Örtlichkeiten ähnlich, in denen sich Randolph Kirk umgetan hatte – aus beruflichen Gründen wie zu seinem privaten Vergnügen. Gemälde bedeckten die Wände, uralte Malereien, die wie neu wirkten. Aufmerksam betrachtete Costa die fortlaufenden Bilder, die sich als ein gut ein Meter breiter Fries durch den ganzen Raum zogen. Das Thema war das gleiche wie in der unterirdischen Kammer der Villa an der Küste. Ein junges Mädchen wurde durch eine Schar von feiernden Zuschauern geleitet.

Doch als Costa langsam an den Gemälden vorbeiging, erkannte er, dass etwas anders war. Die Vergewaltigung sah eher aus wie eine Verführung. Auf dem Gesicht der jungen Frau war keine Furcht zu erkennen, vielmehr wirkte sie überrascht, aber auch durchaus bereit für das, was kam, irgendwie freudig erregt. Es gab eine eindeutige Darstellung ihrer Vereinigung mit dem Gott, bei der sie mit geschlossenen Augen und ekstatisch geöffnetem Mund von seinen

Armen umfangen wurde, aber hier war es nicht das Ende der Schilderungen. Weitere Gemälde zeigten den Beginn einer rauschhaften Orgie, an der die junge Frau offenbar freiwillig teilnahm, indem sie den Kämpfen und Kopulationen, den grotesken Verrenkungen und blutigen Gewalttaten um sich herum mit nonchalanter Distanz zusah. Dann, auf dem letzten Bild, wurde die junge Frau wieder zur zentralen Gestalt. Sie stand vor dem Gott, der mit ausgestreckten Armen an einen Pfahl gebunden war und vor Angst am ganzen Körper zu zittern schien. Das Messer in ihrer Hand bohrte sich in sein rechtes Auge. Blut tränkte seine wirren Locken. Ein stummer Schrei schien ihm aus der Kehle zu kommen. Das Mädchen lachte wie besessen, und Nic Costa fühlte sich an Randolph Kirk erinnert, der in seinem schäbigen, kleinen Büro den Tod gefunden hatte durch eine ähnliche Mänade, die sich für irgendein unbekanntes Verbrechen rächen wollte. War der »Gott« auf irgendeine geheimnisvolle Weise an ihr und auch Barbara Martelli schuldig geworden? Hatte sie jetzt eine größere Macht als er? Oder war es einfach der letzte Akt eines in sich unerklärlichen Dramas, der Raserei, mit der alle Beteiligten – Mann wie Frau, menschlich oder mythisch – die Extreme ihrer Fantasie auslebten.

Die einfache These – dass der Gott und in der Folge Kirk und seine Komplizen junge Frauen missbrauchten – ließ sich mit diesen Darstellungen nicht aufrechterhalten. Vielmehr kam es Costa so vor, dass es für beide Seiten eine Art von Belohnung gab, sowie auch eine Form von Vergeltung, wenn die Bedingungen aus irgendwelchen Gründen nicht eingehalten wurden.

Costa zwang sich dazu, die Wandgemälde nicht länger anzustarren. Von ihnen ging eine hypnotische, erotische Faszination aus, die es schwer machte, an etwas anderes zu denken. Forschend blickte er in die Ecken des Raums, und seine Augen gewöhnten sich langsam an die Dunkelheit. Hinter dem Bett war eine kaum sichtbare Tür. Er ging darauf zu und betastete das alte, raue Holz. Die Tür war verschlossen, aber als er am Griff rüttelte, hörte er dahinter ein Geräusch, ein überraschtes und eindeutig weibliches Keuchen.

Er dachte an den blonden Kopf, der am Abend zuvor im Zugang des Höhlensystems verschwunden war. Costa trat ganz nahe an die Tür heran und versuchte, durch die Lücken zwischen den Holzbrettern zu spähen. Dahinter schimmerte ein ähnlich schwaches Licht wie in seiner Kammer.

»Suzi ...«, flüsterte er durch den Spalt. Dahinter rührte sich irgendetwas. Er hörte Atemzüge.

»Suzi«, wiederholte er lauter. »Mein Name ist Nic Costa. Ich bin Polizist. Bitte sehen Sie sich die Tür genau an. Vielleicht haben Sie eine Möglichkeit, sie zu öffnen. Geben Sie mir die Chance, Ihnen zu helfen.«

Die Person in dem anderen Raum machte keinen Laut. Er versuchte, sich in ihre Lage zu versetzen: gefangen in diesem Labyrinth und ohne zu wissen, was sie tun sollte, wem sie vertrauen konnte.

»Ich habe mit Ihrer Mutter gesprochen«, fuhr er fort. »Sie macht sich große Sorgen um Sie. Es wird alles gut. Vertrauen Sie mir. Bitte.«

Es kam ihm so vor, als könnte er ein unterdrücktes Schluchzen hören. Vielleicht war sie nicht allein. Vielleicht hielt ihr Mickey Neri ein Messer an die Kehle und überlegte, was er mit ihnen beiden machen sollte. An sein eigenes Risiko hatte Nic Costa bislang keinen Gedanken verschwendet, doch jetzt fragte er sich, warum er eigentlich noch lebte. Wenn Neri ihn aus dem Weg haben wollte, hätte er ihn doch längst töten oder zumindest irgendwo anders hinbringen können.

»Suzi ...«, sagte er ein letztes Mal, beschwörend.

Auf der anderen Seite der Tür schien ein Riegel zur Seite geschoben zu werden.

Costa überlegte fieberhaft. Er brauchte eine Waffe. Er musste sich auf irgendeine Weise orientieren, damit er einen

Weg fand, wie sie dieses unterirdische Verlies verlassen konnten.

Die Tür bewegte sich nicht. Er hörte, dass sich Schritte entfernten.

»Also gut …« Nic Costas Finger legten sich um den Knauf und drehten. Behutsam schob er die Tür auf. Dahinter befand sich ein kleiner, fast kreisförmiger Raum ähnlich wie der, in dem er erwacht war, mit Malereien an den Wänden, einem Doppelbett und einer weiteren Tür.

Sie wandte ihm den Rücken zu. Ihre Haare schimmerten im kargen Licht der einsamen Glühbirne wie helles Gold.

Costa trat hinter sie und legte ihr seine Hände auf die Schultern.

»Suzi …«

Plötzlich drehte sie sich um, drückte ihr Gesicht an seine Brust, umschlang ihn mit beiden Armen und zog ihn fest an sich.

Nic Costa spürte den schlanken, angespannten Körper und fragte sich überrascht, warum er das Gefühl hatte, das da etwas nicht stimmte.

Sie hob den Kopf, und ihr Mund suchte seinen Hals. Lippen wanderten warm und feucht über seine Haut.

Automatisch hob er die Hand und wollte sie sanft von sich schieben.

»Suzi …«

Aber es war, als wären zwei Menschen zu einem verschmolzen. Oder als hätten sie sich überhaupt nie ganz getrennt.

Mit Tränen in den Augen sah Miranda Julius zu ihm auf.

»Tut mir Leid, Nic«, sagte sie. »Ich wollte nicht, dass du kommst. Verzeih.«

»Es braucht dir nicht Leid zu tun«, flüsterte er and stellte fest, dass sich seine Hände um ihre Schultern legten und sie an sich zogen. Seine Lippen nur Millimeter über ihrem blonden Kopf, seine Augen wie gebannt auf die Figuren auf den Wandgemälden gerichtet.

Hinter der großen Glastrennwand von Leo Falcones Büro pulsierte das Leben. Zum ersten Mal bemühten sich Angehörige von DIA und Carabinieri um Zusammenarbeit, tauschten Erkenntnisse aus und suchten nach Emilio Neri. Der alte Mafiaboss schien wie vom Erdboden verschluckt zu sein. Wahrscheinlich war er längst über alle Berge. Die Netzwerke der Informanten, die von allen drei Organisationen angezapft wurden, förderten kaum mehr zu Tage, als diese bereits vermutet hatten: die Explosion vor dem Haus an der Via Giulia war Neris Werk, sein Abschiedsgeschenk für die Polizei und präzise für den Zeitpunkt ihres Eintreffens geplant. Danach hatte er das Weite gesucht, wollte vermutlich ins Ausland, um sich vor dem Arm der italienischen Justiz in Sicherheit zu bringen.

Vergil Wallis saß Falcone in seinem Ledermantel gegenüber, eine braune Reisetasche auf dem Schoß, das Gesicht absolut ausdruckslos. »Ich bin Ihnen dankbar, dass Sie sich Zeit für mich genommen haben.«

»Es schien wichtig zu sein«, entgegnete der Inspektor.

»So ist es.« Wallis öffnete die Tasche, holte eine Digitalkamera heraus, schaltete das Display ein und schob sie über den Schreibtisch.

»Was ist das?«

»Diese Kamera ist heute Nacht gegen drei über meinen Zaun geflattert. Zusammen mit dem Ding hier.« Wallis hielt ein Handy hoch. »Der Hund fing an zu bellen. Es erstaunt mich schon, dass Ihre Leute bei mir draußen nicht mitbekommen haben, wer die Sachen auf mein Grundstück geschleudert hat.«

Mit zusammengekniffenen Augen betrachtete Falcone das Foto auf dem winzigen Bildschirm. »Das sind nicht unsere Leute, sondern welche von der DIA.«

Er streckte die Hand nach der Kamera aus. Peroni blickte ihm über die Schulter und fluchte leise. Das Bild zeigte einen offenbar bewusstlosen Nic Costa auf einem Bett in einem anonymen Raum.

»Das ist meine Schuld«, stöhnte Gianni Peroni.

Falcone drückte auf eine Taste. Jetzt war Miranda Julius zu sehen. An einen Stuhl gefesselt, starrte sie offenbar wütend den Betrachter an. Die nächste Aufnahme wirkte schärfer, als wäre sie unter anderen Gegebenheiten aufgenommen worden. Auf ihr war das Gesicht eines jungen Mädchens zu sehen, dessen Augen irgendwie leer in die Kamera blickten. Auch das Mädchen schien an einen Stuhl gebunden zu sein.

»Ist das der verschwundene Teenager?«, erkundigte sich Wallis.

»Ja. Suzi Julius«, bestätigte Peroni. »Ihre Mutter hat uns Fotos von ihr zur Verfügung gestellt. Sie ist es.«

Der hoch gewachsene Mann wickelte sich enger in seinen Mantel. »Es gibt auch noch eine Video-Nachricht. Drücken Sie auf die entsprechende Taste.«

Mickey Neri kam ins Bild, eingeschüchtert und nervös um sich blickend, als bekäme er von irgendwoher Anweisungen. Er schluckte kurz und sagte dann mit aufgesetzt energischer Stimme: »Ich verlange, dass Sie mir um zehn etwas bringen, Vergil. Behalten Sie das Handy in Ihrer Nähe. Um sieben rufe ich an und sage Ihnen, wo Sie es abholen. Um neun erfahren Sie, wo Sie es hinbringen. Den Weg werden Sie kennen. Kommen Sie allein. Wenn Sie die Anordnungen nicht befolgen, sind die Leute tot.«

»Und woher wissen wir, dass sie das nicht längst sind?«, murmelte Peroni.

»Keine Ahnung«, entgegnete Wallis spitz. »Woher soll ich das wissen? Das alles geht mich nichts an. Was bin ich eigentlich? Eine Art Botenjunge? Was geht hier vor sich? Können Sie mir das vielleicht erklären?«

Falcone vertiefte sich wieder in die Bilder. »Hat er um sieben angerufen?«

»Auf die Minute. Hat mich zu einem privaten Bankier in Paroli geschickt. Der mich schon erwartet hat. War anscheinend auch angerufen worden. Sobald ich sah, was er da zusammengepackt hatte, habe ich mir vorgenommen, es Ihnen zu bringen.«

Wieder griff Wallis in seine Tasche. Sie war voller Geldscheine, in großen Notierungen und mit Banderolen. »Das ist eine halbe Million Euro.«

»Von wem stammt das Geld?«, fragte Peroni.

»Von einer Frau namens Miranda Julius. Jedenfalls hat das der Bankier behauptet. Von ihr sei der Auftrag für die Auszahlung gekommen. Der Bursche wirkte wie versteinert. Verständlicherweise. Jetzt würde ich gern von Ihnen wissen, warum man von mir erwartet, den Lösegeldüberbringer für diese Frau zu spielen?«

Peroni sah Falcone an, wollte vermutlich sichergehen, dass er sich nicht zu weit vorwagte. »Wie man hört, herrscht zwischen Emilio Neri und seinem Sohn dicke Luft. Warum, wissen wir nicht. Vielleicht geht es um Suzi Julius. Das ist nicht Emilio Neris Stil. Inzwischen sind wir fast sicher, dass Mickey Neri sie entführt hat. Jetzt hat er sich unseren Kollegen geschnappt. Und die Mutter. Er könnte das Geld gut gebrauchen. Vielleicht will er sein Leben ändern und irgendwo ein Café eröffnen.«

Wallis starrte die beiden Polizisten an. »Das bedauere ich sehr. Wirklich. Aber Sie sind mir noch immer eine Antwort schuldig. Was habe ich damit zu tun?«

»Sie erinnern sich an Mickey Neri?«, wollte Falcone wissen.

Unwillig starrte Wallis sie an. »Ja, okay, ich erinnere mich an ihn. Ein totaler Idiot. Genau wie sein Vater. Aber das erklärt nicht, warum er mir zumutet, Botengänge für ihn zu übernehmen. Ich weiß Bescheid. Dieser kleine Mistkerl will meine Haut.«

»Ihre Haut?«, wiederholte Peroni verblüfft. »Ich bitte Sie, Mister Wallis. Wir reden hier von Mickey Neri. Sie glauben doch nicht ernsthaft, dass der den Mut aufbringt, sich mit jemandem wie Ihnen anzulegen, oder?«

Peroni ließ den Amerikaner nicht aus den Augen. Stolz war ein sehr dominantes Gefühl.

»Ich verhandle nicht mit Ganoven«, verkündete Wallis schließlich.

»Warum sind Sie eigentlich zu uns gekommen?«, fragte Falcone.

»Ich bin eben ein pflichtbewusster Bürger. Nehmen Sie das Geld und lassen Sie es von einem Ihrer Männer überbringen.«

»Das wird nicht klappen«, wandte Peroni ein. »Sie haben gehört, was der Mann gesagt hat. Entweder Sie oder niemand.«

»Soll ich Ihnen etwa helfen?« Ein Hauch von Verachtung überflog seine Züge. »Ich habe mit diesen Frauen nichts zu schaffen. Der Polizist ist Ihr Problem. Noch einmal: Ich habe mit dieser Sache absolut nichts zu tun.«

Leo Falcone hob beide Hände. »Ich stimme Ihnen zu. Darüber hinaus gibt es bei uns ein Prinzip. Auf Lösegeldforderungen wird nicht eingegangen. Auch nicht auf so ungewöhnliche wie in diesem Fall.«

Vergil Wallis zog seinen Mantel enger um sich, bereitete sich offenbar auf seinen Aufbruch vor. »Dann gibt es nichts weiter zu besprechen. Sie behalten die Kamera und das Geld.« Aber er rührte sich nicht von der Stelle. Falcone warf Peroni einen Seitenblick zu und fragte sich, ob sie beide in diesem Moment das Gleiche dachten. Vergil Wallis gefiel sich in seiner Rolle. Es machte ihm Spaß, der Polizei Informationen zukommen zu lassen. Vermutlich weil Mickey Neri auf dem Video praktisch ein Geständnis abgelegt hatte. Doch irgendetwas schien ihn zu bewegen, es nicht bei der bloßen Informationsübermittlung zu belassen.

Peroni schob einen Papierbogen über den Schreibtisch. »Mickey Neri ...«

»Mickey Neri kann mir gestohlen bleiben«, schnitt Wallis ihm das Wort ab.

Gianni Peroni legte eine Hand auf Wallis' Schulter und stellte fast überrascht fest, dass es ihm ein gewisses Vergnügen bereitete, diesen Mann ein bisschen unter Druck zu setzen.

»Mister Wallis, Mister Wallis«, sagte er kopfschüttelnd. »Beruhigen Sie sich. Das ist allein Ihre Entscheidung. Niemand zwingt Sie.«

Vergil Wallis griff nach dem Papier und starrte es an, den Blick fest auf den Briefkopf des staatlichen Polizeilaboratoriums gerichtet.

»Wir wollten Sie nur in Kenntnis setzen. Mehr nicht.«

Sie saßen nebeneinander auf dem Bett. Miranda Julius fröstelte in ihrem dünnen T-Shirt, weshalb Nic Costa ihr die fadenscheinige Bettdecke um die Schultern legte.

»Wo ist er?«, fragte Costa.

»Keine Ahnung. Er hat die Tür hinter sich verschlossen, danach habe ich die ganze Nacht nichts mehr von ihm gehört.«

Sie griff nach Costas Hand und sah auf seine Uhr. Es war kurz nach acht. »Er wollte gegen halb zehn zurückkommen.«

»Hat er gesagt warum?«

Miranda Julius schüttelte den Kopf. »Nein.«

Er dachte an die Stimme, die er gestern Abend gehört hatte. »Ist er der Mann, der Suzi auf dem Campo angesprochen hat? Mickey Neri?«

Sie nickte. »Er hat mich gestern Nachmittag angerufen und gesagt, er müsse mit mir reden. Damit er mich besser erkennt, sollte ich meine Haare hellblond färben. Natürlich fand ich das merkwürdig, habe aber in meiner Angst um Suzi nicht weiter darüber nachgedacht.«

Costa blickte sich um und dachte darüber nach, dass dieses Verlies nur eins von vielen in Randolph Kirks unterirdischem Palast war. Jeder dieser Räume verfügte über ein Bett, über eine eigene Geschichte. Und in einem von ihnen hatte Eleanor Jamieson mit Sicherheit den Tod gefunden.

Miranda Julius hob eine Hand und befühlte leicht seinen Kopf. »Alles in Ordnung mit dir? Ich habe mitbekommen, wie er dich niedergeschlagen hat. Es hat sich schrecklich angehört.«

»Es gibt Wichtigeres, Miranda.« Costa packte sie bei den Schultern und blickte ihr fest in die Augen. »Wir müssen unbedingt von hier verschwinden. Ich habe zwar keine Ahnung, was der Kerl vorhat, aber bestimmt nichts Gutes.«

Ihm gingen so viele Gedanken und Möglichkeiten durch den Kopf, dass er nicht wusste, was davon real war und was er sich nur einbildete. Neri auf der Flucht vor den Beweisen im Büro seines Buchhalters. Die Bombenexplosion vor dem Haus des alten Mafioso. Er hatte seine verletzten und schockierten Kollegen einfach zurückgelassen, um dem anonymen Hinweis auf Suzi Julius nachzugehen. Hatte er sich damit illoyal verhalten? In dem entscheidenden Moment war es ihm wie die richtige Entscheidung vorgekommen. An das, was danach geschah, konnte er sich jetzt nicht genau erinnern.

»Hör zu, Nic. Er scheint irgendwie in der Klemme zu stecken. Er will Geld.«

»Wie viel?« Die Worte kamen ihm wie von selbst über die Lippen.

»Ziemlich viel. Nahezu alles, was ich besitze. Aber das macht nichts.« Sie holte seufzend Luft. »Ich hatte den Eindruck, dass sich seine Pläne geändert haben. Offen gestanden ist mir auch das egal. Suzi lebt. Ich habe sie *gesehen,* bevor er mich in dieses Verlies gesperrt hat. Ich will nur, dass sie freikommt. Dafür würde ich alles geben.«

Costa dachte angestrengt nach. Vielleicht hatte er gestern Abend zwei Frauenstimmen gehört.

»Wo ist sie jetzt?«

»Das weiß ich nicht.« Sie zuckte mit den Schultern. »Hier

scheint es zahllose Räume wie diesen hier zu geben. Vielleicht macht es ihm einfach Spaß, sie alle zu benutzen. Vielleicht ...«

Ihr Gesicht verfinsterte sich und er ahnte, was sie dachte.

»Vielleicht geht es nicht allein um Geld«, fuhr Miranda Julius fort. »Aber wenn ich sie zurückbekomme, macht mir das nichts aus. Ich musste ein paar Telefongespräche mit zu Hause führen, um das Geld auf den Weg zu bringen. Möglicherweise hält er sie irgendwo fest, um sicherzugehen, dass ich keine Tricks versuche. Mit ein bisschen Glück ist sie nur ein Druckmittel. Tut mir Leid, Nic. Ich hätte anrufen sollen. Aber ...«

Ihre blauen Augen sahen ihn unverwandt an. »Mir war klar, was dann geschehen würde. Schließlich bist du Polizist. Dieses Risiko konnte ich nicht eingehen. Außerdem ist es schließlich nur Geld.«

Nic Costa zog sein Handy aus der Tasche. Auf dem Display regte sich nichts. Ratlos blickte er sich um, dachte über Fluchtmöglichkeiten nach.

»Wir können hier nicht entkommen, Nic«, flüsterte sie. »Das habe ich schon versucht. Wir müssen auf ihn warten. Wo sind wir hier eigentlich?«

Ihr Mund war ihm so nahe, dass er ihren warmen Atem spürte. Fröstelnd lehnte sie sich an ihn.

»Vermutlich in einer Art von Tempel.«

»Für was?«

»Um den Verstand zu verlieren.«

In Anbetracht der Umstände wirkte sie überraschend ruhig. Vielleicht weil sie wusste, dass ihre Tochter lebte.

Sie begann heftig zu zittern und er zog sie an sich. Miranda Julius streckte den Arm aus und holte eine kleine silberne Pillendose aus ihrer Handtasche. Sie öffnete das Kästchen, entnahm ihm zwei winzige, rote Dragees und legte sie sich auf die Handfläche.

»Die brauche ich jetzt«, sagte sie. Ihre Augen schlossen

sich, ihr schlanker, weißer Hals lehnte sich zurück. Wie gebannt starrte Nic Costa sie an, fühlte ihren Schmerz, ihre Verzweiflung, war fasziniert von ihrer Schönheit.

Es ging alles ganz schnell. Sie drückte sich an ihn. Ihre Hände schlossen sich um seinen Nacken, ihre vollen, weichen Lippen drängten ihm lockend entgegen. Costa konnte nicht anders. Er erwiderte ihren Kuss. Ihre Zunge erkundete seinen Mund, ihre Hände begannen an seinem Hemd zu zerren, riefen ebenso erregende wie absurde Fantasien wach.

Er glaubte zu hören, dass sie atemlos seinen Namen flüstert. Dann tastete sich ihre Zunge wieder in seinen Mund und drängte immer tiefer. Es kam ihm vor, als könne er auf der Zungenspitze etwas fühlen, etwas Solides, das einen unwillkürlichen Schluckreiz auslöst.

Ohne zu überlegen, schloss Nic Costa die Augen und überließ sich willenlos den Zärtlichkeiten ihrer Hände, fühlte, wie sie sich auf ihn schob, spürte, wie er reagierte, wie die Leidenschaft jeden Zweifel auslöschte.

In seiner erregten Fantasie sah er, dass die Gestalten an den Wänden sie mit funkelnden Augen beobachteten, lachend die Münder aufrissen. Partikel toten, trockenen Staubs wurden lebendig, begannen zu tanzen, warteten darauf, dass der uralte Sirenengesang aus ihrer Kehle erklang, warteten darauf, dass Ekstase sie überwältigte.

Irgendwann später schlief er ein. Als er wieder erwachte, sang sie leise eine Zeile aus einem alten Song, den er aus der Plattensammlung seines Vaters im Farmhaus an der Via Appia Antica kannte: Grace Slick und ihre Band Jefferson Airplane. Immer wieder sang Miranda Jones den Refrain vor sich hin.

»*One pill makes you bigger …*«, sang sie mit sanfter, ruhiger Stimme, die wie ein Traum durch seinen Kopf schwebte.

»Er bietet mir *was* an?«

Emilio Neri wollte seinen Ohren nicht trauen. Vielleicht

hatte er den Jungen die ganze Zeit falsch eingeschätzt. Es war fast halb neun, und er hatte gerade sein Frühstück im Keller ihres Verstecks auf dem Aventin beendet. Hinter ihm lag die erholsamste Nacht seit langem. Das Haus auf dem Aventin war eine Idee von Bruno Bucci: Neri hatte längst vergessen, dass es ihm gehörte. In allen Radio- und Fernsehsendern wurde er als Hauptschuldiger für das Bombenattentat des gestrigen Abends genannt. Eine Zeitung hatte sogar eine Belohnung für Hinweise auf seinen Verbleib ausgesetzt. Doch darüber machte er sich keine Sorgen. Auf Bucci konnte er sich uneingeschränkt verlassen. Er hatte seine Hausaufgaben gemacht und die richtigen Leute geschmiert. Die Albaner waren sich sicher, Neri am späten Nachmittag ins Ausland schmuggeln zu können. Gegen Mitternacht wäre er bereits in Nordafrika und ein paar Tage später in Kapstadt, um dort ein wenig Urlaub zu machen, bevor er sich schließlich auf den Weg über den Südatlantik machte, in seine neue Heimat. Sobald er Italien verlassen hatte, konnte ihm niemand mehr etwas anhaben. Geld, viel Geld, würde ihm den Übergang von einem Staat in den nächsten ebnen.

Aber wie der Zufall es wollte, war jetzt eine kleine Versuchung aufgetaucht, und Emilio Neri wusste, dass ihn nichts davon abhalten würde, auf Mickeys Angebot einzugehen.

»Sag das noch einmal«, knurrte er. »Nur damit ich mir sicher sein kann, dass ich nicht träume.«

Missmutig verzog Bruno Bucci das Gesicht. »Wenn Sie ihm verzeihen, wenn Sie ihn und Adele am Leben lassen, will er Ihnen Wallis auf einem silbernen Teller servieren. Er verlangt nur etwas Geld. Und ein paar Garantien.«

»Garantien?« Nachdenklich lief Neri auf und ab. »Hör zu. Ruf ihn an. Lass mich mit dem Jungen reden. Er soll seine Garantien haben. Warum hat er mich eigentlich nicht direkt angerufen? Immerhin bin ich sein Vater.«

Bucci schüttelte den Kopf. »Er will nicht mit Ihnen sprechen, Boss. Er ist stinksauer auf Sie. Hat behauptet, Sie hätten ihn gestern Abend nur zu Toni Martelli geschickt, damit der ihn umbringt. Irgendwie scheint er davon überzeugt, dass es eine Falle war.«

»Ja«, lachte Neri. »Vielleicht war es das. Aber Martelli ist tot und er lebt. Also scheint die Falle doch nicht zugeschnappt zu haben. Wie viel will er?«

»Zehn Prozent von allen künftigen Geschäften.«

Aufgeräumt schlug Neri Bucci auf die Schulter. »He, mach endlich ein fröhlicheres Gesicht, Bruno. Unsere Geschäfte werden auch in Zukunft mehr als gut genug laufen. Setz deinen Verstand ein. Wer sagt, dass Zusagen für alle Ewigkeit gelten?«

»Wie Sie wollen, Boss.«

In letzter Zeit sagt er das häufiger, dachte Neri. Auf Dauer kann das ziemlich nerven. »Wusstest du etwas davon, dass Mickey dieses Mädchen entführt hat? Sei ehrlich, Bruno. Ich werde nicht wütend auf dich.«

»Natürlich nicht«, protestierte Bucci gekränkt. »Sonst hätte ich es Ihnen sofort gesagt. Dieser verdammte kleine Idiot heckt doch immer irgendetwas aus, nur nichts Gutes. Wie kommt er nur auf seine blöden Einfälle? Was denkt er sich dabei?«

»Er denkt mit seinem Schwanz. Manche Dinge ändern sich nie.«

Bucci seufzte. »Dieser durchgeknallte, unberechenbare …«

»Sei nicht so undankbar, Bruno. Wenn sich die Sache herumspricht, kann das für dich nur von Vorteil sein. Niemand wünscht sich einen Irren als Boss. Du übernimmst die Geschäfte. Ich setzte mich zur Ruhe. Und dieser schwarze Schweinehund Wallis beißt ins Gras. Was allen eine Lehre sein wird, die in Zukunft möglicherweise glauben, sich unsere Organisation unter den Nagel reißen zu können. Alles klar?«

»Sicher.« Man konnte nicht behaupten, dass er zufrieden

aussah. »Hören Sie, Boss. Wir haben alles perfekt geplant. Ich kann Sie problemlos aus dem Land schaffen. Aber wenn wir jetzt auf Mickeys Angebot eingehen, weiß ich nicht, ob …«

Neri lächelte. »Du schaffst das schon.«

»Warum überlassen Sie Wallis nicht mir oder einem unserer Männer? Wir können uns um ihn kümmern.«

»Ja«, nickte Neri. »Wie auch Mickey und Adele, was? Hältst du mich etwa für blöd?«

Bruno Bucci schwieg. Sein Boss schlug ihm erneut auf die Schulter. »Ich würde es selbst nicht anders machen. Und du *wirst* es tun, sobald ich aus dem Weg bin. Machen wir uns doch nichts vor. Aber ich habe mit Vergil Wallis eine Rechnung zu begleichen. Ich möchte, dass er mir ein paar Fragen beantwortet. Er hat meinen Buchhalter erledigt und der DIA private Unterlagen in die Hände gespielt. Er ist dafür verantwortlich, dass ich mich jetzt aus dem Geschäft zurückziehen muss. Dafür möchte ich ihm meine Dankbarkeit erweisen. Kannst du das nicht begreifen?«

»Doch. Aber lohnt sich das Risiko?«

»Ja«, stieß Neri hervor. »Es lohnt sich. Außerdem kann es kein Risiko geben, wenn du alles planst. Oder täusche ich mich da?«

Bucci sah ihn ganz eigenartig an. In seinem Kopf ging etwas vor sich, das Neri nicht deuten konnte. »Oder täusche ich mich, Bruno?«

»Ich habe Sie noch nie um etwas gebeten, Boss. Erfüllen Sie mir jetzt einen Wunsch. Nur einen. Bleiben Sie bei unserem Plan. Lassen Sie sich ins Ausland bringen und genießen Sie Ihren Ruhestand. Für alles andere sorge ich.«

Vielleicht hätte Neri unter anderen Umständen auf ihn gehört und seine Absichten geändert. Aber dafür hatte er sich bereits zu sehr in seine Idee verbissen. Was auch Bucci längst wusste, wie er annahm. »Noch habe ich hier das Sagen«, knurrte er. »Du wirst dich gefälligst an meine Anordnungen halten. Ein Mann muss Zeichen setzen, bevor er abtritt. Wie gestern Abend. Jetzt geht es auch Wallis an den Kragen. Das ist mein Vermächtnis, Bruno. Misch dich da nicht ein.«

Bucci murmelte nur etwas Unverständliches.

»Also, wann bringen wir es unter Dach und Fach?«, wollte Neri wissen. »Und wo?«

»Er will anrufen.«

Emilio Neri dachte über seinen Sohn nach. Und über Adele. Vielleicht steckte sie dahinter. Vielleicht wollte sie Mickey damit beweisen, wie gut sie ihn im Griff hatte. Die beiden waren wirklich ein tolles Paar. Noch vor Weihnachten würde sie mit dem Chauffeur vögeln.

»Es gibt allerdings etwas, was ich wirklich nicht begreife«, sagte Neri mehr zu sich als zu Bruno Bucci. »Wie zum Teufel hat Mickey Wallis dazu gebracht, seine Vorsicht aufzugeben? Nach all diesen Jahren? Wird er langsam senil oder was?«

»Vielleicht denkt er auch über den Ruhestand nach. Vielleicht will er ein paar Dinge klären.«

Emilio Neri schmunzelte. »Oh, er setzt sich zur Ruhe. Das ist ganz sicher.«

Eng umschlungen liegen sie auf dem kalten, klammen Bett. Seine glänzenden Augen mit den erweiterten Pupillen huschen durch den ganzen Raum, auch zu Stellen, die er nicht sehen will. Sie schmiegt sich an ihn, schickt ihren Atem über seine Haut, beobachtet ihn lächelnd, denkt nach.

Er blickt ihr in die Augen, und genau in diesem Moment, als sie seiner ganzen Konzentration gewiss ist, sagt sie mit einer neuen Stimme, einer leisen Stimme, die einer anderen Frau zu gehören scheint: »Jede gute Tat braucht einen Zeugen, Nic. Jede Untat muss bestraft werden. Ohne das …«

Er muss lachen, kann nichts dagegen tun, kann die Worte nicht glauben, die aus seinem Mund kommen.

Ruf die Polizei, sagt er. *Deswegen sind wir hier.*

Sie schiebt sich halb auf seinen Oberkörper. Umfasst mit harten Fingern seinen Kopf, zwingt ihn dazu, ihr in die Augen zu sehen. Dann dreht sie seinen Kopf, und er blickt erneut auf die Gestalten an den Wänden. Sie winden sich, lachen und reden in einer ihm unbekannten Sprache. Er schließt die Augen. Nimmt tief in seinem Inneren eine Stimme wahr, die sich anhört, als käme sie über die wulstigen Lippen einer obszönen Maske.

Sieh hin, du Trottel, sieh hin, höhnt die Stimme. *Letztendlich musst du es tun.*

Nein. Er weiß, dass ihm das Wort nie über die Lippen kommt.

Geräusche hinter der Holztür. Von Menschen. Ereignissen. Vielleicht sind sie real. Oder nur Erinnerungen, Schatten aus der Vergangenheit, die sich in die Gegenwart drängen.

Ich glaube, hier war einmal ein Mädchen, sagte sie. *Vor Jahren, aber es ist nicht so lange her, dass wir es vergessen sollten. Es waren noch andere hier. Aber dieses Mädchen war etwas ganz Besonderes.*

Das ist jeder, murmelt er. *Auf welche Weise besonders?*

Sie war sehr schön.

Jeder ist schön. Auf seine Art.

Hinter der Maske lacht es verächtlich.

Heißer Atem dringt an sein Ohr, eine Flut von Worten, die sich in seinem Kopf zu Bildern formen. Er kann sie sehen. Beide stehen in leicht steifer Schulmädchenhaltung da, die Arme hinter dem Rücken, die Hände zu Fäusten geballt. Lange, blonde Haare fallen über schmale Schultern in Sackleinengewändern. Um ihre Hälse schlingen sich Blumengirlanden, Blumenkränze krönen ihre Köpfe. Nelken als Symbol für die Liebe, weiße Lilien für den Tod. Ihr schwerer, betäubender Duft erfüllt den Raum wie ein narkotisches Parfum, das in jede Gehirnwindung dringt.

Eine Gestalt dreht sich um, und er erkennt Barbara Martelli, sechzehn Jahre jünger als die Frau, die er nie richtig kennen gelernt hat. Lange Locken reichen bis zur Taille. Sie lächelt ihn an.

Barbara öffnet den Mund, aber es kommt kein Ton heraus. Sie ist eine Gabe, ein Geschenk. Das erkennt er an der Art, wie sie ihn ansieht, wie sie ihn *lockt,* und etwas in Barbaras Gesicht sagt ihm, dass ihr das auch bewusst ist.

Sie streckt die Arme aus ...

Barbara Martelli weiß Bescheid, denkt er. *Barbara will.*

Und wieder fühlt er Mirandas feuchte, heiße Lippen nahe an seinem Ohr.

Sieh hin, wispert sie. *Sieh genau hin.*

Eine zweite Gestalt dreht sich um, und er spürt, wie ihm die Luft aus den Lungen entweicht, wie sein Herz zu erstarren scheint.

Lächelnd steht Eleanor Jamieson vor ihm, und Miranda hat Recht. Sie ist schön, schöner als jede andere. Doch das liegt weniger an ihren Gesichtzügen, sondern an dem Glanz in ihren Augen. Diesem fast unwirklichen Leuchten der Unschuld, das es förmlich darauf anlegt, ausgelöscht zu werden, weil es zu überwältigend strahlt. Das ist ihr Verhängnis. Männer wie auch Frauen, die dieses Leuchten sehen, werden den Drang verspüren, ihm die Macht zu nehmen, es zu zerstören – aus Neid. Doch davon ahnt sie nichts. Sie lächelt nur.

Sie weiß nichts, du Blödian, sabbert die Stimme hinter der Maske. *Sie hat keine Ahnung.*

Lächelnd öffnet Eleanor Jamieson den Mund.

Ihre Zähne haben die Farbe von Mahagoni. Ihre großen, leeren Augen sind dunkle Abgründe, so tief und tot wie der stinkende Tiber.

In ihrem Mund funkelt etwas wie Silber und Gold. Eine Münze für den Fährmann.

Im Schatten hinter ihrem Rücken bewegt sich etwas.

Nachdem Vergil Wallis den Laborbericht gelesen hatte, sagte er gut fünf Minuten lang kein Wort. Auf die Bitte seines Chefs hin ging Peroni Kaffee holen, um sich nebenbei nach Neuigkeiten zu erkundigen. Aber es gab keine. Mickey Neri schien seine Sache bemerkenswert gut im Griff zu haben.

Er kam zurück, schüttelte hinter Wallis' Rücken den Kopf und stellte dem Amerikaner eine Tasse Kaffee hin. Wallis hatte Tränen in den Augen. Er wischte sie sich mit dem Handrücken fort.

»Entschuldigung«, sagte er schließlich. »Das sind bestürzende Neuigkeiten.«

»Zu viele für meinen Geschmack«, antwortete Falcone. »Haben Sie das nicht gewusst? Hat sie Ihnen nie gesagt, dass zwischen ihr und Mickey Neri etwas lief?«

Jetzt kommt es darauf an, sagte sich Peroni. Vergil Wallis konnte weiterhin behaupten, ihnen nie etwas anderes als die Wahrheit gesagt zu haben. Wenn er das tat, wäre Nic Costa tot. Wie auch Suzi Julius und ihre Mutter. Alles hing von der Entscheidung des Amerikaners ab.

»Nein«, antwortete Wallis. »Und ich kann es noch immer nicht glauben. Wenn man sie zusammen sah, hätte man nie auf diesen Gedanken kommen können. Eleanor war intelligent. Ein bisschen naiv, vielleicht. Aber sie hätte auf jeder Universität mit Glanz und Gloria bestanden. Dieser Mickey Neri war ein unglaublich einfältiger Flegel. Noch beschränkter als sein Vater, wenn das überhaupt möglich ist.«

»Vielleicht hat ihr gerade das gefallen«, mischte sich Peroni ein. »Ich habe auch Kinder. Irgendwann begreift man, wie sie ticken. Ein bisschen zumindest. Manchmal tun sie genau das Gegenteil von dem, was man ihnen sagt, eben *weil* es das Gegenteil ist. Und das heißt, dass man sich wegen der Konsequenzen keine Vorwürfe zu machen braucht. Offenbar gehört dieses Aufbegehren zum Erwachsenwerden.«

Wallis nickte.

»Finden Sie nicht, dass es nach diesem Bericht angebracht wäre, mit dem Versteckspiel aufzuhören?«, fuhr Peroni fort. »Wir wissen, dass sie nicht aus heiterem Himmel verschwunden ist. Und ich kann mir beim besten Willen nicht vorstellen, dass Sie wirklich so ahnungslos waren, wie Sie tun, Mister Wallis. Was halten Sie davon, endlich die Karten auf den Tisch zu legen? Bis zu Ihrer Verabredung bleibt noch etwas Zeit. Also sagen Sie es uns. Was ist damals tatsächlich geschehen?«

»Tatsächlich?« Auf Wallis' Gesicht zeigte sich fast so etwas wie verhaltene Erheiterung, und das gefiel Peroni überhaupt nicht. Dieser Mann war möglicherweise bereit, ihnen zu helfen, würde jedoch stets die Kontrolle behalten und nichts preisgeben, was er nicht für unbedingt nötig hielt. »Ich habe keine Ahnung. Und das ist die Wahrheit. Ich schwöre es. Wenn ich gewusst hätte …«

Er beendete den Satz nicht.

»Hätten Sie ihn getötet?«, mutmaßte Peroni. »Weil er Ihrer Stieftochter das angetan hat?«

Wallis nickte. »Damals war ich ein anderer Mensch. Ja, ich hätte ihn umgebracht.«

»Und jetzt?«

»Jetzt lebe ich zurückgezogen in Rom und lese meine Bücher«, antwortete Vergil ruhig. »Man kann sich in Illusionen durchaus verlieren. Ist dagegen etwas einzuwenden?«

Falcone und Peroni tauschten Blicke aus.

»Wissen Sie, wohin Eleanor am Tag Ihres Verschwindens wollte?«, erkundigte sich Falcone.

»Zu irgendeiner Party, glaube ich. Unsere gemeinsamen Ferien auf Sizilien fanden kurz nach Eleanors Geburtstag statt. Und Neri hatte gemeint, er würde sie gern mit einem Geschenk überraschen. Irgendetwas, das mit Geschichte zusammenhängt, weil er wusste, dass sie sich dafür genauso interessiert wie ich. Von mir hatte sie Kirks Buch zum Geburtstag bekommen. Sie war geradezu fasziniert von dem

Schmöker und las ihn in wenigen Tagen aus. Also habe ich das Neri gegenüber erwähnt und zu ihm gesagt ...«

Wallis seufzte und verstummte kurz. »Und dann lud mich Neri plötzlich zu sich nach Hause ein. Zu einem Treffen mit Kirk, der sich geradezu begeistert über die Vorstellung zeigte, für die Party seiner Träume auch noch bezahlt zu werden. Vielleicht hätte es mich stutzig machen müssen, dass mich dieser Kirk die ganze Zeit so eigenartig musterte. Aber ich wusste nichts über dionysische Zeremonien. Ich konnte mir einfach nichts darunter vorstellen.«

Er machte eine kleine Pause. »Eleanor wusste natürlich Bescheid. Vermutlich hat ihr Neris Sohn die ganze Sache in glühenden Farben geschildert.«

»Wo sollte die Party stattfinden?«, fragte Peroni.

»Das entzieht sich meiner Kenntnis. Ich habe nie danach gefragt. Ich hätte mitgehen können, aber das wollte ich nicht.«

»Warum nicht?«

Vergil Wallis warf ihm einen geringschätzigen Blick zu. »Um zuzusehen, wie Teenager in Kostümen herumtanzen? Ich hatte mich schon lange genug in Rom aufgehalten, um zu wissen, welchen Mist man den Touristen als *Kultur* verkauft. Wenn Eleanor das gefiel – meinetwegen. Ich wusste mit meiner Zeit Besseres anzufangen.«

»Sie haben sie auch nicht hingebracht?«

»Nein. Sie ist mit ihrem Roller hingefahren. Wie meinen damaligen Aussagen zu entnehmen ist.«

»Sie haben also keine Ahnung, wohin sie gefahren sein könnte?«

»Nicht die geringste.«

Sie warteten. Leicht machte Wallis es ihnen wirklich nicht.

»Sie ist also um neun Uhr morgens zu einer Kostümparty gefahren«, stellte der Inspektor fest. »Trug sie da bereits die Kleidung, in der sie gefunden wurde?«

»Die hatte sie in einer Tasche. Kirk hatte sie ihr geschickt, zusammen mit ein paar anderen Dingen.«

»Und dann?«, bohrte Falcone nach.

Vergil Wallis schloss kurz die Augen, und Peroni spürte, dass sein Herz einen Schlag aussetzte, weil der Punkt gekommen sein könnte, an dem der Amerikaner sich verschloss und gar nichts mehr sagte. »Dann – nichts. Stundenlang. Und ich war beschäftigt. Musste mit Leuten reden, Telefonate führen. Erst am Abend fällt mir ein, dass sie kein Wort darüber gesagt hat, wann sie zurückkommt. Sie war so aufgeregt, dass sie keinen Gedanken daran verschwendete, wann die Party eigentlich enden würde.«

»Und dann haben Sie Emilio Neri angerufen, stimmt's?« Peroni konnte Wallis verstehen. Genauso verhielt man sich als Vater. Bloß nicht die Kinder direkt ansprechen, selbst wenn man wusste, wo sie sich aufhielten. Das war unmöglich, das war *uncool.* Man rief die Väter an und sagte: Hören Sie, unter uns Männern …

»Irgendwann rief Neri *mich* an.« Vergil Wallis schüttelte den Kopf. »Ich selbst habe Drogen nie angerührt, auch wenn ich eine Menge von dem Zeug verkauft habe. Der Gedanke kam mir überhaupt nicht. Niemand, der mir nahe stand, nahm Drogen, nicht einmal früher, in den ersten Jahren, als ich nur ein kleiner, schwarzer Straßengangster war. Drogen gab es einfach. Wir nutzten es wie Wasser, Gas oder Strom.«

»Und das war ungemein lukrativ, Mister Wallis«, bemerkte Peroni. »Immerhin brachte es Ihnen die nette Villa auf dem Hügel ein.«

»Zum Teil. Nicht so viel, wie Sie vielleicht glauben.«

»Belastet Sie das Wissen? Dass das Mädchen durch Drogen umgekommen ist?«

Einen Moment lang glaubte Peroni, Wallis könnte eine seiner kräftigen schwarzen Fäuste aus der Tasche seines Ledermantels ziehen und ihn zusammenschlagen.

»Aber das ist sie nicht, oder?«, entgegnete der Amerikaner. »Jemand hat ihr die Kehle durchgeschnitten. Neri hat was von Stoff gesagt. Und hat den Empörten gespielt und behauptet, er wäre zu seinem Entsetzen dahinter gekommen, dass auf der Party Drogen konsumiert wurden, wovon selbst der Professor keine Ahnung gehabt hätte. Er sagte ...«

Vergil Wallis hätte einen guten Schauspieler abgeben können, dachte Peroni. Oder vielleicht spürte er diesen Schlag auch tatsächlich noch immer so heftig wie vor all den Jahren.

»Es sei zu einem Unglücksfall gekommen«, fuhr Wallis fort. »Eleanor habe eine Überdosis Crack geschluckt, das jemand – nicht Mickey – mitgebracht hatte. Sie sei ins Koma gefallen. Sie hätten einen Arzt gerufen, den sie kannten, und alles versucht. Aber sie sei tot. Man könne ihr nicht mehr helfen.«

»Und dann?«

Wallis sackte förmlich in sich zusammen und starrte vor sich hin. »Ich hab die Beherrschung verloren. Lief wie besessen herum und hab zerschmettert, was mir in die Hände kam. Dachte verzweifelt darüber nach, wen ich dafür verantwortlich machen konnte.«

»Man gibt sich selbst die Schuld«, erklärte Peroni und stellte zu seiner Überraschung fest, dass so etwas wie Mitgefühl in ihm aufstieg. »So ist das nun mal.«

»Allerdings.«

»Aber was haben Sie dann gemacht?«, fuhr Peroni fort. »Nachdem sich Ihre verzweifelte Wut gelegt hatte? Haben Sie sich an die Polizei gewandt? Nein. Weil Sie ein Krimineller sind, Mister Wallis. Und die gehen nicht zur Polizei. Wir hätten uns gefragt, woher der Stoff kam. Wir hätten alle möglichen unangenehmen Fragen gestellt.«

Wallis nickte schweigend.

»Und Ihre Bosse drüben in den Staaten wären auch nicht allzu erfreut gewesen, nehme ich an. Trotzdem. Ich als Vater hätte meine tote Tochter sehen wollen, um mich von ihr zu verabschieden. Warum Sie nicht?«

»Ich hatte bereits mehr als genug Leichen gesehen«, murmelte Vergil Wallis. »Ich wollte nicht, dass mich auch noch Eleanors Anblick um meinen Schlaf brachte. Ich habe Neri gesagt, er soll tun, was er für richtig hält. Er wollte den Jungen erledigen, der den Stoff mitgebracht hatte. Jedenfalls hat er das behauptet. Und ich zog mich in mein Schneckenhaus zurück. Und erinnerte mich.« Die dunklen Augen funkelten sie an. »Ich erinnere mich sehr gut.«

»Rauschgift.« Peroni verabscheute Drogen. Sie machten jeden Fall undurchsichtig. »Wer kann schon mit Sicherheit sagen, dass sie nicht vielleicht doch an einer Überdosis starb? Statt durch Neri Juniors Hände, der sich in seinem Rausch einbildet, er wäre der Liebesgott? Und völlig den Verstand verliert, als sie nein sagt und hinzufügt: Übrigens, Mickey, ich trage da ein kleines Geschenk für dich unter dem Herzen?«

Wallis schob seine Fäuste tiefer in die Taschen. »Was wollen Sie von mir? Nichts was in meiner Macht steht, kann sie zurückbringen.«

Gereizt kniff Peroni die Augen zusammen. »Es gibt da zwei Frauen und einen Polizisten, die Sie retten könnten, Mister Wallis.«

»Warum ich?«

»Mickey Neri sagte, Sie würden den Weg kennen«, erinnerte Falcone ihn. »Hat er Recht?«

»Ich habe keine Ahnung, was er damit meinte. Genau wie Sie bin ich auf Vermutungen angewiesen. Er will mich irgendwohin locken, um mich zu erledigen. Warum sollte ich dieses Risiko eingehen? Für Menschen, die ich nicht einmal kenne?«

Falcone blickte auf die Wanduhr. Es war zwei Minuten vor neun. »Sie könnten immerhin in Erfahrung bringen, wer Ihre Stieftochter getötet hat. Reicht das nicht? Reizt Sie der

Köder denn gar nicht, den Mickey Neri Ihnen da vor die Nase hält? Außerdem haben Sie mich und die Hälfte der römischen Polizisten hinter sich. Wir jagen eine Weile keine Bombenwerfer, Straßenräuber, Drogendealer, Zuhälter und Mörder, sondern konzentrieren uns darauf, Ihren miserablen Arsch zu retten. Sie haben die Wahl, Mister Wallis. Aber wenn ich es am Ende mit weiteren Leichen zu tun bekomme, können Sie Ihren Schmusekurs mit der DIA vergessen. Dann sehe ich Sie nicht mehr allzu lange behaglich und zufrieden in Ihrer schicken Villa sitzen. Sie?«

Wallis verzog das Gesicht. »Ist das ein Deal? Wenn ich mitspiele, lassen Sie mich in Ruhe?«

Peroni pfiff leise durch die Zähne.

»Wenn Sie es so sehen wollen«, entgegnete Falcone.

»Und Sie halten sich für gut genug, mein Überleben garantieren zu können? Die Toten, die ich in den letzten Tagen in den Medien gesehen habe, machen mir da nicht viel Hoffnung.«

Der Inspektor zuckte mit den Schultern. »Nehmen Sie an oder lassen Sie es bleiben. In jedem Fall ziehen wir die Bewacher vor den Toren Ihrer Villa ab. Die DIA gewährt keinen Personenschutz. Ihre Golffreunde müssen irgendwann wieder nach Hause. Neris Leute werden bleiben. Und ich schätze, die wollen wegen des Buchhalters Blut sehen. Übrigens vielen Dank für das kleine Geschenk.«

Vergil Wallis beugte sich vor und fuchtelte mit dem Zeigefinger vor Falcones Gesicht herum. »Hören Sie, Mann. Ich habe Neris Buchhalter nicht angerührt. Ich habe mich zur Ruhe gesetzt. Okay?«

Dann sackte er auf seinem Stuhl zurück und schloss die Augen.

Punkt neun meldete sich das Handy. Falcone und Peroni ließen Wallis nicht aus den Augen. Er wartete einen aufreizenden Moment, bis er reagierte.

»Ich höre.«

Was ihm gesagt wurde, dauerte nicht lange.

»Nun?«, fragte Falcone.

Wallis griff in seinen Mantel und zog eine silbern glänzende Pistole hervor. Es war ein Fabrikat, das keiner der beiden Polizisten kannte. »Die werden Sie mir doch nicht etwa abnehmen, oder?«

»Meine Güte«, bemerkte Peroni. »Was Ruheständler heutzutage so alles mit sich herumtragen. Bekommt man so was neuerdings von der staatlichen Rentenkasse?«

Der Amerikaner öffnete seine Reisetasche und ließ die Waffe hineinfallen. »Vor dem Hauptportal von San Giovanni. In fünfundzwanzig Minuten. Ich verlange, dass Signor Flotte Lippe mich chauffiert. Wie ich hörte, hat er früher in der Oberliga gespielt. Ich will nicht, dass mir irgendwelche Amateure die Partie verpatzen.«

Angewidert atmete Mickey Neri die muffige, stickige Luft ein und wünschte, er hätte die Nerven, einfach zu gehen, hinaus ins helle Tageslicht, diesen ganzen Mist einfach hinter sich zu lassen. Doch das war ein frommer Wunsch. Die Anrufe waren Adeles Idee gewesen. Ihnen bliebe keine andere Wahl, hatte sie gesagt. Sie brauchten Geld. Sie müssten seinen Vater dazu bringen, ihnen eine neue Chance zu geben. Und so hockten sie hier in diesem stockdunklen, stinkenden Labyrinth und mussten sich beherrschen, einander nicht an die Kehle zu gehen. Mickey fühlte sich in diesem unübersichtlichen Höhlensystem völlig verloren, während Adele umherschlenderte, so tat, als würde sie jeden Winkel und jede Biegung kennen. Es stank ihm gewaltig. Er war nicht undankbar für das, was sie in Toni Martellis Wohnung getan hatte. Aber er hätte den alten Ganoven auch ohne ihre Hilfe erledigen können … letzten Endes.

Wenn die Sache klappte, würde sie ihnen ein bisschen Geld einbringen und die Anerkennung von Emilio Neri. Mickey kannte seinen Vater. Der alte Mann hatte seine Macken, aber Dankbarkeit und Fairness besaßen für ihn einen hohen Wert. Wenn es ihm und Adele gelang, ihm Vergil Wallis' Kopf auf dem Silbertablett zu präsentierten, dann würde alles andere vergeben sein. Wenn nicht vergeben, dann doch zumindest vergessen. Die Zeiten hatten sich geändert, wie Adele immer wieder betonte. Es gab keine Chance für Emilio Neri, seine Position als Mafiaboss von Rom jemals wieder einzunehmen, nicht, nachdem er eine Reihe von Polizisten mittels einer Bombe ins Jenseits befördert hatte. Er war am Ende. Aber Mickey konnte die Polizei nichts nachweisen. Er konnte weitermachen wie bisher und nebenbei vom Erbe seines Vaters bequem leben. Ob mit oder ohne Adele … das hatte er noch nicht entschieden.

Alles hing davon ab, ob Vergil Wallis auftauchte. Wenn nicht, würden sie beide nicht mehr lange leben. Und dieser Gedanke war alles andere als beruhigend. Wenn er selbst der schwarze Obergangster da oben auf dem Hügel wäre, der so scharf darauf ist, vor der ganzen Welt den respektablen Bürger raushängen zu lassen, würde er als Letztes auf die Idee kommen, seinem schlimmsten Feind in die Arme zu rennen. »Was, wenn Wallis überhaupt nicht auftaucht?«, fragte er Adele.

»Er wird auftauchen.«

»Warum bist du dir da so sicher?«

»Du kapierst wohl nie was, oder?«, fauchte sie. »Es sind ernsthafte Männer. Vielleicht werden sie letztendlich versuchen, sich umzubringen. Vielleicht wäre das gar nicht schlecht für uns. Aber solche Männer reden miteinander, selbst mitten in einem Krieg. Sie wollen sondieren, wie die Dinge stehen, ob eine Art von Verständigung zwischen ihnen möglich ist. Daran liegt Wallis ebenso viel wie Emilio. Und …« Sie musterte ihn durchdringend. »Darüber hinaus könnte ich mir vorstellen, dass er wissen möchte, was sich damals abgespielt hat. Du nicht?«

»Was fragst du mich? Ich habe die hochnäsige, kleine Ziege nicht angerührt.«

»Nein?« Überzeugt klang sie nicht.

»Nein. Außerdem ist das Jahre her. Es ist wichtiger, an die Gegenwart zu denken und nicht an etwas, das lange her ist.«

Lachend schüttelte Adele den Kopf und warf ihm einen Blick zu, den er von seinem Vater kannte. Als wollte sie sagen: Stell dich doch nicht so dämlich an. »Mit zunehmendem Alter wird die Vergangenheit immer wichtiger, Mickey.«

»Was weißt du schon? Du bist gerade mal ein oder zwei Jahre älter als ich.«

»Ich bin erwachsener, schätze ich.« Sie sah, wie er nach seinen Zigaretten griff. »Lass das lieber.«

»Warum?«

»Wenn etwas schief geht, wird jemand zur Waffe greifen und schießen. Denk wenigstens einmal im Leben nach. Geruch macht das Zielen in der Dunkelheit leichter.«

Fluchend warf er die Schachtel auf den Boden. »Und wenn es klappt? Was dann?«

Lächelnd schmiegte sie sich an ihn, streckte die Hand aus und spielte mit seinen Hemdsknöpfen. Er war fast sicher, dass sie sich über ihn lustig machte. »Dann werden wir alles erben. Du und ich. Wir können ein richtiges Paar werden. Oder?«

»Ja.« Er merkte selbst, wie unsicher er klang. Er versuchte verzweifelt, den Überblick zu behalten. Leicht war es nicht. »Was soll eigentlich der Bulle hier, Adele. Und die Frau? Was machen wir mit ihnen?«

Sie zuckte mit den Schultern und zupfte neckisch an seinem Kragen. »Du brauchst dir um nichts Sorgen zu machen nur um deinen Vater. Den Rest kannst du getrost mir überlassen.«

»Was? Dieser Bursche ist Polizist. Wenn die glauben, ich hätte ihn umgebracht, machen sie mir die Hölle heiß. Aber ich will meine Ruhe haben, sobald wir hier raus sind.«

»Hast du nicht gehört, was ich gesagt habe, Mickey? Das ist nicht dein Problem.«

Er versuchte zu lachen, aber es gelang ihm nicht besonders gut. »Bist du der Boss? Du hast also beschlossen, es mit Emilio und diesem Schwein Bucci aufzunehmen? Wir sind nur zu zweit. Wie stellst du dir das vor?«

Sie lächelte, aber er erkannte ihr Lächeln nicht wieder. Er war sich nicht mehr sicher, was er von dieser Frau halten sollte.

»Über Bruno brauchst du dir keine Gedanken zu machen. Vor dir habe ich mit ihm gevögelt.«

Plötzlich kam sich Mickey Neri unglaublich dämlich vor. »Im Ernst?« Er fühlte sich gekränkt, beleidigt. »Nett.«

Adeles Augen musterten ihn kalt. »Ja. Nett. Nur ein Mal. Mehr war nicht nötig. Zum Dank bekam ich eine kleine Warnung vor Emilios hirnrissigem Vorhaben, nachdem er von uns erfahren hatte. Deshalb wusste ich genug, um das verdammte Haus verlassen zu können, bevor er es in Stücke bombt, und deinen armseligen Arsch zu retten. Es bedeutet, dass wir am Leben bleiben, und auch Bruno wird davon profitieren. Das nennt man Diplomatie, Mickey. Eine Fähigkeit, die du erst noch lernen musst. Bruno weiß, dass ihm zum Anführer einer Organisation einiges fehlt. Innerhalb von Monaten würde es zu einem Kampf um die Macht in Rom kommen, bei dem er nur verlieren kann. Er ist eine Nummer Zwei und schlau genug, das einzusehen.«

»Gut. Solange das so bleibt, hat er nichts zu befürchten.«

»Nein.« Sie machte sich über ihn lustig, und er konnte nichts dagegen unternehmen. Zumindest im Moment nicht.

Irgendetwas schien sie gestern mit ihren Haaren gemacht zu haben. Jetzt, im Schein der einsamen Glühbirne, wirkte es nicht mehr so feuerrot, sondern blonder. Es ließ sie anders aussehen. Es gab ihr irgendwie mehr – Klasse. Und sie wirkte jünger.

»Du hast dir die Haare getönt.« Mickey streckte die Hand aus. Vielleicht war noch Zeit für eine kleine Ablenkung. Vielleicht war dieses feuchte, unterirdische Loch genau der richtige Ort dafür. Vielleicht könnte er sie überreden, in diesem schäbigen Verlies zu bleiben und ein bisschen zu bumsen. »Es gefällt mir.«

Sie stieß seine Hand fort. »Das ist meine richtige Haarfarbe, du Schwachkopf. Und fass mich nicht an. Nicht ohne meine Erlaubnis.«

Er versuchte sich zu erinnern. Adele hatte Recht. Früher war sie blond gewesen. Aus irgendeinem Grund hatte sich das geändert. »Warum nicht?«

Die grünen Augen sahen ihn kalt an, fast hasserfüllt. »Du musst lernen, was nein bedeutet. Am besten fängst du gleich damit an.«

Sie zögerte kurz. Jetzt wirkte sie auf einmal nervös, und er hatte keine Ahnung, ob das ein gutes oder schlechtes Zeichen war.

»Du weißt, was ich dir gesagt habe? Kann ich mich auf dich verlassen, Mickey?«

»Ja. Aber ich bestehe darauf, dass du aufhörst, mich wie einen Idioten zu behandeln.«

Sie streckte die Hand aus und berührte flüchtig seine Wange. »Einverstanden«, sagte sie mit einem Lächeln.

»Adele?« Wortlos ging sie auf die Tür zu. »*Adele?*«

Sie drehte sich um und spitzte ihre Lippen zu einem Luftkuss.

»Du wirst die Sache allein hinter dich bringen müssen, Mickey«, sagte sie. »Ich habe etwas anderes zu erledigen.«

Fast beschwingt kehrte Teresa Lupo nach ihrer Unterhaltung mit Gianni Peroni in die Gerichtsmedizin zurück. Ein kleines Lob tat immer gut. Auch in ihrem Kopf schien es langsam klarer zu werden. Offenbar trugen die Unmengen von Aspirin endlich den Sieg über das Grippevirus davon. Sie duschte, schlüpfte in die Ersatzkleidung, die sie für Notfälle immer im Büro bereithielt, und fühlte sich danach wie neugeboren. Ihre Haare waren ordentlich gekämmt. Und falls sie in den

Spiegel blickte, was sie sich unbedingt ersparen wollte, würden ihre Augen mit Sicherheit nicht mehr ganz so blutunterlaufen aussehen. Und ihre gute Laune schien ansteckend zu sein. Selbst das Mönchlein hatte etwas von seiner Haltung wiedergewonnen, als der Bericht aus dem Labor eintraf. Er bestätigte, was Teresa insgeheim bereits wusste. Die Erkenntnisse über die Vaterschaft von Eleanor Jamiesons nie geborenem Kind dienten eher einer optimistischeren Sicht der Dinge als einem erfolgreichen Abschließen des Falles. Niemand hatte auch nur eine Ahnung, wohin sich die Neris abgesetzt haben könnten. Aber Hoffnung war unverzichtbar. Vielleicht tappten sie noch immer im Dunkeln, aber jetzt wenigstens mit mehr Zuversicht.

Doch etwas beunruhigte Teresa Lupo weiterhin. Wenn sie sofort nach dem Eintreffen von Eleanor Jamiesons Leiche eine ordentliche Autopsie vorgenommen hätte, wäre ihnen viel erspart geblieben. Das war eine verhängnisvolle Fehleinschätzung gewesen, die sie sich nicht verzieh. Ihr Versagen war vielleicht kein Einzelfall. Wie viele weitere Fehler waren ihr möglicherweise in diesem überfüllten Refugium für die Toten unterlaufen? Sie hatte sich nicht genügend konzentriert. Vor allem nicht auf Professor Randolph Kirk, was insofern bemerkenswert war, als es sich bei ihm um den ersten und einzigen ihrer Kunden gehandelt hatte, der buchstäblich in Hörweite gestorben war. Alles ging um Verbindungen und Beziehungen. Wenn sie die richtige Verbindung fand, würde sich alles andere daraus ergeben.

Silvio di Capua betrat den Raum und himmelte sie so hingebungsvoll an, dass sie schon befürchtete, wieder von düsteren Depressionen überfallen zu werden.

»Silvio, mein Guter«, krächzte sie grippeheiser. »Erzählen Sie mir etwas über den guten Professor. Was gibt es Neues über ihn?«

»Neues?«, wiederholte er verwirrt. »Er wurde erschossen. Welche Neuigkeiten meinen Sie?«

»Oh, wie er ins Bild passt. Wen er angerufen hat.«

Er hatte mit jemandem telefoniert. Es war erst zwei Tage her, kam ihr aber erschreckend weit weg vor. Randolph Kirk hatte jemanden angerufen, und sofort danach war die Hölle losgebrochen. In der Questura gingen alle davon aus, dass Eleanor Jamieson die Büchse der Pandora geöffnet hatte. Dass die Entdeckung ihrer mumifizierten Leiche der Grund für alles Weitere gewesen war.

»Bis zu einem gewissen Punkt«, sagte sie zu sich selbst.

Entsetzt blickte das Mönchlein sie an. »Was?«

»Es war Randolph Kirk.« Sie erinnerte sich an die abstoßende Art, sich die Nase zu malträtieren. »*Er* hat diese Katastrophe ausgelöst. Nicht ganz ohne mein Zutun, natürlich. Zu diesem Zeitpunkt lag das Mädchen bereits seit zwei Wochen hier bei uns, ohne dass irgendetwas geschehen wäre.«

Silvio di Capua zwinkerte hastig und bot die perfekte Imitation eines verängstigten Kaninchens. »Wir haben jede Menge zu tun, Teresa. Arbeit, für die wir bezahlt werden. Sie haben den Jungs von nebenan bereits ein hübsches Geschenk gemacht. Nach allem, was ich so höre, gibt es darüber hinaus noch eine Menge mehr, was sie in Atem hält.«

Sie spitzte die Ohren. »Eine Menge mehr? Was?«

Er schwieg.

Sie griff nach einer Schere und klappte sie spielerisch auf und zu. »Mach den Mund auf, Silvio. Sonst könnte ich den Drang verspüren, einen oder zwei Hoden abzuschneiden.«

Er erblasste. »Auf dem Flur habe ich ein Gespräch zwischen zwei Polizisten mitbekommen. Einer von ihnen sagte, dass der Sohn des Mafiabosses jetzt über seine Beteiligung an Eleanor Jamiesons Schwangerschaft hinaus in die Sache verwickelt ist. Offenbar will er sich ein bisschen Urlaubsgeld verschaffen, indem er sie alle gefangen hält.«

»Sie alle?«, fragte Teresa Lupo verdutzt. »Er hat doch nur Suzi Julius in seiner Gewalt.«

Das Mönchlein schluckte trocken. »Jetzt nicht mehr. Wie es aussieht, hat er sich auch die Mutter geschnappt.« Er verstummte kurz und fügte dann fast unhörbar hinzu: »Und einen Polizisten.«

In ihrem Kopf begann es zu rauschen. Mit gezückter Schere bewegte sie sich auf di Capua zu. »Wen?«

»Diesen Burschen, den Sie so sympathisch finden. Costa. Der Himmel mag wissen, wie er das geschafft hat. Oder wo er ihn festhält. Es gibt Aufnahmen von ihm und der Mutter, in irgendeinem Versteck.«

»Nic?«, schrie Teresa Lupo. »O verdammt. Und was machen wir jetzt …« Fast flehend sah sie ihn an. »Lass uns genau nachdenken.«

Silvio di Capua richtete sich zu seiner ganzen Größe auf, blieb aber immer noch einen guten Kopf kleiner als sie. »Nein! Begreifen Sie es denn nicht? Ich will darüber nicht *genau nachdenken*! Dafür bin ich nicht angestellt!«

Noch nie hatte sie ihn so wütend gesehen. Schade eigentlich. Dieser neue Silvio di Capua wirkte irgendwie ein bisschen menschlicher.

»Und hören Sie auf, *wir* zu sagen, Teresa.« Er beruhigte sich ein wenig. »*Die* sind die Polizisten. Wir sind Pathologen. Unterschiedliche Aufgaben. Unterschiedliche Arbeitsräume. Warum will das nur nicht in Ihren Kopf?«

»Weil Nic Costa mein Freund ist.«

»Schön für Sie. Aber er hat auch Freunde in der Questura, oder nicht? Wollen Sie denen die Chance verwehren, hin und wieder Helden zu sein? Während wir uns auf unseren Job beschränken und nicht in den normalen Verlauf der Dinge eingreifen.«

»Normaler Verlauf?« Ihre Stimme war zu laut, das hörte sie selbst, konnte aber nichts dagegen tun. »Wo waren Sie in den letzten Tagen, Silvio? Was war an den Ereignissen denn normal? Und außerdem …«

»Nein, nein, nein …« Er hatte den Kopf gesenkt. Seine

Halbglatze leuchtete geradezu im harten Neonlicht, seine langen Haare, noch strähniger als sonst und vermutlich seit Tagen nicht gewaschen, baumelten um seine untersetzten Schultern.

Jetzt hob er den Kopf und blickte sie beschwörend an. »Ich bitte Sie ernsthaft, Teresa. Versprechen Sie mir, diesmal nichts zu unternehmen. Versprechen Sie mir, nirgendwo hinzugehen. Falcone kümmert sich höchstpersönlich um die Entführung. Es geht um Kidnapping, Lösegeld, Überwachung und andere Dinge, von denen wir keine Ahnung haben. Sie sollten sich wirklich da heraushalten. Ausnahmsweise … Und entschuldigen Sie, aber wenn Sie häufiger hier gewesen wären, würden wir vermutlich gar nicht in diesem Schlamassel stecken.«

»Sie hören sich an wie einer von ihnen«, sagte sie.

Er sackte in sich zusammen, als hätte sie ihn geschlagen. »Mag sein. Aber es stimmt.«

»Das weiß ich auch. Aber …« Wie sollte sie es ihm nur erklären? Da war etwas sehr Persönliches an dem, was sich vor zwei Tagen ereignet hatte. Nicht nur die Tatsache, dass sie um ein Haar umgekommen war. Die Erinnerung an Randolph Kirk ließ ihr keine Ruhe. Er war in ihrer Gegenwart gestorben, und irgendwie war sein ruheloser Schatten an ihr vorbeigezischt, zu hastig, um sich verabschieden zu können.

Nachdem er jemanden angerufen hatte …

Ein Mann ohne Freunde, dessen persönliche Gepflogenheiten jede Nähe ausschlossen, es sei denn, er trug eine groteske Maske und hatte es mit berauschten Jugendlichen zu tun.

Sie sah das Mönchlein an. »Haben Sie denn nichts Nützliches in Kirks Taschen gefunden? Vielleicht ein Adressbuch? Oder einen Zettel mit einer Telefonnummer?«

»Nein. Und bevor Sie fragen: Ich *habe* danach gesucht.«

Teresa Lupo verschränkte ihre nicht gerade schlanken Arme vor der Brust. »Jeder Mensch muss hin und wieder etwas aufschreiben«, erklärte sie und lief quer durch den Raum zu den Depotschränken. Silvio di Capua folgte ihr auf den Fersen, unablässig vor sich hin murmelnd.

Vor dem Fach mit Kirks Namen blieb sie stehen, zog am Griff und wappnete sich gegen den durchdringenden Geruch nach Chemikalien.

»Was haben Sie vor?«, jammerte das Mönchlein. »Mit ihm sind wir fertig. Aber es gibt eine ganze Reihe weiterer Toter, die darauf warten, dass wir uns endlich mit ihnen beschäftigen.«

»Nun, sag ihnen, sie müssen sich noch eine Weile gedulden.«

Randolph Kirk sah nicht anders aus als andere Tote nach einer Autopsie. Starr, bleich und irgendwie verpfuscht. Das Mönchlein konnte noch nie besonders gut mit Nadel und Faden umgehen.

Teresa Lupo betrachtete die Leiche aufmerksam und nachdenklich, griff nach beiden Handgelenken und musterte sie. »Wurde er gewaschen?«

»Aber sicher! Ich habe ihm auch die Fingernägel manikürt und das Gebiss mit Zahnseide behandelt. Was glauben Sie denn?«

»Ich wollte es nur wissen.«

»Warum?«

Allmählich fing er an sie zu nerven, und es war ihr egal, ob man ihr das anmerkte oder nicht. »Ich habe mich gefragt, ob er sich möglicherweise etwas auf die Hände oder die Handgelenke gekritzelt hat. Beispielsweise eine Telefonnnummer. Vergessliche Leute tun so etwas mitunter. Oder sollte ich das eigentlich gar nicht wissen? Weil es nicht zu meinen *Aufgaben* gehört?«

Er sah sie an wie ein geprügelter Hund. »Entschuldigung. Tut mir Leid.«

Teresa Lupo kehrte zum Schreibtisch zurück, suchte Regina Morrisons Nummer und rief sie an.

»Haben Sie denn die Zeit, mich anzurufen?«, erkundigte sie sich überrascht. »Das erstaunt mich. Anscheinend sind Sie doch nicht so beschäftigt, wie die Zeitungen behaupten.«

»Oh, wir haben genug zu tun«, entgegnete Teresa Lupo. »Mehr als das, würde ich sagen. Könnten Sie mir bitte eine Frage beantworten, Regina? Hat Randolph Kirk an der Universität ein Notizbuch geführt? Ist Ihnen da vielleicht irgendetwas aufgefallen?«

Es entstand eine kleine Pause. Regina Morrisons Namen hatte Teresa richtig ausgesprochen. Offenbar erwartete sie ein paar höfliche Einleitungsfloskeln, doch dafür war jetzt wirklich keine Zeit. »Nein. Ihr Anruf hat also berufliche Gründe?«

»Wie ist es mit einem Adressbuch? Haben Sie so etwas bei ihm gesehen? Einen elektronischen Organizer vielleicht?«

Ein lang gezogener Seufzer schallte ihr entgegen. »Sie haben Randolph Kirk nicht gekannt. In technischen Dingen lebte er absolut hinter dem Mond. Ich hätte ihm nicht einmal einen Toaster anvertraut.«

»Schade. Sie meinen also, er hätte alles im Kopf behalten?«

»Was alles? Er kannte doch niemanden.«

Das stimmte nicht. Er kannte Leute. Er hatte telefoniert, und danach war es zu diesem ganzen Desaster gekommen. Nein, nicht ganz. Die Katastrophen mussten bereits eingeleitet gewesen sein. Ihr Erscheinen hatte die Dinge lediglich ein wenig beschleunigt.

Abrupt legte Teresa Lupo den Hörer auf und bekam gerade noch mit, dass Regina Morrison etwas sagte, das sich wie eine Einladung zum Abendessen anhörte.

»Was denkt sie sich nur?«, fragte sie sich halblaut.

Teresa Lupo kehrte zu Randolph Kirks Leiche zurück und wünschte, sie könnte ihn für ein paar Minuten ins Leben zurückrufen, um ihm ein paar einfache Fragen zu stellen.

In ihren Gedanken war sie wieder in Kirks Büro und sah, wie er mit seinem widerlichen Taschentuch seine Nase bearbeitete.

»Professorchen, Professorchen«, wisperte sie und sah Silvio di Capua an, dass er ernsthaft überlegte, ob er die Leute mit den Zwangsjacken rufen sollte. »Noch nie im Leben habe ich ein so grauenhaftes Taschentuch zu Gesicht bekommen, nicht einmal während einer akuten Grippewelle. Nicht einmal ...«

Das Mönchlein ließ sie keine Sekunde aus den Augen. »Sie werden unter keinen Umständen diesen Raum verlassen«, drohte er. »Ich verschließe die Tür und schlucke den Schlüssel. Notfalls fessele ich Sie mit Mullbinden, bis Sie sich nicht mehr rühren können.«

»O mein Gott«, ächzte sie und stürzte ihn in der nächsten Sekunde in abgrundtiefe Ratlosigkeit. Sie lächelte geradezu selig.

»Bitte ...«, jammerte die Capua, dem Schluchzen nahe.

»Seine Kleidung, Silvio. Bring sie mir. Sofort.«

Sie verlassen den Raum, bewegen sich durch die Tür auf kalte Flure, in andere Kammern und Verliese. Seine Beine sind schwer wie Blei und weigern sich, ihm zu gehorchen. Sie muss ihn führen, damit er überhaupt einen Fuß vor den anderen setzen kann.

Halte dich im Schatten, sagt er. *Bis ich etwas anderes sage.*

Sie betreten einen anderen Raum, und sie zieht ihn an sich, in den Schutz der Wände. Es ist ein größerer Raum, heller beleuchtet, einer, an den er sich erinnert. Er bemerkt einen Tisch in der Mitte, umgeben von etwa zwölf Stühlen. Eine Art Stab – Thyrsos hat Teresa Lupo ihn genannt – liegt an der Stirnseite des Tisches, vor einem hochlehnigen Stuhl, der einen pompöseren Eindruck macht als die anderen. Daneben liegt die schon bekannte Maske mit weit aufgesperrtem Mund, wirren Locken und leeren Augenhöhlen, wie ein lebloses Totem, das darauf wartet, reanimiert zu werden.

Am deutlichsten hat er die Bilder an den Wänden im Gedächtnis. Die Aufnahmen von zwei Mädchen, beide so blond wie jetzt auch Miranda Julius. Jung und unschuldig lachen Suzi Julius und Eleanor Jamieson in die Kamera und scheinen zu glauben, sie würden ewig leben. Sie beherrschen den Raum wie geisterhafte Zwillinge, ihre strahlenden Augen folgen dem Betrachter überallhin.

Miranda springt in den Lichtkreis, greift nach dem Thyrsosstab und schwenkt ihn durch die Luft. Staubflöckchen tanzen im gelben Schein der Glühbirne. Schwach dringt der süßliche Duft nach Fenchel in seine Nase.

Sie legt den Stab wieder auf den Tisch, dreht sich um und blickt ihn an. Irgendwo in der Ferne sind Stimmen zu hören. Wo, weiß er nicht. Dieses unterirdische Labyrinth könnte Hunderte von Kammern und Verliesen enthalten. Er versucht, für sie beide zu denken.

Ihre Hand legt sich auf seinen Arm. Wie leuchtende Scheiben starren ihre Augen ihn an.

Hinter dem Tisch gibt es einen dunklen Alkoven. Er zieht sie weiter in den Schatten, die Anstrengung verursacht ihm Kopfschmerzen. Sein Atem geht in knappen, keuchenden Stößen.

Er umfasst ihr Gesicht mit beiden Händen. In seinem Kopf wird es klarer. Jetzt kann er seine Stimme hören. Sie klingt ganz real.

»Wir sollten unbedingt versuchen, hier rauszugelangen und Hilfe zu holen, Miranda. Dann können wir zurückkommen, um Suzi zu suchen.«

Furcht zeigt sich auf ihrem Gesicht. Sie umarmt ihn, ihre Hände greifen in seinem Rücken nach etwas, das er nicht sieht. Ihr Kopf nähert sich seinem Hals, feste Zähne beißen in seine Haut. Ihre Lippen drücken sich auf seinen Mund, küssen ihn. Und diesmal ist er sich sicher. Irgendetwas liegt auf der Spitze ihrer Zunge, die sich beharrlich weiter in seine Mundhöhle schiebt. Er muss würgen, beginnt zu taumeln, und irgendwo in seinem Kopf singt es: *One pill makes you bigger …*

Er öffnet die Augen und sieht, wie sich ihre Lippen bewegen, während sie ihn fest umschlungen hält und seinen Mund mit den Fingern verschließt, bis er schluckt.

Angewidert betrachtete Silvio di Capua das Objekt auf dem Tisch und stöhnte gequält auf. Klebrige Reste von Nasenschleim hatten Randolph Kirks einst blütenweißes Taschentuch zu einem irgendwie grünlichen, kompakten Ball verformt.

»Sei nicht so zimperlich, Silvio«, tadelte Teresa Lupo. »Skalpell?«

»Ach, kommen Sie«, beschwerte er sich. »Soll ich Ihnen vielleicht auch noch einen Mundschutz bringen?«

Sie bedachte ihn mit einem eisigen Blick. »Wäre gar keine schlechte Idee, oder?«

Widerwillig reichte er ihr das Instrument. »Das ist doch verrückt. Das Verrückteste, was ich in dieser neuerdings komplett verrückten Welt gesehen habe.«

»Irgendwo hat sich Kirk die Nummer notiert«, beharrte sie. »Nicht auf seinem Handrücken. Nicht auf seinen Ärmelaufschlägen. Und auf diesem verdammten Taschentuch war mehr als ordinärer Rotz. Leider hat mich meine natürliche Diskretion das vergessen lassen.«

Sie hätte schwören können, dass er mit dem Fuß aufstampfte. »Teresa! Ihr Bedürfnis, sich in alles einzumischen, hat etwas Zwanghaftes. Selbst wenn Sie Recht hätten, sollten wir die Finger davon lassen. Es geht uns nichts an.«

»Es ist menschlicher Rotz, Silvio. Und damit unser Gebiet.«

»Entschuldigen Sie, wenn ich Sie darauf hinweise, aber wir suchen nicht nach Rotz. Den haben wir eimerweise. Wir suchen nach irgendeiner Telefonnummer, die dieser bescheuerte Mistkerl vielleicht zwischen dem Rotz notiert haben könnte, hoffentlich mit permanenter Tinte. Was einerseits eine höchst seltsame Verhaltensweise ist und andererseits keine Aufgabe für die Pathologie.«

Sie fand einen Ansatzpunkt und begann den Stoff auseinander zu zerren, indem sie ein Ende mit dem Zeigefinger ihrer linken Hand auf den Tisch drückte. »Wenn Sie Professor Randolph Kirk persönlich gekannt hätten, würden Sie so etwas nicht sagen. Dann würden Sie es für die normalste Sache der Welt halten, so normal wie ...«

Unter dem Druck des stumpfen Skalpellrückens klappte ein beträchtliches Stück des Taschentuchs auseinander.

»Manches verlernt man offenbar nie. Früher habe ich operiert, Silvio«, verkündete sie stolz.

»Ein Schnupftuch?«

»Adaption, junger Mann. Wir leben in modernen Zeiten. Anpassung ist alles. Sieh her ...«

Ingesamt sechs Zahlenkombinationen standen auf dem Stoff, geschrieben in einer winzigen, krakeligen Handschrift, und die meisten so alt, dass die Schrift im Stoff verlief. Eine erkannte Teresa Lupo sofort. Regina Morrisons Nummer. Es war tatsächlich Kirks Adressbuch.

Und eine Zahlenkombination gab zu Hoffnungen Anlass. Die Tinte wirkte frisch. Diese Nummer war nie durch die Wäsche gegangen wie die anderen. Vielleicht hatte er sie erst zwei oder drei Tage vor seinem Tod aufgeschrieben.

»Bringen Sie mir den Bericht«, befahl Teresa Lupo.

Er holte die Unterlagen und drückte sie sich gegen die Brust. »Was wir hier machen, ist nicht richtig. Wir sollten diese Information an die zuständigen Leute weitergeben und sie über alles Weitere entscheiden lassen. Es ist nicht unsere Aufgabe ...«

Ein Blick in ihre Augen ließ ihn verstummen.

»Wenn Sie noch einmal sagen, was mein Job ist und was

nicht, feuere ich Sie, Silvio, und zwar fristlos. Falls es Ihnen entgangen sein sollte, sind unsere Freunde von der Polizei damit beschäftigt, die wirklich großen Fische zu jagen. Leute, die Bomben legen. Leute, die andere Menschen kidnappen und töten. Würde ich sie mit einem kleinen Taschentuch in ihrer wichtigen Tätigkeit stören, hätten sie für mich nichts anderes übrig als Hohn und Spott. Wer weiß. Unter Umständen würden sie sich sogar einen Spitznamen für mich einfallen lassen. Die Crazy Teresa vielleicht. Na, wie klingt das?«

Er schluckte nur.

»Gib her.«

Er reichte ihr den Aktenordner und sie schlug die Telefonliste auf, die er sich heute früh aus der Questura geborgt hatte, und überflog sie.

»Neris Festnetzanschluss in der Villa. Seine Handynummer. Mickey Neris Handy. Barbara Martelli ... Mist!«

»Seine Aromatherapeutin vermutlich.«

»Halt den Mund!«

»Teilen Sie die Nummer der Polizei mit. Die brauchen sie nur in ihren Computer einzugeben und erhalten in Windeseile den dazugehörigen Namen.«

»Mein Gott, sind Sie naiv«, zischte sie. »Unglaublich naiv.«

Dann fiel ihr Blick auf die Seite neben seiner Liste. Sie enthielt ihre eigenen Notizen, beginnend an dem Morgen vor gerade einmal achtundvierzig Stunden, als sie der Welt die neueste archäologische Sensation Roms offenbaren wollte, eine zweitausend Jahre alte Torfleiche.

»Die Lebensdaten stimmen nicht«, flüsterte sie. »Ganz und gar nicht ...«

Sie starrte die Seite an, wollte ihren Augen nicht trauen.

»Teresa?«

Es war zwar unvorstellbar, musste jedoch wahr ein, und was das für die Ermittlungen bedeutete, konnte sie nur ahnen. Sie musste sofort zu Falcone, ihm die ganze verdammte Angelegenheit übergeben, um sich dann in eine ruhige Bar zurückzuziehen und ihre wilden Spekulationen in Alkohol zu ertränken.

»Wo ist der Inspektor?«, fragte sie. »Ich verspüre plötzlich einen überwältigenden Drang, mit ihm zu reden.«

»Hat vor fünfzehn Minuten das Büro verlassen, Handy am Ohr und voller Tatendrang. Hatte Unmengen von Leuten im Schlepptau. Ist eben ein viel beschäftigter Mann.«

»Hm.« In ihrem Kopf überschlugen sich die Gedanken. Nic Costa befand sich irgendwo da draußen, hilflos und in der Hand irgendwelcher Ganoven. Also blieb keine Zeit für Formalitäten. »Kommen Sie noch immer mit Ihrem Motorrad zum Dienst, Silvio?«

»Klar, aber was zum Teu…« Heftige Röte färbte seine blassen Wangen. »*O nein, nein, nein …*«

Sie packte ihn am Kragen seines weißen Kittels und zerrte ihn so nahe an sich heran, dass sein Gesicht nur wenige Zentimeter von ihrem entfernt war.

»Gib mir den Schlüssel. Ich muss zu Falcone.«

Silvio di Capua befreite sich energisch aus ihrem Griff und verschränkte die Arme vor der Brust. »Sie wollen mein Motorrad, um Falcone nachzujagen, damit sie mit ihm reden können. Habe ich Sie da richtig verstanden?«

»Ja, Silvio. Das hast du.«

»Okay«, sagte er ruhig. »Sehen Sie her. Wissen Sie, was das ist?«

Mit offenem Mund starrte sie das Objekt in seiner Hand an.

»Das hier«, sagte Silvio di Capua, »nennen wir Erdenwürmer *Telefon.*«

Der vierhundert Meter lange Tunnel unter dem Quirinal-Palast war ursprünglich für Straßenbahnen erbaut, wird aber inzwischen den ganzen Tag über von Autos verstopft, die sich den Weg über den Hügel ersparen wollen, wo große

Touristenbusse auf der Piazza di Spagna in doppelter Reihe parken, deren Insassen sich von hier aus auf den Fußweg zum Trevi-Brunnen machen. Auf der Via Nazionale behindern Straßenbauarbeiten den zügigen Verkehr. Theoretisch ist der Tunnel die kürzeste Strecke von der Questura in Richtung Osten. Und für sie hatte sich Falcone entschieden. Peroni saß mit Wallis im ersten Fahrzeug, die Beschatter folgten in diskretem Abstand.

Peroni fühlte sich alles andere als wohl. Zusammengekauert hing er über dem Lenkrad und wünschte, Wallis' Wahl wäre nicht ausgerechnet auf ihn gefallen. Das hier war so anders als bei der Sitte, unterschied sich so beträchtlich von der Welt, die er kannte, dass er sich wie ein Eindringling vorkam, der gar nicht anders konnte, als irgendwann einen dummen Fehler zu machen.

Sie durchquerten zwei Drittel des Tunnels problemlos, steckten dann aber im Stau fest. Ungeduldig hämmerte er auf das Steuerrad ein und blickte in den Rückspiegel. Falcone und die Verfolgerfahrzeuge waren nirgendwo zu sehen. Vielleicht hatten sie den Stau umfahren. Vielleicht nicht.

Mit ausdrucksloser Miene saß Wallis neben ihm. Er zog ein Handy aus der Manteltasche und schaute auf das Display. »Bringt hier nicht viel.« Er zeigte auf das Mikrofon hinter seinem Revers. »Das übrigens auch nicht.«

Peroni musterte den Mann auf dem Beifahrersitz und versuchte vergeblich die bösen Ahnungen in seinem Hinterkopf zu verdrängen, dass hier etwas gründlich schief lief. »Na, Mister Wallis«, begann er aufgeräumt. »Finden Sie nicht, dass jetzt eine großartige Gelegenheit wäre? Sprechen Sie sich aus, Mann. Sie können mir sagen, was da wirklich läuft, und niemand außer uns beiden wird etwas davon erfahren.«

»Was für ein misstrauischer Mensch Sie doch sind. Ich tue Ihnen schließlich einen großen Gefallen. Meinen Sie nicht, dass da ein Mindestmaß an Vertrauen angebracht wäre?«

Peroni warf ihm einen verächtlichen Blick zu. »Vertrauen? Entschuldigen Sie, Mister Wallis, aber das Märchen von Ihrem Ruhestand kaufe ich Ihnen nicht ab. Das habe ich schon nicht geglaubt, als die arme Rachele d'Amato mir davon erzählt hat. Und schon gar nicht, nachdem ich Sie kennen lernen durfte. Leoparden verlieren ihre Flecken nicht. Und Kriminelle erweisen der Polizei keine Gefälligkeiten. Kommen Sie schon. Ein Freund von mir steckt in diesem Schlamassel. Reden Sie endlich. Offen und ehrlich.«

Der Amerikaner holte tief Luft und blickte zur Tunneldecke auf. Die Luft im Auto war geradezu erstickend, nur ein Mindestmaß an Sauerstoff kämpfte sich durch die Wolken der Abgase.

»Wissen Sie, was da oben ist?«

»Sie wollen also das Thema wechseln? Nur zu verständlich, nehme ich an. Ja, Signor Presidente in seinem feinen Palast. Muss man ihn nicht einfach lieben? Ich habe vor dem Quirinal Wache geschoben, als ich noch kurze Hosen trug.«

Wallis bedachte ihn mit einem herablassenden Blick. »Interessant. Ich meine in historischer Hinsicht.«

»Oh, Verzeihung, aber ich bin Italiener. Was weiß ich schon von Geschichte?«

»Hier über uns lebten die Sabiner. Sie kennen doch die Legende? In ihr geht es um Entführung und Vergewaltigung. Das gibt der Sache ihre Aktualität.«

Peroni erinnerte sich vage an die Geschichte. Romulus oder Remus, einer von beiden, hat ein paar Frauen geraubt und hinterher mussten sich die beiden zusammennehmen, um wieder einigermaßen Ordnung zu schaffen. Und aus dieser Schweinerei – aus Vergewaltigung und Mord – heraus entstand Rom. »Die haben da über uns gelebt? Ich dachte, sie wären von weither gekommen. Ich dachte, es wären Fremde gewesen.«

»Sie haben auf dem Quirinal gesiedelt.« Erneut deutete Wallis nach oben. »Aber Ihre Reaktion ist vielleicht typisch.

Offenbar neigen wir alle dazu, auf diese Weise mit einer unangenehmen Vergangenheit umzugehen. Indem wir denken, dass die Betroffenen uns nichts angehen, weil es *Fremde* waren, die mit uns nichts zu tun haben. Das macht alles sehr viel einfacher.«

»Mag sein.« Vor ihnen begann sich der Stau aufzulösen. Schon bald könnten sie den Tunnel verlassen. »Ich muss schon sagen, dass ich Sie irgendwie für Ihre Geschichtskenntnisse bewundere. Wenn man mittendrin aufwächst, nimmt man kaum etwas wahr. Auch wenn ich nicht ganz begreife, warum.«

»Warum?« Vergil Wallis schüttelte den Kopf und lachte. Es hörte sich angenehm an, es nahm Gianni Peroni sogar etwas von seiner Nervosität. »Weil wir in Rom sind. In der Stadt, in der gewissermaßen unser aller Wurzeln liegen. Die ein Symbol dafür ist, wie gut Dinge laufen können. Und wie schlecht, wenn wir die falschen Entscheidungen treffen.«

»Tatsächlich?« Ungeduldig trommelte Peroni aufs Lenkrad.

»Tatsächlich«, bekräftigte Wallis. »Hören Sie, es macht mir echt Spaß, mich mit Ihnen zu unterhalten. Ich glaube, unter anderen Umständen könnten wir durchaus einige spannende Gespräche führen.«

»Wenn Sie meinen.« Der Idiot vor ihm kam offenbar nicht in die Gänge, und Peroni drückte gereizt auf die Hupe. »Trotzdem halte ich Sie weiterhin für einen durch und durch verlogenen Mistkerl.«

»Das kann ich Ihnen nicht verbieten. Aber sagen Sie mir eins. Ganz gleich, was jetzt auch passiert, Sie haben handfeste Beweise gegen Neri und seinen nichtsnutzigen Sohn, oder? Sie wissen, dass der Alte für das Bombenattentat verantwortlich ist. Und nachdem ich Ihnen die Kamera gegeben habe, können Sie sich auch Mickey vorknöpfen. Die beiden sind auf jeden Fall erledigt.«

»Stimmt.« Peronis Konzentration schwankte zwischen

den Anforderungen des Verkehrs und der plötzlichen Wende des Gesprächs hin und her.

»Wie wäre es, wenn wir beide ein kleines Geschäft abschließen? Sie geben mir dreißig Minuten, um mit diesem Arschloch auf meine Art fertig zu werden. Danach rufe ich Sie an, und Sie können mit ihm machen, was Sie wollen.«

Gianni Peroni sah ihn an und wusste in diesem Moment, dass er diesen schwarzen Mafioso nirgendwohin fahren würde, es sei denn zu einem ernsten Gespräch mit Falcone. Hier wurde etwas gespielt, das er nicht verstand.

Wallis legte ihm eine Hand auf den Arm. »Mir machen Sie nichts vor, Peroni. Ich weiß, was vor ein paar Monaten geschehen ist.«

»Im Ernst?«

Peroni wünschte, er hätte mehr Zeit, gründlicher über alles nachzudenken. Kurz vor Mitternacht war aufgefallen, dass Nic sich nicht meldete. Weniger als acht Stunden später hatte Vergil Wallis eine halbe Million Euro abgeholt. Von Miranda Julius' *Privatbankier.* Was war das eigentlich für ein Mann? Wer um alles in der Welt hatte so viel Geld herumliegen, dass er es innerhalb kürzester Zeit bereitstellen konnte?

»Wie ich hörte, wurden Sie degradiert und in eine andere Abteilung versetzt«, sagte Wallis. »Warum habe ich mich wohl für Sie entschieden? Aus zwei Gründen. Sie sind flexibel. Und Sie können Bares gut gebrauchen.«

Peroni sah, dass der Verkehr vor ihm immer flüssiger wurde, wie schnell er wenden könnte. »Sie enttäuschen mich, Mister Wallis. Sie sind ein sehr schlechter Menschenkenner. Am besten, wir drehen um, und Sie besprechen das Ganze noch einmal mit Inspektor Falcone.«

Es könnte klappen, wenn der Trottel vor ihm doch nur schneller fahren würde, um ihm Platz zum Wenden zu lassen.

»Ein pflichtbewusster Bulle«, murmelte der Amerikaner.

»Wer hätte das gedacht. Aber das nötigt mir Respekt ab. Deshalb werde ich auch nicht so hart zuschlagen, wie ich eigentlich vorhatte.«

Peroni glaubte, nicht richtig gehört zu haben. Er nahm den Fuß vom Pedal und runzelte die Stirn. »Was?«

Eine Faust kam so schnell auf ihn zu, dass er nichts tun konnte. Gleich darauf prallte sie schmerzhaft gegen sein rechtes Auge.

Danach war alles ein bisschen verschwommen. Zwei Pranken öffneten seinen Sicherheitsgurt. Vergil Wallis' Mikro wurde vom Revers gerissen und auf den Boden geworfen. Ein Fuß stieß die Fahrertür auf. Arme griffen um seinen Körper und schleuderten ihn aus dem Wagen.

Er krachte auf die Fahrbahn, atmete kurz die stinkende Luft ein und musste prompt husten.

Der Wagen wendete im Tunnel und fuhr in entgegengesetzter Richtung davon. Überall hin, nur nicht zur Kirche San Giovanni. Und Gianni Peroni wollte verdammt sein, wenn ihm die schwarze Gestalt hinter dem Steuer nicht grinsend zum Abschied zuwinkte.

Sie flüstert ihm ins Ohr, und benommen folgen seine Blicke ihren Anweisungen.

Der Thyrsosstab liegt noch immer an seinem Platz, aber er wirkt nun grüner, frischer. Bunte Bänder umschlingen den Schaft unterhalb der knollenförmigen, phallischen Verdickung am oberen Ende. Männer bewegen sich im jetzt helleren Licht, tauschen verstohlen Blicke aus. Sie halten Gläser in den Händen, randvoll mit purpurrotem Wein. Einige rauchen lange, handgerollte Zigarren, deren blaugrauer Rauch zur felsigen Decke aufsteigt. Sie sprechen miteinander: Emilio Neri, der Buchhalter Vercillo, Randolph Kirk, Toni Martelli und andere, die er nicht kennt.

Mickey Neri scheint sich hinter ihnen zu verstecken. Er scheint sich unbehaglich zu fühlen, wirkt unsicher.

Sie reden und reden, und jetzt erkennt Nic Costa den Grund. Diese mächtigen, einflussreichen Männer sind besorgt. Das hier ist neu für sie. Ein Experiment, ein Bruch mit den Gepflogenheiten. Sie blicken Randolph Kirk an, und ihre Augen sagen alles: *Sorge dafür, dass es klappt, sonst …*

Randolph Kirk weiß Bescheid. Er ist nervöser als die anderen, bebt nahezu vor Anspannung. Er sagt etwas, aber seine Worte sind unhörbar. Er klatscht in die Hände, und obwohl kein Geräusch zu vernehmen ist, beenden die Männer ihre Unterhaltung und sehen zur Tür. Dort taucht eine Reihe junger Mädchen auf. Mädchen in Sackleinengewändern und mit Blumen in den Haaren. Einige kichern, andere rauchen. Ihre Augen glänzen. Sie fürchten sich, genau wie Randolph Kirk.

Die gespannte Atmosphäre schreit geradezu nach einem Atemzug, einer Geste, nach irgendetwas, das den Bann brechen könnte.

Eins der Mädchen – Barbara – tritt vor, erwartungsvoll, erregt. Ihre Hände legen sich auf die Maske. Ihre Finger streicheln die hässlichen Gesichtszüge, liebkosen die knollige Nase.

Sieh hin, schreit es in Nic Costa. So zwingend, dass er nichts anderes tun kann.

Das Mädchen mit den goldblonden Haaren hebt das tote, abstoßende Gesicht hoch, blickt alle der Reihe nach an und lächelt.

Kurz nach neun verließen sie das Haus auf dem Aventin. Bruno Bucci setzte sich hinter das Steuer und Neri nahm auf dem Rücksitz Platz. Dann schlängelte sich der Mercedes über schmale, verlassene Nebenstraßen nach Cerchi, wie es der Anrufer befohlen hatte.

Eine genauere Adresse brauchte Emilio Neri nicht. Er würde den Ort nie vergessen. Dafür verbanden sich mit ihm zu viele Erinnerungen.

Der Wagen hielt. Sie stiegen aus und standen am Westhang des Kapitol, am Tarpeiischen Felsen. Die strahlende Sonne versprach einen weiteren warmen Frühlingstag. Ohne den unablässigen Verkehr hätte Neri tief Luft geholt und geglaubt, er würde Rom vermissen.

Bucci sah ihn an und nickte zum Höhleneingang hinter dem baufälligen Tor hinüber, an dem ein Schild der Stadtverwaltung darauf hinwies, dass der Zutritt für Unbefugte verboten war.

»Ja, ja«, murrte Neri. »Ich kenne mich aus. Sorge du nur dafür, dass er nichts bei sich hat, was Probleme machen könnte.«

»Und was ist mit Mickey?«

»Mickey?«, lachte Neri. »Was soll mit ihm sein? Er ist nichts als ein dummer Junge. Ich weiß, wie ich meinen Sohn zu behandeln habe.«

Emilio Neri dachte ein paar Sekunden über Buccis Einwände nach und fragte sich, ob er wirklich die richtige Entscheidung getroffen hatte. »Du hältst es offenbar noch immer für zu riskant, was?«

Bruno Bucci sagte kein Wort.

»Gut, gut. Du musst nicht antworten. Aber in einem musst du mir doch Recht geben, Bruno. Ich bin dir gegenüber mehr als fair.«

»Sicher. Dennoch würde ich Sie lieber begleiten.«

Machte sich Bucci aufrichtig Sorgen um ihn? Oder war alles nur eine Show? Neri wusste es nicht. Vielleicht hatte Bucci Recht. Natürlich konnte er mit seinem Sohn fertig werden. Aber wenn Mickey andere im Schlepptau hatte …

»Ist dir zu Ohren gekommen, dass jemand zu Mickey übergelaufen sein könnte?«

Bucci lachte schallend. »Machen Sie Witze? Wer könnte dafür blöd genug sein?«

Neri starrte zum Höhleneingang hinüber. »Also ist er allein da drinnen. Oder mit Adele. Glaubst du im Ernst, ich kann es nicht mit meinem eigenen Sohn und einer betrügerischen Schlampe aufnehmen, der ich mit einer Hand das Lebenslicht ausblasen könnte?«

Schweigend trat Bucci von einem Fuß auf den anderen.

Neri interpretierte die Geste als ja. »Achte du nur darauf, dass Wallis allein ist und keine Waffe bei sich trägt. Ich hab keine Lust, dieses Vergnügen mit jemandem zu teilen. Abgesehen davon habe ich nachgedacht. Es gibt da ein paar Fragen, auf die ich gern Antworten hätte. Und dabei kann ich keine fremden Zuhörer gebrauchen.«

»Sie können es sich immer noch überlegen und mich mitnehmen.«

Mit dem Zeigefinger stieß Neri ihn derb gegen die Brust. »Ich habe Leute erledigt, bevor du überhaupt geboren warst, Bruno. Werde jetzt bloß nicht anmaßend. Hast du das Seil und das Klebeband?«

Bruno nickte und holte die Gegenstände aus dem Auto.

Sein Boss hob die Hand und tastete durch sein Jackett nach der Pistole. Dann marschierte er los und betrat schließlich die dunkle Höhle. Es überraschte ihn, wie kalt es im Innern war, wie wenig Licht die Glühbirnen spendeten.

Offenbar hatte ihm seine Erinnerung einen Streich gespielt. Früher schien es hier sehr viel heller gewesen zu sein.

Leo Falcone beobachtete, wie sich Peroni neben ihm auf dem Rücksitz den Kopf befühlte.

»Das wird ein prächtiges Veilchen«, orakelte er. »Wissen Sie, wohin Wallis wollte? Hat er irgendwas gesagt?«

»Ja. Zunächst wollte er wissen, ob wir Neri nebst Sprössling auch ohne sein Zutun am Kanthaken haben. Dann wollte er mich überreden, ein Auge zuzudrücken, damit er sich ein halbes Stündchen allein mit Neri befassen kann. Als ich das für unvereinbar mit meinem Gewissen erklärte, schlug er zu. Und hat behauptet, er würde härter mit mir umgehen, wenn er mich nicht bewundern würde. Junge, bin ich froh, dass ich nicht zu seinen Feinden gehöre. Wenn er als Fan schon so austeilt …«

Die Zentrale meldete sich über Funk. Wallis hatte den Polizeiwagen in einer Nebenstraße nahe dem Trevi-Brunnen stehen lassen und war in der Touristenmenge untergetaucht. Fluchend gab Falcone die Anordnung, dass alle Polizeistreifen die Augen offen halten sollten. Hoch gewachsene Schwarze in Ledermänteln gab es in Rom nicht gerade häufig. Irgendjemandem musste er auffallen.

»Vielleicht nimmt er ein Taxi«, vermutete Peroni. »Dieser Kerl ist kalt wie Hundeschnauze. Willst du wissen, was ich denke? Er hatte von Anfang an vor, die Sache ganz allein durchzuziehen. Ohne uns. Zu uns ist er nur gekommen, um uns die Kamera zu geben. Um sicherzustellen, dass auch wirklich alle Neris bekommen, was sie verdienen.«

Falcone griff nach dem Mikro und befahl allen Mitarbeitern seiner Abeilung, unverzüglich zur Via dei Cerchi zu fahren. Auch seinem eigenen Fahrer. Dort war Costa zum letzten Mal gesehen worden. Vielleicht hatten sie Glück …

Es war nicht leicht, klar zu denken. Dann klingelte sein Handy, und es wurde sogar noch schwerer.

»Jetzt nicht«, meldete er sich brüsk.

»Doch«, schrie sie ihn an, und Falcone fragte sich flüchtig, warum Teresa Lupo und er so selten Gespräche in normaler Lautstärke führten. »Hören Sie mir gefälligst zu. Ich habe mir gerade noch einmal Kirks Sachen angesehen und dabei ein paar Telefonnummern entdeckt. Sie sind ziemlich aufschlussreich. Besonders eine. Vielleicht ist es die, die er kurz vor seinem Tod angerufen hat.«

»Vielleicht?«, brüllte Falcone. »Verdammt, was nutzt mir *vielleicht*?«

»Er hat Miranda Julius' angerufen«, erklärte sie unumwunden. »Zumindest steht ihre Nummer auf seinem verrotzten Taschentuch. Und zwar so sauber wie frisch notiert. Sie hat sie mir genannt, als wir in ihrem Apartment waren. Na, hört sich das nicht interessant an? Kurz vor seinem Tod hat Randolph Kirk die Mutter des Mädchens angerufen, das wir für entführt halten sollten. Und zwar von ihm, falls Sie das vergessen haben sollten.«

Kopfschüttelnd befahl Falcone dem Chauffeur, an den Straßenrand zu fahren und kurz zu halten. »Wie bitte? Was haben Sie da gesagt?«

»Er hatte ihre Handynummer bei sich. In seinem Büro. Daran besteht kein Zweifel. Wenn man bedenkt, wie unorganisiert der Mann war, kann es dafür nur einen sehr dringenden Grund gegeben haben. Und jetzt sind Sie am Zug.«

Leo Falcone lehnte sich in die Lederpolster seines Alfa zurück und blickte durchs Fenster auf die Touristenmassen, die sich im Schneckentempo auf den kleinen Platz mit dem berühmten Brunnen zubewegten. Miranda Julius hatte ihnen ein Foto von Randolph Kirk an der Fontana di Trevi gegeben, auf dem er wie gebannt ihre Tochter anstarrte. Wenigstens sah es so aus.

»Wir treffen uns vor ihrer Wohnung«, sagte Falcone und bemühte sich um eine ruhige Stimme. »Ich schicke Ihnen einen Wagen.«

»Moment«, rief sie überrascht. »Ich bin nur eine einfache Pathologin. Auf keinen Fall möchte ich mich in …«

»Ich erwarte Sie«, brüllte er und beendete das Gespräch.

Aus dem Schatten heraus sah Mickey Neri, wie sein Vater den Raum betrat. Der alte Mann betrachtete die Bilder an den Wänden und lächelte, als würden sie angenehme Erinnerungen in ihm wecken. Doch das war natürlich absurd. Es musste etwas anderes sein, das den alten Mann so heiter stimmte.

Die Finsternis hatte etwas Verlockendes. Man konnte sich im Halbdunkel verbergen, sich unsichtbar machen, während man beobachtete, was im Hellen vor sich ging. Mickey Neri wünschte, er könnte sich weiterhin im Schatten halten, um ungesehen zu einem der Ausgänge zu gelangen, von denen

Adele gesprochen hatte. Doch sie hauchte ihm einen flüchtigen Kuss auf die Wange, wisperte »*Ciao*« und schob ihn ins Licht.

Väterlich breitete Emilio Neri die Arme aus. »Mickey, mein Sohn ...«

Aber Mickey rührte sich nicht. Sein Vater ging zwei Schritte auf ihn zu. »Was ist? Bist du noch immer wütend auf mich? Können wir die Sache nicht endlich auf sich beruhen lassen?«

Sein Sohn sah ihn nur stumm an.

»Ich habe dir eine Chance gegeben, Mickey. Willst du dich jetzt dafür bedanken? Du bringst nicht nur den geschwätzigen Hund Martelli um, sondern willst mir auch noch ein kleines Geschenk machen? Du hast also Adele gebumst. Na und? Wenn so was passiert, bleibt es am besten in der Familie. Lass uns die Sache vergessen. In meinem Alter verliert das Herumvögeln viel von seiner Wichtigkeit.«

Er blickte sich um. »Himmel, wenn ich mir überlege, was wir früher hier angestellt haben. Wo ist eigentlich Adele?«

»Keine Ahnung«, murmelte Mickey. »Sie meinte, wir sollten erst mal allein klarkommen. Sie will später mit dir reden.«

Kalt lächelte der alte Mann ihn an. »Ja. Irgendwann wird sich das nicht vermeiden lassen, schätze ich. Allerdings bin ich nicht mehr lange in Italien, daher weiß sie vermutlich, dass ein Treffen für längere Zeit unmöglich ist. Mit dieser Frau ist es immer das Gleiche. Adele denkt nur an sich. Sobald man das vergisst, wird es gefährlich.«

Mickey konnte sich kaum noch beherrschen. Am liebsten hätte er den grinsenden Koloss vor sich angeschrien und wild um sich getreten. Der Mann tat einfach so, als wären die Ereignisse des vergangenen Abends das Natürlichste von der Welt. »Sie steht jetzt nicht zur Debatte, verdammt noch mal! Du hast mir eine Falle gestellt! Als hättest du geplant, dass dieser Mistkerl mich erledigt.«

Emilio Neri trat noch näher und zog seinen Sohn fest an sich. Mickey wusste nicht mehr, wann sie das letzte Mal einander so nahe gewesen waren, konnte sich jedoch erinnern, dass es sich um einen ähnlich unangenehmen Anlass gehandelt hatte.

»Nicht so laut«, flüsterte der alte Mann. »Mit deinem Geschrei könntest du die Toten aufwecken.«

»Du ...«

Kräftige, unerbittliche Arme umklammerten ihn. »Ich war ein schlechter Vater. Das weiß ich selbst. Du hast allen Grund, wütend auf mich zu sein.«

»So ist es, und ...«

»Still. Jetzt rede ich. Du hattest eine schlechte Kindheit, Mickey. Durch mich. Ich habe dich zu viel mit dieser lausigen Schlampe allein gelassen. Nicht genug Zeit mit dir verbracht.«

»Ja, richtig ...«

»Schscht.« Neri legte einen Finger auf Mickeys Lippen. »Hör mir zu.«

Der Junge zog einen Schmollmund wie ein Zehnjähriger. Am liebsten hätte Emilio Neri schallend gelacht.

»Es gibt so viele Dinge, die ich dir nie beigebracht habe. Wann man aufrichtig sein sollte, zum Beispiel. Das müssen Leute wie wir unbedingt wissen. Manchmal ist das wichtiger als alles andere.«

Er drehte Mickeys Kopf zur Wand. »Seine Stieftochter war ein hübsches Mädchen. Na, wie sieht's aus? Willst du deinem Vater nicht endlich von ihr erzählen? Und von der anderen? Von den ganzen verdammten, miesen Spielchen? Großer Gott ...«

Heftig schüttelte Mickey den Kopf. »Nein. Da gibt es nichts zu erzählen.«

»Glaubst du wirklich, das will Vergil Wallis hören, wenn er hier auftaucht? Dieses Lösegeldmärchen kauft er dir doch nicht ab, Mickey. Er will wissen, warum wir ihn damals belogen haben. Er will Antworten hören. Und wenn ich ehrlich bin, glaube ich sogar, er hat sie verdient.«

Sein Mund schob sich ganz nahe an Mickey Neris Gesicht heran. »Wirst du sie ihm geben, mein Sohn?«

»Ich habe nichts getan!«

»Mickey, Mickey ...« Gespielt enttäuscht schüttelte Neri den Kopf. »Du hast sie auf Sizilien gebumst. Ich war vielleicht ein lausiger Vater, aber das weiß ich genau. Du hast sie so gründlich gevögelt, dass sie schwanger wurde. Das hast du mir selbst gesagt, obwohl ich es aus dir herausprügeln musste. Erinnerst du dich?«

Mickey Neri vermied es, seinem Vater in die Augen zu sehen.

Erneut betrachtete Emilio Neri die Fotos von Eleanor Jamieson. »Dieses Mädchen war schön wie ein Engel, aber verdammt töricht. So dämlich wie du, wenn auch auf andere Weise. Warum du auf ein Kondom verzichtet hast, weiß ich. Ich frage mich sogar, ob du jetzt bei deinen afrikanischen Nutten welche benutzt. Aber sie ... Ich schätze, sie wusste es einfach nicht besser. Sei ehrlich. Auf Sizilien war es ihr erstes Mal, oder?«

»Ja«, gestand Mickey leise ein.

»Und als sie dir dann erzählt hat, dass da etwas unterwegs war, hast du's natürlich mit der Angst zu tun gekriegt. Ich meine, Vergil Wallis ist kein Mann, mit dem man sich gern anlegt.«

»Ich habe es dir doch schon vor Jahren gesagt. Ich habe sie nicht ge... ge...«

Er war wieder ein kleiner Junge. Bis auf das Stammeln.

»Was hast du nicht? Stottere hier nicht herum.«

»Ich habe sie nicht ge... getötet.«

Der alte Mafiaboss lockerte seine Umarmung und blickte seinen Sohn an. »Mag sein. Aber soll ich dir was sagen? Ich bin mir nicht sicher, ob das jetzt überhaupt noch wichtig ist.«

Fast sanft legte Emilio Neri seinem Sohn eine Hand auf den Kopf, strich ihm über das Haar und wünschte, der Idiot hätte es sich nicht blond gefärbt. In Mickeys Augen schimmerten Tränen.

»Hör auf zu heulen, Mickey«, sagte Neri, umfasste den Nacken seines Sohnes und drückte seinen Kopf brutal auf die Tischplatte.

Er zog das Band hervor und verklebte seinem Sohn Mund und Augen. Anschließend band er Mickeys Handgelenke zusammen, trat ihm grob gegen die Beine, so dass er auf den nächststehenden Stuhl geschleudert wurde, und fesselte ihn an die Lehne.

»Zum Weinen hast du später noch reichlich Gelegenheit.«

Befriedigt betrachtete Emilio Neri sein Werk.

»Hörst du, Adele?«, schrie er in die Dunkelheit. »Dafür ist später jede Menge Zeit. Hast du mich verstanden?«

Zwei Zeiten verschmelzen miteinander. In jeder geht er voran, blickt sich vorsichtig um, hält sich im Schatten der Wände, und hinter ihm flüstert Miranda. Wispert und wispert. Ihre Worte entsprechen den Bildern in seinem Kopf. In einem der Nebenräume brennt Licht. Sie schleichen zur Tür und spähen hinein. Im Hintergrund seiner Imagination zuckt etwas auf. Die Fotos, die er in Leo Falcones Büro gesehen hat, laufen vor seinem inneren Auge vorbei. Ein korpulenter nackter Mann wälzt sich auf dem Bett, stürzt sich auf eine andere Gestalt unter ihm. Es riecht nach Drogen. Neben dem Tisch sieht Costa eine benutzte Spritze. Auf dem Fußboden liegen das Sackleinengewand des Mädchens und die Blumengirlanden wie eine abgeworfene alte Haut. Der Mann grunzt wie ein Schwein. Das Mädchen unter ihm stöhnt und schreit. Vor Schmerz, denkt er, vor Ekel. Ist es das erste Mal? In einer feuchten, unterirdischen Höhle, in der es nach Moder stinkt? In den schweißnassen Armen eines Mannes, der Vergessen mit einer Nadel verheißt?

Kannst du erkennen, wer sie ist?, fragt Miranda.

Nein, sagt er, ohne hinzusehen.

Aber du musst es wissen, Nic.

Er geht weiter, und hinter ihm redet sie und redet. Sie kommen zu einer anderen Kammer, tiefer im Innern des Felshügels und ein wenig heller beleuchtet. Erneut hört er Schmerzensschreie, die schluchzende Stimme eines jungen Mädchens.

Sieh hin, sagt sie.

Costa lehnt sich an die Wand. Sein Atem geht in knappen, keuchenden Stößen. Sein Körper fühlt sich an wie eine seelenlose Maschine, über die er keine Kontrolle hat. Beschämt stellt er fest, dass er eine Erektion bekommt. Sie sieht es und streckt die Hand aus, berührt ihn zwischen den Beinen.

Manchmal werden wir zu Tieren.

Nein, entgegnet er. *Nur wenn wir es zulassen.*

Dann hört er die andere, tiefere Stimme. Rau, heiser und zwingend. *Sieh hin, du Scheißkerl, sieh genau hin, damit du etwas lernst.*

Mit pumpenden Bewegungen dringt die Gestalt im Halbdunkel von hinten in ein Mädchen ein, das rittlings auf einem Stuhl sitzt und sie über die Lehne hinweg ansieht. Die Hände des Mannes haben ihre Beine gepackt, und die Erinnerung an ein Kinderspiel – Schubkarrefahren – zuckt durch Costas Kopf.

Tränen stehen in Eleanor Jamiesons Augen. Hilfe suchend starrt das Mädchen sie an. Zwei Stimmen brennen sich in Nic Costas Gedächtnis ein, eine jung und unschuldig, die andere alt und erfahren.

Der Mann beschleunigt seinen Rhythmus und stößt mit brutaler Gewalt in sie hinein. Gequält schreit das Mädchen auf. Es fleht um seine Unterstützung.

Das ist nur ein Traum, Junge. Die Vergangenheit kann niemand ändern, knurrt die alte Stimme.

Dann hört er sie wimmern. *Das sage ich. Das sage ich.*

Nichts ändert sich. Nicht einmal das wollüstige Keuchen.

Die Bewegungen des Mannes sind so heftig, dass der Stuhl einen Satz nach vorn macht. Sein Gesicht kommt ins Licht. Es trägt die abstoßende Maske.

Nic Costa will nicht hinsehen, aber die Maske starrt ihn an. Hinter den dunklen Augenhöhlen funkelt es, und die alte Stimme lacht höhnisch. *Sieh her, Mistkerl, sieh nur her.*

Dann bemerkt Nic Costa in der Ecke des Raumes noch etwas. Zwei weitere junge Augen. Erschreckt, entsetzt.

Adele Neri verließ die unterirdische Anlage, wie sie gekommen war: durch den Haupteingang an der Via dei Cerchi, vor dem Neri seine Männer zurückgelassen hatte. Sie blinzelte in die Sonne und wischte sich Spinnenweben und Staub vom schwarzen Cashmeremantel. Bruno Bucci und seine Begleiter standen neben dem Schild, das jedem Unbefugten den Zugang untersagte.

Lächelnd lief sie auf die Männer zu.

»Signora Neri«, begann Bucci vorsichtig. Die anderen beobachteten ihn mit Argusaugen. »Ist mit Ihrem Mann da drinnen auch alles in Ordnung? Ich mache mir ein bisschen Sorgen, wenn ich ehrlich sein soll.«

Sie legte ihm eine Hand auf den Arm. »Aber natürlich, Bruno. Sie kennen ihn doch.« Sie sah die anderen Männer an, bis die ihre Köpfe senkten. »Sie alle kennen ihn gut genug.«

Bucci versuchte, verstohlen ihren Blick einzufangen, aber darauf ließ sie sich nicht ein. Sie steckte sich eine Zigarette an und beobachtete scheinbar interessiert den Strom der Autos auf der belebten Straße.

»Er hat Ihnen doch gesagt, wie Sie sich zu verhalten haben, oder?«, erkundigte sie sich, ohne ihn anzusehen. »Mickey könnte seinem Vater nie etwas antun.«

Ein paar Meter entfernt hielt ein Taxi, und sie sahen, wie

ein hoch gewachsener Schwarzer ausstieg. Er trug eine große Reisetasche.

»Um Mickey mache ich mir keine Gedanken«, brummte Bucci.

Langsam kam Vergil Wallis auf sie zu. Er schwenkte seine Tasche und pfiff mit ausdrucksloser Miene irgendeine Melodie vor sich hin. Vor ihnen blieb er stehen, reckte die Arme hoch in die Luft und sagte zu Bucci: »Nun, wollen Sie nicht ...?«

Zwei kräftige Hände öffneten den Ledermantel und tasteten Wallis sorgfältig ab. Dann umfasste Bucci den linken Fußknöchel des Amerikaners und zog fluchend ein Jagdmesser hervor.

»Wohl vergessen, was?«

»Sieht ganz so aus«, entgegnete Wallis unbeeindruckt. »Dieses frühe Aufstehen bringt mich ganz durcheinander. Für so was bin ich mittlerweile zu alt.«

Bruno wiegte das Messer in einer Hand und gab es dann einem seiner Kumpane. »Das reicht mir, Signor Wallis. Warum gehen Sie nicht einfach? Wir können das Geld problemlos übergeben. Wie auch etwaige Botschaften überbringen. Sie können sich auf mich verlassen. Ich sorge dafür, dass Sie bedient werden. Mit diesem ... Missverständnis muss Schluss sein.«

Wallis lachte ihm ins Gesicht. »Donnerwetter. Ich wusste, dass Neri am Ende ist. Aber so schnell? Treffen Sie von jetzt die Entscheidungen, Bucci?«

Nur mit Mühe zügelte der bullige Mann aus Turin seine Wut. »Ich versuche nur, weiteren Mist zu verhindern.«

Wallis schlug ihm derb auf die Schulter. »Sparen Sie sich die Mühe, Mann. Solange es ihn gibt, haben Sie gar nichts zu melden. Signor Neri möchte mich sehen. Ich möchte ihn sehen. Mehr ist dazu nicht zu sagen.«

Störrisch schüttelte Bucci den Kopf und griff nach der Reisetasche.

Aber Adele war schneller. »Das mache ich.«

Sie riss die Tasche an sich, zog den Reißverschluss auf und wühlte mit der rechten Hand darin herum. Dann lächelte sie Vergil Wallis an.

»Das ist eine Menge Geld. Ich hoffe, es lohnt sich für Sie.«

»Das hoffe ich auch«, sagte er leise und fing die Tasche wieder auf, die sie ihm zuwarf.

Vergil Wallis lief zum Eingang und verschwand in der Dunkelheit. Eine Zeit hörten sie noch sein Pfeifen, dann nichts mehr.

Adele trat nahe an Bruno Bucci heran, blickte in sein ausdrucksloses Gesicht und fuhr ihm mit einem Finger über den Arm.

»Wie ist es, Bruno?«, fragte sie. »Wollt ihr eigentlich den ganzen Tag hier herumhängen?«

Als Teresa Lupo vor Miranda Julius' Apartment eintraf, war die Tür bereits aufgebrochen. Ein ganzer Trupp von Polizisten durchsuchte die Räume, öffnete Schränke, zog Schubläden auf und warf den Inhalt auf den Fußboden.

Sie ging schnurstracks in Suzis Zimmer, denn dort waren die Fahnder noch nicht gewesen. Zum Glück. Sie musste nachdenken.

Ein leises Hüsteln auf dem Flur ließ sie den Kopf wenden. Falcone stand in der Tür und sah sie fast freundlich an.

»Vielen Dank, dass Sie gekommen sind«, sagte er.

»Und warum bin ich hier?«

Falcone strich sich über den grauen Spitzbart und sah aus, als würde auch er sich diese Frage stellen. »Um uns Glück zu bringen, nehme ich an. Das könnten wir wirklich gut brauchen. Vielleicht werde ich auf meine alten Tage abergläubisch.«

»Man weiß noch immer nicht, wo Nic oder Wallis sind?«

Er schüttelte den Kopf. »Warum sind Sie eigentlich sofort

in dieses Zimmer gegangen? Glauben Sie, uns könnte etwas entgangen sein?«

»Nein. Nic und ich haben uns schließlich hier umgesehen, oder? Aber …« Sie brach kurz ab und dachte über eine Vermutung nach, die während der Fahrt im Polizeiwagen immer stärker geworden war. »Ich hätte es schon sehr viel früher erwähnen sollen. Der Raum wirkt sonderbar … unbewohnt. Ganz im Gegensatz zum Zimmer von Signora Julius. Da herrscht eine gewisse Unordnung. Chaos. Das hier …«

Sie blickte sich um, als wollte sie sich noch einmal vergewissern. »Hier wirkt alles wie für uns inszeniert. Wissen wir denn überhaupt, ob Suzi Julius wirklich existiert?«

Falcone ließ sie nicht aus den Augen. »Wir haben das Video, das zeigt, dass jemand auf ein Motorrad gesprungen ist. Und die Fotos, die uns die Mutter gegeben hat.«

»Ich weiß. Doch darüber hinaus?«

»Wenig. Nichts.« Falcone setzte sich auf einen kleinen Sessel und sah sich im Raum um. »Wenn ich es mir recht überlege, muss ich Ihnen zustimmen, Signora Lupo. Falls jemand der Polizei etwas vormachen will, gibt es dafür keinen besseren Platz als den Campo. Da sind wir rund um die Uhr präsent. Sie wusste, dass sie sich nicht sonderlich anstrengen muss, um unsere Aufmerksamkeit zu erregen. Und man braucht kein Genie zu sein, um die Überwachungskameras zu entdecken. Sie hängen an nahezu jedem vierten Laternenpfahl.«

»Aber *warum*?«

Schweigend lief der Inspektor ins Wohnzimmer zurück. Sie folgte ihm und stellte überrascht fest, wie laut die Verkehrsgeräusche von der Straße heraufdrangen.

»Sehen Sie mal.« Falcone zeigte auf einen Stapel alter Karten und Pläne. Es waren detaillierte Aufzeichnungen von Ausgrabungsorten in Rom und der Umgebung der Stadt. Teresa Lupo nahm ein paar der Karten zur Hand und blätterte in ihnen. Keine der Stätten war ihr bekannt. »Offenbar hat sich auch Miranda Julius für Ausgrabungen interessiert«, sagte er. »Warum wohl?«

Konzentriert beugte sich Peroni über das Notebook von Miranda Julius. Teresa hockte sich neben ihn, legte ihm eine Hand auf die Schulter und sah verblüfft zu, wie schnell und geschickt er auf die Tasten einhieb.

»Woher kennen Sie sich denn so gut mit diesem Computerkram aus?«, wollte sie wissen.

Er hielt kurz inne und sah sie amüsiert an. Sein rechtes Auge war blutunterlaufen und schwoll langsam zu. Er sah einfach grauenhaft aus. »Ich habe Kinder, Teresa. Wer sonst sollte ihnen helfen, wenn sie Probleme mit diesen Dingern haben?«

Nie hätte sie gedacht, dass das Familienleben auch diese kleinen, aber nützlichen Nebenwirkungen haben konnte. Ihre Vorstellungen von Peroni erwiesen sich offenbar allesamt als falsch.

»Aber was ist denn mit Ihnen passiert, Gianni?«, erkundigte sie sich besorgt. »Waren Sie damit schon beim Arzt?«

Er lachte. »Meine Güte, ich hab eins aufs Auge gekriegt. Fragen Sie lieber etwas Wichtiges. Beispielsweise nach den Gründen.«

»Und die wären?«

»Gute.« Peroni zauberte eine Reihe von Fotos auf den Bildschirm.

Teresa Lupo beobachtete, wie er eine Aufnahme nach der anderen aufrief, und wünschte, sie wäre geblieben, wohin sie gehörte, in der relativen Sicherheit der Pathologie.

Gianni Peroni zeigte auf ein Bild von Randolph Kirk. Darauf stand er auf dem Ausgrabungsgelände in Ostia und hatte offensichtlich keine Ahnung, dass er fotografiert wurde. Sein Gesichtsausdruck zeigte Verwirrung und möglicherweise sogar Furcht. »Wir wissen nicht, wer die Frau wirklich ist. Der Botschaft zufolge ist die einzige Britin dieses Namens siebenundsechzig Jahre alt. Darüber hinaus haben wir die da gefunden ...«

Auf dem Tisch lagen etliche Pässe. »Einen weiteren britischen Pass, einen US-amerikanischen, einen kanadischen und einen aus Neuseeland. Auf jedem Foto sieht sie anders aus. Andere Haarfarbe, andere Frisur. Hätte man mir das alles damals gezeigt, als ich noch im Drogendezernat gearbeitet habe, und nach ihrer wahren Tätigkeit gefragt, wäre ich vermutlich auf Dealen gekommen. Aber beweisen können wir es nicht. Mit Fotografie scheint sie sich allerdings tatsächlich gut auszukennen. Das hier ...« Er deutete auf das Bild von Kirk. »Das hier hat sie für das Foto benutzt, das sie uns gegeben hat, um eine Verbindung zwischen Kirk und ihrer Tochter herzustellen. Die es nie gab. Sie hat einfach seinen Kopf von diesem Foto auf eins mit Suzi vor dem Trevi-Brunnen montiert. Kirk war nie dort. Kirk hat nie jemanden bedroht.«

»Vielleicht war es genau andersherum«, überlegte Falcone. »Und sie hat Kirk bedroht.«

Teresa dachte über Miranda Julius nach. Wenn sie ihnen Theater vorgespielt hatte, dann unglaublich gut, nahezu perfekt.

Als Peroni zwei Fotos aus einem Umschlag zog, glaubte sie, dass es endlich eine Art von Erklärung geben könnte. Sie schienen zu der Serie zu gehören, die ihr Regina Morrison gezeigt hatte, besaßen die gleiche Qualität, einen ähnlichen Hintergrund, waren vor sechzehn Jahren aufgenommen worden. Auf einem stand die junge Miranda Julius – oder wie sie auch immer wirklich heißen mochte – neben Emilio Neri, mit einem strahlenden, unschuldigen Lächeln auf dem Gesicht und einem Glas in der Hand. Sie trug Blumen in den goldblonden Haaren, und ihre Locken fielen auf ein Sackleinengewand. Am liebsten hätte Teresa Lupo das Foto ergriffen und zerrissen, die Jahre zurückgedreht.

Gianni Peroni legte das zweite Bild über das erste. Auf ihm

lag Miranda Julius nackt auf einer Couch. Ihre Beine spreizten sich unter dem Körper eines Mannes, der wie besessen immer wieder in sie hineinzustoßen schien. Es war Beniamino Vercillo. Teresa blickte in die leeren Augen des Mädchens und versuchte sich vorzustellen, was es damals empfunden haben musste. Vielleicht glaubten diese Männer, sie wäre benommen, dass sie nichts mitbekäme. Dass die naiven Mädchen gar nicht begriffen, was vor sich ging, wenn sie sie nur genug mit Alkohol und Drogen voll pumpten, und später dann dachten, es wäre genauso gut ihre Schuld. Das konnte möglicherweise mit jemandem wie Barbara Martelli klappen, vor allem, wenn als Belohnung ein netter Posten bei der Polizei winkte. Doch nicht bei Miranda. Man konnte ihr ansehen, dass sie Qualen litt. Auf ihren Gesichtszügen zeigte sich Abscheu und Hass auf den Mann, der ihr auf einer billigen Couch in einer dumpfen, feuchten Höhle die Unschuld nahm.

»Da sind noch mehr«, sagte Peroni.

Schnell legte Falcone seine Hand auf den Umschlag. »Später.« Fast hinterhältig sah er Teresa Lupo an. »Welche Erklärung haben Sie?«

Lag die nicht auf der Hand? Teresa Lupo strich sich die dunklen Haare zurück und fragte sich flüchtig, wie sie im Moment eigentlich aussah. Eigentlich war alles wieder in Ordnung. Ihr Kopf funktionierte. Dennoch blickte sie noch immer nicht ganz durch. »Miranda Julius, oder wie immer sie auch heißt, wollte sich rächen. Aber warum hat sie damit so lange gewartet?«

»Weil es nicht nur um Vergewaltigung ging«, antwortete Peroni. »Eins dieser Mädchen hat den Tod gefunden, und Neri hat allen vorgemacht, es wäre an einer Überdosis gestorben. Das hat er auch Wallis erzählt. Und das war eine durchaus plausible Erklärung. Bis wir in der Nähe von Fiumicino auf die Leiche gestoßen sind.«

Das hört sich logisch an, dachte sie. Aber eben nicht logisch genug. »Und warum hat sie dann den Mistkerl nicht einfach getötet? Warum die Umstände, warum dieses Theater?«

Peroni zog ein Taschentuch hervor und betupfte sich vorsichtig das Auge, das vermutlich verdammt wehtat. »Welchen Mistkerl genau? Mickey Neri? Mag sein. Aber vielleicht war sie sich nicht ganz sicher. Vielleicht wusste sie es, hatte aber zu viel Angst, den Mund aufzumachen. Bis sie es schließlich doch beweisen kann und prompt das nächste Flugzeug nach Rom besteigt. Und eines schönen Tages klingelt bei Barbara Martelli das Telefon. Sie nimmt ab und hört Folgendes: ›*Buon giorno,* rat mal, wer hier ist, und willst du wissen, was ich erfahren habe? Unsere Freundin aus dem Fickclub ist nicht an einer Überdosis gestorben. Irgendein Scheißkerl hat ihr ungestraft die Kehle durchgeschnitten.‹ Können Sie sich vorstellen, dass Barbara das gern gehört hat?«

Es erstaunte Teresa Lupo, wie viel Sympathie diese Mörderin unter ihren ehemaligen Kollegen noch immer zu genießen schien. Sie nahm Peroni das Taschentuch ab und berührte damit behutsam die Wunde. Peroni hatte Recht. Haut oder Gewebe waren nicht verletzt. Da war nur eine böse Schwellung, und das Auge tränte. Sie drückte leicht gegen die Tränendrüse, um Flüssigkeit zum Ablaufen zu bewegen.

»Das würde wahrscheinlich erklären, warum Ihre reizende Barbara auch mir eine Kugel verpassen wollte. Wenn es Sie stört, können Sie immer wieder ganz vorsichtig Tränen forttupfen, Gianni. Aber sobald Sie eine andere Stelle berühren, nehme ich Ihnen das Taschentuch weg und verfrachte Sie ins Krankenhaus. Verstanden?«

»Danke.« Er nahm ihr das Tuch wieder ab. »Mal ehrlich, Teresa. Was war unter den Umständen denn von ihr zu erwarten? *Erklärungen*? In beiden Fällen handelte es sich um Frauen, die zu allem entschlossen waren. Wehe dem, der sich ihnen in den Weg stellt.«

Falcone beugte sich vor und musterte angelegentlich Peronis Verletzung. »Einen Mann hat Miranda getötet. Beniamino Vercillo. Wir haben die Maske in einer Mülltonne in der Nähe seines Büros gefunden. An ihr befanden sich blonde Haare. Ich verwette jede beliebige Summe, dass es ihre sind. Sie hatte ein Motiv. Das Foto hier ist der Beweis. Aber sie wollte auch Neri durch Vercillos Unterlagen belasten und der Polizei ausliefern. Dafür reichte die Geschichte von ihrer verschwundenen Tochter nicht. Und dann wurden wir durch die Tatsache abgelenkt, dass Barbara Martelli Kirk umgebracht hat.«

»Und mich … fast«, warf Teresa Lupo ein.

»Und Sie«, räumte er ein. »Jedenfalls musste sie weiterhin Druck ausüben. Deshalb hat sie behauptet, dass das Haarband aus Ostia ihrer Tochter gehört hätte. Sie hat Mickey Neri identifiziert, obwohl ich bezweifle, dass der *Suzi* jemals auch nur nahe gekommen ist. Was sie nun plant … Keine Ahnung. Vielleicht ist es nicht leicht für sie, an Neri und seinen Sprössling heranzukommen. Vielleicht … Ihm wird doch nichts zustoßen, oder?«

Falcone tappte ihm Dunkeln herum, suchte nach rettenden, beruhigenden Strohhalmen.

»Wahrscheinlich, wenn er darauf verzichtet, das Feuer weiter zu schüren«, erwiderte sie. Teresa Lupo dachte darüber nach, was ihr Regina Morrison über die Rituale und die Rollen erzählt hatte, die jeder Teilnehmer dabei spielte. »Sie ist das, zu dem sie gemacht wurde. Von Neri und den anderen. Eine Mänade. Eine Frau, die alle Seligkeit der Welt verheißt – wenn sie will. Aber eine gnadenlose Rachegöttin, wenn sie glaubt, ihr oder einer ihrer *Schwestern* wurde Unrecht getan. Sie müssen versuchen, sich in Miranda Julius hineinzuversetzen.« Teresa Lupo zeigte auf das Foto mit dem wollüstigen Vercillo. »Wen würden Sie an ihrer Stelle töten wollen? Nur diesen jämmerlichen, armseligen Hund?«

»Nein, die ganze verdammte Bande«, erwiderte Peroni überzeugt. »Und auf so üble Weise wie möglich. Ich würde zu gern sehen, wie sie einander zerfleischen und danach auf ihren Gräbern tanzen.«

Wortlos sahen die drei sich an. Dann betrat eine Person den Raum, lächelte Teresa Lupo kurz an und sagte: »Wir haben Neris rechte Hand und ein paar seiner Schläger geschnappt. Auf der Via dei Cerchi. Aber sie sind stumm wie die Fische.«

Peroni hob eine Braue. »Ehrlich?«

Emilio Neri saß an der Stirnseite des Tisches, rauchte eine Cohiba und spielte mit der Pistole, die er schon so oft benutzt hatte, dass sie zu ihm zu gehören schien wie ein weiterer Körperteil. Seinen Sohn ignorierte er völlig. Träge kräuselte sich bläulicher Zigarrenrauch zur Decke. Er beobachtete, wie Vergil Wallis eintrat. Der Amerikaner trug eine Ledertasche in einer ausgestreckten Hand und hob die andere hoch in die Luft.

Neri musterte ihn von Kopf bis Fuß. »Hat dich mein Mann draußen überprüft?«

»Ja. Wie heißt er doch gleich? Bucci?«

Emilio Neri musste sich zusammenreißen. Der Name seines Stellvertreters ging Wallis absolut nichts an. »Er ist zuverlässig. Ich vertraue ihm. Dennoch …«

Er richtete die Waffe auf Wallis. »Stell die Tasche auf den Tisch, zieh den Mantel aus und wirf ihn auf den Boden. Dann streck beide Arme aus. Sobald du eine verdächtige Bewegung machst, schieße ich.«

Wallis schälte sich aus dem Ledermantel, ließ ihn fallen und hielt den Atem an, während Neri ihn noch einmal abtastete.

»Du kannst dich setzen«, verkündete Neri schließlich und zeigte mit der Pistole auf einen Stuhl. Dann ging er um den Tisch herum und setzte sich wieder neben Mickey. »Jetzt zeig mir das Geld. Aber greif nicht in die Tasche hinein. Dreh das Ding einfach um und schütte es aus.«

Wallis tat es. Mit Banderolen versehene Banknoten fielen auf den Tisch.

Verächtlich starrte Neri die Geldbündel an. »Und dafür ist mein schwachköpfiger Sohn bereit, sich all diese Probleme einzuhandeln? Was für ein Idiot. Ich hätte ihm mehr gegeben. Ein einfaches ›Bitte‹ hätte gereicht.«

»Vielleicht ist genau das der Punkt«, vermutete Wallis. »Er will um nichts mehr bitten. Er sehnt sich nach ein bisschen Unabhängigkeit.«

Neri lachte und warf einen kurzen Blick auf Mickey. »Ja, sieht ganz so aus, was?« Dann betrachtete er die Fotos an den Wänden. »Was glaubst du, was du für dieses Geld bekommst, Vergil? Die Kleine, die sich Mickey geschnappt und irgendwo versteckt hat? Frag mich nicht nach Einzelheiten. Die kenne ich nicht und will sie auch gar nicht wissen. Er arbeitet in dieser Sache auf eigene Faust. Für derlei Dinge bin ich mir zu schade, aber vermutlich weißt du das.«

Wallis runzelte die Stirn. »Du wolltest dich mit mir treffen. Hier bin ich.«

»Geht es dir vielleicht um Vergeltung?«

»Vielleicht.«

»In Ordnung.«

Neri griff in seine Tasche, zog ein Messer hervor, ließ die Klinge aufspringen und legte es auf den Tisch. Er zeigte mit der Pistole auf Mickey. »Ich bin fair. Wenn du willst, kannst du ihn umbringen. Ehrlich gesagt, hätte ich es vor sechzehn Jahren fast selbst getan. Ich meine, da veranstaltet man eine nette, kleine Party und denkt, jeder würde sich großartig amüsieren. Aber was passiert? Der eigene Sohn kommt einem hysterisch schluchzend entgegen, bekifft bis unter den Haaransatz, und jammert: Sieh doch nur, da liegt meine Freundin, mausetot und mit durchschnittener Kehle. Und ich betrachte mir das heulende Stück Scheiße und denke: Bring ihn einfach auch um. Verdient hätte er es mit Sicherheit. Ich weiß zwar nicht, wie du das siehst, aber ich habe nie viel davon gehalten, Frauen zusammenzuschlagen. Notfalls würde ich sie töten. Aber doch nicht aus Wut oder im Drogenrausch. Außerdem …« Neri nahm einen letzten Zug und warf die Zigarre auf den Fußboden. »Außerdem hat es mir den ganzen Abend verdorben. Ich musste mir etwas einfallen lassen, damit du auf keinen Fall die Wahrheit erfährst. Natürlich kann ich mich nicht an Details erinnern. Ich muss zugeben, dass auch ich ein bisschen high war.«

Er forschte in Wallis' Gesicht nach Gefühlsregungen. Aber der Amerikaner saß mit absolut ausdrucksloser Miene da.

»Wir waren alle breit«, fuhr Neri fort. »Das beeinträchtigt die Konzentration. Höchst riskant. Aber was soll's, ansonsten war es eine tolle Party. Wenn ich mich recht erinnere, habe ich drei Mädchen gebumst. Adele war die beste, deshalb bin ich auch an ihr hängen geblieben. Aber stell dir vor, gleich drei. Alle nacheinander, an einem Abend.«

Grinsend beugte er sich vor. »Und du, Vergil? Sei ehrlich. Unter uns Männern. Wie viele hast *du* gevögelt?«

Sie umfasst seinen Kopf mit beiden Händen und redet und redet, so nah, dass ihr Speichel seine Wange benetzt.

Was siehst du?, fragt sie.

Angestrengt späht Costa in das Halbdunkel vor ihm, das ein Flur zu sein scheint, und bemüht sich, die Konfusion in seinem Kopf zu verdrängen, versucht, einen Ausweg aus diesem Labyrinth zu finden.

Das weißt du selbst, antwortet er.

Mit sanftem Druck ihrer Hände zwingt sie ihn, ihr in die Augen zu blicken. *Nein, Nic. Ich bin mir nicht sicher, was du bereits weißt. Was siehst du da in der Ecke?*

In seiner Fantasie sieht er sie jetzt ganz genau. Eine zusammengekauerte Gestalt, zitternd vor Angst und Scham, die sich im Halbdunkel versteckt.

Was denkt sie?, will Miranda wissen. *Sag es mir.*

Erzähl du es mir.

Ihre Stimme ist kaum zu verstehen. *Sie musste es erdulden, sie hat gelitten, findet aber nie den Mut, darüber zu sprechen.*

Die Gestalt schluchzt, beißt sich verzweifelt in die Hand, um das Geräusch zu ersticken.

Wer ist sie, Nic? Wer?

»Du willst es mir nicht sagen. Nun, ich schätze, du befürchtest, es könnte prahlerisch klingen.«

Gelangweilt lehnt sich Wallis auf seinem Stuhl zurück und schweigt.

»Aber vielleicht erinnerst du dich nicht mehr. Es ist lange her. Und genau das hat mich stutzig gemacht. Als wir erfuhren, dass es sich bei der Toten um deine Stieftochter handelt. Ich meine, sie war deine *Stieftochter.* Und nicht dein eigen Fleisch und Blut. Du hast keine leiblichen Nachkommen, oder? Was ist? Hast du etwa Probleme mit deiner Zeugungskraft?«

Wallis nickte zu Mickey hinüber. »Meinst du etwa, ich wäre neidisch?«

Neri lachte. »Natürlich nicht. Wer würde mich schon um dieses verkommene Subjekt beneiden? Aber ich kenne Mickey. Er ist ein charakterloser, dummer Junge. Heute wie damals. Und die Ereignisse seit der Entdeckung der Leiche haben mich zum Nachdenken gebracht. Was nach all dieser Zeit gar nicht so leicht war. Und weißt du, was mir eingefallen ist?«

Schweigend betrachtete Vergil Wallis seine Fingernägel.

»Vergil, Vergil. Ich spreche hier über das Schicksal deiner Stieftochter.«

»Was ist dir denn eingefallen, Emilio?«, knurrte Wallis.

»Genau genommen zwei Dinge. Da mir Mickey anvertraut hatte, dass das dumme Ding von ihm schwanger geworden war, habe ich ihn gar nicht gefragt, warum er ihr die Kehle durchgeschnitten hat. Und dann noch etwas. Sie hat eindeutig keinen Gefallen an unseren Spielchen gefunden. Du hast doch gesagt, wie fasziniert sie von diesem Universitätsprofessor war und dass wir uns großartig amüsieren würden. Und wir hatten auch alle unseren Spaß – bis auf sie. Sie wollte mit keinem anderen bumsen, nur mit Mickey. Ich habe sie ganz höflich gefragt. Toni Martelli übrigens auch. Aber sie lächelte uns nur nett an, fragte, ob wir vielleicht noch etwas trinken wollten, und hat sich dann wieder Mickey zugewandt. Vielleicht schwärmte sie nicht unbedingt für diese Art von Party. Aber vielleicht war es für sie auch nicht das allererste Mal wie für die anderen Mädchen. Wenn du dich erinnerst, war das eine der Bedingungen des von dir angeschleppten Professors. Sonst könnte es ernste Probleme geben, betonte er. Vielleicht hatte er damit Recht. Wie und wo hast du ihn eigentlich kennen gelernt? Die Bullen schienen zu glauben, er hätte etwas mit mir zu tun. Als …«

Wallis drehte den Kopf und lauschte, ob sich da vielleicht noch jemand in den dunklen Gewölben aufhielt. »Ich bewege mich in anderen Kreisen, Emilio.«

»Ach ja. Du bist schließlich *gebildet.* Das hatte ich ganz vergessen. Vergiss meine Frage, sie ist nicht so wichtig. Ich hab dir gesagt, dass ich dir Mickey überlasse. Ich stehe zu meinen Versprechen. Du kannst mit ihm tun, was du willst.«

Er schob das Messer über den Tisch und Wallis' Hand schloss sich um die Waffe. Mickey Neri senkte den Kopf und begann zu schluchzen.

»Du kannst ihn umbringen, wie er das Mädchen getötet hat, Vergil. Aber …« Neri überlegte kurz. »Geben wir dem Jungen die Chance, etwas zu sagen. Lass uns fair sein …«

Den Amerikaner unverwandt beobachtend, stand er auf und riss seinem Sohn das Klebeband von Augen und Mund. Mickey schrie vor Schmerzen, blickte über den Tisch auf Wallis mit dem Messer in der Hand und schluckte trocken.

»Um Himmels willen«, ächzte er. »Das kannst du doch nicht zulassen, Vater.«

»Der Mann hat das Recht zu erfahren, was mit seiner Tochter geschehen ist«, sagte Neri nachdrücklich. »Mach endlich reinen Tisch, Sohn. Am besten sofort. Bevor es zu spät ist.«

Das bist du, sagt er tonlos.

Wer?

Du.

Miranda umfasst seinen schmerzenden Kopf und blickt ihn mit zwei Augen aus der Gegenwart an, küsst ihn, schluchzt vor Erleichterung.

In seiner Fantasie sieht er die junge Miranda Julius. Wie sehr der Sprung in die Vergangenheit sie verändert hat. Glatte, jugendfrische Haut. Unbeschwerte Lebensfreude. Keine Resignation angesichts einer unvollkommenen Welt.

Du bist sehr schön, sagt er.

Er hört ein dünnes, ungläubiges Lachen. Ihres.

Nur äußerlich, Nic. Aber das Äußere täuscht. Es lügt. Die Wahrheit findest du nur in deiner Fantasie. Wenn du das außer Acht lässt, gibt es nichts als unwissende Dunkelheit.

Schreie hallen durch das unterirdische Labyrinth. Wellen von Unbehagen und Furcht – ganz real, nicht eingebildet – stören den Wachtraum in seinem Kopf.

Er versucht ein paar Schritte zu laufen und strauchelt. Unkontrolliert jagen die chemischen Flammen durch seinen Kopf. Sie drückt ihn an sich. Er zittert. Er schwitzt.

Das ist noch nicht alles, sagt sie.

»Ich habe sie doch nur gevögelt«, jammerte Mickey. »Mehr nicht. Sie wollte es. Immer wieder. Das ging mir ziemlich auf die Nerven, denn ich hätte auch gern mit den anderen rumgemacht. Aber sie hat sich an mich gehängt wie eine Klette. So wäre das nicht geplant, hab ich ihr vorgehalten. Sie sollte sich auch mit anderen abgeben, doch davon wollte sie nichts hören. Sie …«

Nervös huschten seine Blicke zwischen den beiden Männern hin und her.

»Sie hat euch eine Bande verkommener, alter Drecksäcke genannt und wollte mit keinem von euch was zu tun haben. Dauernd hat sie von Liebe und diesem ganzen Mist gefaselt. Als wäre das zwischen uns was Besonderes. Sogar dass ich ihr ein Kind gemacht hatte, fand sie ganz toll, aber ich wollte, dass sie in eine Klinik geht und es wegmachen lässt. Liebe? Es hat mir Spaß gemacht, sie zu bumsen.«

Wallis betrachtete Mickey unverwandt, spielte schweigend mit dem Messer.

»Siehst du«, brüstete sich Neri. »Wie ich gesagt habe. Deine Stieftochter wollte nicht mitspielen. Fand offenbar keinen Gefallen daran. Aber warum ist sie dann überhaupt zu dieser Party gegangen?«

Mickey nickte zu Wallis hinüber. »Weil *er* es wollte. Es ging gar nicht um ein Geburtstagsgeschenk. Er dachte, es wäre gut fürs Geschäft. Jedenfalls hat sie das gesagt.«

Skeptisch schüttelte Emilio Neri den Kopf. »Das kann ich kaum glauben, Mickey. Vergil Wallis ist ein feiner, gebildeter Mann. Außerdem stammt die Idee zu der Party von ihm. Er hat die Gewänder und Blumen beschafft. Ich habe lediglich den Stoff und ein paar Burschen mitgebracht, die nicht undankbar für etwas Junges, Knackiges sein würden. Das Mädchen muss doch gewusst haben, was auf sie zukam.«

»Keine von ihnen hat auch nur etwas *geahnt*«, schrie Mickey. »Warst du so bekifft, dass du gar nichts mitbekommen hast? Wallis und sein Kumpel von der Uni haben sie mit Stoff voll gepumpt, in einen Raum voller Männer mit steifen Schwänzen gesperrt und die Tür verriegelt. Sie hatten keine Wahl. Sie mussten tun, was von ihnen verlangt wurde. Und dann, als es schief ging, hast du geglaubt, du könntest sie alle mit ein paar lumpigen Versprechungen zum Schweigen bringen.«

Neri starrte Wallis an. »Stimmt das, Vergil? Nach dieser langen Zeit lässt mich mein Gedächtnis im Stich.«

Der Amerikaner schoss Mickey einen giftigen Blick zu. »Dieser Idiot war doch total zugedröhnt ...«

Neri nickte. »Ich muss Vergil Recht geben, Mickey. Du versuchst doch nur, dich rauszureden. Du konntest schon auf Sizilien deine Finger nicht von dem armen Mädchen lassen. Du hast sie hier auf unserer kleinen Party immer wieder gebumst. Und dann? Hat sie vielleicht gesagt, sie würde zu Vergil und mir gehen, damit es noch rechtzeitig zu einer Hochzeit kommt? Oder hat dich der verdammte Stoff völlig den Verstand verlieren lassen, und irgendwann bist du mit einem Messer in der Hand zu dir gekommen und sie war tot?«

»Nein!«

Neri runzelte die Stirn. »Das führt doch zu nichts. Wir haben keine Zeit, hier ewig zu warten, bis du dich bequemst, die Wahrheit zu sagen. Vielleicht sollte ich dich einfach Vergil überlassen.«

Flehend sah Mickey Neri seinen Vater an. »Kannst du mir nicht einmal zuhören? Irgendwann bin ich hinausgegangen, um zu rauchen. Das alles hier hat mich fast verrückt gemacht. Diese alten Lustgreise, die wie besessen vögelten und sich mit Drogen aufputschten, als wären sie zwanzig Jahre jünger. Und dieses höhlenähnliche Gemäuer. Ich kam mir vor wie im Grab. Ich bin etwa eine Stunde draußen geblieben. Eigentlich wollte ich nach Hause fahren, hatte aber Angst, dass du dann sauer auf mich bist. Also bin ich wieder zurückgegangen und da lag sie. Wie du sie gesehen hast. Ich habe sie *nicht* umgebracht!«

Neris Mund verzog sich zu einer schmalen Linie. Schweigend sah er auf seine Armbanduhr.

»Es ist immer das Gleiche«, beschwerte sich Mickey. »Sobald es irgendwelche Scheißprobleme gibt, bin ich für dich sofort der Sündenbock. Kein einziges Mal hast du gefragt, was eigentlich passiert war. Du hast sie angesehen, dann mich und den Kopf geschüttelt, wie du es immer machst.«

»Eleanor war tot, Mickey«, entgegnete Neri. »Und du der

Einzige, der mit ihr zusammen war. Ich machte Geschäfte mit ihrem Stiefvater, der nur ein paar Räume weiter total bekifft Gott spielte und alles fickte, was sich bewegte. Wenn ich nicht schnell gehandelt hätte, wenn Wallis mitbekommen hätte, was tatsächlich vor sich ging – dass du das Mädchen flachgelegt und geschwängert hast –, wärst du auf der Stelle tot gewesen. Ist dir das nicht klar oder hast du es vergessen?«

Mickey schwieg einen Moment. »Nein«, murmelte er.

Ein Teil von ihm schläft, versteckt sich hinter geschlossenen Lidern und hört auf das, was sie sagt. Ein anderer Teil *sieht*. Der Gott ist zornig. Das Mädchen kreischt. In seinem Traum *fühlt* er, wie die gellenden Schreie der beiden von den feuchten, felsigen Wänden widerhallen. Ein starker, dunkler Arm reckt sich und schlägt zu. Blut tropft von Mädchenlippen.

Er zieht die Maske ab. Ein wutverzerrtes schwarzes Gesicht verlangt Ehrerbietung, erntet aber nur Verachtung.

Das sage ich, sage ich, sage ich, ruft sie wütend.

Der Mann tritt hinter das Mädchen, hebt den Arm. Im Schein der Glühbirne ein silbernes Blitzen. Im Schatten des Raums zwei entsetzte Augen, die alles sehen, denen nichts entgeht.

Der Traum endet. Er öffnet die Augen und geht auf die Stimmen und das Licht zu.

Forschend blickte Emilio Neri sich um, ob Adele da irgendwo im Halbdunkel herumschlich, dann wandte er sich Wallis zu.

»Worauf wartest du, Vergil? Willst du ihn nicht töten?«

Mickey ließ den Kopf auf die Brust sinken und begann hilflos zu schluchzen.

»Und dann?«, wollte der Amerikaner wissen. »Dann erschießt du mich.«

»Nein. Weshalb? Du hast eine Tochter verloren? Ich verliere einen Sohn. Vermutlich wirst du es nicht glauben, aber ich habe nie einen Menschen ohne Grund umgebracht. Sogar die Bullen vor meinem Haus hatten es sich selbst zuzuschreiben. Und du? Nun, du hast mir zwar eine Menge Schwierigkeiten eingebrockt, mir aber auch einen Gefallen getan. Durch dich ist mir klar geworden, dass es Zeit für meinen Ruhestand ist. Ein Mann sollte wissen, wann er von der Bühne abtreten muss. Du hast es gewusst, oder?«

Wallis würdigte ihn keines Blickes.

»Außerdem«, fuhr Neri fort, »wirst du eine Menge erklären müssen, wenn ich dich inmitten dieser Scheiße zurücklasse. Das an einem warmen, sicheren Ort in der Zeitung zu lesen, müsste doch sehr erheiternd sein. Möglicherweise lache ich mich tot.«

»Könnte sein.« Vergil Wallis zeigte den Ansatz eines Lächelns.

»Also Auge um Auge, Zahn um Zahn«, stellte Neri fest und erwiderte das Lächeln. »Wie es sein sollte. Wir sind uns einig? Dieser ganze Unsinn hat jetzt ein Ende?«

»Ja. So ist es.«

Neri nickte. »Das ist gut. Du hast doch nichts dagegen, wenn ich eine letzte Frage stelle? Da gibt es eine kleine Sache, die ich nicht ganz verstehe.«

Der Amerikaner hatte das Messer losgelassen. Seine Hand lag jetzt flach auf dem Tisch, hinter dem Stapel mit den Banknoten.

»Was?«

»Einer meiner Bullenfreunde hat mir etwas ganz Sonderbares erzählt. Er sagte, das arme Mädchen hätte eine Münze im Mund gehabt, als man es fand. Na und, dachte ich. Ein dummer Zufall. Aber dann hat er mich genauso angesehen wie du. Als wäre ich begriffsstutzig. Offenbar hat das eine *Bedeutung*, Vergil. Münzen wurden Toten aus einem bestimmten Grund unter die Zunge gelegt. Glaubst du, dass Mickey diesen Grund kannte? Ich kannte ihn nicht. Wir haben deiner Stieftochter keine Münze in den Mund geschoben, als wir die Leiche in der Nähe des Flughafens begraben haben. Wir sind eben nicht *gebildet.*«

Neri griff nach der Pistole vor ihm auf dem Tisch. »Aber du bist es. Ich schätze, du kennst dich mit diesen Dingen aus. Eine durchaus sympathische Geste aus dem Reich der Mythen, wie mein Freund von der Polizei sagte. Sie bedeutet Abschied, vielleicht sogar Bedauern. Dein Professor hätte das sicher auch gewusst. Aber machen wir uns nichts vor. Er war nur ein kleiner Perversling, den du irgendwo aufgegabelt hast, damit er für dich die Drecksarbeit erledigt. Um jemanden umzubringen, fehlte ihm der nötige Mumm. Und welchen Grund hätte er gehabt? Aber wenn du zu ihr gegangen wärst ... Und ihre Weigerung nicht akzeptiert hättest. Du könntest dich auch gefragt haben, wie du später mit ihrer Mutter klarkommen sollst.«

Wallis' dunkle Augen starrten ihn bedrohlich an.

»An etwas erinnere ich mich, Vergil. So genau, als wäre es gestern gewesen und nicht vor sechzehn Jahren.« Neri machte eine Kopfbewegung zur Maske auf dem Tisch. »Du hast dieses verdammte Ding echt gern getragen. Und soll ich dir was sagen? Ich glaube, du hast dich mit der Maske tatsächlich für eine Art Gott gehalten. Für jemanden, der etwas Besseres ist als wir anderen. Der tun kann, was ihm gefällt, ohne jemals die Konsequenzen spüren zu müssen. Und deshalb bist du auch hergekommen. Du hast Angst, dass dein kleines Geheimnis doch noch ans Licht kommen könnte. Ist es nicht so? Du willst es endgültig begraben, am liebsten mit Mickey als Schuldigen.«

Neri blickte erst seinen Sohn, dann Wallis an. »Du bist kein Gott. Das ist niemand von uns. Du hast nur die ganze Welt hinters Licht geführt. Auch mich. Und weil dir das so verdammt gut gelungen ist, habe ich meinen armen, nichtsnutzigen Sohn jahrelang für etwas verantwortlich gemacht, was er nicht getan hat.«

Er hob die Pistole und richtete sie auf den Mann ihm gegenüber. »Großer Gott, Vergil. Ich wünschte, ich hätte mehr Zeit. Ich wünschte, ich könnte es auf eine andere Weise tun und ...«

Eine Explosion erschütterte den Raum. Emilio Neri wurde vom Stuhl gehoben und gegen die Lehne gedrückt. Überrascht griff er sich an die Brust und spürte, dass irgendetwas alles in ihm aufriss. Er glitt zu Boden, sah aber noch Wallis' Hand. Sie umklammerte eine kleine Pistole, die unter eins der Geldbündel geklebt war.

»Bruno ...«, keuchte er. Blut quoll über seine Lippen, und es wurde dunkel um ihn.

Die uniformierten Polizisten hielten Bucci und drei seiner Helfer an einer Mauer in Schach. Buccis Gesicht zeigte den Ausdruck, den Falcone und Peroni nur zu gut kannten: *Ihr könnt uns fragen, so viel ihr wollt, aber keiner wird was sagen.*

»Irgendwelche Erkenntnisse, was die hier wollten?«, fragte Falcone den Dienst habenden Beamten.

Schnurstracks marschierte er auf Bucci zu und musterte ihn finster. Offenbar hatte er ihn auf Anhieb als Anführer erkannt.

»Nein«, antwortete der Polizist. »Sie haben einen auf harmlose Passanten gemacht, als wir sie gestellt haben. Wahrscheinlich hatten sie uns längst gesehen.«

Falcone trat auf Bucci zu. »Hör mal, Söhnchen, ich habe keine Lust, Zeit mit dir zu verschwenden. Einer meiner Männer ist hier irgendwo, und wenn er getötet wird, mache ich dir das Leben zur Hölle. Das schwöre ich dir. Dein großer Boss Neri hat ausgespielt. Wenn du weiter zu ihm hältst, gehst du mit ihm unter. Ist das klar?«

Bucci sah seine Kumpane an und lachte. »Habt ihr das gehört? Ist es in dieser Stadt schon so weit gekommen, dass ein anständiger Italiener nicht mehr über die Straße gehen kann, ohne dass ihm ein Bulle seine hässliche Fratze ins Gesicht schiebt?«

»Hässliche Fratze?«, knurrte Peroni. »Hast du mich etwa gerade hässlich genannt? Das hat noch niemand gewagt. Das ist eine verdammte Beleidigung.«

»Wieso denn?«, grinste Bruno Bucci. »Du bist hässlich. Hässlich wie …«

Es kam so überraschend, dass es selbst Falcone verblüffte. Blitzschnell reckte Peroni den Hals und rammte seine Stirn heftig gegen Bruno Buccis Nase. Der stämmige Schläger taumelte gegen die Mauer und rang nach Luft. Blut rann ihm über Wangen und Kinn. Doch damit gab sich Peroni nicht zufrieden. Er holte den Mann mit einem derben Hieb in den Magen von den Füßen und deckte den am Boden Liegenden mit einem Hagel weiterer Schläge ein. Während sich Bucci blutend und stöhnend auf dem Pflaster krümmte, wandte sich Peroni dem Typen neben ihm zu, einem schlaksigen Kerl Mitte dreißig, mit entsetzt aufgerissenen Augen. Er packte ihn mit einer Faust an der Schulter und holte mit der anderen weit aus.

»In irgendeiner verdammten Höhle, Mann«, winselte der Kerl. »Ein paar Schritte die Straße hinter. Um Himmels willen, schlagen Sie nicht zu.«

Gianni Peroni rannte los. Sekunden später verschwand er im Eingang des unterirdischen Labyrinths und blinzelte in die Dunkelheit, versuchte sich zu orientieren.

Mickey Neri wimmerte wie ein kleines Kind. Seine Blase hatte sich geöffnet. Warm und feucht lief ihm der Urin die Beine hinunter.

»Tu es nicht, B… b… itte.«

Mit dem Messer in der Hand stand Wallis auf. Wie gebannt starrte der Amerikaner die Maske auf dem Tisch an, deren leere Augenhöhlen sie zu beobachten schienen.

»Es muss sein«, murmelte Wallis, kam um den Tisch herum und trat hinter den an seinen Stuhl gefesselten Mickey Neri. Er streckte die Hand aus, griff in die blond gefärbten Haare, riss den Kopf nach hinten und drückte die Klinge gegen die krampfhaft schluckende Kehle.

Aus ihrem Versteck in der dunklen Decke heraus beobachten sie weiter, und in Nic Costas Kopf vermengen sich Vergangenheit und Gegenwart. Was er jetzt vor sich sieht, ist kein Gott. Ein sehr realer Mann tritt hinter die hilflose Gestalt auf dem Stuhl. Entschlossen, erbarmungslos.

Lass mich nicht im Stich, Nic, sagt sie. *Vergiss nicht, wer du bist. Mach mich nicht zum zweiten Mal zur schweigenden Zeugin.*

Sie drückt ihm etwas in die Hand. Er spürt kaltes Metall und begreift, was es ist.

Der Arm hob … *hebt* sich.

Eine Gestalt tritt aus dem Schatten. Überrascht hält Vergil Wallis inne. Ein Name kommt ihm über die Lippen, bleibt in der Luft zwischen ihnen hängen. Er macht eine Kopfbewegung zum Tisch.

Da ist dein Geld, sagt der Amerikaner und starrt ihre unnatürlich blonden Haare an, die begehrlich funkelnden Augen, erinnert sich. *Du kennst die Abmachung. Verschwinde.*

Ihr Gesicht überstrahlt alles andere im Raum, sie zittert, rührt sich aber nicht vom Fleck. Sie hat Angst und doch keine Angst.

Wallis winkt mit dem Messer. *Nimm es.*

Keine Bewegung. Nur Furcht und Entschlossenheit.

Ich weiß Bescheid, sagt sie.

Er scheint zu stutzen. Sie schüttelt ihren blonden Kopf. Tränen steigen in ihre Augen.

Ich habe es gesehen. Hatte aber nie den Mut, darüber zu sprechen.

Er blickt die Maske auf dem Tisch an und fragt sich, ob er sie noch einmal aufsetzen soll.

Auf eine mehr oder weniger kommt es nicht an, lacht er. *Danach …*

Die Messerklinge hebt sich, drückt gegen den Hals. Ein feiner, roter Strich zeichnet sich auf der weißen Haut ab.

Du warst ein bisschen zu neugierig, Mädchen … will er sagen, bringt die Worte aber nicht heraus. Wallis blickt über ihre Schulter hinweg, wo eine feurige Explosion die Dunkelheit zerfetzt.

Fassungslos starrt er die schwarze Gestalt im Schatten an und versucht etwas zu brüllen, den Gott in sich zu wecken. Blut steigt in seiner Kehle auf. Er stürzt zu Boden, und inmitten von Rauch und Pulvergestank spürt auch Nic Costa, dass ihn sein Bewusstsein verlässt. Sein Kopf dröhnt, seine Beine versagen ihren Dienst.

Er liegt auf der felsigen Erde, sein Sehvermögen schwindet. Dann eine letzte Wahrnehmung.

Sie beugt sich über den am Boden liegenden Mann, öffnet seine blutigen Lippen, die sich noch immer hilflos bewegen. Ganz kurz schimmert eine Münze zwischen ihren Fingern auf und ist verschwunden.

In einem anderen, kleineren Raum. Schummriges Licht durchdringt die Dunkelheit. Sie spricht mit ihrer alten Stimme, und sie hört sich ruhig an, gelassen.

Nic, lieber Nic. Du rettest dich. Du rettest mich.

Nein, sagt er und hört, wie seine Worte in den verschlungenen Gängen des Labyrinths widerhallen.

Er sitzt auf einem Stuhl. Sie beugt sich über ihn, ihre Hände liegen auf seinen Wangen. Er sieht nichts als ihr Gesicht. Es gibt für ihn nichts Wichtigeres auf der Welt mehr.

Man muss das wilde Tier hin und wieder füttern. Nur so kann man es in seinem Käfig halten.

Gegen seinen Willen greifen seine Finger nach ihrer Schulter, streifen ihr das T-Shirt ab.

Und er hört die raue Männerstimme: *Du hättest früher nachsehen sollen, Junge. Und so etwas nennt sich Polizist.*

Dunkelblau in die Haut geritzt, grinst ihn das Gesicht mit den wirren Locken triumphierend an. Fest presst sich sein Mund auf die Tätowierung, bringt die gutturale Stimme zum Verstummen. Seine Zähne beißen in ihr Fleisch, saugen das blaue Gift aus ihren Poren, nehmen es bedenkenlos in sich auf.

Stimmen auf dem Gang, Stimmen in seinem Kopf. Er holt tief Luft und denkt: Das ist erst der Anfang. Die Droge breitet sich aus, beansprucht immer mehr Raum in seiner offenbar grenzenlosen Fantasie.

Dann dringt aus weiter Ferne eine bekannte Stimme an sein Ohr.

Nic! Nic!

Ein Geräusch aus der alten Welt. Der realen Welt.

One pill makes you small, singt Miranda Julius.

Nic!

Sie senkt den Kopf, um ihn zu küssen. Flüchtig schiebt sich ihr Zunge in seinen Mundwinkel.

»Such nicht nach mir«, haucht sie, verschmilzt mit der Dunkelheit und lässt nichts zurück als die vage Erinnerung an die Berührung ihrer Haut, an ihre Anwesenheit.

Das Licht geht aus. Es ist dunkel und kalt. Er erschauert.

Aprile

Am Nachmittag des ersten Apriltages saßen sie im Garten des Ospedale di San Giovanni und genossen die letzten Strahlen der Sonne. Peroni stopfte sich den letzten Bissen eines *panino* in den Mund, knüllte die Tüte zusammen und entsorgte sie in einem nahen Rosenbeet.

»Schön, dich wieder unter uns zu haben, Nic. Ich hatte noch nie einen Partner mit Flashbacks. Wie ist das eigentlich?«

Costa warf Peroni einen gequälten Blick zu. »Wenn es dazu kommt, sage ich dir Bescheid.«

»Hat man denn festgestellt, womit die Frau dich voll gepumpt hat?«

Rund um Peronis Auge schillerte es violett und grünlich. In Anbetracht des sonstigen Aussehens seines Partners wirkte das Veilchen sogar irgendwie passend. Die Ereignisse hatten Peroni nicht verändert. Nach einem Blick in den Spiegel hatte sich Nic Costa heute früh gefragt, ob man das auch über ihn sagen konnte. Er wirkte älter, stärker gezeichnet vom Lauf der Welt. Hinter einem Ohr hatte er sogar ein paar graue Haare entdeckt. Und dann die Aufmerksamkeit, die er neuerdings in der Questura zu genießen schien. Natürlich war er kein Held. Aber ein erster Gang über die Flure heute Nachmittag hatte ihm gezeigt, dass er jetzt jemand war, nach dem sich Köpfe umdrehten.

»Falls sie es wissen, haben sie mir nichts davon gesagt.«

»Bring eine Flasche mit Pisse zu Teresa«, schlug Peroni vor. »Sie findet es heraus. Bestimmt. Diese Frau ist ein Genie.«

Costa dachte über die Rolle der Pathologin im Fall Julius nach. Wahrscheinlich war sie wirklich genial. »Es gibt also keinen Hinweis auf Miranda Julius' wahre Identität?«

Peroni schüttelte den Kopf. »Aber wir wissen, wer die ›Tochter‹ war. Ein Teenagermodel aus Prag, das sich vermutlich einen Durchbruch als Schauspielerin erhoffte. Ich schätze, das Mädchen wurde aus einem Katalog ausgewählt und für ein *Vorsprechen* nach Rom geholt. Wozu auch gehörte, dass sie sich die Haare eine Spur blonder färbte und sich an ein paar Orten fotografieren ließ. Wahrscheinlich brauche ich dir nicht zu sagen, von wem. Oh, und natürlich gehörte zu der *Probe* auch, dass sie auf dem Campo auf das Motorrad sprang – vor den Augen der Überwachungskameras und der dort herumlungernden Carabinieri.«

»Sie kannte Miranda also überhaupt nicht? Sie wurde ganz zufällig wegen ihres Aussehens ausgewählt?«

»Sicher. Miranda hat sich als renommierte Talentsucherin aus Amerika ausgegeben. Glaubst du, dass eine Möchtegernschauspielerin unter diesen Umständen groß Fragen stellt? Sie bekam ihre Flugtickets. Wurde in einem netten Hotel untergebracht. Nach dem Stunt auf dem Campo nahm sie ein Taxi nach Fiumicino und flog wieder nach Hause. Du musst zugeben, dass Miranda echt großartige Arbeit geleistet hat. Während wir dachten, ihre Tochter wäre irgendwo gefangen und würde von einem unberechenbaren Scheusal mit dem Tod bedroht, ging die in Prag längst wieder brav zur Schule und prahlte vor ihren Freundinnen mit ihrer bevorstehenden Hollywood-Karriere. Sie hat nicht die leiseste Ahnung, wer Miranda Julius wirklich ist. Und soll ich dir noch etwas sagen? Vermutlich werden wir das nie erfahren.«

»Falcone will es dabei belassen?«, fragte Costa.

Sein Partner zögerte, schien sich seine Worte sehr genau

zu überlegen. »Du darfst eins nicht vergessen, Nic. Männer in seiner Position sind vielen Chefs verantwortlich. Einige von ihnen halten den Daumen auf die Kasse und fragen nach den Kosten. Lohnt sich der Aufwand? Sei ehrlich. Lohnt er sich wirklich?«

»Bei sechs Toten sollte man das eigentlich annehmen.«

Peroni seufzte. »Mit Eleanor Jamieson sogar sieben. Ganz zu schweigen von den armen Kerlen vor Neris Villa.«

Costa schüttelte den Kopf. Das Bombenattentat hatte fünf Menschen – DIA-Angehörige und Polizisten – das Leben gekostet. »Wir dürfen den Fall nicht abschließen.«

»Nic ...« Sein Partner holte tief Luft. »Die meisten Punkte sind geklärt. Uns liegen handfeste Beweise vor, dass Mickey Neri Toni Martelli umgebracht hat. Dafür wird er vor Gericht gestellt, sobald er das Krankenhaus verlässt. Für Randolph Kirks abruptes Ableben ist Babara Martelli verantwortlich, denn sie wollte verhindern, dass er mit uns plaudert. Wallis hat sowohl seine Stieftochter als auch Emilio Neri getötet. Und das ...« Peroni klatschte sich befriedigt auf die Oberschenkel. »Das macht sich gut in den Statistiken, und Leos Bosse leben von Statistiken. Hältst du es übrigens für vorstellbar, dass Crazy Teresa ein Auge auf mich geworfen hat? Sie sieht mich neuerdings so komisch an.«

»Moment mal. Und was ist mit ...«

»Signor Vercillo? Den hat Miranda Julius, oder wer immer sie sein mag, auf dem Gewissen. Die Gerichtsmediziner haben DNA-Spuren auf dem Kostüm gefunden, außerdem konnten wir in ihrem Apartment ein T-Shirt mit Blutflecken sicherstellen. Du erkennst unser Problem? Wollen wir tatsächlich Steuergelder – und wahrscheinlich geht es dabei um eine Riesensumme – für die Fahndung nach einer Frau verschwenden, die der italienischen Öffentlichkeit im Grunde einen Gefallen getan hat?«

Schweigend starrte Costa vor sich hin.

Peroni drehte sich zu dem Strauch neben ihrer Bank um

und schnupperte an einer gerade erblühten Rose. »Bald ist Sommer, Nic. Lass uns das alles am besten vergessen.«

»Nichts lieber als das«, murmelte er.

Peroni legte eine Hand auf Costas Schulter. »Okay, okay, ich weiß Bescheid. Es war das erste Mal, dass du jemanden erschossen hast. Das macht dir zu schaffen. Mir ist das bisher erspart geblieben. Ich musste noch niemanden töten.«

»Hast du jemals den Wunsch danach verspürt?«

Eine leichte Röte breitete sich auf Peronis Gesicht aus. »Hör auf, dich selbst zu bemitleiden, Nic. Wie der Zufall will, bleibe ich noch eine Weile dein Partner, länger als ich zunächst dachte. Und ich habe keine Lust zuzusehen, wie du dich mit Selbstvorwürfen peinigst. Glaubst du denn im Ernst, Neri oder Wallis hätten dich am Leben gelassen? Du kannst von Glück reden, dass diese Frau dich verschont hat. Was ich noch immer nicht ganz begreife. Und vergiss nicht, dass sie dich mit Stoff abgefüllt hat. Wenn du jemanden brauchst, dem du die Schuld geben kannst, dann halte dich an sie.«

Behutsam schob Costa Peronis Hand von seiner Schulter. »Nicht nötig. Mein Problem ist, dass es mir nicht viel auszumachen scheint. Und es lag auch nicht an den Drogen. Ich *wollte* ihn töten. Er war ein Monster.«

Peroni sah ihn an, und Costa konnte den Gesichtsausdruck seines Partners nicht recht deuten. Vielleicht war er schockiert.

»Tut mit Leid, das zu hören, Nic«, sagte er schließlich. »In gewisser Weise. Etwas in mir will dir zurufen: ›Willkommen in der realen Welt, Signor Costa. In der die meisten von uns tagtäglich derartige Gedanken haben.‹ Aber etwas anderes in mir hofft, dass du dich nicht von dem Virus infizieren lässt, der in Polizeikreisen umzugehen scheint. Lass dich nicht davon anstecken. Das wäre zu einfach. Sind wir uns einig?«

»Ja«, erwiderte Costa leicht verlegen.

»Gut.« Sein Partner lächelte. Es ließ ihn jünger aussehen und ein bisschen unheimlich.

»Wie hast du das eigentlich vorhin gemeint? Dass wir noch eine Weile Partner bleiben?«, erkundigte sich Costa. »Ich dachte, du würdest an deinen Schreibtisch bei der Sitte zurückkehren.«

Peroni beäugte wieder die Rosenknospe, brach sie mit Daumen und Zeigefinder ab und steckte sie sich in die Sakkotasche. »Du wirst es nicht glauben, aber dieses Miststück Bucci hat sich über mich beschwert. Nicht ausgeschlossen, dass er mich sogar anzeigt. Wegen gewalttätiger Übergriffe im Amt. Zum ersten Mal habe ich mich an einem Ganoven vergriffen, und zwar an einem notorischen Schläger und Mörder. Aber der gute alte Leo ist eingeschritten und hat mich unter seine Fittiche genommen. Zumindest nehme ich das an. Zu mir hat er kein Wort gesagt.«

Nic Costa versuchte in Peronis Miene zu lesen. »Und? Ist das nun gut oder schlecht? Dass wir weiterhin ein Pärchen sind?«

»Ich finde es gut. Ich habe einen Job und einen Partner, mit dem ich leben kann. Und wie steht's mit dir?«

Costa zuckte mit den Schultern. »Lass mich ein bisschen darüber nachdenken.«

»Heilige Madonna«, stöhnte Peroni. »Musst du denn jedes Ereignis auf diesem verdammten Planeten in deinem Kopf hin und her wälzen, bis es sich in seine Bestandteile auflöst? Es ist, wie es ist. Nichts was ich tue, kann daran etwas ändern. Also warum lange darüber nachdenken?«

Nic Costa grinste.

»Dein Sinn für Humor überfordert mich. Echt. Uns Jungs vom Lande fehlt offenbar der Sinn für die letzten Feinheiten.«

»Entschuldige, Gianni. Tut mir Leid. Wie steht es eigentlich privat? Hast du etwas von deiner Frau gehört?«

Peroni wirkte nervös. »Wir haben uns am Wochenende

getroffen. Ich musste wegen einer Beerdigung nach Hause. Sie möchte, dass wir es noch einmal miteinander versuchen, aber ... Eins habe ich auf jeden Fall bei euch gelernt. Ich weiß jetzt, dass ein Toter tot ist. Und unsere Ehe ist tot. Ich kann nur versuchen, dafür zu sorgen, dass die Kinder nicht darunter leiden.«

»Ein Trauerfall?«

»Ja. Der alte Dorfbulle. Der Amateur-Schönheitschirurg.« Peroni zeigte auf seine Narben, und Nic Costa stellte überrascht fest, wie sehr er sich inzwischen an sie gewöhnt hatte. »Der nette Kerl, der mir das angetan hat.«

»Und zu *seiner* Beerdigung bist du nach Hause gefahren?«, fragte Costa verblüfft.

Lachend schüttelte Peroni den Kopf. »Großer Gott, Nic. Wir sind schon zwei tolle Ermittler. Du blickst ebenso wenig durch wie ich damals. Er war mein Alter. Er hat mich gezeugt. Die Hälfte meiner Gene habe ich von ihm. Er ... O Mist, selbst jetzt fällt es mir schwer, das Wort auszusprechen. Er war mein *Vater.* Na bitte, geht doch. Ich schätze, meine *mamma* hat geglaubt, es gehörte zu ihrem Job in der Bar, ihm gefällig zu sein. Wer weiß?«

Schweigend sah Nic Costa seinen Partner an. Als er Gianni Peroni kennen gelernt hatte, hatte er ihn für einen Fels von Mann gehalten, für jemanden, der durch alltägliche Tragödien nicht erschüttert werden konnte. Jetzt erkannte er, wie oberflächlich diese Sicht der Dinge war.

»Wann hast du es herausgefunden?«

»Kurz nach Weihnachten. Als die Ärzte feststellten, dass seine Leber nicht mehr lange mitmachen würde. Er wollte mich noch einmal sehen. Gut, ich habe ihn besucht, und weißt du was? Es ging ihm mehr um sich als um mich. Er wollte mir erklären, dass ich es nicht persönlich nehmen dürfe, dass er mich damals zusammengeschlagen hat. Eigentlich hat er sich damit selbst verprügelt – aus Scham, einen Bastard gezeugt zu haben. Also vergossen wir zusammen ein paar Tränen, und ja, etwa vierundzwanzig Stunden später mache ich das, was ich noch niemals in meinem Leben getan hatte, und gehe mit einer tschechischen Nutte ins Bett. Weil … nun ja, *warum nicht? Verdammt, warum denn nicht?*«

Peroni legte sich eine breite Hand über den Mund und dachte nach. »Du irrst dich übrigens mit Teresa. Das weiß ich genau.«

»Aber …«

»Schscht«, unterbrach ihn Peroni und sah zu der hoch gewachsenen Gestalt hinüber, die in den gegenüberliegenden Arkaden aufgetaucht war. »Was ich eben gesagt habe, bleibt unter uns, Nic. Außerhalb meiner Familie kennt niemand dieses kleine Geheimnis. Du teilst jetzt ein paar meiner privaten Kümmernisse, und ich werde ein paar von deinen teilen, wenn du das willst, bevor ich mich irgendwann wieder meiner wahren Berufung im Leben widme und du mein Fahrer wirst. Ich bezweifle allerdings, dass ich dann überhaupt noch mit dir spreche. Wegen der Klassenunterschiede.«

Costa lachte. »Ich kann es kaum erwarten.«

»Verständlich. Bis dahin müssen wir dem guten Leo einiges von seiner Arbeitslast abnehmen. Leicht wird das nicht.«

Falcone winkte ihnen zu. Er hatte sich herausgeputzt, trug seinen Sonntagsanzug und in der Hand einen Riesenstrauß aus Rosen und Nelken.

»Krankenbesuche …« Peroni stand auf und befühlte die Rose in seiner Tasche. »Gibt es etwas Schöneres?«

Rachele d'Amato saß aufrecht im Bett. Sie trug ein weißes Seidenhemd, das wegen der Armschiene bis zum Ellbogen aufgeschlitzt war. Ihre Stirn schimmerte in lebhaften Lila- und Grüntönen – die Nachwehen schmerzhafter Prellungen. Von der Tür aus sahen Costa und Peroni zu, wie Leo Falcone sie zart auf die linke Wange küsste, ihr eine Schachtel Konfekt in die Hand drückte und den Strauß in der Vase neben dem Bett durch seine Blumen ersetzte.

»Hier.« Er streckte Peroni die welken Lilien entgegen, der sie angewidert in den Papierkorb in der Ecke des Zimmers warf.

»Blumen und Konfekt«, lächelte sie. »Oh, Leo. Wie ... aufmerksam.«

Die drei Männer verstanden. Nichts hatte sich geändert. Sie hielt ihre Gefühle weiterhin eisern unter Kontrolle. Selbst eine Bombe konnte Rachele d'Amato nicht verwandeln.

»Nicht der Rede wert«, murmelte Falcone.

»Setz dich doch. Ich dachte ...« Sie blickte Costa und Peroni an. »Eigentlich hatte ich schon früher mit dir gerechnet. Und dann ... allein.«

Falcone blieb stehen. »Entschuldige. Die Ärzte sagen, dass du gute Fortschritte machst. Noch ein paar Tage ...«

Rachele d'Amato streckte die Hand nach den Blumen aus, verbesserte das Arrangement. »Hier halte ich es kaum noch aus. Ich langweile ich mich zu Tode. Ich möchte endlich wieder arbeiten.« Sie schwieg kurz. »Ich habe da so einiges gehört. Sag mir, wirst du nach dieser Frau fahnden lassen?«

Er nickte. »Selbstverständlich.«

Das schien sie zu überraschen. »Wirklich? Mir ist zu Ohren gekommen, dass manche das für reine Zeit- und Geldverschwendung halten. Sie hat das Land verlassen. Es gibt keinerlei Hinweise darauf, wo sie sich aufhalten könnte. Ihr kennt nicht einmal ihren richtigen Namen.«

»Du solltest nicht alles glauben, was du hörst.«

Sie starrte so auffordernd auf den Stuhl neben dem Bett, dass er sich setzte. Dann öffnete er sein Aktenköfferchen. »Wenn du wieder im Büro bist, wirst du dich damit beschäftigen müssen.«

Falcone warf ihr ein Bild der jungen Adele Neri aufs Bett. Sie griff nach dem Farbfoto und betrachtete es.

»Woher hast du das?«

Falcone hatte viel von seiner Urlaubsbräune verloren. Er sah erschöpft und besorgt aus. »Miranda Julius war ein bisschen unvorsichtig. Sie muss Kirks Fotos auf ihren Computer übertragen haben, um mit ihnen herumzupfuschen, oder vielleicht auch nur zur Information. Offenbar dachte sie, sie hätte alle gelöscht, die sie nicht für ihre Montagen brauchte. Ein Irrtum. Unseren Computerleuten ist es gelungen, ein paar wiederherzustellen. Mehr als nur ein paar. Auf vielen ist Adele Neri zu sehen.«

»Oh.« Sie warf einen letzten Blick auf das Foto und gab es ihm zurück. »Willst du damit sagen, dass Neris Imperium jetzt von seiner Witwe geführt wird? Offenbar haben sich die Zeiten wirklich geändert. Ich weiß, dass so etwas im Süden vorkommt. Aber in Rom? Irgendwie kommt mir das unglaublich vor.«

»Mir auch.«

»Und du nimmst an, sie könnte ihre Hand im Spiel gehabt haben? Mit der Absicht, ihren Mann zu beerben?«

»Zumindest zum Teil mit dieser Absicht. Davon bin ich überzeugt.«

»Kannst du das auch beweisen?«

Schweigend sah er zu, wie sie die Konfektschachtel öffnete, sich eine Praline in den Mund steckte, genüsslich lächelte und den Deckel wieder schloss.

»Na, das wird ja spannend, wenn ich endlich aus diesem Bett heraus bin«, sagte sie, noch immer kauend.

»Kann man wohl sagen«, erwiderte er und griff urplötzlich, zu schnell für ihre Gegenwehr, mit beiden Händen nach ihrem Ärmel und riss ihn ihr bis zur Schulter auf.

»Leo!«

Die drei Männer starrten den blassen Fleck auf ihrer Schulter an. Er war rund, wie der Abdruck einer Münze. Oder eines Abzeichens. Die Hautstelle sah anders aus als die Umgebung. Gebleicht, verändert.

»Ich habe mich daran erinnert«, sagte Falcone.

»O Leo«, entgegnete Rachele d'Amato. »Du bist doch nicht so einer, oder? Der nachts kein Auge zubekommt und nur an mich denkt? Der sich ins Gedächtnis zurückruft, wie ich aussah, als ich mit dir zusammen in den Kissen lag? Also wirklich. Bist du für so etwas nicht ein bisschen zu alt?«

Falcone konnte den Blick nicht von der blassen Hautstelle abwenden. »So etwas lässt sich nie wieder ganz entfernen, oder? Ich schätze, sie reden einem ein, dass man nichts mehr davon sieht. Das Tattoo wird einfach verschwinden und durch neue Haut ersetzt.« Er strich mit dem Finger über ihre Schulter. »Aber das Hauttransplantat altert nicht. Jedenfalls nicht richtig.«

»Das ist ein Muttermal«, erklärte sie unbeeindruckt. »Das habe ich dir doch sicher erzählt.«

Aber Falcone hörte ihr gar nicht zu. »Neri hat sich große Mühe gegeben, euch alle zufrieden zu stellen und ruhig zu halten. Eine von euch hat er geheiratet. Barbara Martelli versorgte er mit einem netten Posten bei der Polizei. Dir hat er das Jurastudium finanziert und dich dann bei der DIA untergebracht. Aber eine ist aus irgendwelchen Gründen verschwunden. Sie wusste von Anfang an, dass Eleanor Jamieson nicht an einer Überdosis gestorben war. Sie wagte nur nicht, damit zur Polizei zu gehen. Aber dann, als die Leiche gefunden wurde, hat sie beschlossen, reinen Tisch zu machen. Sie ist zurückgekommen, um dafür zu sorgen, dass ihr alle den längst fälligen Preis bezahlt.«

Inzwischen biss Rachele d'Amato in ihre dritte Praline. »Das Konfekt ist einfach köstlich. Du nimmst es mir doch nicht übel, dass ich dir nichts anbiete? Als Kranke habe ich es verdient, ein bisschen verwöhnt zu werden. Und offen gestanden habe ich schon immer gefunden, dass Männer gutes Konfekt nicht wirklich zu schätzen wissen.«

»Also geht sie zu Vergil Wallis, der mit allem einverstanden ist«, fuhr Falcone fort. »Wahrscheinlich hat er die Sache finanziert. Die angebliche Entführung. Er verlässt sich darauf, dass Randolph Kirk kooperiert. Ohne zu ahnen, dass du bereits weißt, wer Eleanor getötet hat. Und du willst nicht nur ihn zur Strecke bringen. Sondern alle, aber vor allem ihn.«

Sie klappte den Deckel der Schachtel zu. »Schluss jetzt. Ich habe hier bereits genug zugenommen. Du bist heute echt amüsant, Leo, muss ich schon sagen. Sind das die Methoden, die die Polizei künftig bei Ermittlungen anwenden will? Sich von einer Vermutung zur nächsten zu hangeln, bis man eine Erklärung findet, die plausibel erscheint?«

Falcone reagierte nicht auf die Provokation. »Jemand muss Miranda Julius über Vercillo informiert haben. Für Kirk war er nicht mehr als ein zufälliger Gast auf der Party. Es gibt keinen Grund für die Annahme, dass Wallis seine Adresse kannte. Aber die DIA ...«

Sie lachte. »Glaubst du wirklich, mit diesen Fantasien einen Staatsanwalt zu beeindrucken? Nennt man so etwas bei der Polizei neuerdings handfeste Beweise?«

Er schüttelte den Kopf. »Und jemand musste das Motorrad mit der angeblichen Suzi Julius steuern. Du hast einen entsprechenden Führerschein.«

Rachele d'Amato sah sie der Reihe nach kalt an. »Ich besitze einen Motorradführerschein. Na und? Den haben viele.«

»Ich hatte dich an diesem Tag angerufen. Du warst in Eile, weil du dringend fort musstest. Aber wie du weißt, habe ich nachgefragt. Auf deinem DIA-Kalender stand nichts von einem Termin.«

»Wie ich schon sagte. Ich habe mich mit einem Mann getroffen. Tut mir Leid, wenn das dein empfindliches Ego verletzt.«

»Hat er vielleicht auch einen Namen?«, fragte Falcone.

»Er ist verheiratet. Ich lasse nicht zu, dass er wegen deiner krankhaften Neugierde Probleme bekommt.« Sie machte eine Kopfbewegung in Richtung Costa und Peroni. »Sind die beiden deshalb hier? Handelt es sich um eine offizielle Befragung?«

»Wir sind nur mitgekommen, um Ihnen gute Besserung zu wünschen, Signora d'Amato«, sagte Peroni mit einer leichten Verbeugung. »Es freut mich sehr, dass Sie Ihre bemerkenswerte Unerschütterlichkeit so schnell wiedererlangt haben.«

»Grundgütiger Himmel«, stöhnte sie. »Dieser Mann wird von Tag zu Tag hässlicher, Leo. Musstest du ihn denn nehmen?«

»Und ihre umwerfende Liebenswürdigkeit ist auch wieder da«, grinste Peroni.

»Es gibt keinen anderen Mann«, sagte Falcone. »Es hat ihn nie gegeben. Auch ich habe dir nichts bedeutet. Wozu brauchtest du mich, Rachele? Für die Karriere? Oder hast du schon damals Neri mit Informationen versorgt?«

»Absurd«, zischte sie.

»Das ist das Schlimmste, was sie euch angetan haben«, fuhr er fort. »Barbara, Miranda Julius, euch allen. Euch wurde jede Chance auf eine normale Beziehung genommen. Vielleicht war es das, was du ihnen nicht verzeihen konntest. Noch weniger als die Vorstellung, dass sie dich nach Eleanors Tod manipuliert haben.«

Er warf ihr ein anderes Foto zu. Sie sah es nur flüchtig an. »Und wer soll das sein?«

»Du. Mit Blumen bekränzt und bereit für das Ritual wie die anderen. Du bist dabei gewesen. Wer war es? Erinnerst du dich? Toni Martelli? Wallis? Oder haben sie sich abgewechselt?«

Sie schleuderte ihm das Foto entgegen. »Pack es wieder ein. Da musst du dir schon etwas Besseres suchen, Leo.«

»Das bist du«, beharrte er. »Sie haben dich sogar dazu gebracht, dir die Haare blond zu färben. Wessen Idee war das?«

»Was willst du eigentlich? Sieh dir das Mädchen an! Es könnte doch buchstäblich jede sein!«

»Nicht jede. Du.«

Seufzend lehnte sich Rachele d'Amato in die Kissen zurück. »Bildest du dir ein, damit vor ein Gericht treten zu können? Und selbst wenn. Was beweist es schon? Es ist nur ein Foto.«

»Was ist mit den Bombenopfern vor Neris Villa?«, fragte Costa. »Haben deren Familien nicht ein paar Erklärungen verdient?«

»Ich gehöre zu ihnen, falls Sie das vergessen haben sollten«, rief sie. »Die Bombe hat Neri gelegt. Neri ist tot. Was wollen Sie denn noch?«

»Und Barbara Martelli?«, erkundigte sich Peroni. »Keinerlei Mitgefühl?«

Mit spitzen Fingern nahm Rachele d'Amato ein Konfektstück aus der Schachtel. »Diese Frau habe ich nicht gekannt.«

»Du kannst das nicht einfach so begraben.« Falcone hörte selbst, dass seine Stimme etwas Flehendes hatte.

»Es ist bereits begraben, Leo. Das siehst du nur nicht. Frag dich doch selbst. Leben wir jetzt in einer besseren Welt? Oder in einer schlechteren?«

»Darüber haben wir nicht zu entscheiden.«

»Nein!«, schrie sie. »Verschone mich mit deinen wohlfeilen Sprüchen. Du kennst die Antwort ebenso gut wie jedermann sonst. Wenn du glaubst, auch nur einen eindeutigen Beweis gegen mich in der Hand zu haben, dann setze ihn ein. Wenn nicht, solltest du den Mund halten und versuchen, ein paar Kriminelle zu fangen, anstatt dich in vagen Andeutungen zu ergehen. Und jetzt raus hier. Und nimm die beiden da mit.«

Sie packte die Vase und schmetterte sie dicht neben Costa und Peroni gegen die Wand.

Es war schon dunkel, als sie das Krankenhaus verließen. Mit leerem Blick drückte Falcone seinen Aktenkoffer an die Brust. Costa trat schweigend von einem Fuß auf den anderen.

»Wir sollten vielleicht etwas trinken«, schlug Peroni vor. »Und einen Happen essen. In der Nähe gibt es eine Trattoria …«

»Ist der Wein auch gut?«, erkundigte sich Falcone. »Ich trinke keinen Fusel.«

»Ich auch nicht«, murmelte Costa. »Und ich esse nur einen Salat.«

Peroni seufzte. »Verlasst euch ruhig auf Onkel Gianni, Jungs. Er weiß, was für euch gut ist.«

Zehn Minuten später saßen sie in einer kleinen Bar hinter dem Colosseum. Falcone schnupperte wohlgefällig an seinem Glas Brunello. Vor ihm stand ein Teller mit *Prosciutto crudo*. Nic Costa probierte einen toskanischen Chardonnay zu Steinpilzen auf Crostini. Gianni Peroni hatte bereits sein erstes Bier intus, ebenso wie das mit dünnen Scheiben *lardo* belegte Landbrot.

»Ich kann alles, was ich habe, der DIA übergeben«, sagte der Inspektor aufs Geratewohl. »Mal sehen, was dann aus ihrer Karriere wird.«

»Das kannst du, Leo«, bestätigte Peroni. »Vielen Dank übrigens, dass du für mich ein gutes Wort eingelegt hast.«

Der Inspektor zuckte zusammen, als hätte man ihn beleidigt. »Ich habe nur meinen Job getan. Man wollte meine Meinung hören und die habe ich ihnen gesagt.«

Peroni bestellte sich schnell ein neues Bier. »Was ich wirklich zu schätzen weiß. Vielleicht darf ich zum Dank eine Überlegung äußern. Glaubst du wirklich, dass die DIA besonders glücklich darüber ist, wenn wir uns da einschalten? Ich meine, entweder wissen sie es bereits, dann ist es ihr Problem. Oder sie haben keine Ahnung, und in diesem Fall bin ich mir gar nicht so sicher, ob es ihnen gefällt, wenn wir ihnen den schwarzen Peter zuschieben. Soweit ich weiß, ist sie doch gut in ihrem Job. Sie hat niemanden umgebracht. Sie hat nichts weiter getan, als ein Bike zu steuern und ein paar Informationen weiterzugeben, was wir nicht einmal wirklich beweisen können. Darüber hinaus könnten sie durchaus einige der Leute kennen, die bei diesen *Ritualen* fotografiert wurden. Vielleicht sind einige von ihnen sogar mit diesen Leuten identisch.« Er machte eine kleine Pause. »Hast du darüber schon mal nachgedacht?«

Falcone funkelte ihn finster an. »Werde ich dich eigentlich irgendwann wieder an die Sitte los?«

Das Bier wurde gebracht und Peroni nahm einen großen Schluck. »Wer kann das schon sagen? Wer weiß neuerdings überhaupt noch was? Wie ist der Wein? Wie schmeckt das Essen?«

Falcone schnupperte wieder an seinem Glas. »Der Brunello ist so gut, wie man es bei dem Preis erwarten kann. Das soll keine Kritik sein. Der Schinken schmeckt ... annehmbar.« Er nahm einen kleinen Schluck und nickte anerkennend. »Und wir wissen noch immer nicht, wie diese verdammte Frau wirklich heißt.«

Seufzend starrte Gianni Peroni Löcher in sein Bierglas.

»Ein guter Weißwein«, erklärte Costa und hielt sein Glas ins Licht. »Wohl ausgewogen. Vielleicht eine Spur zu kalt.«

Der Schimmer der Kerzenglühbirnen hatte die Farbe von trockenem Stroh. Er trank einen großzügigen Schluck und spürte gleich darauf die Wirkung des Alkohols.

One pill makes you bigger, sang Miranda Julius, und er fragte sich erneut, warum sie sich die Haare blonder gefärbt hatte.

Er erinnert sich an ein Gesicht unter einem ähnlichen Licht. Ängstlich, zornig, dem Tode nahe. Etwas glitzert in ihrer Kehle, als sie verzweifelt versucht, etwas über die Lippen zu bringen, wieder und wieder das gleiche Wort.

»Aber wir kennen ihren Namen«, sagt Nic Costa, und etwas in ihm zuckt vor der Erinnerung zurück, während etwas anderes sich von ihr angezogen fühlt wie eine Motte von Licht.

»Sie hat ihn uns immer wieder genannt.«

Und niemand sonst war töricht genug zuzuhören, sagt eine raue Stimme irgendwo in den Tiefen seines Unterbewusstseins.

»Sie heißt Suzi.«